"洪范八政,食为政首。"

解决好吃饭问题始终是治国理政的头等大事。

——习近平

粮食，粮食

何弘　尚伟民——著

中原出版传媒集团
中原传媒股份公司

大象出版社
·郑州·

图书在版编目(CIP)数据

粮食,粮食 / 何弘,尚伟民著.— 郑州：大象出版社,2021.10
ISBN 978-7-5711-1201-1

Ⅰ.①粮… Ⅱ.①何…②尚… Ⅲ.①报告文学-中国-当代 Ⅳ.①I25

中国版本图书馆CIP数据核字(2021)第197743号

粮食,粮食
LIANGSHI,LIANGSHI

何 弘 尚伟民 著

出 版 人	汪林中
责任编辑	石更新
责任校对	安德华 张绍纳
装帧设计	付锬锬

出版发行	大象出版社(郑州市郑东新区祥盛街27号 邮政编码450016)
	发行科 0371-63863551 总编室 0371-65597936
网 址	www.daxiang.cn
印 刷	河南瑞之光印刷股份有限公司
经 销	各地新华书店经销
开 本	720 mm×1020 mm 1/16
印 张	30.75
字 数	426千字
版 次	2021年12月第1版 2021年12月第1次印刷
定 价	79.00元

若发现印、装质量问题,影响阅读,请与承印厂联系调换。
印厂地址 武陟县产业集聚区东区(詹店镇)泰安路与昌平路交叉口
邮政编码 454950 电话 0371-63956290

前　言

全面建成小康社会是中华民族前所未有的伟大壮举，是具有划时代意义的里程碑。

决战脱贫攻坚，决胜全面小康，2020是收官之年。在创作完成反映南水北调工程的长篇纪实文学《命脉》后，我希望在2020年完成一部以粮食为主题的纪实文学作品。

"民以食为天。"全面建成小康社会的基础是解决粮食问题，解决所有人的温饱问题。饭都吃不饱，小康自然无从谈起。

人类社会的发展、文明的进步，永远以粮食生产为基本保障。粮食安全是在任何情况下都不应被回避、忽视的问题。

从茹毛饮血到刀耕火种，正是为获取食物而展开的主要劳动实践，创造了人类，发展了农业，人类也由此得以沐浴文明之光。没有粮食生产，人类将失去基本的食物来源，生存就失去了依靠，发展自然无从谈起。俗语"手中有粮，心里不慌"朴素地讲明了粮食生产是社会和谐稳定保障的基本道理。

农业稳，天下安；农业兴，国家盛。稳农强粮，是民之大业、国之根本。

我国历史经验表明，农业稳定发展是国民经济持续健康发展的基础性支撑，农民安居乐业对国家稳定和谐具有决定性影响。国际发展经验表明，工业化、城镇化的深入发展必须有农业现代化的同步推进作为支撑，这是社会全面发展的根本保障和至关重要的战略任务。

河南是农业大省，长期为全国的稳定和各项事业的发展提供着坚强有力的支撑。从国家粮仓到国人厨房，河南为国家粮食安全做出的贡献有目共睹，河南人民也引以为豪。作为河南人，立足河南，放眼全国，写写粮食生产，责无旁贷。

尚伟民先生曾长期从事新闻工作，收集了大量关于河南粮食生产的资料。他还痴迷文学，以八月天为笔名发表、出版了不少小说和报告文学作品。得知我完成《命脉》后有创作新的重要主题作品的打算，他多次找我谈有关粮食生产题材作品的想法，希望能与我合作，共同完成这部作品。经不住他一说再说，我答应和他一起创作一部以粮食为主题的作品。

说到作品的名称，我们想了很多，但没有一个令人满意。这时我就想，也许最简单、最直接的就是最好的，那就干脆叫"粮食"吧。后来又觉得，粮食的问题是如此重要，必须加以强调。现在网上有句流行语叫"重要的事情说三遍"，如果用"粮食，粮食，粮食"作书名，似乎有些啰唆，那就折中一下，叫"粮食，粮食"吧。

我之所以要写《粮食，粮食》，其实也不仅仅在于其题材的重要，更在于这是一个与个人经验、与民族记忆、与中国历史文化密切相关的问题。

"吃了吗？"曾经是中国人使用最广泛的一句问候语，它背后隐藏着人们对饥饿的恐惧与担忧。改革开放以来，人民的生活水平稳步提高，温饱问题在全国范围内基本得到解决，待全面脱贫任务完成之后，全国将不再有吃不饱、穿不暖的人存在。与之相适应的是，我们现在已很少听到不分场合"吃了吗？"的问候，代之而起的是五花八门的网络热词。

今天，人们的热门话题是节食、减肥，是为体重超标、肥胖带来的健康问题烦恼不已，但其实在我甚至比我更年轻的一代人的记忆中都残留着饥饿的碎片。我们的童年、少年以至青年时期，虽然不至于时时忍饥挨饿，但也绝对不是时时都可以放开肚皮吃饭。在我上大学的上世纪80年代中期，每个学生每顿也就是打一勺菜一份米饭，饱不饱就是它了。事实上这样的饭菜再来一份，基本上每个人都可以很轻松地吞入腹中，不会有撑着的感觉。曾不止一次有同学为亲朋打了饭而客人未到，自己就风卷残云般地又将这份饭吃掉了。客观地讲，绝大多数中国人可以放开肚皮吃，应该是20世纪90年代以后的事了。

不只是个人经验，粮食问题更深深镌刻在民族记忆中，与中华民族的历史文化息息相关。

"五谷丰登，六畜兴旺"这副中国农村常见的春联，是千百年来农民内心愿景的真切反映，也是中华农耕文化的具体表现。中国传统文化是在农耕文明基础上发展起来的，是我国农业发展的智慧结晶和文化表现形式。在中国广袤的土地上，南方以稻为主、北方以黍粟为主形成了农耕文明，决定了中华文化的基本形态。

农不出则乏食。农业的兴衰，关乎百姓生活，关乎国家命运。纵观历史，数不清的民变战乱皆由饥荒而起。无农不稳，无粮则乱，这是人类社会历史发展给出的结论。

在中国历史上，朝代的更替、疆域的变迁与粮食生产有着极为密切的关系。明代之前，食物结构、粮食生产方式决定了中国这块土地不可能负担一亿以上的人口。中国一次次的朝代更替，某种程度上说都是对文明进程的中断和迟滞，而其根本原因正是粮食问题。朝代更替基本都是大规模战争的结果。战争往往造成人口的大量减少，新生的政权重新分配土地，使绝大多数人都有土地耕种，可以解决温饱问题。经过一段时间的休养生息，太平盛世就会到来。回顾中国历史，可以看到，像文景之治、贞观之治、康乾盛世等都是在新生政权建立后大约百年之内实现的。新政权建立百年之后，经过一段太平盛世，人口大规模增长，土地兼并重新出现并愈演愈烈，失去土地的人口越来越多，社会不安定因素不断增加。这样再持续百来年的时间，大量人口面临吃不饱饭的问题，一遇到重大自然灾害或其他突发事件，社会矛盾就会集中爆发，最后经过一番打打杀杀，朝代又一次更替。因而通常来说，中国古代一个稳定的王朝持续时间基本不超过三百年。

中国古代社会结构一次大的改变发生在明朝后期。15世纪末到16世纪初，西方迎来了大航海时代，欧洲人开辟了横渡大西洋到达美洲，再经太平洋到达印度的航线。大航海时代最重要的事件是地理大发现，即欧洲人"发现"了美洲大陆。欧洲航海家将原产于美洲的红薯、玉米、土豆等粮食作物和辣椒、西红柿等蔬菜及其种子带回欧洲。欧洲人从美洲去往印度的航线经过东南亚，这些粮食、蔬菜作物也因此被带到了那里，并逐渐传入中国。红薯、玉米等传入中国，极大地改变了中国人的食物结构。这些高产的粮食作物对土地要求不高，可以大范围种植，从而使中国这块土地可供养的人口数大幅度提高。中国的人口也由此开始急剧增加。经历明末农民起义和清军入关的大规模战争，清初中国的人口总数估计不到2000万，但由于粮食供给结构的改变和数量的提高，中国人口从18世纪初的2000万，经过三四十年即突破1亿，到18世纪末突破3亿，到19世纪中期即突破4亿。粮食对社会发展的重要意义，由此清晰地显现出来。

除民族内部因资源分配引发的冲突（主要是农民起义）外，中国民族间的冲突也主要是争夺食物资源引起的。中国的民族冲突主要表现为农耕文明与游牧文明的争斗。从大的时间范围看，气候变化造成草场南移，原来居住的地区不再适合生存，迫使游牧民族不断南侵，这是汉族和北方游牧民族发生冲突的根本原因。所以，中国历史上反复上演的中原汉族与北方游牧民族的争斗，根本上是对食物资源的争夺。

对世界其他民族和国家来说，情况也大致如此。

最近一个历史时期，随着科学技术的快速发展，特别是化肥、农药的大量使用，灌溉技术的提高，育种等生物技术的进步，粮食亩产大幅度提高，全世界粮食总产量持续增长，对于包括中国在内的大多数国家来说，一日三餐已经不再是问题。

但从世界范围来看，问题并非完全不存在。2017年版的《世界粮食安全和营养状况》预测，全世界食物不足发生率长达十年的下降已经结束，并可能发生逆转。2018年9月联合国粮食机构发布的最新年度世界粮食安全状况报告表明：世界饥饿人数继长期下降后近年来有所增加。全世界近1/9的人口，约8.21亿人食物不足。非洲几乎所有区域以及南美洲的食物不足和严重粮食不安全状况似乎有增无减，而亚洲大部分地区的食物不足情况较为稳定。饥饿和粮食不安全问题加剧的这些迹象给我们敲响了警钟，即要在实现一个无饥饿世界目标的道路上确保"不让任何一个人掉队"，还有大量工作要做。

以上还是全世界在相当长一个时期没有大规模战争这样一个和平背景下的情况。如果世界范围内发生大规模的战争和自然灾害，粮食问题将重新严峻起来。

马克思在《资本论》中说："最文明的民族也同最不发达的未开化的民族一样，必须先保证自己有食物，然后才能去照顾其他事情；财富的增长和文明的进步，通常都与生产食品所需要的劳动和费用的减少成相等的比例。"基辛格说："谁控制了粮食，谁就控制了世界上所有的人。"目前，世界人口已突破75亿，且在不断增加，可用耕地却有减无增。粮食危机始终是悬在人类头顶的达摩克利斯之剑。

对中国来说,粮食安全更是丝毫不容忽视的问题。中国人口占世界人口总量的近20%,耕地面积却仅有世界总量的7%,比例悬殊近三倍!如何用这么少的土地解决14亿国人的温饱问题?外国学者发出过诘问,党和国家领导人也极为重视。

新中国历代领导人都高度关注粮食问题。在2013年12月23日的中央农村工作会议上,习近平总书记指出:

> "洪范八政,食为政首。"我国是个人口众多的大国,解决好吃饭问题始终是治国理政的头等大事……因此,我首先要特别强调一下确保国家粮食安全问题。总体看,我国粮食安全基础仍不稳固,粮食安全形势依然严峻,什么时候都不能轻言粮食过关了。在粮食问题上不能侥幸、不能折腾,一旦出了大问题,多少年都会被动,到那时谁也救不了我们。我们的饭碗必须牢牢端在自己手里,粮食安全的主动权必须牢牢掌控在自己手中。我们的饭碗应该主要装中国粮。立足国内基本解决我国人民吃饭问题,是由我们的基本国情决定的,也是我们一以贯之的大政方针。一个国家只有立足粮食基本自给,才能掌握粮食安全主动权,进而才能掌控经济社会发展这个大局。靠别人解决吃饭问题是靠不住的。如果口粮依赖进口,我们就会被别人牵着鼻子走。

确保国家粮食安全,关键在主产区;河南作为中国粮仓,重要地位无可替代。

中原是中华民族和华夏文明的重要发源地,中国农耕文明在此发源,并在不断的开拓创新中向前发展,至今绵延不衰。

"得中原者得天下。"河南地处我国中心地带,历来为兵家必争之地。各路豪强逐鹿中原造成这里兵连祸结,加上水旱等自然灾害频仍,河南历史上饱受饥荒之苦。

改革开放以来，河南农业发展成就喜人。近年来，河南深入贯彻落实习近平总书记视察指导河南工作时的重要讲话精神，加快推进国家粮食生产核心区建设，走内涵式发展道路，粮食总产量稳定在1300亿斤左右，占全国的1/10，小麦产量占全国的27%，扛稳粮食安全重任；深化农业供给侧结构性改革，以"四优四化"为抓手调整种植结构，2018年全省优质小麦种植面积达到1200万亩，位居全国第一，种植结构越来越优；农产品加工业已成为全省第一大支柱产业，涌现出"三全""思念""双汇"等一批知名品牌。河南不仅为保障国家粮食安全做出了积极贡献，而且正在实现从"天下粮仓"到"国人厨房"再到"世人餐桌"的转型发展。

粮食生产是一个低产值、低附加值的产业。河南一年生产1000多亿斤粮食，产值不过1000亿元，只相当于别人搞两三个企业。但如果我们不自己解决粮食生产问题，就会把命运拴在别人的裤腰带上。承担这份责任意味着付出和奉献，但中国不能把命运交到别人手里，这份责任总要有人担当！2010年春，河南主动向国家做出了10年之后粮食生产能力稳定达到1300亿斤的承诺，每年调出粮食及其制品600亿斤。如今，这份承诺早已兑现，河南人仍义无反顾地承担着这份责任。

2019年3月8日，习近平总书记参加十三届全国人大二次会议河南代表团审议时强调：要扛稳粮食安全这个重任。确保重要农产品特别是粮食供给，是实施乡村振兴战略的首要任务。河南作为农业大省，农业特别是粮食生产对全国影响举足轻重。要发挥好粮食生产这个优势，立足打造全国重要的粮食生产核心区，推动藏粮于地、藏粮于技，稳步提升粮食产能，在确保国家粮食安全方面有新担当新作为。

搞好粮食生产，是决胜全面建成小康社会的基本保障；保障粮食安全，是实现中华民族伟大复兴的坚实根基。从这个意义上讲，以文学的方式反映粮食生产问题，是文学工作者为决胜全面小康、实现中华民族伟大复兴的中国梦进行的具体实践和文学承担。

恰在此书初稿即将完成的时候，新冠肺炎肆虐，许多国家纷纷采取限制粮食出口措施，全球粮食供应链受到冲击，粮食安全再次成为引人注目的重要问题。习近平总书记再次发出勤俭节约的号召，全社会又一次把"光盘行动"、节约粮食作为自觉的行为准则。这更让我明白了本选题的意义，也更加感受到了肩上的责任，坚定了做好这个选题的决心。

本书从粮食问题出发，基于个人经验、溯及民族记忆，立足河南、放眼全国，立足当下、着眼未来，居安思危，力图在对河南从"天下粮仓"到"国人厨房"转变的描写中，促使大家牢记粮食安全的重要性，深刻理解我国在国家治理体系和治理能力现代化方面的巨大进步，彰显中国特色社会主义制度的优越性，从而更加坚定道路自信、理论自信、制度自信、文化自信，为中华民族的伟大复兴贡献自己的力量。

目 录

古人吃什么 …… 001

古老的"五谷" …… 002

作为国家象征的"稷" …… 003

彼黍离离 …… 007

民之所食,豆饭藿羹 …… 009

作为食物的大麻 …… 014

小麦不小 …… 016

麦哥麦姐 …… 025

第一主食——水稻 …… 032

米弟米妹 …… 037

丝绸之路与粮食革命 …… 040

芝麻绿豆的事 …… 043

地理大发现 …… 045

后起之秀——玉米 …… 047

救命的红薯 …… 054

土豆这等"薯辈" …… 058

饥荒无情 ······ 063

极端饥饿下的人性 ······ 064
不堪忍受的饥饿 ······ 068
无尽长的死亡线 ······ 069
遍及全球的饥荒 ······ 072

一个新中国家庭的粮食记忆 ······ 075

"缺粮款"与工分 ······ 076
曾经的温饱生活 ······ 084
饥荒带来的磨难 ······ 088
红薯当家时代 ······ 098
六〇后的贫苦记忆 ······ 106
再不愁缺粮 ······ 113

粮食生产运动 ······ 117

从"不足温饱"到"吃饱吃好" ······ 118
从"南粮北调"到"北粮南运" ······ 122
从"戈壁荒漠"到"绿洲良田" ······ 127
从"北大荒"到"北大仓" ······ 134

国家战略 ······ 143

"粮丰工程" ······ 144
河南课题 ······ 151
粮食核心区 ······ 157
保护"命根子" ······ 162
18亿亩耕地红线 ······ 167

中原奇迹 ······ 173

中原金秋 ······ 174
第一产粮大省 ······ 181
沉重的"翅膀" ······ 186
粮农沐春风 ······ 192
取消农业税 ······ 202
粮食直补 ······ 204
中央一号文件 ······ 205
大旱见"同心" ······ 208
总理的关怀 ······ 211
种粮大户 ······ 219
今昔白马坡 ······ 223
家庭农场 ······ 225
现代农业生力军 ······ 228
打造"国人厨房" ······ 233

粮食的供给侧改革 ······ 237

  优质小麦的标杆 ······ 238
  强筋"新乡小麦" ······ 242
  弱筋小麦的出路 ······ 249
  优质粮食工程 ······ 253
  籼与粳 ······ 256
  超级稻 ······ 264
  原阳大米 ······ 268
  立体种养 ······ 273
  玉米产业链 ······ 277
  需求猛增的大豆 ······ 281
  种豆在中原 ······ 284
  正阳花生 ······ 287
  芝麻开门 ······ 295

种子的力量 ······ 301

  "杂交水稻之父"袁隆平 ······ 302
  别忘了他们 ······ 307
  河南的水稻专家 ······ 309
  许为钢的小麦育种突破 ······ 317
  "北赵南颜" ······ 322
  "北蔡南吴" ······ 324
  杂交小麦的开拓者范濂 ······ 327

麦田里的战狼 ⋯⋯ 328
"周麦之父"郑天存 ⋯⋯ 330
玉米育种奠基人吴绍骙 ⋯⋯ 333
玉米杂交种的开创者李竞雄 ⋯⋯ 337
"西部种子生产基地开拓者"陈伟程 ⋯⋯ 340
玉米"一号种子" ⋯⋯ 343
"玉米人"程相文 ⋯⋯ 344
花生专家张新友 ⋯⋯ 346
小芝麻大学问 ⋯⋯ 349
农业的"芯片" ⋯⋯ 352

科技之光 ⋯⋯ 355

新"管家" ⋯⋯ 356
信息高速公路 ⋯⋯ 360
"农业的根本出路在于机械化" ⋯⋯ 365
"东方红" ⋯⋯ 369
"飞手"郭永肖 ⋯⋯ 371
化肥的力量 ⋯⋯ 377
测土配方施肥 ⋯⋯ 380
转基因的影响 ⋯⋯ 387
种地的学问 ⋯⋯ 397

从"吃得饱"到"吃得好" ……… 405

面粉业 ……… 406
中原面食遍世界 ……… 411
方便面 ……… 415
永城的"白色经济" ……… 419
速冻食品的三全热 ……… 423
"思念" ……… 429
"六畜"之首 ……… 434
那个养猪的 ……… 437
养殖在中原 ……… 442
养禽吃蛋 ……… 445
乳业兴旺 ……… 450
无鱼不成席 ……… 456
菜篮子 ……… 458
果盘子 ……… 464

后　记 ……… 468

参考资料 ……… 473

古人吃什么

"来盘花生米,来壶老白干!"这是很多历史题材电视剧中常见的小酒馆喝酒场景。但这种情况在中国元明以前的真实历史中是不可能出现的。实际上,在元代以前,我们的先人既无白酒可喝,更无花生米可吃。很多人会觉得,古人的吃食和今人没什么不同,其实区别大了去了。古时相互隔绝的不同区域,粮食作物也各不相同。随着交流的增加,人类的食物种类才不断丰富。民以食为天,粮食不仅决定着个人的生存,也是古代社会结构的决定因素。

古老的"五谷"

在后人的描述和今人的想象中,上古的帝王都过着穷奢极欲的生活,令人艳羡。至于像商纣王这样的无道昏君,建"酒池肉林",生活更是极为奢靡。可实际上,让今天的人穿越到商代,过纣王那样的生活,可能过不了几天就忍耐不住了。

吃肉应该没什么问题,那时野生动物很多,打来蒸煮或烤了吃就是。但想炒了吃、煎了吃、炸了吃,还是等等吧。那时铁器还没有出现,对油脂的使用方法尚未掌握,食物的加工方式,基本就是煮、蒸或烤,而且也没什么调味料,诸如胡椒、孜然、辣椒、大葱、大蒜、香菜、芝麻、蚕豆、豌豆之类今天常见的调味食品或制作调味品的原料,还远未在东亚的土地上出现。

肉类之外,面包、馒头、烧饼、面条、包子之类的食物是没有的,当时的谷类作物基本以粒食为主,也就是直接将黍、粟之类原粮煮了或蒸了吃。

想拍个黄瓜,对不起,没有!想炒盘绿豆芽,对不起,没有!今天常见的蔬菜,像黄瓜、茄子、菠菜、芋头、南瓜、丝瓜、苦瓜、西红柿、扁豆、蚕豆、土豆、莴笋、花菜、卷心菜、胡萝卜等,统统没有。不过想吃个煮毛豆,或许可以。黄豆,古时叫菽,是上古时期中国人的主要食物之一。

餐后想吃水果,葡萄、石榴、无花果、西瓜、甜瓜、草莓、苹果等,也统统没有。

说到"酒池",纣王肯定是没有白酒喝的,中国的白酒即蒸馏酒,一般认为元代之后才由蒙古大军从西域传入;葡萄酒也不可能有,中国的葡萄是西汉时张骞出使西域才引入的。想来纣王喝的酒,大约是采摘的浆果或煮熟的谷类作物，放在容器中自然发酵形成的，不过几度，最多十几度而已。

那么，先秦时期人们到底吃什么呢？

孔子之后，形容一个人懒惰常说其"四体不勤，五谷不分"。"五谷"就是先秦主要的粮食作物，今天能说清"五谷"到底是什么的人可能还真不多。

所谓"五谷"，主要有两种说法：一种是麻、黍、稷、麦、菽，另一种是稻、黍、稷、麦、菽。《周礼·天官·疾医》有云："以五味、五谷、五药养其病。"郑玄注："五谷，麻、黍、稷、麦、豆也。"《孟子·滕文公上》中有"树艺五谷，五谷熟而民人育"的表述，赵岐注："五谷谓稻、黍、稷、麦、菽也。""菽"就是大豆，两种"五谷"的说法区别就是"稻"与"麻"。水稻虽是中国原产的农作物，但主要产地在南方，古代北方很少种稻。而上古时代中国的政治经济文化中心在黄河流域，"五谷"中最初应该是没有"稻"的。

"五谷"之中，麦、菽今天仍很常见，后面我们专门说。小麦在以粒食为主的时代，并不受重视，直到宋代以后小麦被大量磨成面粉食用，才成为国人的主食。至于麻，指的是大麻，麻籽虽可食，但很难作为主食。想来汉时人们可能就觉得把麻列入"五谷"有点勉强，用"稻"替换了"麻"。所以，先秦时期，黍、稷才是人们真正的主食。

作为国家象征的"稷"

看到"稷"，大家的第一反应可能就是"社稷"。《韩非子》中第一次出现"社稷"一词。"社"是"土"加了个表示祭祀与仪式的"示"旁，指土神；"稷"就是粟，也称粱，就是谷子，指谷神。土地和粮食是人民生存的根本，古代君主每年要隆重举行祭祀土神和谷神的活动，称之为祭社稷，以祈求国泰民安、五谷丰登。"社稷"逐渐代指国家，可见古代君主是把土地与粮食看作国家根本的。

粟，就是今天常见的小米，是原产于我国的最古老的粮食品种之一，也是古代北方最重要的粮食作物。今天我们说"谷子"，通常指籽粒为小米的一种作物。而上古时期"谷"本是谷类作物的总称，今天所说的"谷子"当时叫"禾"。战国时期，"谷"才开始作为谷子的专用名，"粟"指谷子的籽粒，即"小米"，有时也作为粮食的统称用。

古人用"稷"来指代粮食，说明它在上古时代是国人最主要的粮食作物。《史记·伯夷列传》有一个"不食周粟"的故事："武王已平殷乱，天下宗周，而伯夷、叔齐耻之，义不食周粟，隐于首阳山，采薇而食之。"伯夷、叔齐是商末孤竹君的儿子，认为诸侯伐君不仁不义，在周灭商后，誓死不做周的臣民，也不吃周的粮食。所谓"不食周粟"，是把"粟"作为了粮食的统称，可见粟在当时的地位。

原始时代，人类依靠狩猎和采集食物的方式获取食物，但这远远不能解决人口快速增长带来的食物需求。捕获的大型动物已经不能满足需求，只能以小动物来填补；野果也不够吃，人们只能开发更多的食物种类，诸多植物的叶子和根茎都被充当食物。一句话，人们可以吃的东西更加广泛和多样，摄取的营养也丰富起来，人脑的发育无形中提速了。

在采集食物的过程中，人们发现那些年复一年生长的植物，再生能力强、便于贮藏，果实和籽粒在经过一段时间后总会长出新的植株。根据自然界中普遍存在的"最佳觅食模式原理"，集中采集这些植物的果实便成为人类的自然选择。

农业就是从这时开始的。全球同时存在着几大农业起源中心，集中在北纬30度附近的狭长地带。西亚地区的"新月沃土"，培育出了大麦、小麦、绵羊、山羊和黄牛；在中南美洲，即今天的墨西哥和秘鲁西海岸，培育出了玉米、马铃薯、红薯、花生、南瓜、西葫芦和辣椒，还有驼羊与荷兰猪；在非洲撒哈拉沙漠的两端，则最早培育出高粱和毛驴。

东亚和西亚、南亚之间，存在难以逾越的天然屏障，使农业的起源与发展保持着相对的独立性。在青铜时代之前，一直都处于这种状态。

我国农业的起源主要在黄河流域和长江流域。

考古专家利用世界考古通行的"浮选法",对考古遗址中埋藏的植物遗存进行提取和研究,以此判断史前中国农业的发展脉络。考古证明,距今1万年左右,黄河流域已经开始人工栽培粟和黍。大约8000年前,形成了以粟和黍为主要农作物的北方旱作农业。

粟的祖先是与之相像的狗尾巴草。狗尾巴草现在依然生长在黄淮海流域等地的高台、沙地、山坡及田间,人们并不因为它是谷子的祖先而高看它一眼,常常把它当作杂草拔掉。

谷子耐干旱、贫瘠,不怕盐碱,适应性强,长时间是北方的主要粮食作物。唐朝大诗人杜甫的诗句"忆昔开元全盛日,小邑犹藏万家室。稻米流脂粟米白,公私仓廪俱丰实",是把大米、小米并称的。晚唐诗人李绅的诗句"春种一粒粟,秋收万颗子",也是以粟代指粮食的。到了宋朝,宋真宗赵恒《励学篇》称"富家不用买良田,书中自有千钟粟",依然把粟作为粮食的代表。可见在宋代以前,粟都是中国人的主要粮食。

粟虽然在古代漫长的时间里一直是中国北方人的主食,但因其产量低、不好消化,自身存在着很多缺陷,今天主要作为杂粮供人们搭配食用。

《三朝北盟会编》卷二百四十六记载了宋金对峙时的一个事件:"是时,龟山沿路有金人遗弃粟米山积……成闵之众多福建、江浙人,不能食粟,因此日有死者不下二三百人。"南宋绍兴三十一年(1161),金兵南下攻打江苏盱眙,南宋大将成闵列兵南岸与金人对峙,当时南宋拨给诸路士兵的粮饷本来就不足,加上连日大雨,粮草补给困难。金兵退兵后留下了大量的小米,其他几路部队都能靠着缴获的小米维持,唯独成闵统帅的士兵都是闽浙人,不吃小米,每天都会饿死二三百人。也就是说,那些闽浙士兵,因为吃不了小米饭,很多人被活活饿死。

小米细火慢煮,熬成小米粥,很受北方人喜爱,但蒸成饭吃,却干涩难以下咽。所以,谈到八路军当年抗战的艰苦,常常会用"小米加步枪"来形容。由此看来,古人的生活与今人比起来,差距不是一般的大。

还有种观点认为,"五谷"中的稷,指的是高粱。

如今的餐桌上,高粱成为不多见的"稀客"。即使我国的中部地区,掺了高粱面的花卷、窝头也不是主流食品了。而在曾经以高粱米饭为主食的东北地区，它也早已"隐退"。更多出现在人们视野中的，则是化作无色液体的高粱——白酒。在我国诸多白酒的配料表中，高粱都是绝对的"A角"。

高粱籽粒外皮含有大量的单宁，这是其适合酿酒的重要原因之一。但单宁入口有苦涩的感觉——葡萄皮和葡萄籽苦涩的口感正缘于其富含的单宁，红葡萄酒的口感也主要来自发酵氧化的单宁。单宁与蛋白质结合形成的胶体又难以消化，所以它作为粮食的口感较差，一直都不被人们喜欢。但在我国粮食史上，尤其在生产力低下的条件下，高粱的地位却相当高。

相关出土文物及农书史籍证明，高粱种植最少也有5000年的历史。多数研究者认为，高粱原产于非洲埃塞俄比亚，传入印度后再进入我国。至今，非洲还是高粱变种最多的地区。在1936年斯诺顿（Snowden J. D.）高粱分类系统的31个品种中，有28个品种起源于非洲，其中20个品种起源于非洲东北部的扇形区域内。在158个高粱变种里，只有4个品种起源于非洲以外的地方。也有部分专家认为，高粱原产于我国。在我国，高粱俗称蜀黍、芦稷、荻草、荻子、芦穄、芦粟等，南北各省区都有种植。其特性是喜温、喜光，耐高温，适应性强，分布于世界的热带、亚热带和温带地区，主产国有美国、阿根廷、墨西哥、苏丹、尼日利亚、印度和中国。

高粱米在中国、朝鲜、俄罗斯、印度及非洲等地均曾为食粮，既可以做成高粱米饭，也可以磨成面粉，单独或与其他粮食搭配做成面条、面鱼、面卷、煎饼、蒸糕、年糕等食品。由于高粱的产量上不去，经济效益也明显不足，近年来我国高粱种植面积大幅减少，尤其是东北地区，曾经被高粱覆盖的农田，大部分被玉米所替代。随着我国高粱消费量的增加，自产高粱不能自给，大部分依赖进口。2014年至2018年，我国高粱表观消费量都在800万吨以上，其中2017年消费量为890万吨，来自于进口的就达506万吨。

彼黍离离

豫北乡村，元宵节有"端灯盏儿""偷灯盏儿"的风俗。"端灯盏儿"是广大农民的祈福活动，祈愿风调雨顺、五谷丰登。对于七八岁到十五六岁的少年们，这个活动充满了神圣与乐趣。

元宵节这天，天擦黑时，家家户户开始"端灯盏儿"。家庭主妇早早地把发好、蒸熟的"黏面"做成各种各样的"灯盏儿"：最简单的是圆柱形的，有鸭蛋那么粗，在"灯盏儿"上端捏一个边沿，使中间凹陷，插一截缠绕棉絮、蘸了棉油的高粱篾（或苇篾）即成。也有的根据位置不同摆放不同的动物，比如放在大门口的"狮子"，粮食囤上放的"刺猬"，水缸里放的"青蛙"，鸡窝前放的"小鸡"等，在它们身体的某个部位捏出边沿，插上高粱篾。"端灯盏儿"之前，先把所有的"灯盏儿"摆在案板上，点燃芯捻，然后由孩子们端到各处放好：所有门的门墩上，厨屋的灶神前、锅台上、水缸里，牲畜圈里等。

"端灯盏儿"时，要小心翼翼地用手捂住灯火，不能灭掉。放好"灯盏儿"，还要看着，不让别家的孩子"偷"走。等到"灯盏儿"灭了，才可以收起来。收起来的"灯盏儿"，被做成好吃的油炸年糕。

讲究的大户（人口多）还会祭"十二月灯盏儿"：按一年12个月做成12个"灯盏儿"（在每个"灯盏儿"边沿分别捏1—12个"褶儿"），晚饭后，把"十二月灯盏儿"点燃，摆在堂屋当门的八仙桌上，上香跪拜。祭拜完毕，女主人会等到"十二月灯盏儿"自然灭掉后，检查代表每个月"灯盏儿"的预兆：哪个月的"灯盏儿"芯捻周围是干的，就预示着这个月干旱无雨；反之，芯捻的周围是潮湿的，就预示着这个月有雨雪。

半大孩儿们会组成"偷灯盏儿"的队伍，三两人一伙儿，挨家挨户地走，到了大门口，先躲在暗处观察，发现有"灯盏儿"可"偷"，即火速出击，把"灯盏儿"拿到手拔腿就跑。有时候即使看护者在场，"偷"者也会趁其不留神出手，几乎就是"明抢"了。

做"灯盏儿"的黏面，就是黍面。在上世纪八九十年代之前，我国北方的小杂粮中，黍的种植量不大，但还很普遍。如今，在豫北种植的粮食中，黍几乎绝迹。"端灯盏儿"的习俗也早就变了味：昔日黏面做的"灯盏儿"，如今变成了小蜡烛。孩子们"偷灯盏儿"的活动自然就没有了——形式还在，内核却发生了质变。

现在，黍在我国粮食作物中按产量已退居到第十位，还不到粮食总产量的1%，实在是无足轻重。但在古代，黍却有着非常显赫的地位。

《黍离》是《诗经》中的名篇，开篇"彼黍离离，彼稷之苗"，提到的即是当时我国最重要的粮食作物。《诗经·魏风·硕鼠》中"硕鼠硕鼠，无食我黍"，其实是用"黍"指代粮食的。《吕氏春秋》《史记》中提到的粮食作物，也均有黍。我国古代还用黍百颗排列起来，取其长度作为一尺的标准，叫黍尺。横排的称"横黍尺"，纵排的称"纵黍尺"，旧制的尺即是纵黍尺。横黍尺的一尺大约是纵黍尺的八寸一分。由此可见，黍在古代是被广泛种植和食用的。

黍，古称糜子，即黄米的原粮，原产地在我国北方，是古代黄河流域重要的粮食作物之一。习惯上，黍、糜都是指一种粮食，有糯性与非糯性之分，去皮后都叫黄米。糯质黄米，可以做年糕、粽子。非糯质黄米，与小米类似，以食用为主，煮粥、做米饭、酿酒均可。有些地方对糯性黍与非糯性黍的叫法不同。比如陕西，把糯性的叫黍，黍米叫"软米"；把非糯性的黍叫糜，糜米叫"黄米"或"硬米"。

黍是与粟一同走进人类农业史的，与粟有着共同的特点：耐干旱、贫瘠，不怕盐碱，适应性强。这在农耕之初种植技术、土地质量低劣的条件下，尤其重要。

在农业发展初期，黍的重要性曾经排在粟之前，种植面积也超过粟。后来，随着人们对产量、食用性的要求，粟渐渐成为主要粮食作物，而黍的地位逐渐后移。

黍的祖先是野糜子，在未出穗前，黍的外形与谷子酷似，出了穗子就明显不同了：黍的穗子与水稻更接近，穗粒是松散的，而谷子的穗子则呈圆柱状或接近纺锤状。

目前，全世界黍子的种植面积有 600 万公顷，最多的是俄罗斯，其次是中国、乌克兰、印度、伊朗、蒙古等国。我国黍子主要产区集中在长城沿线地区，常年种植面积约 100 万公顷，居世界第 2 位，亩产在 150—200 公斤。

我国黍子大致有以下种植区：东北春黍区，北方春黍区，华北夏黍区，黄土高原春、夏黍区，西北春、夏黍区，青藏高原春黍区，南方秋、冬黍区。看似有这么多种植区，但事实上，黍在平原大田粮食作物中面积越来越小，"隐退"为真正的"小杂粮"。笔者在河南部分地市农业部门采访时了解到，近二十年来农民们基本都不种植黍子了。在食品丰富的今天，黄米粽子、黍面年糕在很多地区都是可有可无的。一些喜爱黄米的，可以在市场或网上买到。这些黍产品，基本都来自专门的商品黍种植基地。

民之所食，豆饭藿羹

作为"五谷"之一的大豆，长期是我国人民重要的食物。相较于黍、稷等谷物，大豆可以为人提供丰富的蛋白质和脂肪，直到今天仍被誉为"田中之肉""绿色牛乳"。根据大豆籽粒的颜色和粒形，有黄大豆、青大豆、黑大豆以及褐色、棕色、赤色等颜色的大豆。

今天，大豆的用途主要是榨油和制作豆腐类制品。作为油料作物，我国自产大豆远远不能满足市场需求，主要依靠进口。同时，豆腐类制品仍频繁出现在我们的餐桌上。在我国各大城市早餐摊上，豆腐脑、豆浆随处可见。而在全国的大小超市，豆腐、豆奶、豆筋、豆腐皮、腐竹、豆腐乳、臭豆腐、黄豆酱等各种豆制食品更是品种繁多。不能不说，在我们的饭碗中，大豆还占据着很重要的位置。但即使这样，主粮的序列中已经没了它的一席之地。

而在古代，大豆曾是很重要的粮食作物，"五谷"包含的品种不管怎么变，始终离不开大豆。

我国是大豆的故乡，其祖本野生大豆遍布大江南北。豆类品种很多，但绿豆、豌豆、蚕豆、扁豆等并非原产于我国,是汉代以后从西域传入的。大豆则是我国驯化最早的豆类作物,早在新石器时代,我国就开始栽培大豆,至今已有5000年的历史。

安阳殷墟出土的甲骨文中,有"菽"字的原体。著名农业科学家卜慕华先生说:"公元前1000年以前,殷商时代就有了甲骨文。虽然当时记载非常有限,但在农作物方面,已辨别出有黍、稷、菽、麦、稻等,是当时人民主要依为主食的农作物。"

《诗经》中,有"中原有菽,庶民采之""黍稷重穋,禾麻菽麦",从"采"到"获"到"纳",说明随着原始农业的发展,大豆逐渐被人类作为重要的农作物专门在土地上培植。

多种文献均有关于大豆的记载:

《荀子·王制篇》:"工贾不耕田,而足菽粟。"

《管子·轻重甲第八十》:"子大夫有五谷菽粟者,勿敢左右。"

《礼记·檀弓》:"孔子曰:啜菽饮水,尽其欢,斯之为孝。"

《管子·重令》:"菽粟不足,末生不禁,民必有饥饿之色。"

山西侯马出土的2300年前的文物中,就有10粒黄色滚圆的大豆。

1953年河南省洛阳市烧沟汉墓出土的距今2000多年的陶盆有用朱砂写的"大豆万石"四个字。

多种文献记载,4500多年以前,大豆在我国就是"五谷"元老作物之一了。不过,大豆最早的驯化地,包括主要食用分布地,在相当长的时期主要在北方地区。公元前5世纪的《神农书·八谷生长》中写道:"大豆生于槐,出于沮石之山谷中。"

在距今大约3000年前,豆类即成为中国人最重要的食物原料之一,在春秋战国的文献中,往往"菽粟"并列:

《墨子·尚贤中》曰:"耕稼树艺,聚菽粟,是以菽粟多而民足乎食。"

《孟子·尽心章句上》曰:"圣人治天下,使有菽粟如水火,菽粟如水火,而民焉有不仁者乎?"

《战国策·齐策四》曰:"君之厩马百乘,无不被绣衣而食菽粟者。"

到了秦汉时期，我国大豆栽培技术进入重要发展时期。此时的古书中，由象形的盛器"豆"字取代了会意的"尗"字。显然，当时大豆作为主粮，与人们的生活联系更加密切。

此时期的大豆种植面积已占全部农作物种植面积的1/4。种植区域上，由原来的北方逐渐向黄淮河流域延伸扩展。刘文典《淮南鸿烈集解》卷四《地形训》中称："河水重浊而宜菽，洛水轻利而宜禾。"张衡《南都赋》载："其原野则有桑、漆、麻、苎、菽、麦、稷、黍，百谷蕃庑，翼翼与与。"

随着农业科学技术的发展，人们掌握了根据季节进行整地、播种、施肥、灌溉等大豆生产技术。《氾胜之书》载："三月榆荚时，有雨，高田可种大豆，土和无块，亩五升，土不和，则益之。种大豆，夏至后二十日，尚可种，戴甲而生，不用深耕。"不但对种子数量有要求，而且强调种植密度。《四民月令》载："种土不可厚，种之上，土才令蔽豆耳。"

魏晋南北朝时期，大豆的栽培技术更加完善，大豆作为粮食作物的地位"较之汉代反而有所回升"。《魏书》卷五十六《崔辩传》记述："华壤膏腴，变为舄卤；菽麦禾黍，化作蘆蒲。"由此可推测出在种植范围上，今天的冀中衡水、沧州及廊坊、天津等地区已经广泛种植大豆，黄淮流域大豆种植更是普遍。

隋唐以后，虽然大豆种植技术发展更快，但其在主要粮食作物中的比重逐渐降低。

宋元时，大豆种植已遍及全国各地。

明清时期，大豆的种植技术更趋成熟，并出现了各种作物与大豆间作技术，比如豆麦间作、豆棉间作、豆麻间作等。

1873年，中国大豆在奥地利维也纳举行的万国博览会上一亮相即引起轰动，滚圆饱满的金黄籽粒吸引了许多外国人的眼球，被他们称作"奇迹豆"。

由此，中国大豆走出国门，被各国引进试种。因为当时中国的大豆面积大、产量高、品质好、出口多，誉满全球，所以中国被称为"大豆王国"。

现代大豆的吃法花样百出，而在它做主粮的时期，与小麦早期的吃法一样，也是以粒食为主。

《战国策·韩策一》中说："民之所食，大抵豆饭藿羹。"藿即豆叶，用豆粒做饭、用豆叶做菜羹是当时人们的主要膳食。

"煮豆燃豆萁，豆在釜中泣"是曹植《七步诗》中的名句，说明在三国时期，豆子还保留着粒食的传统。甚至今天，我们还常煮毛豆吃。尽管西汉已经发明了豆腐，但这时候寻常百姓还是吃不起这种精细美食的。豆腐真正推广开来，是在宋代。

在粒食时代，豆子直接拿来煮成豆菽饭。当然，这是身份卑贱和家境贫寒的人才常吃的主食。在漫长的粒食时期，人们积累了丰富的食用豆菽饭的经验：吃大量的纯豆子饭，会引起腹胀或者消化不良，严重者甚至会中毒，所以，人们会在豆菽饭中掺一些其他粮食，即"杂菽为饭"。

据文献资料，宋代还流行豆粥。宋徽宗时期名僧、诗人慧洪觉范写了一首《豆粥》的诗作："出碓新粳明玉粒，落丛小豆枫叶赤。井花洗粳勿去萁，沙瓶煮豆须弥日……急除烈焰看徐搅，豆才亦趁洄涡入……"这时的豆粥，还是以豆粒与其他配料熬煮为主，想来和今天的八宝粥类似。

根据文献资料推断，从汉代到北宋的千余年间，大豆在庶民膳食结构中的地位仍然没有根本改变。大豆磨粉食用是封建社会中叶以后的事，直到近现代比重才开始增大。

豆酱、豆豉和豆腐的发明，是大豆向美食转变的开始。

至今依然在餐桌上活跃的豆酱，在先秦时的百姓家庭是十分普遍的咸味调料。到了汉代，酱已成为与传统的醢（即肉酱）并列的一大咸味调料种类。"酱以豆和面而为之也"，"酱之为言将也，食之有酱，如军之须将，取其率领进导之也"，已成为寻常百姓的生活常识。

酱类品种很多，其中以豆为原料的酱又分作"以供旋食"的"末都"酱和长期贮存的"大酱"。人们还会根据放盐多少把酱分为咸味和略带酸味的酱。

汉之后,民间有"可以调食,故为之酱焉""酱,八珍主人""酱,食味之主"等说法,反映了酱在厨房中始终居于调味品的霸主地位。而在百姓家庭,酱更是三餐必备的佐食之肴、经久不变的副食,一日不可或缺。"百家酱,百家味"是一句经久流传的俗谚,它表明酱是庶民百姓常年贮备的重要食料。

豉的历史要晚于酱,酱本来是诸多"醢"的一种,而豉则是由豆酱衍化出来的。

东汉王逸注《楚辞·招魂》中"大苦咸酸"句云:"大苦,豉也。"故历来学者均认为"古人未有豉也……盖秦、汉以来始为之耳"。

可以断定,豉在汉代已经被人们普遍食用,西汉初年豉便是城邑中商人经营的主要日常消费食品之一,也是百姓家常备的调料之一。《史记·货殖列传》有"蘖曲盐豉千荅"之句,西汉史游《急就篇》提到"芜荑盐豉醯酢酱"。

豉的种类也很丰富,按含盐量和风味不同,有淡豆豉和咸豆豉两大类。

酱、豉之外是"豆酱清",即"酱清"或"清酱",同样是汉代人十分喜欢的美味调料。

酢,就是以大豆为原料制作的醋,汉魏南北朝时普遍流行,最常见的是"大豆千岁苦酒"和"小豆千岁苦酒"等。

关于豆腐,《本草纲目》记载:"豆腐之法,始于汉淮南王刘安。"刘安是汉高祖刘邦的孙子,袭父爵封为淮南王。因热爱仙术,刘安经常聚集一帮方士门客,在淮南八公山下炼丹。据传,在一次把黄豆浆与卤水一起煮的时候,发现有白色的凝块,一品尝,香嫩可口,十分欣喜,为其取名豆腐。

唐以后,豆腐便不再只是官宦贵族的"珍品",市场供应充足,价格也便宜,深受寻常百姓喜爱。这是大豆从"豆饭""豆粥"等主食序列逐渐退出后开始在副食领域独领风骚的主要原因。

至宋代,随着"梦幻国都"东京餐饮业的繁荣和市民生活的日益丰富,豆腐制品花样繁多,有豆浆、豆腐脑、水豆腐、油豆腐、冻豆腐、豆腐干等等,人们变着法子吃豆腐。

豆腐的细加工品种也非常多,如熏豆腐、鸡汤豆腐丝、五香干豆腐卷、五香豆腐丝、茶干等,在清代及以前的食谱中,均有大量文字记录。

豆酱、豆腐、豆浆和豆芽都是我国人民喜闻乐见的豆制食品。关于豆制食品,我国占了以下世界第一:第一个用霉菌及其酶发酵基质生产富含氨基酸的美味食品——豆酱及酱油的国家,第一个榨取富于营养的大豆饮料——豆浆的国家,第一个在室内生产富含维生素C的蔬菜——豆芽的国家,第一个分离和凝固豆汁生产酪状物——豆腐、豆腐干的国家。

黄豆芽,最初被称作"黄卷"。湖南长沙马王堆西汉墓出土的161号竹简上即有"黄卷一石"字样。东汉时期成书的《神农本草经》也提到大豆黄卷,这可能是指早期作为药用的豆芽干制品。鲜豆芽作为蔬菜食用,也应该从这个时期逐渐流传开。

而有关豆油的文字记载,最早出现在宋代苏轼的《物类相感志》中:"豆油煎豆腐,有味","豆油可和桐油作艌船灰,妙"。有专家推测,在隋唐时期,已经开始用大豆榨油、以豆饼做牲畜饲料了。

我们的祖先创造的大豆食品,无论在营养还是口味上,都可与动物性食品如肉、蛋、奶相媲美,也因此受到世界各国人民的欢迎。如今,大豆虽然从主粮中退出,但其地位依然重要,拥有榨油、食用、饲用、种用四种价值。

作为食物的大麻

"五谷"中还有一种今天想来不可思议的食品——麻。大多数专家认为,"五谷"中的"麻"是大麻。当然,此大麻与用于制毒品的大麻有着明显的区别,可以制毒品的大麻,主要是指矮小、多分枝的印度大麻。

大麻的别称有山丝苗、线麻、火麻等，在我国的栽培历史比麦子还要早。新石器时代，中原地区的先民已经开始种植大麻，其纤维是古代重要的纺织原料，而它的种子，古代称为苴，曾经是重要的粮食之一，也因此被列入"五谷"。

《诗经》《尚书》《周礼》等先秦典籍，都有关于大麻的记载。

仅《诗经》中，就有7处提到麻：

《曹风·蜉蝣》："蜉蝣掘阅，麻衣如雪。"

《豳风·七月》："九月叔苴，采荼薪樗，食我农夫。"

《豳风·七月》："黍稷重穋，禾麻菽麦。"

《齐风·南山》："蓺麻如之何？衡从其亩。"

《陈风·东门之池》："东门之池，可以沤麻。"

《陈风·东门之枌》："不绩其麻，市也婆娑。"

《王风·丘中有麻》："丘中有麻，彼留子嗟。"

如果按照《诗经·豳风·七月》中"禾麻菽麦"这样的排序，大麻的地位仅次于禾（粟），而居菽、麦之上。

大麻籽富含脂肪、蛋白质和多种维生素与微量元素，在粒食时代，古人把它当作粮食也是自然而然的事情，或煮食，或直接食用，都可以充饥和获取营养。

麻在宋代之前就已经退出粮食序列，关于大麻籽做主食的吃法，史料记载很少。

南北朝史书《南齐书·皇后传·宣孝陈皇后》中讲了一个麻粥催乳的事："太祖年二岁，乳人乏乳，后梦人以两瓯麻粥与之，觉而乳大出。"

白居易在诗作《七月一日作》中写道："饥闻麻粥香，渴觉云汤美。"这就可以确定，唐代是有麻粥的，也就是用麻仁熬的粥。

据民间资料，有一种"麻籽豆腐"：像磨豆腐一样，把大麻籽细磨加水滤渣，但此"豆腐"并不是固体的，而是呈糊状，细而散。以此"麻籽豆腐"配白菜或其他蔬菜一起煮，味道鲜美。

满族人也发明了一种"麻籽豆腐"，是在用大豆制作豆腐的时候，加入少量的大麻籽，使豆腐有一种特殊的香味。

在现代生活中，无论是纯麻籽的"麻籽豆腐"，还是满族人的"两掺"豆腐，均能以炒、炖、蒸等烹调方法制作多种美食，既可做主料，也可做辅料、调料，与鸡蛋、蘑菇、白菜、酸菜、豆角等搭配风味尤佳。麻籽香味独特，有入口不忘的神奇效果，还可用来蒸蛋羹或配菜做馅食用。

用麻仁泥做糕点馅，也是一种不错的吃法。在西藏，也有人做糌粑时掺入大麻籽。

麻籽也是我国很多地区的零食，生吃、炒熟均可。至今，在云南、河南、山西、陕西、宁夏、内蒙古等省区的一些农村地区，仍保留着嗑大麻籽的习惯。

大麻籽还是很好的油料，含油量在30%以上。实践证明，食用大量的大麻油会出现头昏、嗜睡等类似于中毒的现象，所以大麻油多用于工业。不过，少量食用麻油，并不会中毒，反而有排毒养颜、疏通血管等功效。

三国时期吴普的《本草》对大麻籽带壳而食有毒做过记述。

《黄帝内经》则认为"五谷为养。麻、麦、稷、黍、豆，以配肝、心、脾、肺、肾"。

"五谷"之麻曾是古人的主食，现在尽管在食品中还会时不时露一下面，但毋庸讳言，它离粮食却是越来越远了。

小麦不小

今天，中国北方人的主食主要是白面制作的各种食物，包括花样繁多的面条、馒头、包子等。"白面"特指小麦磨制的面粉，今天人们日日食用，早已习以为常，但在不是很久的以前，人们常用"吃的是细米白面"形容生活的美好。其实，"白面"不只在中国，在世界很多国家，比如以牛奶、面包为主的西方，都是人们的主食。因此，小麦从过去到现在，一直是人类最重要的粮食作物之一。

2019年6月11日上午，笔者再次来到全国小麦第一生产大县、河南第一产粮大县——滑县。麦收已过，滑县180多万亩小麦收成如何呢？

采访的第一站，我们选在了万古镇。这是一个拥有9.8万亩耕地、4.14万人口的大镇，拥有河南省粮食生产百强乡镇、畜牧产业化先进单位、安阳市畜牧亿元镇、农业特色乡镇等多项荣誉，畜牧养殖业年产值突破2亿元。万古镇2019年播种小麦9万余亩，其中优质小麦有6万亩。闻名全县的滑县焕永种植农业合作社，就在该镇杜庄村。

说起2019年的小麦产量，杜庄村村委会主任、焕永合作社理事长杜焕永欣喜地说："今年又是好年景，合作社的2000多亩小麦，平均亩产超过1200斤，高产地块一亩能达到1400斤。"

滑县小麦2019年又是大丰收，全县小麦播种面积181.2万亩，平均亩产515.5公斤，总产93.4万吨，刷新了多年来小麦单产、总产纪录。

滑县小麦产量在河南一直位居第一。河南小麦从改革开放到现在都稳坐全国产量第一把交椅。而我国小麦产量在全球的产量排行榜上也长期名列榜首。

世界小麦产量排在前四的国家依次是中国、印度、美国和俄罗斯。这四个国家的小麦产量占世界总产量的45%。

小麦是全球粮食中的"老大"，占了四个"世界之最"，即播种面积最大、产量最多、分布最广、消费量最大，没有之一。小麦也是主要的口粮、商品粮和战略储备品种，在粮食生产、流通和消费中具有核心地位。根据专业机构统计，目前全球小麦种植面积超过220万公顷，年产量7.3亿吨，占世界粮食总产量的三成。

据国家统计局资料，我国小麦2018年总产量1.284亿吨，占世界总产量的17%。在我国，小麦非常重要，种植面积、产量分别占到全国粮食作物的22%左右和20%以上。

我国也是小麦消费量最大的国家，2018年度消费量达1.25亿吨，占世界小麦消费总量7.381亿吨的16.94%。

小麦面粉制作的食物可谓数不胜数。以我国为例，罗列出来的家常面食即长篇累牍：馒头、花卷、包子、烧麦、烙饼、烧饼、火烧、馕、油条、菜角、壮馍、饺子、面条、挂面等等。据说以做面著称的山西人，面食能做出280多种花样。工业化加工的面食，也是食品的主流，饼干、面包、馍片、方便面、速冻水饺、甜面酱等在超市的货架上占据了食品的大片江山。

中国社会科学院研究员赵志军认为，世界主要的古代文明都与小麦有关。在来到中国之前，小麦从西亚出发，先是传播到邻近的非洲，滋养了尼罗河畔的古埃及文明，此后又传至印度河流域，培育出古印度文明，而小麦的起源地本身就是美索不达米亚古代文明的诞生地。

小麦起源于西亚的"新月沃土"地带。"新月沃土"也称"肥沃月弯"，指的是西亚、北非地区两河流域及附近一连串肥沃的土地，包括黎凡特、美索不达米亚和古埃及，即现在的巴勒斯坦、约旦、以色列、约旦河西岸地区和黎巴嫩部分地区、叙利亚以及伊拉克和土耳其东南部、埃及东北部。

这片地带呈弧形狭长之状，犹如一弯新月。美国芝加哥大学的考古学家詹姆士·布雷斯特德将其命名为"新月沃土"。他在1906年所出版的《埃及的古代记录》中，最早使用了这个诗意的学术名词，此后这个名词便成为这一肥沃地带的美丽昵称和专指。

"新月沃土"上主要有三条河流：约旦河、幼发拉底河和底格里斯河，其中，幼发拉底河和底格里斯河流域即"两河流域"，像我国的长江、黄河流域一样，都是人类古文明的发祥地。

现代小麦的一粒种子可以分蘖3—4株，一穗可结约45颗籽粒，我国小麦单产已经高达每亩500公斤以上。小麦长成现在的样子，经历了漫长的过程：野生小麦进化成一粒小麦（一株小麦只结一颗籽粒），经过人工培育成为二粒小麦；二粒小麦再次和粗山羊草植株（伊朗高原当地原生植物）杂交，进化成六倍体小麦；六倍体小麦经过优化成为现代小麦。

关于小麦栽培情况，史料记载：

公元前7000—前6000年，今土耳其、伊朗、巴勒斯坦、伊拉克、叙利亚、以色列等地区已广泛栽培小麦；

公元前6000年，在巴基斯坦已广泛栽培；

公元前6000—前5000年，在希腊和西班牙已广泛栽培；

公元前5000—前4000年，在外高加索和土库曼已广泛栽培；

公元前4000年，在埃及已广泛栽培；

公元前3000年，在印度已广泛栽培；

公元前2000年左右，在中国广泛栽培。

以上资料说明，公元前3000年之前，古代的欧、亚、非三大洲基本都已经开始种植小麦了。

到了公元15世纪至17世纪间，欧洲殖民者将小麦传播到了南、北美洲；18世纪，小麦传到了大洋洲。

专家普遍认为，小麦在中国是由黄河中游逐渐扩展到长江以南各地的，随后传入了邻邦朝鲜和隔海相望的日本。

小麦传入我国大致有以下线路：一是欧亚草原快速通道及长城沿线，二是沙漠绿洲通道（后来的丝绸之路），三是青藏高原边缘地带至内陆，四是印度等南亚线路。

专家推测，小麦有可能是通过以上一条或者多条线路传入中国的。

我国的早期小麦遗址主要集中分布在三个区域，即青海东部、甘肃河西走廊和新疆东部，绝对年代主要集中在距今4000—3500年之间。

最早记载小麦的文字是安阳殷墟出土的甲骨文，其中有"告麦""食麦"的记载；郭沫若主编的《甲骨文合集》第8册，也有"正一月曰食麦"这样的释文解说。

《诗经·豳风·七月》中有"十月纳禾稼，黍稷重穋，禾麻菽麦"，《诗经·魏风·硕鼠》中有"硕鼠硕鼠，无食我麦"。由此可见，麦在春秋时期已经广泛种植。

《诗经·周颂·思文》中有一句"贻我来牟"，"来牟"繁体字作"棶麰"。从周人赞颂他们祖先的诗篇中可知，公元前11世纪在关中地区就已经有麦传入了。古代所说的"麦"，是大麦与小麦的统称。今天表示"到来"的"来"是一个假借字，原本是一个象形字，就是"麦"。具体说，"来"指小麦，"牟"指大麦。

《左传·隐公三年》记载了一个发生在春秋初期周王室与郑国之间的故事："四月，郑祭足帅师取温之麦"，说的是这年四月，郑国的祭足带兵割取了温地的麦子。

可见，在春秋战国时期，黄河中下游流域也已经栽培小麦了，而且人们已懂得利用晚秋和早春的生长季节种植宿麦也就是冬麦了。冬麦的种植，有利于解决青黄不接的问题。

麦子在周代已经得到普遍重视。儒家经典《春秋》中说："它谷不书，至于麦禾不成则书之。"这说明当时人们对麦的重视程度已与粟相提并论了。不过这时候小麦一般为祭祀专用，普通老百姓很少食用。

战国时期，虽然发明了石磨，但麦子的食用并没有很快从"粒食"过渡到"粉食"，这其中经历了相当漫长的过程。

在中华民族的食物史上，粒食之法持续了很久。《墨子》中便称"四海之内，粒食之民"。在先秦乃至汉代，人们普遍认为粒食才是正统的吃法。而磨成面粉吃，则属于"歪门邪道"，粉食者被看作缺乏教养的化外之民。

何为粒食？比如小米、稻米，不管做成米饭、小米粥，都保留着粮食颗粒原状。即便是不好熟的豆子，吃多了还会胀气，古人也是煮粒而食。有一个形容食品粗劣、生活水平低下的词语——麦饭豆羹，说的就是把麦子、豆子直接煮熟当饭。

小麦传入我国之后，我们的祖先根据以往的经验，自然采用了与小米和稻子一样粒食的习惯方法来食用——将小麦蒸熟或者煮熟，做成"麦饭"或"麦粥"。

因为"磨麦合皮而炊之"，麸皮有苦涩味，与小米、大米相比，无论是麦饭还是麦粥，口感都相差甚远，所以，那时候麦饭或麦粥均为差等饭食，只有底层老百姓才常吃。在上层社会，倘若有人用麦饭来招待客人，就会被看作对客人不尊重。如果儿媳妇自己吃米饭而让婆婆吃麦饭，就会被视为不孝。

不言而喻，食用方法限制了小麦的推广普及。

事实上，最初的小麦品质也不好，即便是磨成面粉，也不适合制作面食。比如，甘肃临洮地区虽然很早就种上了小麦，但直到南宋，这里的小麦仍然不适合磨成面粉。史料记载，这里的小麦面粉黏牙，想要擀面条，和面的时候必须掺进去一些草木灰。现在遍及全国的"牛肉拉面"，制作时通常都要添加"蓬灰"，即蓬柴草烧制而成的草木灰，就是为了增加拉面的口感，吃起来更筋道。

从汉代开始，石磨的普遍应用，让小麦真正得以推广和大面积种植，且在人们的粮食构成中日渐重要。特别是在北方，麦的种植得到大力推广。据《汉书·食货志》记载，董仲舒说："圣人于五谷最重麦与禾也。"

在西汉，种植麦子已经引起了皇帝的重视。如：西汉元狩三年（前120），汉武帝"遣谒者劝有水灾郡种宿麦"（《汉书·武帝纪》）。东汉永初三年（109），汉安帝"诏长吏案行在所，皆令种宿麦蔬食，务尽地力"（《后汉书·安帝纪》）。另外，农学家赵过和氾胜之等也都曾致力于在关中地区推广小麦种植，汉代关中人口的增加与麦作的发展有着密切的关系。

魏晋南北朝时期作物格局依然是南稻北粟，但麦类的种植开始普遍，在北方大有追赶粟类之势，在南方则随着北方移民的迁入也开始少量种植。

《晋书·武帝本纪》中记述，当时春小麦栽培向西扩展到甘肃陕西地区，5世纪更向西北推进到高昌、向东北推进到勿吉。而冬小麦的栽培，则随着北人南下而逐步向南发展，第一步向江淮地区推广，第二步向浙赣地区扩展。

唐宋时期，随着生产力的提高、文化的发展、疆土的扩大、对外关系的加强，小麦的栽培范围又有新扩展，主要向西、西北和南方发展。《齐民要术》记载，粟居首位，麦、稻则稍后于粟。而在《四时纂要》中，粟、麦、稻已并称，说明这个时期麦的种植比前代更加普遍了。

一直到唐代中期，小麦在粮食作物中地位并不突出。随着唐朝与西域各民族的交流，粉食虽然已经被人们接受，但当时流传一个使小麦面粉被歧视的致命传言，那就是"面毒说"。为此，唐代的《新修本草》专门辟谣，明确说小麦无毒，但当时一些权威"专家"仍言之凿凿称其有毒。唐代名医孙思邈认为，面"多食，长宿，澼加客气。畏汉椒、萝蔔"，也就是吃面多了，易引发外邪侵入体内，用花椒、萝卜方能克其毒。孙思邈大师还说，他曾亲眼见过一些吃面多的山陕人小腹发胀，到最后头发脱落而身亡。

宋代人认为面吃多了会上火、长疮、肿腮帮子、肠胃功能紊乱，不是便秘就是腹泻。此时的《证类本草》称："小麦性寒，作面则温而有毒。"五代十国时南唐大学士张洎和北宋医学家董汲、科学家沈括等名人都相信小麦面有毒。

南宋时，金兵曾在一次南侵撤退后留下了很多小麦，南宋军民虽食物匮乏却不敢吃，因为当时"麦有毒"的说法影响很大，人们惧怕中毒。

元代名医贾铭称，吃面粉中毒后不仅脱发，连眉毛也会掉光。

明代慎懋官在《花木考》中称："小麦种来自西国寒温之地，中华人食之，率致风壅。小说载中麦毒，乃此也。昔达磨游震旦，见食面者惊曰：'安得此杀人之物？'后见莱菔（萝卜的古称），曰：'赖有此耳。'盖莱菔解面毒也。"

清代文学家袁枚本来很喜欢吃面，无意中从古书上看到"面粉有毒"，从此不再食用，做客时别人请吃面，必用清水反复冲洗数遍，才敢吃下去。

关于面粉中的毒从何而来，大致有两种意见：

其一，与种植地相关。南方小麦有毒，北方小麦无毒。比如，元代贾铭《饮食须知》中便说："北麦日开花，无毒。南麦夜开花，有微毒……勿同粟米、枇杷食。凡食面伤，以莱菔、汉椒消之。"元代名医李鹏飞也认为，多霜雪处，面即无毒，故南方不宜种麦。

其二，加工方式致毒。唐代名医孟诜认为"为磨中石末在内故也，但杵食之即良"，即磨面会有石粉融入面粉，有毒，但用杵捣加工面粉就无毒。

古人还发明了不少"解毒"方法，除了前文提到的萝卜可以解面毒之外，还有如下"高招"：

风吹法。明代学者顾元庆就建议："寒食日以纸袋盛悬风处，数十年亦不坏，则热性皆去而无毒矣，入药尤良。"

喝面汤。宋代方勺在《泊宅编》中称："世人食面讫，往往继进面汤，云能解面毒。"现在人们常说"原汤化原食"，大概即由此而来。

黑豆汁和面。明代学者高濂在《遵生八笺》中说："凡和面，用黑豆汁和之，再无面毒之害。"

不去皮。《唐本草》中说："小麦汤用，不许皮坼，坼则性温，不能消热止烦也。"

因为这些原因，小麦的推广普及比较缓慢。中原广泛种植小麦是在唐代，而面食的推广则在宋代，真正普及则到了明代。

小麦面食的可口性大大改善，口感超越了其他食物，从而使它最终挤掉不可一世的粟，一跃成为粮食作物中的新霸主。

根据史料，东汉时洛阳城里就"皆食胡饼"了。胡饼就是馕，我国新疆等地区现在还有这种食品。

以"胡"字开头的主食，还有胡饭。据成书于北魏末年的《齐民要术》记载：腌好的酸酱瓜切成长条，烤好的嫩肥肉，以面饼裹之，切成四指多长的段儿，蘸点儿飘着胡芹末的陈醋，面香、肉香、酱瓜香、醋香、胡芹香一同在口中绽放，香脆爽口。

到了魏晋南北朝，已经有了馒头，但那时的馒头与现代不大一样——它里面有馅儿，更像现在的包子。根据不同的馅，分为羊肉馒头、蟹黄馒头、猪肉馒头、厚皮馒头、肥皮馒头等等。到现在，上海还把带馅儿的面点叫做馒头。其他面食还有"乱积"、棋子面（也叫切面粥）、水引饼、煎饼等，面食进入多样化时代。

唐代，馒头就成了寻常食品，长安城朱雀大街胜业坊上，常有人卖馒头。武周时，有位叫张衡的官员，下班路上看见刚出锅的馒头，抵不住诱惑,买了在马上吃完,结果被御史看到,以他有损仪容为由向武则天奏了一本,因此断送了一次晋升机会。

这期间,长安城还流行古楼子(近于现在的肉饼)、秃秃麻失(即现在的麻食,也叫猫耳朵)、汤饼(即面条,当时很多面食都被称作饼,比如馒头被称作蒸饼或炊饼)等。

经过数千年的演变,我国北方人逐渐形成了以面食为主的习惯,几乎到了一日三餐都离不开面食的地步。比如,白居易被贬到忠州的时候,给好友写信,津津有味地回忆京城卖的芝麻烧饼:"胡麻饼样学京都,面脆油香新出炉。寄与饥馋杨大使,尝看得似辅兴无。"

"苏门四学士"之一的张耒,是苏北人,长期生活在北方。他到了南方"鱼米之乡"以后,对天天吃米饭和鱼肉并不乐意,反而很痛苦。

像白居易、张耒这样以面食为主的大批北方人迁居南方之后,不仅带去了先进的种植技术,还影响了南方人的饮食习惯。中国历史上的几次移民高潮,每次都会使南方小麦生产有大的发展。

南宋初期,在开封遗老扎堆儿的杭州,仅蒸制食品就有五十多种,其中大包子、荷叶饼、羊肉馒头、各种馅饼、千层饼、烧饼、春饼等都是典型的北方面食。这些美食也为南方带去了饮食习惯的改变。比如,江西诗人杨万里在他的诗作《梳头看可正平诗有寄养直时未祝发等篇戏题七字二首》就道出了对面食的喜爱:"老子平生汤饼肠,客间汤饼亦何尝。怪来今晚加餐饭,一味庐山笋蕨香。"

这个时期,江南地区稻田种麦有了较大发展,而且开始利用山地丘陵种麦。樊绰的《蛮书》中就说"小麦即于岗陵种之"。陆游有诗句"有山皆种麦,有水皆种粳",也说明了这种情况。

北方人大量南迁,给南方带来了种麦技术,再加上政府鼓励,南方麦类种植日益扩大。小麦已成为仅次于稻,而与粟处于同等地位的粮食作物。生活在两宋之交的庄绰所撰《鸡肋编》曰:"建炎之后,江浙、湖湘、闽广、西北流寓之人遍满。绍兴初,麦一斛至万二千钱,农获其利倍于种稻,而佃户输租,只有秋课,而种麦之利独归客户。于是竞种春稼，极目不减淮北。"当时市场上不仅麦的价格高，而且政府有南方种麦不用交课粮的政策，从而刺激了南方麦类的扩大种植。小麦扩大种植，不仅未影响到水稻的种植面积，反倒成就了南方麦、稻一年两熟制的形成。

北宋朱长文的《吴郡图经续记》（1084）中称："吴中地沃而物夥……其稼则刈麦种禾，一岁再熟，稻有早晚。"

小麦的种植推广，也引起了南、北方人口的变化。

唐宋以前，北方的人口一直多于南方。唐宋以后，情况逐渐发生了变化。中国人口的增长主要集中于东南地区，这正是秦汉以来被称为"地广人稀"的楚越之地。到了宋代，南方人口已超过北方，有人估计是6∶4，此后至今一直是南方人口密度大于北方。

明清时期，小麦的栽培地区又有进一步的拓展。明代的《天工开物》称："燕、秦、晋、豫、齐、鲁诸道，悉民粒食，小麦居半……西及川、云，东至闽、浙、吴、楚腹焉，方长六千里中，种小麦者二十分而一。"可见，明代小麦栽培已遍及全国各地。当时全国25个省，共计1911个府、州、县种植小麦，其中种植小麦超过100个府、州、县的省份有河北、河南、山东、山西、四川、浙江等6个省。

据《天工开物》的估算，当时小麦约占全国粮食总产量的15%强。而在食用方面，河南、山东、河北、山西、陕西等北方省份，大约有一半人口以小麦为主食。

但清中期的北京城，大多数人是以大米为主食的；后来京外人大量迁居，面食才慢慢流行开来。

麦哥麦姐

黄淮海平原地区有句谚语叫"大麦不熟小麦熟"，是用小麦比大麦晚熟的常识，讽刺弟弟、妹妹先于哥哥、姐姐结婚成家。

作为小麦的"哥哥"或"姐姐"的大麦，虽然是全球栽培的第四大禾谷类作物,而且栽培历史悠久、种植区域广阔,但在种植面积、产量、消费量上,与小麦根本不是一个"重量级"。

大麦按有无稃片分为有稃大麦(皮大麦)和裸大麦。在不同地区,裸大麦又有元麦、青稞、米大麦等称谓。

我国是最早栽培大麦的国家之一,青藏高原则是大麦的起源中心。

在古代,我国称大麦为"牟",繁体写作"麰"。三国时魏人张揖的《广雅》中说:"大麦,麰也。"

大麦还被称作牟麦、饭麦、䄺麦、赤膊麦等。

我国现代栽培的大麦,是由野生二棱大麦经若干过渡类型进化而来的。考古、语言、宗教、民族传统和藏、汉、羌民族发展历史的研究,证明新石器时代中期(公元前3000年)大麦已在我国青海的黄河上游开始栽培。

大麦的适应性很强,遍布世界各地。从北极圈附近到赤道周围,从盆地到高原,均有它的踪影。因为它喜冷凉和湿润气候,在北纬67°到南纬45°之间,尤其在北半球的欧亚大陆和北美洲最多,种植面积占世界大麦总面积的90%左右。而在炎热且过于湿润的赤道附近及年降水量小于230毫米的地区,种植就较少。

大麦在我国种植也很广泛,但产区相对集中,主要分布在长江流域、黄河流域和青藏高原。西藏、青海、四川甘孜州和阿坝州、云南迪庆、甘肃甘南等地海拔4200—4500米的高寒地区,是大麦种植的集中区域。

尤其是我国青藏高原地区种植的裸大麦——青稞,距今已有3500年的历史,一直是当地农牧民的主要粮食作物。对藏族人民来说,青稞就如同南方人的大米、北方人的小麦一样重要。他们天天必吃的传统食品糌粑,主要的制作原料就是青稞。

青稞酒,也是藏族人的最爱。史书记载,酿酒技术是公元7世纪唐朝文成公主远嫁吐蕃时传到西藏的。有了酿酒技术,便有了青稞酒。经过1300多年的历史变迁,以青稞酒为载体的藏族酒文化以其特有的魅力享誉海内外,成为中国乃至世界酒文化百花园中的一枝奇葩。

古代欧洲人食用的麦类，主要也是大麦，直到 16 世纪后才被小麦代替。而现代，大麦主要用来制造被称为"液体面包"的世界级饮料——啤酒。1 公斤大麦大概可以做 8—10 公斤啤酒。如果从经济价值来看，1 公斤大麦仅值 1 元多人民币，而 1 公斤啤酒价格少则四五元，多则达到四五十元，甚至更高。在超高经济效益的作用下，世界上 80% 的大麦被转化成啤酒。

大麦的籽粒营养很丰富，它的粗蛋白和可消化纤维均高于玉米，是牛、猪等家畜、家禽的好饲料。欧洲、北美发达国家和澳大利亚都把大麦作为牲畜的主要饲料。我国南方用大麦喂猪。另外，大麦还可以做青储饲料——在灌浆期收割切段青储，是奶牛的上好食品。

1901 年，在燕麦从我国内蒙古走向欧洲大概 500 多年之际，几家美国燕麦粉加工商联合成立了一家公司——桂格麦片公司。由此，燕麦片在西方诞生，并逐渐走向全世界，成为越来越受人们欢迎的国际性食品。

燕麦适应性强，耐寒、耐旱、喜日照，主要分布在北半球的温带地区。在我国，种植燕麦的省区主要有河北、内蒙古、山西、甘肃、宁夏、陕西、青海及四川、云南、贵州山区。

中医认为，燕麦味甘性平，能治虚汗。在古代，燕麦不仅被当做耐饥抗寒的食品，还可药用。古籍中记载，燕麦用于产妇催乳、治疗婴儿营养不良，并延缓年老体衰等。

医学研究证明，燕麦有诸多保健功效：一是有效降低人体胆固醇，预防心脑血管疾病；二是能改善血液循环，缓解生活工作带来的压力；三是可以预防骨质疏松、促进伤口愈合、防止贫血，是补钙佳品；四是对脂肪肝、糖尿病、浮肿、便秘等也有辅助疗效。

可能很多人对燕麦的"身世"并不熟悉，甚至认为它是"洋"东西。走进人们生活的燕麦，基本上都来自超市；包装精致的各种燕麦片中，漂洋过海来到中国的澳大利亚燕麦片占了很大的份额。

实际上，燕麦是原产于我国的一种古老的农作物。内蒙古武川县是世界燕麦发源地之一，被誉为中国的"燕麦故乡"。早在2000多年以前已经有文字记载。

我国古代最早的词典《尔雅》中，称燕麦为"蘥"，《史记·司马相如列传》中称之为"薪"，《唐本草》中则把它叫作"雀麦"。

《本草纲目》称："此野麦也，燕雀所食，故名。"

此外，《救荒本草》和《农政全书》等古籍中对燕麦也都有记述。

唐代刘禹锡有"菟葵、燕麦动摇于春风"之语，说明燕麦在唐朝已经普遍栽培。

据《唐书·吐蕃传》记载，青藏高原一带很久之前就种植燕麦。

在青海湟中县，有一个民间传说：唐朝文成公主远嫁吐蕃，途经湟中县时，停下来吃了一种叫"燕麦炒面"的食物。至今，湟中燕麦还是青海省著名的特产之一。

燕麦主要有两种，一种是成熟后带壳的皮燕麦，如进口的澳洲燕麦；另一种是成熟后不带壳的裸燕麦，我国种植的燕麦大部分就是这种，也就是莜麦。皮燕麦主要用来做饲草，而裸燕麦则是粮食、饲草兼用。

裸燕麦在各地有不同的叫法，如莜麦、油麦、玉麦、苏鲁等。

在不同的典籍中，对裸燕麦的称谓也各不相同：《穆天子传》中称"野麦"，《黄帝内经》中称"迦师"，《广志》中称"折草"，《唐本草》中称"麦"，等等。这也说明莜麦生产在我国历史久远。

莜麦面，与小麦面的吃法大不一样，要搓成薄片或细条，蒸熟之后，再蘸咸汤或酱汁、醋等佐料。

千百年来，裸燕麦在我国延续着"三生三熟"的民间吃法——从生莜麦到做成莜面，需经历三次生三次熟的过程。这种传统的吃法，无法去除裸燕麦坚硬的外壳和伤胃的芒刺，这也成了人们食用裸燕麦的硬伤，致使裸燕麦一直困于塞外之地，无法跨过长江、黄河滋养更多的中华儿女。

1986年，我国第一袋燕麦片在燕麦故乡——内蒙古武川诞生，从而开创了裸燕麦食品的新纪元。接下来，燕麦粉、燕麦面条、燕麦米、燕麦面包等相继出现在国人的餐桌上。

同时，现代加工技术的发展为燕麦进入主粮序列提供了技术保障。已经有人将三成至六成的燕麦米掺在大米中，做成粗细搭配的"混合米饭"；还有人把三成至六成的燕麦面粉与小麦面粉混合，制作面包、馒头、面条、方便面等"两掺"面食。混合米饭、两掺面食解决了纯燕麦食品消化不良的问题，为燕麦走进千家万户、走向大江南北打开了更广阔的通道。

中原乡村有这样一个笑话：

一个孩子外出几年回家，和父亲一起下田干活，在荞麦地里撇着"京腔"问父亲："这红秆绿叶开白花，是什么东西啊？"父亲抡起锄头就要打他。男孩大喊："来人啊，荞麦地里打死人了！"父亲说："你还认得这是荞麦啊，我怕再过几年你连你爹也不认识了！"

据考证，这个笑话在中原流行了上百年，也就是说，这期间，中原一带曾经种植过荞麦。在20世纪六七十年代，河南东北部的黄河滩区还曾大面积种植荞麦。

荞麦虽然叫"麦"，但与小麦、大麦却并非近亲，在植物界也根本不属于一个科。小麦、大麦均属禾本科，而荞麦属蓼科。从这一点上说，荞麦跟中药材何首乌、大黄反而亲缘关系更近。

荞麦种类并不多，除了25个野生种类，人工栽培的荞麦只有两种，即甜荞（即普通荞麦）和苦荞，它们在我国分布范围广泛，有着悠久的栽培历史。

上世纪六七十年代，陕西省杨家湾汉墓出土了2000多年前的荞麦种子，陕西咸阳马泉西汉墓和甘肃武威磨嘴子汉墓中均出土了前汉和后汉时期的荞麦遗存；2006年，北京房山丁家洼出土了春秋时期的荞麦遗存；2010年，内蒙古巴彦塔拉地区出土了辽代时期的荞麦实物遗存。2008年，在辽宁省长海县距今5500年左右的红山文化遗址吴家村遗址中，发现了大量的荞麦种子，这为荞麦起源于东北地区的观点提供了实物证据。

从春秋时期到明朝的各种典籍对荞麦均多有记载。

《诗经·陈风·东门之枌》中有"视尔如荍，贻我握椒"。荍即荞麦。

《神农书》称，荞麦是当时栽培的八谷之一。北魏《齐民要术》、唐代《食疗本草》和宋代《嘉祐本草》等著作对荞麦的栽培技术、食用方法和食疗作用等都有较详细的记述。

关于荞麦最为确切的记载，则首见于唐代成书的《四时纂要》和孙思邈的《备急千金要方》。这一时期的诗文也屡屡说到荞麦。

白居易在《村夜》中写到了荞麦花："独出门前望野田，月明荞麦花如雪。"

温庭筠在《题卢处士山居》中有"日暮鸟飞散，满山荞麦花"，生动描述了山地连片种植荞麦的景象。

专家由此推测，我国真正开始大范围普及荞麦种植，应该是在唐朝。到了宋元时期，荞麦已经成为主要粮食作物之一。但明代之后，随着玉米、甘薯、马铃薯等高产作物在我国引种与推广，荞麦的种植面积逐渐减少，成为被边缘化的粮食品种。

目前，除南极洲之外，荞麦在亚洲、非洲、北美洲、南美洲、欧洲、大洋洲均有栽培。

最初，我国荞麦的扩散中心在北方，传播过程与小麦相似，即自黄河流域向淮河流域传播，并且随着人口迁移将种植区扩展到塞外。

日本植物学家星川清亲认为，荞麦8世纪经朝鲜半岛传入日本，同时传入印度，尤其是在印度北部，荞麦播种的面积非常大。在13—14世纪，荞麦经西伯利亚、俄国南部或者从土耳其传入欧洲，17世纪传入比利时、法国、意大利和英国等地，1625年荷兰殖民者将荞麦经哈得孙河带入纽约，以后又传入加拿大和南美洲。

在我国，甜荞的主产区分布在东北、华北、西北和南方的一些海拔在1200—1300米的地区，如黑龙江、吉林、辽宁、河北、陕西、江西、安徽等地。苦荞的主产区分布在西南、西北和南方海拔在400—4100米之间的地区，如云南、四川、贵州、陕西、山西、甘肃、湖南、湖北和江西等省区。

关于苦荞，我国现代荞麦研究专家林汝法主编的《苦荞举要》认为，苦荞的起源地可能是在云南滇西中山盆地。

荞麦含有丰富的人类第七类营养素——膳食纤维，可以促进胃肠蠕动，对预防便秘、降低血糖血脂等有一定的效果，是新时代的健康食品。

怒族是分布在我国云南、西藏和缅甸的一个民族，他们的主食就是苞谷、荞麦等粗粮。他们创造出许多独具特色的吃法，比如"咕嘟饭"，主要原料是苞谷面或荞麦面，还有"荞麦粑粑"等。

藜麦，又称南美藜、藜谷、奎奴亚藜、昆诺阿藜等，原产于南美洲安第斯山区，具有一定的耐旱、耐寒、耐盐性，生长范围大约在海平面至海拔4500米左右的地区，最适合海拔3000—4000米的高原或山地地区。它几乎和水稻同时被驯服，有6000多年的栽培和食用历史。但藜麦并不是谷物，而是与甜菜、根达菜同属一科，我们食用的籽粒是它的种子。

藜麦的商业化种植最早发生在秘鲁、玻利维亚、厄瓜多尔等国。作为主产地的南美洲，藜麦总产量占到世界的98%；2000年之后，90%的藜麦都出口到发达国家。实际上，美国航天局在20世纪80年代就将藜麦列为宇航员长期从事太空任务的理想食物之一。20世纪90年代以后，美国、加拿大和欧洲等国开始把藜麦作为特色农作物引进种植。

但"古老"的藜麦真正被营养学家普遍认可并推荐，是在新世纪前后，一时间被誉为"营养黄金""超级谷物""素食之王"。联合国粮农组织（FAO）认为藜麦是唯一的单一植物即可满足人体基本营养需求的"全营养食品"，并把2013年定为"国际藜麦年"。

有了官方的权威认证，藜麦在世界各地迅速火起来。目前，除了南美洲，美国、加拿大、法国、澳大利亚等国都在进行商业化种植与研究。

藜麦在我国的发展可谓神速。藜麦引种到我国西藏是在1988年。这个外来的新物种在西藏表现出良好的适应性，产量达到5250公斤/公顷。随后，甘肃农科院按生态区域进行了藜麦引种试验，引进的8个品种在各生态区都可以结实、成熟，最高产量达5175公斤/公顷。2012—2014年，山西在高寒地区进行了连续三年的藜麦引进试验，最高产量可达8100公斤/公顷。青海、吉林、新疆、宁夏、河北、内蒙古等地也先后加入藜麦种植序列。2016年的数据显示，我国注册的藜麦生产加工企业有40家，其中，山西29家、青海3家、北京3家、甘肃2家、吉林2家、河北1家。

藜麦的总产量相当低，2008年以前，全球产量基本保持在5万吨左右。2009年之后，全球藜麦种植面积及产量大幅度增长，至2017年，全球藜麦总产量达到21.9万吨。

第一主食——水稻

1988年，考古人员在湖南澧县彭头山遗址出土的陶器中发现了掺杂的水稻壳，距今约9000年。这一发现将我国的稻作历史推前了2000多年，比当时认知的印度的稻作历史早3000年。水稻起源方面的"印度说""云南说""东南亚说"由此终结。

1993年11月，湖南省文物考古研究所首次在道县玉蟾岩洞发现了古栽稻及2粒炭化的稻壳和原始陶片，当时主持发掘的原湖南省文物考古研究所所长袁家荣凭着他的学识和丰富的考古经验，第一时间就意识到或许这将是一个改写世界稻作史的惊人发现。

1994年底，北大考古系的严文明教授来长沙，告诉袁家荣，根据鉴定，陶片距今约18000—15000年。袁家荣简直不敢相信。陶器制作被认为距今10000年以内才出现，水稻与陶片大体同时，如此早的水稻令人震惊。

1995年10月，对玉蟾岩洞再次进行考古发掘，经专家们初步认定，发掘出的原始栽培稻谷距今约在14000—12000年间，打破了之前所有出土的炭化稻谷纪录。

消息传出，轰动世界。世界的目光迅速聚焦到中国的湖湘大地。这一重大发现，又一次改写了水稻起源说的历史。

2004年11月1日，经过外交部、国家安全部等14个部委联合批准，"中国水稻起源考古研究"中美联合考古正式启动，到当年11月19日止，共发现5粒炭化的古稻谷。

考古证明，长江中下游是中国水稻的起源地。水稻以这里为起点向外扩展，而且这个扩展十分缓慢。距今9000—8000年前，新近被驯化的稻已经传到河南南部和山东东部地区。而从距今6000年前开始，稻的种植北界一再向北移动，大约5900年前，种植稻出现在河南北部。5600年前，关中盆地也出现了种植稻的踪迹。约5000年前，种植稻又扩散到了甘肃东部的西山坪地区。也就是说，到夏商周时期，栽培区域进一步扩大，并向长江上游、云贵、黄河以北推进，甚至一度传入今天的辽宁一带。这基本上就是中国古代水稻分布的大格局。

虽然其后随着气候等条件变化，北方稻作农业时而扩大时而缩小，但水稻作为华夏民族主要粮食之一的地位始终得以维持。

水稻在中国广为栽种后，向西传播到印度，然后逐渐被引种到东亚、东南亚、南亚各地，成为当地最重要的主食，中世纪引入欧洲南部。

《史记》中记载大禹时期曾广泛种植水稻。《史记·夏本纪》记载："令益予众庶稻，可种卑湿。命后稷予众庶难得之食。食少，调有余相给，以均诸侯。"大禹命令伯益给大家分发水稻种子，种在水田里，还命令后稷（周的先人）给大家分发食物。

水稻的发展，是和南方经济的发展分不开的。《史记·货殖列传》里说，长江中下游人们吃的是大米饭，喝的是鱼汤。可见这里自古就是"鱼米之乡"。

水稻在北方也很受重视，据《诗经》和其他周代的文献记载，黄河流域的陕西、山西、河南、山东等省都有水稻栽培，而且西周时关中已用水灌溉稻田，战国时魏国即引漳水灌溉、开辟稻田。

古代一向把稻、粱并称，二者并列，说明人们将稻也看作珍贵的粮食。

《论语·阳货篇》有"食夫稻，衣夫锦，于女安乎"的句子。这是孔子与弟子宰予讨论守孝时间时说的话，意思是守丧一年，你就开始吃大米饭这么好的饭食，穿锦缎衣，你心安吗？可见那时候大米饭是很高档的。

《荀子·荣辱篇》中，以"刍豢稻粱"并列，刍豢指肉食，稻粱与其放在一起，足见贵重。

汉武帝初做皇帝时，正值青年，夜里常偷偷地带着人马出去打猎，把稻田踏坏。西汉后期氾胜之在关中做农官，写了一部关于农业技术的书《氾胜之书》，书中写到用控制水流的办法来调节稻田的水温，可见2000年前北方水稻的栽培技术已经达到相当高的水平。

西汉末贾让的《治河策》指出，灌溉放淤可以改良盐碱地，把原来种谷子和小麦的地改种水稻，可以提高单位面积产量5—10倍。西汉兴修了很多水利灌溉工程，很可能稻田也跟着有所发展，但稻田在北方所占的比例很小。

我国古代经济文化中心在黄河流域，南方比较落后，人口也少。《禹贡》把南方的土地排在最末等。所以，稻虽然在南方很早就是首要作物，但就当时全国粮食生产情况来说，稻的总产量远不及谷子，至少在西汉以前赶不上麦和大豆。

《汉书·景十三王传》说，长沙是低湿的穷地方。从汉平帝元始二年（2）的人口统计来看，中原及关中是当时人口最密的地方，江南人口稀少。例如豫州（今河南省的一部分）的面积大约只占全国的2%，人口却多达755万，有108个县，占全国总人口的13%以上；豫章郡（今江西全省）面积比豫州大一倍，18个县，但人口只有35万多。那时各地区人口的多少，与当地的粮食产量有着密切关系。尽管稻当时在南方很重要，但其总产量远不及北方主要作物——谷子。

汉末及西晋以后，北方长期战乱，中原人口大量迁移到长江流域。这些南下的移民不但增加了南方的人力，同时也带来了北方的先进生产技术。

南方的自然环境及其相应的作物栽培方法和北方有很大的不同。稻对生长条件和栽培技术要求也较高。兴修水利，平整土地，改良土壤，经过漫长的过程，农田才适于水稻栽培。随着栽培技术不断改进，种植面积不断扩大，单位面积产量逐步提高，加上水稻本是高产作物，粮食产量增加很快，逐步加速了南方经济的发展和人口的增长。

隋唐统一全国后，南方的经济更加发达。唐朝社会经济文化的高速发展，和南北广大地区雄厚的农业基础分不开。但唐朝前期，全国的经济重心仍然在北方。天宝元年（742）的人口统计显示，北方五道共有3042万多人，南方五道只有2036万多人，北方的人口仍然多于南方。"安史之乱"以后，整个经济重心开始南移，北方人口大量南迁，大量的劳动力与先进的技术一起涌入南方。多少年来形成的黄河流域的中心地位渐渐开始向南方偏移，使得稻米在唐代主粮构成中所占的比例大大提高。杜甫诗句"稻米流脂粟米白，公私仓廪俱丰实"，说明水稻已成为当时重要的主粮。

随着南方人口的增长、水稻耕种面积的扩大和双季稻的推广，水稻产量不断增长，南方稻米除了自给，还有富余，"南粮北运"的历史从此揭开序幕。中唐以后，南粮北运在有些年份高达300万石。

从中唐到五代十国，因长期战争，北方农业生产遭到严重破坏，南方则比较安定。尤其是中唐以后的水利建设，也偏重在南方，当时太湖流域已开始出现有规则的河网化。五代时，吴越国在太湖流域兴修水利，为南方农业的发展打下了良好的基础。

宋朝时，主粮依然由粟、麦、稻三者构成，不过发生了两个重大变化：一是水稻上升为最主要的粮食，二是小麦的种植面积和产量超过粟。唐朝的粟、麦、稻格局变成了此时的稻、麦、粟格局。这时，稻米不仅是南方居民的主粮，也成了北方城市居民和军队、官员的主粮。

宋朝南迁后，稻米在主粮结构中的地位进一步增强。与此同时，大量中原人迁往南方后，在饮食习惯的影响下，麦子的种植面积也不断扩大，其地位也超过了粟。在北方，小麦的单位面积产量比粟要高不少；在南方江淮流域，无霜期稍短，人们广泛采用麦、稻轮作。

唐朝把全国分为十道，南、北各五道，而宋朝把全国分为十八路，北方五路，南方十三路，由此可见南方的经济繁荣远远超过北方。

根据宋元丰三年（1080）的人口统计，北方有956万人，南方有2368万人。人口的增加，不但增加了从事农业生产的劳动力，同时也是当地生产发展的结果。在南方的农业生产中，水稻的大量增产起着主导作用。

我们现在虽然没有唐宋时代的粮食统计，但可以肯定地说，最晚到北宋时，稻的总产量已经上升到全国粮食作物第一位。

明朝初年，北方经济逐步恢复，但南方又有了新的发展。清代也延续着这一趋势。宋代有"苏湖（常）熟，天下足"的谚语，明代又有"湖广熟，天下足"的说法，都说明了南方在我国古代粮食供给中的重要地位。

鸦片战争后的一百多年中，我国处在半殖民地半封建社会，水利失修，灾荒连年，水稻的栽培受到阻碍与破坏，虽然它的比重仍居粮食作物的主导地位，但产量大幅减少。新中国成立后，全国农业很快得到了恢复，水稻生产也迅速发展。

目前，水稻种植已遍及除南极以外各大洲的122个国家和地区，但主要集中在亚洲，亚洲占世界总产量的90%以上。我国水稻产量多年来稳居世界第一，其次是印度、印度尼西亚、越南、泰国、缅甸、菲律宾等国家。

全球水稻种植面积约15500万公顷，2018年总产量为50156.5万吨，约占世界粮食总产量的1/5。自20世纪90年代起，我国水稻种植面积稳定在3000万公顷（4.5亿亩）左右，占世界种植总面积的20%；2018年水稻总产量为20910万吨，占世界总产量的41.7%。

因为粒食的口感很好，大米一直深受人们的喜爱，所以不像小麦那样，从"难吃"（粒食）到"好吃"（粉食）经过了漫长的历程。史料记载，最早的大米饭在原始社会就有了：原始人用石器把稻谷舂开，再加水，制成饭或粥。直到今天，大米饭、粥依然是大米的主要吃法。

全球有半数以上的人口以稻米为主要食物。而在我国，水稻多年来播种面积、总产量都是"中流砥柱"，分别占全国的28%与39%，居小麦之上。

我国每年的稻米消费量大体在1.92亿吨左右。粮食专家分析：从消费结构上，食用消费约1.4亿吨，饲料消费约3150万吨，工业消费约1000万吨，种子用粮约100万吨，损失损耗数量约500万吨。从品种上看，水稻消费具有明显的区域性特点，与生产区域相适应，北方以消费粳米为主，南方多数地区消费的主要是籼米。另外，由于早籼米食用品质较差，近年来通过政策引导，逐步减少了早籼稻的播种面积。目前早籼稻除满足部分低收入人群食用需要和米制品的加工需要外，正逐步退出城市居民的口粮消费领域。外形美观、食用品质较好的中晚稻越来越受到人们的喜爱。随着人口增长、收入水平的提高，国内稻谷消费量呈稳定增长态势。

米弟米妹

麦类作物是"幼子守灶"，小麦当家；"米家"则是长子做主，大米为王。"大的亲，小的娇，就是不喜欢二杠腰。"被叫作"米"的粮食中，最重要的是大米，然后是小米，其他"米弟米妹"，我们则知之甚少。

菰米是一种让现代人陌生的古代粮食作物。李白《宿五松山下荀媪家》有云："跪进雕胡饭，月光明素盘。"诗中的"雕胡饭"，即是菰米饭。对现代的非专业人士来说，菰米几乎是盲区，没几个人了解它。

菰米又称雕苽、雕胡、菰粱、安胡，是禾本科稻亚科稻族菰属的"中国菰"的颖果，是一种挺水植物，在我国分布广泛，东北、华北、华中、华南、西南、中南部均有它的领地，主要生长在湖泊边缘的浅水沼泽、池塘、水田边。

菰米的食用历史可追溯到2000多年前的周代。《周礼·天官》中记述:"凡会膳食之宜,牛宜稌,羊宜黍,豕宜稷,犬宜粱,雁宜麦,鱼宜菰。"《礼记·内则》有"蜗醢而菰食雉羹"的说法。《周礼·天官·膳夫》则称"凡王之馈,食用六谷",郑玄注:"六谷:稌、黍、稷、粱、麦、菰。菰,雕胡也。"唐代中药学家陈藏器所著《本草拾遗》称:"雕胡是菰蒋草米,古人所贵。"史料说明,菰米在我国古代就是重要的六谷之一,并被当作上等的粮食。

从唐代文学家李德裕"虽有菰园在,无因及种时"(《思山居十首·忆种菰时》)和晚唐诗人韦庄"满岸秋风吹枳橘,绕陂烟雨种菰蒋"(《赠渔翁》)的诗句中,可以看出唐代菰米是有人工栽培的。

因为"中国菰"种子成熟期不一致,还容易脱落,收集难度大,加上产量极低,所以很少被当作粮食作物人工种植。也是这个原因,它开始从粮食界向更"高贵"的中药界迈进。

北宋中期药物学家苏颂如此为菰米"定位":"至秋结实,乃雕胡米也。古人以为美馔。今饥岁,人犹采以当粮。"由此可知,到了宋代,菰米作为主食逐渐减少,仅仅是用来荒年充饥。

"中国菰"还为我们提供了一种水生蔬菜——茭白(也叫菰笋、高笋、茭瓜等)。中国菰的秆基嫩茎,被一种叫黑粉菌的真菌侵袭后,不再结籽,变得粗大肥嫩,类似竹笋。这个由一粒菰米畸变的病态"菌苞",被聪明的人类变废为宝,从此餐桌上多了一种经典的菜肴。菰米虽然从粮食界"隐退"了,却以一种新的面目出现在食品中。

薏米也叫薏仁,还有些地方称作药玉米、水玉米等,是禾本科植物薏苡的种仁,既可做粮食,又可药用。《本草纲目》称:"(薏苡仁)健脾益胃,补肺清热,去风胜湿。炊饭食,治冷气。煎饮,利小便热淋。(薏苡仁根)捣汁和酒服,治黄疸有效。"

有资料称,薏苡在我国至少有6000—10000年的栽培驯化历史,从黄河流域到珠江流域,从南到北各地区都有分布。世界范围内,亚洲东南部与太平洋岛屿,非洲、美洲的热湿地带,均有种植或逸生。

《神农本草经》称薏仁有"轻身益气"之功效，可治疗风湿痹痛等。《金匮要略》中有"薏苡附子败酱散"之方，用来治疗疮痈、肠痈等疾病。

《后汉书·马援传》讲述了这样一个故事：东汉伏波将军马援在南方边疆打仗时，因气候潮湿闷热，瘴气横行，很多将士都染上了瘴疟之疾。马援便使用当地民间用薏苡治瘴的办法，效果很好，军队战斗力大增，屡战屡胜。马援凯旋时，就带回几车薏苡种子。这些薏苡种子却给马援带来了无妄之灾。他死后，朝中一些奸佞之人竟然诬告那些种子是他搜刮来的大量明珠，并由此造就了一个成语——薏苡明珠。当时，朝野也都认为这是一起冤案，称其为"薏苡之谤"。白居易的诗中曾有"薏苡谗忧马伏波"，说的即是这个典故。

近年来，曾经被我们冷落的薏米又热起来，因具有除湿之功效，薏米成为城市人餐食中的主要配角。

在大多数人看来，芡实是一种中药材，但古代也是被当作粮食的。宋代寇宗奭撰写的《本草衍义》中如此记述芡实："天下皆有之，临水居人，采子去皮，捣仁为粉，蒸炸作饼，可以代粮。"李时珍则称，芡实"花在苞顶，亦如鸡喙及猬喙，剥开肉有斑驳软肉裹子，累累如珠玑。壳内白米状如鱼目。深秋老时，泽农广收，烂取芡子，藏至囷石，以备歉荒，其根状如三棱，煮食如芋。"

芡实的别名很多，鸡头米、卵菱、鸡癰、鸡头实、雁喙实、鸡头、雁头、乌头、鸿头、水流黄、水鸡头、刺莲蓬实、刀芡实、鸡头果、苏黄、黄实等说的都是它。芡实在我国分布很广，从黑龙江到云南、广东等地都有种植。《本草求真》评价说："芡实如何补脾，以其味甘之故；芡实如何固肾，以其味涩之故。惟其味甘补脾，故能利湿，而使泄泻腹痛可治；惟其味涩固肾，故能闭气，而使遗、带、小便不禁皆愈。功与山药相似，然山药之阴，本有过于芡实，而芡实之涩，更有甚于山药；且山药兼补肺阴，而芡实则止于脾肾而不及于肺。"

昔日"可以代粮""以备歉荒"的芡实，被人们捧上中药的神坛之后，如今又有回归厨房之趋势，被一些城市人拿来作为养生食品，也算恢复了原有的粮食身份。

丝绸之路与粮食革命

中国是美食的国度，各种食物都能吃出花样来。孔子就有"食不厌精，脍不厌细"之说，对饮食极为讲究。但秦汉以前，人们的食物种类其实少得可怜，今天常见的诸如葡萄、石榴、黄瓜、豌豆、绿豆、扁豆、蚕豆、芋头、茄子、菠菜、无花果、莴笋、南瓜、丝瓜、西瓜、苦瓜、甜瓜、开心果、核桃、向日葵、玉米、番茄、芝麻、土豆、花生、草莓、苹果、花菜、卷心菜、洋葱、腰果、大蒜、大葱、香菜、红薯、辣椒、胡萝卜、胡椒等，那个年月统统都没有。

有汉一代，匈奴一直是中原王朝的主要威胁。汉武帝即位不久，得知敦煌、祁连一带曾住着一个游牧民族大月氏，中国古书上称"禺氏"。秦汉之际，大月氏的势力强大起来，同匈奴发生冲突，至老上单于时，被匈奴彻底征服。老上单于杀掉大月氏国王，还把他的头颅割下来拿去做成酒器。大月氏人经过这次国难以后，被迫西迁到今新疆西北伊犁一带，赶走原来的"塞人"，重新建立了国家。但他们不忘故土，时刻准备对匈奴复仇，并很想有人相助，共击匈奴。汉武帝决定联合大月氏，夹击匈奴。

武帝建元二年（前139），张骞奉命率领100多人，从陇西（今甘肃临洮）出发。张骞一行向西进入河西走廊，此地自大月氏西迁后，已完全为匈奴人所控制，结果张骞被匈奴骑兵队抓获，押送到匈奴王庭（今内蒙古呼和浩特附近），见当时的军臣单于（老上单于之子）。军臣单于得知张骞准备出使大月氏，想到了大汉想联合大月氏夹击匈奴的目的，遂将张骞一行扣留软禁起来。

匈奴单于为软化、拉拢张骞，打消其出使大月氏的念头，进行了种种威逼利诱，还给张骞娶了匈奴的女子为妻。但张骞"不辱君命"，"持汉节不失"，始终没有忘记汉武帝交给自己的神圣使命，没有动摇为汉朝通使大月氏的意志和决心。张骞等人在匈奴一直留居了11年之久，有了孩子家室，但完成任务的决心从未动摇。元光六年（前129），匈奴的监视渐渐有所松弛，张骞趁匈奴人不备，果断抛妻弃子，带领随从逃出了匈奴王庭。11年留居匈奴的生活，使张骞等人详细了解了通往西域的道路，并学会了匈奴人的语言，他们穿上胡服，顺利穿过了匈奴人的控制区。

张骞留居匈奴期间，西域的形势已发生了变化。大月氏的敌国乌孙，在匈奴支持和唆使下，西攻大月氏。大月氏人被迫又从伊犁河流域继续西迁，进入咸海附近的阿姆河地区，征服大夏（阿姆河流域），在新的土地上另建家园。张骞了解到这一情况，经车师后没有向西北伊犁河流域进发，而是折向西南，进入焉耆，再溯塔里木河西行，过库车、疏勒等地，翻越葱岭，直达大宛（今乌兹别克斯坦费尔干纳盆地）。到大宛后，张骞向大宛国王说明了自己出使大月氏的使命和沿途种种遭遇，希望大宛能派人相送，并表示今后如能返回汉朝，一定奏明汉皇，送他很多财物，重重酬谢。大宛王本来早就风闻东方汉朝的富庶，很想与汉朝通使往来，但苦于匈奴中梗阻碍，未能实现。汉使的意外到来，使他非常高兴，满口答应了张骞的要求，派向导和译员，将张骞等人送到康居（今哈萨克、乌兹别克和塔吉克斯坦一带）。由大宛介绍，张骞一行通过康居到大月氏。

此时，大月氏已用武力征服了大夏。由于新的国土十分肥沃，物产丰富，并且距匈奴和乌孙很远，外敌寇扰的危险已大大减少，大月氏改变了态度，逐渐由游牧生活改向农业定居，无意东还再与匈奴为敌。张骞等人在大月氏逗留了一年多，始终未能说服大月氏人与汉朝联盟，夹击匈奴。在此期间，张骞曾越过妫水（今阿姆河）南下，抵达大夏的蓝氏城（今阿富汗的汗瓦齐拉巴德）。

元朔元年（前128），张骞动身返国。归途中，张骞为避开匈奴控制区，改变了路线，计划通过青海羌人地区。翻越葱岭后，他们不走来时沿塔里木盆地北部的"北道"，而改道沿塔里木盆地南部，循昆仑山北麓的

"南道"，从莎车，经于阗（今和田）、鄯善（今若羌），进入羌人地区。但出乎意料，羌人也已沦为匈奴的附庸，张骞等人再次被匈奴骑兵所俘，又扣留了一年多。

元朔三年（前126）初，军臣单于死了，其弟左谷蠡王自立为单于，进攻军臣单于的太子于单，于单失败逃汉。张骞便趁匈奴内乱之机，带着自己的匈奴族妻子逃回长安。

张骞出使西域，虽然没有达到原来的目的，但对西域的地理、物产、风俗习惯有了比较详细的了解，为汉朝开辟通往中亚的交通要道提供了宝贵的资料。

元狩四年（前119），张骞第二次奉派出使西域。张骞率领300人组成的使团，每人备两匹马，带牛羊万头，金帛货物价值"数千巨万"，到了乌孙，游说乌孙王东返，没有成功。他又分遣副使持节到了大宛、康居、大月氏、大夏等国。元鼎二年（前115）张骞回来，乌孙派使者几十人随同张骞一起到了长安。此后，汉朝派出的使者还到过安息（波斯）、身毒（今印度）、奄蔡（在今咸海与里海间）、条支（安息属国）、犛靬（附属大秦的埃及亚历山大城），中国使者还受到安息专门组织的两万人的盛大欢迎。安息等国的使者也不断来长安访问和贸易。从此，汉与西域的交通建立起来。

张骞先后两次出使西域，打开了中国与中亚、西亚、南亚以至通往欧洲的陆路交通，从此中国人通过这条通道向西域和中亚等国出售丝绸、茶叶、漆器和其他产品，同时从欧洲、西亚和中亚引进宝石、玻璃器等产品。张骞"凿空"西域，被誉为丝绸之路的开拓者。

张骞出使西域及丝绸之路的开通，使茄子、黄瓜、绿豆、甜瓜、西瓜、核桃、大葱、大蒜、香菜、胡麻、葡萄、蚕豆等物种传入中原，极大地丰富了汉人的食谱。我们今天食用的带"胡"的食物，如胡桃（核桃）、胡麻（芝麻）、胡豆（蚕豆）、胡瓜（黄瓜）、胡萝卜等，大致都是由此从西域传入的。

汉朝之后的几百年间，丝绸之路一度荒废，直到盛唐时期，再一次完全打通。胡椒、菠菜、无花果、莴笋、开心果、丝瓜便是唐朝和五代十国期间传入，国人的食谱得以在原基础上再次丰富。

芝麻绿豆的事

芝麻原称胡麻，又叫巨胜、油麻、方茎、狗虱、交麻和脂麻等，据说可能源于非洲或印度。西汉张骞通西域时，从大宛引进中国。有种说法是浙江吴兴钱山漾和杭州水田畈先后出土了4500年前的芝麻——也就是说，我国的芝麻种植有着更悠久的历史。世界上有据可查的芝麻栽培史超过5000年。但按史料记载，芝麻在中国大面积种植，应该是张骞出使西域之后的事。

芝麻被称为八谷之冠，是一种油料作物，榨取的油称为麻油、胡麻油、香油，特点是气味醇香，生用、热用皆可，是今天广受喜爱的食用油。

由西域传入中原的食物，包括大量的水果、蔬菜、调味品等，还有就是杂粮。

按照联合国粮农组织（FAO）的界定，粮食就是指谷物，主要有小麦、稻谷、粗粮，其中粗粮包括玉米、大麦、高粱、燕麦、黑麦、荞麦和其他杂粮等。因此，国外统计的粮食产量，一般是谷物的产量。

而在我国，粮食有狭义与广义之分。狭义的粮食即谷物类，专指禾本科作物，主要有小麦、稻谷、玉米、大麦和高粱等，与国际上通用的谷物基本一致。广义的粮食，包括谷物类、豆类与薯类。国家统计局自1953年以来，每年公布的粮食产量均为广义的粮食，即谷物、豆类、薯类三大类作物的产量总和。20世纪90年代起，国家统计局的统计年鉴与统计摘要均在粮食总产栏目另列出谷物总产量。

我国粮食行业将粮食分作五大门类：稻谷、小麦、玉米、大豆、杂粮。杂粮是指去除了稻谷、小麦、玉米以外的其他谷物（有大麦、荞麦、燕麦、谷子、黍子、高粱等），去除了大豆以外的其他豆类（菜豆、绿豆、小豆、蚕豆、豌豆、豇豆、小扁豆、黑豆等），薯类（仅指红薯、马铃薯、不包括南方的木薯、芋头）。

还有一个"小杂粮"的概念，就是薯类之外的杂粮。

杂粮的特点是生长期短、种植面积少、种植地区特殊、产量较低，一般都含有丰富的营养成分。

国家粮食储备系统从20世纪60年代中期起就不再收储薯类，从1985年起彻底放开杂粮市场，其储运买卖完全由社会市场化运作。

按照上述分类方法，前边记述的谷子、黍子、薯类，均属杂粮。

我国小杂粮在世界杂粮生产中占有较大份额，素有"小杂粮王国"之美誉。比如，我国谷子的种植面积与总产量稳居世界第一，荞麦、黍子种植面积和总产量排世界第二，蚕豆则占了世界产量的一半，绿豆、红小豆占到了世界总产量的三分之一，燕麦、豇豆和小扁豆在全球也占据主要地位。

杂粮中的蚕豆，李时珍称"豆荚状如老蚕，故名"。四川人把蚕豆叫作胡豆，江南一带称之为立夏豆，宁波人则叫它倭豆，还有些地方叫它佛豆等。

普遍认为蚕豆起源于亚洲西南和非洲北部。在死海北面的古城杰利科遗址中发现有公元前6250年的蚕豆残存物，在西班牙新石器时代和瑞士青铜器时代的人类遗址中也发现了蚕豆种子。

据《太平御览》记载，蚕豆是张骞出使西域时带回的豆种。而"蚕豆"一词最先见于南宋杨万里的诗序中，其诗云："翠荚中排浅碧珠，甘欺崖蜜软欺酥。……"根据一些古书记载推测，蚕豆可能在宋初或宋以前传入我国，最早在西南川滇一带栽培，元明之间才广泛推广到长江下游各省。目前我国四川种植蚕豆最多，其后依次为云南、湖南、湖北、江苏、浙江、青海等省。

蚕豆的吃法五花八门，大可做粮食，中可做菜肴，小可做零食。鲜嫩的蚕豆与大米饭一起蒸煮成"蚕豆饭"，即是主食；炒煮烹饪，即成美味菜肴；干蚕豆可加工成水煮蚕豆、油炸蚕豆、五香蚕豆、怪味蚕豆、蚕豆罐头、膨化蚕豆等零食。

绿豆也称青小豆，在非洲、欧洲、美洲等热带、亚热带地区广泛栽培。我国南北各地均有种植。绿豆并不见于先秦国人的食谱，而是由西域传入，但具体传播路径不是很清晰。学界认为绿豆起源于亚洲东南部。我国云南、广西等地发现过野生绿豆，这些地区也被划进绿豆的起源中心之内。

我国是绿豆产量第一大国，栽培主要集中在黄河、淮河流域及东北地区。其他种植绿豆较多的国家主要有印度、泰国、缅甸等。

在人们的生活中，绿豆还会以豆芽、面条、丸子、粥、凉粉、粉丝、粉皮等形式出现。除此之外，绿豆还可以做绿豆汤、绿豆米、绿豆饭、豆沙馅、绿豆糕、冷饮等。

地理大发现

1299 年，《马可·波罗游记》在欧洲出版。马可·波罗声称他在元帝国有着 17 年的生活经历，向读者描绘了一个工商业发达、繁盛昌明、繁华富庶、交通便利、城市壮观、财富遍地的中国，勾起了欧洲人对东方的无限神往。

随着资本主义萌芽，西欧的商品经济不断发展，急需扩大对外贸易，富庶的东方成为他们渴望攫取财富最重要的地区。而对全社会有着重要影响的教会，也希望将基督福音传播到全世界，因而积极支持探险家们到东方去、到中国去。

当时，中国与欧洲的贸易主要通过陆上丝绸之路进行，但丝绸之路的重要节点控制在奥斯曼帝国及其他阿拉伯国家的手中，从中国、印度运往欧洲的丝绸、瓷器、香料等商品经层层加价，成本大大提高。这些商品到达欧洲，又主要控制在意大利人的手中。于是，日益强大的葡萄牙、西班牙等国期望开辟欧洲与亚洲的海上贸易通道。

科学技术的发展使欧亚海上丝绸之路的开辟成为可能。中国发明的罗盘针于 14 世纪经阿拉伯传到欧洲并得到普及，解决了长途航行迷航的问题；欧洲的造船技术也于15世纪大幅进步，新型多桅多帆、轻便快速的大船被制造出来；地圆学说被欧洲人接受，绘制地图的技术大大提高，欧洲人认识到环球航行是可能的。

为获取亚洲的香料，葡萄牙王室先后资助多位航海家开辟经非洲南端的好望角进入印度洋到达亚洲的航路，最终于1498年瓦斯科·达伽马成功开辟了到达印度的新航线。

葡萄牙人开辟经南非到达亚洲的航线并以《阿尔卡苏瓦什条约》确立了对该航线的保有权，西班牙人急于开辟一条到达亚洲的新航线。1492年，西班牙伊莎贝拉女王资助克里斯托弗·哥伦布开辟从大西洋向西航行通往印度洋的路线。哥伦布船队横渡大西洋发现了一片大陆，即美洲大陆。哥伦布至死都认为他到达的这片大陆就是印度，至今美洲原住民被称为"印第安人（Indian）"即缘于此。

不甘心的西班牙王室又资助斐迪南·麦哲伦继续寻找通往印度的航线。麦哲伦的船队于1519年从西班牙出发，横渡大西洋到达美洲，在美洲东海岸一路南下，最终找到了通向太平洋的通道——麦哲伦海峡。当时，太平洋被欧洲人称为"南海"。麦哲伦进入"南海"后，经过100多天的航行，发现这片辽阔的水面一直风平浪静，心情大悦，给"南海"起了个吉祥的名字——太平洋。1521年，麦哲伦的船队渡过太平洋到达东南亚，找到了西班牙人梦寐以求的"香料群岛"，但麦哲伦却在与菲律宾人的冲突中死亡。此后他的船队经印度洋绕过非洲南端的好望角进入大西洋，于1522年返回欧洲，完成了人类历史上首次环球航行。

此后，法国人、荷兰人、英国人相继进行了环球航行，开辟出新的航线，使世界开始走向整体，促进了资本主义的发展，并使全世界物种有了更充分的交流与传播。

欧洲人进入美洲大陆时，这里有阿兹特克帝国与印加帝国，相对于欧洲国家而言，这两个帝国可谓面积广袤、人口稠密，但并没有哥伦布期望的香料和黄金。而美洲是人类文明三大农业起源地之一，印第安人培育了大量农作物。15世纪之前，美洲与世界其他几大洲基本处于隔绝状态，其他地区的农作物没有传到美洲，美洲的农作物也没有传到其他地区。新航路的开辟，使欧亚大陆没有的农业作物如玉米、红薯、土豆、棉花、花生、辣椒、菠萝、烟草、西红柿、可可等传播到了欧洲、亚洲，极大改变了欧亚人的食物结构，维持了更多人的生存，极大推进了社会的发展。

地理大发现对中国人食物结构的改变和社会的发展也产生了极大的推动作用。

陆上丝绸之路的开通，大大丰富了中国人的食谱，但增加的主要是果蔬、调味品、杂粮等，主食并没有太大的变化。西汉人口曾达到6000万，此后直到明朝，中国人口一直没有太大增加，基本没有超过1亿。虽然有人认为北宋时人口曾达1亿，也有人认为明孝宗弘治年间人口突破1亿，但这都只是推测，并没有可靠的记载。真正有史书记载中国人口突破1亿的时间是在清康熙年间。长期制约中国人口增长最重要的因素就是粮食。以当时中国人的食物结构和粮食产量，1亿人口基本是上限。

明代中后期到清初，新航路的开辟使原产美洲的高产农作物红薯、玉米、土豆等传入中国，极大提高了食物供给能力，中国人口虽经明末清初残酷的战争大量减少，但在社会稳定之后开始爆发式增长，康熙年间突破1亿，并在清末迅速增加到4亿。

所以，明代以前的中国人，是没有红薯、土豆、玉米、花生、西红柿可吃的；今天无辣不欢的人在那时会很痛苦，因为那时中国根本没有辣椒；烟鬼也很难熬，因为那时中国没有烟草……现在带"番"字的食物，基本都是由美洲经东南亚传入中国的。

后起之秀——玉米

玉米是现在中国随处可见的一种农作物，尤其在东北，夏秋时节总能见到一望无际的玉米林随风起舞。"玉米楂子"是东北极具代表性的民间吃食。

玉米起源于美洲。在墨西哥人的眼中，玉米不仅仅是食物，更是神物，印第安人千百年来一直将玉米作为崇拜对象。古印第安人的神谱中有好几位玉米神，比如辛特奥特尔玉米神、西洛嫩女神、科麦科阿特尔玉米穗女神等，他们均象征着幸福和运气。

墨西哥民间还有许多神话或传说，把人类的起源与玉米的发现连在一起。纳华印第安人传说，远古时代，在第五个太阳普照大地的时候，人类才从吃树木果实和植物发展到食用玉米。而在玛雅人的神话中，人的身体就是造物主用玉米做成的。至今，人们仍然把当地原住民称为"玉米人"。

墨西哥的文明史几乎是玉米的进化和发展史，玉米文化深深渗透到墨西哥社会的组织形式、人的生活方式及思维方式之中。西班牙人入侵墨西哥后，花费巨大财力推广小麦，在土地和资金方面均提供优惠条件，但始终未能改变玉米的霸主地位。由于玉米在人民生活中占有重要地位，墨西哥政府规划出大面积的土地来种植玉米，各地区再根据各自的气候与土壤特点辅种其他作物。墨西哥农村完全是按照玉米田面积的大小，布局大小不等的村落。

2003年3月，墨西哥城人民文化博物馆协同全国土著人学会、查平戈大学等单位举办了以"没有玉米，就没有我们国家"为主题的展览会，历时8个月。展览会的说明书上有这样的警句："玉米是墨西哥文化的根基，是墨西哥的象征，是我们无穷无尽的灵感的源泉。""我们创造了玉米，玉米又造就了我们。我们永远在相互的哺育中生活。我们就是玉米人。"

悠久的玉米文化使墨西哥人对玉米的种植和加工技术达到了极致。在墨西哥，不仅有白色的玉米、黄色的玉米，还有深蓝色的玉米，墨绿色的玉米，紫红色的玉米，红、蓝、绿、白、黄间杂排列的五彩玉米。墨西哥人制作的玉米食品种类更是丰富多彩，数不胜数，而且还在不断地创新。

在拉丁美洲，玉米还是诗人、艺术家创作的源泉。中美洲危地马拉作家、诺贝尔文学奖获得者阿斯图里亚斯的长篇小说《玉米人》，墨西哥著名诗人、诺贝尔文学奖得主帕斯的诗歌《在石与花之间》《太阳石》反复出现玉米的意象，墨西哥著名壁画家弗朗西斯科·埃朋斯的巨幅壁画《生命、死亡与四要素》的中心位置就是玉米。

考古发现表明，在1万多年前，墨西哥及中美洲就有了野生玉米。大约距今7000年前，中、南美洲的古印第安先民就已经开始种植玉米了。在墨西哥人类洞穴遗址中，发现了公元前5060年左右的炭化玉米穗轴和玉米花粉化石。在该国的博物馆，还可以看到3500年前的玉米化石和石磨。秘鲁不仅考证出具有4500年以上悠久历史的玉米，还发现了4700年前用于储藏玉米的石结构仓库。

考古学家在墨西哥普埃布拉州特瓦坎谷地发现了公元前7000年至公元1540年之间玉米文化的遗迹，表明古印第安人如何在狩猎活动日渐稀少的同时，逐渐开始采摘野果并过渡到人工种植玉米的过程。

作为粮食，玉米和水稻、小麦相同，也是经历了漫长的驯化过程才成为现在的样子。它对人类的影响，在粮食作物中可谓独一无二。

哥伦布到达南美洲后没有发现期望中的香料和黄金，却发现了玉米、马铃薯等作物，他将这些作物带回西班牙，将玉米果穗献给了国王。

玉米在全世界的传播主要沿着三条路线展开，进入了欧、亚、非各国：

一是随着地中海的航船，玉米果穗被带入了葡萄牙、意大利、土耳其、希腊以及北非的一些地区，并逐渐传入法国、德国以及东欧国家。

二是同样通过地中海沿岸国家的商业往来，玉米从非洲北部的突尼斯传入埃及、苏丹以及埃塞俄比亚。到1550年，葡萄牙殖民者将玉米带至西非象牙海岸，并沿着当时的黑人奴隶贩卖路线，将玉米进一步传入了南非很多国家。

三是玉米向亚洲的传播，主要经过两条路线：从陆路自土耳其经伊朗、阿富汗进入东亚，另一条则是经由葡萄牙人开辟的东方航线，传播至印度以及东南亚各国。

不过，有意思的是，玉米刚传到欧、亚、非的时候，人们并不清楚玉米的出处。

英国人在1597年出版的植物学著作中把玉米说成是"土耳其小麦"，以为玉米出自土耳其。

在法国和西班牙，玉米有许多相互冲突的名字，如"印度小麦""土耳其稻谷""西班牙小麦""西班牙苞谷""几内亚苞谷"等。

非洲有些地方把玉米叫作"埃及高粱"或"埃及玉米"；而在埃及，玉米又被叫作"叙利亚玉米"或"土耳其玉米"。

在北非和印度，玉米被叫作"麦加小麦"或"麦加谷物"。

在非洲的一些地方，玉米被叫作"白人稻谷"或"葡萄牙稻谷"。

中国则把玉米叫作"天方粟""西天麦""番菽""印度粟"等。

这说明当时人们并不清楚玉米是从美洲传来的。实际上，当时也很少有人知道世界上还有美洲这个地方，只是笼统地知道，这是来自"西土"的外来植物。

玉米刚进入以小麦和豆类为主食的欧洲时，并不像马铃薯那么受欢迎，因为马铃薯更加适应欧洲寒冷的气候。但到了19世纪中期，"晚疫病"蔓延欧洲，摧毁了欧洲人种植的马铃薯，玉米成为缓解这次大饥荒的关键粮食之一。从此，玉米在欧洲的种植就盛行开来。

随后，在不到200年的时间里，玉米以其产量高和易种植的特性，在欧洲、西亚地区的种植逐渐达到了与小麦、土豆相同的地位，在东南亚逐渐与水稻的种植地位并列。

大约在1550年前后，玉米已经广布美、欧、亚、非四大洲，登上了世界粮食"霸主"的地位。

大约在16世纪中期，玉米叩开了中国的大门。史学界认为，玉米传入中国的路线有以下三条：

一条是由西班牙传入麦加，再由麦加经中亚传入我国西北地区。

另一条是由欧洲传入印度、缅甸，再由缅甸传入我国西南地区。

第三条是由欧洲传入菲律宾，再由菲律宾传入我国。

"玉米"之名，最早见于明代徐光启的《农政全书》。而最早记载玉米种植的，则是明朝嘉靖三十四年（1555）成书的河南《巩县志》，称其为"玉麦"。嘉靖三十九年（1560）成书的《平凉府志》把玉米称作"番麦"和"西天麦"。但作为一种新引进的物种，玉米在明末清初的种植面积不大，人们对它的了解也很少。

1596年，李时珍的《本草纲目》初刊，里面虽附有玉米植株图，却把果穗画在了植株的顶端，可见作者对玉米并不熟悉。

《农政全书》对同样刚从美洲传入的番薯记载得非常详尽，但对玉米却寥寥几笔，只在"薥秫"一条中以注释的形式称："别有一种玉米，或称玉麦，或称玉薥秫，盖亦从他方得种，其曰米麦薥秫，皆借名之也。"书中也没有谈到玉米的栽培方法及重要性。

初至我国的玉米，因为"物以稀为贵"，被视为珍稀之物，没有被列入粮食序列。

明代田艺衡在《留青日札》中说："御麦出于西番，旧名番麦，以其曾经进御，故名御麦。"

初步引种时期，玉米在我国并不是普遍种植，在人们的生活中谈不上有什么地位。直到清朝乾隆年间，玉米还是皇家专用的贡品。《盛京通志》中说：玉米是"内务府沤粉充贡"。类似的情况还有花生，在乾隆年间同样是贡品。

18世纪中叶，广西的《镇安府志》把玉米列为"果属"，"以食小儿"。到了18世纪中至19世纪初，玉米开始在中国大规模推广。

这一时期，社会矛盾日益尖锐，大批农民失去土地，流亡山林，而玉米特别适合山地种植。清史学家根据众多的方志资料统计，在乾隆至道光年间（1736—1850），全国已有直隶、盛京、山西、陕西、甘肃、新疆、四川、云南、贵州、广西、广东、湖南、湖北、河南、安徽、江西、福建、浙江、江苏、山东等20个省区种植玉米了。

玉米在中国的名字也日渐丰富起来，有了很多别名：玉蜀黍、棒子、苞谷、包粟、玉茭、苞米、珍珠米、苞芦、大芦粟等等。不同的方言也有不同的叫法，辽宁话称珍珠粒，潮州话称薏米仁，粤语称为粟米，闽南语称作番麦。

玉米的适应性很强。无论气候寒冷、炎热、干燥、潮湿，无论山川沟壑还是草甸，无论是作为冬季作物还是夏季作物，无论是灌溉还是旱作，即使在年降水量 10—200 毫米的干燥地区，玉米都能生长，而且大多数年份都会获得不错的收成。科幻电影《星际穿越》开篇，地球因自然变化，大多数作物枯死，只有玉米依然顽强地生长，成为维持人类生存最后的食物。《星际穿越》以严谨的科学性著称，对玉米适应严酷环境的表现是有科学依据的。

玉米还有一个最大的优点——即食性。水稻、小麦在成熟之后，需要经过晾晒，然后脱壳，将稻谷变成大米，将麦粒变成面粉，通过煮、蒸弄熟，才可食用。玉米就简单多了，可以"乘青半熟，先采而食"，也就是在还没有成熟的时候就可以掰下来直接吃。遇到荒年，这绝对是可以救命的。所以，玉米素来被称为"最宜备荒"的粮食作物。

可以说，玉米在我国的广泛种植，拉开了人口猛增的序幕。据史料记载，西汉末年到明朝中期的 1500 多年中，中国人口一直稳定在 5000 万左右。而从明朝末年到鸦片战争时期，中国人口增长到 4 亿，则仅仅用了 300 余年。分析人口迅速增长的诸多因素，玉米的推广也是很重要的原因之一。

清代学者洪亮吉在《治平篇》中写道："治平至百余年，可谓久矣。然言其户口，则视三十年以前增五倍焉，视六十年以前增十倍焉，视百年、百数十年以前不啻增二十倍焉。"这说的是 18 世纪至 19 世纪初叶，即历史上的"康乾盛世"及稍后的那段时间，全国人口迅速增长。

清中期，也就是 18 世纪以后，玉米逐渐成为一些山区居民的主食之一。《云南通志》记载，康熙末年，玉米成为云南全省普遍种植的作物。湖北《建始县志》中载录："邑境山多田少，居民倍增，稻不足以给，则于山上种包谷、洋芋、荞麦、燕麦或蕨蒿之类。深林剪伐殆尽，巨阜危峰，一望皆包谷也。"乾隆年间贵州著名诗人郑珍写过一首《玉蜀黍歌》，形容当地广种玉米的情景："只今弥望满山谷，长稍巨干平坡陀……滇黔山多不遍稻，此丰民乐否即瘥……民天国利俱在此。"

位于四川、陕西与湖北交界地带的大巴山和秦岭山区，大部分为山区老林，明代以前这里人口稀少。因为战乱，荆襄一带的流民逃到这里开始垦荒。至清朝，随着人口不断增长，平原地区的贫弱民户也难以立足，纷纷移入山区垦荒。这里成为清代著名的移民流入地之一。这些移民，以超乎土著居民数倍的数量进入山区后，主要致力于玉米等旱地作物的种植，《皇朝经世文续编》记述："江楚民……熙熙攘攘，皆为苞谷而来。"到19世纪初，玉米在这里已经生根开花，取代了原来粟谷的地位，成为重要的主粮之一。

清乾隆以后，川中地区人口增加很快，除了一部分为自然增长外，相当一部分是来自湖广、江西、福建、广东等地的移民，史称第二次"湖广填四川"。这些移民入川后在水田已经耕垦殆尽情况下，只能开垦荒山，自然选择了玉米为主要粮食作物。大约嘉庆以后，玉米已在四川山区占据绝对优势，"山居广植以养生"，"山民以作正粮"，"山地多种之"，"山地种之多茂，贫民赖以资生"。

19世纪中叶以后，玉米种植更加广泛，从山区发展到平原地带。关中地区的民谣中有"苞谷下了山，棉花入了关"，说的正是玉米从山区发展到平原的史实。

在产粮大省河南，19世纪中叶以后玉米逐步向平原地区发展，至20世纪30年代，随着栽培技术的不断改进，玉米不仅单产超过谷子、高粱，而且种植面积也扩大到全省。地理位置偏北的河北省，到19世纪末20世纪初，玉米种植也已相当普遍，如遵化"州境初无……后则愈种愈多，居然大田之稼矣……皆贫家之常食也"。玉米已成为宁晋、束鹿、盐山、青县、迁安、卢龙、景县、静海、三河、香河等地农民的"恒食""食品之最普遍者"。甚至在从来没有玉米的东北地区，随着清末的开禁，大批关内移民涌入东北，也带去了玉米种植技术。到20世纪30年代，玉米已成为奉天、新民、复县、凤城、宽甸、锦西等地的"农产大宗""幽燕人民常食之品"。

玉米从初传中国到入山下川，大约经过二三百年的发展，到19世纪末20世纪初，基本上已经传播到中国大部分适宜种植的地区，成为当地百姓的重要辅食，有的甚至成为"终岁之粮"。

20世纪中叶以后，玉米后来者居上，其产量大大超过了谷子和高粱，跃居粮食作物的第三位，仅次于小麦和水稻（在全球范围内，玉米也是仅次于小麦和水稻的第三大粮食作物），这对中国的土地利用和粮食生产来说无疑是一场革命。1948年，国民党中央农林部统计资料显示，1947年全国玉米种植面积12590万亩，总产1080万吨。

如今，玉米成为全球分布最广泛的粮食作物之一，也是全世界总产量最高的粮食作物，种植面积仅次于小麦和水稻。近年来，玉米也成为我国三大主粮中产量增加最多的作物。统计显示，2004—2012年，我国玉米种植面积增加1.63亿亩，增长45.2%，占粮食面积增量的91.6%；玉米产量占粮食增量的58.1%，玉米成为我国第一大粮食品种。同时，我国成为全球第二大玉米生产国与消费国。2018年，我国玉米播种面积为6.32亿亩（4213万公顷），比上年减少0.6%，占全国粮食播种面积的36.0%；产量2.573亿吨，占全国粮食总产的39.1%，比上年产量2.5907亿吨减少0.68%。

曾经作为我国主要口粮的玉米虽然渐渐从餐桌上淡出，在人们的生活中似乎变得无足轻重，但事实上，玉米的地位依然重要。在科技快速发展的时代，玉米有了更宽泛的用途，除稳步增长的饲料消费外，玉米的深加工业进入了高速成长期，在食品、医药、造纸、化工、纺织等领域广泛应用，有着巨大的市场规模和发展潜力。

救命的红薯

出生于20世纪六七十年代以前的人，如果有农村生活经历，对红薯都会有深刻的记忆。当时，小麦产量不高，交完公粮后所剩无几，一家分配的一点点小麦平时根本不敢食用，只是在过节、来客时才能享用。农民平时的口粮，主要是红薯。中原农村曾流传着这样的谚语："红薯汤、红薯馍，离了红薯不能活"，生动记述了红薯在当时农民生存中的重要作用。

红薯的昵称比较多，如甘薯、番薯、朱薯、金薯、山芋、地瓜、甜薯、红苕、白薯等等。

由牵牛和蕹菜野合后的旋花科的新物种红薯，原产于南美洲及大、小安的列斯群岛，人工栽培取得成功是由印第安人完成的。考古学家在秘鲁发掘一座有着8000年历史的古墓时，发现了一些红薯块根。经研究确认，这些红薯块根在当地种植至少有8000年到10000年的历史，最后航海家把红薯从南美洲传入墨西哥并引入太平洋夏威夷群岛。

1492年，哥伦布从新大陆将红薯带回西班牙，并献给了女王。红薯由此在西班牙"开疆拓土"，到16世纪初，已遍及西班牙各地。随后，再由无敌舰队将红薯扩散到西班牙在世界各地的殖民地。

16世纪中期，西班牙的航船把红薯带到了亚洲——菲律宾的马尼拉和印度尼西亚的摩鹿加岛。清代《金薯传习录》记述，这种开着淡紫色小花的藤本作物，吕宋国"不用粪治"，就能"被山蔓野，皮丹如朱，夏秋成卵"，当地土著人"随地掘取"，"以佐谷食"。

我国引种红薯比较晚。史书记载，公元1593年，即明万历二十一年，红薯引入我国。关于红薯的引入，有两个富有传奇色彩的故事。

史料记载，把红薯带到我国的是"往来于闽省、吕宋（今菲律宾）之间"的明朝商人陈振龙。当时吕宋国是西班牙的殖民地，禁止红薯出关，西班牙人在海关设卡盘查，别说带红薯，连一根红薯秧也别想带出去。

尺许薯藤便可"随栽随活"，如此易种、收成又高的作物，可以带回家乡推广，造福乡梓——陈振龙在此信念的支撑下，冒着犯罪的危险，以高价买到红薯藤数尺，绞入汲水绳，还有种说法是"编入藤篮"，躲过了海关检查，最终把红薯引入家乡福州。

《金薯传习录》的作者，也就是陈振龙的五世孙陈世元在《青豫等省栽种番薯始末实录》中记录了红薯引种的情况：明万历二十一年农历五月二十一日，陈振龙回到福州。几天后，陈振龙之子陈经纶草拟了一份禀帖，说服福建巡抚金学曾"行知各属"，"效法栽种"。同时，陈氏父子担心"土性不合"，就在自己宅院寻"舍傍隙地"，"依法栽植"。四个月后，红薯引种成功。《金薯传习录》称，红薯"子母相连，小者如臂，大者如拳，味同梨枣"。

福建巡抚金学曾听说后振奋不已，盛赞陈氏父子"事属义举"，并认为红薯的引种"虽曰人事，实获天恩"。从此，红薯就在福建扎下根来。

引种次年，福建南部遭遇大旱，《漳州府志》记载，"野草无青，禾无收，饿民遍野"。金学曾当机立断，晓谕闽南各县广为种植红薯。短短几个月之后，红薯大获丰收，饥民"足果其腹，灾不为荒"。

关于红薯的引入，还有一种传说，称陈益自安南（即交趾，今越南北部）盗回至广东东莞。农史学家梁家勉先生的《番薯引种考》中写到东莞《凤岗陈氏族谱·陈益传》有这样的内容："万历庚辰，客有泛舟之安南者，公偕往。比至，酋长延礼宾馆，每宴会辄飨土产曰薯者，味甘美。公觊其种，贿于酋奴，获之。未几，伺间遁归。"

梁家勉先生指出，明嘉靖年间在越南称王的莫氏，源出于东莞，故此后来往越南的东莞人可能较多。由此背景看，陈益引种红薯的可信度很高，而他引种红薯的年代，在有关文献中也是最早的。

可能的事实是，广东人陈益和福建人陈振龙从不同的渠道分别将红薯引进了广东和福建，时间大约在明代后期。

到了清康熙初年，浙江温州、广东潮汕也出现了种植红薯的记载。在很短的时间里，红薯就成了东南红土带"民生赖以食""旱潦凶歉赖以生"的主要食物。

清康熙年间为收复台湾曾下达"迁海令"，沿海居民全部向内地山区迁移。在持续20余年的迁海中，千万移民走向深山，在贫瘠的坡地上开始了新的生活。移民们在洼地种稻谷、麦子，在丘陵上种红薯、玉米等，闽西、江西、广西乃至安徽，到处可见大片大片的红薯田。

康熙三十三年（1694），再下《招民填川诏书》，开启了"湖广填四川"的大移民。几十万湖广贫民之外，江西、广东、陕西等多达十余个省份的雇农佃农、无业游民，也纷纷加入了西迁的行列。这次迁徙，涉及几百万人，跨度近百年。移民将红薯带进了四川。

就这样，几尺薯藤，跟随着几百万移民的脚步，在长江流域广泛种植。

根据各地方志记载，明朝万历、天启年间，河南、陕西、山东、广东、广西、福建、云南、南直隶等各地已经普遍种植玉米和红薯。

红薯适应性强，具有耐旱、抗病性强、抗虫害性强、产量高等优势，可以在不能种植水稻、小麦的山地耕种，这使原来大量不可耕种的小块土地变成了可耕地，为我国增加了四倍多的农田。同时，红薯在我国大部分地区一年可以种植春、夏二季。一般春薯亩产2000公斤，夏薯亩产1000公斤。与稻、麦相比，红薯的产量翻了十倍以上。同样的土地，种植红薯可以养活更多的人。

何炳棣先生所撰《美洲作物的引进、传播及其对中国粮食生产的影响》一文，认为花生、红薯、玉米、马铃薯"传华四百余年来，对中国土地利用和粮食生产确实引起了一个长期的革命。粮食生产革命和人口爆炸确是互为因果的"；尤其是红薯，"对中国山地和瘠土的利用，对杂粮种植的多样化，起了极深刻的影响……'万历番薯始入闽，如今天下少饥人。'这首诗虽稍有夸张，但最能说明甘薯的历史作用"。其结论虽有人质疑，但红薯在平民食物中的份额之大，是无法否认的。

红薯在我国400多年的种植，为无数平民带来了福音，为社会稳定和发展起到了很大的作用。明洪武二十六年（1393），我国人口有7000万。到清道光三十年（1850），人口增加到4.3亿。400多年间中国人口的快速增长，与红薯的引种有着密切的关系。在新中国成立到改革开放初期，红薯依然是全国大部分地区不可或缺的主粮。郭沫若先生因此颂扬陈振龙"此功勋当得比神农"。

土豆这等"薯辈"

炸薯条，是现在很多小孩子喜欢的食物。炸薯条的原料是土豆。在中国多数成年人的认知中，土豆一直是一种蔬菜，酸辣土豆丝、土豆炖牛肉等是受到很多人喜爱的菜品。而在世界很多国家，土豆则一直作为主食存在，是全球第四大重要的粮食作物，仅次于小麦、稻谷和玉米。

土豆的名字很多，马铃薯、山药蛋、洋芋、洋山芋、洋芋头、香山芋、洋番芋、山洋芋、阳芋、地蛋等，说的都是它。马铃薯在我国最早见于康熙年间的《松溪县志·食货》，称其因形状酷似马铃铛而得名。

2019年的"薯博会"上，来自南美洲安第斯山脉的3000种土豆图谱亮相——土豆的原产地就是南美。考古发现，人工栽培土豆的历史最早可追溯到公元前8000年到公元前5000年的秘鲁南部地区。16世纪中期，土豆被西班牙殖民者从南美洲带到欧洲。但最初人们只是把它当作花卉来欣赏，就像辣椒，最初传入中国也被当作观赏植物种植。

到了1586年，英国人在加勒比海打败西班牙人，从南美搜集植物种子，把土豆带到了英国。适宜的气候，加上产量高和易于管理，使土豆受到英国人的喜爱并很快得到推广种植。

后来，法国农学家安·奥巴曼奇通过长期观察和实验，发现土豆还可以做面包等，从此，法国农民便开始大面积种植土豆。

到17世纪，土豆已成为欧洲的重要粮食作物。大约在这个时期，土豆传入我国。据说，是华侨从东南亚一带把土豆引进到我国的。因为土豆适合在原来粮食产量极低、只能生长莜麦（裸燕麦）的高寒地区生长，因而很快在内蒙古、河北、山西、陕西、甘肃、宁夏及东北等地普及。它和玉米、红薯等从美洲传入我国的高产作物一起成为平民阶层的主要食物，对维护我国社会安定和人口迅速增长起到了重要作用。

土豆因其产量高、营养丰富和对环境的适应性强，目前已遍布世界各地，热带、亚热带国家在冬季或凉爽季节栽培也能获得较高产量。

在2005年11月召开的联合国粮食及农业组织大会上，秘鲁常驻代表提出一项寻求将世界关注重点转移到土豆对粮食安全以及增强发展中国家对于土豆种植的重要性的提议，获得通过，联合国宣布2008年为国际土豆（马铃薯）年。

在国际粮食价格不断上涨和越来越严峻的粮食安全背景下，薯类作为世界头号非谷物粮食商品逐渐成为人们关注的焦点，近年来在国际贸易中也表现出强劲的发展活力。2018年，我国马铃薯及其产品贸易总额达5.7亿美元，比上年增长6%；红薯及其产品贸易额达2.4亿美元，比上年增长7.1%。

薯类在全球100多个国家都有广泛种植。我国是全球最大的薯类生产和消费国，马铃薯、红薯种植面积和总产量均居世界第一位。

薯类作物又称根茎类作物，主要包括马铃薯、红薯、木薯、山药、芋类等。这类作物的产品器官是块根和块茎。

马铃薯、红薯、木薯被称作薯类"三兄弟"。马铃薯和红薯在前面已经说过，下面说一说大家不常见的木薯。

我国大部分人对木薯比较陌生，因为它只在福建、台湾、广东、海南、广西、贵州及云南等南部省区有栽培，栽培历史也仅仅100多年。另外，我国也不把木薯计入粮食产量。

原产于巴西的木薯，属于热带植物，在热带地区广泛栽培。与马铃薯、甘薯不同的是，木薯是一种直立灌木，可以长到1.5米至3米，地下结圆柱形的块根。

用于人类食用的木薯，占全球木薯产量的65%。以木薯为主粮的人口占世界人口的七分之一——在热带地区的发展中国家，木薯是最重要的粮食作物，尤其是低收入农户，一日三餐以食用木薯为主。

在工业开发上，木薯淀粉或干片可制酒精、柠檬酸、谷氨酸、赖氨酸、木薯蛋白质、葡萄糖、果糖等，这些产品在食品、饮料、医药、纺织（染布）、造纸等方面均有重要用途。

木薯全株都含有亚麻仁苦苷这种毒素，以新鲜块根毒性较大。木薯中毒的症状，轻者恶心、呕吐、腹泻、头晕；重者呼吸困难、心跳加快，以至昏迷，瞳孔散大；更重者抽搐、休克，最后呼吸衰竭而死亡。木薯中毒还会引起甲状腺肿大、脂肪肝以及对视神经和运动神经的损害等慢性病变。但木薯毒可以提前清除：在吃之前去皮，用清水浸泡薯肉，一般泡五六天就能消掉70%的毒素，再加热煮熟，即可安全食用。

在我国，木薯很少用来食用，主要用作饲料和提取淀粉。泰国是全球最大的木薯产品出口国，其他出口国还有印度尼西亚和越南。

怀山药近年来逐渐成为餐桌上的普通食品——在普通的自助餐厅，经常看见被切成四指长、蒸熟的怀山药段。它不光口感好，多数人还知道它是上好的补品。怀山药曾经是高贵的中药材，占据着中药房的显要位置。

怀山药的"怀"字指的是产地，也就是古怀庆府（今河南焦作一带）。这个地方种植的山药，就叫怀山药。《本草蒙筌》记载："南北州郡俱产，惟怀庆者独良。"怀山药中有一种珍品，叫铁棍山药，"因其色褐间红、质坚粉足、身细体长，外形酷似铁棍而得名"。

市面上当下流行的鲜食山药大致有两类：普通山药、怀山药（包括铁棍山药）。普通山药，也叫菜山药，特点是较粗，表皮无"锈斑"，皮较薄，切面易氧化。吃法也不以清蒸为主，经常配肉类、鱼类或各种蔬菜同炒，口感酥脆，清爽滑溜。怀山药可细分为铁棍山药、白皮山药、小绒毛山药等多个品种，一般是上细下粗、略长且圆的柱状体，极像棒槌，个别也有扁阔形状，全根长度在60厘米至90厘米。

怀山药做膳食时，多蒸煮，质地细腻，味道甘美，补益效果也好。

药用的炮制山药中，还有淮山药，这个淮，也是指产地，即安徽淮河流域所产的山药。淮山药的炮制材料，主要是普通菜山药。所以，怀山药与淮山药是有区分的。

山药又称长山药，最初的名字叫薯蓣，原产于山西，后引种到河南、山东等地。战国中后期至汉代初中期成书的《山海经》中有"景山……

北望少泽，其上多草、薯蓣（即薯蓣）"的记载。这里说的景山，就是今山西闻喜县东南中条山脉的最高峰。

关于山药的名字，也是有典故的：唐朝宝应年间，因为薯蓣的"蓣"与唐代宗李豫的"豫"同音，为避皇帝名讳，薯蓣改为薯药。到了宋朝，又因为薯药的"薯"与宋英宗赵曙的"曙"谐音，遂改为山药，沿用至今。

山药营养丰富，含有大量的黏液蛋白、维生素、多巴胺、皂甙及微量元素，有防止血脂沉积在血管壁、预防心血管疾病的功效；还可降低血糖，是糖尿病患者的食疗佳品。《本草纲目》称山药"益肾气、健脾胃、止泄痢、化痰涎、润皮毛"。《神农本草经》认为山药"补中，益气力，长肌肉"。

目前，我国山药种植面积不断扩大，河南、山东、湖北、山西、江苏等5个主要生产省份种植山药面积均达到数万公顷，并大致形成了几个山药种植面积较大的集中地带，如河南焦作市，山东省潍坊市，河北蠡县，广西桂平市，江苏丰县，山西平遥县、浑源县等。其他如安徽（淮河以南）、浙江、江西、福建、台湾、湖南、广东（中山牛头山）、贵州、云南（贡山、德钦和丽江）、四川、甘肃（东部）和陕西（南部）等海拔350—1500米的地区，也都有种植。我国之外，山药在朝鲜、日本也有少量种植。

此外，豆薯（沙葛、凉薯）、香芋（地栗子）、芋头（芋艿）等也属薯类作物，既可做主食，也是现代生活中的美味菜肴。

饥荒无情

决战脱贫攻坚，决胜全面小康，解决所有人的温饱问题，在今天的年轻人看来，似乎算不上一件多大的事。但回顾历史就会发现，能够吃得饱、穿得暖，千百年来一直是平民百姓基本的渴望。所谓"三亩地，两头牛，老婆孩子热炕头"就是这种愿望的形象反映。实际上，在人类漫长的历史发展进程中，饥饿一直是多数人摆不脱的梦魇，饥饿与反饥饿的斗争一直是古人需要直面的首要问题。了解这些，就会明白全面实现全面小康的伟大意义，知道这是人类历史上一项多么伟大的工程。

极端饥饿下的人性

纪晓岚《阅微草堂笔记》第二卷《滦阳消夏录二》中记载了一个故事，或者说一个传闻，说的是明朝末年河南、山东一带因旱灾、蝗灾所发生的事：

> 盖前明崇祯末，河南山东大旱蝗，草根木皮皆尽，乃以人为粮。官吏弗能禁，妇女幼孩，反接鬻于市，谓之菜人。屠者买去，如刲羊豕。周氏之祖，自东昌商贩归，至肆午餐，屠者曰："肉尽，请少待。"俄见曳二女子入厨下，呼曰："客待久，可先取一蹄来。"急出止之，闻长号一声，则一女已生断右臂，宛转地上；一女战栗无人色。见周，并哀呼，一求速死，一求救。周恻然心动，并出资赎之。

明朝崇祯末年，自然灾害严重，百姓生存艰难，李自成、张献忠等率众揭竿而起，全国各地战乱不断，导致更大范围的饥荒，食人之事屡见不鲜。当时有"广东徐霞客"之称的学者、诗人屈大均，也曾遇到过一件售卖"菜人"之事：这年发生大饥荒，有人把自己卖到市场上，当供人食用的肉，被称为"菜人"。有个女子忽然拿了三千铜钱给丈夫，让他赶快回去，然后含泪离开。丈夫跟去找她，发现妻子已被砍断手臂，挂在市场售卖。屈大均因而写下了《菜人哀》：

> 夫妇年饥同饿死，不如妾向菜人市。
> 得钱三千资夫归，一脔可以行一里。
> 芙蓉肌理烹生香，乳作馄饨人争尝。
> 两肱先断挂屠店，徐割股腴持作汤。
> 不令命绝要鲜肉，片片看入饥人腹。
> 男肉腥臊不可餐，女肤脂凝少汗粟。

三日肉尽余一魂，求夫何处斜阳昏。

天生妇作菜人好，能使夫归得终老。

生葬肠中饱几人，却幸乌鸢啄不早。

古代的农业技术还处在一个非常原始的水平，人们只能靠天吃饭，风调雨顺了就会收获较多的粮食，日子便好过一些；倘若遇到天灾或者战乱，粮食产量就会大大减少，甚至绝收。

在人类的历史进程中，饥荒一直是生存的最大威胁。

据史料记载，从秦末汉初一直到民国时期，我国各地不同程度都遭遇过饥荒，造成大量人口死亡，饥荒致死人数通常要比战争还多。政权更迭引发的战乱，往往发生在饥荒之年，两种因素叠加，会给人民带来更大的灾难。当饥饿达到一定程度时，人性丑恶的一面便充分显露出来，甚至出现相互残杀、以人为食的可怕现象。

"敝邑易子而食，析骸以爨。"这是《左传·宣公十五年》的记载，仅仅10个字便呈现了灾荒时期饥饿百姓的生活惨状。据统计，《史记》《新唐书》《资治通鉴》《明史》等正史中关于"易子而食""人相食"的记载就有很多，二十五史中记载的"食人"惨剧竟达403起。

以汉朝为例，《汉书》《后汉书》《资治通鉴》中可看到如下记录：

汉高祖二年（前205）："人相食，死者过半。"

汉武帝建元三年（前138）："河水溢于平原，大饥，人相食。"

汉元帝初元元年（前48）："关东郡国十一大水，饥，或人相食。"

汉成帝永始二年（前15）："梁国平原郡……人相食。"

王莽天凤元年（14）："缘边大饥，人相食。"

汉光武帝建武元年（25）："民饥饿，相食。"

汉灵帝建宁三年（170）："河内人妇食夫，河南人夫食妇。"

汉献帝建安二年（197）："江淮间民相食。"

东汉末年，军阀割据混战，大规模征用青壮年为兵，再加上旱灾、蝗灾，各地农田大量抛荒，粮食歉收，导致饥荒蔓延，军队粮草供给严重不足。《三国志》卷一裴松之注引《魏书》说："袁绍之在河北，军人仰食桑椹；袁术在江淮，取给蒲蠃。"面对饥荒，士兵都不能填饱肚子，平民百姓更是流离失所，饿殍遍地。在饥饿的驱使下，羸弱的孩子、妇人变成了人们的口中之食。《后汉书》卷九记载："是时谷一斛五十万，豆麦一斛二十万，人相食啖，白骨委积。"

唐代"安史之乱"时，安禄山的军队包围了睢阳的张巡和许远。因围困太久，城里能吃的东西都吃光了，战马全部被杀吃，连老鼠、麻雀等都被吃尽。饥饿使人们丧失了最后一丝理智，许多人家因不忍心吃自己的孩子，就与邻居交换而食。孩子吃光了，张巡就把他的小妾杀掉煮吃。大家于是开始争先恐后地杀吃女人，等女人也被吃光了，又开始吃男人。最后，睢阳城被安禄山攻破，全城六万多人，仅剩下数百人。

公元886年，广陵城（今扬州）被杨行密所围。围困半年之后，广陵城里的人把粮食吃完，饥饿难耐，开始人吃人。军队更是变本加厉，公开到处抓人，把人像杀猪一样捆起来，拉到集市上卖。妇女和儿童被称为"菜人"，屠户买去之后，就像牛羊一般宰杀了卖肉赚钱。人肉的价钱连狗肉都不如，狗肉每斤五百钱，而人肉每斤一百钱。可见屈大均《菜人哀》所写的"菜人"实在是古已有之。

清光绪年间，厄尔尼诺现象带来的干旱严重影响了粮食产量，再加上当时很多人为挣钱种植了大面积的罂粟，使粮食异常短缺。在山西的一些县城，有人开始吃树皮、草根。然而这仅仅是开始。1877年，华北地区旱灾严重，土地上裂开一道道宽大的裂口，庄稼几乎全部枯死，粮食绝收。能吃上树皮已经是很奢侈的事情。有的人实在找不到食物，便以石粉充饥。而人类的肠胃根本无法消化石粉，又不能将其排出体外，以致被活活憋死。还有人吃观音土，也排不出来。观音土在肚子里积得多了，活活把人坠死。到最后，在求生本能的驱使下，终于发展到"人相食"的地步。

《晋灾泪尽图》是清朝人写的回忆灾荒的一本书，记载了这样一件事：一位南方的客人路过山西，正赶上发生灾荒。南方人到处找寻，实在找不到可以充饥的东西，几天后他老婆被活活饿死。这位客人忍不住大哭起来，他身边的人却马上捂住他的嘴，赶紧把院门关上。原来，"抢尸而食"的事情屡屡发生，抢尸者听见哭声即判断有人死去，便循声来抢尸体。这位南方客人等到深夜，将妻子埋了院中。但第二天他发现，尸体被人挖了出来，只剩下一些白骨。

大饥之年，贩卖人肉竟成为公开的生意。人还没有断气，门口就有人等着收肉。即使在白天，很多村子都是悄无声息的。屋子里，光着身子的人躺在炕上，早已饿得骨瘦如柴，只能靠眼珠是否转动来判断是不是活人。还有一些稍有点力气的人，就去别人家，看能不能把尸体拖回家做食物。地上到处都是尸骨，车轮碾过，发出折断的声音，简直如同人间地狱。

1929年，甘肃发生严重的旱灾。传教士马永强在《近代甘肃灾荒备忘录》中写道："居民绝食或缺种子已达百分之八十，故多以婴儿烹食充饥。各县儿童不敢出门。"

周俊旗编著的《老新闻 民国旧事 1928—1931》中记录的一件事更是骇人听闻：在甘肃隆德县（今属宁夏）一个村子，有三户人家的丈夫饿得实在没办法只好外出逃荒，剩下的三个女人一起靠乞讨为生。即使这样，她们依然面临被饿死的威胁。于是，三个人联合作案，屡次偷来孩子为食。等到被发现时，她们的窑中已堆积了30多个孩子的尸骨。

1930年，《大公报》有一则通讯称："饥民初则偷窃死尸，继则公然脔割，终则以婴儿、妇女的腿臂做腊肉，家居供食品，出外作干粮。各处税局翻检行客，常有人腿包裹其中。"若是官府问起来，饥民们就会说："这是我家孩子的肢体，如果我不吃，也会被别人吃掉。"

席会芬、郭彦森等主编的《百年大灾大难》记载了这样一件事：在陕西三原县，有一个妇女带着儿子逃荒，晚上住在一户人家中。第二天一早起来，她发现儿子不见了，四处寻找，最后在厨房里闻到了肉香味，打开冒着热气的蒸笼，她发现儿子坐在笼中，已经被蒸多时，惨不忍睹。

这样的记载还有很多。即使隔着久远的时空，笔者在阅读、引用这些残酷的资料时，依然感觉不寒而栗，无法释怀。人类数千年发展起来的文明、道德与人性，在难耐的饥饿面前坍塌委地，轰然泯灭。

不堪忍受的饥饿

在中国历史上，饥荒、农民起义、王朝更替，每隔不到三百年肯定会上演一次。不论哪个朝代，每一次农民大起义，基本都与饥饿有关。邓拓在《中国救荒史》中说："我国历史上累次发生的农民起义，无论其范围的大小，或时间的久暂，实无一不以荒年为背景，这实已成为历史的公例。"

从秦朝的陈胜吴广起义，到明末李自成起义，均造成了旧王朝的颠覆。在清代，特别是嘉庆道光以来的特大灾荒，也曾引发多次大规模的农民起义。这些或大或小的农民反抗运动，有的直接颠覆了王朝的统治，有的对国家统治造成了巨大的威胁。

旱涝虫灾是粮食发展的克星。在相当长的历史时期，生产力低下，人们应对自然灾害的能力非常有限，基本上就是看天种粮，靠天吃饭，听天由命。遇上自然灾害，百姓束手无策，农业生产必将遭受毁灭性打击，或减产，或颗粒无收，接下来便是面对饥荒的威胁。

造成饥饿的原因，除了不可抗拒的天灾，还因为统治者的暴政及惨无人道的掠夺。人们被逼到绝境，突破了忍耐的极限，生死攸关之际，便一呼百应，揭竿而起。

公元前3世纪，秦朝末年，中国历史上爆发了第一次大规模的、由陈胜吴广率领的农民起义。秦二世胡亥昏庸残暴，加重人民徭役、赋税负担。人们从土地上收获的粮食，缴税之后所剩无几。广大人民被饥饿所迫，艰难地挣扎在死亡线上。最后，在奔赴戍守渔阳的途中，陈胜、吴广振臂一呼，树起反旗，提出了"伐无道，诛暴秦"的口号，沉重打击了秦王朝的统治。

东汉晚期，宦官、外戚明争暗斗，朝廷腐败，加上边疆战事不断，整个国势日趋疲弱。公元184年，全国遭遇大面积干旱，老百姓辛苦耕作的庄稼，到头来颗粒不收。然而，灾情之下，朝廷的税收没有一厘一毫的减少，徭役、兵役依然繁重，加之土地兼并现象严重，人民食不果腹，苦不堪言。走投无路的贫苦农民，在张角的号令下，聚众而反。这就是著名的黄巾起义。"反民"们头扎黄巾，高喊"苍天已死，黄天当立。岁在甲子，天下大吉"，对东汉朝廷产生了巨大的冲击。毋庸讳言，黄巾起义就是促使东汉灭亡的导火索，也由此拉开了三国时代的序幕。

鸦片战争后，中国开始沦为半殖民地半封建社会。清政府为了支付一系列不平等条约的战争赔款，弥补由鸦片大量输入而造成的财政亏空，变本加厉地横征暴敛，加之外国工业品的大量倾销，许多农民和手工业者纷纷破产。地主阶级乘机兼并土地，加重剥削。广大农民饥寒交迫，纷纷自发组织进行反抗，农民斗争此起彼伏，起义多达一百多次。

1851年，在洪秀全的率领下爆发了大规模的太平天国起义。太平天国颁布了《天朝田亩制度》，把农民平均主义思想发展到顶峰。中国人民深受太平天国起义的影响和鼓舞，一直没有停止对封建王朝的斗争，半个世纪后爆发辛亥革命。

纵观中国古代史，每一个大一统王朝的后期都会面临一个问题，那就是土地兼并产生的粮食分配问题。饥荒，不一定都是由天灾引发的，很多时候是人祸——富商、地主肆意兼并贫农和自耕农的土地，造成"富者田连阡陌，贫者无立锥之地"的现象，农民年年辛苦劳作，年年温饱不济，致使农民生产积极性遭遇打击。农民的生产动力不足，粮食就会越来越少，最终走投无路，只能聚众起义。

不难看出，稍稍明智点的古代帝王，都会懂得这样的道理，以"重农抑商"为治国之道，来保证人民的温饱。老百姓只要有口饭吃，谁会去造反？

无尽长的死亡线

电影《一九四二》上映之后，在全国引起了强烈的反响。之前，

粮食，粮食

大多数人对1942年河南那场饥荒的情景知之甚少。冯小刚的电影《一九四二》改编自河南籍作家刘震云的作品《温故一九四二》。刘震云的这部作品被称为"调查体小说"，大约是用小说的笔法进行纪实写作吧。刘震云所写的是他的家乡豫北的情形，事实上，1942年7月至1943年春，河南110个县遭遇百年不遇的大饥荒，数十万甚至百万人失去生命，中原大地饿殍遍野，尸塞于道。关于这场灾难，除少数幸存老人的记忆外，见于当时文字记载的只有《时代》周刊记者白修德和《前锋报》特约记者李蕤等人的报道。

1985年第十三辑《河南文史资料》收录了李蕤写于1942年的一组报道，取名《无尽长的死亡线——1942年豫灾剪影》。这组文章当时以"本报灾区通讯"的形式刊发于南阳的《前锋报》上，作者署名"流萤"。1943年5月，《前锋报》发行了单行本，取名《豫灾剪影》。《豫灾剪影》出版后轰动一时，但只印刷了2000册。2006年，李蕤的女儿宋致新编辑出版了《1942：河南大饥荒》，其中收录有《豫灾剪影》。

据《河南灾情实况》记载，1942年，河南入春之后全省连续三个月大旱无雨，致使麦收不足二成。持续的干旱，使得红薯、高粱、荞麦也几乎绝收。秋季再遇蝗灾，移动的蝗虫遮天蔽日，所过处凡绿叶皆被吃绝。干旱、蝗灾导致的绝收在河南大地蔓延。

饥馑之年，在通许、伊川、偃师、汝阳、密县、郑州、尉氏、许昌、睢县、西华、桐柏、南阳、唐河、新蔡等尚未沦陷于日寇的"国统区"，国民政府的军粮依然按照正常年份征收。河南驻军以抗战的名义强征军粮，硬派赋税，几乎掠走了农民家中所有的粮食，人们被一步步逼到了死亡线上。

没有粮食，河南百姓开始以树叶、野草、杂菜等"非粮"物品来维持生命。这些东西平时都是给牲畜吃的，此时却成了人们的美食。连蒺藜这样平时牲畜都不吃的东西，也成了救命的食物，大小树皮被扒得精光。实在没有什么可吃的了，大雁屎也开始成为食物。大雁吃的是粮食，拉的屎里还有不少没消化完的粮食籽。饿得头晕眼花的人们，已经顾不得大雁屎又脏又臭。饥饿让他们变得啥都敢吃。

饥饿主宰了一切，人们唯一的想法就是吃，起码的人性被抛到九霄云外。历史的悲剧再次重演。当树皮、杂草这些东西都没得吃时，有人开始卖儿鬻女。

在河南很多地方的村集上，出现了公开的"人市"，卖孩子就像卖白菜，孩子头上插上一根谷草，即表示是待卖的。《界首一览》记载了当时许多河南女孩无以为生，被卖到安徽界首一带做妓女的悲惨境遇。

饥饿待毙之时，有的丈夫不忍心妻子饿死，就劝她跟别人走；而妻子为了不让丈夫饿死，就求丈夫把自己卖掉。据传，方城县有一对夫妇，无法维持生活，妻子被卖出，分手时，妻子对丈夫喊道："你来，我的裤子囫囵一些，咱俩脱下换一下吧。"丈夫听完此话，与妻子抱头痛哭，然后毅然说道："不卖你了，死也死在一起！"在残酷的现实中，总有人性未泯的人给我们带来感动——这对相爱相怜的夫妻，成为那场大饥荒漫天黑色中的亮点。

未到1942年底，河南已有大批农民饿死。活着的人们，像躲避瘟疫般地逃离家园，迈着踉跄的步子，踏上了逃荒的漫漫征途。饿死的暴骨失肉，逃亡的扶老携幼，挤人丛，挨棍打，未必能够得到赈济委员会的登记证。吃杂草的毒发而死，吃干枝皮的忍不住刺喉绞肠之苦。路上不断有弃婴在哭泣和死去。

沿途许多像狼一样的野狗，长得膘肥肉厚。野狗从沙土堆里把尸体扒出来，像狼一样吞吃人肉。

面对饥饿，人潜在意识中的狼性被唤醒，开始吃人。野地里到处是尸体，在夜幕的掩护中，有人割死人肉吃。

《前锋报》记者李蕤在《豫灾剪影》中写道，河南郑县（今郑州）一个老太婆和她的丈夫马水道，甚至将自己的亲生女儿杀死吃掉，两人被抓时，身上还藏着一包人肉。

《大公报》驻河南战地记者张高峰撰写的长篇通讯《饥饿的河南》，以近乎白描的手法呈现了当时的情景：

最近我更发现灾民每人的脸都浮肿起来,鼻孔与眼角发黑。起初我以为是因饿而得的病症。后来才知道是因为吃了一种名叫"霉花"的野草中毒而肿起来。这种草没有一点水分,磨出来是绿色,我曾尝试过,一股土腥味,据说猪吃了都要四肢麻痹,人怎能吃下去!灾民明知是毒物,他们还说:"先生,就这还没有呢!我们的牙脸手脚都是吃得麻痛!"现在叶县一带灾民真的没有"霉花"吃,他们正在吃一种干柴,一种无法用杵臼捣碎的干柴,所幸的是吃了不肿脸不麻手脚。一位老夫说:"我做梦也没有想到吃柴火!真不如早死。"

关于这场大饥荒,不少地方志均有记载:

《偃师县志》记载:"民国三十一年(1942)春夏,大旱,二麦歉收。7月,蝗灾、风灾,粮食收获仅一至二成,人多以树皮、草根、观音土、雁屎充饥。灾民19万,外逃及死者难以数计。这次灾荒为60年间所罕见。"

《河南省志·人口志》记载:1940年,河南全省人口是3067万;到1944年,人口降至2471万人。短短四年间,全省人口减少了596万,除去正常的人口增减和战乱影响,估算1942—1943年饥荒饿死人数应在300万以上。

遍及全球的饥荒

翻开世界历史,大规模的饥荒史不绝书。伴随大饥荒的往往是人口的大规模死亡和迁徙,还有可能爆发战争,甚至政权动荡。在整个人类历史上,欧洲、非洲等一些国家曾因各种原因发生过多次饥荒。

罗马帝国晚期,地震、瘟疫等自然灾害不断困扰着这个帝国。灾害带来的饥荒也成了帝国民众的梦魇。公元365年,突发的地震瞬间就把一些城市严重摧毁。祸不单行,地震之后,这个帝国又迎来了海水泛滥,许多地区陷入洪水之中。到了公元6世纪,东罗马帝国简直进入了一个瘟疫时代,光瘟疫就发生了52次之多。

自然灾害的频繁发生，极大地影响了自然环境，农业生产条件愈来愈糟糕，粮食的收成也受到极大影响，饥荒的发生在所难免。公元4世纪，罗马帝国发生饥荒31次，5世纪发生35次，6世纪发生37次，7世纪发生19次。有的地区饥荒持续时间长达3年之久。饥荒频繁地发生，严重威胁到人们的生活和生命安全，大量的贫民要么背井离乡，要么陷入更悲惨的境地。

发生于1845年至1850年的爱尔兰大饥荒，俗称马铃薯饥荒，是历史上一场影响比较大的饥荒。造成这场饥荒的主要因素是一种称为晚疫病的卵菌造成马铃薯腐烂，病害由东部向西部蔓延，整株整株的幼苗腐烂死去，大片大片的土地绝收。马铃薯是当时爱尔兰人赖以维持生计的唯一农作物。马铃薯的歉收，给爱尔兰带来了不可估量的打击。

从1846年末开始，爱尔兰移民达到了前所未有的规模。对这些男女老少而言，与其说是自愿移民不如说是逃难。之后的10年间，180万人离开了爱尔兰。

马铃薯饥荒导致了19世纪最重要的人口流动事件之一。5年间，英国统治下的爱尔兰人口锐减了将近1/4；这个数目除了饿死、病死者，也包括了因饥荒而移居海外的约100万爱尔兰人。

而当时，作为统治者的英国人却趁火打劫，釜底抽薪。他们只关心谷物和牲畜的出口，根本不顾爱尔兰人民的死活。很快，这场自然灾害演变成人祸。100余万同胞死于饥荒的惨剧激起了爱尔兰人的民族意识，自然灾害与政治压迫迫使他们孤注一掷，奋起抗争。1922年，爱尔兰自由邦成立。因为这场灾难对爱尔兰的影响实在过于深远，爱尔兰史往往被史学家分成"饥荒前"和"饥荒后"两个时段。

1943年，孟加拉地区也发生了一场大饥荒（彼时孟加拉只是印度的一个省）。正值二战期间，孟加拉粮食短缺情况非常严重，英属印度当局将粮食输出给其他地方的盟军，造成稻米短缺，米价飞涨，超过了一般人所能负担的价格，不久便出现了大规模的饥荒。在这次饥荒中，推测有超过300万人死于饥饿、营养不良和饥荒期间有关的疾病。

在英国统治印度时期，发生了大约 25 次大规模饥荒。1947 年印度独立后，虽然许多印度人至今仍然生活在最低水平线以下，但再也没有发生过大规模的饥荒。

2008 年，位于加勒比海北部的岛国海地共和国，遭遇了飓风的袭击，七成以上的农田被摧毁，拥有 25 万人口的城市戈纳伊夫几乎被淤泥掩埋。超过八成的海地人生活在贫困线以下。在海地，每三个人中就有两个人吃不饱；偏远村庄的孩子，常常出现头发枯黄、肚子肿胀等典型营养不良的症状。在许多地方，常常会发现人们用植物油混合泥土做成泥饼干来充饥。海地八成以上的人每天生活费用不足 2 英镑；平均一名医生要服务 3000 名病人；人均预期寿命 61 岁，新生儿死亡率 8%，5 岁以下儿童死亡率达 12%。

亚洲、非洲多个国家目前也濒临饥荒边缘，仅也门、南苏丹、索马里和尼日利亚就有超过 2000 万人生活在饥饿之中。

导致亚洲、非洲面临饥饿危机的原因主要是地区内的战争冲突和气候变化带来的干旱。因战乱冲突、动荡局势和经济危机的影响，南苏丹的粮食安全和营养问题不断恶化，国内存粮逐渐耗尽，农作物歉收，当地粮食价格急速上涨，目前已有 10 万人陷入饥荒，近 500 万人口急需粮食援助。也门近年来因战争影响，现在超过 300 万人流离失所。尼日利亚和索马里也因冲突影响，目前粮食生产活动中断，更加剧了本就存在的粮食短缺问题。

超强厄尔尼诺现象改变了非洲东部和南部的短期气候，因遭受干旱，部分地区粮食作物无法种植。东部非洲的埃塞俄比亚因超强厄尔尼诺现象的影响，遭遇了近两年的干旱，之后的降雨又造成大面积洪水，导致目前 970 万人的生活和生计受到影响，其中有 8 万多人由于干旱和洪水而无家可归。

粮食对人类社会文明发展的作用不言而喻。全球粮食供应一旦出现问题，给人类造成的危害和影响不可估量。

一个新中国家庭的粮食记忆

现在电视、网络、平面媒体上关于美食的栏目很多，人们平时谈及吃食的时候，说的也大多是舌尖的新奇感受、稀奇古怪的体验或繁复、绝妙的烹饪手法等，很少想到吃饱吃不饱的问题。实际上在不远的从前，凭票定量供应粮食，总是处于半饥饿的状态，还是今天中年以上的人曾经的生活常态。在此，我们想通过尚本礼老师一家的经历，唤起国人几十年来关于吃、关于粮食的记忆。

2020年，尚本礼老师整整80岁，他生活在河南滑县县城，就是以烧鸡闻名的道口镇。尚本礼老师出生于1940年，新中国成立的时候，他9岁，早已记事。新中国成立70年来，豫北农村波澜起伏的发展历程，他亲眼目睹、亲身经历。以下内容根据他的讲述整理，涉及到新中国成立70年来乡村、城市粮食分配等问题。

"缺粮款"与工分

1974年腊月的一天，尚本礼老师从学校回到村里，把凑齐的120多元"缺粮款"交给了生产队。那年尚本礼老师34岁，师范毕业整整10年，月工资45元。

当时物价低，工资也低。尚本礼老师说，参加工作第一年，算实习期，月工资29元，转正后，工资增加到每月34元。一直到1971年上半年，尚本礼老师的工资都停留在34元。这一年的10月，国务院下发《关于调整部分工人和工作人员工资的通知》，对职工工资从当年7月开始调整，尚本礼老师的工资增加到了45元。

一个月40多元钱，倘若是尚本礼老师一个人用，在当时应该是绰绰有余。但尚本礼老师还有一大家子人，他是典型的"一头沉"——尚本礼老师1964年与农村社员祁青芹结婚，1966年有了长子尚学民，1969年、1972年又分别有了次子、女儿。四口人在农村，祁青芹要带三个孩子，还要照顾家，参加生产队劳动就很有限，挣不了多少工分，按照人头平均分到粮食，就得拿"缺粮款"。

《农村人民公社工作条例修正草案》（1962年9月27日中国共产党第八届中央委员会第十次全体会议通过）规定，农村人民公社"实行各尽所能、按劳分配、多劳多得、不劳动者不得食的原则"，"生产队对于社员粮食的分配，应该根据本队的情况和大多数社员的意见，分别采取各种不同的办法，可以采取基本口粮和按劳动工分分配粮食相结合的办法，可以采取按劳动工分分配加照顾的办法，也可以采取其他适当的办法。不论采取哪种办法，都应该做到既调动最大多数社员的劳动积极性，又确实保证烈士家属、军人家属、职工家属和劳动力少、人口多的农户能够吃到一般标准的口粮"。

按此条例精神，尚本礼老师家所在的河南省滑县万古人民公社冢后大队第二生产队，与大多数农村生产队一样，对粮食的分配实行的是"人六劳四"的办法，也就是在交够公粮、留够生产队所需的粮食（种子、化肥、农具等公益金）之后，把剩余粮食的60%按人头平均分，另40%再按社员劳动的工分分配。

根据"按劳分配，多劳多得"的原则，如果一个家庭按"人六劳四"所分配到的粮食总价值超出了这个家庭劳动所挣工分的总值（根据粮食价格、粮食产量、全队社员全年劳动核算出工值），超出部分便以欠账形式记账，这就是"缺粮户"。"缺粮户"一般是孩子多、劳力少或者有困难的家庭。反过来，分到的粮食价值低于家庭劳动所挣的工分值，就是"余粮户"。"余粮户"并不多，大多是一些青壮年多、孩子少、出工多的家庭。

到了年终决算时候，无论是"缺粮户"还是"余粮户"，原则上都是要兑现的："缺粮户"以现金的形式向生产队支付"缺粮款"。也有的家庭实在交不起"缺粮款"，就累计到下一年，甚至多年累加，欠到三四百元。"余粮户"则可以分到"余粮款"，或者得到等价的粮食——这是那些辛苦劳动一年的青壮劳力最高兴的时候，会趁着过年的菜，喝上二两七八毛钱一斤、带着股甜味的本地红薯干酒。

尚本礼老师的工资，除去他本人在学校的伙食费和一家五口人的生活开销，每年要节余出100多元来缴"缺粮款"，也不是一件轻松的事情。

尚本礼老师在万古公社所在地万古联中任教，吃住在学校，"粮食关系"也在学校。按当时的说法，尚本礼是吃"商品粮"的，即他属于城镇居民户口，非农业户口。在当时粮油统销体制下，吃"商品粮"的干部、工人、城镇居民等，每人或每户都有一个"粮本"，即"居民购粮证"，凭"粮本"可以到指定粮所（店）购买核定数量的粮油。因为由国家做后盾为这些人提供定量的粮油，能保障他们基本吃饱饭。这令农民老大哥非常羡慕，他们称这些吃"商品粮"的人为"定量户"。

农民老大哥就没有这个粮食"定量"保障，他们只能靠生产队分粮食。

那时候粮食产量低，在中原绝大部分地区，每个人一年分到的小麦只有几十斤，好的时候也不上百斤，占不到全年口粮的四分之一。而粗粮中，玉米占的比例也很低，与小麦差不多，农民的口粮绝大部分是红薯。

《滑县志》记载："1953年11月，滑县开始实行粮食计划供应。居民每人每月30斤，机关团体每月人均25斤，重体力劳动者45—50斤。1955年执行国家《关于市镇粮食定量供应暂时办法》。1957年，针对粮食供应中'定量偏高，供应偏宽，控制不严，粮食浪费大'的情况，实行四类九等口粮定量法。机关、团体、学校等单位每人每月32.5—33斤，区干部35.5—36斤，小学教员36.5—37.5斤，勤杂、保管、轻体力、中学生为37.5斤，高中生40斤。压缩行业用粮15%—20%，临时特殊用粮一律取消。1960—1965年，调整幅度不大。1965—1987年，特重体力48—60斤，重体力37.5—46.5斤，轻体力31—34.5斤，脑力劳动者29斤，高中生男31斤、女29斤，初中生男30斤、女29斤，市民26斤。"

1960年9月7日，中共中央下发《关于压低农村和城市口粮标准的指示》，要求"农村的口粮标准必须降低。淮河以南直到珠江流域的地区，应当维持平均每人全年原粮360斤。遭灾的地方应当更低些。丰收的地方在完成原定外调的和为支援灾区而增加外调的粮食任务以后，还有余粮，口粮标准可以提高到原粮380斤，最多不能超过原粮400斤……凡是超过400斤标准的要降下来，这自然要进行艰苦的说服工作，并且必须做好商品粮较多的地区的商品供应工作，以便把余粮更多地卖给国家。淮河以北地区的口粮标准，应当压低到平均每人全年原粮300斤左右，东北等一部分严寒地区可以稍高一点；而各省的重灾区，则应当压低到平均每人300斤以下。"

该文件对"定量户"供应标准则如是规定："在压低农村口粮标准的同时，城市供应标准也必须相应地降低，除了高温、高空、井下和担负重体力劳动的职工以外，其余的全部城市人口，每人每月必须压低口粮标准两斤左右（商品粮）。城市的粮食供应必须认真加以整顿，坚决消灭浮支冒领，取缔'黑人口'。城市近郊区和一般农村的口粮标准，差别不能大，远郊区应当向一般农村看齐，压低城市人口粮食供应标准的具体办法，由粮食部另行拟定。"

同年10月21日，河南省人民委员会根据中央精神发出《关于整顿城镇粮食统销和降低城镇口粮标准的具体规定》："除高压、高温、井下、水底作业工人外，其他各种人员的口粮标准，调低为每人每月13.13公斤。"

因此，新中国成立之初，"定量户"的社会地位无疑比农民高很多。那时候，农村条件好的姑娘会把找对象的目标定为"定量户"，哪怕人长得丑点，甚至傻点憨点都没关系。即使这样，能实现嫁给"定量户"愿望的人也很少。一旦如愿，那就是"草鸡变凤凰"了，会令三里五村的大姑娘小媳妇羡慕不已。

尚本礼老师自参加工作起，粮食"定量"一直是每月29斤，食用油0.6斤，基本能解决吃饱饭的问题。供应的粮食中，七成细粮，三成粗粮。细粮为小麦面粉，粗粮有玉米、小米、高粱等，偶尔也有红薯干。粗粮大部分人都喜欢要玉米，小米次之，最不喜欢的是红薯干，在其他粗粮少的时候，就会配三分之一的红薯干。

现在到哪儿吃饭都不是问题，只要拿钱就能买到。那个年代可不行，粮食缺，由国家统一调控，不能随便买卖。怎么办？农民的口粮在农村，干部、工人、城镇居民有粮食关系，粮食关系在哪里，就在哪里买粮食。倘若外出，只有怀揣粮票才能买到饭吃。于是，"定量户"就拿着粮本、农民就背着粮食到粮管所，根据外出的地方兑换全国流通或地方流通粮票。当然，也有一些胆大的人进行"黑市"交易，偷偷拿钱或以鸡蛋等物品私自交换粮票。

说到粮票，估计50岁以下的人大多不清楚它的详情。"百度百科"如此解释粮票："粮票是20世纪50年代至90年代中国在特定经济时期发放的一种购粮凭证。中国最早实行的票证种类是粮票、食用油票、布票等。粮票作为一种实际的有价证券，在中国使用达40多年，随着社会的发展，它已退出了历史舞台……那时候，必须凭粮票才能购买粮食。"

1953 年，国家决定实行粮食统购统销政策。1955 年 8 月 5 日，国务院全体会议第 17 次会议通过《市镇粮食定量供应凭证印制使用暂行办法》；紧接着，国家粮食部向全国发布这一暂行办法；很快，各种粮食票证便铺天盖地地进入社会。1985 年 1 月，中共中央、国务院发布《关于进一步活跃农村经济的十项政策》，终结了实行了 32 年的粮食统购统销制度，"粮食、棉花取消统购，改为合同定购"。到 1993 年 1 月 1 日，粮油票制度宣布废止。

可能有人以为，粮票、布票等凭票供应形式是我国计划经济时期的独创，其实不然。早在"十月革命"之后，因为商品缺乏，苏俄就采取了商品有计划的分配，发放各种商品票证。同样，美国在二战时期商品紧张，也发放了各种商品票证，而且种类不少，其中就有粮票性质的票证。目前，仍然有一些国家采用凭票供应方式，如朝鲜、越南等国。

作为一名公办教师，尚本礼的粮食关系自然在单位（如果不在学校食堂吃饭可以转到个人名下，发一个粮本），学校有专人（司务长）负责食堂，统一去粮管所买面、油。尚本礼老师的"定量"粮食，勉强够他在学校吃，也省不下来拿回家。

这一年，冢后大队第二生产队的收成还算不错，尚本礼老师家里每人分到了 86 斤小麦、90 斤玉米，更多的是红薯，家里总共分了两千多斤，一部分擦成红薯片，放在屋顶或场上晒干，一部分储藏在家门口的地窖里。除此之外，还会分杂粮、蔬菜和棉籽油（食用）。

杂粮一般都按照人头分，不过分什么杂粮、分多少不确定，生产队种什么分什么，有高粱、谷子、黍、大豆、绿豆、芝麻等，分的数量也很少，从一两斤到十几斤。可别小看这少量的粗粮，它们给人们的生活带来了色彩与多样化。

高粱面与白面搭配做成的紫白相间的花卷，很有工艺品的范儿，不光好看，白面馍的味道压住了高粱面的粗涩，也变得好吃了。小米应该是杂粮中的贵族，除了偶尔熬顿小米粥，人们会把小米放到过年时候吃，做成暄腾、甘甜的米面馍，口感仅次于白面馍，春节期间与白面馍插花着吃，不至于反差过大。黍子是黄米的原粮，经过脱皮、磨面、发酵，即成黏面，做成年糕（少许油炕熟或油炸），也是春节颇受欢迎的美食。大豆的作用更强大，可以榨油（补充所分棉籽油的不足），可以换豆腐，还可以统领高粱面、红薯干面、玉米面等，掺和后蒸成窝窝头（一般不发酵），会比没有豆面的好吃很多。因为豆面的参与，这窝窝头便被命名为豆面馍（或豆面窝窝），红薯干面的甜腻、高粱面的苦涩都变得淡多了。绿豆是珍品，夏季偶尔在红薯干里加点绿豆，煮一锅汤，清热去火；冬天长点绿豆芽，也让顿顿萝卜白菜的人们换换花样；绿豆面则是万金油式的"调味"面，少许绿豆面与小麦面搭配，即可做成绿豆面叶、绿豆面条；最让人馋的，当数中秋节、春节才舍得吃的绿豆丸子（其实炸丸子的面中，只有十分之一的绿豆面）。

家后大队第二生产队的蔬菜供应倒是充足，品种也不少。第二生产队在堰岗（村子周围防洪的环形堤，上边可以走人，两侧坡上种植了柳树丛）内有一片五六亩的独立菜园，周围栽了一圈密密麻麻的洋槐树做篱笆墙，可以防御猪、羊、鸡、鸭，还可以挡住人。菜园里有一眼井，井上架着一个铁链水车，可以随时汲水浇菜。队里专门派了两位五六十岁的老人做菜把式，他们把菜园经管得有声有色。菜园除了种白菜、白萝卜、芥菜、茄子、冬瓜、笋瓜、韭菜、豆角等大路菜，还有黄瓜、西红柿、菜瓜、甜瓜等口感好的瓜果。

蔬菜、瓜果均按人头平分，生产队也不算钱记账，可以说这是每个社员的纯粹福利，是非常人性化的做法。每次分菜或瓜果，菜把式在菜园中间存放工具等物品的小屋前空地上，以户为单位，按照人口数量分成堆、排成行：一口人的户，两口人的户，三口人的户……人口最多的是八口人，依次排成行。去领菜的人，自觉按自家的人口数拿，绝不会故意多拿。

靠着生产队分的食物，加上工资贴补，尚本礼老师家在村里还算是生活条件较好的家庭，但一日三餐绝大部分还是粗粮。当然，孩子们也不至于挨饿，日子勉强过得去。不过，因为每年数额不菲的"缺粮款"，尚本礼老师家里平日的经济状况也是捉襟见肘，经常欠着亲戚外债，直到1980年之后才逐渐还清。

在1980年之前，尚本礼老师家里只有在两个阶段可以全天吃白面馍：一是刚收完麦子的十几天，再就是春节期间的近一个月（从头一年的腊月二十三祭灶前后到下一年的正月十五元宵节前后）。其余的时间，大部分是玉米面与红薯干面（偶然也掺点不同的杂粮面）的两掺馍，还有大量的红薯及其制品（红薯干、红薯干面窝头、红薯干面饸饹）。

现在听起来，那个年代粮价很低，多年来小麦保持在0.24元/公斤、玉米0.16元/公斤、红薯0.04元/公斤，但收入也少得可怜，一个工（10分）只有0.2元左右。也就是说，一个评分最高的男劳力在地里干一天，才能挣两毛钱左右。

为了增加收入，多挣工分，无论是尚本礼老师还是他的爱人祁青芹社员，都尽可能地参加生产队的劳动。生产队也鼓励在外工作人员、民办教师、中学生星期天、节假日参加田间劳动。

每个社员的劳动工分值，都是在生产队全体社员会上讨论评定的。工分评定看似简单，但其中的因素也相当复杂，与性别、年龄、身体状况、劳动能力、劳动强度、技术含量等都有关系。

尚本礼老师参加过本生产队评分的社员大会，大致情况是：正常的生产劳动，一般青壮年男劳力，早上（3分）、上午（3分）、下午（4分）一天三晌出全工，挣1工（10分）；老年男劳力8至9分；14岁以下少年劳力，一天5至7分；15岁到17岁少年劳力，一天6至8分；青壮年妇女，一天8分；老年妇女，6至7分。

比如看护庄稼地，比较轻松，大多都派老人干，一天8分；像浇地，虽然轻松，但开柴油机或电力水泵，都需要技术，还有夜班，都是年轻男劳力干，一天工值就是1工；再比如赶牲口的把式，技术性高，也是一天1工；挑大粪（从各家各户用木桶把人粪尿挑出来集中到一起），劳动强度大、脏，虽然松散，一天也是1工；而烧红薯炕（红薯育苗的小面积园圃），比较轻松，技术含量也不高，一天8分。

冢后大队第三生产队就因为烧红薯炕出过"典故"：这年开春，第三生产队开会评工分，队里派一个绰号叫黑椹的老先生负责烧红薯炕。黑椹老先生五十多岁，上过私塾，有文化，还当过几年兵，身体瘦弱，一般的农活都干不了，生产队为了照顾他，就派他干一些看地、烧红薯炕这样的轻活儿。

评到黑椹老先生，队长说，烧红薯炕这活儿轻松，一天烧两回就中了，一天也按8分。黑椹老先生觉得不公平，就说，烧红薯炕轻松是轻松，可这是技术活儿，还得操心，不评一工三吧，最少也得跟整劳力一样，评一工吧。队长看看社员，大家都不说话，最后就答应了他的要求。如果黑椹老先生顺利完成这项任务，这事就不会成为冢后大队"风光一时"的著名事件了——半个月之后，黑椹老先生把红薯全烧熟了，不得不把红薯种扒出来分给社员们，成为一个笑话，并由此诞生了冢后大队独有的一条歇后语：黑椹烧红薯炕——那是技术活儿。

祁青芹社员很能干，是妇女劳力中工值最高的，一天8分，早上2分，上午3分，下午3分。因为要带孩子，早上基本上是没法出工的。中午要给孩子做饭，得提前收工回家，也会扣工分。中午打发孩子吃完饭，弄不好又会误了下午上工。加上她自己再有个头疼脑热、不舒服，没法上工，一年下来，能挣到的工分也不过五六十工，折合成钱也就是10元多点（第二生产队的工分值很多年每工都在0.2元以下）。

尚本礼老师虽然身强力壮，但毕竟是个教书先生，劳动技术不够，也吃不了太大的苦，生产队为他评定的工值是一天8分。扣除冬季没有农活的星期天、假日，他满打满算能参加劳动的总时间也不超过两个月，加上学校或家里有事不能参加劳动，一年最多也只能挣到三四十工，折合成钱8元左右。

两个人挣的工分钱，加到一起还不够"缺粮款"的零头，但毕竟还是可以补一点亏空。再者，尽可能地参加生产劳动，这至少是一个积极的态度，也让那些天天在地里干活的骨干劳力心里舒服一些。

曾经的温饱生活

新中国成立那年，尚本礼老师家按人口分了十多亩土地。

他的父亲是革命干部，曾上过西学（俗称洋学），是最后一批民间所称的"洋学秀才"，民国时期做过公学教师、联保主任，抗日战争时期参加革命，新中国成立后在民政部门、供销部门工作。

他的母亲是个勤俭持家的好手。父亲常年在外工作，母亲在家操持家务、打理土地，还做加工生意，一家子的生活很殷实。

尚本礼老师有一个哥哥、两个弟弟、一个妹妹，他行二。大哥长他5岁，自小就上学，从私塾一直上到开封师院（今河南大学），十几岁即离开家乡，大学毕业后留在省会工作，与土地基本没有直接关系了。尚本礼老师自幼身体壮实，脚大手大，用坊间的话说，一看就是个能掏力的坯子，父母也打算让他继承祖业，在家种地。

新中国成立初期，豫北田地里的井还很少。那时候，土法打井全靠人工挖掘，方法也笨：先在地上挖掘直径两米左右的圆筒，挖到一定的深度，就在井底放一个中间空的圆木盘（空心部分就是井筒的大小），然后在木盘边缘上砌砖（这就是井壁），砖砌到地面，再继续下挖。接下来的工程非常缓慢和艰难，要一点一点地从木盘下边掏土，再用木桶把土拉到地面。掏土的过程中，必须让承载着井壁砖的木盘保持平衡，一旦倾斜，砖坍塌下来，下边的人轻则受伤，重则丧命，搞不好就会倾家荡产。再者，还存在挖到很深而出水量太少甚至无水的可能，那就白折腾了。这些风险，使打井的成本过高，与浇水带来的效益相比并不划算，加之长期以来人们根深蒂固的"靠天收"观念，人们打井的积极性普遍不高。

冢后村曾流行过一个关于打井的"典故"：尚超峰打井——"泼"上了（即拼尽全部财力的意思）。尚超峰是尚本礼老师远门的一个叔叔，读过私塾，在村里也算个文化人，家里的地靠天收成很差，就琢磨着打一口井。这一年春天，打井工程进入实施阶段。动工前，尚超峰对打井师傅和帮忙的人承诺：这次打井，"泼"上了，无论师傅和忙工，吃饭保证"一块面"，完工后炸面坨（中原地区一种类似油条的油炸面食）管吃饱。开工之后，生活标准却打了折扣，只中午一顿饭让吃馒头，早晚饭全是红薯干面、玉米面两掺窝窝头。令大家更失望的是，完工之后的炸面坨，更是没见影儿。人们对尚超峰"放空炮"自然不满，便以戏谑的方式赠送给他一个歇后语式的"典故"。每每有人说到要自己或别人下决心放开花钱，就会用上那个"典故"：尚超峰打井——"泼"上了。

没有井，种庄稼全靠担水浇灌，效率极低，给三五亩地浇上一次水，得全家能干的人都拼命干几天。

尚本礼老师的母亲，那时候已经认识到肥料是粮食的"粮食"，很重视给土地施用肥料。他们把豆饼、棉油饼砸碎埋在地里，肥力更好，他家的庄稼比周边的长得明显好，收成也能高出两三成。

尚本礼老师还记得，每年的夏收和秋收，母亲都要亲自操持留种子的事情。母亲说，好种出好苗，好树结好桃。留种的事一点都不敢马虎。尚本礼老师后来才知道，母亲这句话是中原地区的农谚。

尚本礼老师家的小麦种子，都是多年传下来的品种，主要是"小红芒""大白芒"这两个品种（民间把"芒"读作王）。"小红芒"产量略高，但磨出来的面发黑，口感也略差。"大白芒"磨出来的面白，口感也好，但产量低。一般的农户，对两种小麦品相、口感的差别并不在乎，最大的愿望是收成好。因此，在华北平原乃至西北、东北地区大面积的麦田中，"小红芒"所占的比例绝对主流，而"大白芒"大多是一些大户自给自足的品种。

选小麦种子相对简单一些。收麦之前，选择土壤肥沃、长势均匀、品相良好、株壮穗大的地块，先把参差不齐的杂穗拔掉以保持纯度，再适时浇一次"麦黄水"。浇"麦黄水"主要是为了促进籽粒饱满，提高麦粒质量。再者，可以增加空气湿度，降低地温，减轻干热风的危害。做种子的小麦要单收单打，晒干后单独存放。

选玉米种子比选小麦种子要复杂得多。限于种植技术的落后，当时中原地区基本上只种春玉米，留种子的地块需提前预留，水肥都要有保障。玉米出天缨之后，在扬花授粉之前，还要每隔一垄把天缨拔掉，以保证更好的养分供应种粒。尚本礼老师还记得跟着母亲在地里拔天缨的时候，母亲会把不结穗的空玉米棵拔掉——这就是被人们称作"甜蔗秆"的鲜美副食，汁水甘甜清洌，可与甘蔗媲美，这在那个年代也是中原乡下很难得的美味。玉米种子成熟后，掰下来玉米穗，把玉米袍剥开留在玉米棒尾部，然后编成金灿灿的玉米棒"塔"，悬挂在屋檐下，待来年播种前再脱粒。

尚本礼老师说，即使在肥料、种子等方面下了很大功夫，农作物当时的产量也很低：小麦每亩可收五斗左右（约150斤）；玉米也差不多，亩产大约五六斗（一百六七十斤）；棉花亩产籽棉也只有五六十斤。

母亲在种庄稼方面很注意经济效益，总是多种棉花。按效益算，那时候种一亩棉花可以抵上种三亩粮食的收入。

为了增加收入，有几年母亲还种植了四五亩的蓝靛，开起了染坊。把蓝靛收割到家，经过捶打、加水、过滤，即制成液体颜料，存在大缸内以备染布。

母亲在经管好土地的同时，还做棉花加工生意：在集市上收购籽棉，运回家用碾花车脱籽，棉绒单独出售，棉籽则榨油，然后再把棉籽油与棉油饼分别出售。

尚本礼老师童年的记忆中，家里一直都有不少的存粮。那时的储藏方法很笨，但足够安全——埋在地下：在地上挖一个圆形的深坑，在底部铺上麦糠，再铺上席子，然后用芡子把粮食芡起来，周围填实麦糠，再用席子盖上，席子上再撒一层厚厚的麦糠，最后覆一层土。家里地埋的存粮，一般是两坑，一坑小麦，一坑玉米。一坑少说也有四五千斤。这些粮食，是备灾荒的，只要不进水，可以存放数年不变质。平时吃的粮食，则直接芡在屋里，随时可取。少数的谷子、黍子、高粱、豆类等杂粮，则存放在麦草篓、簸箩或笆斗篮等容器里。

1952年，尚本礼老师12岁。至此，他还没读过一天书。在田地里锻炼了几年，少年尚本礼老师已经有了成年的模样，高高的个子，壮硕的四肢，凸显出一个优秀劳力的雏形。

这一年9月，尚本礼老师离开了冢后村，父亲带着他来到了平原省省会——新乡市。与他一起被带到新乡市的，还有8岁的三弟尚本义、5岁的妹妹尚爱芳。四弟因为才3岁，跟着母亲留守在村里。

尚本礼老师与他的弟弟、妹妹能到省会上学，缘于他的父亲从滑县政府调到平原省民政厅之后，国家对部分工作人员实行的供给制。供给制的供给范围，包括了个人的衣、食（分大、中、小灶）、住、行、学习等必需用品和一些零用津贴，还包括在革命队伍中结婚所生育子女的生活费、保育费等，几乎囊括了日常生活的全部。也就是说，尚本礼老师兄妹三人在新乡的所有吃喝用度，都是由国家供给的。

可以说，是供给制改变了尚本礼老师的命运。因为不用花家里一分钱，父母才改变了让他在家种地的初衷，把他送到学校读书。自此，尚本礼老师过上了数年无忧无虑的生活。

起初，尚本礼老师兄妹三人被安排在新乡市一完小读书。

在新乡市一完小，尚本礼老师和他的弟弟、妹妹开始接受当时堪称一流的初级教育，并跟随父亲在机关食堂吃上了丰富的饭菜——尚本礼老师第一次吃到了红烧鲤鱼，吃到了炒肉丝，吃到了白米饭（他的老家以面食为主，不吃白米饭），吃到了很多没有吃过的饭菜。

1954年初，新学期开学，尚本礼老师兄妹三人转到了省直机关干部子弟学校——新乡市育才小学。在这里，生活的优裕程度更是超乎了他们的想象：宽敞的教室，舒适的宿舍，整洁的被褥，气派的餐厅，丰盛的饭菜，潇洒的老师，和蔼的阿姨，都让他们感到新奇而满足。

尚本礼老师说，在育才小学的四五年，是他一生中最幸福的时光。他因为上学晚，接受能力强，学习成绩优秀，连续跳级。学校还有丰富的课余生活，他学会了二胡、笛子、口琴等乐器，三弟热爱体育，加入了学校的足球队。生活方面，他们更是享受到了从来没有过的"特殊待遇"：每个宿舍住8个同学，被褥、衣服等生活用品均由学校统一提供。

低年级的学生，宿舍还配一个阿姨，负责打扫卫生、整理被褥、缝洗衣服等杂务。吃饭比父亲的机关食堂更丰富：宽敞的学生餐厅整齐地摆放着桌椅，每桌6个人，早晚餐主食有馒头、米饭、油条、大米粥、小米粥、牛奶等，副食有时令蔬菜、豆芽、豆腐、咸菜、腐乳等。午餐更丰富，主食之外，每顿标准是六菜一汤，时令蔬菜、鸡鸭鱼肉蛋应有尽有，可谓品种繁多，花样丰富，大家都可以放开吃。饭后，还可以吃到桃、杏、苹果、梨等时令水果。水果是限量的，而且那时候的水果个头、品相、口感等与现在相比也差得多。

1956年，尚本礼老师升入了育才小学的"戴帽初中"（育才小学为了方便本校学生就学所办的初中班），继续享受着省直机关干部子弟学校的优裕待遇。实际上，平原省已于1952年11月被撤销行政区划，新乡、安阳、濮阳等专区并入河南省，平原省委、省政府直属机关的干部职工或调到河南省委、省政府相应的部门，或调到北京中央直属机关。尚本礼老师的父亲因调动前例行体检身体查出问题，只得去汲县干部疗养院进行疗养。父亲不在身边，十四五岁的尚本礼老师带着三弟、妹妹在新乡求学。因为有国家的供给做保障，他们的读书生活也没有发生多大变化。

1957年，尚本礼老师的父亲响应国家鼓励干部上山下乡政策，回到滑县老家养病。三弟与妹妹随即也离开新乡，转回到滑县万古小学。因为小学没有学生食堂，父亲暂时又没有工作单位，三弟与妹妹的户口便转到了冢后村。次年3月，上初二的尚本礼老师也从新乡育才小学转到设在滑县高平公社的县八中，他的户口与粮食关系随之转至学校。

饥荒带来的磨难

可以说，在18岁（1958年）之前，尚本礼老师从来没有想过会缺粮食，更没有过因为缺少粮食而发愁的体验，而且生活上一直比较优裕。

尚本礼老师的艰苦生活是从1958年回到家乡开始的。从城市回到农村，生活的各个方面都发生了重大改变：城市干部子弟学校与农村学校的落差，可以说一个在云端，一个在地下。伙食水平更是不可同日而语，主食由原来的馒头、大米等细粮为主，变成了玉米面、红薯干面窝头等粗粮为主，做得还很难吃；蔬菜品种少，质量也差，副食品基本没有。

按规定，滑县初中生每月粮食"定量"标准为37.5斤，这对于正在长身体的青年人根本就不够吃。尚本礼老师年龄比其他同学大，身材又高大，还喜欢打篮球，在学校常常处于半饱的状态。每个星期天他都盼着回家能饱餐一顿。学校离家有七八公里，要步行一个多小时。每次，尚本礼老师回到家，第一件事就是"扒"馍篮子。

1958年初，家里的馍篮子里不管细粮、粗粮，花卷、玉米面、红薯干面窝头或是掺着野菜的窝头、红薯、胡萝卜等有足够的量，尚本礼老师都可以敞开吃。

这一年，村里开起了"大伙食堂"，每个生产队设一个大食堂，全队的大人、孩子都集中在这里吃饭。大食堂开始吃的全是馒头，但很快就把生产队的小麦吃完了，换成了玉米面馍。没多久，玉米面馍也吃不上了，又换成了红薯、胡萝卜及红薯干面馍。

这个阶段，不管吃得好赖，还能填饱肚子。大概半年之后，红薯、胡萝卜及红薯干面馍也短缺了。尚本礼老师家里的馍篮子里粮食食品越来越少了，他每次急火火地回到家里，也不能保证吃饱了。

到了1959年，全国进入"三年困难时期"，冢后村也不例外。这一阶段，尚本礼老师最深刻的记忆就是饥饿，因而吃了很多未曾吃过的奇葩食物：谷糠馍、棉籽馍、茅根馍、草籽馍、夫根馍等，还有各种树皮、树叶。

倘若不是饥馑之年，谷糠都是用来喂畜禽的。那几年，人没吃的，家里早就养不起猪羊鸡鸭了，以前养的要么卖掉换粮食，要么饿死杀吃了。谷糠馍被人们称作糠窝窝，粗糙干燥，硬涩难咽。

把棉籽打碎蒸馍，只有极度饥饿的人们才会想起那样的办法。那时候棉花脱绒的机械很简陋，棉籽上有不少的棉纤维。而坚硬的棉籽壳即使粉碎了，依然保留着它的特性。尚本礼老师现在说起棉籽馍依然反感不已——比起糠窝窝，棉籽馍更难吃，不仅又硬又涩，"扎嘴"，还有一种棉籽仁的油腻味道，多吃一点都会引起想吐的感觉。

除了难吃，吃了糠窝窝与棉籽馍还会导致严重的便秘，很多人因为吃了糠窝窝、棉籽馍屙不下来，在地上哭着打滚，痛苦不堪。

那时候，荒芜的盐碱地多，这种地不长庄稼，野草却能生长。人们便把茅草根挖出来，洗净晒干打成面，再蒸馍。人们当然也不会忘记草籽，收获之后磨面，量很有限，但终究也算食物，总比没有强。对茅根馍、草籽馍难吃的程度，尚本礼老师只说"不成个味道"，再找不到语言来形容了。

豫北农村称作"夫根"的植物，"官称"为日本天剑，民间和医生对其称呼相当多，狗狗秧、狗娃秧、狗儿蔓、富富苗、斧子苗、夫儿苗、蓄秧、打碗花、面根藤、喇叭花等等，说的都是它。根白白细细的，类似于银条菜。饥荒年代，人们挖空心思找食物，夫儿苗根自然不会被放过。尚本礼老师吃的夫根馍，其实就是夫儿苗根做的野菜团——母亲把夫儿苗根揉软，拌极少的高粱面或红薯干面，团成团儿上锅蒸熟。与上述糠窝窝之类的馍对比，夫根馍吃起来除了稍有苦味，还算不上特别难吃，吃到肚里也没有"后遗症"。

在吃的方面，人们真是有着超乎寻常的创造力。最艰难的时候，人们几乎吃遍了所有的植物。能吃的、不能吃的都会拿来吃吃试试。像槐花、榆钱儿、香椿芽、柳絮这些东西，老祖宗早就开始吃，那就是很难得的美味了。像榆叶、槐叶这样的树叶，没有怪味，也是人们首选的"猎物"。再后来，枣叶、杨叶、柳叶、杨树花（杨杨狗）、各种树皮，都被人们当作食物吃掉，甚至奇苦无比、气味难闻的苦楝树、臭椿树也都未能幸免。苦、臭，人们有办法，蒸煮、浸泡、淘洗，再不然就忍着苦、臭吃，反正是得吃——不吃就得挨饿。那几年内，各村各户都没有了大树。

关于三年困难时期，有必要做一个简单的交代。据中国历史网发布的"1960年历史大事记"记述："1960年上半年的高指标、'共产风'等错误比1958年还要严重，影响范围也更广泛，造成了比1959年上半年更为严重的国民经济困难。第一，农业、轻工业生产下降。1960年，全国农业总产值完成415亿元，在1959年大幅度下降的情况下，又下降了12.6%；1960年粮食实产1435亿公斤，比1957年的1950.5亿公斤减少了26%以上，比1959年减产265亿公斤，甚至低于1951年的1437亿公斤；棉花产量2126万担，比1957年的3280万担减少35%以上；油料产量3405万担，比1957年的7542万担减少一半多；粮、棉的产量降到了1951年的水平，油料产量甚至比1949年还低。其他主要农副产品的产量也大幅度下降。"

1961年，我国粮食总产为1475亿公斤，与上年基本持平。这一年，美国粮食总产量达1636.2亿公斤。美国当时的人口为1.84亿，为我国同期人口6.59亿的27.92%。

此间，为了解决粮食短缺，我国在粮食进出口方面也做了大的调整，在向加拿大、澳大利亚等西方主要粮食生产过剩的国家求购粮食的同时，还通过第三国进口美国粮食，并向苏联提出购买粮食的要求。由于当时内地各专业外贸公司均缺乏从西方市场大量进口粮食的经验，国家委托与外商联系密切的中资企业香港华润公司操办粮食进口。1960年秋交会期间，华润公司与访港的澳大利亚小麦局局长签订了第一份粮食进口合同。1961年2月，在中央工作会议决定进口粮食的一个多月之后，第一船进口粮食从澳大利亚运到天津新港。

据北京大学新结构经济学研究院院长、国家发展研究院名誉院长林毅夫教授1990年12月发表在美国《政治经济学杂志》上的文章《集体化与中国1959—1961年的农业危机》，我国1961年共进口粮食581万吨，出口135.5万吨，净进口445.5万吨，其中小麦进口388万吨，占当年世界小麦进口总量的12.3%。按当时一年人均口粮360斤的标准计算，当年进口的粮食可以供应2400万人以上。1962年，继续保持进口大于出口，净进口389万吨（进口492万吨，出口103万吨）。

而在此前三年，我国粮食出口均大于进口：1958年进口22.5万吨，出口288.5万吨，净出口266万吨；1959年进口为零，出口为415.5万吨；

1960年进口6.5万吨，出口272万吨，净出口265.5万吨。

1959年9月，尚本礼老师通过考试进入安阳地区直管的滑县师范学校（中专）。这意味着，尚本礼老师进入了国家体制——毕业后，他将会被国家分配到学校任教，成为一名吃商品粮的"定量户"。这时候，尚处在三年困难初期，城镇居民及大中专学生等的粮食"定量"还基本能保持正常供应。到了1960年，全国性的粮食与副食品短缺加剧，国家和省里才下发文件，尚本礼老师的粮食"定量"由35斤减少到33斤。对尚本礼老师来说，每月减少两斤粮食，也不会给生活带来太大的影响。

1961年暑假期间，即将升入师范三年级的尚本礼老师突然接到通知：国家因连续三年遭遇自然灾害导致经济困难，新学期不能正常开学，暂时放假一年，可先在家务农，何时开学另行通知。

据资料，为了纠正1958—1960年出现的"左"倾错误，中共中央、国务院决定对国民经济实行"调整、巩固、充实、提高"的"八字方针"。教育部门按照中央要求贯彻落实这一方针，在1961年至1963年期间，对全国高校、中专等学校进行了大规模压缩、调整，很多学校停办：高等学校由1960年的1289所裁并为407所，在校学生由96万人压缩到75万人；中等专业学校由1960年的6225所裁并为1355所，在校学生由221.6万压缩到45.2万人。而河南省在1961年暑假之后未能返校的大中专学生有3712名。

其实，裁减合并大中专学校只是"调整、巩固、充实、提高"的一个方面。这期间，全国范围内采取了力度更大的"壮士断腕"策略：基本建设投资方面，1961年为123.3亿元，到1962年减少为67.6亿元；通过关停1.8万国营工业单位的方式精简了850余万人，减少城镇人口1000余万人。

1949年，全国只有132个城市，城市人口不足4000万，占全国总人口的7.3%。新中国成立之后，城市人口增长迅速，1957年底全国城市人口已超过7000万，总占比上升到10.9%。尤其在"大跃进"期间，通过"大招工"，大量农民工涌入城市，城市人口、干部数量猛增。到

1962年，城市人口超过1亿，总占比达到15.4%，加上小城镇人口，总占比已接近20%。

一方面，城镇人口增长过快，加重了政府负担；另一方面，农业人口减少，积累的基础被削弱，无形中减少了经济来源。在这样的大环境下，国家只能从源头上加以限制。1962年2月22日，中共中央专门设立的精简领导小组提出了《关于各级国家机关、党派、人民团体精简的建议》。短期内，全国国家机关职工裁减了35%，由268万余人减少到174万余人。

不能按时开学，尚本礼老师一下子懵了。回到村里，父亲已经结束养病，向省里提出带病工作的申请得到了批准，被安排在一个离家近二十里的公社供销社工作。

父亲每月的粮食"定量"勉强够他在单位吃。三弟和妹妹因为生活困难已从当地民中退学，四弟12岁，上完小学，也该升初中了，饭量也赶上了成人。尽管父亲的工资不低，但全国到处缺粮，没有"指标"和粮票，拿钱也买不来粮食。村里的"大伙食堂"已停办，生产队的仓库里除了种子再无别的存粮。家里有三个正长身体能吃饭的孩子，母亲天天为了让孩子们吃饱饭而发愁。

家里本来就缺粮，尚本礼老师又突然断了"口粮"回到村里，无疑是雪上加霜。他和弟弟、妹妹们天天饥肠辘辘，被饿得面黄肌瘦、少气无力。

一天，三弟与四弟因为争夺一块甜瓜发生冲突，三弟动手打了四弟。倔强的四弟要去陕西逃荒，非常坚决，无论母亲怎么劝说，都要走。万般无奈之下，母亲给父亲捎信，父亲也没有办法，只能答应。谁也不知道这样挨饿的日子什么时候是尽头，与其在家挨饿等死，还不如跑出去讨个活命。

尚本礼老师负责去送四弟。选择去陕西，是因为尚本礼老师的一个近门大姐一家在那里安家落户，最主要的是那里能吃饱饭。具体的地址是陕西省渭南地区韩城县坊镇公社（现合阳县坊镇）太里大队（现太里村）。

说是逃荒，其实就是给四弟找个人家。一个十二三岁的孩子，还不能靠劳动养活自己，根本不可能独立门户；又不到谈婚论嫁的年龄，上门入赘也无从谈起；只能委身于人，换句话说，被人家收留，做人家的养子。临别，母亲平静地说：儿啊，啥时候想回来就回来。其实她心里清楚，四儿子这一走，就成了人家的人。当尚本礼老师带着四弟走出家门的时候，坚强的母亲独自落泪。在之后的多少个深夜，母亲因为思念四儿无法入眠。直到三十多年后，母亲说到四儿还不能释怀。

1961年初秋，尚本礼老师与四弟尚本哲背着母亲为他们准备的行装，踏上了西行的路。行装内，除了被褥、衣服，还有吃的。母亲把家里所有的钱都拿了出来，留足路费和四儿短期的花费，剩下的二十多块钱全给他们买成了馒头和油饼——这是冒着极大风险（如果被发现除了要把东西全部没收，还要被批斗）买来的"私货"。

村里有一个三十多岁的光棍儿，穷得房子没有一间，老娘死后再没有任何亲人，住在临街的庙里。一个穷光棍，天不怕地不怕，三年困难时期时不时地从外边搞点"私货"（馒头、油饼、水果等）在村里高价倒卖，馒头四块钱一斤（凭粮票或指标两毛钱一斤），油饼五块钱一斤（凭粮票或指标两毛二分钱一斤）。只有在家里有重病号或上了年岁的老人好多天不沾粮食再饿下去就要丧命的时候，才舍得偷偷买点馒头、油饼来救命。大队干部对这也是睁一只眼闭一只眼。

步行，坐汽车、火车，路上要走几天，馒头、油饼虽好，却少。母亲又想方设法，做了一些掺少许玉米面、红薯干面的菜团子。父亲从自己的口粮中为他们抠出几斤粮食，又想办法兑换成全国流通粮票。在严重缺粮、几乎人人挨饿的时期，他们的旅途能有这样的"干粮"，算得上非常"奢侈"了。

根据大姐的地址，尚本礼老师查了地图，觉得韩城县属于渭南地区，应该先到渭南，然后再依次到韩城县、坊镇公社、太里大队。于是，他们凌晨5点即出发，步行60里地到滑县县城道口镇，这需要三个多小时。滑县到新乡的汽车一天只有一班，晚了就赶不上了。坐汽车赶到新乡，已经到了中午。他们吃上一点干粮，再坐汽车赶到郑州，然后乘火车去渭南。

时隔近60年，尚本礼老师如今已经记不清什么时间坐上郑州至渭南的火车，感觉一路上都是紧紧张张。到渭南之前，是比较顺利的。从渭南到村里，却吃了不少苦，因为渭南到韩城县，不通汽车，只能步行。他们一路走，一路打听，步行了三天才到。夜里，他们不舍得住店，就裹着被单睡在路边。饿了，吃口干粮；渴了，讨碗凉水。当他们赶到大姐家里时，四弟累得趴在地上就睡着了，脚上全是泡。

尚本礼老师给大姐交代好四弟的事，住了一夜，次日早就道别返回。他不能在大姐家多住。他一个壮小伙，饭量又大，谁家的口粮都不宽裕，多吃一顿对人家都是负担。

回来很顺利，按照大姐的交代，尚本礼老师步行二十里地即到了山西省侯马市，在这里可以乘火车直达安阳，虽然要向北绕一些路，却快得多。安阳和新乡离道口的距离均是69公里，坐汽车也方便。

回到家里，尚本礼老师蒙头睡了一天一夜。他把四弟丢在大姐家里，一路上奔波劳顿，连伤心都顾不上。几个月之后，四弟被东雷村一对无儿无女的中年夫妇收为养子。从此，四弟尚本哲成了坊镇公社东雷大队社员薛民星，与家里隔山隔水了。到了上世纪70年代，四弟离开东雷村，在华山脚下的一个制药厂工作，生活稍微宽裕些后，总是节省出一些粮票邮寄给尚本礼老师。

在家务农的那段时间，尚本礼老师天天还盼着开学返校的通知。但最后盼来的不是返校通知，而是滑县师范学校停办的消息，学校是回不去了。也就是说，已经成为国家体制内人员的尚本礼老师，成了一个回乡的农民。曾经对未来充满希望、踌躇满志的尚本礼老师，一时间情绪低落到谷底。他在村里感到非常压抑，想逃离家乡，而且这种念头越来越强烈。于是，他到大队开了一张到陕西投亲的介绍信，去滑县城关公社赵庄大队找到了比他低一届的同学王臣起，再次踏上西行的旅途。

尚本礼老师的想法很简单，去陕西找个地方，他们年轻有文化，到那儿做个生产队会计、生产队长，再不然找个家做上门女婿，总会有个活路，比闷在家里强。王臣起与他的心情一样，听他一说，二话没说，提上行李就跟他走了。

除了路费与粮票，母亲还让他带了四双新布鞋。这一走不知道什么时候才能回来，母亲做的鞋可以储备着多穿两年。再者，到了特别难的时候，还可以卖点钱换口饭吃。

第一站，尚本礼老师与王臣起来到了陕西铜川，时间是1962年的春末夏初。因为天晚，铜川已经没有到县乡的汽车，他们就在一个小旅店住了下来。那时候，对人员流动管理特别严，各地政府都有专门人员稽查"流窜人员"。在小旅店，尚本礼老师与同学被稽查人员拦住。他们拿出介绍信，讲明情况。稽查人员告诉他们，像他们俩这样从全国各地来的人特别多，根本无法收留，让他们立即原路返回。他们的介绍信被收走，等于没了通行证，到哪里都是违法的"流窜人员"，只能回去。

难题又来了，他们身上的钱已经所剩无几，回家的路费都不够了。尚本礼老师带的布鞋一时半会儿又卖不出去。幸亏尚本礼老师带着在铜川附近一个县城工作的本家伯父的地址，身上的钱勉强够两个人去那里的车费。买完车票，两个人已身无分文。到了中午，饿得实在无法忍受。饥饿让尚本礼老师失去了羞耻感，他拉着同学走进一个营业食堂。食堂的饭厅摆了十来张破旧笨重的木桌子与长条凳子；饭厅与操作间被一堵半截墙隔开，炊事员、服务员在里边忙活。尚本礼老师仔细观察了一下，有三张桌子食客走了，盘、碗中还留有少量的饭菜。他动作麻利地把三张桌子的残羹冷炙搜集到一起，端给坐在桌前低头垂泪的王臣起。

快吃吧，顾不了脸面了。尚本礼老师一边往嘴里扒拉，一边劝王臣起。王臣起却一直哭泣，直到最后也没动筷子。没办法，尚本礼老师只管自己吃。吃完，他安慰王臣起道：等找到我大爷借到钱，再给你买饭啊。

所幸，他们顺利找到了本家伯父。因为之前尚本礼老师的父母曾经接济过这位本家伯父，他一提出借钱，伯父很爽快地拿出了20元。两人这次出走历经三天，回到县城话别，各回各家。

回到家，小麦已经开始灌浆了，看上去长势不错。家里的自留地里，菜瓜、黄瓜已经能采摘了。粮食不够，瓜菜来凑。接下来，再不用吃难以下咽的糠窝窝、棉籽馍了，有足够的菜瓜、黄瓜和甜瓜，填饱肚子是没问题了。

1960年11月，中央制定了《关于农村人民公社当前政策问题的紧急指示信》（后来称作《十二条》），明确提出恢复自留地、自由市场等措施。1961年3月29日，中央又正式发出《农村人民公社工作条例（草案）》，规定社员可以经营自留地，分配给社员的自留地一般占当地耕地面积的5%，长期归社员使用。

冢后村是1961年下半年重分自留地的，社员们可以自主种点瓜菜来补充粮食的不足。

前几年，国家对自留地都有相应的规定。1955年11月公布的《农业生产合作社示范章程草案》指出，每人自留地最多不得超过当地人均耕地的5%。1957年6月，全国人大常委会第76次会议通过的文件又明确分配给社员的菜地、饲料地合计不超过10%。但随后因为人民公社化运动的开展，一切归公，一些地方将自留地收归了集体。1959年5月以后，中央发布了《关于分配私人自留地以利发展猪鸡鹅鸭问题的指示》《关于社员私养家禽家畜、自留地等四个问题的指示》，恢复了社员耕种自留地及开展家庭养殖业的活动。但是，1960年春天兴起第二次"共产风"，自留地又被收走了。

直到1962年9月27日，中共八届十中全会正式通过《农村人民公社工作条例（修正草案）》，规定人民公社社员可以耕种由集体分配的自留地。自留地一般占生产队耕地面积的5%到7%，归社员家庭使用，长期不变。在有柴草和荒坡的地方，还可以根据群众需要和原有习惯，分配给社员适当数量的自留山，由社员经营。自留山划定以后，也长期不变。社员的自留地和开荒地生产的农产品，国家不征收农业税、不计统购。

接下来的另一个好消息，让尚本礼老师重新燃起了对生活的希望：

父亲打听到，滑县师范并入到濮阳师范，原滑县师范的学生可以通过考试入学。尚本礼老师把这个令人振奋的消息写信告诉了王臣起等少数几个同学。更多的同学他无法通知到。在那个靠写信、口传联系的时代，这个可以改变人生命运的机会，很多人因为未能得到消息而错过，遗憾终生。

1962年9月，尚本礼如愿进入濮阳师范。因为濮阳师范当年未设三年级，他不得不插班到二年级。这样，本来一年之后即可毕业的他只能多上一年。王臣起也顺利考入濮阳师范，后来与尚本礼老师一样在滑县从事教育工作一辈子。

在濮阳师范上学的两年，虽然粮食定量不够吃，但那期间允许个人买卖少量的粮食。尚本礼老师的父亲有一份不菲的工资，为他买些小米贴补进去（学校食堂负责把学生带的粮食做熟），基本可以吃饱了。

红薯当家时代

尚本礼老师的记忆中，20世纪六七十年代拿着粮本去万古公社粮管所买面的情景尤其深刻：在粮管所的开票室，一个干瘦的中年男人坐在一把粗笨的木椅上，双肘伏在宽大的三斗桌上，眼皮也不抬，漫不经心地接过尚本礼老师的粮本，慢条斯理地以低沉的声音说道："学学主席语录吧。"

尚本礼老师点点头答应："嗯。"

干瘦男人说："毛主席说，红薯很好吃，我很爱吃。"

尚本礼老师说："毛主席说，红薯很好吃，我很爱吃。"

干瘦男人接着说："那就配点红薯干吧。"

尚本礼老师再次点点头，说："嗯。"

尚本礼老师知道，这只是一个程序，无论他愿意不愿意，红薯干都得配，这是规定。每月29斤的粮食定量，七成白面，二成玉米，一成红薯干。最初配红薯干的时候，也有人跟开票员纠缠，但说啥都没用，谁也不敢打破规定。

干瘦男人开始边打算盘边在单据上写字,嘴里还自言自语道:"白面二十斤零三两,一毛八一斤,三块六毛五;玉米五斤八两,八分一斤,四毛六;红薯干二斤九两,三分一斤,九分。一共是四块二。"

尚本礼老师马上把钱递过去,干瘦男人撕下一张单据,与粮本一起推给尚本礼老师。尚本礼老师小心翼翼地拿起粮本与单据,出了开票室,推上自行车,去仓库领粮。

在尚本礼老师的印象中,粗粮配红薯干的时间大概有四五年。大家都不喜欢红薯干,因为难吃,也不缺。

尚本礼老师最初听到毛主席语录"红薯很好吃,我很爱吃",正是"红薯饭,红薯馍,离了红薯不能活"的时代。他当然不会认为毛主席说得不对,不过尚老师觉得粮管所那个干瘦男人把毛主席这句话与配红薯干关联在一起,实在有点牵强:他这么一来,让人觉得好像是毛主席发话让配红薯干的,而实际是粗粮中其他粮食供应不足,红薯干多,毛主席说不说这句话,都会照样配的。

毛主席说那句话的时间,是1958年6月14日。这一天,毛主席在中南海丰泽园家中,接见了河南省封丘县应举农业社社长崔希彦。他们谈到红薯的种植和产量时,毛主席对崔希彦说:"红薯很好吃,我很爱吃。"

此事很快被《长江日报》等新闻媒体予以报道。一时间,毛主席爱吃红薯的消息传遍了大江南北。在1962年至1976年给毛主席做厨师的于存先生曾公开说过:毛主席经常吃红薯,吃烤红薯,把红薯掺在米饭里吃。

尚本礼老师现在依然喜欢吃红薯,但他从来不喜欢红薯干和红薯干面。从口感和属性上,红薯与红薯干好像就不是一个物种。

根据尚本礼老师多年的体会,吃红薯确实对肠胃有好处。他肠胃不好,稍有不慎即会发生腹痛、腹泻等问题。后来他发现,天天吃点煮红薯,肚子就不闹了。这也是他多年来一直保持吃红薯习惯的原因。

红薯的吃法，人们在长期的食用过程中总结了不少。最简单的是生吃，当饥止渴，但有点"艮"，多吃一点胃还不舒服，不到饿得受不了，成年人是不吃生红薯的。半大孩们胃硬，倒是经常吃，放学回到家，啃一块生红薯，也挺过瘾的；秋天去地里割草，红薯刚结块，偷偷抠几块小红薯，现场在衣服上蹭蹭土就吃了。最普遍的吃法是煮熟，家家户户平时都会有一大筐熟红薯存着，这就是一日三餐（或两餐）的主食。丢锅也是做主食，水洗一下，切成轱辘，丢在"糊涂"或清水里。还有做副食的吃法：切成丝稍加一点油炒熟了当菜吃；春节、中秋节时候把煮熟的红薯与白面和在一起用油炸，做成红薯果；把熟红薯加水、加糖再以油炒做成红薯泥；等等。

红薯食品也是孩子们的零食。半大孩经常在烧锅的时候，把生红薯填进灶中，等做好饭了，红薯也烧熟了。烧红薯比作为主食的煮红薯等都要好吃。有心的孩子每年还会挑一些小的红薯块，煮熟后切成薄片晒干，用塑料袋装起来保存，作为冬季的零食。熟红薯片晒干以后筋道甜润，跟现代超市里卖的地瓜干、红薯脯差不多，可以说是那时候中原乡村孩子最普遍最靠得住的零食。

如今，红薯已经成为全世界公认的健康长寿食品，因其保健作用老少皆宜，颇受人们喜爱。科学研究证明，红薯含有糖、钙、磷、胡萝卜素、多种维生素等丰富的营养物质，是粮食和蔬菜中的佼佼者；红薯中含有一种具有特殊功能的黏蛋白，能阻止动脉硬化，减少皮下脂肪，对关节腔和浆膜腔有很好的润滑作用；红薯还含有较多的淀粉和纤维素，能预防便秘和血液中胆固醇的形成；等等。一句话，吃红薯对健康有很多好处。

但红薯也有缺点：因为红薯含糖量较高，加之含有氧化酶和粗纤维，摄入后会在体内产生大量二氧化碳气体，容易导致胃泛酸，引起腹胀、烧心等不适。最关键的是，红薯不宜多吃，更不能做主食。

红薯曾经主宰农村饭碗数十年，吃到很多人恶心，他们提起红薯胃就泛酸。农村老百姓老少皆以红薯为主食，天天吃、顿顿吃、变着法子吃，一日三餐全是红薯食品，生红薯、熟红薯、红薯干、红薯干面制品。吃了红薯及红薯制品的大人小孩，都有放不完的屁，经常有人在公共场所发生"意外放屁"，引得人们哄堂大笑。

红薯干及红薯干面的本性，与红薯却是大相径庭。从红薯到红薯干，要说只是物理变化：把红薯切成薄片、晒干，再磨成面，也就是脱水，形态发生了变化，但其口感、性质却发生很大变化。红薯干水煮后，还基本保留着红薯的甜味，而红薯干面制品，真是既难吃，又不好消化，尤其对肠胃不利，容易造成消化不良等胃病。

红薯干的吃法，不外乎三种：一是直接吃，把红薯干丢到"糊涂"（中原地区称玉米糁熬的粥为糊涂）里或水煮。二是红薯干面窝窝头。三是做饸饹。

水煮红薯干或是丢锅，口感、甜度都大打折扣，尤其容易引起胃泛酸。如果连续吃上三顿水煮红薯干，胃肯定受不了。

红薯干面是白的，做出来的窝头却是黑漆漆的，油光发亮。大概是纯红薯干面无法发酵，家家户户的红薯干面窝头都是"死面"的，很瓷实，豫北乡村把它叫作"塑料馍"。刚出锅时候，吃起来稍发黏，又有点筋道，甜腻腻的，不算特别难吃。"塑料馍"一旦凉下来，就变得坚硬无比，再加热也恢复不到原样，口感更差。

做饸饹，应该是红薯干面窝头的"延伸"，乡亲们称为压饸饹，工具是饸饹床。乡下人实在，饸饹床做得很笨重，底座是二三十厘米见方、一米五长的方木，靠一端凿一个比茶杯口稍粗的圆槽，圆槽底部固定着有很多细眼儿的钢板。压杆的一端固定在底座圆槽的一端，上边有一个与圆槽契合的木塞。把刚出锅的红薯干面窝头塞进饸饹床的圆槽，然后把压杆上的木塞对准圆槽，用力下压，八号钢丝粗细的黑饸饹便从钢板的细眼中挤出来。饸饹冒着热气，整个厨屋弥漫着甜腻的味道。饸饹的吃法也简单，可以凉拌，用蒜、辣椒调（如果能放点醋、小磨香油就非常奢侈了），也可以热炒。其功能也多样，既能做主食，也能就饭当菜。

借饸饹床有点麻烦。家后村当间儿只有一个饸饹床，要先打听清在谁家，再过去扛回来。因为借一次饸饹床不容易，所以一次会做好多，存着吃好几顿。

因为红薯干没有红薯好吃，所以人们尽可能地多储藏红薯。但红薯不能长久保存，把新鲜的红薯下到地窖里，最多能保存到次年麦收前后。而制成红薯干，只要不受潮生虫，则可以保存很长时间。

往地窖里"下"红薯，又苦又累。五六口人的家庭，会分两三千斤的红薯，甚至更多。把红薯直接堆在屋里，很快就会坏掉。气温高了，几天就会失水、变质，一旦染上黑斑菌，红薯很快就没法吃了。数九寒天，天寒地冻，屋内结冰，红薯一冻，就全完了。坏的红薯很苦，给猪都不吃。坏得稍微轻点的，猪吃了还会闹出猪命。但有的人不懂，或是觉得扔掉可惜，就把一些没完全坏掉的红薯除掉坏的部分，剩下的让猪吃。平日里猪哪见过这么多美食，以为主人大方，一顿猛吃之后，腹痛不堪，开始大声疾呼，横冲直撞，直至倒地毙命。那个年代，不少人家都有过半大猪因吃了坏红薯而"英年早逝"的事情。猪一死，一家人春节的肉、新衣裳、鞭炮以及孩子上学的花费等就泡汤了，后悔得恨不得抽自己几个耳刮子。死掉的半大猪，是舍不得扔掉的，当然也舍不得全部吃掉，大部分的肉被拿到集上卖——虽然小猪肉质量不高，价钱便宜，但能卖多少是多少吧，也算弥补一点损失。

祁青芹曾经因为把一篮子坏红薯倒进猪圈，导致一头长到八十多斤的猪不幸身亡，气得哭了一场。猪肉让孩子们过了把瘾，她自己却没吃一口。从此，尚本礼老师家的猪圈再也不乱扔东西了，喂食也格外小心，他家的猪都能健康成长到出栏。

类似的事情还在尚本礼老师家里的羊身上发生过一次：大概是1980年春节，尚本礼老师变废为宝，把家里的一大筐杏核一颗一颗砸开，费了半天工夫，得到一大碗干杏仁。这是苦杏仁，味道苦得很不说，民间还传说一个成年人吃七颗苦杏仁就能被毒死。即使这样，也有人吃完杏子，再吃三四颗苦杏仁。吃苦杏仁的时候大人孩子都知道掐掉杏仁的尖儿部，他们认为杏仁尖儿部毒性最大。苦杏仁的毒性，大家都在说，不过那些年还真没见过哪个人中毒。尚本礼老师也没有充分认识到苦杏仁的毒性，在大年三十晚上，很少干家务的他把饺子汤和已经泡了第四遍的苦杏仁水掺到一起，端给了山羊。三只山羊喝完饺子汤，很快躺在地上失声尖叫，随后口吐白沫死掉。他这才意识到苦杏仁真的是能毒死人的。因为这个意外的"事故"，那年的春节一下子多出了几十斤羊肉。小心起见，为防止这些羊肉中的毒素再毒到人，尚本礼老师采取了与苦杏仁一样的除毒方法：反复用水泡。这次吸取教训，泡羊肉的水都挑到堰岗外倒进了沙坑。因为赶在春节期间，加上家里生活状况好转，羊肉一点也没卖。吃羊肉的时候大家很小心，尚本礼老师专门给孩子们交代，不能多吃，以防中毒。很多年之后，尚本礼老师与儿子尚学民谈到这件事，还后悔没有把死羊埋掉，而是不顾中毒的风险把羊肉吃了。尚学民当然能理解父亲，那时候稀罕肉，谁家会舍得把三只羊白白扔掉？

红薯能不能储存到第二年接上夏粮，直接关系到全家春夏之交"青黄不接"阶段的食物保障和生活质量，是家家户户的头等大事。拉回家的红薯，要认真挑选出没有破损、表皮完整的块儿，操作过程中轻拿轻放。储存红薯最关键的，还需要一个好的地窖——有的地方叫红薯窖。挖地窖很讲究，地形、土质、地窖筒的大小、深度都很关键。一般选择地势较高、地下是细沙壤土质的地方，这样可以保持窖内合适的湿度。倘若地势低洼，土质胶黏，透气性不好，窖内湿度过大，红薯容易烂掉。

正常情况下，挖五六米深的直筒，再向两边分别挖高一米左右、宽一米五左右、长两米左右的储藏洞。直筒不能太大，能容下成年人出入即可，否则不聚气，储藏洞进空气多了，就会破坏储藏环境，影响储存时间和质量。太深了，挖掘费工，也不方便人出入，下红薯捞红薯都费气力。

每年下红薯，都是尚学民下到地窖里，窝在储藏洞。大人在地面把红薯拾进篮子或铁桶，再用井绳吊着放进地窖里，尚学民小心翼翼地把红薯倒出来，然后一块一块地由里到外摆好。红薯都是一次下完，一般要连续干三四个小时。地窖里点一个煤油灯，不一会儿煤油的味道就在洞内弥漫开，很不好闻。尚学民窝在灯光昏暗的洞里，不能站，不能躺，只能跪着或趴着，还得不停地把每一块红薯放到储藏洞，每次都会累得满头大汗。

红薯下完，要用透气的玉米秆或草垫子把地窖口盖上，特别冷的时候还要盖得更多些，以防窖内上冻。捞红薯也比较麻烦，每一次下地窖都会弄一身土。到了春天暖和了，地窖内会缺氧，有经验的大人先用井绳吊着空篮子在地窖筒里上下起落，反复多次（这起到了往洞内输送空气的作用），然后才让孩子下去。也有的人忽视了这一点，孩子下去好大会儿听不到动静，等到发现是窒息昏迷了，才知道下去救人。大部分在洞内时间不长、不太严重的孩子都可以抢救过来，也有的酿成不可挽回的悲剧，捞红薯的孩子再也没有醒过来。

加工红薯干，比往地窖里下红薯要好一些，但不累是不可能的。母亲用擦床把红薯擦成半厘米薄厚的片，尚学民跟弟弟、妹妹把红薯片摆到院子里和屋顶。红薯干多的时候，也会直接摆在刚刚出苗的麦地里。擦红薯片的擦床与现在厨房用的小擦床原理一样，不过要大很多，一块长二尺左右、一拃宽的木板，中间挖一个长方形孔，嵌进去一个二指宽的刀片，就成了。擦红薯片技术性不高，但也需要小心，总有人不小心擦到手，造成"流血事件"。摆好的红薯片，晒两天还要翻一下。这活很需要耐心。上千斤的红薯片，要一片一片翻个过儿，不是一会儿半会儿能干完的，劳动量很大。

晒红薯干最怕遇上阴雨天，尤其是连阴天。连续下几天秋雨，若不及时放晴，淋雨的红薯干就会长毛、发黑、变苦。本来就不好吃的红薯干就更难入口了。

大概是在生产责任制实行前的两三年里，第二生产队家家户户都下粉条。下粉条是人们提高红薯经济效益的办法，其中的劳动量和麻烦，也是非亲历者难以想象的。

先打粉。把红薯在水池里洗净，捞出来晾一下，用粉碎机（电动机或柴油机带动）把红薯打碎，存至水泥池子里，再用白棉布把红薯粉末兜起来，以水冲淘，把淀粉冲下去，留下红薯渣。红薯渣晒干可做家畜饲料。沉淀在水底的红薯淀粉要挖出来用白棉布兜住挂起来晾晒，干透后备用。尚学民记得，每年的打粉，要好多天。粉碎机、水泥池都有限，大家要排队。打粉的每个程序都需要水，到处都是水，人身上也免不了沾水，不光手湿，袖口也是潮湿的。在深秋里，天气转凉，干起活来出一身汗，汗下去之后浑身透凉，被水浸湿的手臂更凉。

下粉条是在冬天结冰的季节，因为那时候做粉条的技术还只能做"冻条"——刚出锅的粉条挂起来后，必须经过冰冻，开化后才能分散开，否则粉条会粘在一起成为一坨。下粉条的老师儿被称作"端瓢的"，最初是从外村请的，大概一天给一块钱的工钱。后来，为了赶时间，人们发明了不结冰下粉条的技术——做"油条"，即在下粉条的大锅里加入一定量的食油，达到粉条不粘的目的。

在巨大的陶盆里，红薯淀粉加一定比例的白矾与盐，兑温水，通过反复搅拌、摔打，和成软软的、有弹性的面。老师儿把粉面装进专用的铝制漏瓢，以一个与醒木差不多的木块不停地击打漏瓢把儿的根部，便从漏瓢的孔中流出细细的粉条。下边是一个不停烧火的大锅，粉条在开水里煮熟，再捞出来，搭在二尺左右的木棍（被称作粉条杆）上，挂到室外经过一夜的冰冻，在即将开化时拍掉冰凌碴，继续晾晒，干透即成。

下粉条那时候，尚学民年龄尚小，并没有参与多少，顶多就是干点洗红薯、翻红薯渣、拾"粉条头"这样的小活。他印象最深的，不是干活，而是吃粉条头。粉条头是制作过程中最初和最末那些粗细不均的短粉条。这些粉条头因为品相差，卖不成钱，只能自己吃。

每年下粉条，都会收获大量的粉条头。母亲便变着法子处理粉条头，凉拌吃，炒着吃，煮着吃，直吃得到最后看见粉条就想吐。

有一次，母亲做挂面的时候放进去很多粉条头。吃的时候，尚学民偷偷地把粉条头挑出来倒到了鸡食盆里。那几年，粉条真是吃腻歪了。在相当长的时间里，他都讨厌吃粉条。

红薯之外，胡萝卜也是那时候农家吃得很多的食物。它很少做菜，经常被煮熟、丢锅充当主食。尚学民对胡萝卜的讨厌程度，可以用深恶痛绝来形容。有一次，母亲把胡萝卜切成圆轱辘丢到"糊涂"里，尚学民端起碗一闻到胡萝卜甜腻腻的味道，眼泪就下来了。他不光吃不下去胡萝卜，连它的味道都受不了。

六〇后的贫苦记忆

1974年，尚学民8岁。对于8岁的孩童来说，世事的艰难尚不太了然，他的关注点，基本都在吃和玩上。

在尚学民的记忆中，虽然饥饿感不太强烈了，但能吃的东西大部分还限于每天的三顿饭，而且都不太好吃，仅仅是填饱肚子而已。那时候，家里的早晚饭几乎常年不变：红薯"糊涂"，"糊涂"里偶然也会把红薯换成胡萝卜。午饭比较杂乱，或是熬菜（白水煮冬瓜、白菜等）配窝头、红薯，或是浓稠的咸"糊涂"（"糊涂"里加盐和干萝卜缨、干芥菜缨、干油菜缨、红薯叶、野菜等），或是红薯干面饸饹，偶尔也吃一顿汤面叶或汤面条（一星期或者更多天吃一次）。

尚学民的少年阶段听到最多的，也是关于吃的话题。

记忆中，很多时候早晚的红薯"糊涂"，红薯很多，"糊涂"却很稀。因为每年分的玉米有限，家庭主妇不敢铺张。稍一松手，玉米就接不上下一年的茬了，只能吃白水煮红薯或红薯干。本家辈分最高的老四爷，身材魁梧，力大无比，饭量也大。在饭场上，老四爷多次用筷子夹着碗里的红薯轱辘，指着稀得照人影的"糊涂"大声说，啥时候能天天喝上稠"糊涂"，就知足了。

尚学民是在与小伙伴交往时发现不少人家一天只吃两顿饭的。这让他很不理解，他们家一直都是一天三顿饭的。硬性改变长期形成的生活习惯，把三顿变成两顿，这其中有着多少的无奈。如果不是实在困难，谁会如此抠门儿呢？

与古人相比，现在的人真是太幸福了，一天吃几顿饭全凭自己做主，想什么时候吃就什么时候吃，基本上可以想吃啥就吃啥。古时候，一天吃几顿饭、什么时候吃，官方都是有规定限制的，即使是富人，家里有足够的食物，也得守规矩。换句话说，中国历史上相当长的时期，一天吃几顿饭是一种"政治待遇"。

先秦时期，人们都是一天只吃两顿饭。据甲骨文记载，殷商时期一日两餐：第一餐称"大食日"，又称"食日"；第二餐，俗称"小食"。

战国时期，规定更明确一些：一日两餐，称为"朝食"和"哺食"。第一餐朝食，时间是日出以后，大约在上午9点。第二餐哺食，在太阳偏西时候，大约是下午4点。《说文》对"哺"的解释就是"申时食也"。"朝食"和"哺食"又叫"饔"和"飧"，后来人们以"饔飧"来称呼饭食。

因为粮食有限，即使一日两餐，也要因人而宜。《墨子·杂守》称，兵士每天吃两顿饭，食量分为五个等级。

汉代的礼仪则规定：天子一日四餐，诸侯一日三餐，平民两餐。比如西汉时，给因反叛被流放的淮南王的圣旨就专门指出了"减一日三餐为两餐"。

吃饭时间也是不可以随便更改的，全社会都得严格遵守。《论语》中讲的"不时不食"，强调的就是进餐时间。在不是进餐时间用餐，就是越礼的行为（特别的犒赏除外）。

有文献记载，西汉时期人们早晨起床洗漱后，在朝食前吃小食，曰"寒具"，跟现在的早餐差不多。这应该是一日两餐向一日三餐的过渡。到东汉时期，一日三餐制基本形成。东汉末年儒家学者郑玄在为《论语·乡党》中"不时不食"做注时说，"不时"为"非朝、夕、日中时"，说明东汉已经以朝、日中、夕为吃饭的时间，大体上与现代的一日三餐时间相吻合。汉之后，一日两餐逐渐变为普遍的一日三餐，且有了早、中、晚饭的称谓。到了唐代，早餐的"寒具"开始被称作点心。

但一日三餐真正得到普遍推广，则是到了宋朝。从实质上讲，一日三餐生活习惯的形成，不仅体现了等级用餐制度宣告废除，也说明经济真正实现了繁荣——只有粮食充足了，才能供得起老百姓一日三餐。

正是三餐制的推行，促进了两宋都市餐饮业的快速发展。南宋进士林洪所著《山家清供》写到了宋代都市餐饮业的繁荣：宋代的酒楼即有了"顾客至上"的经营理念，客人就餐，"不问何人"，一视同仁。店内干净整洁，餐具考究，新鲜瓜果蔬菜丰富，还开启了延伸服务——"快餐业务"和"跑腿代购业务"。比如，客人要求尽快吃完赶路，酒楼就先上"盖浇饭"之类的主食；倘若客人想吃别家的点心，酒楼会派店小二去帮忙买。一句话，宋朝的酒楼已经有了相当周全的服务。

北宋画家张择端的名画《清明上河图》呈现了当时汴京的繁华景象：游人络绎不绝，酒楼、茶馆、饭店、食店和食摊随处可见，佐证了宋代餐饮业的发展状况。

到了20世纪六七十年代，农业生产依然落后，因粮食短缺，相当一部分农民不得不改为一日两餐。成年后，尚学民曾多次思考过这个问题：一天少一顿，相当于节省三分之一的食物，一个五六口人的家庭，一年下来也是相当可观的量，同时还可以节省柴火。这对于长年以庄稼秸秆、干草、树叶等为主要燃料的农户，也是一项不小的节余。柴火是那个年代的大事。到现在他还记得雨天里烧潮湿的柴草被呛得喉咙难受、眼睛流泪的痛苦。

那个年代，绝大多数人家吃饭是没有饭桌的。有的人家，天冷时候围在锅台、炕头边，天暖和了就围蹲在院子里树荫下。菜盛在瓦盆里或瓷碗里，放在锅台上或一家人中间。还有相当一部分人家，并不围在一起吃饭，而是各人吃各人的，相当于"分餐制"：端起碗，在菜盆里夹一些菜放在碗边，端碗的手里夹一个窝窝头或是一块煮红薯，随便蹲在哪里自顾自地吃。也有不少人去胡同口或者大街上的"饭场"吃饭。中原北部农村几乎村村都有饭场，煞是壮观，十几人乃至几十人，端着饭碗，或靠墙根、大树蹲着，或坐在随身携带的马扎上，也有趁着坡沿席地而坐的，还有站着的，大家边吃饭边聊天，一幅其乐融融的情景。大家的碗里几乎全是粗粮，没有谁觉得难为情，家家户户都是这样，谁也不笑话谁。

大概是家庭的传承原因，尚学民从记事起，都是一家人围坐在吃饭桌前一起吃饭。吃饭桌，如今豫北乡村大部分家庭还在用，与茶几高低差不多，桌面约一米见方，基本是小一号、低一截的八仙桌。配套的小矮凳不那么整齐划一，有小椅子、小方凳，也有小马扎，还有高粱叶子编制的草墩儿，甚至直接用一截两三把粗的木头做凳子，这叫木墩儿。这种吃饭的形式就是中国人延续多年的众人围桌"会食"的传统了。

农民吃饭的分餐形式与古代所说的分餐制肯定不是一回事。农民们各人端各人的碗，是条件所限，体现的是农民吃饭的随意性，有饭吃、能吃饱即可，哪有那么多讲究。古代的分餐制体现的是上层社会等级制度，一人一案，根据就餐者的身份地位呈上不同的食物，而古代平民从来没有这么多形式。

山西襄汾陶寺龙山文化遗址出土了一些用于饮食的木案，案面多呈长方形，长约 1 米，宽约 30 厘米，木案下方有木条做的支架，高度仅 15 厘米左右。出土时，木案上还放有多种酒具。专家据此推测，4500 年以前就有了以小食案进食的方式，这应该是分餐制在古代中国出现的源头。

还有专家认为，众人围坐在一起的会食制出现在唐代引进胡人的高桌、大椅之后。也就是说，高桌、大椅是中国古代饮食方式变化的重要"道具"，是它们推进了由分餐制向会食制的转变。

在豫北农村，延续很久的庭院或饭场分餐形式早已消失，绝大部分农户都有了专门供吃饭使用的吃饭桌，"分餐"变成了"会食"。这应该也是一种社会文明的进步吧。

"会食"只是形式，饭菜内容才是关键。与大多数街坊邻居相比，尚家的饭菜还是稍稍好那么一点点的：早晚饭除了自制的咸菜和酱豆，大多时候会调个凉拌菜，蔬菜的品种倒是不少，黄瓜、菜瓜、茄子、洋葱、小葱、白菜、白萝卜、豆角、丝瓜、冬瓜、南瓜等，很多都是生拌，切好放点盐即成。不能生吃的，就焯水煮熟，再加盐。炒菜的时候很少，除了缺食用油，锅灶也不方便——那时候农村很多人家都只有一个锅灶，炒菜的小铁锅用得少，用几块砖支着，看上去就是临时的。

那个年代，乡村的孩子也是很苦的，不仅食物匮乏，还要帮助家长做家务、干农活。尚学民是老大，从七八岁开始，上学之余还需要做以下活计：带弟弟妹妹，割草，做饭。此外，麦收季节要跟着老师，唱着《我是公社小社员》去地里拾麦；秋收季节跟着母亲到地里锛玉蜀黍茬（玉米秆上半部分用镰刀割掉做牲口饲料，剩下一尺高左右的茬，按人头把玉蜀黍茬地分给社员，人们用镬头锛下来拉回家晒干做柴火）；跟着母亲去地里溜红薯（生产队收获过的红薯地，按人头分给各家各户，人们再用铁锨把红薯地翻一遍，"围歼"遗漏的红薯）；帮助父母把大堆的红薯下到地窨里；参与加工红薯干；等等。还有一些不确定的活计，比如用平车把粮食送到磨坊磨面、磨糁。

中小学生拾麦，是"必修课"。夏收秋收时候，学校是要组织学生参加生产劳动的。低年级的学生做诸如拾麦、摘棉花等这样力所能及的活，高年级的学生则可以参加割麦、杀玉蜀黍、锄地。农忙时节，大人小孩都得上地，谁也别想在家里歇着。

锛玉蜀黍茬比较累。最初，尚学民还不会用镬头，只是帮助母亲把锛掉的玉蜀黍茬根部的泥土磕下来；后来会使镬头了，小手还握不紧镬头把儿，不到半晌就把右手掌磨出好多泡，生疼；手上有了泡并不是就可以歇了，还得接着干，手上缠上手绢继续锛。

溜红薯要有耐心，一锨一锨地翻土，却总不见红薯，遗留的总是少数。往往费了好大劲把一亩地翻完，只能溜出来几十斤红薯，还都是细小的、破残的。这些细小、破残的红薯也是被纳入主粮的，人们都很在乎。溜红薯也能收集一些红薯笼头。红薯笼头是连接红薯秧与红薯的地上根茎部分，细小、纤维多，一般都喂猪。生活艰难时候，人也吃，磨成面蒸成窝头，与红薯干面差不多，无论口味还是充饥的功能都比糠窝窝、棉籽馍要强很多。红薯笼头与红薯秧都是上等的猪饲料，生产队会按人头把它们分给社员，大家小心地收回家，红薯笼头晒干炕在屋子里，红薯秧搭在墙头上慢慢晾干。喂猪的时候，把红薯笼头磨成面粉，加到粉碎的红薯秧、谷糠、玉米芯、干草等主料里少许，不光提升口感，增加猪的食欲，也比草类饲料营养丰富。养猪是一个家庭的大事，一年能喂大一头猪，那可是一笔非常可观的收入。

尚学民的母亲每年都会养一头猪。那时候的猪体重总是增长很慢，一年下来，老是在"够格"的标准（130斤）上"打麻缠"。低于130斤，食品公司收购点是不要的。

喂猪真是需要"算计"的，一家之主几乎天天在为猪食精打细算。粮食是不用想的，人吃还紧张，谁家也不会那么高姿态把粮食均给它吃。偶尔给它改善一回生活，无非是在猪食盆里撒一把麸皮，或是加一些红薯尾巴、咸菜汤。红薯笼头、红薯秧也不会让它们敞开吃，那是有计划的，不然没有了，猪就断主食了。为了保证猪食供应，家家户户都会在春、夏、秋季为猪配一些榆树叶、槐树叶、玉米叶、棉花叶以及燕苣儿（苦菜）、牛舌头棵（车前草）、扎扎棵（大蓟）、马唐草等新鲜的绿色植物。这些绿色食品虽然不顶饥，却也能补充主食的不足，不至于让它们饿着肚子不停地在猪圈里大呼小叫。后来条件好一些，也会喂猪一些红薯，但它们吃的绝大部分还是非粮食品。

卖猪是大事，也是喜事，有时候也犯愁。猪个头儿长得看上去差不多"够格"了，就借来大秤称一下，结果还差十来斤，不"够格"，只得再喂一段时间，再称，还差三四斤。但家里急着用钱，迫不及待地要卖，就想法让猪多吃一些吧，最后喂它一顿"好食"，红薯、胡萝卜、"糊涂"等。猪都贪吃，它不会想到被卖掉很快会没命，所以拼命吃，帮助主人实现了"够格"的目标。

尚学民多次跟随父亲用平车拉着猪去万古集食品公司收购点。每次，尚学民最担心的就是猪在过称前拉屎撒尿。它憋不住撒泡尿，就可能导致体重下降，搞不好就跌进130斤以内。遇见好说话的收购员，差一两斤，也就收了；遇见原则性强的收购员，错一斤也不收。记忆中，有两次都因为不"够格"没把猪卖掉，他特别沮丧。因为每次把猪卖掉，父亲都会带他去食堂，花两毛钱吃一碗羊肉面，有时候还会买个猪蹄过过肉瘾。

尚学民曾经多次回忆起卖猪路上为了猪的一泡屎尿而提心吊胆。那个年代，人都瘦，很少有超过120斤体重的人，更别说猪了，长到130斤真不容易。说到底，无论是人还是猪，体重上不去，都是因为食物质量差，营养严重不够。20世纪80年代起，胖人渐渐多起来了，尚学民本人因为喜欢肉食，又管不住自己的嘴，30岁后体重飙升，一度接近200斤，而且多次经过艰苦减肥都没有降到150斤以下。猪的体重更是惊人，二三百斤算小的，四五百斤也属正常。猪能长这么大，除品种改良因素之外，饲料的精细是主要原因。

1976年春，尚学民上小学三年级。他曾跟外村一个兄弟姐妹七个的同学去家里玩，晚饭是红薯干面窝头加丢了红薯干的"糊涂"，菜是腌白菜疙瘩和白萝卜条。同学的哥哥已经十七八岁，他狠狠地咬了一口红薯干面窝头，再啃一口白菜疙瘩，边夸张地咀嚼着边说，啥时候能饱吃一顿"好卷"，死也值了。

同学哥哥的话让尚学民记忆深刻。同学告诉他，分地之前，他们家即使在过年期间，"好卷"也是不能饱吃的，要配着红薯干面与玉米面两掺的窝头。除夕和大年初一吃饺子，更别想能饱吃，孩子们按年龄分到个数不同的饺子。父母还规定：吃饺子前要先喝一碗汤，每个饺子最少要吃两口，每咬下去一口都得细嚼慢咽，等等。滚烫的饺子汤，喝下去是需要时间的，等到吃上饺子，孩子们急迫的心情早就熬下去了。尚学民每每与那位同学说起他家那时候的生活，同学都会禁不住落泪。

同学哥哥的愿望，尚学民家倒是实现了，每年总会有一些日子可以饱吃"好卷"的。不过他对吃也有自己的愿望：常年"一块面"，天天能饱吃"好卷"。当然，关于吃他还有更多的愿望，比如炸面坨，比如肉，比如苹果、橘子、香蕉等水果，这些东西什么时候可以饱吃呢？

少年尚学民的所有理想几乎都与吃有关。因为食物短缺，以至于读书读到写食物的地方，他都会垂涎三尺，然后便开始想如何能吃到这种美食。

美食，是少年尚学民努力的"第一动力"。

再不愁缺粮

尚学民那个同学的哥哥"饱吃一顿'好卷'"的愿望，三年后便得以实现，而且远远超出了他的预期，可以天天都饱吃"好卷"了。

1980年麦收后，同学母亲把一筐暄和的"好卷"端到孩子们面前的时候，同学和他的兄弟姐妹们疯抢一般，每人两手都抓了不止一个"好卷"。母亲高兴地说，别抢别抢，多着呢，以后咱一天三顿都吃"好卷"。

孩子们这才把多拿的馒头放回筐里。同学的哥哥猛吃着，泪水在眼里打转，因为家里穷他还没寻上媳妇。同学最小的弟弟8岁，他早已把嘴塞满，咀嚼都困难了，好不容易咽下去，又被噎得把脖子伸了好几次。吃完两个馒头，小弟一手拿着一个"好卷"，一手拍打着，嘴里喊着：我叫你跑！我叫你跑……

同学的母亲高兴的情绪被小儿子的举动弄得有些心酸，她哽咽着对小儿子说：乖乖，"好卷"再也不会跑了，它天天都在咱家馍篮子里。

年过半百的同学与尚学民谈起这些往事时，还心潮澎湃。饥饿早已淡出中原人的生活，尚学民的同学已经因为肥胖导致高血脂、高血压十多年。

尚学民清楚地记得，1979年秋季那个分地的下午。那天刚好是个星期天，他没有上学，被母亲派去地里认领自家的地。冢后大队第二生产队在那个下午先分了自留地，尚学民家按五口人，分到了一亩地。

地里的玉米已经长到了一人高，叶子的颜色有些发黄——庄稼人知道，那是"营养不良"的结果。玉米还归生产队，收完之后，接下来的耕种就由各家各户了。

分地之前，社员们也议论纷纷，有的赞成，有的反对，吵闹得跟蛤蟆坑一样，却说不出个所以然。最后生产队长说：赞成不赞成，都要分，这是上边的意思。

这就是后来被称作"家庭联产承包责任制"的农村历史性变革，从此冢后村走上了不缺粮的道路。这是1978年12月召开的十一届三中全会带来的"春风"。

分地这一年,尚学民刚升入初二,平时并不怎么关心时政,更不会想到分地的意义。但他心里确实也想了不少:父亲上班,自己和二弟、妹妹都在上学,三弟才3岁,母亲一个人怎么种地啊?

尚学民的担心不是没有道理。最初的耕种也确实存在困难,人力、技术、农具等都是问题。自留地第一次种麦子,除了生产队,农户还没有牲口,犁地都没办法,只能用铁锨掘。尚学民的母亲要把一亩地掘完,那可是个很大的工程。那一年尚本礼老师刚好调到家门口的联中(小学初中合办),便"谋私"了一次,趁一个周六不上课,把他一个班的四五十名学生召集到自留地劳动。初二的学生,也就十三四岁,掘地这活根本就没干过,质量就不用说了。但总算把程序走完了,家里的土肥、专门买的100斤化肥(碳酸氢铵),都埋在了地里。

"扶耧"耩麦子(小麦播种)是一项技术活。生产队专门有为数不多的"扶耧"把式。分开干了,各家想各家的办法。尚学民的父亲、三叔体力都很好,但都不会"扶耧",担心把托人换的"白郑引"小麦种子耩稀了或者稠了,影响产量,便请人帮忙;耩完地,好菜好酒招待一顿。

大家对自留地的耕种都很上心。家里的大粪、猪粪等最好的农家肥都做了底肥,大部分农户每亩地底肥还加了100斤碳酸氢铵。长期"营养不良"的土地,史无前例地"吃"到了足够的养料。

这一年,各家各户的小麦长势都比生产队的好,产量创下了历史纪录:亩产平均四五百斤,尚学民家的达到了500斤。仅自留地的小麦,已经超出了往年生产队分的数量。大家再不争论分地的对错,事实在那放着呢,谁都想获得足够的粮食。

接下来的两三年,家庭联产承包责任制逐步深入推行。到了1982年,尚学民家的粮食再也没有短缺过,真正实现了全年"一块面"。正在读高中的尚学民,最深切的感受就是锅里的"糊涂"稠了,丢的红薯少了,吃的东西也开始丰富起来,烧饼、油条、壮馍及各种肉类、水果等成为普通农家可以吃得起、经常吃的食物。一句话,没有饥饿感了,生活水平上了一个很大的台阶。

随后，万古公社改为万古乡，冢后大队改为冢后村，生产队变成了村民组。

改革开放除了给农村带来了粮食丰收，也为整个社会注入了活力，衣食住行都有了翻天覆地的变化。1991年，按照国家政策，尚本礼老师得到了两个家属"农转非"的指标，限定为配偶和子女。

"农转非"，即农村户口转为非农户口，就是"定量户"。这时候，随着粮食市场的放开，粮本基本失去了实质作用，很多人都不在粮管所买面，"定量户"在粮油供应方面的优越性也不存在了。但有一点，只有非农户口才可以招工，成为"集体工"或"全民工"，而且通过自学考试、成人高招和电大、职大、业大、函大、夜大获取大专以上文凭，还可以直接转干。而农村户口只能凭能力和关系做临时工或农民合同工。

尚本礼老师为女儿、三子办了"农转非"，虽然责任田被收回，但他们拥有了招工、参军复员安排工作等机会，也不担心未来的生活。后来他们都留在了县城工作、生活，彻底离开了土地。

妹妹、三弟"农转非"不久，在乡政府和学校工作的尚学民夫妇也按政策办理了"农转非"。因为渴望跳出"农门"，他们很高兴地把责任田交回了村里。转户口的时候，他们虽然也发了粮本，但一次也没用过。1993年，国家取消了粮食定量供应，实行粮食开放政策，所有的粮油食品，可以说应有尽有，随时随地都可以买得到，粮本的作用逐渐消失，成为永远的历史。

现在，尚本礼老师夫人的户口还在农村，她的责任田由次子一家耕种。除了每年种粮的收入，每亩地国家还给予一定数量的补贴。这还不算，国家还投入资金，不让农民拿一分钱，改造农田灌溉管道和电路，提供了充足、便捷的电力、水利保障。中国现代农民，真正开始享受国家的福利。

耕种的方式也发生了根本改变，进入上世纪90年代不久，传统的犁、耙、耧等农具开始更新换代。牲口也逐渐被淘汰，取而代之的是拖拉机，开始是手扶拖拉机，后来变成四轮拖拉机，犁地、耙地、播种、打场，样样都比牲口又快又好。尤其是大型联合收割机的普遍推广使得曾经像打仗一样紧张、繁重的麦收变得轻松快捷，麦收时间由二三十天变成了两三天。秋收农具也有了大的进步，玉米收获机、秸秆还田机等大型机械的应用，也把长达月余的秋收秋种缩短为十天左右。人们的劳动强度得以缓解，繁重的农活变得轻松，更多的劳力从耕作中被解放出来，开始外出打工，农民有了更多的创收途径。

尚本礼老师的次子一家种着6亩多责任田，每年光小麦就能收五六千斤。但他家里并不存粮，比如小麦，大型联合收割机收完之后，直接被粮食收购者收走，在地头就把粮食变成了现金。

如今的乡村，无论是集镇还是村里，遍布了大大小小的超市，米、面、油、肉、蛋、奶、蔬菜、水果等食品以及生活用品一应俱全，农民们早已改变了原来自给自足的生产生活习惯，也像城市人一样去商场购买了。

粮食生产运动

中华人民共和国成立之后,解决全体人民的温饱问题一直是党和国家的头等大事。为此,中国共产党领导全国人民开展了一系列轰轰烈烈的粮食生产运动。终于,在中国共产党成立百年之际,中国全民实现小康,温饱问题得到彻底解决。

从"不足温饱"到"吃饱吃好"

2019年12月6日,国家统计局发布数据,2019年全国粮食总产量13277亿斤,全国粮食总产量创历史最高水平,比2018年增加119亿斤,增长0.9%。

《经济日报》2019年6月24日在"壮丽70年·奋斗新时代"《中国饭碗》编者按中写道:"新中国成立70年来,中国的粮食安全发展之路令世界瞩目,共和国粮食之基更牢靠、发展之基更深厚、社会之基更稳定。近14亿中国人不仅解决了吃饭问题,也为世界粮食安全贡献着中国方案。"

而在1949年之前的数千年中,我国粮食生产一直处于较低水平,农民很多时候都处在饥饿的边缘,"五谷丰登""六畜兴旺""风调雨顺"等祈福语只能是人们难以企及的愿景。即使是被誉为"康乾盛世"的繁荣时期,我国绝大多数人民并没有摆脱忍饥挨饿的苦难处境。乾隆年间,英国派乔治·马嘎尔尼率领使团访问清朝时,就目睹了底层民众贫穷与忍受饥饿的情景。复旦大学历史学博士张宏杰所著《饥饿的盛世:乾隆时代的得与失》就描写了我国古代民众即便在光鲜的"盛世"之下依然面临缺粮的致命窘况。

可以说,新中国成立之前的历朝历代,从来没有实现真正意义上的温饱,全国人民一直处在忍饥挨饿的状态,缺粮的恐惧与饥饿的苦难困扰着国人。

1949年7月,新中国成立前夕,美国时任国务卿艾奇逊曾预言:"人民的吃饭问题是每个中国政府必然碰到的第一个问题。一直到现在没有一个政府使这个问题得到了解决。"他的意思很明确:中国的吃饭问题,共产党领导的新中国也解决不了。70余年过去了,艾奇逊等人的预言彻底沦为笑谈。

新中国成立初期，国家十分重视粮食生产，粮食产量快速提高。1958年，国家首次提出"以粮为纲"的农业发展目标，即强调粮食生产在农业中的突出地位，粮食生产取得了显著的成就。不过，在1959年至1961年的三年中，因遭受连续的自然灾害，加上"大跃进"等违背农业经济规律的大试验，我国粮食总产量一度出现大幅下降。从1962年开始，粮食产量恢复上涨，1966年达到4280.2亿斤，首次突破4000亿斤大关，超过了1958年的产量。之后，我国粮食生产步入稳定、持续的良性发展时期，分别在1973年和1978年迈上5000亿斤、6000亿斤台阶，达到5298.7亿斤和6095.3亿斤。

党的十一届三中全会拉开了农村改革的大幕，家庭联产承包责任制正式登上我国农村土地经营制度的舞台。从1982年到1984年，中央连续三年以"一号文件"的形式对包产到户给予肯定。1984年，全国569万个生产队中99%以上都实行了家庭联产承包责任制，粮食产量突破8000亿斤，人均粮食拥有量达780斤。在这一年的联合国粮农组织大会上，中国政府向世界宣布：中国基本解决了温饱问题！

1989年，我国粮食总产量达到40755万吨，为1949年的3.6倍；粮食平均亩产达到了246公斤，为1949年的3.6倍。《中国农业年鉴1990》中指出："经过40年的发展，我国主要依靠自己的力量，基本解决了11亿人口的温饱问题。"此后，我国的粮食生产一直呈现出较快增长的趋势。

而国际上，一些西方国家对我国粮食生产取得的伟大成就并不看好，一直对我国的粮食安全存有质疑。1994年，美国学者布朗发表《谁来养活中国》，认为未来以全球的粮食生产也难以满足中国巨大的需求，提出了对中国粮食供给的担忧。

多年后，布朗不得不承认："在《谁来养活中国》出版之后的这段时间里，中国政府为提高谷物的产量采取了许多行动。这么做的结果是，中国成为基本上可以粮食自给自足的国家。"

从《中国统计年鉴 2019》中可以看到如下数据：2018 年我国人均粮食占有量达到 472 公斤，是 1949 年 209 公斤的 2.26 倍。

目前，国人正由吃得饱向吃得好转变。《中国统计年鉴 2019》显示：我国人均原粮消费数量从 2013 年的 148.7 公斤下降到 2018 年的 127.2 公斤，人均肉类消费则由 2013 年的 25.6 公斤上升到 2018 年的 29.5 公斤，人均干鲜瓜果类消费则由 2013 年的 40.7 公斤上升到 2018 年的 52.1 公斤。人均肉类消费水平的提高，意味着畜牧业的快速发展。现代的畜牧业主要依赖杂粮饲养猪、牛、羊等家畜，也从侧面印证了中国粮食产量的相对充足。

70 余年来，我国粮食生产取得的巨大进步，主要得益于农业生产技术的进步和耕地面积的相对稳固。首先，新中国成立后着力进行农作物的杂交技术研究，水稻、小麦等杂交技术日益成熟，我国粮食产量得以快速提高。例如，以袁隆平为代表的水稻杂交育种专家创造出了一系列的水稻高产神话。

1974 年，我国第一个可大规模推广种植的杂交水稻品种"南优二号"问世；到 1976 年，其推广面积 208 万亩，比常规稻增产 20%。近年来，亩产超过 700 公斤、800 公斤甚至 1000 公斤的超级杂交稻品种相继育种成功。

小麦在我国也经历了杂交化育种的过程，近年来也取得了很大成绩。李振声教授团队培育的"小偃 6 号"，成为我国小麦育种的重要骨干亲本，其衍生品种 50 多个，累计推广 3 亿多亩，增产小麦超过 150 亿斤。

粮食作物杂交育种技术的成熟推广，使得我国在很长一段时间内实现了粮食单产的大幅度提高，对解决温饱问题起到了至关重要的作用。可以预计，在不久的将来，中国水稻、小麦等作物产量还将拥有进一步提高的可能。比如，近来海水稻的育种培育取得了突破性进展。海水稻即耐碱性水稻，可以在盐碱滩涂地种植，在不挤占现有耕地的同时，还能开发我国数亿亩的盐碱土地，其农业价值十分巨大。目前，袁隆平院士在青岛的海水稻试验基地最高亩产已经达到了 620.95 公斤，实际上已经具备了经济种植的条件。这也证明了我国的粮食种植仍有巨大的潜力可挖。

为了保证粮食供给安全，国家开始严格禁止侵占耕地的行为，确保农业耕地面积的相对稳定。上世纪90年代末到本世纪前10年，我国城市化进程扩张迅速，建设用地以及工业用地大量侵占农业用地。2011年，我国耕地面积约为18.26亿亩，比1997年的19.49亿亩减少1.23亿亩。按照这样的趋势，我国粮食单产的提高并不能抵消耕地面积减少所带来的负面影响。2008年10月，党的十七届三中全会明确指出："坚持最严格的耕地保护制度，层层落实责任，坚决守住18亿亩耕地红线。"

《全国土地利用总体规划纲要（2006—2020年）》也提出，严守18亿亩耕地红线，维护国家粮食安全。在严守耕地红线的政策引导下，我国保有耕地面积较21世纪初已经出现了较大回升。至2019年，我国保有耕地面积为20.24亿亩。

党的十八大以来，以习近平同志为核心的党中央始终把粮食安全作为治国理政的头等大事，确立了"以我为主，立足国内，确保产能，适度进口，科技支撑"的粮食安全战略，提出了"谷物基本自给，口粮绝对安全"的新粮食安全观，先后出台了一系列卓有成效的支持粮食生产政策措施，粮食综合生产能力稳步提升，实现了口粮完全自给，谷物自给率保持在95%以上。

我国不仅粮食市场供给充分，肉蛋菜果鱼等产销量也稳居世界第一，人均占有量均超过世界平均水平。从城镇超市到乡村集市，粗粮细粮一应俱全，蔬菜副食品种繁多。完全可以说，我们真正实现了"米袋子"充实、"菜篮子"丰富、"果盘子"多彩。

按照农业发展的一般规律，一个国家粮食增产的持续时间越长，出现拐点的概率就越大。但是，在经历了多年连续增产之后，我国粮食发展始终高位运行、后劲十足。回顾世界粮食发展的历史，排名前6位的主要产粮国中，只有美国在1975年至1979年、印度在1966年至1970年实现过五连增。而我国在2004年至2020年实现了十七连增的奇迹，并连续6年超过1.3万亿斤。目前,我国水稻、小麦、玉米三大谷物自给率保持在95%以上,远远高于布朗预测的42.5%的粮食自给率。

在农业生产技术稳步提高和耕地面积得到有效保障的前提下,我国粮食基本自给的局面未来可长期维持。同时,我国也始终是维护世界粮食安全的积极力量。2011年,时任联合国粮食计划署执行总干事乔塞特·希兰撰文称:"当我在世界各地访问时,人们问我为什么有信心可以在我们这一代消除饥饿,中国就是我的答案。"

2016年,时任联合国粮农组织助理总干事劳伦特·托马斯接受《经济日报》记者采访时表示,这些年来,粮农组织非常自豪地见证了中国以仅占世界9%的可耕地面积和6%的淡水资源养育了世界22%人口的瞩目成就,欣喜地看到中国从早年的粮食受援国转变为向许多南半球国家提供技术援助和其他粮食解决方案的主要援助国。

从"南粮北调"到"北粮南运"

2019年12月31日,京杭运河浙江段全长约33.9公里的三级航道整治工程通过验收。这标志着,拥有2500余年历史、曾经长期肩负着全国漕运重要使命的京杭运河,如今又以崭新的姿态进入综合运输体系,成为连接长江经济带和海上丝绸之路的内河水运主通道。

纵贯我国东部平原,联通钱塘江、长江、淮河、黄河、海河五大水系的古代南北交通大动脉大运河,曾被各个王朝作为调剂物资、将漕粮转运到全国大部分地区的主要运输通道,为我国"南粮北调"发挥着至关重要的作用。

在京杭大运河畔,有两个著名的粮仓:一个是始建于清代光绪年间、位于杭州市霞湾巷的清代国家战略粮食储备仓库——富义仓,这是南粮北调的始发站;另一个是明清两代的皇家粮仓——南新仓,位于北京东四十条桥西南角,这是南粮北调的终点站。当时,素有"北有南新仓,南有富义仓"之说,它们共同见证了京杭大运河"南粮北调"的兴盛与衰落。

长期以来，我国的自然条件和生态环境特点决定了"南粮北运"的粮食生产区域格局，南方地区的粮食产量远远高于北方地区。

北宋时，官方有"苏常熟，天下足"的说法。"苏常"即当时的苏州与常州两府。到了明清，又有"湖广熟，天下足"的民谚。"湖广"是元明时期的一个行省，辖区即现在的湖南、湖北。无论是"苏常"还是"湖广"，均在人们常说的"鱼米之乡"区域。

"鱼米之乡"指的是三峡以东的长江中下游沿岸带状平原，主要由江汉平原、洞庭湖平原、鄱阳湖平原、皖苏沿江平原、里下河平原及长江三角洲平原等6块平原组成，西起巫山东麓，东到黄海、东海之滨，南至江南丘陵及钱塘江、杭州湾以北沿江平原，北接桐柏山、大别山南麓及黄淮平原，东西长约1000公里，南北宽100至400公里，总面积约20万平方公里，跨越鄂、湘、赣、皖、苏、浙、沪等7省市。三国两晋时期，这里初步开发之后，逐渐成为我国举足轻重的粮食生产区。

历史上还曾有"天府之国"的说法。秦朝时，关中平原因修筑了郑国渠，粮食丰足，《战国策·秦策》如此描述这一区域："大王之国……田肥美，民殷富，战车万乘，奋击百万，沃野千里，蓄积饶多，地势形便，此所谓天府，天下之雄国也。"

到了三国时期，"天府之国"成为蜀地的美誉。诸葛亮在草庐对策中说："益州险塞，沃野千里，天府之土……"当时的益州，包括现在的四川（川西部分地区）、重庆、云南、贵州、陕西汉中大部分地区以及缅甸北部，湖北、湖南小部分，治所在蜀郡的成都。

包括"鱼米之乡"与"天府之国"在内的南方地区，长期以来是支撑我国粮食生产的"脊梁"，向北方输入大量的粮食。据记载，明朝京杭大运河从南向北运粮的漕船达9000多艘，清朝每年从南方征收北运的漕粮多达400万石。

直到上世纪70年代末，我国粮食生产的总量大部分还来源于黄河以南（包括黄淮海地区）。

新中国成立之后，我国粮食生产格局逐渐发生变化，尤其是20世纪70年代中期之后，生产区域逐渐由南方向北方转移，呈现"南退北进"的趋势。比如，玉米种植面积，长江中下游以南的省份不断减少，而北方的春玉米种植区域增幅较大。与此同时，南方早稻种植面积下降，总产量减少，而华北、东北地区水稻种植面积却大幅扩大。

在计划经济时期，长江三角洲、珠江三角洲地区和浙江、广东等东部沿海地区都是中国的粮食主产区。改革开放以后，这些地区率先成为市场化、国际化、工业化和城镇化快速推进的区域，大量的粮田转为工业和城镇建设用地，再加上外向型农业和高效经济作物的发展，使得这些地区的粮食种植面积锐减。同时，随着市场化、国际化、工业化和城镇化进程的加快，这些地区成为吸纳中西部外来劳动力的主要区域，也成为中央财政收入的主要来源地。比如广东省，是全国最大的劳动力吸纳地，吸纳了湖南、四川、江西、重庆、湖北、贵州、河南等中西部地区跨省流动的大量劳动力，占到了全国的三分之一以上，而且90%以上的流动人口集中在珠江三角洲地区。广东省财政收入总量连续20年居全国首位，2010年中央财政收入的12%来源于广东省。耕地的减少和人口的增加必然使这些市场化、国际化、工业化和城镇化快速推进的地区退出粮食主产区的行列。

在过去的30余年中，曾经的"鱼米之乡"及东南沿海各省变成了现代的工业城区，昔日的"湖广"之地、"鱼米之乡"、"天府之国"等传统的粮食生产区，粮食贡献率逐年下降，成为目前全国最大的粮食主销区和流入地。而那些经济相对落后的中西部地区和东北地区则承担起粮食主产区的重任。特别是东北三省，粮食生产的优势日益突出，仅黑龙江省，粮食增产就占到了全国增产总量的50%以上。东北三省已经成为全国最大的粮食主产区和粮食输出地，至2008年，北方粮食生产已全面超越南方，面积和产量分别占全国的54.79%和53.44%，南方粮食面积与产量占全国的份额则减至45.21%和46.56%。

根据中国社会科学院农村发展研究所研究员李国祥的研究结果，在

1990年至2010年间，我国粮食的供求格局大致情况为：粮食供给有余的主要有东北区（黑龙江、吉林和辽宁）、冀鲁豫区（河北、山东、河南），供给平衡略有余的有长江区（安徽、湖北、湖南、江西）和西北区（甘肃、内蒙古、宁夏、山西、陕西、新疆），供给不足的主要有东南区（福建、广东、海南、江苏、上海、浙江）、京津区（北京、天津）、青藏区（青海、西藏）和西南区（广西、贵州、四川、云南、重庆）。

其中，东北区、冀鲁豫区在全国粮食安全保障中发挥着越来越重要的作用，东南区、京津区则相反，供求失衡日益严重，自给能力不断下降。这种分化最终导致了"南粮北调"向"北粮南运"的转变，而且这一格局在进一步增强。如今江南"鱼米之乡"的餐桌上，东北米的比例越来越高。

2004年以来，全国91%的粮食增量、75%的粮食产量、80%以上的商品粮、90%以上的调出量来自13个粮食主产省。尤其是黑龙江、吉林、内蒙古、辽宁等北方省区，粮食增产显著，东北地区已成为粳稻、玉米等商品粮的供应地，成了我国粮食的"蓄水池"和"稳压器"。

根据《中国经济周刊》按照人均粮食消费量400公斤计算出的2012年各省粮食自给率，最高的是黑龙江，自给率高达375%，接下来依次是吉林、内蒙古、河南、宁夏、新疆、安徽等，有16个省份的自给率大于100%。按照计算结果，自给率明显超过100%的省份为主产区，自给率大约为100%的省份为平衡区，自给率明显小于100%的省份为主销区。但这个划分标准并不绝对准确，像自给率超过100%的宁夏、新疆和甘肃，人口较少，粮食总产量也很低，并非传统意义上的粮食主产区。

处于粮食主产区的13个省份，也并非都实现了真正意义上的供给有余。自足之外尚有盈余的仅有黑龙江、吉林、内蒙古、河南、安徽5个省份，也是近年来仅有的粮食净调出省（区）。目前东北地区粮食外调量已占到了全国的60%以上。

除了上述5个省区，其余的8个主产省份粮食仅仅能实现自身平衡。

缺粮的省份主要集中在珠三角、长三角等沿海省份。上海、北京、天津、广东、浙江、福建、青海、海南成为最缺粮的8个省市，其中上海自给率不到13%。

全国第一缺粮大省是广东省，粮食自给率仅为32%，约1/3的居民口粮、大部分的饲料及工业用粮均需要从省外调入，每年从省外净购入粮食约2800万吨，占到"北粮南运"的5成以上。浙江是第二缺粮大省，粮食自给率只有36%，每年的粮食缺口达1300万吨，优质粳稻及玉米等粮源主要从东北调入。福建是全国第三缺粮大省，粮食自给率为36%，每年粮食调入量在1200万吨以上，其中大部分是从东北三省调入。

除此之外的其他省份，大多数也是供求失衡，需求比重大于甚至远大于产出比重。

为了支持"北粮南运"，国家出台了各项政策措施。交通方面，北粮南运大通道建设成绩斐然，铁路专用线全面开花，公路、水路建设快速发展。2012年12月1日，中国首条跨越高寒地区的高铁——哈大线投入运行，北粮南运的运力新增5000万吨以上，为不断走俏的东北粮食打开一个大通道。

2016年12月，国家出台政策，东北三省之外的其他28个省份到东北地区采购粳稻和玉米，运回本省销售、加工或转为储备的，财政给予每吨140元一次性费用补贴。政策出台的当月，铁路外运粮食就达33亿斤，比上年同月增长一倍以上。

由"南粮北调"格局到"北粮南运"，表明我国粮食生产地域呈现由南往北的发展新趋势。尤其是东北地区地广人稀，拥有肥沃的黑土地和大量的后备土地资源，种植面积的大规模扩大，无疑会大幅提升粮食产量。同时，在新品种、新技术等农业科技进步的支撑下，黑土地也将为我们带来更大的回馈。

从"戈壁荒漠"到"绿洲良田"

2020年4月17日,《新疆生产建设兵团2019年国民经济和社会发展统计公报》公布了2019年末新疆生产建设兵团的各项数据:

总人口324.84万人,管理的自治区直辖县级市10个、建制镇37个。

全年农作物播种面积2077.33万亩,其中,粮食面积346万亩,棉花面积1303.16万亩,油料面积103.02万亩,甜菜面积26.84万亩,蔬菜(含菜用瓜)面积90.72万亩,园林水果面积207.6万亩。

年末有效灌溉面积2068.81万亩,比上年增长2.3%。其中,高新节水灌溉面积1694.16万亩,与上年持平。

全年粮食产量230.48万吨,占新疆1527万吨的15.1%;棉花产量202.8万吨,占全区的40.54%、全国的34.42%;油料产量26.2万吨,占全区产量的39.45%;甜菜产量148.33万吨,占全区产量的33.3%;蔬菜产量417.19万吨。

水果产量425.29万吨,其中,红枣200.33万吨,葡萄84.53万吨,香梨38.8万吨,苹果68.72万吨。

全年核桃产量4.74万吨。

牲畜存栏641.83万头(只),其中,牛52.49万头,猪177.32万头;年内牲畜出栏949.54万头(只);全年肉类总产量49.18万吨,禽蛋产量14.22万吨,牛奶产量77.57万吨。

种植业耕种收综合机械化率达到94.3%,棉花机采率达到82%。

全年新建及改扩建各类标准化规模养殖场30个,畜禽良种推广覆盖率达到79%,养殖粪污资源化利用率81.33%。

年末国家级、兵团级农业产业化重点龙头企业107家。其中,国家级17家,兵团级90家。销售收入(交易额)超100

亿元的企业3家，超30亿元的9家，超10亿元的14家。已创建国家级现代农业产业园1个、全国农业产业强镇4个、全国农村一二三产业融合发展先导区2个、全国"一村一品"示范村镇46个。

数据表明，经过数十年的发展，新疆建设兵团在粮棉油生产、畜牧业等方面取得的成就，不仅在新疆占据重要地位，在全国也有一席之地。

新疆是我国陆地面积最大的省区，占国土总面积的六分之一。其地形地貌多样，山脉与盆地相间排列，盆地与高山环抱，概括为"三山夹二盆"。北部阿尔泰山，南部为昆仑山系。天山横亘于新疆中部，把新疆分为南疆、北疆两部分，塔里木盆地在南疆，准噶尔盆地在北疆。人们习惯上还把哈密、吐鲁番盆地称为东疆。因地跨北纬34°25′至48°10′之间，南北距离达1555公里，所以南、北疆风光差异很大。

新疆深居内陆，远离海洋，四周有高山阻隔，海洋气流不易到达，形成了明显的温带大陆性气候，气温温差较大，日照时间充足，降水量少，气候干燥。尤其在春夏和秋冬之交，日温差特别大，历来有"早穿皮袄午穿纱，围着火炉吃西瓜"的民谚。

在全区166万平方公里的土地上，有我国最大的两个沙漠——塔克拉玛干沙漠和古尔班通古特沙漠，有我国面积最大的两个内陆盆地——塔里木盆地和准噶尔盆地。特殊的地形与气候，使塔里木盆地和准噶尔盆地常年干旱，在巨大蒸发量和狂风的肆虐下，盆地边缘的地区地表硬结成盐碱地，沙漠化也逐步加剧。

千百年来，生活在新疆的人们都在与恶劣的自然环境做斗争，历代王朝对这片土地的治理也从未间断过。

公元前60年，西汉在新疆设立西域都护府。因为这里地处边疆，地域辽阔，又是多民族聚居，须长期驻扎大批军队稳定局势。但驻军多了，粮食和其他供给又会产生困难，于是"屯田"就应运而生。

我国历史上有"百里不运草，千里不运粮"的说法。古代生产力、生产工具落后，运输主要以人、畜为主，部队戍守边疆如果靠从内地运送粮食、蔬菜，将投入大量人力、物力，为政府带来巨大的负担。于是，国家开始采取屯垦措施，即屯兵边境，开荒种地，也就是屯田种粮，目的在于戍边。屯垦一般是有组织地驻扎或移民种粮，而军队或田卒屯田往往被称为"屯垦戍边"，多是有期限的。由军转民，或招民、遣民屯田种粮，是长期或永久的，则被称为"移民实边"。

屯垦有军屯、民屯、犯屯、商屯，到清代，还有旗屯、回屯等。从汉代开始屯垦，之后历代均坚持实施，均取得了良好效果。汉唐时期主要是军屯，到了清康熙年间，实行军屯和民屯并举，以军屯带动民屯。没有民屯，军屯会发生困难；没有军屯，民屯根本站不住脚。

唐代从630年到791年在西域屯田，时间长达161年，规模也比较大，最多时可供养官兵10万以上。元朝也在西域进行了大规模的屯田，仅在伊犁河北岸一地，就有"甘州新附军千人屯田"。到了明朝，在西域的驻军仅限于东疆哈密，没有屯田的具体记载。进入清代，新疆屯田又兴盛起来，除了26个垦区外还开创了官营畜牧业。1716年，清军在东疆哈密、巴里坤、吐鲁番三处实行军屯，在其后的195年间，屯垦范围不断扩大，东起哈密以东，西到喀什噶尔，南抵和田的昆仑山北麓，北到额尔齐斯河以北的阿尔泰，人数最多时达到12.67万人，有力地推动了新疆地区的发展。

"屯田兴，新疆宁；屯田废，新疆乱"。自汉唐起，"屯田定西域"成为历代政权统一新疆、巩固边防的一项基本国策。历史证明，大规模屯田，西域就安定，丝绸之路就畅通，新疆就统一在祖国的大家庭中；屯田废除，西域就会发生分裂，动乱不安，丝绸之路也会被阻断。屯垦解决了军粮问题，减轻了国家财政和当地民众的负担，也使先进的生产力传入新疆，促进了新疆经济和社会的发展；戍边为屯垦提供稳定的社会政治环境，保障了丝绸之路的畅通，促进了东西方经济和文化的交流。

新中国成立后，国内战争基本结束，五百多万解放军的安置问题摆在了共和国面前。

1949年9月和平解放的新疆，有17万大军，一年就需要10万吨粮食,而全国面积第一的新疆却无力供应。彼时的新疆还处于以农牧业为主体的自然经济时期,生产力水平低下,生产方式落后,发展几乎处于停滞状态,人民生活困苦,人均占有口粮不足200公斤,除去地租、口粮和种子外,所剩无几。

这年秋天,解放军一兵团二军六师主力还未到达南疆,师长张仲瀚就奉命率领小分队,与新疆水利专家王鹤亭见面,一同前往铁门关勘查水利,并很快在南疆开荒种田,成为新疆"兵团第一犁"。当年年底,新疆军区成立二十二兵团,下辖九军和两个骑兵师等,张仲瀚被任命为九军政委。

粮食问题成为这一时期新疆驻军面临的最大困难——从内地调运或从苏联进口粮食,要么运费奇高,是粮价的8至10倍,要么必须动用大量的外汇。最初,军区后勤部每月都要派飞机赴京去运回大量银元购买粮食。一次,军区后勤部长又去向周恩来总理要银元,总理签付后,神情凝重地说:"人民解放军要驻守边疆,保卫边疆,长期靠别人吃饭,自己不生产是不行的。"

为了从根本上解决粮饷问题,1949年12月5日,中央军委针对新疆军区发布了《关于1950年军队参加生产建设工作的指示》,动员全军开展大生产运动,号召全军"除继续作战和服勤务者外,应当担负一部分生产任务,使我人民解放军不仅是一支国防军,而且是一支生产军,借以协同全国人民克服长期战争所遗留下来的困难,加速新民主主义的建设"。

中央军委还特别强调:"人民解放军参加生产,不是临时的,应从长期建设的观点出发,而其重点,则在于以劳动增加社会和国家的财富。因此,各军区首长,必须指导所属,从1950年起,实行参加生产建设工作,借以改善自己的生活,并节省一部分国家的开支。"

1950年1月21日,新疆军区发布新产字第1号命令:"全体军人,一律参加劳动生产,不得有任何人站在劳动生产之外","全疆部队除担任祖国边防警卫和城市卫戍勤务外,必须发动11万人到开垦种地的农业生产战线上去"；要求当年"开荒种地 4 万公顷"，"部队生产须有长远打算，有计划地建设军垦农庄，号召各部队为发展农业生产，应大力兴修水利，以造福于人民"。

命令颁布后，驻疆广大指战员在天山南北按师团布点，就地驻防，就地屯垦，迅速掀起了大生产运动。"一手拿镐，一手拿枪"成为新疆人民解放军十几万官兵的常态。当年，共有 11 万驻疆官兵投身到开荒屯垦中去，开荒 96 万亩，播种 83 万亩，生产的粮食足够全军食用 7 个月，油料、蔬菜也实现了自给自足。

1951 年 1 月，新疆军区政治部发出指示，号召全体指战员树立"屯垦军""劳动军"思想，"安家落户，建设边疆，保卫边疆"。

到 1952 年，新疆军区实现主副食全部自给，并建立一批军垦农场和工厂，奠定了新疆现代农业和现代工业的基础。

1952 年 2 月，中央军委发布《人民革命军事委员会命令》，决定对驻疆部队进行整编。毛泽东同志在命令中写道："你们现在可以把战斗的武器保存起来，拿起生产建设的武器。当祖国有事需要召唤你们的时候，我将命令你们重新拿起战斗的武器，捍卫祖国。"

1953 年 5 月，驻疆部队整编完成，编为国防部队和生产部队。第二十二兵团暂时保留国防部队序列，管理其所属生产部队。新疆的生产部队有 43 个军垦农牧团场，拥有耕地 115.89 万亩，占当时新疆耕地面积的 5%。同时还兴办工业、交通、建筑、商业企业和科技、教育、文化、卫生等事业单位，为组建生产建设兵团奠定了基础。

1954 年，我国经济建设进入有计划、大规模的发展阶段，军队即将实行义务兵役制和军官军衔、工薪制。在新的形势下，为了使驻疆的十几万生产大军安下心、扎下根，长期屯垦戍边，把部队生产纳入国家计划，需要成立一个新的领导机构，统一集中领导新疆的生产部队。当年 10 月 7 日，经中央军委批准，新疆军区将生产管理部与二十二兵团合并组成新疆军区生产建设兵团，下辖南疆生产管理处，石河子生产管理处，农业建设第一、二、三、四、五、六、七、八、九、十师，以及建筑工程第一师、建筑工程处、运输处及 9 个直属团和 9 个企事业单位，共计 17.55 万人，其中指战员和无军籍职工 10.5 万人。由此，这支特殊的部队拉开了建设边疆、保卫边疆的序幕，担负起屯垦戍边的历史使命。

新疆军区生产建设兵团成立初期，受中共中央新疆分局和新疆军区领导。1956 年 6 月，国家农垦部成立，新疆军区生产建设兵团受农垦部和新疆维吾尔自治区双重领导，正式撤销生产部队原有部队番号，退出军队序列，变成了不穿军装、不吃军粮、不拿军饷的农垦企业。但兵团依然保持了中国人民解放军的光荣传统，继续发挥着人民解放军的"三个队"（战争队、生产队、宣传队）作用。

新疆生产建设兵团是新疆维吾尔自治区的重要组成部分，土地面积 7.06 万平方公里，占新疆总面积的 4.24%，约占全国农垦总面积的五分之一。兵团的存在和发展，为繁荣新疆经济文化、改善人民生活、增强民族团结、维护祖国统一、加强战备、巩固边防做出了突出贡献。新疆各族人民也为兵团提供了开发和建设的有利条件。

在 1954 年至 1966 年的 13 年间，兵团农业发展成为新疆乃至全国国营农场的样板。兵团建设进入快速发展时期，创造了一个又一个奇迹。

1966 年，兵团工业产品产量和经济效益都达到了历史最高水平。兵团粮、棉、油、甜菜产量分别占新疆的 21.7%、31.4%、16.8% 和 90.5%。在发展农业生产的同时，兵团大力开展样板团场建设，为新疆的农业发展起到了良好的示范作用。

1967 年至 1974 年，兵团因发展停滞甚至萎缩，经济处于崩溃边缘，成为国家和自治区的大"包袱"。另外，当时全国各地的生产兵团数量激增，给管理工作带来了诸多问题。1975 年 4 月，中共中央和中央军委批准了《关于撤销新疆军区生产建设兵团的报告》。当年 5 月，新疆维吾尔自治区党委在兵团撤销后成立新疆农垦总局，各师为农垦局。当时，自治区将原兵团的 20 多个农牧场划归其所属县，又将原兵团一批工矿、交通、商业等骨干企业划归自治区相关部门管理。

直到 1978 年至 1981 年期间，新疆农垦逐步恢复，财务亏损逐年减少，新疆农垦事业的发展迎来了新的机遇，实现了与全国、全区的事业同步发展。1981年年末，新疆生产建设兵团正式恢复建制。

1997年，为了适应社会主义市场经济改革背景下的新形势，中央正式给予兵团特殊政策支持，开始按照石河子的"师市合一"模式，推进阿拉尔、图木舒克和五家渠的建市工作。

伴随着农垦事业的推进，兵团逐步完善的灌溉排水系统在南北疆盆地边缘建立起来，使荒地变成了高产稳产的绿洲农田。兵团还采用秸秆还田、培育绿肥、增施有机肥等一系列措施，优化土壤成分，使土壤可溶盐总量减少，降低干旱区高蒸发给农业生产带来的不利影响。

面对部分地区势头凶猛的沙漠化，兵团以农田防护林建设和退牧还草的方法，使其进入科学的可持续发展模式。

农业的稳步发展，促使兵团的商业贸易随之兴盛起来，诸多市镇形成。20世纪90年代以来，新疆生产建设兵团逐步确立了师建城市、团场建镇的城镇化发展思路。目前新疆兵团已建成10座自治区直辖县级市（兵团管辖）。

美丽的阿拉尔就是一个成功的例子。

阿拉尔，维吾尔语意为绿色的岛屿，位于阿克苏地区，北起天山南麓山地，南至塔克拉玛干沙漠北缘，是新疆生产建设兵团建成的第二座城市。早在1958年，时任农垦部部长，当年曾带领部队成功垦荒，把"处处是荒山"的南泥湾建成"陕北的好江南"的王震将军就亲临新疆，从兵团抽调2万余人，奔赴阿拉尔进行农垦建设。王震将军当时对阿拉尔的规划格局很大，初期就有大学、火电厂等建设规划。

2004年，"师市合一"的阿拉尔市正式挂牌建立，由新疆生产建设兵团管理。目前，阿拉尔已成为建成区面积超过60平方公里、拥有20多万人口的园林城市，成为兵团在南疆最大垦区的中心城市，全国最大的优质棉基地、百万亩林果基地和新疆最大的水泥建材企业等均落户于此。2019年，阿拉尔市地区生产总值达到309.5亿元，比上年增长4.4%。农一师以阿拉尔的成功经验为指导，又建成了像金银川镇这样的垦区中心镇，阿拉尔形成了"兵团城市——垦区中心镇——一般团场——中心连队居住区"的城镇框架体系。

为更好地发挥维稳"压舱石"作用，兵团还大力加强交通基础设施建设。南疆自然条件恶劣、发展基础薄弱，是脱贫攻坚的主战场。自"十三五"以来，兵团驻南疆师团紧抓国家关于支持"三区三州"发展和推进兵团向南发展战略等机遇，加快推进交通基础设施建设，提高运输服务能力。

图木舒克市的交通建设曾经落后，群众出行和农产品外运困难，道路不通畅，好东西也卖不上好价钱。三师四十九团十三连党支部书记、连管会指导员陈辉是河南信阳人，27年前他们一家从信阳农村出发，一路上火车、汽车、手扶拖拉机转了好多次，走了整整7天7夜。2018年，图木舒克唐王城机场正式通航后，陈辉带着父亲回河南老家，从喀什到郑州，只用了6个小时。如今，陈辉带头成立的红枣种植专业合作社依托机场把连队的红枣销往全国各地，效益成倍增加。

"十三五"期间，兵团精心打造了一批"交通+旅游""交通+产业"品质公路。机场、铁路项目建设推进迅速。大交通助力大发展。截至2019年底，兵团公路总里程达到35926公里，其中农村公路23518公里，占65%。具备条件的建制连100%通硬化路、100%通客车，提前一年完成了交通运输部确定的"两通"任务目标。南疆兵团179个建制连队实施了农村客运公交化改造，城乡受益人口达36万人。

现在的新疆生产建设兵团已经今非昔比，绿洲农业生态和绿洲城市生态已在新疆这片曾经的戈壁滩上生根发芽，为这片苍茫大地带来了勃勃生机。

从"北大荒"到"北大仓"

盛夏季节，在地处松辽平原腹地的吉林省四平市梨树县国家百万亩绿色食品原料(玉米)标准化生产基地，玉米织成了无边无垠的"青纱帐"，在阳光下泛着金黄。

新华社"新华视点"微博2020年7月23日报道：

22日下午，正在吉林省考察的习近平总书记来到四平市梨树县国家百万亩绿色食品原料（玉米）标准化生产基地核心示范区，走进玉米地中，察看黑土层土质培养和玉米长势。习近平说，东北是世界三大黑土区之一，是"黄金玉米带""大豆之乡"，黑土高产丰产，同时也面临着土地肥力透支的问题。一定要采取有效措施，保护好黑土地这一"耕地中的大熊猫"。他说，你们探索实施玉米秸秆还田覆盖，不仅可以增加土壤有机质，还能起到防风蚀水蚀和保墒等作用，这种模式值得总结和推广。

黑土地是大自然赐予人类的得天独厚的宝藏，土质肥沃，有机质含量平均在3%—5%之间，有的地区高达10%以上，非常适合小麦、大豆、玉米、水稻等粮食作物生长。全世界仅有三大块黑土区，即乌克兰大平原（约190万平方公里）、北美洲密西西比河流域（约120万平方公里）和我国松辽流域的东北黑土区（约102万平方公里）。

在东北黑土区中，有一片"捏把黑土冒油花，插双筷子也发芽"的辽阔土地，即黑龙江省北部的三江平原、黑龙江沿河平原及嫩江流域的黑土地区。70多年前，这里还是人迹罕至的蛮荒之地，到处荆棘丛生、野兽出没、风雪肆虐，被称作"北大荒"。

北大荒西起松嫩平原，东达乌苏里江，北至黑龙江，南抵兴凯湖，总面积5.53万平方公里。这里地势平坦，平均海拔54米，只有万分之一的坡降（即相距100公里的两个地方，高度只差10米）。罕见的平坦地势形成了大面积的低湿沼泽地，漂浮垡（漂浮在淤泥上的草皮）变幻莫测，当初曾流传着"鬼沼"的神秘传说。

这里属于寒温带大陆季风气候，气候干燥寒冷，年平均降雨量400—700mm，主要集中在7—9月，多以暴雨形式出现，占年降水量的70%左右。年平均气温从南至北由2.6℃降到-3.5℃，极端最低温度

达 -40℃，是世界三大黑土地中气候条件最寒冷、农业开发条件最恶劣的地方。

1957年初被划为"右派"下放到北大荒"劳动改造"的当代著名文学家、诗人聂绀弩创作于1959年3月、发表在1983年《黑龙江农垦史（党史）资料汇编》上的《北大荒歌》就绘声绘色地呈现了初到北大荒时的情景：

北大荒，

天苍苍，

地茫茫，

一片衰草枯苇塘。

苇草青，

苇草黄，

生者死，

死者烂，

肥土壤，

为下代，

作食粮。

何物空中飞，

蚊虫苍蝇，

蠛蠓牛虻；

何物水边爬，

小脚蛇，

哈士蟆，

肉蚂蝗。

山中霸主熊和虎，

原上英雄豺和狼。

烂草污泥真乐土，

毒虫猛兽美家乡。

谁来安睡卧榻旁，

须见一日之短长。

…………

就是在如此荆蔓蒺藜聚集成堆、沼泽遍布、随处可见凶恶野兽的恶劣自然环境中，垦荒大军头顶蓝天，脚踏荒原，人拉肩扛，搭马架、睡地铺，与重重困难展开了殊死的搏斗。

北大荒的开发可以追溯到辽金时期，那时的北大荒泛指东北荒原。据考古学家考证，当时辽金掠来的汉人和一些百姓被强制迁徙到北大荒。到了清朝，这里被满族人视作"龙兴之所"而禁止开垦，又成了渺无人烟的荒芜之地。再后来，"北大荒"逐渐转变为特指黑龙江地区的原始荒原，最后变成了黑龙江垦区的专用名词。

1947年，一群穿着灰绿色军装、脚套乌拉草鞋的人排着队，唱着红歌，踏进了这片荒凉的黑土地，打破了这里的寂静。当时，按照党中央和毛泽东同志提出的"关于建立巩固东北根据地""培养干部，积累经验，创造典型，示范农民"的精神，第一批荣复军人从烽火弥漫的战场转战到沉睡千年的大地。他们创建了第一批国营机械化农场，点燃了北大荒农垦事业的火种，拉开了北大荒开发建设的序幕。

开发初期，任务是开垦荒地。建设农场的时候，进点建场的人员都是靠两条腿一步一步走来的。茫茫荒原，荆棘丛生，塔头甸子和沼泽遍布。每刨一镐，都会溅起泥水，人很快变成了泥猴。没有伙房，露天打灶；没有水井，就用泡子（指小湖、池塘）水过滤做饭；没有蔬菜，就挖野菜吃。很多时候，工作的地方四处是水，中午吃饭连蹲坐的地方都没有，只好边走边吃。劳动归来，人人脸上和脖子都被蚊虫叮咬得布满肿包，奇痒难耐。

他们常年吃的，主食全是清一色的高粱米、高粱面窝窝头。大白菜是最主要的蔬菜，偶尔也会吃点土豆，水煮黄豆则是很好的副食。吃肉是想都不敢想的事，一年中几乎吃不到一次。逢年过节才能吃一顿大米饭或者饺子，而所谓饺子，因为缺面少馅多半还是片汤。

新中国建立后,北大荒被纳入国家战略,与祖国同步奋斗成长。国家对北大荒进行了有组织的开发,先后由14万转业复员官兵、10万大专院校毕业生、20万内地支边青年、54万城市知识青年组成的垦荒大军,别羊城、离巴蜀、辞云贵、渡浦江,义无反顾地投身于这场人类历史上伟大的拓荒中。

1955年,刚刚过完20岁生日的天津市青年杜俊起,满怀激情、眼含热泪离开了父母亲人,毅然决然地加入到开发北大荒的队伍中。提起北大荒的夏季,杜俊起忘不了蚊子和沼泽:北大荒的"荒凉"和蚊子的"繁盛"形成了鲜明对比,被称作"人"的物种的到来,让蚊子家族迎来一场"狂欢"。那时,无论是休息还是劳作,蚊子都萦绕在杜俊起周围,他浑身上下都是红红的疙瘩,很多地方被抓挠得溃烂,但蚊子依旧不肯放弃对他的"热情"。他只得想尽办法把全身包裹严实,睡觉的时候用纸或者大的叶片盖在脸上,只在鼻孔处挖两个出气孔,但蚊子依然锲而不舍地追逐着他。在无数的夏夜里,他不得不从床上爬起来驱赶蚊虫,有时整夜都不能入睡。睡不着的时候,他就看天空,天幕深蓝,星星硕大而明亮,如同一个个美好的童话。在这童话般的星空下,大家学会了就地取材、驱赶蚊虫。

六七月雨尤为多,天气犹如孩子的脸一样说变就变,时不时就会莫名其妙地来一阵"哭泣"。杜俊起的记忆中,夏季里衣服和皮肤都是湿漉漉、黏糊糊的。这个季节,走路要特别小心。走路时,大家总是拿着一根长棍,试探性地在地面探测一番,才敢朝前迈进一步。常常有人陷入沼泽,大伙在惊慌中匆忙施救。

如果说夏季环境艰苦,那么冬季气候就更恶劣了。寒风刀片般在人们的脸上、手上划过。大家脚上都穿着毡袜,再套上大胶皮靰鞡,里面还要垫一层苞米叶子。一次,杜俊起和队友们去黑龙江江边运木材,冻得浑身僵硬。他看到一堆火,就连忙跑过去蹲在火边取暖。红红的火光映在杜俊起脸上,他感觉特别温暖。突然,他的耳朵一阵疼痛,原来他的耳垂起了个大泡,就像挂着两个大铃铛。一个队友走过来,边用雪搓手和脸边告诉他,用雪先搓搓再烤火,就不会起泡了。

在上世纪50年代,我国经济困难,农业机械生产力有限,大部分耕作都靠人力。1956年初夏,王震将军率领他的师、团指挥官,乘坐一列军车奔赴北大荒。在列车上,他展开地图对大家说:"北美洲的产粮区,是世界粮仓。同是一个太阳,太阳对地球是公平的,那一片地是粮仓,这一片地是空白,我们就是要填写这个空白处!要向地球证明,别人做到的,我们共产党人照样能做到,而且要做得更好……"

1957年至1966年间,随着党在过渡时期总路线的贯彻执行,全国掀起了轰轰烈烈的经济建设新高潮。这10年间,北大荒农垦事业也进入了快速发展期。

1958年,北大荒进入了大规模开发时期。从当年6月开始,先后有5.5万名山东青年来到北大荒,为垦区注入了新鲜血液,成为垦区职工队伍中一支举足轻重的力量。

同年8月29日,中共中央出台了《关于动员青年前往边疆和少数民族地区参加社会主义建设的决定》,决定指出:"劳动力不足是加速边疆和少数民族地区的社会主义建设的重大困难……中央决定到1963年五年内,从内地动员570万青年到这些地区参加社会主义的开发和建设工作。"

20世纪50至70年代,为了对北大荒进行垦殖,在成立黑龙江生产建设兵团的同时,又创建了一大批国营农场。1968—1976年间,来自全国各地的54万城市知识青年加入到北大荒建设的行列中,他们在这里挥洒青春和激情。在这一阶段的后期,杨华等一批北京青年也积极响应党中央的号召奔赴北大荒。彼时,54万知青逐渐成为开发北大荒的主力军,这支朝气蓬勃的队伍也是自北大荒开发以来数量最多、文化程度最高、流动性最大的一支队伍。在第一代北大荒开垦者的言传身教下,他们逐渐成熟起来,为开发北大荒做出了杰出贡献。他们血气方刚,满怀豪情,在艰苦的工作中,更加深刻地理解了生命的意义。

这片黑土地孕育出了不屈不挠的"北大荒精神",造就了一大批优秀人才。

知青和转复官兵一样,在这片土地上抛洒热血和汗水,甚至奉献出宝贵的生命。虽然人生如流星般转瞬即逝,但他们把有限的人生过得格外多彩绚丽。据有关方面统计,有近千名下乡知青长眠于北大荒。在北大荒博物馆,有一面两层楼高的松木墙,朴实厚重的泥土色墙面上,密密麻麻镌刻着1.2万多个名字,他们都是献身北大荒的拓荒先驱,永远守卫着这片神圣的土地,激励着一代代北大荒人继续努力奋斗下去。

1968年6月,沈阳军区党委按照中共中央"六一八"批示,成立了沈阳军区黑龙江生产建设兵团(现黑龙江省农垦总局),接收国营农、牧、渔场93个,合编为5个师(辖58个团)、3个独立团,直到1976年2月兵团撤销。

在北大荒开发中,一直重视科技创新。通北机械化农场从1948年夏就设立了试验室。1949年,"查育一号"经小区直播试验,创造了亩产467公斤的高产纪录。1950年,经反复试验,采用机械化收获水稻获得成功。

1955年,友谊农场组建了农业科研试验站。

1956年,铁道兵农垦局成立试验站。

1957年,虎林县湖北示范农场移交给八五〇农场,改为试验场。

1962年,友谊农场建立农机科研室。1964年制成国内第一台盘式精点玉米机;1965年,粮食烘干设备、冻土开沟犁、悬挂式培土机等5项科研任务成功完成。

1963年,东北农垦总局科研所成立,下设育种、耕作栽培、农业机械、畜牧兽医4个研究室,随后又成立了农业经济研究室。

1965年,黑龙江农垦科学研究所成立。这一时期,从局到场、从场到连均组建了科研组织机构。1967—1977年,建设兵团恢复了科研机构,黑龙江省农场管理局和7个地区农场分局也先后恢复和建立地区农垦科研所和农场试验站。

1978年,在全国科学大会上,垦区的"北玉5号"玉米早熟单交种、

LD-70冻土机、LKD-100单圆盘旋转开沟机、悬挂式播种施厩肥机、侧牵引清淤机、4W-2型立卧辊玉米收获机、4YL-2型立辊玉米收获机、东北毛肉兼用细毛羊的培育（协作）、哈尔滨白猪的培育（协作）等10项成果获国家部级成果奖。黑龙江省国营农场总局在科学大会上获得奖励的农垦优秀科技成果达92项。

1978年之后，北大荒知青开始返城，他们回到祖国各地，把"北大荒精神"带到各个岗位上，成为各条战线上的中坚力量。聂卫平、姜昆、赵炎、何新、张抗抗、李晓华、濮存昕等一大批从北大荒黑土地走出的知青，成为享誉海内外的棋圣、世界冠军、艺术家、作家、企业家等。当年走进北大荒，他们无怨无悔，北大荒这片热土铸就了他们的刚毅和顽强。

党的十一届三中全会之后，北大荒农垦事业发展迎来了新的转折点，进入了二次创业阶段，也给新一代北大荒人提供了更多完成梦想的契机。此阶段，北大荒人"解放思想，实事求是，深化改革，扩大开放"，进行产业结构调整，发展农工商综合经营的战略，实行对外开放，建立农业现代化窗口，改善管理体制，变革经营理念，实行承包责任制等一系列措施。垦区由试验探索转向能动推进，由单项突破转向配套实施。垦区社会生产力水平明显提高，也进一步推动了由"北大荒"向"北大仓"的转变。

一代代的北大荒人，在"北大荒精神"指引、锻造下，实现了一个又一个历史性的飞跃。

如今，北大荒已经变成名副其实的北大仓，粮食商品产量、专储量均居全国第一，成为国家重要的商品粮生产基地、丰盈富饶的中华大粮仓。2019年，北大荒生产的粮食可以让1亿国人吃一年。

在2003年"非典"、2008年汶川地震和南方雨雪冰冻灾害等关键节点，北大荒垦区都发挥了不可替代的作用，为保障国家粮食安全做出了应有的贡献。

"十一五"以来，北大荒全力实施"强工"战略，米、面、油、乳、肉等十大支柱产业迅速崛起,"完达山""九三""北大荒""丰缘"等一批品牌蜚声四海。2012年,"北大荒"品牌价值高达365.36亿元,成为亚洲农业第一品牌。

北大荒用了60多年时间,提前实现了粮食综合生产能力350亿斤的目标,成为中国最安全的粮食战略储备基地,累计生产粮食3922亿斤,其中,商品粮3065亿斤,粮食商品率为78.1%。无论是从我国的农业历史来说,还是同美国(从19世纪60年代开始)和苏联农业开发史(从20世纪20年代开始)进行国际比较,能够在这么短的时间内做到这一点,无疑是一个让人惊叹、称奇的事实,也是世界移民开发史上的一个亮点。

国家战略

维护粮食安全一直是重要的国家战略。为此,国家出台了一系列政策,组织实施了多项重点项目,保护粮食生产,提高粮食产量,将维护粮食安全的主动权牢牢掌握在自己手中。

"粮丰工程"

2008年7月29日,盛夏季节,天气晴朗而炽热。豫北辽阔、肥沃的田野上,青纱帐渐渐地形成气势。玉米的个头已经基本长成,棉花、大豆、花生等都出落成青春的模样,枝叶伸展开来,把土地罩严了。15时许,一天中最热的时候,能把人晒焦。即使勤劳的农民,此时也不会去地里干活,田野里几乎看不到人。

河南浚县钜桥镇一望无际的玉米高产田间却突然热闹起来:随着几辆大巴、中巴车在大路边停下,一拨拨人从车上下来,冒着炎炎烈日走进玉米田间的小路,边走边看,还不时对着油黑发亮的玉米指指点点。原来,这是在郑州召开的"全国粮食丰产科技工作经验交流会"的一次现场活动,时任全国政协副主席、科技部部长万钢同志带领参加会议的200多名领导、专家,来调研"万亩核心示范区"和浚县农科所15亩玉米超高产攻关试验基地。

21世纪前四年,我国出现了粮食播种面积、粮食总产量和人均粮食占有量四年连年减少的危机,粮食总产量从1999年的5亿吨下滑至2003年的4.3亿吨。

在粮食安全面临严峻挑战的关键时刻,国家科技部联合农业部、财政部和国家粮食局,选择河南、河北、山东、湖南、湖北、安徽、江苏、江西、四川、吉林、黑龙江、辽宁等12个粮食主产大省,于2004年启动了我国农业科技领域的一次大规模会战——国家粮食丰产科技工程(简称"粮丰工程")重大项目战略。

"粮丰工程"立足华北、长江中下游、东北三大平原,主攻小麦、水稻、玉米三大粮食作物高产高效目标,以核心区、示范区、辐射区等"三区"建设为抓手,开展了以可持续超高产为核心、以强化技术集成创新为重点的科技攻关部署，总体目标是通过科技创新，持续提高粮食综合生产能力，为保障国家粮食安全、增加农民收入和保护生态环境提供卓有成效的科技支撑。

"粮丰工程"实施第三年的2006年，正赶上国家进入"十一五"时期，作为重大战略项目的"粮丰工程"再次规划布局："十一五"期间，我国计划为"粮丰工程"投入资金3.2亿元，支持12个粮食主产省完成课题项目。

2007年7月16日，科技部、农业部、财政部和国家粮食局在北京联合组织召开了"十一五"国家科技支撑计划重大项目"粮食丰产科技工程"启动签约仪式，由四部门组成的国家丰产工程联合管理办公室和重点实施的河南、河北、山东、湖南、湖北、安徽、江苏、江西、四川、吉林、黑龙江、辽宁等12个省在人民大会堂签订了课题执行协议。

此时，"粮丰工程"在原来目标的基础上，对粮食持续丰产共性关键技术和产后减损增效技术攻关、技术集成转化与大面积应用示范、粮食丰产监测与安全战略研究进行系统设计和部署。

2008年，"粮丰工程"实施五年。当年7月29至30日，国家科技部在郑州组织召开全国粮食丰产科技工作经验交流会，部分粮食主产省负责科技工作的省政府领导、全国各粮食主产省和重点省科技部门负责人、承担国家粮食丰产工程示范项目的科技专家、知名农业科学家等代表及农业部、国家粮食局有关同志会聚一堂，总结"粮丰工程"五年来的经验，共商未来粮食生产大计。

会议在总结"粮丰工程"取得的巨大成就时，肯定了科技进步在保障我国粮食安全、促进现代农业发展和社会主义新农村建设中发挥的关键作用，如转基因生物新品种培育科技重大专项启动实施，农业生物技术、数字农业技术、环控农业技术与现代农业装备等方面的农业高技术研究取得新突破，粮食丰产等关键技术集成和创新研究取得显著成效，农业科技成果转化应用水平明显提升，多元化农村科技服务体系建设取得新进展，区域农村科技工作得到进一步加强，等等。

会议就我国今后的粮食生产做出了具体部署：要着眼长远，加强农村科技人才队伍建设；加大投入，为农村科技发展提供保障；加强宣传，营造农村科技工作良好氛围；精心组织，促进"粮丰工程"再上新台阶。

参与"粮丰工程"的粮食主产省对课题都高度重视，全力以赴，组织有关单位和部门开展研究攻关，几年来均取得了重大突破。

河南省在黄淮南部开展了小麦玉米两熟丰产高效技术集成研究与示范项目。该课题实施以来，河南粮食产量不断刷新全国最新纪录，不仅实现了小麦、玉米单产连续突破，同时也为河南小麦、玉米大面积高产稳产提供了科技支撑，创造了成熟完备的自主创新体系，取得了多项重大技术突破。本项目的实施，还在全省培养造就了一批粮食丰产科技人才，建设完善了一批粮食丰产高效研究示范基地，打造了一批高产稳产粮食核心产区。

河北省粮食丰产科技工程坚持"节水、节肥、高产并重""夏秋粮均衡增产"的技术思想，在黄淮海中北部实施小麦玉米两熟丰产高效技术集成研究与示范项目，通过加强关键技术的创新研究，进一步构建和完善相关技术体系，取得了显著的实施效果。

山东省以实施"国家粮食丰产科技工程"为核心纽带，实施了黄淮东部小麦玉米两熟丰产高效技术集成研究与示范项目，通过进一步加强全省农业科研教学单位、推广部门的联合，以科技创新为源头，紧紧围绕粮食生产中关键技术难题协同攻关，努力提高科技储备能力和技术熟化集成，挖掘粮食综合生产能力，为提高山东粮食生产能力提供了有力的科技支撑。

湖南省课题组实施了长江中游南部双季稻丰产高效技术集成研究与示范项目，开展了多学科、多层次的创新研究和大面积、大规模的样板示范与推广应用，在实施方法、三区建设、品种筛选、关键技术、模式集成、技术成果等方面取得了重大突破。

湖北省课题组针对湖北水稻生产的气候生态特点，在长江中游北部实施水稻丰产高效技术集成研究与示范项目，确立了适合不同水稻产区的四种提高水稻综合生产能力的技术集成模式，筛选并确定了一批高产优质品种，引入、研究和完善相应高产高效栽培技术，实现了从储粮于地到储粮于技的转变，并培养了一批水稻栽培专家。

安徽省在江淮中部实施了稻麦丰产高效技术集成研究与示范项目，成效显著。2005年以来，安徽省先后实施了小麦高产攻关活动、水稻产业提升行动，并将两大行动与粮食丰产科技工程有机结合，走出了科技支撑新路子，开展了两大类稻麦生产区8项专题共性关键技术攻关研究，而且得到大面积转化应用。

江苏省紧扣水稻生产中的重大技术关键问题，实施了长江下游粳稻丰产高效技术集成研究与示范项目，确立了以"水稻栽培精确定量化、高产栽培全程机械化、优质生产清洁化"为核心的技术创新思路，同时积极发挥多元化科技服务体系作用，探索与实践科技成果转化新模式，强化技术创新与推广创新相结合，开展大协作，形成大成果，坚持走江苏特色的科技兴稻之路。

江西省实施了长江中游南部双季稻丰产高效技术集成研究与示范项目，其成果"江西双季稻丰产高效技术集成研究与示范"于2008年5月通过鉴定，取得重大技术创新成果。项目区增产增收成效显著，极大地推动了江西粮食增产。同时，江西省积极开展各种科技培训，提高了农民种粮技术水平。

四川省根据本省主要稻作区种植制度和气候生态特点，在四川盆地实施了单季稻丰产高效技术集成研究与示范项目，并针对该地区重大生产技术问题，以杂交中稻生产关键技术创新与配套技术集成为突破口，分区构建水稻持续丰产高效生产技术体系，提升水稻科技创新能力和综合生产能力。

吉林省在东北平原中部实施了春玉米丰产高效技术集成研究与示范项目，针对玉米生产上普遍存在的单产水平低、生产成本高、种植效益低等问题，在玉米高产稳产技术、玉米高效精准施肥技术和玉米保护性耕作技术体系研究方面取得了重大突破，解决了限制吉林省玉米综合生产能力提高的关键技术，开展了技术集成与示范，构建了不同生态类型区玉米优质高产高效栽培技术模式，提升了春玉米的生产能力。

黑龙江省在中南部、中西部和三江平原三大玉米主产区实施了玉米高产标准化集成研究与示范项目，解决了影响黑龙江省玉米单产的耕作方式、机械化标准栽培技术、培肥土壤、病虫草害监控等关键技术问题，推动了黑龙江省玉米单产水平的提高。

辽宁省课题组在全省玉米不同生态类型区开展了广泛系统的研究，以解决增密增产问题，通过试验示范形成了以增加种植密度为中心的技术体系，为实现增密增产提供了科学依据，并使这项增产措施得到广泛的认可和贯彻实施。

中国农科院作物科学所作物栽培生理系主任、国家粮食丰产科技工程首席专家赵明在2012年8月接受《经济日报》记者采访时说："几部委联合进行大项目规划，多部门合力推动，这种机制在农业科技领域是前所未有的。这充分说明了当时粮食生产任务的紧迫，以及国家层面的高度重视。"

"这样一个全国推动的大项目，我们在规划设计上确实殚精竭虑。"赵明说。

"粮丰工程"在技术方案设计上采取了"三三三"的设计理念：第一个"三"指突出水稻、小麦、玉米三大重点粮食作物，第二个"三"指突出长江中下游、华北和东北三大平原12个粮食主产省，最后一个"三"指突出技术创新的核心区、技术集成的示范区和大面积引导的辐射区的"三区"建设。

在组织管理上，"粮丰工程"创造性地采取了强化五个"多"的联合推动机制：一是强化多部门的组织协调，成立国家级协调领导小组和省级领导小组，负责重大计划、活动的组织协调。二是强化多途径的资金整合，在资金投入上采取国家拨款、地方配套和自筹经费的三结合。"十一五"期间工程的国家拨款为1.77亿元，带动配套与自筹经费2.25亿元，有效保障了工程的资金支持。三是强化多学科优势互补，根据粮食生产多学科需求的特点，建立了以作物栽培为主，联合土壤肥料、植保、农业机械、信息化等多学科人才队伍。四是强化多层次科技人员衔接，成立科技工程总体专家组，负责技术咨询、论证、评估和验收。各课题实施单位成立不同的核心、示范和辐射"三区"技术负责专家组。五是强化产学研结合的产业发展，以工程实施为纽带，推动农业教学、科研和推广的结合，探索总结出了"科研院所+生产单位（农户）+龙头企业"等多个粮食丰产技术转化与推广模式，为粮食产业化发展提供了重要基础。

在总体规划的框架下，各地探索出各具亮点的工程实施模式。湖南省益阳市赫山区兰溪镇塘西坪村农民黄建华，在当地农业局、区种子公司指导下，不仅带领本村村民建立起优质新品种试验示范基地、引进示范新品种，还与当地的一家粮食加工企业签订订单生产合同，种植优质早稻和晚稻，实现了家庭经济收入的大幅增长。

"国家粮食丰产科技工程改变了以往科技管理部门发布一个指南、大家进行小而散研究的模式，从国家层面进行顶层设计、全方位实施。实践证明，这种模式特别适合大范围、多省市的科研合作，尤其适合这种公益性项目。"赵明说。

参与全国"粮丰工程"的科研人员涉及近300个单位5000多人。他们带着国家使命和科研热忱，长年累月吃住在农家，顶着严寒酷暑深入田间地头，天天"面朝黄土背朝天"。

作为国家粮食丰产科技工程专家，赵明在担负教学科研重任的同时，还常常奔波于各地，负责调研、督导、验收等工作。一次，赵明在车上颠簸了7个多小时才到达验收地，一下车顾不上休息就直奔田间监督采摘玉米。

汗水浇灌出沃田，智慧凝结成硕果。"十一五"期间，国家粮食丰产科技工程在12省累计建立水稻、小麦、玉米核心试验区、示范区、辐射区8.35亿亩，5年共增产粮食4866.48万吨，亩产平均增加58.26公斤，单产增长率为11.58%，增加经济效益852.92亿元。与全国同期粮食生产相比，增产粮食占全国同期增产量的17.04%，亩增产是全国平均亩增产21.45公斤的2.72倍。

与产量提升同步的，是三大作物综合生产能力的显著提高：化肥利用率提高了12%至15%，灌溉水利用率提高10%至16%，自然与生物灾害损失率降低了15%，农药用量减少25%至35%，每亩节本增效达110元左右，有效促进了肥水资源的高效利用，减少了环境污染。

回顾"粮丰工程"走过的道路，赵明总结了不同时期的任务侧重："十五"时期以恢复性生产为主，力争把现有技术尽快集成到位，立即在生产上见效；到了"十一五"，则是关键技术创新与技术集成并重，力争形成新型的技术体系。

"粮丰工程"还成为孕育农业科技人才的摇篮：至2012年8月，共培养博士研究生近300人、硕士研究生1000多人，举办各种技术培训班、培训会18000多期（次），培训技术员和农民群众300万人次，有力地促进了丰产技术的普及与应用。

进入"十二五"，面对当时国际粮价大幅上涨、市场供应趋紧、粮食安全形势异常紧张的局面，为实现党中央国务院提出的新增1000亿斤粮食的目标，"粮丰工程"继续推行，并扩充了"队伍"：河南、河北、山东等原有的12个粮食主产省不变，增加了内蒙古自治区。

在2011年7月12日于北京召开的"十二五""粮丰工程"启动会上，科技部、农业部、财政部、国家粮食局与13个实施省区分别签署了"十二五""粮丰工程"实施协议。

在会议上，全国政协副主席、科技部部长万钢对做好"十二五"粮食科技工作提出五点要求：一是要进一步提高认识，把粮食科技作为农业科技工作的第一要务；二是要突出科技创新，促进粮食丰产技术集成和大面积均衡增产；三是要强化粮食科技服务，鼓励和支持科技人员深入农村基层一线，组织实施好"百千万科技特派员"专项行动，在粮食主产省建立新型科技服务体系；四是要积极创造条件，强化粮食丰产科技基地、平台、人才队伍建设，稳步推进粮食丰产科技工作；五是增加粮食科技投入，逐步完善粮食科技稳定支持的长效机制。

"十二五"期间，"粮丰工程"研究目标开始发生转向：在继续实施好原来的丰产高效技术的基础上，进行大面积均衡增产研究和节水节肥研究。比如"十二五""粮丰工程"项目"江苏稻麦大面积均衡增产技术集成研究与示范"课题，主要针对制约江苏稻麦大面积高产高效的重大技术问题，实施关键技术突破，构建适宜的稻麦大面积增产技术体系，在江苏淮北、江淮、江南三大生态区大面积示范应用。

截至2011年底，"十二五""粮丰工程"（一期项目）共签订课题任务书16个，项目落实经费总额为7681万元，各课题参加攻关与示范开发的全时总人数为2198人。

河南课题

"粮丰工程"的河南课题由河南农业大学主持，由河南省科技厅、国家小麦工程技术研究中心、河南省农业厅、河南省农科院等单位共同承担，政、产、学通力合作，380多名农业科技人员协同攻关，在粮食科技创新领域取得了多项重大突破，为"中原粮仓"连年辉煌立下了汗马功劳。同时，河南省组建了以科研院所、高等院校、企业为主的多元化粮食科技研究与转化中心，在全省培养造就了一批粮食丰产科技人才，建设完善了一批粮食丰产高效研究示范基地，打造了一批高产稳产粮食核心产区。

河南课题组通过科学谋划，强化攻关，把农作物高产优质高效集成栽培技术研究与示范当成河南粮食科技工作的重中之重，不断实现新的突破。

河南长期坚持农业基础地位不动摇，依靠科技进步狠抓粮食稳定增产，粮食综合生产能力大大提高。2008年，河南夏粮生产再创历史新高，首次突破600亿斤，达到612亿斤，增产13.2亿斤，占全国夏粮新增产量的近1/5。这一年，河南粮食总产达到1074亿斤，再创历史新高，连续3年超过1000亿斤，连续9年居全国首位。

河南省通过实施"粮丰工程"项目，紧紧围绕"产量、效益、生态"三大目标，按照"单项技术突出创新，提升集成技术整体水平；关键技术重点突破，提供持续增产技术储备"的要求，深入调研全省小麦、夏玉米主产区光、温、水、土等生态条件与资源利用现状，针对两熟制农田持续高产稳产存在的重大、关键、共性技术问题，集成全省人才、技术、资金、设施等综合优势，以小麦、玉米两熟丰产高效生态生物学规律研究为基础，以持续丰产高效技术集成与示范为重点，以实现"粮食增产、农民增收、生态安全"协调发展为目标，系统开展小麦、玉米一体化全年增产增收的理论与技术创新研究和核心区、示范区、辐射区"三区"建设。在河南小麦、夏玉米一年两熟的豫北高产灌区、豫中补灌区和豫南雨养区重点开展超高产攻关和两熟作物一体化丰产高效集成技术研究与示范，解决了制约粮食增产的关键技术问题，形成了具有河南区域特点的粮食丰产高效集成创新技术体系，为河南粮食持续稳定增长提供了重要的科技支撑。课题取得的研究成果通过河南农大等单位创造性地采用"超高产攻关田—核心试验区—技术示范区—辐射带动区""同心圆"的技术研发与成果转化逐级放大的有效形式，使得1100多万亩项目区小麦、夏玉米均衡增产，亩增产30%左右，2004—2008年共计增产粮食591万吨，累计增加效益85.85亿元，并使河南小麦、夏玉米两熟高产区由原来主要集中在豫北地区开始向豫南地区转移，且连年出现大面积小麦亩产超千斤的高产典型。

河南课题实施了小麦玉米高质量群体构建、防倒延衰、防灾减灾、资源高效利用等关键技术创新与常规技术集成配套，形成了适合不同生态区小麦玉米一体化丰产高效集成的技术体系，并在全省示范推广。

在郑州召开的全国粮食丰产科技工作经验交流会上，科技部领导评价河南省"粮丰工程"所取得的成绩说："在河南对全国农业发展做出的巨大贡献中，科技进步发挥了决定性的支撑作用。通过实施国家'粮食丰产科技工程'，创造了小麦、夏玉米的超高产纪录。"

2007年，河南课题被评为全国"粮食丰产工程"优秀课题。

河南课题实施5年来，2004年、2005年河南省粮食总产分别突破4000万吨和4500万吨，小麦单产、总产、种植面积、增产幅度均屡屡刷新。

5年中，河南小麦连续增产，新品种的推广应用和丰产技术的集成应用发挥了重大作用。其中，"郑麦9023"在研究示范推广的不同阶段，先后获得省科技攻关计划、星火计划、农业科技成果转化资金以及国家农业科技成果转化资金的资助。"郑麦9023"于2001年通过河南省审定后，很快也通过湖北、安徽、江苏和国家审定，并从2003年开始连续5年居全国小麦单品种推广面积第一，年最大推广面积曾达2900多万亩，对优化调整河南省和黄淮冬麦区小麦的品种与品质结构起到了重要的促进作用。

小麦品种"百农矮抗58"矮秆抗倒，高产稳产，适应性广，是现有推广面积增幅最快、发展势头最好的小麦品种。"郑麦366"作为半冬性优质强筋小麦新品种，综合农艺性状较好，主要品质指标达到国家优质强筋一级标准，品质性状稳定，深受加工企业欢迎，市场和产业化前景优势明显。

河南课题组实施了"小麦新品种百农矮抗58、郑麦366产业化研究与开发"重大科技专项，加快了河南小麦高产简化栽培技术的示范推广与普及应用速度，实现了品种小面积攻关亩产700公斤、大面积生产应用亩产600公斤的产量目标，形成年推广面积省内超过1500万亩、省外超过1000万亩的种植规模，累计推广面积力争突破1亿亩，成为河南及黄淮南部麦区小麦产业化的主导品种。对"郑麦366"的产业化开发，河南建立"郑麦366"高标准原、良种繁育田10万亩以上，优质、高产、高效生产示范基地50万亩以上，产业化辐射推广500万亩以上；形成"郑麦366"强筋优质高产高效配套生产技术规程和品质监测、鉴定以及收购检测指标体系，并在示范区中得到应用；建成强筋优质小麦产业化开发模式，进行产品的中试及优质产品的试生产。

"小麦新品种百农矮抗58、郑麦366产业化研究与开发"科技专项的启动实施，有效保证了良种良法配套，加快了育种科研成果向现实生产力的转化，大大提升了河南小麦的产业优势，满足了市场需求，显著提高了河南小麦生产水平，提升了小麦品质。

针对玉米，河南实行了夏玉米超高产"深松起垄、调土强根促穗重"的策略。夏玉米专用缓控释肥研制与应用、玉米免耕覆盖机械化高质量播种、作物水分智能化监测等7套适宜河南省不同生态区夏玉米丰产高效的一体化技术体系，实现了群体质量指标化、技术体系配套化、管理措施定量化的技术要求，经大面积应用，显著提高了玉米综合生产能力。2007年项目区玉米亩产平均480.9公斤，比三年前平均增产24.32%。

夏玉米产量大幅度提高并超过小麦单产，彻底扭转了夏重秋轻不利于粮食全面增产的局面，实现了夏玉米持续均衡增产。同时，还出现了一批大面积低产变中产、中产变高产、高产更高产的典型生产区。

玉米新品种"郑单958"在一年之内先后通过河北、山东、河南和国家审定，自2004年连续4年位居我国玉米品种种植面积第一位，创全国玉米品种审定速度之最，累计推广2.5亿亩以上，增产145.5亿公斤。2006年种植面积达5895万亩，占全国玉米种植面积的14%左右。2007年获得国家科技进步一等奖，年种植面积突破6000万亩，成为国内玉米第一主打品种，也是此阶段我国年种植面积最大的作物品种。

2010年11月，"十一五""粮丰工程"之河南课题"黄淮南部小麦夏玉米两熟丰产高效技术集成研究与示范"在南昌顺利通过了科技部组织的验收。以戴景瑞院士、谢华安院士为首的专家组对河南课题的实施和省级1350万元1∶1匹配资金的足额到位给予了高度评价。至此，河南课题圆满完成。据统计，通过实施该课题，项目区累计增产粮食674.2万吨，增加经济效益95.08亿元。

项目实施中，采用"课题+基地+公司+农户"的示范推广创新模式，达到了培训、供种、测土配方施肥、机耕机播机收、种植管理模式、病虫害防治"六统一"。通过5年的努力，创建了小麦品种、播期"双改技术"，夏玉米调土强根"延衰技术"，智能化两熟节水灌溉技术，小麦、夏玉米专用缓控释肥及其应用技术等 6 项技术创新，形成了两熟亩产吨半粮和豫北灌溉区、豫中补灌区、豫南雨养区 4 套小麦玉米一体化丰产高效集成技术体系。

其间，河南建成了 3 个万亩高标准核心试验区，在 6 个县建成了 100 余万亩技术示范区，在 22 个粮食生产大县建立了 1000 余万亩辐射区，共建成基地 26 个，面积 1650 余万亩，化肥和灌溉水利用率分别提高 10.6% 和 15.5%，农药用量减少 19.5% 以上，自然灾害和生物灾害损失率降低 15.4%，取得了 50 亩连片小麦平均亩产 751.9 公斤、15 亩连片夏玉米平均亩产 1064.8 公斤和一年两熟平均亩产 1770.5 公斤的产量，创造了我国黄淮海地区同面积小麦、玉米一年两熟的最高产量纪录。

2012 年 8 月，河南"粮丰工程"课题组豫北灌区团队负责人、国家小麦工程技术研究中心副主任、河南农业大学教授王晨阳在接受《经济日报》记者采访时感慨地说："虽然工作强度非常大，可每当我们完成了收获或播种任务后，心情都特别愉快，不感觉苦，也不觉得累。"

他的朴实话语道出了默默奉献在科研一线的工作人员的心声。

王晨阳说，他们的团队每年所承担的各类大小试验有 20 多个，而且分布在不同地点。比如，在温县祥云镇安排的各类栽培试验占地近 40 亩（不包括攻关田），涉及上百个小区，在赵堡镇也有试验地 10 余亩。这些小区的调查测产、收获、脱粒完全依靠比较原始的人工操作。每到这时，团队的科研人员需要分头在不同地区早出晚归、吃住田间，连续工作 10 余天。

人力和资金有限，项目课题的重任却摆在面前，科研团队如何才能圆满完成？王晨阳介绍了他们的创新经验。

河南平安种业有限公司是豫北地区的一家民营种业科技企业。一直以来，公司开展小麦高产田展示、良繁基地建设的意愿非常强烈，但总是心有余而力不足，在超高产栽培理论与关键技术研究方面力量相对薄弱，缺乏对品种发育规律、关键及配套技术的系统研究，且技术培训与推广能力不强。

此时，迫切需要在该区域开展技术示范与推广工作的王晨阳团队，正被项目资金支持力度有限、示范推广面积难以迅速扩大等难题困扰。双方优势互补，一拍即合。于是，河南平安种业负责建立大面积、大规模高标准良种繁育基地，逐步实现统一高效管理和优质优价收购。王晨阳团队则主攻关键技术与集成技术研究，开展超产、超高产攻关与示范，组织技术培训与服务。在强强联合下，2006年15亩"豫麦49-198"高产攻关田平均亩产717.2公斤，2011年百亩高产攻关田平均亩产730.5公斤，均创当时同面积小麦高产纪录。

王晨阳分析了与河南平安种业有限公司合作取得巨大成功的三大原因：一是企业尤其是种业公司，迫切需要与其品种相配套的高产高效栽培技术模式，十分重视新技术的集成及推广。同时，企业拥有试验基地和资金，可以支持粮食丰产工程配套技术的研发。二是种子企业利用种子推广的优势，可率先在核心示范区实现统一高效的管理模式，种子实行"优质优价"收购，实现企业、农民双收益。三是企业拥有较大面积的自繁种子基地、联繁基地，年推广面积较大，在其种子面向市场的同时，配套集成的各项先进栽培管理措施与成果也会随之实现转化推广。

"进一步实现产量突破的难度加大。下阶段攻关重点是如何实现两季作物持续增产、均衡增产和节本增效。"谈起团队"十二五"期间面临的主要挑战，王晨阳如是说。

2015年5月15日，河南省科技厅领导在许昌召开的"粮丰工程"河南项目区小麦观摩会上宣布："十三五"期间，河南要全力推进"粮丰工程"与河南省"百千万"粮田建设工程的协同实施。

国家粮食丰产科技工程实施10年，河南项目区围绕粮食产量恢复性增长、粮食持续增产和粮食持续均衡节本增产三个五年计划目标，实现了四大技术突破，主要包括创建小麦品种播期"双改技术"和夏玉米后期健壮生长的"延衰技术"；构建出智能化两熟节水灌溉技术体系，实现了高产与节水同步；建立了两熟一体化土壤培肥施肥技术体系，实现了施肥技术简化高效；创建出小麦—夏玉米两熟亩产吨半粮栽培技术体系，创造了百亩两熟平均亩产1770.5公斤的超高产纪录。其间，河南农业科技方面获省部级以上科技成果20余项，获得国家级科技进步奖5项，其中"玉米杂交种浚单20选育及配套技术研究与应用"获国家科技进步一等奖，"黄淮区小麦夏玉米一年两熟丰产高效关键技术研究与应用"等4项成果获国家科技进步二等奖。

"粮丰工程"河南项目区10年累计增粮1284.7万吨，用占全省12.3%的粮食播种面积获得了占全省17.3%的粮食增产量，项目区小麦平均单产比全省提高20.2%，玉米单产比全省提高34.5%，带动河南10年粮食单产、总产分别增长41.7%和60.1%，充分显示了"粮丰工程"在河南粮食增产中的技术支撑和引领作用。

此次启动的"河南省百千万粮田丰产科技工程"是河南对"粮丰工程"的拓展与延伸，重点建设任务是在豫北、豫中、豫南和淮南四大粮食主产区，围绕制约小麦—玉米、小麦—水稻两熟丰产高效的关键、共性技术问题，开展联合攻关研究与区域配套技术集成研究，形成适合不同生态区的小麦—玉米、小麦—水稻两熟丰产高效技术体系，充分发挥粮食科技特派员制度在粮食科技服务体系中的多元化作用，使集成技术体系在百亩核心区、千亩示范区、万亩辐射区得到推广应用，为粮食产量稳定持续提高提供更加有力的技术支撑。

粮食核心区

从2007年年初开始，全球发生了严重的粮食危机，国际谷物出口价格大幅上涨，加上石油价格和运费大幅提高，世界各国基本食品价格急剧上涨。粮食危机导致一些国家动荡不安，非洲21个国家、亚洲10个国家、拉丁美洲5个国家、欧洲1个国家都存在不同程度的粮食供应短缺。2008年4月，海地共和国因大规模饥荒引发暴动，推翻了当政的总理，甚至发生了"泥饼充饥"事件。

2008年1月，我国南方、华北、西北20个省市发生了大范围的雪灾，除了造成交通受阻严重影响春运，房屋倒塌、损坏和人员伤亡，还致使1.78亿亩农田受灾，8764万亩成灾，2536万亩绝收，直接经济损失达1516.5亿元。

针对国际国内形势，我国对粮食生产做出了重大部署。

党的十七大报告指出，加大支农惠农政策力度，严格保护耕地，增加农业投入，促进农业科技进步，增强农业综合生产能力，确保国家粮食安全。

2008年的中央一号文件要求，实施粮食战略工程，集中力量建设一批基础条件好、生产水平高和调出量大的粮食核心产区。

2008年10月9日至12日，十七届三中全会召开。会议审议通过了《中共中央关于推进农村改革发展若干重大问题的决定》，指出"推动科学发展，必须加强农业发展这个基础，确保国家粮食安全和主要农产品有效供给，促进农业增产、农民增收、农村繁荣"。

2008年11月13日，经国务院审议通过，我国政府编制的第一个中长期粮食安全规划《国家粮食安全中长期规划纲要（2008—2020年）》由国家发展和改革委员会正式公布实施。

2009年11月3日，国务院办公厅正式印发了《全国新增1000亿斤粮食生产能力规划（2009—2020年）》，提出"着力打造粮食生产核心区，提高商品粮调出能力。综合考虑粮食播种面积、产量、商品量、集中连片和水资源等因素，从13个粮食主产省（区）选出680个县（市、区、场）作为粮食生产核心区，通过加强农田水利等基础设施建设，改进农业耕作方式，全面提升耕地质量，提高科技创新能力，加快优良品种选育及推广应用，完善粮食仓储运输设施，巩固并提升在国家商品粮源中的核心地位"。

国家粮食生产核心区划定的13个粮食主产省（区）的680个县（市、区、场），分布在东北、黄淮海和长江流域。

东北区包括黑龙江、吉林、辽宁、内蒙古4个省区的209个县（市、区、场），占核心区县数的31%，是我国最大的玉米、优质粳稻和大豆产区。东北区耕地面积约3.4亿亩，粮食播种面积约2.6亿亩，总产量约870亿公斤，分别占全国的18.5%、16.4%和17.6%。

黄淮海区包括河南、河北、山东、安徽、江苏5省的300个县（市、区），占核心区县数的44%，是我国小麦、玉米和稻谷优势产区。该区耕地面积约3.2亿亩，粮食播种面积约3.7亿亩，总产量约1432.5亿公斤，分别占全国的17.7%、23.2%和28.9%。

长江流域包括江西、湖北、湖南、四川4省的171个县（市、区），占核心区县数的25%，是我国稻谷集中产区。该区耕地面积约1.2亿亩，粮食播种面积约1.8亿亩，总产量约714.5亿公斤，分别占全国的6.6%、11.7%和14.4%。

在打造粮食生产核心区的同时，加强非主产区产粮大县建设，提高区域自给能力。从晋、浙、闽、粤、桂、渝、贵、云、陕、甘、宁等11个非粮食主产省（区、市）选出120个粮食生产大县（市、区），充分挖掘粮食单产潜力，增强区域粮食供给能力。

粮食主产核心区的680个县（市、区）与非粮食主产省（区、市）的120个产粮大县（市、区），占全国的28%；耕地面积为85776万亩，占全国的46.9%；粮食播种面积为88752万亩，占全国的56.4%；粮食产量为3288.5亿公斤，占全国的66.4%。

2008年9月8—10日，在党的十七届三中全会召开前夕，胡锦涛同志来到河南省考察工作，先后到焦作、郑州等地，深入田间地头、农科院所、龙头企业和农户家中，询民情、听民意，同基层干部群众共商推进新形势下农村改革发展大计。

胡锦涛同志的河南行，为河南粮食核心区建设带来了强劲的"春风"。

此前，河南省委、省政府根据国家粮食战略工程河南核心区建设调研组7个工作组在反馈会上提出的一系列方向性、指导性、政策性意见、建议，立即成立了由省委副书记牵头、省政府有关负责同志参加的领导小组，抽调省委办公厅、省发改委等23个部门的骨干力量组成起草组，从2008年7月份开始，夜以继日地连续奋战，当年9月完成了《河南粮食生产核心区建设规划（2008—2020年）》（初稿），随后，又按照国家部委领导和有关专家的意见对初稿进行了反复讨论修改。

中国国际工程咨询公司和国家发改委、财政部、水利部、农业部等16个国家部委组织的专家对初稿进行了评审。专家们一致认为：近几年在很多省份粮食净调出量减少的情况下，河南省粮食产量和净调出量保持增长态势，对全国粮食供求平衡做出了重要贡献。河南省发展粮食生产具有明显优势，今后仍有很大增产潜力。编制和实施《河南粮食生产核心区建设规划（2008—2020年）》，不仅是维护国家粮食安全的重要举措，而且有利于发挥河南省的优势，促进农业稳定发展和农民持续增收，完全符合党中央、国务院关于确保国家粮食安全的战略部署，意义十分重大。

2008年12月底，国家发改委正式将《河南粮食生产核心区建设规划（2008—2020年）》上报国务院。国务院常务会议原则同意河南的规划方案，并决定采取国务院领导同志传批的方式予以批准。2009年8月，国家发改委以发改农经〔2009〕2251号文正式下发了《关于印发河南省粮食生产核心区建设规划的通知》。通知称，河南是我国粮食主产省之一，在全国粮食平衡中占有重要地位。在工业化、城镇化加速发展的大背景下，认真组织实施好《河南粮食生产核心区建设规划（2008—2020年）》，持续提高粮食生产能力，积极探索经济发展与粮食安全"双赢"的路子，对于保障国家粮食安全，走中国特色的农业现代化道路，具有重要的全局和战略意义。

2010年9月30日，河南发布的《关于河南粮食生产核心区建设规划的实施意见》指出，到2020年，粮食生产用地稳定在7500万亩，粮食生产能力达到1300亿斤，成为全国重要的粮食生产稳定增长的核心区、体制机制创新的试验区、农村经济社会全面发展的示范区。

按照规划，河南粮食生产核心区主体范围涉及黄淮海平原、南阳盆地和豫北、豫西山前平原三大区域，包括15个省辖市的95个县（市、区），占全省耕地面积的83.5%、基本农田面积的85%，其中的89个县是国家已认定的粮食生产大县，基础条件较好，增产潜力较大，集中连片。目标是通过农业综合开发，投资400亿元改造中低产田5000万亩，新增粮食生产能力167亿斤。

根据各地的气候、土壤、水资源、粮食生产基础，河南确定了规划涉及的15个省辖市的粮食增产任务，并结合作物区域布局、增产潜力等，确定了小麦、玉米、水稻三大粮食作物的增产目标。另外，在分析了95个县（市、区）现有粮食生产水平和增产潜力之后，为各个县（市、区）制订了粮食增产任务及年度目标。

为打造集中连片、高产稳产的粮食生产基地，河南明确了责任分工：农业、国土、水利等各涉农部门作为责任单位，发改、财政、金融等诸多部门作为协作单位，各有关省辖市和县（市、区）政府作为责任市县，为粮食核心区建设加上了"三道保险"。同时，河南还重点建立健全了粮食生产稳定增长的投入、奖励补贴、科技创新、现代农业经营、农村土地流转、农村人力资源开发等11种机制。

河南此举，再次激发了广大农民的种粮积极性，全省粮食种植面积逐年增长。2008—2014年，粮食作物播种面积从14400万亩增至15315万亩，净增了915万亩，增长6.4%。其中，夏粮播种面积由7930万亩增至8150万亩，净增220万亩，增长2.8%；秋粮播种面积由6470万亩增至7165万亩，净增695万亩，增长10.7%。

从2004年起，河南粮食连续11年增产，连续9年超千亿斤，连续4年超1100亿斤。2014年，河南粮食总产量达到1154.46亿斤，占全国总产量的近1/10，其中，夏粮总产量达到667.8亿斤，实现"十二连增"，占全国总产量的近1/4，并成为全国夏粮唯一超过600亿斤的省份。夏粮亩产量首次突破800斤大关，达到819.4斤，其中小麦平均亩产821斤，总产量为665.8亿斤，比上年增加20.5亿斤，增长3.2%，是2007—2014年间增产幅度最大的一年。由此，河南夏粮生产水平已经实现中高产到高产的跨越。

1999—2010年，河南粮食总产量连续11年位居全国第一，2013年，河南粮食总产量占全国的9.5%，谷物总产量占全国的10%，居第一位；小麦、玉米总产量分别占全国的26.5%、8.2%，居全国第一位和第五位；粮食单产包括小麦、稻谷等谷物的单产均超过全国平均水平，尤其是小麦单产达到401公斤，相当于全国平均水平的119%。

截至2018年年底，河南已累计建成高标准农田6163万亩，占规划建设任务的97%，农田基础设施得到显著改善，抗灾能力明显提升。粮食总产达到1329.8亿斤，提前实现了粮食核心区规划的总产目标，粮食生产连续8年取得历史性成就。

2019年，河南夏粮总产量达到749.08亿斤，比上年增加26.34亿斤，增长3.6%。夏粮总产量的增量和增幅分别为全国的44.9%和171.4%，夏粮播种面积、总产量和单产均居全国第一，再创河南夏粮总产量历史新高。

保护"命根子"

对于人均耕地低于全国水平的河南来说，粮食产量多年稳定在1200亿斤以上，这与其耕地面积的持续稳定是分不开的。

可以说，作为国家粮食生产核心区，河南每一亩耕地的增减，都牵动着党中央、国务院，以及全省一亿人民的心。

河南省自然资源厅的一位领导在接受记者采访时讲了这样的思路："多年来，我们一靠严格管理，守护好每一寸耕地；二靠土地整治，增加耕地数量，提高耕地质量；三靠节约集约、盘活存量，提高土地利用水平；四靠严格执法，牢牢守住耕地保护红线。"

新世纪以来，河南实行了异常严格的耕地保护制度，各级政府层层签订"生死状"，从2001年到2008年，连续8年实现了耕地占补平衡有余。

2007年10月，为了在全国开展一场声势浩大、涉及数十万基层官员的国土资源法律知识培训教育活动，国土资源部先期在河南省进行活动试点。至2008年1月底的几个月时间里，河南就举办了面向县（市）、乡（镇）、村级官员的各类培训班40期，培训乡（镇）、村官员5640人。随后，借着试点的"东风"，河南轮训了县（市）、乡（镇）、村级官员5万多名，让广大基层干部增强了守土有责意识，形成了全社会关注国土资源工作、关心土地资源的良好氛围。

2008年1月28日，河南省宣布：关闭黏土砖瓦窑厂，城镇禁用黏土砖，延续数千年的"秦砖汉瓦"彻底退出建筑材料行列。自2004年至2007年，河南全省通过整治空心村、关闭黏土砖瓦窑厂等一系列举措，复耕土地面积达78万亩。

1990年代末开始实施的土地整治，是河南耕地保有量持续稳定的"法宝"。

"十二五"期间，河南共整治土地4602万亩，新增耕地181万亩。其中，在南阳的淅川、邓州和新乡市的原阳、延津、封丘5个县（市）先后实施了南水北调渠首及沿线移土培肥两个土地整治重大项目，总投资达72.91亿元，建成高标准农田401.07万亩，新增耕地21.19万亩。

在延津县，南水北调土地整治重大项目的总投资为7.11亿元，总规模50万亩，新增耕地3.97万亩，同时降低了农业生产成本，增加了农民收益，实现了经济、社会、生态效益三丰收。

在邓州，"孟楼模式"成为土地整治的模板。2017年，邓州国土开发公司从农民手中获得62900亩流转土地经营权，投资1.5亿元，实施全域土地综合整治，把全镇6万余亩耕地从7至8等级全部提升为6等级，小麦亩产由原来的600斤提高到800斤，新增耕地1740亩。土地整治后，实施土地经营权再流转，在保证不改变土地用途的前提下发展适度规模经营，形成了土地"流转—整治—再流转"的"孟楼模式"。

邓州市先后在十林、张村、林扒、构林、小杨营等6个乡镇复制"孟楼模式"，全面推进土地"三权分置"工作，累计投入流转资金2.1亿元，完成了32.5万亩土地经营权集中流转；投入2.6亿元，对10.3万亩耕地实施了地力提升工程。

在南水北调中线工程渠首所在地——淅川县九重镇的张河村，土地经整治后已发展成为软籽石榴基地。南水北调渠首土地整治项目的实施，使全镇耕地面积得到增加，土地效益得到提升，实现了两个翻番：小麦产量由过去亩产400多斤提高到800斤，土地租金由过去的每亩200元提高到800元。

在豫北浚县，粮食种植面积常年稳定在100万亩以上，30万亩高标准粮田成为全国的标杆。2011年至2018年，浚县实施、完成各类土地整治项目29个，总规模10.75万亩，新增耕地3.7万亩。

河南滑县存在着大量的中低产田、闲散废弃地和沙荒地。为了使这部分土地得到利用，提高土地利用率和耕地质量，增加有效耕地面积，滑县抓住机遇，积极向国家、省、市申报土地开发整理项目。通过推荐和筛选，黄龙潭沙荒区被确定为重点土地开发整理项目，总项目建设规模为563.1公顷，涉及3个乡镇的5个行政村。2000年，由国家、省、市、县各级共同投资2200多万元的黄龙潭土地整理项目正式启动。一时间，推土机、挖掘机、装卸车一齐出动，挖沙丘，填沙坑，平整土地，声震云天，尘土飞扬，场面煞是壮观。2003年，经过1000多个日夜奋战，移动土方153.17万立方米，黄龙潭沙荒区变成了一方平地，整理出土地8432亩，新增耕地7570亩，修筑各种道路44.94公里，新增耕地率达到了89.78%；打灌溉机井161眼，铺设地埋管道54.65公里，架设高压架空线和低压地埋线20.16公里，安装变压器17台。同时，还栽植生态防护林16.5万余株。

通过土地整治、水土保护、兴修水利、农网改造、配方施肥等措施，黄龙潭区已经变成了旱涝保收的高标准农田。如今，眺望黄龙潭，一方方刚收过小麦的庄稼地，玉米、花生、大豆已经泛起新绿；葱郁的防护林带为潭区的庄稼拉起了一道巨大的屏障；还有成行的果树、荷叶田田的莲池、笔直的道路、挺拔的电线杆、整齐划一的机井房……这一切再也看不出昔日盐碱沙荒的痕迹。行走其间，微风习习，树叶呢喃，土地、植物特有的气息四处弥漫，荷池内碧波荡漾，鱼儿嬉戏，一派令人陶醉的田园风光。

2015年以来，河南先后出台了加强耕地保护的一系列意见，建立了"党委领导、政府负责、部门配合、公众参与、上下联动"的耕地保护工作机制。省、市、县、乡逐级签订耕地保护目标责任书，构建了严格、科学的耕地保护制度体系。河南自然资源部门严格落实占补平衡政策，建立了"县级保障为主、市级调剂为辅、省级统筹为补充"的三级占补平衡保障体系。至2018年底，全省共入库占补平衡指标138万亩，各类建设占用耕地75万亩，很好地落实了耕地占补平衡、占优补优。

河南省国土资源"十三五"规划中表示，要确保耕地数量基本稳定，质量有提升。全省耕地保有量在12035万亩以上，基本农田保护面积不低于10206万亩。国土、发展改革、农业、财政等部门通力合作，确保建设高标准农田2869万亩，力争3920万亩，土地整治补充耕地118.13万亩。

2016年底，河南耕地面积达1.2166亿亩，比国家下达目标多出131万亩，耕地保护工作走在了全国前列。

2017年，河南耕地面积达到了1.22亿亩，耕地净增7.61万亩。

2018年2月5日，河南发布《中共河南省委、河南省人民政府关于进一步加强耕地保护的实施意见》，提出未来河南省耕地保护制度的总体目标：牢牢守住耕地红线，确保实有耕地数量基本稳定、质量有提升；到2020年，全省耕地保有量不少于1.2035亿亩，永久基本农田保护面积不少于1.0206亿亩，确保建成6369万亩、力争建成7420万亩高标准农田，粮食综合生产能力稳步提升。

2018年6月，河南下发了《关于推进全省土地利用综合改革的指导意见》，对城镇建设用地利用改革、农用地利用改革和农村集体建设用地利用改革等做出了详细规定。

河南对永久基本农田一直实行严格的特殊保护政策。2019年初，河南省自然资源厅、省农业农村厅联合印发通知，建立健全"划、建、管、补、护"长效机制，严格禁止不符合国家要求的项目占用永久基本农田，实现了永久基本农田数量、质量和生态三位一体保护。

河南省自然资源厅负责人在接受记者采访时表示，习近平总书记强调河南要扛稳粮食生产安全这个重任，牢牢守住耕地保护红线。我们将坚决按照习近平总书记的要求，守好全省每一分土地，采取六重保护措施，确保耕地面积不减少，质量不降低。

管控性保护方面，尽快完成省级国土空间规划编制工作，优化完善生态红线和永久基本农田、城镇开发边界划定，严防不合理开发建设活动乱占耕地。

约束性保护方面，严格实行永久基本农田特殊保护，确保"口粮田"绝对安全。

补救性保护方面，从严落实占补平衡县级为主、市级为辅、省级作为补充的三级保障机制，确保耕地面积不减少、质量不降低。

倒逼性保护方面，持续开展批而未供、闲置土地等盘活利用专项行动，推动用地保障方式由增量为主向盘活存量为主转变；严格执行土地开发利用标准，确保完成"十三五"单位国内生产总值建设用地使用面积下降22%的目标。

激励性保护方面，建立健全耕地保护激励机制，提高基层政府和农民保护耕地的积极性。

惩治性保护方面，从严落实好市县党委和政府保护耕地的主体责任、各相关部门的共同责任；加大督察执法力度，严肃查处各类违法占用耕地特别是永久基本农田的重大案件。

至2019年上半年，河南省耕地面积为1.2227亿亩，超出国家下达目标192万亩；保护永久基本农田1.0223亿亩，超出国家下达目标17万亩。

当前，河南省正在结合本省乡村振兴战略规划（2018—2022年），编制新一轮土地利用总体规划，逐级将城镇开发边界、永久基本农田红线和生态保护红线落实到地块，为2035年基本实现现代化的目标提供支撑保障。

18亿亩耕地红线

2019年6月25日是第29个全国土地日，活动的主题是"严格保护耕地，节约集约用地"。

1986年6月25日，第六届全国人民代表大会常务委员会第十六次会议通过并颁布了我国第一部专门调整土地关系的大法《中华人民共和国土地管理法》。

为了纪念这一天，1991年5月24日国务院第八十三次常务会议决定，从1991年起，把每年的6月25日即《中华人民共和国土地管理法》颁布的日期确定为全国土地日，这也是国务院确定的第一个全国纪念宣传日，中国也成为世界上第一个为保护土地而设立专门纪念日的国家。

十一届三中全会以来，我国的经济发展取得了举世瞩目的巨大成就，而且实现了农产品从严重短缺到供求总量平衡、丰年有余的历史性跨越，但这并不意味着我国的粮食安全可以高枕无忧，农业仍然是我国保持经济发展和社会稳定的基础，仍然要始终把农业放在发展国民经济的首要位置，仍然要保护和提高粮食生产能力。

在21世纪，保障粮食安全仍然是我国农业现代化的首要任务。人口与耕地、粮食的矛盾是农业资源优化配置的最大障碍。在相当长的时间内，粮食生产将仍然是我国农业的主要任务，农业现代化进程包含着粮食安全水平的提高，粮食安全水平的提高是农业现代化的重要组成部分。在我国，没有国家粮食安全及其水平的提高，就不可能实现农业现代化。

粮食安全水平是衡量我国农业现代化的重要标志。粮食问题一直备受关注。根据国家统计局统计，1999—2001年，我国粮食连续3年减产，2002年仍是产不足需。2003年全国夏粮总产量为9622万吨，比上年减产240万吨，减幅达2.4%。与此同时，粮食需求持续增长。保护和提高粮食综合生产能力，成为我国农业今后相当长时期的主要任务。

自然资源部官网的数据表明，截至2016年年底，我国耕地面积为

20.24亿亩。我国的土地资源一直存在"一多三少"的特点，即总量多，人均耕地少，高质量的耕地少，可开发后备资源少。尽管我国陆地国土面积有960万平方公里，位居世界第三位，但人均耕地面积却不足1.5亩，不到世界人均水平的1/2。

同时，我国的耕地分布地形又是"花样百出"，除了辽阔的平原，还有山地、丘陵、荒漠、沼泽、草原等，为耕作带来了诸多难题。为了充分利用、精耕细作脚下的每一寸土地，勤劳智慧的中华儿女世世代代贡献了无数奇思妙想。云南省元阳县的哀牢山南部，哈尼族人祖祖辈辈留下了17万亩磅礴壮观的梯田；宁夏回族自治区北部银川市、吴忠市、石嘴山市和中卫市一带的黄河平原，自古湖泊众多、湿地连片，秦汉以来人们便兴修渠道，利用黄河水灌溉，形成了农牧业发达的"塞北江南"；还有陕西省的黄土塬农田、广西壮族自治区镶嵌在山峰之间的喀斯特农田，都是人们珍惜土地的成果。

"十分珍惜和合理利用每一寸土地，切实保护耕地"，是我国的一项基本国策。在有限时间内，建立耕地保护制度，保护基本农田。基本农田是耕地中的精华，是维护国家粮食安全最基本的依靠。

但是，历史发展到今天，依然存在肆意践踏和无视赖以维持生命的土地之行为。建设占用、粗放利用、灾害损毁、生态退化等人为与自然因素侵蚀着有限的耕地。最新发布的中国国土资源公报显示，仅2011年至2015年，全国耕地面积基本呈现逐年减少的趋势，通过土地整治、农业结构调整等增加的耕地面积始终比因建设占用、灾毁、生态退耕、农业结构调整等原因减少的耕地面积少许多，导致近年来我国耕地面积逐年递减。显然，人们很多时候并没有真正从心底里去爱护我们赖以生存的土地。

自1990年以来，耕地保护目标责任制建设在全国范围由点到面、由部门到政府得到逐步推进，除耕地保护目标责任制外，还有基本农田保护目标责任制、土地管理目标责任制、国土资源管理目标责任制等形式。

基本农田最早提出是在1963年11月举行的黄河中下游水土保持工作会议上，即"通过水土保持，逐步建立旱涝保收、产量较高的基本农田"。之后，虽然在不同文件中有不同的提法，但基本农田的中心内容没有变化，即高产稳产田，强调了基本农田与一般耕地之间的质量差异，反映的是土地的内在肥力和生产特征。

1994年8月18日，国务院发布了《基本农田保护条例》，提出了保护基本农田的"五不准"：不准非农建设占用基本农田（法律规定的除外），不准以退耕还林为名违反土地综合利用总体规划减少基本农田面积，不准占用基本农田植树造林、发展林果业，不准在基本农田内挖塘养鱼和进行畜禽饲养以及其他严重破坏耕作层的生产经营活动，不准占用基本农田进行绿色通道和绿化隔离带建设。

1998年12月27日，国务院又颁布了修订后的《基本农田保护条例》，自1999年1月1日起施行。

2003年10月，党的十六届三中全会就耕地保护指出，要实行最严格的耕地保护制度，保证国家粮食安全。保护、提高粮食综合生产能力，必须以稳定一定数量的耕地为保障。

2003年11月，国土资源部下发《关于进一步采取措施落实严格保护耕地制度的通知》，进一步严格实施土地利用规划和计划，从严控制用地规模，坚持"三个不报批、一个从严"，严格执行基本农田保护制度：凡是不在土地利用总体规划确定的建设用地范围内的各类开发区（园区）和城市建设用地，一律不报批；凡是没有土地利用年度计划指标的，一律不报批；凡是没有通过建设项目用地预审的，一律不报批。从严审查城市总体规划修编确定的建设用地总规模，超过土地利用总体规划确定的建设用地总规模的，不予通过审查。严格控制规划修改和调整，严禁擅自修改和调整规划。

2005年8月22日，国土资源部下发了《关于坚决制止"以租代征"违法违规用地行为的紧急通知》，要求用于农林开发的农民集体土地不得擅自改变土地用途，将农用地转为非农业建设用地。

2005年10月28日，国务院办公厅下发了《省级政府耕地保护责任目标考核办法》，明确规定各省、自治区、直辖市人民政府对本行政区域内的耕地保有量和基本农田保护面积负责，省长、主席、市长为第一责任人。

2012年3月，国务院批准了《全国土地整治规划（2011—2015）》，提出了"十二五"期间土地整治的主要目标：高标准基本农田建设成效显著，补充耕地任务全面落实，农村建设用地整治规范有序推进，城镇工矿建设用地整治取得重要进展，土地复垦明显加快，土地整治保障体系更加完善。规划期内建设旱涝保收高标准基本农田4亿亩，经整治的基本农田质量平均提高1个等级，补充耕地2400万亩，确保全国耕地保有量保持在18.18亿亩，粮食亩产能力增加100公斤以上，整治农村建设用地450万亩。

2015年5月，习近平总书记在关于加强耕地保护、改进耕地占补平衡和规范农村土地流转工作的批示中强调："要实行最严格的耕地保护制度，像保护大熊猫一样保护耕地。"

当年5月26日上午，中央农村工作领导小组办公室、国土资源部、农业部联合召开视频会议，传达贯彻习近平总书记、李克强总理等中央领导同志关于加强耕地保护、改进耕地占补平衡和规范农村土地流转工作的重要批示，重申耕地作为我国最宝贵资源的战略定位。

2017年2月，国务院印发了《全国国土规划纲要（2016—2030年）》，对国土空间开发、资源环境保护、国土综合整治和保障体系作出总体部署和统筹安排。2017年1月，国务院批准实施《全国土地整治规划（2016—2020年）》，实施藏粮于地和节约优先战略，促进土地资源永续利用；2016年6月，《全国土地利用总体规划纲要（2006—2020年）调整方案》经国务院批准实施，明确了建设用地总量控制和减量化目标；2017年1月9日，中共中央、国务院印发并实施《中共中央国务院关于加强耕地保护和改进占补平衡的意见》，为了保证该意见的顺利实施，国家有关部委还于2018年1月3日修订了此前的《省级政府耕地保护责任目标考核办法》。

至 2017 年 6 月底，全国有划定任务的 2887 个县级行政区实际划定永久基本农田 15.5 亿亩，全部落到实地地块、明确保护责任、补齐标志界桩、完善信息表册、实现上图入库。全国城市周边共划定 9740 万亩，新划入永久基本农田面积 3135 万亩，平均保护比例由原来的 45% 提高到 60%。永久基本农田一经划定，就意味着任何单位和个人不得擅自占用或改变用途。当年年底，我国实有耕地面积 20.25 亿亩，累计建成高标准农田 4.03 亿亩。

2019 年，中央一号文件指出，稳定粮食产量，毫不放松抓好粮食生产，推动"藏粮于地""藏粮于技"落实落地，确保粮食播种面积稳定在 16.5 亿亩。严守 18 亿亩耕地红线，全面落实永久基本农田特殊保护制度，确保永久基本农田保持在 15.46 亿亩以上。

2019 年，政府工作报告中特别提到：近 14 亿中国人的饭碗，必须牢牢端在自己手上，要稳定粮食产量，新增高标准农田 8000 万亩以上。

根据 2019 年 2 月份发布的《关于坚持农业农村优先发展做好"三农"工作的若干意见》，8000 万亩高标准农田的任务只是本年度的"小目标"，为巩固和提高粮食生产能力，到 2020 年要确保建成 8 亿亩高标准农田。

2019 年 3 月 8 日，习近平总书记在参加河南代表团审议时强调，耕地是粮食生产的命根子。要强化地方政府主体责任，完善土地执法监管体制机制，坚决遏制土地违法行为，牢牢守住耕地保护红线。

中原奇迹

处于中国之中的中原,东西跨第二阶梯和第三阶梯地形,黄河冲积出大片肥沃的平原,南北跨气候分界线,无论自然地理条件还是气候条件,都非常适宜农业的发展,因而成为中华农业文明的重要发祥地之一。但中原自古又是四战之地,一次次的中原逐鹿,给这里带来了无尽的灾难。中华人民共和国成立后,河南人民在中国共产党的领导下,积极发展农业生产。现在,河南用全国 1/16 的耕地生产了全国 1/4 的小麦、1/10 的粮食,总产量连续 10 多年稳居全国第一,正承担起越来越重要的国家粮食安全重任。

中原金秋

2017年仲秋，中原大地进入秋收季节。黄淮海平原的玉米、大豆、谷子、花生、棉花，豫南及黄河两岸的水稻，还有星罗棋布的杂粮，此时均已成熟，等待着收获。

在这样的季节，行走在中原，无论到了哪里，映入眼帘的都是累累硕果。说实话，专门做这样一次感性的行走与观瞻，会激发内心对粮食的热爱，还有对这片古老但依然充满勃勃生机的大地的感情。

2017年10月25日，我们驱车启程，开始了中原北线的"农田之旅"。

第一站，是生产"中国第一米"的原阳县。我们的目标是该县境内黄河北岸的水稻种植区。

孕育了中华文明的黄河，当之无愧是中华民族的母亲河。她从巴颜喀拉山出发，经过九曲十八弯，最终在山东东营垦利区入渤海，流过了5464公里，跨越青海、四川、甘肃、宁夏、内蒙古、陕西、山西，来到河南境内，出小浪底，过桃花峪，告别崇山峻岭，进入辽阔的平原。从黄土高原裹挟下来的大量泥沙，在河南境内沉淀淤积，高出两岸河堤之外的平原3—10米，人们只能加高河堤，最终形成世界闻名的"地上悬河"——从桃花峪到入海口，她"悬"了768公里；在河南境内（从桃花峪到兰考东坝头），她"悬"了136公里——这段悬河形成了沿黄河北岸大堤60公里长、15公里宽的黄河水稻区。

大片的原阳大米丰收在望，散发着清香，金色的稻浪随风翻滚。这不正与原阳大米闻名全国的品牌"黄金晴"的名称相吻合吗？联合收割机轰鸣着在稻田里穿梭，宛若在大地上编织一幅美丽的图画。

原阳大米是河南省最早获得绿色食品认证并出口创汇的原粮之一、中原特产名片，被列入全国名优特产名录。全县水稻种植面积约30万亩，年产稻谷 1.3 亿公斤以上，也是国家无公害优质水稻标准示范基地。

在太平镇水牛赵村原生种植专业合作社水稻种植基地，村党支部书记、合作社理事长赵俊海指着稻田说，我们的稻田里，还搞螃蟹、泥鳅等生态养殖，这是一份很可观的额外收入。走在田间小路，看着一方一方泛着金黄的稻田，真有点流连忘返。但行程有安排，下午要赶到新乡县翟坡镇参加一个大豆测产现场会，只好谢绝赵俊海的盛情挽留，匆匆上路。

大豆测产现场会设在翟坡镇西大阳堤村种粮大户姚生明的大豆田内，会议全称是"高产优质大豆品种'郑196'及宽行免耕机械化播种测产现场会"。

当中国作物学会大豆专业委员会原理事长、中国农科院常汝镇研究员代表测产专家组宣布现场实收测产结果——亩产达 341.8 公斤时，现场立即响起了一片欢呼声。这个产量，刷新了河南省大豆的产量纪录。

姚生明高兴地说："去年我种了差不多 1000 亩其他品种的大豆，亩产才 200 斤左右，算下来赔了 40 多万元。后来我就去省农科院求教，在卢老师推荐下种了'郑196'这个品种。今年 1000 多亩地平均产量 500 斤左右，高产地块接近 700 斤，丰收是肯定的了。"

姚生明说的卢老师就是河南省农科院大豆研究团队负责人卢为国研究员。他说，"郑196"是省农科院经济作物研究所通过多年定向选择培育成的适宜机械化生产的高产稳产大豆品种，自 2008 年审定以来在生产上一直表现突出，目前已成为黄淮南片大豆产区的主推品种。

常汝镇研究员也很兴奋，他说："这一成绩，在国内尤其是黄淮海夏大豆产区是非常突出的。"

河南负责推广"郑196"的种业公司负责人说："我们推广'郑196'好几年了，这个品种不仅粒形圆、大小均匀、适合机械化播种，而且株形紧凑、抗倒伏、抗裂荚、底荚高度适中，也适宜机械化收获。加上高产稳产，所以推广起来特别快，现在已经成为我省大豆生产的主导品种。"

粮食，粮食

离开新乡县，按导航路线，上长济（长垣至济源）高速，转大广（大庆至广州）高速，一路向北，在滑县境内下高速，走快速通道直通县城道口镇。

我们到道口的时候，已至傍晚。滑县县委宣传部徐副部长接待了我们。说起滑县的粮食生产，他颇有自豪感，给我们介绍了很多滑县粮食生产的资料和荣誉：全国最大的小麦生产县，粮食总产量连续26年稳居河南省冠军，夺得全国粮食生产先进县"十三连冠"，素有"豫北粮仓"之美誉，常年种植粮食面积260万亩以上，建成高标准粮田面积129.3万亩，每年生产粮食140万吨以上。

"这么说吧，我们滑县一年生产的粮食，够全国人民吃一个星期，够河南人民吃两个月，够安阳人民吃三年。"徐副部长自豪地说。

在徐副部长的嘴里，滑县当然也是一个有历史有文化的地方。他饶有兴致地说："欧阳修你们肯定知道吧，'唐宋八大家'之一，北宋著名的文学家，他在这里当过滑州通判。他的名篇《秋声赋》就是在这里写的，还留下了闻名天下的欧阳书院，里边有画舫斋、秋声楼。现在我们城关还有一所欧阳中学。"

地处河南省北部、黄淮海平原腹地的滑县，有着悠久而厚重的历史。民国《重修滑县志》载："周公次八子伯爵分封于滑。"《元和郡县志》称："滑氏为垒，后人增以为城，甚高峻坚险，临河亦有台。"《水经注》记载："旧传，滑台人自修筑此城，因以名焉。"春秋时，滑县为卫国的曹邑；至秦汉时期，置白马县；隋至明初，设滑州；明朝洪武三年（1370），废白马县并入滑州，洪武七年（1374），滑州降为滑县。

此时的滑州大地，秋收之战正酣。如今，虽然农业机械化程度不断提高，秋收可以用上玉米收获机、剥皮机和花生收获机等农机，但还有不少人仍然保留着收玉米的传统习惯：以人工掰玉米穗，然后把剥了皮的玉米穗或挂在庭院的树上、屋檐下，或垒成长方的玉米垛。于是，深秋后的中原乡村被金灿灿的玉米穗点燃，一向素淡、低调的村街变得鲜亮、热烈起来。它简直就是在显摆土地的富有！

两个多月后，统计部门的资料显示：2017年，滑县玉米播种面积106.1万亩，平均单产509.5公斤，总产达到54万吨。

玉米是河南第一大秋粮作物、第二大粮食作物，全省总播种面积仅次于小麦。2017年，河南省玉米播种面积即使比上年减少了249.94万亩，依然有4725.35万亩。

与滑县同属安阳市的林州市，是典型的山区。出道口镇，向北十余公里即到浚县，上濮鹤高速，经安阳转安林高速，140多公里也就一个半小时的路程：现在出行真是太方便了，高速公路、高速铁路和航空交通把各地之间的距离拉近了。

林州在河南最北部的太行山东麓，是豫、晋、冀三省的交界处，总面积有2046平方公里，山坡、丘陵占八成半以上，粮食种植面积122.37万亩，其中，夏粮种植面积51.32万亩，秋粮种植面积71.05万亩，粮食总产量达到36.97万吨。

去林州市，主要是为了看小米——是谷子脱了皮的小米，不是手机品牌"小米"。

此前，笔者做了一些功课。林州市1994年1月之前叫林县。这里历史上严重干旱缺水。为了解决这一问题，林县人民历时近10年，修筑了被称为"世界第八大奇迹"的"人工天河"红旗渠。这个从山西平顺县石城镇到河南林县任村镇的引漳（漳河）入林灌渠工程，在太行山腰间蜿蜒穿行，总干渠长70.6公里，削平了1250座山头，架设了151座渡槽，开凿了211个隧洞，修建各种建筑物12408座，挖砌土石2225万立方米。有人计算了一下，如果把这些土石建成2米高、3米宽的墙，可以把广州、北京、哈尔滨连接起来。

从1960年2月动工，到1969年7月支渠配套工程全部完成，红旗渠的修筑时间，恰恰处在我国国民经济最困难的时期，饥饿，贫穷，工具、设备落后，生产效率低……这其中的困难完全超出了我们的想象。可以说，红旗渠修建的难度"比登天还难"。

林县为什么要克服重重困难来修建这条长渠呢？

史料记载,从明朝正统元年(1436)到新中国成立的1949年,在514个春秋中,林县发生自然灾害100多次,大旱绝收30多次,饥荒严重导致"人相食"5次。

元代、明代也修建了一些水利工程,但这些工程仅能解决少部分村庄的用水问题,不能根本改变林县缺水的状况。新中国成立之初,全县98.5万亩耕地中,能浇上水的仅有1.24万亩,98%以上的耕地靠天收,粮食产量非常低,人民群众生活贫困。1949年之后,林县组织修建了许多水利工程,一定程度上缓解了用水困难。1957年起,又建水渠修水库,完成了很多水利工程,但水源有限,仍不能解决大面积灌溉问题。1959年,林县遇到了百年不遇的干旱,境内4条河流断流干涸,现有的水渠无水可引,水库无水,山村群众吃水都要走几里甚至十几里地取水。

林县决策者认识到,要解决水的问题,必须寻找到可靠的水源。而林县境内根本没有这样的水源,他们想到了水源丰富的浊漳河。1959年10月10日,林县县委召开会议作出决定——引漳入林,并确定了开工时间。林县人民就此踏上了漫长而艰苦的修渠征程。他们以血肉之躯,在无路可寻的崇山峻岭之间创造奇迹,筑起了这条震惊中外、造福万代的长渠,谱写了一曲劳动者和大自然搏斗的壮丽史诗。以红旗渠为主体的灌溉体系全面竣工之后,干渠支渠分布全市每个乡镇,结束了林县十年九旱、水贵如油的苦难历史,彻底改善了林县人民靠天等雨的恶劣生存环境,解决了56.7万人和37万头家畜吃水问题,54万亩耕地得到灌溉,粮食产量大幅度增加。

如今的林州,水的困扰自然没有了,缺粮也早成为历史。

在林州一个文友的带领下,笔者来到了位于林州东南部的东姚镇北坡村,见到了村党支部书记刘迷存。他告诉我们,他牵头创办的小米专业合作社,涉及11个村的7000多农户,种植面积2万多亩,还组建了收购谷子加工、销售小米的公司,创出了全国闻名的"洪河小米"品牌,获得了中国地理标志证明商标,年加工、销售小米2000余吨。

刘迷存说起来头头是道:小米的种植基地属于白云岩风化土质,土壤都是红色的胶泥，含有丰富的钾和其他微量元素。太行山区坡地多，水量少，而谷子耐干旱，适应性极强，在贫瘠、盐碱的土地均能生长，所以，这里自古就有种谷子的传统。林州种谷的历史源远流长，《林县民俗志》记载，林州市东姚小米早在1300多年前的唐朝神龙二年（706）就被列为贡品，享誉京城。

盛产优质谷子的东姚镇，此时正在收获之中。除了传统的普通谷子，这里还有新开发的黑小米、绿小米等新品种。因为是山区坡地，大型农机派不上用场，只能用小农机或人工收割，山野里到处都是繁忙的景象。每年有4000吨的东姚小米销往全国各地。

我们的信阳之行，是在一个多月前的9月18日。这次的采风，只是为了看看信阳水稻，增加一些感性认识，加之此前我们从信阳市委宣传部得到了一些资料，所以我们的行走很随意，也没有惊动当地宣传部门和农业部门。

信阳在河南省最南部、淮河上游，东连安徽，南接湖北，系三省通衢，是中国南北地理、气候、文化的过渡带。信阳辖罗山县、光山县、新县、潢川县、息县、商城县、固始县、淮滨县8个县和浉河区、平桥区2个区，山清水秀，气候宜人，素有"江南北国、北国江南"之美誉。楚文化与中原文化在这里交融，豫风、楚韵之地域文化兼具，形成了信阳独特的人文环境。这里还有闻名天下的我国十大名茶之一、被誉为"绿茶之王"的信阳毛尖。

当然，信阳水稻在河南也是绝对的"老大"，种植面积、产量均占到全省的七成以上，常年种植面积在800万亩左右，近些年又有了更大的突破：不仅在"籼改粳"方面获得了重大成功，杂交水稻种植推广也成绩斐然。

信阳"籼改粳"面积超过208万亩。"籼改粳"不仅能大幅度提高水稻单产，还可改善水稻品质，优化稻麦耕作制度，改变当地稻麦耕作方式和生产方式。粳稻高产优质，在技术上要求推迟播种，有利于麦茬水稻机械插秧和抛秧，实现粳稻生产的机械化、规模化，有利于缓解季节矛盾和应用小麦套种技术。

杂交水稻在信阳的推广是从2014年开始的，"杂交水稻之父"袁隆平院士亲自主持，首先在信阳光山县实施了超级杂交稻"百千万"高产攻关示范工程。这是为了落实李克强总理"超级杂交稻攻关不仅要搞百亩，还需要搞千亩、搞万亩"的指示精神，集中全国优势力量，组建协作团队启动实施的，计划三年时间实现"百亩亩产1000公斤、千亩亩产900公斤和万亩亩产800公斤"的高产攻关目标。

光山县是全国仅有的两个万亩高产攻关示范县之一，经专家现场测产和实打验收，2014年光山县项目区百亩示范片平均亩产910.6公斤，千亩示范片平均亩产815.5公斤，万亩示范片平均亩产733.8公斤，均实现了当年阶段性预期目标。

河南的水稻主要种植区在信阳、新乡等地。根据河南省农业厅（2019年机构改革后为农业农村厅）提供的信息，2016年全省水稻种植面积为950万亩左右。其中，按照农业部下达的任务，河南将推广超级杂交稻350万亩。该年度农业部还增加桐柏县、商城县为超级杂交稻示范推广项目县，加上原有的信阳平桥区、光山县、新县和淮滨县，河南超级杂交稻项目县区达到6个。6个项目县区水稻种植面积为281.7万亩，其中超级稻示范推广面积205万亩。按照项目要求，超级杂交稻平均单产要达到620公斤以上。建立22个百亩核心区，单产要达800公斤以上；建立11个千亩示范区，单产要达750公斤以上；建立11个万亩辐射区，单产达680公斤以上。

在信阳市平桥区的田间地头，到处可以看见联合收割机在稻田里穿梭，一派繁忙景象。信阳市委宣传部的同志告诉我们，眼下有20多万台大型收割机投入到全市700多万亩的水稻收获；信阳水稻今年的丰产已成定局，根据农业部门现场测产，550多万亩超级杂交水稻亩产均在550公斤以上。

....

以上走笔，只是笔者在采访中看到的几个中原秋收画面，并无新意。

笔者想告诉读者朋友的是，作为全国第一农业大省、第一粮食生产大省、第一粮食转化加工大省，河南的秋粮又迎来了一个丰收年，中原人继续创造着粮食生产的奇迹。

两个月后的2017年12月11日，根据国家统计局核定，河南省当年粮食总产量1194.64亿斤，居全国第二位，比上年增产5.38亿斤，增产幅度为0.45%，在历史上是第二个高产年份。

虽然没排在榜首，但河南粮食生产的成就依然不减当年。

总产量对比，2017年河南省秋粮产量比上年减少达10多亿斤。那么，减产原因究竟何在呢？请先看这组数据：全省秋粮播种面积为6995.73万亩，比上年减少195万亩，平均亩产345.8公斤，比上年提高2.3公斤，增产幅度为0.67%；总产量为483.84亿斤，比上年减产10.12亿斤，减产幅度为2.1%。其中玉米平均亩产量361.8公斤，比上年提高9.5公斤，增产幅度为2.7%，总产量为341.91亿斤，比上年减产8.68亿斤，减产幅度为2.5%；水稻平均亩产量526公斤，比上年下降25.8公斤，总产量为103.51亿斤，比上年减产4.92亿斤，减产幅度为4.5%；高粱、谷子因播种面积增加总产量增加；豆类、红薯总产量均有较大幅度增加。

数据告诉我们：除了玉米等高产作物播种面积减少导致产量降低，真正减产的只有水稻。换句话说，河南省的粮食生产雄风犹在，根本犹在。

第一产粮大省

笔者曾就河南粮食生产专门请教了河南省社科院原副院长、研究员刘道兴先生。刘先生认为，从改革开放算起，河南农业的发展经历了五个阶段：

第一阶段：1978—1983年，吃粮问题不再困扰河南。党的十一届三中全会以后，河南农业发展实现了飞跃。1983年，河南粮食总产量增长到581亿斤，创当时的历史最高水平，人均占有量提高到767斤，完全解决了吃粮问题。

第二阶段：1984—1992年，"郑州价格"成了粮食市场的"晴雨表"。1985年，河南对农产品统购统销制度进行了改革，对大部分农产品主要实行市场调节，对主要农产品实行国家合同订购和市场流通的"双轨制"，农业生产与市场需求的联系更加紧密。1990年，郑州粮食批发市场成立，三年后郑州商品交易所成立，正式推出小麦、玉米、绿豆等粮食期货交易，结束了中国没有粮油期货批发价格的历史。"郑州价格"逐渐成为中国乃至世界粮食市场的"晴雨表"。

第三阶段：1993—2002年，提出建设"两个基地"重大战略，1994年、1996年，国家两次大幅度提高粮食价格，促进河南粮食产量又创新高，粮食产量先后迈上700亿斤、800亿斤两个台阶。2001年，河南适时提出了建设"两个基地"的重大战略，要把河南建成全国重要的优质小麦生产和深加工基地及全国重要的畜产品生产和深加工基地。

第四阶段：2003—2008年，打造国人"大粮仓""大厨房"。2003年以来，中央提出实行"以工补农、以城带乡"等一系列方针政策。2005年，河南在中部地区率先取消了农业税。2006年5月，河南省委进一步明确提出，河南不仅要成为国人的"大粮仓"，而且要成为国人的"大厨房"。河南粮食总产连续三年突破1000亿斤大关，连续九年稳居全国第一位。2008年，河南粮食总产达到1074亿斤。河南农业厅工作人员形象地解释了1074亿斤粮食有多少：这些粮食装在高1米、宽1米的箱子里，可以从北京一直铺到巴黎。

第五阶段：2009年至今，以更开放的视野走向世界。2008年后，河南明确为国家粮食生产核心区。2009年，在国家新增千亿斤粮食生产能力规划中，河南被赋予总量1/7的增产重托。2010年春，河南向国家郑重承诺：10年后河南粮食生产能力将稳定在1300亿斤以上。

刘道兴先生认为，当前，河南农业已经从提高产量转向追求质量的新阶段。要深化农业供给侧结构性改革，肉、奶、蛋、禽、蔬菜、水果要全面提高质量，来适应整个社会的消费升级。

从刘道兴先生的分析看，河南由一个温饱不足的省份实现向全国第一农业大省、第一粮食生产大省、第一粮食加工转化大省的华丽嬗变，只用了30年。这是政策好、人努力的结果。

如今的河南，不仅是名副其实的"天下粮仓"，还是当之无愧的"国人厨房"、品优味美的"世界餐桌"，为全国乃至全世界供应着大量的优质食品，在海内外收获了无数的赞誉。

且不说河南是全国农产品的主产区之一，粮食、棉花、油料、肉类等主要农产品产量均居全国前列，多年来一直稳坐全国农业的第一把交椅，单说粮食生产，就创造了一个又一个奇迹：自2000年至2009年，河南省粮食总产量连续10年位居全国第一，连续6年创新高，连续4年超千亿斤。改革开放30年间，河南粮食产量从400多亿斤增长到1000亿斤，翻了一番半。特别是作为全国小麦主产区，河南夏粮产量连续跨越了三个大台阶：1984年河南夏粮首次突破300亿斤，到1996年增长100亿斤，跃上400亿斤的大台阶；从1996年到2004年，河南夏粮又增产100亿斤，从400亿斤跃上了500亿斤的大台阶；从2004年到2008年，河南夏粮再次增产100亿斤，跃上600亿斤的大台阶。这三个100亿斤的跨越，分别用了12年、8年和4年，时间跨度不断缩短，充分反映了河南粮食生产能力的大幅提高。

作为全国第一粮食生产大省，河南粮食总产量占到全国的1/10，除了可以满足河南省一亿多人的需求，每年还可向省外调出商品粮近400亿斤。在保障国家粮食安全方面，河南更是具有不可替代的重要地位。有人形象地比喻河南粮食生产的重要性：河南粮食生产打个喷嚏，中国的粮食市场就会感冒。

河南小麦生产堪称举足轻重，占到全国产量的四分之一多。近年来，河南通过发展农业产业化，小麦加工产业快速发展，已经成为全国最大的面粉及面制品加工基地：面粉、挂面产量多年来稳居全国第一，速冻食品占至国内市场总销量的六成，方便面年产量占到全国的近三成。

自2010年以来，河南省粮食总产量虽然未再登上榜首，但仅次于黑龙江省，一直排在第二位。而夏粮产量则数十年独占鳌头，是不折不扣的头号粮仓。

2011年是新中国成立以来非常罕见的干旱之年，河南战胜自然灾害，克服了物价上涨、管理通胀预期任务加重的重重压力，开启"三化"协调科学发展、转变农业发展方式，夏粮以626.3亿斤再次夺得丰收，实现了"九连增"，连续8年创下历史新高。

在"十二五"开局之年，在中原经济区建设上升为国家战略之际，河南夏粮生产在大旱面前坚不可摧，稳保"根本"，其意义非同一般。

大旱之年，为了稳保夏粮丰收，河南打了一场扣人心弦的抗旱之战，河南省委、省政府领导多次深入田间地头，视察、督导各地科学抗旱；省委、省政府先后召开省委常委会、省政府常务会、全省电视电话会等20多次，下发一系列文件，专题部署夏粮生产各项工作措施；省委、省政府先后派出50多个工作组、督导组、专家指导组深入抗旱一线，为夏粮丰产提供了强大的政策、技术支撑。

河南省委主要领导谈到该年夏粮丰收的意义时说："河南小麦今年增长了8亿斤，这个是什么概念呢？这就是到了世界冠军以后往上再加码，一厘米、一厘米往上加，很不容易。这对于我们稳定物价、稳定人民群众的预期，起到了很重要的保障性作用，这个保障用钱是没有办法算的。"

国家发展和改革委员会有关领导认为，河南一年生产1000亿斤粮食，产值不过1000亿元，只相当于别人搞两三个企业。但如果不自己解决粮食生产问题，就会把命运拴在别人的裤腰带上。河南不放松粮食生产的做法，有气魄，有胆识。

事实上，长期以来，无论"河南保障了国家粮食战略安全，谁来保证河南经济发展"的担忧多么痛切，无论"无工不富"的声音多么急迫，河南确保国家粮食安全的弦从来没有放松过，农业连续多年的强劲发展势头始终不曾衰减。

这一年，承载着河南亿万人民厚望的中原经济区建设拉开大幕："走出一条不以牺牲农业和粮食、生态和环境为代价的'三化'协调科学发展之路",仍然是其中最为核心的内容。

可以说,河南自觉承担起了保障国家粮食安全的重任,并以突出的农业贡献赢得了国人的尊重。

到了2014年,河南粮食产量达1154.46亿斤,比上年增加11.72亿斤,增产幅度为1%。其中,夏粮总产量达667.8亿斤,比上年增加20.76亿斤,增产3.2%;受干旱天气影响,秋粮总产量比上年减少9.04亿斤。

2015年,河南省粮食产量再创历史新高,达到1213.42亿斤,实现连续12年增产。其中夏粮达到702.36亿斤,增产34.56亿斤,居全国第一;秋粮达到511.06亿斤,增产24.4亿斤。

2016年,河南粮食总产量达1189.32亿斤。虽然总产比上年减少了24.1亿斤,减产幅度2%,但河南省全年粮食产量仍然保持在高位运行。粮食产量略减,主要是受自然灾害影响。夏粮生产先后遭遇冬前低温寡照、赤霉病较常年偏重发生、收获期大范围持续降雨等多重灾害;秋粮生产中局部地区遇到了洪涝灾害、持续高温等不利天气影响。即使如此,河南夏粮总产依然达695.36亿斤,继续位居全国之冠。

2018年7月18日,国家统计局发布本年度夏粮产量数据:河南拿下夏粮产量和单产"双料冠军",夏粮总产量达722.74亿斤,占全国夏粮总量的26%,单产也超出国内其他省份位居第一。

在全国夏粮播种面积减少、夏粮总产量下滑的大气候下,河南夏粮播种面积5770.1千公顷,比2017年5491.7千公顷的播种面积增加5%;河南夏粮总产量也比2017年的710.84亿斤增加了1.7%。

这一年,河南称得上风调雨顺,秋季粮食也获得丰收,产量达到619.16亿斤,全年合计总产量占全国总产的10.1%,紧随黑龙江省之后,稳居第二。

随着粮食生产的发展,河南针对近些年出现的新情况,诸如一些品种结构不合理、传统的粮食生产需要调结构等,提出"藏粮于地、藏粮于技"的理念,不以产量论英雄,保证粮食生产能力,确保粮食安全。

河南把满足人民群众消费需求作为调整结构的依据,以市场为导向引领农业生产。同时，河南一直在加快粮食生产的现代化上下功夫，基本实现了"大粮仓、大厨房、大餐桌、大战略"的既定目标。

毋庸置疑，河南的粮食生产是稳定的。据河南省农业农村厅提供的资料，目前河南已建成高标准良田6200万亩，占全省耕地面积的一半强，这是确保粮食生产能力的"法宝"；在加快农业机械化推进方面，河南实现率已在80%以上；另外，河南还会进一步贯彻落实"藏粮于地、藏粮于技"战略，确保粮食产能。

为巩固"天下粮仓、国人厨房"的战略地位，河南重点做了以下工作：实施耕地保护，保证粮食种植面积稳定在1.5亿亩以上，口粮面积稳定在9000万亩以上，确保粮食总产量稳定在1300亿斤左右。

2019年，河南计划新建高标准农田500万亩，进一步落实"田成方、林成网、路相通、渠相连、旱能浇、涝能排"的高产稳产措施。

刘道兴先生对农业也有了更深的理解：现在的农业，早已不是有些人心目中落后、传统的产业了，农业与先进的生物科学、互联网、人工智能、高端加工等是可以很紧密地结合的。他尤其强调，转变观念非常重要，河南人要更积极地走出去，政府要为大家走出去搭建平台，到国际上承包土地，发展农业。

沉重的"翅膀"

河南的粮食生产，并不是一开始就如此强劲的。

作为一个中原大省，河南曾经承载着中华文明发祥地的厚重文化，从南宋开始，在相当长的时期内一直被贫穷、落后、灾荒所困扰，加之连年遭受战争的破坏，经济实力极度薄弱，农村经济与农业生产濒临崩溃，粮食生产水平极低。新中国成立后，党和政府领导农民经过土地改革和互助合作，实现了农业生产关系的大变革，农民的劳动热情和生产积极性空前高涨，人民生活初步得到改善。但由于历史的原因，从20世纪50年代后期到改革开放之前，河南与大多数农业省份一样，粮食生产水平依然落后，还不能满足本省人民的吃饭需求。

改革开放之后，农业生产责任制的实行大大激发了广大农民的活力。随着1982年中国共产党历史上第一个关于农村工作的一号文件出台，家庭联产承包责任制全面推行，并不断稳固和完善，粮食生产水平大大提高，解决了大部分农民的温饱问题。同时，中央政策鼓励农民发展多种经营，使广大农村地区迅速摘掉贫困落后的帽子，逐步走上富裕道路。中国因此创造了令世人瞩目的奇迹：用世界上7%的耕地，养活了世界上22%的人口。

1979年初春，党中央提出改革开放后的第一个春天。

这一年2月，在甘肃省档案局工作的张浩回老家河南省洛阳地区伊川县探亲，发现村里正在分产到组。因家里劳动力不足，又少分了牲口和农具，张浩心生怨气，遂向党中央写信，陈述了自己对家庭联产承包责任制的不满，希望中央将农村生产体制改回人民公社制度。

张浩在信中写道："现在实行的'三级所有、队为基础'符合当前农村的实际情况，应该稳定，不能随便变更，轻易从'队为基础'退回去，搞分组，是脱离群众、不得人心的。"

1979年3月15日，《人民日报》头版以《"三级所有、队为基础"应该稳定》为标题发表了张浩的来信，并加了"编者按"。"编者按"不但支持张浩的观点，还明确提出："已经出现分田到组、包产到组的地方，应当正确贯彻执行党的政策，坚决纠正错误做法。"

此事很快为已推行农村改革地区带来了强烈的震动，使农村改革陷入了不小的混乱。

是到新分的地里干活，还是重新回到生产队记工分？听到广播后，农民们陷入了困惑与慌乱。

"这是党报的声音，是农村工作的最新指示。"

"早就说这种办法不行，看现在上面批了吧！"

正在大力推行农村改革的各级党委、政府，面对舆论的压力，一下子陷入茫然、恐慌之中。

中国改革开放的总设计师邓小平曾指出："中国的改革是从农村开始的，农村的改革是从安徽开始的。"

走在农村改革前列的安徽省，一时间被"张浩来信"造成的舆论"合围"，责任田制度推行受到非常大的影响。

张浩来信发表的第二天，安徽省委书记万里同志就下基层开始调研。他首先到了皖东的全椒、滁县、定远、嘉山等县，一路上做稳定干部、群众情绪的工作。

万里同志一再向干部群众讲：

"责任制是省委同意的，有什么问题省委负责。"

"既然搞了，就不要动摇。"

通过万里同志紧张的、大量的工作，绝大多数地方干部群众的情绪稳定下来了。

万里同志坚持农村改革的决心，来自他对中国农村贫苦艰难的认识。十一届三中全会以前，相比其他省份，安徽农村的基础更差。

在安徽省凤阳县，不主张改革的干部对时任县委书记陈庭元理直气壮地说："赶快纠正，不然会犯大错误！"

陈庭元最终选择了坚持改革。他召开了紧急县委常委会，阐明了要排除"左"的思想干扰、继续改革的观点。

在安徽省来安县，县委书记王业美当时承受的压力更大。据该县档案馆会议记录记载，在县委会议上，只有王业美一人坚持实行责任制不动，其余县委领导均表示须及时纠错。之后，因担心受牵连，县里各级干部与王业美碰面都不多说一句话。王业美因此落得一个"单干书记"的称号。

在安徽省肥西县，安徽省军区一位副司令员专程来到县委，对该县实行包产到户表示不满，称如果这样下去，"军队绝不答应"。迫于压力，肥西县委专门下发了要求停止包产到户的文件。

安徽省霍邱县县委书记在省委开会时并未提出反对责任制，回到县里却立即依照"张浩来信"的观点展开工作。1979 年，该县粮食减产

20%。为此，万里同志提出要撤县委书记的职。

在山东省，60%已包产到户的生产队，3/4重新走回"大集体"制度。

在山西省，省委机关报已安排好批评安徽省实行的"包产到户"政策。

江苏省时任省委书记明确表示，要"保持革命晚节，坚决抵制包产到户"。

在与安徽省交界的部分省份，反对改革的地方在田间、高岗、路口挂满了抵制农村改革的标语。有些人还用高音喇叭不断向安徽省广播，称"坚决反对复辟倒退"……

随着高层领导的介入，这场史称"张浩事件"、焦点为农村改革是否该继续的争论，几近白热化。

安徽省农委的辛生、卢家丰两位同志按照省委的指示，给《人民日报》写了一篇题为《正确看待联系产量责任制》的信，信中说："包产到组和包工到组、联系产量计算报酬，实行超产奖励并没有本质上的不同，为什么现在却把它当作错误的做法，要坚决纠正呢？……'四人帮'虽然被粉碎两年多了，但余毒未除，至今还禁锢着一些人的思想，好像包就是资本主义，一包就改变所有制性质，集体经济就瓦解了，这种看法是不正确的。"

1979年3月30日，《人民日报》在头版显著位置发表了这封信，同时配发了题为《发挥集体经济优越性，因地制宜实行计酬办法》的编者按语，承认3月15日刊登的张浩来信及按语中"有些提法不够准确，今后要注意改正"，并表示："不管用哪种劳动计酬方式和办法，不要轻易变动，保持生产的稳定局面。"

《人民日报》的明确表态，避免了"张浩来信"对农村改革可能带来的不良后果，一定程度上也挽回了负面影响。

"张浩事件"的当事人是河南人，这无疑对河南会产生更大的影响。

对河南刚刚起步的农村改革，"张浩来信"无疑是一场飓风。张浩来信见报后，河南省洛阳地区的洛阳市、卢氏县迅速做出决定：一律停止搞责任制。

河南省时任省委常务书记、省长刘杰同志后来撰写的回忆文章《风卷红旗过大关——河南农村改革的历史回顾》（发表于2008年12月25日《农民日报》）记述了那段往事。

1979年3月15日，正在南阳考察工作的河南省委书记段君毅同志，早上从中央人民广播电台听到"张浩来信"和"编者按"后，立即给省委打电话，提出要开一个小会讨论一下，然后以省农办负责人答记者问的形式，在《河南日报》上发表，以表明省委的态度。上午，由省长刘杰同志主持召开了一个在郑州的几位省委领导和省农办负责人参加的会议。大家在讨论中表示了对《人民日报》发表"张浩来信"的不同看法，坚信联产到组是田间管理责任制，没有违反中央规定；最后研究决定由洛阳地委召开各县委书记紧急会议，以会议纪要的形式通报全省，来稳定河南的局势。与此同时，河南省委给各地打电话，要求"一定顶住"。根据省委的意见，3月18日至19日，洛阳地委紧急召开县市委书记会议。会议讨论很热烈，一致认为洛阳地区推行各种形式的生产责任制，是符合实际情况和群众要求的，应该坚持不动摇。刘杰同志在讲话中指出："洛阳地区的情况，省委是知道的。如果有什么问题，责任在省委，与地委无关。"

"张浩来信"对河南的影响虽然很大，但省委根据农村的实际情况仍然强调要把小段包工、定额计酬的责任制形式放在第一位，大力推行。在这种政策影响下，小段包工在河南一度成为主要的生产责任制形式。据统计，1979年冬，全省实行小段包工或包工到组的占50.5%，联产到劳的占36.5%，联产到组的占9.7%，包产到户或包干到户的占3.3%。

正当全国围绕包产到户展开激烈争论，并给农村改革造成混乱的时刻，1980年5月31日，邓小平在与中央负责人谈话时，对农村政策发表了重要谈话。他说："农村政策放宽以后，一些适宜搞包产到户的地方搞了包产到户，效果很好，变化很快。"他热情赞扬了安徽肥西和凤阳县搞了"包产到户"，"一年翻身，改变面貌"。

邓小平的谈话拨开了迷雾，为中国农村改革指明了航向。河南省委认真学习了邓小平《关于农村政策问题》的谈话，进一步解放了思想。为了搞清农业生产责任制的情况，段君毅、刘杰、戴苏理三位同志各带领一个调查组，分别到豫西、豫北和豫南农村搞调查研究。

刘杰同志还在回忆文章中介绍了那个时期河南农村改革的艰难历程与一些趣事。

1980年8月初，河南省委召开工作会议，讨论制定了《关于农业生产责任制问题的补充规定》，对农业生产责任制放宽了政策。这些政策的转变，支持了联产到劳、包产到户的发展，尤其是把联产到劳责任制推向了高潮。

河南省农业生产责任制的迅速发展引起了中央领导人的关注。

1981年1月，国务院和国家农委有关领导到南阳、开封地区考察，肯定了兰考等贫困县实行"包产到户"和中间状态社队实行"统一经营、联产到劳"的生产责任制的做法。领导们很欣赏兰考流行的关于包产到户的顺口溜："大包干，大包干，直来直去不拐弯。交够国家的，留够集体的，剩下都是自己的。"有个农民掀开自己的上衣，摸着肚子，拍拍肚皮说："办法好不好，肚皮是记号！"国务院领导当即责成随行的国家农委副主任杜润生写一封信给中央领导，通报当时农村实行包产到户的情况和成效。这也是中央领导当面对包产到户的首肯。

当年3月，中央向全国推荐了"统一经营、联产到劳"生产责任制，认为这种形式既保持了集体经济统一经营的优势，又吸收了包产到户发挥个人积极性的好处。此后，安徽、四川、辽宁、青海等省的负责人先后到河南，重点考察"统一经营、联产到劳"为主要形式的生产责任制。

1981年下半年，原来中间状况实行"统一经营、联产到劳"责任制的生产队，以迅猛的速度不可阻挡地向"包产到户"发展。在新的形势下，河南省委决定尊重群众的创造和选择，"开闸放水"，同意中间状态的社队实行"包产到户"。1981年11月，全省实行"包产到户"的生产队占总队数的72.11%，已占据主导地位。

1982年，河南省实行包产到户的生产队已占到总队数的93.07%。

粮食，粮食

到1983年底，河南农村实行包产到户的生产队已经达到99%。包产到户的普遍推行，极大地解放了生产力，促进了农村经济蓬勃发展。至此，人民公社体制实际上在河南省已经全部解体。

实行包产到户后，在中国有代表性的河南省农村很快解决了吃饱肚子的大问题。

接着，河南在中央5个"一号文件"的推动下，农村改革继续深入，各种类型的专业户、联合体、专业村蓬勃发展。据资料，1984年底，河南省各种类型的专业户和参加经济联合体的农户就有330多万户，占总农户的23.4%。

从此，河南农业乘着改革开放之东风，健康、快速发展，一步步走向辉煌，不仅成为"天下粮仓"，还一举拔得"国人厨房"的头筹。

粮农沐春风

去滑县采访之前，我们咨询了朋友，当地有什么风味食品。朋友给我们推介了豆腐皮卷油条、羊肉面、壮馍、烩饼等滑县特有的面食，他还特别强调滑县小麦不光产量高，还好吃，尤其是近些年推广优质小麦，更让滑县的面食变得口味独特，在别处是吃不到的。

在道口镇卫河路与大宫桥交叉口一个露天的早餐摊，我们首先点了豆腐皮卷油条。卷油条的豆腐皮是传统工艺制作的，与"千张"（习惯上也叫豆腐皮）差别很大，也被称作豆油皮，是做豆腐的豆浆中漂浮的油脂凝固后被"挑"出来的，产量很少。油条是传统的面食，但各地做法有区别。比如郑州市面上的油条，面比较硬，先揉成二指厚、四指宽的长形条，再用专用刀切成二指宽的面坯，下锅时候两手捏着两端一拉即成条儿。滑县做油条，是先打面糊：在大盆里，把面与水拌匀，再以手掬面糊反复摔打，"醒"好的面糊，稀软得可以流动，然后双手各执一根专门的油条棍儿（木质的或不锈钢的），夹一团面，两根棍儿平行一拉，面团即成一条，放进油锅；也可以把面团直接放进油锅，炸出来的就是面坨。口感上，硬面油条更焦酥，面糊油条更暄和绵软。卷上豆腐皮，独特的风味就出来了：油条的绵香，加上豆油皮的筋道、豆香，妙不可言。

我们不禁感叹，滑县人在吃上真是有创意，最初把豆油皮与油条搭配在一起的那个人，一定是个创新型美食家。不过，滑县民俗文化研究者魏庆选先生2005年出版的《滑县饮食文化》一书在介绍本地特产豆腐皮时写道："最近两年滑县人又发明一种新的吃法，就是用豆腐皮裹着油条吃，口感特好。"由此可知，这种吃法的流行也就是20年内的事情。

吃完早餐，我们启程去万古镇。出县城朝东南方向，沿着宽敞平坦的公路走35公里即到达万古镇。公路两旁，一望无际的田野里，秋苗的碧绿与麦茬的金黄交相辉映。田间的芒种路笔直而平坦，沿芒种路，则矗立着一座座白色的标准化通电机井房。此时正是麦收之后的秋苗灌溉时候，随处可见浇地的农民。

滑县县委宣传部提供的资料显示：滑县共有190余万亩耕地，其中规划高标准粮田面积155万亩，截至2018年底，已建成的高标准粮田130万亩，在建5万亩，待建20万亩。

采访杜焕永时，聊起合作社的话题，他滔滔不绝，完全就是一个农业专家的谈吐。

杜焕永之前多年经营一个筑路工程队，经济效益连年递增。2012年，杜焕永作为成功"老板"被万古镇政府邀请参加一个促进农村经济发展的会议，他有了回报家乡的想法。次年1月，杜焕永同5位合伙人，通过鼓励农户带农机具入社、带土地入社、带资金入社、带技术入社、带劳动力入社等方式，从150多户农民手中流转了900多亩土地，注册成立了种植专业合作社。

焕永合作社主要种植小麦、玉米和一些经济作物。几年来，杜焕永逐渐摸索出了高产、高效的"六统一"经营管理模式，即统一机械化作业、统一生产资料供应、统一配方施肥、统一灌溉、统一防治病虫害、统一销售粮食，结合农时、农艺、农机，在耕、种、管、收等生产环节上为农民种地提供全程化服务。如今，焕永合作社小麦种植基地辐射杜庄村周边18个村，入社农民达1500余人，流转土地2048亩。

"现在村里多数年轻人都外出务工了，留在家里的多是老人和孩子。为了让村民能够在外安心工作，合作社除了流转的2000多亩土地，还受一些农户委托，'托管'了4000多亩土地，这样也便于大规模生产。合作社有专人负责对农田进行管理，及时掌握作物生产状况，统一雇用劳力浇地、施肥、喷药、收割，这样不仅可以精细化耕作，提高生产效率，还解决了劳动力问题，带动了村民赚钱。"杜焕永说，"这两年推进农业供给侧结构性改革，提高农业综合效益和市场竞争力；完善承包地'三权'分置制度，保持土地承包关系稳定，这都充分说明了国家对'三农'的重视，我觉得更有干劲儿了。"

杜焕永告诉我们，刚成立合作社时候，产量也上不去，小麦亩产才700斤，种粮效益很低。现在不一样了，不光产量上去了，土地综合效益也提高了。

对土地综合效益，杜焕永如此解释：合作社批量购置农资不仅价格低，质量还有保证，既降低了种地成本，又抵御了市场风险。比如购买化肥，通过批量购置化肥，每袋化肥比市场价格可低10元，仅2000亩地的化肥这一项，一年就能节省5万多元。其他诸如农药、磷钾肥、叶面肥等植保药剂，也都会低于农户单户购买的成本，统一核算起来，综合效益有了大幅提升。

谈到农业机械化的问题，杜焕永更是深有感触。随着农业机械化水平的提高，繁重、苦累的农活变得快捷、轻松起来。今年合作社流转和托管的6000多亩小麦，全部收完只用了5天。而近年来，滑县180多万亩小麦全部收完的时间一直保持在一个星期之内，机收率在99%以上。再朝前推移14年，即2005年，麦收至少需要22天。这时候虽然大型收割机开始推广，但因为"机少地多"，全县大型收割机的机收率还不到50%。在上世纪90年代末大型收割机推广之前，靠人割、牲口打场的时代，麦收的时间会长达一个多月。

说到麦收，杜焕永向我们讲述起记忆中的艰辛。

豫北一带有民谚如是说：焦麦炸豆，小孩没娘。焦麦，即麦穗焦干，指麦收季节；炸豆，即豆荚干得炸开，指秋收。小孩没娘——当然不是真的没了，是说他们的娘忙着收麦、收秋，顾不上管孩子。

上世纪70年代中后期至21世纪初，每到麦收，真是如临大敌。丰收的喜悦，需要付出艰苦的劳动。为了让小麦安全归仓，人们与时间赛跑，与老天抢夺。即使如此，也有老天不给面子的年份，一场大雨把割倒的麦子淋在地里或打麦场，鲜亮的麦粒变得暗淡，甚至发霉变质。在接下来的一年里，只能吃这变了味的小麦，馒头变得苦涩难咽。倘若遇上冰雹，人们要把被打碎在地里、湿淋淋沾了泥土的麦穗收起来，须经过更漫长、更艰苦的劳动。大家心急如焚，欲哭无泪，却又无可奈何，只能用笤帚一点一点地扫进小簸箕，再装进布袋中。麦茬根处的麦子，只能用手捏起来。在漫长的劳动过程中，人们弯着腰，腰酸了换个姿势，蹲着、跪着，或者干脆坐在湿漉漉的地上。几个小时下来，再年轻能干的人也会浑身不舒服。但不舒服归不舒服，还得耐心地干下去。而潮湿的麦粒一点面子也不给，不知不觉中发芽、发霉，这样的小麦，比淋雨的更糟糕。

没有大型收割机的时代，麦收工作要提前一两个月做准备。

在滑县，流传着"三月二十八，麦扬花"的农谚，意思是到了农历三月二十八日，小麦就开始扬花授粉了。在滑县东部的万古镇，这天有一个麦收前置办农具的大会，周边村庄家家户户的"当家人"，都会赶会置买镰刀、草帽、杈、笸、扫帚、扬场锨等收麦工具。

据说，万古三月二十八会是影响方圆数十里的古会，这与坐落在此的中国四大名阁之一的玉皇阁有关（另外三大名阁是北京万寿山佛香阁、江西南昌滕王阁、山东蓬莱阁）。当地流行着"赶罢万古会，再也不受罪"的民谣。每年大会，万古都要唱大戏，还有大型杂技表演，一些耍猴、玩把戏等民间艺人也会前来赶场，方圆数十里商贾、香客、信徒等各色人等接踵而至，会聚于此，热闹非凡。但数百年来，大会的主流商品一直是麦收农具。

麦收前买卖农具的交易集会，在滑县22个乡镇随处可见。比如上官镇的农历四月会，根据收麦时间确定会期：如果农历四月底收麦，就定在四月初四；农历五月初收麦，就定在四月十四。

麦收的工具备齐了，麦梢儿黄的时候，就该"造场"了：先把打麦场犁一遍，再用石磙碾平轧实，然后铺上麦秸、洒水，再以石磙碾压，三遍乃成。华北平原上，五月的风带着强大的"烘干"功能，晾晒几天，打麦场就形成干硬的平面，供碾麦打场、晾晒麦子用。拉犁、拉石磙，一般是用牲口，也有人拉的时候——那可是很累很苦的活计。

割麦全靠镰刀的时候，全家老少都要上阵。磨镰刀就是个很大的工程，家里的"当家人"，每天晚上磨镰刀要熬到深夜。人工割麦子很慢，起五更搭黄昏地干，在毒辣辣的太阳暴晒下干，累得腰酸腿痛还得继续干。一天下来，顶尖棒的割麦能手，也就能割一亩左右。一般的成年劳力，一天割半亩多点就不错了。

割倒的麦子，再用平车拉到打麦场，摊开晾晒，干透了才能"碾场"。遇到阴雨天，还要把麦子垛起来。垛麦、摊麦，都是很费力气的活计，累得汗流浃背，浑身沾满了黑乎乎的"麦毛毛"，又扎又痒。

打场的劳动强度相对轻一些，但要经受热、晒、脏、熬的痛苦。打场必选择晴天，阳光特好；在可以晒脱皮的阳光中，翻麦子、起落（把碾过的麦秸挑起来）、垛麦秸、堆麦穑（把碾下来、混合着麦糠与尘土的麦粒推成堤墙一样的堆）、扬场、装袋等，其苦累程度非亲历者难以体会。一个麦季下来，晒黑皮肤是小意思，很多人都会脱层皮。

以石磙碾麦，需要两遍。碾完第一遍，把麦粒装袋保存，把麦秸垛起来，人们就开始边忙地里的秋苗（浇水、除麦茬、中耕、追肥等），边碾第二遍，这在豫北称为"溜二落"或"溜麦秸"。"溜"完麦秸，垛住麦秸垛了，再趁好天晒麦子。把成袋堆在家里的所有麦子拉到场里，摊开，中间再翻几次。到下午两三点，麦子要趁热收拢起来，再扬一遍，装袋入仓。晒麦劳动量很大，几千斤小麦，拉麦、扛布袋、装倒麦子，只有壮劳力才能干得来。因此，入仓这天，一般人家都会割肉炒菜，喝上几杯酒，以示庆贺。

"与过去相比，现在麦收就不是个事了。我们合作社的 7 台联合收割机，除了轻轻松松把我们流转加托管的 6000 多亩小麦收完，还可以为周边的农户服务。"杜焕永把话题拉回到现在，"一句话，先进的农具，是粮食高产、稳产的保障。"

杜焕永还向我们说起合作社成立第一年收秋种麦的事情：合作社用社员们自有的 8 台小四轮、小农具播种小麦，900 亩地，整整干了 20 多天才播完，而其他农户 3 天就完成了。

"这次教训让我明白，小四轮、小农具只适合三两户人家的小规模生产，要想规模化经营土地，多种地，效率高，靠小四轮、小农具肯定不行，必须舍得投资，购置大型农机具，提高机械化水平。"杜焕永说。

这几年，焕永合作社陆续投资 800 多万元，购置了当下一流的大型农机设备。

"这是去年买的 3 台植保无人机，用它来防治病虫害，真是多、快、好、省，这 3 台的服务面积可以达到 4000 多亩。"杜焕永说，"3 台价格大约 26 万元，政府补贴了 16 万元，补贴力度够大吧。"

"农机购置补贴这么多啊。"笔者不禁感慨道。

杜焕永点点头说："是啊，国家鼓励农民购买大型农机，农业机械化水平提高了，不光效率高了，粮食产量、质量也有很大的提升，还能让更多的人从土地中走出来，出去打工挣钱，也可以做点别的营生，一句话，会有更多的进钱门路。"

关于农业机械化问题，毛泽东同志曾在 1959 年 4 月 29 日的一篇《党内通信》中指出："农业的根本出路在于机械化。"这一著名论断，成为此后我国农业发展的方向。

从宏观上说，农业机械化是粮食安全的保障，是农业科技的载体，是把先进的农业科学技术转化成现实生产力、多种先进的农艺得以实现的根本途径。说得具体些，农业机械化是提高劳动生产率、减轻农民劳动强度、降低农业生产成本、保证农产品质量、提升农产品竞争能力、促进粮食稳定增产和农民持续增收及提高农业综合生产能力的需要。

1998—2000年，中央财政开始设立专项资金，每年投入2000万元，在河南、黑龙江、吉林、辽宁、山东、内蒙古、新疆等7个省区实施了"大中型拖拉机及配套农具更新补贴"。

2001年、2002年，调整为"农业机械装备结构调整补助费"，每年投入资金仍为2000万元，补助范围在原有7省区的基础上，增加了湖北、陕西。

到了2003年，项目更名为"新型农机具购置补贴"，实施范围由9个省区扩大到11个，增加了湖南省与重庆市，中央财政投资继续保持在2000万元的总规模。

到2003年底，中央财政投入资金总额共1.2亿元，实施补贴政策的11个省区市各级地方财政配套投入资金近5亿元，带动农机服务组织和农民投入约22亿元，形成了国家、地方、集体和农民个人多元化的投入机制，实施效果非常显著。

2004年起，党中央连续发出多个一号文件，都将农业机械购置补贴纳入国家支农强农惠农政策。国家财政部、农业部共同启动实施了农机购置补贴政策，当年安排补贴资金0.7亿元在66个县实施。此后，中央财政不断加大投入力度，补贴资金规模连年大幅度增长，实施范围扩大到全国所有农牧县和农场。

2008年，中央一号文件首次提出加快发展农业机械化，并对农机购置补贴政策进行定位阐述：坚持和完善农业补贴制度，不断强化对农业的支持保护。继续加大对农民的直接补贴力度，增加农机具购置补贴，增加农机具购置补贴种类，提高补贴标准，将农机具购置补贴覆盖到所有农业县。

2004年至2009年，中央财政累计安排农机购置补贴资金199.7亿元，其中2009年安排130亿元，比上年增加了90亿元，增长达225%。

2010年，中央财政安排农机购置补贴资金155亿元。农机购置补贴实施范围覆盖全国所有农牧业县（场）。

2012年，中央财政年初安排农机购置补贴资金总计215亿元，比上年增加40亿元，增幅22.9%。

从2004年至2012年，中央财政累计投入农机购置补贴资金744.7亿元。

自2012年开始，农业部在全国17个省市开展补贴资金结算级次下放、农民全价购机、选择部分机具普惠等完善农机购置补贴操作方式试点。2013年，国家农业部、财政部进一步加大试点工作力度，倡导各地试行"全价购机、县级结算、直补到卡"的兑付方式。尚未开展该试点的省、自治区、直辖市，2013年要选择部分市县开展试点；条件成熟的，在全省范围内试行，全年补贴资金超过250亿元。

从2012年至2018年2月，中央财政用于农机购置补贴的资金达1116亿元，共补贴购置各类农机具1820多万台（套），大大促进了我国农业机械化水平的提高。

2018年2月，农业部、财政部为做好农机购置补贴工作，支持引导农业机械化全程全面高质高效发展，促进农业供给侧结构性改革，助力乡村振兴战略实施，在2015年印发的《2015—2017年农机购置补贴实施指导意见》基础上，印发《2018—2020年农机购置补贴实施指导意见》。

2018年底，我国农作物耕种收综合机械化率已超过67%，有300多个示范县率先基本实现全程机械化，农机新装备新技术在农业各产业各环节加速应用，我国农业机械化全程全面高质高效发展迈出了新步伐。

2018年12月，国务院发布《关于加快推进农业机械化和农机装备产业转型升级的指导意见》，强调：加快补齐全程机械化生产短板，协同构建高效机械化生产体系；促进物联网、大数据、移动互联网、智能控制、卫星定位等信息技术在农机装备和农机作业上的应用，提高农业机械化技术推广能力；发展农机社会化服务组织，推进农机服务机制创新。

2019年,《中共中央国务院关于坚持农业农村优先发展做好"三农"工作的若干意见》明确提出:支持薄弱环节适用农机研发,促进农机装备产业转型升级,加快推进农业机械化。

河南作为第一批享受"大中型拖拉机及配套农具更新补贴"的省份,在落实中央农机购置补贴政策方面力度一直很大。

2005年,中央财政与河南省级财政共投入农机购置补贴资金3000万元,市县两级共投入农机购置补贴资金2146万元,共计5146万元。重点补贴大型拖拉机、耕作机械、种植机械、收获机械4大类12个品种,共补贴机具4402台,受益农户4278户。

2006年,中央财政与河南省级财政共投入农机购置补贴资金4300万元,在63个产粮大县组织实施,补贴机具6066台,其中拖拉机2796台,水稻、玉米联合收割机462台,其他机具2808台,受益农民4082户。

2007年,中央财政与河南省级财政共投入农机购置补贴资金8300万元,覆盖105个县。河南全省共投入购机补贴资金1.6亿元,直接受益户13988户。

2008年,中央财政与河南省级财政投入农机购置补贴资金达到2.3亿元,其中中央财政资金2亿元,省级财政资金3000万元,覆盖全省所有农业县区,受益农户达20107户。

2009年,河南省农机购置补贴资金达到8.8亿元,不仅直接拉动农民投资20多亿元,而且使全省农业机械化水平有了突破性进展:全省耕种收综合机械化水平已经达到63%,高于全国平均水平18个百分点;农机拥有量占全国的1/9强,拖拉机保有量达383万台,居全国第一位,其他主要指标都居全国前三位;农田耕作环节已全面实现了机械化;小麦生产过程基本上实现机械化,小麦机收、机播水平均达95%以上;水稻机收水平已达60%以上;玉米机收达到21.3%(其中焦作市玉米机收水平达到55%,跻身全国先进行列);花生机收面积达166.26万亩,收获机械化水平达到11%。

2004年至2013年的10年间,河南省累计投入农机购置补贴资金

61.7亿元,带动农民购机投入300多亿元,累计补贴农机具88.1万台(套)。截至2013年底,河南全省农机固定资产总值达到781.8亿元,年均增加40多亿元;全省农机总动力达到1.11亿千瓦,较政策实施前的2003年增长60%;全省主要农作物耕种收综合机械化水平达75%,高于全国平均水平16个百分点,较2003年增加近30个百分点。

2018年,中央财政与河南省级财政共投入农机购置补贴资金18.553亿元。河南围绕高效种养业转型升级行动、"四优四化"持续发力,主要农作物耕种收综合机械化水平力争达到82.3%,小麦机播、机收水平稳定在98%左右,玉米机播水平稳定在90%以上、机收能力稳定在83%以上,水稻机收水平达到90%,协调推进经济作物、畜牧业和农产品初加工等机械化水平。

2018年,河南麦收从5月28日全面启动,至6月8日基本结束,仅用时12天,收割面积8192万亩,机收率达99%以上,麦收进度和机收率双双创造历史纪录。

在焕永合作社1500平方米、4个分区的农机库,一台台联合收割机、玉米摘穗收割机、花生摘果机、旋耕机、深松机、精少量播种机、自走或机引式喷雾机、植保无人飞机等100多台造型各异的农机具停放整齐,蔚为壮观。还有玉米烘干设备、果蔬烘干房等,可谓品类齐全。这些设备,除了满足合作社流转的2000多亩和托管的4000亩土地使用,还可为周边3.7万亩土地提供农业机械化服务。

用杜焕永自己的话说,焕永种植合作社就是一家"耕种管收"的农业综合开发综合式合作社,靠机械化提高效率,增加效益。

6月11日下午,在滑县西南部的焦虎镇一家农机商场,负责人向我们介绍:商场经营的农机一共15种,享受国家补贴的占6种,每年售出农机大约300台,农机购置补贴有200多万元。

作为农业大县,滑县在落实"三农"政策方面更是不遗余力。近年来,滑县紧紧围绕农业生产特点,针对农机供给存在的短板,深入推进农业供给侧结构性改革,不断创新工作思路,量质并举,大力推广能够增产增效的先进农机具，加快农机化新技术应用，积极培育现代农业产业化集群，拉高标杆，狠抓落实，全面促进全县农业和农村经济快速发展。特别是2017年以来，滑县认真落实农机购置补贴政策，进一步加强组织领导，细化职责分工，强化对补贴过程的全程监管，通过网站、微信公众号等多形式、多层次的宣传，让群众充分了解补贴政策、补贴机具目录、申请程序及相关要求，保障购机补贴政策实施工作健康有序地开展。

据滑县农机局提供的资料，2018年，滑县落实国家农机购置补贴资金2832.75万元，补贴各类农机具1081台，其中，拖拉机313台、玉米收获机189台、小麦收获机191台、烘干机13台，受益农户997户，创建县级农机专业示范合作社23家。滑县农业生产综合机械化水平达到82.64%，大中型拖拉机发展到4377台，小麦联合收割机发展到3468台，玉米收获机发展到3591台。全县主要粮食作物耕种收综合机械化水平达到96.55%。其中，小麦、玉米联合机收面积分别达到178万亩、99万亩，机收率分别达到99.8%、98%；花生机收面积18万亩，玉米秸秆还田面积99万亩，秸秆还田率达98%；机耕（旋耕）面积180万亩，小麦机播180万亩。

可以说，滑县实现了从传统农业生产方式向现代农业生产方式的历史性转变。每到农忙季节，农机部门都要组建农机具检修小分队，奔赴各乡镇、街道的农机合作社和农机大户家中，免费检修农机具，确保农机具以优良的技术性能投入作业，提高作业效率。同时，农机部门还为农机手免费提供作业信息和气象服务等，引导农业机械合理、有序流动，确保农业生产顺利进行。

取消农业税

2004年12月21日，河南省委工作会议上宣布了一个令广大农民欣喜的消息：2005年起，河南在全国率先免征农业税。这一惠农政策，当年为河南农民免税29亿多元，仅滑县就免收了4790万元。

农业税取消后，我国惠农政策一步步升级。河南积极贯彻落实中央"三农"政策，出台了一系列扶持"三农"的有力措施。2005年1月23日，河南省委农村工作会议宣布，当年起，河南省全面取消农民义务工、积累工，取消、免征、降低15项涉农行政事业性收费。2005年1月25至30日，河南省十届人大三次会议提出，不允许一边免税一边集资收费，防止农民负担反弹；村级经费纳入财政供给，保证村级组织运转和五保户供养基本需要，确保今后实现农民种地零税赋，让基层干部从催粮派款中解放出来。同时，自当年起在农村推行最低生活保障制度试点，改善农村出行条件，筹资60亿元建设农村公路，31个贫困县农村中小学生上学"双免"等。

税费改革前，河南全省农业税费及乡统筹、村提留为110亿元。2002年，河南全面推行农村税费改革，全省农业税税率降低到7个百分点，农业税费正税及附加降到52亿元。2003年，河南省除保留收购环节的烟叶特产税外，在全国率先取消了非农业税计税土地上的特产税。2004年，河南省贯彻中央一号文件精神，在全省降低农业税税率3个百分点，降税22.64亿元，农业税减至29亿多元，同时对种粮农民实行直接补贴。仅此两项，全省农民实际减负增收就达34.24亿元。

免除农业税，要面对很多实际困难。比如，仅免除农业税一项，河南省财政就要负担10.8亿元，国家财政要负担约19亿元。这些税免征之后，所减少的税收由中央和省级财政全额补贴，及时拨付到县，不让市、县承担补贴任务。为了把免除农业税的政策真正落到实处，河南省政府制订了五条保障措施：一是确保政策与农民直接见面，所有政策全部张榜公布，让群众了解政策，监督政策落到实处；二是积极筹措资金，加大对县乡财政的转移支付力度，确保补贴资金全额及时拨付，分文不少给县里；三是确保农民负担不反弹，继续不启动"一事一议"，落实农村中小学"一费制"，所有涉农收费要公示，凡是增加农民负担的，都要进行责任追究，立即查处，公开曝光，党内通报；四是完善村级经费管理，将村级经费纳入财政供给；五是继续加大对"三农"的支持力度，对当时 31 个贫困县的农村学生，全免课本费、学杂费等。

作为农业大县的滑县，在落实国家与河南省各项惠农政策的过程中，更是不遗余力，税费改革、粮食直补全部落地，紧接着大力推行良种补贴、农机购置补贴、农资综合补贴等政策，让种粮农民得到了更多实惠。

2006 年 1 月 1 日，《中华人民共和国农业税条例》正式废止。从春秋时期（公元前 594 年）鲁国实行的"初税亩"算起，延续 2600 多年的"皇粮国税"，从此在我国成为历史。

取消农业税对广大农民的重大意义、深远影响，如何表达都不为过。这里特列举三个纪念案例。

2004 年，北京市作为试点取消征收农业税。当年 6 月 30 日，在北京市延庆区地税局工作的尤文富亲手摘下自己所在科室"农业税管理科"牌子。这一历史瞬间，被定格在一张照片上，如今收藏在北京税务博物馆。

也是这一年，河北省灵寿县，作为国家扶贫开发重点县提前免除农业税。为了纪念国家这一划时代的创举，该县南寨乡青廉村农民王三妮，自当年底开始，自筹资金 7 万余元，历时近两年，铸成一尊青绿色的铜鼎——"告别田赋鼎"。

2006 年 2 月 22 日，国家邮政局发行了一枚面值 80 分、标题为《全面取消农业税》的纪念邮票。

粮食直补

国家粮食直补的政策构想，从 2000 年提出，到 2004 年在全国推行，用了 5 个年头，经历了改革方案酝酿（2000—2001 年）、试点（2002—2003 年）和全面推广三个阶段。

2003 年 10 月 28 日，国务院召开农业和粮食工作会议。会议决定：从 2004 年起，在全国范围内实行粮食直补——从粮食风险基金中拿出不少于 100 亿元的资金，主要用于对主产区种粮农民的补贴。

2004 年 3 月 23 日，在国务院召开的全国农业及粮食工作会议上，温家宝总理对粮食直补工作进行了全面部署，提出"尽可能在春播之前兑现部分补贴资金，全部补贴资金要在上半年基本兑现到农户"，粮食直补工作全面铺开。

粮食直补取得了显著成效，很好地调动了农民种粮积极性，对促进粮食增产和农民增收、倒逼粮食流通体制改革、稳定民心等都有着非常重大的意义，影响颇为深远。

2016年，中央又开始对良种补贴、种粮农民直接补贴和农资综合补贴等"三项补贴"进行改革。当年4月18日，财政部、农业部下发的《关于全面推开农业"三项补贴"改革工作的通知》决定：从农资综合补贴中调整20%的资金，加上种粮大户补贴试点资金和农业"三项补贴"增量资金，统筹用于支持粮食适度规模经营，重点用于支持建立完善农业信贷担保体系；将"三项补贴"合并为农业支持保护补贴，支持耕地地力保护和粮食适度规模经营。同时，鼓励各地创新方式方法，以绿色生态为导向，提高农作物秸秆综合利用水平，引导农民综合采取秸秆还田、深松整地、减少化肥农药用量、施用有机肥等措施，切实加强农业生态资源保护，自觉提升耕地地力。

从2006年起，国家开始对种粮农民做"减法"：全面取消农业税，每年为农民减轻负担1300多亿元。2009年开始，逐步取消了主产区粮食风险基金的地方配套，每年为主产区减轻负担近300亿元。同时，国家也对种粮农民做"加法"：建立农民种粮补贴制度，相继出台良种补贴、粮食直补、农机购置补贴、农资综合补贴等补贴政策。实施产粮大县奖励政策，奖励资金规模由2005年的55亿元增加到2018年的428亿元，充分调动地方政府重农抓粮积极性。

中央一号文件

改革开放初期的1982年至1986年，中央曾连续出台过5个以"三农"（农业、农村、农民）为主题的一号文件，着重解决了8亿农民的温饱问题，为后来农村的快速发展和城市改革奠定了坚实基础。

相隔18年之后的2004年至2019年,中央又连续16年发布一号文件,从发力农业科技到夯实农业基础设施,从推动粮食价格改革到农业供给侧结构性改革,对粮食生产给予政策扶持。财政资金从重大水利设施、高标准农田建设到市场体系完善、主产区转移支付等多方面,不断多予少取。由此足见,"三农"问题在我国社会主义现代化建设新时期"重中之重"的地位。

每个一号文件虽然侧重点不同,宗旨却一脉相承。无论是促进农民增收,提高农业综合生产能力,坚持"多予少取放活"的方针,稳定、完善和强化各项支农政策,还是推进社会主义新农村建设、缩小城乡差别,保持政策连续性、稳定性,增强农村发展活力,以及鼓励和支持承包土地向专业大户、家庭农场、农民合作社流转,加快推进农业现代化,推进农业供给侧结构性改革,实施乡村振兴战略,等等,落脚点都是农村发展,最终实现城乡无差别。

2004年,中央一号文件提出,集中力量支持粮食主产区发展粮食产业,促进种粮农民增加收入;从这一年起,国家从粮食风险基金中拿出部分资金,用于主产区种粮农民的直接补贴。

2005年,中央一号文件强调,继续加大"两减免、三补贴"等政策实施力度,搞好农业生产资料供应和市场管理,继续实行化肥出厂限价政策,通过税收等手段合理调节化肥进出口,控制农资价格过快上涨,严厉打击制售假冒伪劣农业生产资料等各种坑农害农行为。

2009年,中央一号文件提出,围绕稳粮、增收、强基础、重民生,进一步强化惠农政策,增强科技支撑,加大投入力度,优化产业结构,推进改革创新,千方百计保证国家粮食安全和主要农产品有效供给,千方百计促进农民收入持续增长,为经济社会又好又快发展继续提供有力保障。

2010年,中央一号文件对"三农"投入首次强调"总量持续增加、比例稳步提高",扩大马铃薯良种补贴范围,新增了青稞良种补贴,实施花生良种补贴试点,把林业、牧业和抗旱、节水机械设备首次纳入补贴范围。增加产粮大县奖励补助资金,提高产粮大县人均财力水平,以提高我国800个产粮大县的种粮积极性,维护国家粮食安全。

2011年,中央一号文件自新中国成立62年来首次对水利工作进行全面部署,突出加强农田水利等薄弱环节建设。

2012年,中央一号文件突出强调部署农业科技创新,把推进农业科技创新作为"三农"工作的重点。

2014年,中央一号文件提出,完善国家粮食安全保障体系。

2015年,中央一号文件提出,围绕建设现代农业,加快转变农业发展方式;围绕促进农民增收,加大惠农政策力度。

2017年,中央一号文件强调,深入推进农业供给侧结构性改革,加快培育农业农村发展新动能,优化产品产业结构,着力推进农业提质增效。

其间,关于粮食生产的一系列创新型举措接连出台。2015年1月,国务院印发《关于建立健全粮食安全省长责任制的若干意见》。这是首部全面落实地方政府粮食安全责任的文件。2016年1月,中央决定,加大财政对粮食作物保险的保费补贴比例,提高7.5个百分点。这是在供给侧稳定粮食产能的创新型措施。2019年2月,《关于金融服务乡村振兴的指导意见》发布,首次提出围绕藏粮于地、藏粮于技,做好国家粮食安全金融服务。

从减法到加法,由常规性措施到创新性举措,大国粮食安全的根基日益牢固。中国的粮食安全不仅体现在当期的产量上,还体现在对未来产能的培育上。目前全国农田灌溉水有效利用系数达到0.548,一半以上农田实现了旱涝保收;农业科技进步贡献率已达58.3%,农作物耕种收机械化率超过68%,农民基本不再"面朝黄土背朝天"。

2019年10月14日,国务院新闻办发表《中国的粮食安全》白皮书,从中国粮食安全成就、中国特色粮食安全之路、对外开放与国际合作、未来展望与政策主张等方面,全面总结反映我国粮食安全取得的历史性成就，重点阐述了1996年特别是党的十八大以来我国在保障粮食安全方面实施的一系列方针政策和举措办法，介绍了中国粮食对外开放和国际合作的原则立场，并提出了未来中国粮食问题的政策主张。白皮书说，70年来，在中国共产党领导下，经过艰苦奋斗和不懈努力，中国在农业基础十分薄弱、人民生活极端贫困的基础上，依靠自己的力量实现了粮食基本自给，不仅成功解决了近14亿人口的吃饭问题，而且居民生活质量和营养水平显著提升，粮食安全取得了举世瞩目的巨大成就。党的十八大以来，以习近平同志为核心的党中央把粮食安全作为治国理政的头等大事，提出了"确保谷物基本自给、口粮绝对安全"的新粮食安全观，确立了以我为主、立足国内、确保产能、适度进口、科技支撑的国家粮食安全战略，走出了一条中国特色粮食安全之路。中国坚持立足国内保障粮食基本自给的方针，实行最严格的耕地保护制度，实施"藏粮于地、藏粮于技"战略，持续推进农业供给侧改革和体制机制创新，粮食生产能力不断增强，粮食流通现代化水平明显提升，粮食供给结构不断优化，粮食产业经济稳步发展，更高层次、更高质量、更有效率、更可持续的粮食安全保障体系逐步建立，国家粮食安全保障更加有力，中国特色粮食安全之路越走越稳健、越走越宽广。确保粮食安全，中国与世界休戚与共。中国将继续遵循开放包容、平等互利、合作共赢的原则，努力构建粮食对外开放新格局，与世界各国一道，加强合作，共同发展，为维护世界粮食安全作出不懈努力，为推动构建人类命运共同体做出新的贡献。

大旱见"同心"

"现在浇地既轻松又省事，一个人就干了。"杜焕永领着笔者来到地头的供电室外面，拿出一张卡，对着仪器一刷，在屏幕上按了一下，选定机井编号，随着"嘀"的一声，出水口便涌出白花花的水流。

"前些年浇水跟打仗一样，得专门有人看水泵，还得有一个人巡查水垄沟，防止跑水，再有一个人在地里看水。"杜焕永说。

谈到现在的农田灌溉，杜焕永说得头头是道：现在的大田，已全部完成高标准粮田建设，路、井、电、渠等配套设施完善，管理起来省钱、省心、省时。

杜焕永说："现在浇地，不光方便了，水渠、管道都是水泥的，不跑水不渗水，地面平整了，既节电又省水，一亩地至少能节约10块钱的成本。"

采访中，从滑县农田水利建设的话题，我们多次聊到了10年前那场波及北方十几个省份的罕见大旱。2019年6月13日，我们采访了亲历那场旱灾、时任枣村乡人大主席、现任滑县县委组织部副部长的康淑华先生。

回忆起当年那场牵动全省的"抗旱浇麦"，康淑华至今还感慨万分。

"这么多年来，我还没有遇见过任何一次紧急任务超过那次抗旱浇麦的，省里、市里都派工作组常驻滑县。还没过元宵节，省司法厅工作组就由一名副厅长带队进驻滑县，他们深入田间地头，掌握一手材料，及时与县领导研究对策，还带来了四十多万元的扶持资金。"康淑华说，"我们乡镇干部，更是天天泡在地里，一点也不敢放松。"

康淑华从他抗旱的包村说起，向我们讲述了滑县那场众志成城"抗旱浇麦"的历程。

从2008年10月至2009年2月，因为气温偏高、干旱少雨，一场旷日持久的旱灾波及到北京、天津、河北、山西、山东、河南、安徽、江苏、湖北、陕西、宁夏、甘肃等12个省份。这是北方冬麦区30年不遇的旱情，受灾麦田总计达1.3亿亩，其中重灾区就有3898万亩。

2009年2月，在枣村乡小营村，保墒力差的沙壤土质麦田中，一些麦苗因缺水变得无精打采，开始发黄；有的大部分叶片已经干枯，只有根部和中间的叶片还保留着生命；还有一些麦苗，看似发青而实际上已经枯死——进入了假死的状态；更有甚者，有的地块出现成片全株枯死的现象。

旱情火急。一场史无前例的抗旱战斗在春节前后打响了。

春节期间，"抗旱浇麦"的宣传车就走村串巷宣讲。紧接着，县上、镇上专门派干部入村督促"抗旱浇麦"。于是，村干部带头，村民们从过年的闲适中缓过神来，开始行动，有电的用电，没电的用柴油机，架上水泵，拉起水带，把救命的水灌到麦田里。

最初的干旱非常隐秘。从2008年10月起，与我国北方很多地方一样，滑县也不见雨水光临。小麦播种后，乡村进入漫长的农闲时节，人们像往年一样，外出打工的离村奔赴务工地，在村里做事的继续在村里忙活，老人们则安享清闲。老祖宗留下来的习俗，冬天地里的麦苗不用管，这些年连年丰收，更没人注意到自家责任田里的麦苗在不知不觉中承受着干旱的痛苦和威胁。在他们的意识中，不就是没下雨嘛，麦苗该怎么长还怎么长。旱情就这样在村民们的眼皮子底下一点点蔓延。

滑县的农业、水利部门却有所察觉，技术人员已经意识到情况与往年不同，并开始展开行动。技术员开始下乡，滑县县委、县政府也通过广播、电视造势，宣传抗旱。

2008年12月底，滑县开始了一系列的行动：县政府3次下发关于抗旱浇麦的明传电报；县农业局出台了抗旱浇麦意见，选派46名技术人员分包乡（镇），对农民进行培训和指导；县农业局、科技局、科协等部门领导班子成员还分包到乡（镇），对抗旱浇麦工作进行督导；通过县电视台和农业信息网等渠道进行广泛宣传，指导农民抗旱浇麦；开通技术服务热线，24小时接受农民咨询。

2009年2月4日，大年初十，带着县委、县政府的重托，滑县农技站领导与技术人员便下乡调研如下情况：持续3个多月的旱情对小麦造成了多大的影响，现在浇水是否可行等。

次日，滑县22个乡（镇）党委书记、乡（镇）长收到了县委、县政府的"新年礼物"——一份抗旱浇麦的紧急明传电报。

同一天，滑县枣村乡召开了全镇村干部会议，传达了县里的紧急指令：限期将本镇小麦浇灌一遍。如果不能及时灌溉，小麦有可能减产

30%。

彼时，滑县拥有农业灌溉机井 34000 多眼，平均每 50 亩耕地即有一眼机井，其数量、密度位居全国第一。但滑县的领导依然不敢掉以轻心，他们表示：要组织有关部门，动员一切力量，争取在 10 至 15 天时间内为全县小麦普浇一遍返青水，确保 172 万亩小麦再夺丰收。

截止到当年 2 月 7 日，滑县用于抗旱的资金已达 2700 万元，其中 92 万为县财政出资，其余为中央抗旱拨款。

此前几年，滑县地下水位一降再降，仅 2008 年，该县用于"引黄补源"的资金就有 300 多万元。这对于当年财政收入仅 2.2 亿元的农业大县来说不是一个小数目，但因为关乎河南第一产粮大县的根本——粮食生产命脉的水源，县里舍得"下本"。

总理的关怀

初春，中原大地还笼罩在浓浓的寒意之中。2009 年 2 月 7 日，农历正月十三，上午 9 时许，一架波音飞机徐徐地降落在新郑国际机场。时任国务院总理，衣着朴素、面带笑容的温家宝同志走下舷梯。

带着对特大旱情、对粮食生产影响的深切关注，带着对中原儿女生产生活的殷殷关怀，温家宝同志自 2005 年以来第五次踏上这片土地。他下了飞机，就直奔河南许昌市的田间地头，实地了解旱情，指导抗旱浇麦工作，看望慰问奋战在抗旱第一线的广大农民、技术人员、干部和部队指战员，并与各级干部和农民代表亲切座谈。

2009 年 1 月 21 日，国家防汛抗旱总指挥部（简称国家防总）派出 4 个工作组赴河南、安徽等 8 个省指导抗旱。

2 月 4 日，在全国天气会商会后，国家气象局传达了中共中央总书记胡锦涛同志，国务院总理温家宝同志，副总理李克强同志、回良玉同志等中央领导在河南省委、省政府上报的有关材料上的重要批示精神。

当天，国家防总启动 Ⅱ 级抗旱应急响应。分管农业的副总理回良主持召开国务院专题会议，对抗旱工作做出进一步安排部署。

2月5日，在全国冬麦主产区8省抗旱异地会商会议上，国家防总宣布启动Ⅰ级抗旱应急响应。这是《国家防汛抗旱应急预案》级别最高的应急响应机制，也是中国首次启动Ⅰ级抗旱应急响应。

截至2月5日，中央财政拨付特大抗旱补助经费4亿元，提前发放农资综合补贴和粮食直补资金867亿元。当年国家还拿出100亿元用于农业机械补贴，将小麦最低收购价每斤提高0.1元。这些政策措施均有力地推动了抗旱救灾工作。

对小麦主产区河南来说，这场自1951年以来最严重的特大旱情，更是一场严峻的挑战。其范围之广、时间之长、程度之重，50年一遇：全省7890万亩小麦中，有近5000万亩受旱，受旱面积占到小麦播种面积的63%，其中严重受旱870万亩，有65万亩出现麦苗枯死现象；全省有316座小型水库干涸，接近3万眼机井水位下降，有些水井打出了浑浊的泥汤。山丘区有42万人、9万头大牲畜因干旱出现临时性饮水困难，群众的正常生活受到一定影响。

尤其值得注意的是，作为我国第一粮食生产大省，河南水资源多年平均仅为405亿立方米，人均、亩均占有水量只是全国平均数的1/5。这是更严峻的现实。

面对灾情，河南省委、省政府高度重视，省防汛抗旱指挥部发布红色干旱预警信息，按规定启动不同级别抗旱应急响应，各地积极行动起来，采取了多种有效措施积极抗旱。尤其是及时上报中央后，多位党和国家领导人不仅做了重要批示，还对抗旱保丰收工作给予资金、政策等方面的支持，更加坚定了打赢这场没有硝烟的战斗的信心与决心。

温家宝同志的第一站，来到了长葛市老城镇尹家堂村。随行的有国家发改委、财政部、水利部、农业部、国务院研究室、总理办公室等部门的主要负责人，和河南省委、省政府的主要领导等。

据2009年2月5日《河南日报》报道，在温家宝同志到许昌调研之前的2月4日，徐光春同志就带领河南省委相关领导与有关部门负责同志赴许昌市许昌县传达贯彻胡锦涛、温家宝、李克强、回良玉等中央领导重要批示精神并进行调查研究。徐光春一行走进田间地头，现场指导抗旱浇麦工作。

2009年的那场抗旱，河南省的行动可以用"雷厉风行"来形容。笔者根据采访到的资料和当时的新闻报道，按时间顺序梳理出一个类似大事记的河南"抗旱行动记录"——

2008年9月底，河南出现旱情，全省各地积极采取各种措施，应对可能发生的大面积干旱。

2008年12月15日，河南千万亩小麦受旱，省财政下拨830万元资金支持抗旱工作。全省各地把抗大旱、促春管、夺丰收作为最紧迫的工作任务，把抗旱浇麦保夏粮丰收作为当前工作的重中之重，做好资金和物资保障，加强中央关于支农强农惠农政策的宣传和落实，搞好农田水利建设的规划和实施。河南省委、省政府及时派出18个督导组、6个巡视组和百厅（局）包百县（市、区）工作组，深入生产一线进行督导。

2008年12月22日，河南省防汛抗旱指挥部下发关于做好当前抗旱工作的通知，要求各地密切关注当时旱情的发展变化，加快抗旱应急水源建设，保证居民饮水安全；科学调配水源，适时灌溉，做好抗大旱、抗长旱的各项准备工作。

从2008年10月至12月29日，河南投入9000万元用来抗旱浇灌，每天最高出动劳力15万人，动用机电井8万余眼，投入泵站85处，投入机动抗旱设备7万台套，累计抗旱浇地400万亩次。

2008年12月31日，河南省委、省政府召开了以抗旱为重点的冬季麦田管理工作电视电话会议，分析旱情和小麦生产面临的严峻形势，动员各级各部门和广大农民群众紧急行动起来，迅速掀起抗旱浇麦高潮。

进入2009年1月，河南省委、省政府主要领导多次深入抗旱浇麦第一线，指导生产，解决问题。

2009年1月5日，河南省委办公厅、省政府办公厅联合下发紧急通知，要求切实做好以抗旱浇麦为重点的麦田管理工作。河南河务局当天连夜召开紧急会议，部署各沿黄涵闸全部开启，最大限度扩大供水量，并紧急恳请黄委会启动《黄河流域抗旱预案（试行）》。黄委会会商后，首次发布区域干旱蓝色预警，启动四级响应。在保证黄河下游防凌安全的前提下，将小浪底水库下泄流量由每秒290立方米调整到每秒350立方米，以满足沿黄灌区缺水需求。同时，河南河务局立即组织人员赶赴沿黄灌区引水口，现场实地查看和摸底，掌握旱情、清淤、需水等情况，指导抗旱浇麦保丰收工作；及时与引黄灌区管理单位沟通，实施调水、供水、用水"三位一体"的引黄供水运行机制，督促各灌区采取清淤、开挖等综合措施提高引水能力；组织相关部门对辖区内旱情及需水情况进行调查，认真填报河南省沿黄灌区小麦抗旱情况调查表，为河南抗旱调度提供决策依据。

2009年1月6日，按照《河南省抗旱应急预案》，河南省防汛抗旱指挥部宣布启动Ⅲ级抗旱应急响应；下午，河南省防汛抗旱指挥部办公室召开视频会议，要求全省水利系统干部职工和各级防汛抗旱办公室迅速行动起来，全力以赴投入抗旱浇麦。各级水利部门的领导要深入一线，工程技术人员都要到田间地头指导群众科学灌溉，抗旱服务组织要主动出击，上门服务，帮助群众维修机械，努力扩大灌溉面积。

按照Ⅲ级抗旱应急响应的要求，河南省防汛抗旱指挥部办公室从当日起建立抗旱会商机制，每天请有关成员单位和专家在省防汛抗旱指挥中心进行会商，随时解决问题。

2009年1月7日11时，河南省气象局发布干旱橙色预警信号，预计一周内，河南省大部分地区干旱仍将持续。

2009年1月8日，河南省委书记徐光春同志冒着严寒深入到浚县的田间地头调研，了解墒情苗情，现场指导抗旱浇麦工作。

2009年1月11日，黄河防总提升预警级别，发布黄河流域区域干旱黄色预警，启动Ⅲ级响应，并将小浪底水库下泄流量由每秒350立方米加大到每秒500立方米。

2009年1月14日，河南省财政正式下拨特大抗旱资金1000万元，主要用于支持粮食主产区抗旱浇麦工作和解决山丘区临时性饮水困难。

截至2009年1月19日,河南省投入抗旱资金4.61亿元,日投入抗旱人数65万人,日抗旱浇灌面积135万亩,累计浇灌面积4255万亩。

春节期间,河南省委、省政府对抗旱浇麦工作进行了进一步的安排部署。

2009年1月29日,河南省旱情不断扩大,受旱程度不断加深,根据河南省气象局卫星遥感监测,全省受旱面积已经达到了63.1%。河南省政府召开抗旱浇麦和麦田管理工作会商会,下发了《关于做好当前麦田抗旱浇麦工作的紧急通知》,要求各地各部门迅速行动起来。河南省政府分管农业的副省长召集抗旱指挥部各成员单位及有关专家,就旱情进行会商,对下一步抗旱工作拿出更具体的措施,河南省委、省政府成立的14个抗旱浇麦保丰收工作督导组立即分赴所包省辖市,并要求各级财政、水利等部门将中央抗旱资金1800万元及各地配套资金迅速下拨,全力投入抗旱救灾。

2009年1月30日14时,黄河防总决定,小浪底水库下泄流量加大至550立方米每秒,支持河南抗旱工作。

2009年2月1日上午,春节长假后上班的第一天,徐光春同志到省防汛抗旱指挥中心,听取抗旱浇麦工作情况汇报并作讲话。截至2月1日,全省共投入抗旱资金5.55亿元;百余万名党员干部奋战在抗旱一线,组织1000多个抗旱服务队、5000多支技术小分队,活跃在田间地头,指导群众科学抗旱浇麦;日最高投入抗旱人数142万,启动机电井56万眼,投入机动抗旱设备46万台套,机动运水车辆1.2万辆次,累计浇灌面积达4965万亩次。

2009年2月2日,河南召开全省抗旱浇麦保丰收电视电话会议。各地职能部门积极行动,通过人工增雨减缓旱情。共青团河南省委发出紧急通知,号召全省广大团员青年积极投身以抗旱浇麦为重点的麦田管理工作。各地共青团组织组建各类抗旱服务队500余支,筹集资金20万元,积极服务贫困家庭抗旱浇麦,开展帮扶1.2万余人次。

2009年2月3日，河南省防汛抗旱指挥部将Ⅲ级抗旱应急响应提升为Ⅱ级。当日，河南省纪委、监察厅发出紧急通知，要求全省各级纪检监察机关全力以赴投入抗旱浇麦夺丰收这场硬仗，集中精力保障抗旱浇麦工作顺利进行。通知要求，全省各级纪检监察机关要认真履行监督检查职责，督促有关部门转变作风，雷厉风行地贯彻落实好省委、省政府关于抗旱浇麦夺丰收的各项工作部署。通知还要求，要切实加强对抗旱浇麦资金、物资管理使用情况的监管，以严明的纪律确保款物的有效使用，确保各项工作领导到位、责任到位、工作措施落实到位，为抗旱浇麦夺丰收提供有力的纪律保证。

当日，河南省电力公司迅速启动抗旱浇麦保供电应急机制，10万电力职工上阵保供电，派出督导组赶赴各地督导抗旱保电工作，合理安排电网运行方式，为抗旱用电提供可靠保证，确保1000余万亩麦田灌溉用电。

2009年2月4日下午，河南省公安厅发出紧急通知，要求全省公安机关迅速行动起来，切实做好全省抗旱浇麦期间电力、水利设施安全保卫工作，确保全省抗旱浇麦工作顺利进行。

2009年2月5日，依照国家防汛抗旱总指挥部制定的干旱评估标准中所确定的农业干旱等级划分指标，河南已进入特大干旱期，根据《河南省抗旱应急预案》规定，河南省防汛抗旱指挥部宣布，将Ⅱ级抗旱应急响应提升至Ⅰ级抗旱应急响应。按照Ⅰ级抗旱应急响应要求，河南省防汛抗旱指挥部发布红色干旱预警信息，并每天在省电视台等新闻媒体上统一发布旱情及抗旱措施。

当日，河南省水利厅抽调干部100余人，组成38个工作组，深入基层，分赴全省18个省辖市对抗旱工作进行分片检查督促指导。

抗旱以来，中石化河南分公司负责人表示，抗旱浇麦需要多少油，中石化保证供应多少油；哪里需要抗旱用油，就把抗旱用油送到哪里。同时，该公司还承诺对系统内县级以下加油站柴油销售每升优惠0.2—0.3元。

2009年2月6日,河南在下发《关于做好百厅(局)包百县(市、区)抗旱浇麦夺丰收工作的紧急通知》后,召开动员大会,要求各厅(局)抽调相关人员组成工作组,立即进驻分包县(市、区)。

当日,中央特大抗旱经费5000万元下达河南,河南省财政厅、水利厅迅速拨发,支持全省各地抗旱工作。

至当日16时,河南全省下达特大抗旱经费1.113亿元,投入抗旱资金7.3亿元,日投入抗旱人数268万人,启动机电井86万眼,投入机动抗旱设备79万台套,机动运水车辆3.5万辆次,日抗旱浇灌面积492.5万亩,累计浇灌面积6910万亩次。

2009年2月7日,全省气象部门积极抓住时机,迅速开展地面人工增雨作业。濮阳、郑州、洛阳、安阳、焦作、新乡、济源、漯河8市的22个县、市相继开展了地面高炮、火箭人工增雨作业。济源、焦作、郑州、洛阳、平顶山、南阳、驻马店、信阳等8市的80多个县、市(区)均产生有效降雨。

2009年2月8日,河南省防汛抗旱指挥部连夜召开旱情分析会。小浪底水库下泄流量已加大至每秒900立方米。

2009年2月9日,河南省委、省政府再次召开抗旱浇麦夺丰收专题工作会议,就认真贯彻落实温家宝同志重要讲话精神和徐光春同志在河南省级领导干部会议上的讲话要求,进一步对抗旱浇麦进行安排部署。

2009年2月11日,温家宝同志主持召开国务院常务会议,审议并原则通过《中华人民共和国抗旱条例(草案)》。

截至2009年2月14日16时,河南全省投入抗旱资金13.17亿元,日投入抗旱人数177.2万人,启动机电井35万眼,启动万亩以上灌区185处,投入机动抗旱设备34.7万台套,机动运水车辆6.3万辆次,日抗旱浇灌面积165.5万亩,已累计浇灌面积8981.2万亩次。

2009年2月21日,河南省委、省政府做出重大决策,决定投资12.91亿元建设一批抗旱应急灌溉工程,扩大全省的有效灌溉面积:按照"急事急办、特事特办"的原则,在缺乏灌溉设施的地方,应急建设一批投资省、工期短、见效快的灌溉工程。具体布局是：在沿黄河灌区投资 2.84 亿元，新增灌溉面积 299 万亩，增加补源面积 161 万亩；在平原井灌区投资 7.8 亿元，新打、维修灌溉机电井 150699 眼，新增灌溉面积 650 万亩；在河、库灌区投资 2.27 亿元，新增灌溉面积 101 万亩。

截至当日 16 时，河南全省累计投入抗旱资金 14.67 亿元，已累计浇灌面积 9451.4 万亩次。

2009 年 2 月 22 日上午，河南省政府召开常务会议，就抗灾夺丰收实施方案和省政府近期重点工作进行专题研究部署。会议审议并原则通过了由省农业厅、水利厅等部门牵头起草的《关于抗旱夺丰收的实施方案》。

2009 年 2 月 24 日，河南省政府下达 2009 年农业机械购置补贴实施方案，将喷灌机、潜水泵等抗旱机具纳入农机购置补贴范围，并提前拨付 2009 年农资综合直补和粮食直补资金 77.75 亿元。

2009 年 2 月 26 日，随着各地抗旱成效的不断显现，以及近期三次降水过程的有利影响，河南省小麦旱情已经明显缓解，抗旱工作取得了阶段性胜利。按照《河南省抗旱应急预案》要求，河南省防汛抗旱指挥部决定从即日起解除抗旱应急响应。

其间，由河南省农业厅组织的"河南省春季抗旱保苗技术培训行动"启动，河南各级农业部门组织大批农业科技人员，深入田间地头，制定科学施肥、病虫害防治等春季麦田管理技术培训措施，利用进村办班、科技下乡、科技服务小分队、科技直通车等方式开展面对面、手把手的培训指导，指导农民科学浇水、科学施肥、科学管理。

2009 年 2 月 27 日，河南省科协七届二次全委会在郑州召开，会议配合"万名科技人员包万村行动"计划，动员和组织农业科技人员深入到抗旱一线，开展技术指导，全力打好这场抗旱浇麦夺丰收的保卫战。

2009 年 2 月 28 日，全省小麦抗旱保春管夺丰收"万名科技人员包万村行动"启动仪式在偃师市举行。

截至 2 月底，河南省共投入抗旱资金 14.68 亿元，日最高投入抗旱人数 320 万人，开动机电井 91 万眼，投入机动抗旱设备 83 万台套，机动运水车辆 6.2 万辆次，累计浇灌面积 9514 万亩次。

2009 年 3 月 19 日，河南全省抗旱夺丰收应急灌溉工程建设暨麦田管理现场会在周口市召开，提出"肯定成绩，坚定信心，抓好关键，再夺丰收，确保实现夏粮生产 600 亿斤"的目标，为河南全年粮食总产超千亿斤奠定坚实的基础。

2009 年 3 月 22 日，河南省政府印发了《河南省抗旱夺丰收实施方案》，要求当年全省夏粮力争达到 600 亿斤。方案决定，当年省财政将拿出 5000 万元作为抗旱专项奖励资金，对抗旱浇麦和麦田管理工作搞得好的省辖市、县（市、区）进行奖励，对单产、总产超过上年水平的省辖市、县（市、区）进行奖励。

2009 年 4 月 28 日，河南省水利厅召开新闻发布会，截至 4 月 27 日，在 66 天的时间里，河南全省抗旱夺丰收应急灌溉工程建设任务圆满完成。这项工程共完成投资 13.38 亿元，实际完成新增灌溉面积 1239 万亩，超额完成 189 万亩，超计划 18%。

当年，河南累计投入抗旱资金 28.13 亿元，其中筹集资金 13.38 亿元；组织 13794 名科技人员，分包 4.8 万个行政村；积极采取各种应对措施，最终夺得夏粮丰收，总产达到 613 亿斤，比上年增加 1 亿斤。

这一年，河南秋粮总产达到 465 亿斤，比上年增加 4 亿斤；全年粮食总产达到 1078 亿斤，比上年增加 5 亿斤。河南粮食总产已连续 4 年稳定在 1000 亿斤以上，连续 6 年创新高，连续 10 年排在全国各省（区、直辖市）粮食总产量榜首。

种粮大户

2019 年 4 月 12 日，河南省民权县王桥镇王桥北村的种粮大户吴强 500 亩示范田地头热闹非凡，"中原联盟 2019 小麦统防启动会"正在这里举行。吴强、冯淑琪夫妇成立的民权县田保姆农业服务公司调集来的

粮食，粮食

五六十架植保无人机与它们的主人（操作手）共同会聚在一起，为春季小麦统防战斗厉兵秣马。

吴强能成为种粮大户，与河南粮食核心区建设有关。2009年，吴强从西安电子科技大学计算机专业毕业，在面临择业的时刻，听到了《河南粮食生产核心区建设规划（2008—2020年）》获得国务院批复的消息。凭直觉，他认为河南农业未来的发展空间会很大。于是，他就与毕业于西安财经学院会计专业的女朋友冯淑琪商量，最终决定双双回乡创业，在民权县王桥镇开了一家农资门市部，经营种子、化肥、农药等农用资料。夫妻俩有文化，用心钻研农业科技，在销售产品时不光服务热情，还向农民讲授科学种田知识，生意做得红红火火。

2010年9月30日，《关于河南粮食生产核心区建设规划的实施意见》正式发布实施，河南有了更多针对种粮农民的优惠政策。在经营农资之余，吴强夫妇开始关注国家农业政策的变化，寻觅着新的发展契机。

2013年初，吴强认真学习了中央一号文件，高兴地对妻子说："你看看，中央下一步要培育新型生产经营主体，新增的农业补贴要向专业大户、家庭农场、农民合作社等新型经营主体倾斜，农业补贴也不再'撒胡椒面'了，农业土地经营规模扩大必须与农业科技装备改进同步，我觉得是我们大展身手的时候了。"

夫妻俩彻夜长谈，做出了一个更加令人瞠目的决定，并立即付诸行动：春节期间，他们与本村部分村民谈妥，以每亩1000元的租金签订了500亩土地的流转合同。从此，这对大学毕业生夫妻成为新时代新型农民的典型，开始在田野里耕耘他们的"中国梦"。

2019年6月26日上午，我们赴民权县王桥镇王桥北村采访吴强。

吴强带我们来到了他的500亩高粱地。碧绿的高粱苗被阳光镀上了一层金色，微风吹拂，叶片摇曳。数百亩高粱地连片，真有一种波涛汹涌的气势。

仲夏的豫东田野，满眼的绿色。过了夏至，气温一天比一天高。玉米、高粱、棉花、花生等秋庄稼，转眼即从在麦茬中不显眼的小嫩苗，长成可以与炎热对抗的强壮"少年"。不知不觉间，秋苗们的绿已蔓延成"燎原"之势，把麦茬的金黄压倒在"脚"下。

35岁的吴强，身板强壮，成熟干练。我们交谈中，他是三句话不离本行，不时会出现"土地流转""规模经营""科学管理""优质高效"等农业术语，满心思都在种田上。

"选择回乡种田，后悔吗？"笔者问道。

"你看我像后悔的样子吗？"吴强笑笑，反问了一句，接着说，"在人们的意识中，当农民种地是很苦的，所以大家认为上了大学，就应该留在城里工作，过优裕的白领生活。但事实上，从农村出来的大学生，在城市的生活压力是很大的，不说别的，光房子就是一个大问题，靠工资收入，仅仅首付，就需要很多年省吃俭用，月供要二三十年，等还清房贷，就差不多快退休了。"

稍作停顿，吴强继续说道："现在种地，机械化程度这么高，基本上都不用人力了，当农民很轻松的。这几百亩地，如果靠我们夫妻俩种，累死也干不完。我们是在经营土地，有农机，有工人，并不比在城里苦。再说了，最初我们做农资经营，算是创业，自己当老板，我觉得比在外工作舒心。后来流转土地，我们是把种地当作事业。说句高调的话，国家政策向种粮大户倾斜，河南搞粮食核心区，我们刚好利用这个机遇，既能为国家贡献粮食，自己又能赚到钱，这不是一举两得的事吗？"

吴强说，靠集约化种植、市场化销售，他的种粮效益要比其他的种粮大户高一两成。2015年秋，小麦播种前，吴强与省内一家知名的种子企业签订了良种繁育合同：种子企业提供原种，收获后以每斤高于当时当地市场价0.1元的价格回收。仅此一项，当年就让吴强多收入了五六万元。

接下来，吴强又通过市场调查，与周口一家粮商签订了种植优质红高粱的协议。他种植的红高粱单产与玉米基本相当，每亩超过1000斤，单价每市斤却高于玉米0.3元以上。

近两年，吴强又不断扩展外包托管种植红高粱。他们先后在夏邑县托管 4000 多亩，在山西省永济市托管 1000 余亩。今年，他们在武陟县托管种植红高粱达 2 万亩。

2017 年，吴强夫妇成立了民权县田保姆农业服务公司，向全县及周边县区的农户提供作业机械、病虫害防治、技术推广、互联网信息等项服务。花园乡赵洪坡村的 2000 多亩土豆，从种植、管理到收获的机械化作业，吴强的"田保姆"一包到底。今年 6 月土豆收获，吴强就从外地调来 4 台专业土豆收获机、2 台旋耕机，还有 4 台花生起垄播种机。今年麦收季节，吴强通过益农信息社群和全国各地的专业网站，调来大型收割机 20 多台，为当地农户提供服务。

随着公司不断发展壮大，吴强开始为周边种粮农户的增收谋划。他与省内一家面粉加工企业达成合作协议：免费给农户提供优质小麦良种，农户只负责浇水，其他的管理诸如施肥、喷肥、防病治虫等均由吴强的田保姆公司去做。面粉企业按照市场价回收小麦，这样农民减少了种植成本，增加了收入。吴强通过田间管理也从面粉企业获得一些利润，实现了"一举三赢"。今年，吴强已与面粉企业签订了 5000 亩的种植合同，涉及周边的赵楼、宁胡同、梁庄、柴油坊、烟墩等 10 余个村。

经过几年的打拼，吴强已拥有两座粮库、一套粮食烘干设备和一台铲车、4 架植保无人机。

"这些农机设备都享受了国家补贴，县农业局还奖励我们一架无人机。"吴强说，"在河南粮食核心区的版图中，我种的地虽然微乎其微，但我为自己是其中的一分子而自豪。"

近年来，像吴强这样的新型农民、种粮大户，在河南如雨后春笋，活跃在中原大地上。仅 2014 年，河南省就培育了 5.5 万名新型农民。

自 2012 年 8 月 1 日农业部印发《新型职业农民培育试点工作方案》以来，河南根据实际情况，多次制订《新型职业农民培育工程实施方案》，以种养大户、家庭农场主、农民合作社骨干为重点培育对象，以培养有文化、懂技术、会经营的新型职业农民队伍为宗旨，有效破解了谁来种地、如何种好地、如何实现连年增产等难题，为粮食核心区建设打下了坚实的人才基础。至2018年底，河南全省培养各类新型职业农民超过53万人。

今昔白马坡

2019年6月12日上午，我们来到了位于滑县枣村乡东北部、白道口镇西北部的白马坡现代农业高产示范区。

轿车在示范区深处的路边停下，我们下车察看。脚下，是贯穿整个示范区、16公里长的白马坡路。路两旁，两行笔直的法国梧桐树在微风中摇曳。路北边不远处，是由西向东流的金堤河。

金堤河是黄河下游的支流，发源于河南省新乡县境（一说滑县耿庄），经豫、鲁两省，至河南省台前县张庄附近穿临黄堤入黄河。金堤河流域历史上是黄河决溢迁徙的地区，在多次黄河决泛中，原来的河道有的被侵占，有的被淤塞，成为洼淀，一遇大水，由于北金堤的阻挡，水流沿北金堤向东北流去，久而久之形成泛道。1855年，黄河在河南省兰考县铜瓦厢决口改道北流，黄河河道两岸逐步修建堤防，太行堤、北临黄大堤与北金堤之间的水系几经演变成为现代的金堤河。

金堤河流域属于黄河冲积平原，面积有4869平方公里，形状狭长，高空俯瞰像一个菱形。因为金堤河出口受黄河河槽逐年淤积抬高的影响，地表径流和地下径流出路不畅，致使中下游地下水埋深浅，水质苦咸，洪、涝、旱、碱交替成害，农业生产水平长期低下，且不稳定。

在滑县，金堤河主河道横穿东北部，其主要支流黄庄河、柳青河、瓦岗河、贾公河、城关河、大宫河、回木沟和孟楼河等遍布全县境内，形成了白马坡、卫南坡等大面积的坡地。这些坡地经过长时间的改造，如今成了滑县打造连片高标准粮田示范方的主要基地。

白马坡的名声很大。传统京剧《白马坡》（又名《斩颜良》），取材于《三国演义》第二十五回，讲的就是发生在白马坡的故事：刘备败失小沛后，赴青州投靠了袁绍。关羽与刘备失散，不知其生死，便暂时委身于曹操麾下。袁绍部下大将颜良攻打曹操，进兵白马坡，所向披靡，陆续斩杀曹操大将宋宪、魏续，又打败徐晃。此时，关羽出马，斩颜良于马下，为曹操解了白马坡之围。

这个故事，在上世纪七八十年代还被做成同名连环画，白马坡的名字有了更广泛的传播。

当地传说，关羽与颜良大战时，因双方均骑白马，便将此战场叫作白马坡。还有一种说法，西汉时期，汉武帝亲临滑县治理黄河，并修建宣防宫，在黄河决堤处沉玉璧与白马，以祭祀河神，后白马出现在白马坡一带，且地面又出现大量白色盐碱，人们认为是白马所化，故曰白马坡。

关于白马坡，滑县、濮阳有"收了白马坡，养活清丰和南乐"的民谣，意思是说，白马坡的土地丰收了，可以解决清丰、南乐两个县人民的吃粮问题。但事实上，在上世纪80年代之前，这片土地一直都没有丰收过。而民谣只能是人们的美好祈愿。

如今的白马坡，已经变成一望无际的良田。徐副部长告诉我们，这个示范区总面积有10.5万亩，被划入河南省粮食核心区，先后整合实施了"新增千亿斤粮食工程""农业综合开发""高效节水灌溉农田水利项目"等建设工程，累计投资1.59亿元，终于打造成"田成方、林成网、旱能浇、涝能排"的高标准粮田。

徐副部长不无自豪地说，白马坡示范区仅仅是滑县集中连片规划建设的50万亩高标准粮田示范区的一部分。以此示范区和卫南坡示范区、留固镇万亩示范区为核心，向四周拓展，涉及到城关镇、留固镇、白道口镇、枣村乡、八里营乡、四间房乡、赵营乡等7个乡镇。目前，这是河南省规模最大的高标准粮田示范区。

在白道口镇西河京村的高标准农田，我们见到种粮大户黄国兴的时候，他正在安排人为玉米田浇水。

58岁的黄国兴，身上几乎没有一点传统农民的特点，反而有点文化人的气质，很有见识。他除了自家的20亩责任田，又流转了80多亩地，是当地有名的科技种田能手，近年来滑县农技部门推广的小麦"宽幅匀播"、玉米适时晚收等技术，他都是积极的参与者和示范者。

黄国兴告诉我们，今年小麦这一季，除去成本，大概有六七万元的纯收入。

笔者问："假如不免除农业税，你这100多亩地，得交多少税啊？"

"你说的是公粮吧？那时候除了农业税，光征收款项就有'两类八项'，教育集资、乡统筹、村提留、义务工、积累工，都从卖粮款里抵扣，一亩地大概得交五六十斤小麦，折成钱大约三四十块吧。"黄国兴说，"那时候产量也没这么高，不算人工，除去上化肥、打农药、浇地、交罢公粮，麦季的收入基本就剩不了多少了，秋季刨去成本，利润也不多。"

"那时候农民的负担确实不轻。"笔者说，"如果不取消农业税，你还会流转土地吗？"

"自家的责任田种着都没多少利润，哪还敢流转土地？"黄国兴想都没想说道，"后来不光取消了农业税，国家还给种粮补贴，种地不用交公粮了，卖粮食的钱全都是自己的，我这才想着多种点儿地，开始流转土地。"

黄国兴介绍，前些年，粮食直补、良种补贴、农资综合补贴"三项补贴"加到一起每亩有134元，但这些补贴都给了流出土地的农户。从2016年起，"三项补贴"合并为农业支持保护补贴，重点向种粮大户、家庭农场、农民合作社和农业社会化服务组织等新型经营主体倾斜，补贴资金从拥有耕地承包权的农户转给耕地的实际经营者。仅这一项，每亩地就相当于增加了130多元的纯利润。

黄国兴还说，现在流转一亩耕地需要支付1000元，因为种地多，机械化程度高，统一耕种，统一施肥，加上科学管理，每年能节约将近20%的投入。算下来，流转的土地一年每亩也可以有2000多元的纯收入。

家庭农场

2019年6月12日上午，离开白马坡高标准粮田，我们驱车去滑县留固镇东留固村阳虹家庭农场。为了不给采访对象添麻烦，我们先在留固镇上吃了午饭——闻名全县的烩饼。在路上,徐副部长的介绍早已令我们满口生津,只差口水没流下来了。

吃饭前,徐副部长说:"今天的午饭我个人请啊,你们别争,来滑县了,我请你们吃个便饭,也是人之常情。咱点四个小菜,每人一瓶啤酒、一小碗烩饼,保证吃得舒舒服服。"

我们便不再推辞。自从有了"八项规定",各级政府接待费用管得都很严,采访中的花费我们基本上都是自己解决。但遇见热情好客的朋友,我们也不能不近人情。

干净整洁的小饭馆,摆了五六张小方桌,靠墙角放着的柜式空调吹着白雾,把炎热堵在了门外。我们坐下来,徐副部长对老板娘说,来一个素拼,一个荆芥拌黄瓜,一个大锅羊肉,一个烧猪蹄,每人一小碗素烩饼。

菜上来了,豆腐皮、水煮花生米、长豆角、红萝卜片等拼成的素拼,红、白、绿搭配,放了葱花油,色香味都有了。绿莹莹的荆芥叶配上黄瓜,淋了芝麻酱,看上去都清爽。羊肉是刚出锅的,冒着热气,切成方块,肥瘦相宜,撒了香菜、葱花,肉香诱人。猪蹄也是刚从锅里捞出来,油炸后的皮呈焦黄色,经过长时间的水煮,烂酥松软,香而不腻。

素烩饼果然名不虚传,筋道的饼条,佐以红豆腐(油炸)、白豆腐,再配几根上海青、生菜叶,在厨师的调和下成为一味鲜美的主食。

大家都放弃了文雅,大快朵颐。一顿算不上丰盛的饭菜,却令人胃口大开,回味无穷。

饭后,我们来到了阳虹家庭农场。在占地15亩的养羊场,羊舍宽敞整洁,通风透光。800多只羊,有的在食槽前吃饲料,有的卧着悠闲地反刍,还有的在奔跑嬉戏。

阳虹家庭农场的主人耿爱丽,50来岁,圆脸盘大眼睛,说话爽利干脆,精明干练。她热情地招呼我们,指着羊群说,那些个头高大的是小尾寒羊,是我国的"国宝",也是世界上著名的"超级羊"和"高腿羊",皮肉兼用,成长发育快,繁殖力强,适应性强,肉质细嫩。那些看上去脖子短、丰满肥硕的是杜波绵羊，这是南非土种绵羊黑头波斯羊与英国有角陶赛特羊的杂交品种，主要是肉用。

紧挨羊舍，有一大片核桃树林，还有一望无际的玉米田。

徐副部长介绍，耿爱丽是滑县第一个注册办家庭农场的人，做了多年的农药、化肥、种子等农资经营，2007年，看到一些农民靠承包土地赚了钱，她就动了心，流转了本村的50亩土地，做起了"职业农民"。

依靠规模化、集约化经营，科学管理，耿爱丽从土地上"挖"出了"金子"，收入可观。她开始通过报纸、电视关注农业政策，敏锐地察觉到未来农业的发展趋势。2013年3月，耿爱丽注册成立了家庭农场，成为农村日益增多的新型经营主体中的一员。

耿爱丽逐渐摸索出一个"粮田+羊场+销售"种养结合模式的生态循环路子：将小麦、玉米、花生秸秆粉碎养羊、养鸡，然后将羊粪和鸡粪作为肥料施进农田，资源循环利用，既保护环境，改良土壤，又节约成本，还提高了农副产品质量，种养效益明显增加。

耿爱丽说："农场每年养殖800多只羊，有近400吨的粪便，如果把这些粪便运走，运费就得好几万元。我就听了农业局技术员的建议，在羊圈里修了地下管道，粪便通过地下管道直接进入化粪池，经过沉淀后，就成了很好的有机肥。"

如今，阳虹家庭农场实现了种植、养殖绿色、无公害，流转的土地增加到600多亩，年收入达44万余元，其中小麦年产量40余万公斤，玉米年产量48万余公斤。

"从中央到地方，对'三农'的支持力度这么大，有政策扶持，有财政支持，我得抓住这个机遇。"耿爱丽充满信心地说，"下一步，我寻思着主打生态牌，继续发展生态循环农业，提高农业生产效益，打算建几个智能大棚，种植菌类、蔬菜等，创建自己的农产品品牌。"

耿爱丽不仅自己走上了致富路，她的家庭农场也成为当地产业扶贫就业基地，带领更多的村民脱贫致富。

像耿爱丽、杜焕永、黄国兴这样的种粮大户，在滑县比比皆是。

近些年，滑县通过典型带动，整合农业、发改、财政、水利、农业开发、国土、农机等农业项目，重点向家庭农场、种粮大户、农民专业合作社等经营主体倾斜，改善农业生产条件，不断加快土地规模化经营步伐。截至2018年底，滑县注册家庭农场1252家，其中县级示范家庭农场37家、省级示范家庭农场3家；合作社总数达3843家，其中省级示范社11家、国家级示范社7家，3家省级示范社正在申报国家级示范社。不少合作社负责人汲取现代农业经营理念，把目光投向"互联网＋农机作业""全程机械化＋综合农事"，服务新模式纷纷涌现，"田保姆"越来越多。

现代农业生力军

采访中我们发现，种粮大户、粮食生产专业合作社、家庭农场已成为推动现代农业发展的生力军、引领者，更是举足轻重的种粮主力军，对积极促进小农户和现代农业发展有机衔接，完善利益联结机制，让农户更多分享产业发展增值收益发挥了突出作用。

截至2018年底，全国进入到农业农村部门家庭农场名录的家庭农场有60万家，这个数量和2013年比增长了4倍多。平均每个家庭农场的劳动力是6.6人，其中雇工1.9人。家庭农场经营土地面积1.6亿亩，其中71.7%的耕地来自于租赁。各种类型的家庭农场中，种植业占62.7%，畜牧业占17.8%，渔业占5.3%，种养结合占11.6%。全国家庭农场年销售农产品总值1946亿元，平均每个家庭农场达30多万元。

2019年8月27日，中央农村工作领导小组办公室、农业农村部、国家发改委、财政部、自然资源部、商务部等11个部门联合印发《关于实施家庭农场培育计划的指导意见》。

意见提出，未来实施家庭农场培育计划重点要把握好五大原则：一是坚持农户主体，坚持家庭经营的基础性地位，积极发展多种类型的家庭农场。二是坚持规模适度，家庭农场要根据产业特点和自身经营管理能力，实现最佳规模效益。三是坚持市场导向，家庭农场要遵循发展的规律，充分发挥市场在推动家庭农场发展中的决定性作用，加强政府对家庭农场的引导和支持。四是坚持因地制宜，鼓励立足当地实际确定发展重点，创新家庭农场发展思路，务求实效，不搞一刀切。五是坚持示范引领，发挥典型示范的作用，以点带面，提升家庭农场的发展质量。

2019年9月4日，经国务院同意，中央农办、农业农村部等11个部门和单位联合印发《关于开展农民合作社规范提升行动的若干意见》，专门对开展农民合作社规范提升行动做出总体部署。

截至2019年7月底，全国依法登记的农民合作社达220.7万家，辐射带动了全国近一半的农户。农民合作社产业类型日趋多样，合作内容不断丰富，服务能力持续增强，已成为实现小农户和现代农业发展有机衔接的中坚力量。

我们所说的种粮大户，是有标准的。按照国家农业部的要求，根据南北农业资源的差异，南方经营耕地面积50亩以上、北方100亩以上的，即可以申报种粮大户。种粮大户是在土地流转经营模式下迅速崛起的农业生产经营组织，包括承包耕地的自然人、法人、专业合作组织或其他组织。

农民专业合作社，是指在农村家庭承包经营基础上，同类农产品的生产经营者或者同类农业生产经营服务的提供者、利用者，自愿联合、民主管理的互助性经济组织，为合作社成员提供农业生产资料的购买，农产品的销售、加工、运输、贮藏以及与农业生产经营有关的技术、信息等服务。

国家为了支持、引导农民专业合作社的健康发展，2006年10月31日颁布了《中华人民共和国农民专业合作社法》。2017年12月27日，该法又进行了修订。

家庭农场，这个看上去并不洋气的词，其实是从欧美舶来的。在我国当下，它基本上就是种养大户的"升级版"，其定义是：以家庭成员为主要劳动力，从事农业规模化、集约化、商品化生产经营，并以农业收入为家庭主要收入来源的新型农业经营主体。

党的十七届三中全会报告第一次将家庭农场作为农业规模经营主体之一提出。随后，2013年的中央一号文件再次提到家庭农场："鼓励和支持承包土地向专业大户、家庭农场、农民合作社流转。"

笔者把这三类生产经营主体统称"种粮大户"。近年来，"种粮大户"正在蓬勃发展，日益壮大，使我国粮食生产格局发生了新的变化，对粮食产量的提高也带来了新的契机和影响。

我们看到，"种粮大户"在改善粮食生产条件、提高粮食单产等方面均起到了显著的作用。他们在机械化水平和科学种田等方面有着非常明显的优势，发挥出了规模效益。

农业部种植业司在2013年3月对全国种粮大户和粮食生产合作社摸底调查的结果显示：当时全国有种粮大户68.2万户，占全国农户总数的0.28%，经营耕地面积1.34亿亩，占全国耕地面积的7.3%，粮食产量1492亿斤，占全国粮食总产的12.7%。粮食生产合作社有5.59万个（其中经工商注册的4.39万个），经营耕地7218万亩，占全国耕地总量的4%，粮食产量971亿斤，占全国粮食总产的8.2%。

也就是说，种粮大户与粮食生产合作社以全国1/10多的耕地，产出了1/5多的粮食，他们已经成为重要的粮食生产主体。

2013年12月，河南省农业厅选择种植规模50亩至200亩不等的种粮大户及普通农户，进行粮食种植成本与收益调查。当时，河南省有农民专业合作社6.5万个，种粮大户及家庭农场15538家；全省农村土地流转面积有2824万亩，占家庭承包耕地面积的29%。调查结果说明，按种植小麦、玉米两季计算，种粮大户亩均粮食生产成本为967.6元，净收益为1191.9元；加上本年度的粮食补贴113元和良种补贴20元，普通农户亩均粮食生产成本为1245.6元，净收益为1046.9元。种粮大户亩均粮食生产成本比普通农户少278元，低22.3%，亩均收益比普通农户多145元，高13.9%。

在建设粮食核心区的过程中，河南一直坚持加大力度培育农民合作社、种养大户、家庭农场等新型经营主体，大力培训新型职业农民，鼓励农村发展合作经济,扶持发展规模化、专业化、现代化经营。

但作为新生事物,自从新型经营主体诞生以来,融资就成为其发展的主要瓶颈。因为受农村产权改革不到位等因素影响,他们缺少担保物。再者,农业贷款规模小、风险大,担保机构要么不愿提供担保,要么把担保费用提得很高,融资难、融资成本高等问题一直较为突出。

如何构建财政、银行、担保相互合作的模式,成为河南化解新型经营主体融资难的突破口。

2013年,河南省财政厅为解决新型经营主体融资难问题,进行了专题调研:以实地走访、召开座谈会和问卷调查等多种形式,收集信息27422条。通过对这些信息的梳理、分析、研究讨论,河南省财政厅拿出了一个试点方案:在全省选择积极性高、地方支持力度大、管理能力强、发展基础好的8个县(市、区)作为试点。每个试点县(市、区)由省、县财政分别出资300万元、200万元共同成立试点融资风险补偿基金。财政厅给予政策扶持,由省农开担保公司提供担保,省国开行、省邮政储蓄银行提供贷款,财政、银行、担保三位一体推进试点工作。签订三方协议,融资规模至少放大6倍,综合融资成本(担保费+贷款利率)不超过9%。贷款主体预交贷款额度的10%作为风险保证金,省农开担保公司为其融资提供担保。

滑县是试点县之一,而耿爱丽的阳虹家庭农场则是众多获得融资支持的受益者之一。2014年,耿爱丽借助滑县财政局支持的50万元贷款,农场扩大了生产规模,新流转土地180多亩,新增了200多只羊。当年新增纯收入10万多元。

耿爱丽曾一直被融资困扰,为了借钱,东奔西走,找遍亲戚朋友,利息高不是最糟糕的,有时跑多少家还借不到钱。现在贷款容易了,利息也比原来低,不仅使家庭农场稳步发展,收入也不断增长。农场忙的时候,临时用工达150多人,也为农村留守妇女提供了增收渠道。

在滑县,获得融资支持的有20多户。另外,自2013年到2015年4月,河南省与滑县财政共投入资金1000万元,撬动银行累计向全县42家农民主体发放贷款6355万元。

为保持试点工作的连续性，2014年，河南省除继续在滑县等8个试点县（市、区）试点融资办法外，又新增兰考、新蔡2个试点县，把扶持对象扩大到试点县域内的专业大户、家庭农场、农民合作社等新型农业经营主体。

2015年7月31日，河南省印发了《河南省支持新型农业经营主体发展的若干财政政策措施》，提出"通过各级财政的大力支持，培养一批经营规模大、运作机制新、产业基础牢、带动能力强、产品质量优、经营管理好的新型农业经营主体，做到'扶持一个组织、壮大一项产业、增强一地经济、富裕一方农民'"。

河南财政支持新型农业经营主体发展的一系列举措取得了扎实有效的成果。至2014年底，河南全省农民合作社、家庭农场分别达到9.7万家、1.6万家，流转土地用于粮食生产的比重高于全国水平。

从2013年至2015年4月底，河南省财政厅采取与担保公司、试点县统一搭建平台，签订三方协议，风险共担，支持合作社发展壮大，基本上实现了"建一个组织、兴一个产业、活一方经济、富一批群众"的目的，10个试点县市共发放252笔贷款，融资规模达4.04亿元。

2017年，河南全省共有181个家庭农场获得贷款支持，贷款总额11604.54万元。通过不断完善农村保险体系，探索针对新型农业经营主体需求的专用小麦、玉米保险产品，开展区域产量保险、目标价格指数保险。

2014年6月12日，河南省农业厅印发了《河南省示范家庭农场认定管理暂行办法》。

到2016年底，河南省共有各类新型农业经营主体21.8万家。其中，农民合作社13.8万家，居全国第二位；国家示范社507家，省级示范社520家。

至2018年底，河南经工商部门登记注册的家庭农场5万个，经农业部门认定或备案的家庭农场10050个（其中县级以上示范家庭农场

2179个，省级示范家庭农场254个）。从事行业以种植业为主，占家庭农场总数的77.6%（其中，从事粮食生产的占种植类家庭农场总数的79.4%）；从事畜牧业和种养结合的家庭农场分别占7.3%和7.1%；其他类型占比8%。全省302个家庭农场拥有注册商标；163个家庭农场通过农产品质量认证；包括家庭农场在内，全省新型农业经营主体已发展到28万家，其中农民合作社18万家；全省土地流转面积3946万亩，托管面积2652万亩，适度规模经营耕地面积占到了家庭承包耕地面积的62%。

打造"国人厨房"

如果说多年前河南还只能称得上粮食生产大省的话，那么现在完全可以说，河南还是全国第一粮食转化加工大省。

李克强同志在河南任职时，致力于改变传统的"就农业论农业"的思路，他亲自主导制定的《河南省全面建设小康社会规划纲要》提出：加快工业化、城镇化，推进农业现代化是河南省全面建设小康社会的基本途径，也是从根本上解决"三农"问题的必由之路。

基于这样的指导思想，李克强同志提出了"用工业的理念发展农业"。因为卖粮收益低，他主张就地深加工，培育了一系列农产品加工龙头企业，把河南这个"粮仓"变成了收益更高的"厨房"。这套组合拳，被河南人誉为"小麦经济"。有媒体评论，他给农耕意识根深蒂固的河南带来一股"工业"新风，为农业第一大省的河南种下了"工业"种子和"城市"意识。

河南的食品加工产业从那时正式踏上了发展的快车道。

依靠充足的原料供应，河南大力发展农产品加工业，成绩斐然。据统计部门提供的数据，2017年，全省农产品加工企业有3.87万家，规模以上农产品加工企业实现营业收入2.36万亿元，占全省规模以上工业的29%，占全国规模以上农产品加工业营业收入的12.2%。河南主食产业化率从 2010 年的不足 15% 提高到 42%，速冻食品年产量占全国 2/3 以上。此外，河南还培育了省级农业产业化集群 207 个，省级以上农业产业化重点龙头企业 821 家，数量居全国第二位，销售收入 7100 多亿元。全国肉类综合 10 强中河南就有 3 家，方便面 10 强中河南有 5 家。

完全可以说，农产品加工业已成为河南农业现代化的支撑力量和国民经济的重要产业。河南粮食及肉类加工能力位居全国第一，其中，面粉加工能力 6100 万吨，占全国的 30%，居全国之首；火腿肠、味精、方便面、挂面、米面速冻制品等产量均居全国第一。肉类加工基地和速冻食品生产基地销售的产品，分别占全国市场份额的 70% 和 60%。全国 7/10 的水饺、3/5 的汤圆、1/3 的方便面、1/4 的馒头，还有 1/2 的火腿肠，都产自河南。

2018 年 8 月 1 日，河南省人民政府办公厅印发《关于大力发展粮食产业经济加快建设粮食经济强省的实施意见》，明确了河南大力发展粮食产业经济的总体要求、重点任务和保障措施。

该实施意见提出，到 2025 年，要初步建成适应省情和粮情的现代粮食产业体系，全省粮油优质品率提高 20 个百分点左右，粮食加工转化率达到 92%，主食品工业化率提高到 65% 以上，粮食产业经济总产值达到 5000 亿元，实现由粮食生产加工大省到粮食产业经济强省的根本性转变。

根据河南省粮食和物资储备局提供的资料，2018 年河南全社会收购粮食 620 亿斤，确保了粮食市场平稳有序。全省入统粮油企业达到 3927 家，粮食宏观调控体系不断完善。通过加大政策引导，强化品牌培育，加快资源整合，全省入统粮油加工业总产值达到了 2016 亿元，位居全国前列。河南还顺利推进"优质粮食工程"，累计完成"中国好粮油"行动计划投资 3.56 亿元，确定了 15 个示范县和 11 个省级示范企业；累计建设产后服务体系项目 427 个，完成 154 个；累计拨付质检网络体系建设补助资金 1.6 亿元，全省建成质检中心 20 个，实现了市级质检体系全覆盖。同时，基本完成了粮库智能化升级项目，建成智能化粮库 367 个，其中228个实现互联互通，初步形成了"省级平台＋智能粮库"的管理体系。

随着食品加工技术的不断升级和产品更新，河南已逐渐从"天下粮仓"蝶变为"国人厨房"。如今，河南是全国最大的肉类食品、速冻食品、方便面、饼干、调味品生产加工基地，拥有"双汇""思念""三全"等众多知名品牌。

有人算了一笔账：一条经过发酵的火腿，重量不足10公斤，售价可以达到1万元左右。而单纯的生肉，仅仅能卖几百元。农产品加工业让农民得到真正的实惠。

河南的农业政策也为企业快速发展奠定了基础。比如，以生产速冻食品为主的企业"三全"通过政府牵线搭桥更深入地和河南本地农民、农企进行合作，实现了双赢的目标。之前，"三全"使用的糯米粉主要来自泰国，价格昂贵，路途遥远，供货不及时。后来通过政府牵线搭桥，"三全"了解到潢川县糯稻种植面积约为32万亩，年产量近20万吨，种植面积和产量稳居全国县级前3位。于是，"三全"便在潢川县选择了几家企业建立了合作关系，一方面解决了长久以来困扰企业的供货不及时难题，另一方面为潢川广大农民解决了糯稻市场销路，可谓双赢。仅河南的速冻食品产业，年产值即达到200多亿元，成为河南打造"国人厨房"过程中的一个大产业，其市场份额越来越大，成为国人餐桌上常见的食品。

再如，新郑的大枣在深加工产业中，成为全国四处可见的美食。一颗大枣，经过清洗、烘干、去核、杀菌、包装等多道程序，就完成了"脱胎换骨"，成为人见人爱的副食佳品。从田间到超市，再到餐桌，一条看不见的产业链，为企业与农民带来了看得见摸得着的效益。

河南工业大学经济贸易学院教授李铜山对河南农产品加工感触颇深，他认为：农产品加工业已成为河南的支柱产业，通过深加工，产品价值普遍能增长5到10倍，农民也随之增收。河南这些年从粮食大省到国人厨房，再到世界餐桌，这主要是说小麦的，但可以类推，所有的农产品都有提升附加值的空间。

李铜山对河南农产品加工也充满期待：我们就是要往这方面努力，从种植到加工环节，都应该注重创新和前沿科技，要开阔视野，突破传统加工思路，根据市场的需要，加工出追求个性化、营养化、高档化的产品，真正把河南农产品加工做大、做深、做强。

2015年12月24—25日召开的中央农村工作会议上，中央首次明确提出了"大农业、大食物"的新观念。在这方面河南当然不会落后。河南积极贯彻落实中央精神，提出树立大食物观，丰富食物来源，不但让人们吃得饱，更让人们吃得好——河南的"大餐桌"上，不仅有馒头、面包，还要有牛奶、蔬菜、水果。

毋庸置疑，河南也是畜牧业大省，肉牛、生猪、家禽、肉羊饲养量和禽蛋、肉、奶产量均居全国前四位。

大粮仓—大厨房—大餐桌，河南品牌已经成为国人生活中不可或缺的元素，其中不乏享誉全球的品牌，如双汇、雏鹰、花花牛等知名畜产品品牌，焦作铁棍山药、西峡香菇、信阳茶叶等知名农产品品牌，已有78个农产品商标夺得"中国驰名商标"称号。

粮食的供给侧改革

全面建成小康社会,不仅要让人民吃得饱,更要让人民吃得好。作为"天下粮仓"的河南,在不断提高粮食产量的同时,全面推进粮食的供给侧改革,优化粮食种植结构,提升粮食质量,不断提高油料等作物的产量,提升其品质,使中原粮仓的品质达到了全新的高度。

优质小麦的标杆

2019年小满这天，去延津县采访。次日，"国家优质小麦现代农业产业园创建暨中国优质小麦产业技术创新联盟2019年会"将在这里召开。

延津大地，到处都是无垠的麦田，微风徐徐，饱满的麦穗轻轻摇曳，黄中带青的麦海波涛荡漾。中原大地将迎来小麦收获季节，空气中弥漫着诱人的麦香。

延津县48万人，87%为农民，同河南的多数县一样，同全国的很多农业区一样，承担着粮食生产这一战略性职责。过去，延津曾是黄河的一个渡口。黄河的决口泛滥、断流改道，给延津留下了大片的盐碱与黄沙，昔日的延津人被贫穷困扰了很长时期。斗转星移，今日的延津，不仅在改革开放的春风中走向富裕，而且成为全国闻名的强筋小麦高产区和重要的小麦深加工基地。

进入新世纪，延津县优质小麦种植、加工得到快速发展，产业链条越来越长，创下了诸多全国第一：

全国第一船出口食用磨粉小麦；

全国第一家注册小麦原粮商标；

全国第一家制定小麦生产地方标准；

全国第一家实现大宗农作物产业化经营；

全国第一家创立小麦中介服务组织；

全国第一家实现小麦期货经营；

全国第一家建成45万亩绿色食品原料（小麦）标准化生产基地；

全国首个"优质小麦现代农业产业园"；

……

这些"全国第一"，让延津县风光无限，不仅成为"新乡小麦"的形象名片，也为河南树起了优质小麦的标杆。

至2019年，延津县优质小麦种植面积105万亩，其中优质强筋小麦50万亩，被原国家质检总局确定为"全国优质强筋小麦品牌创建示范区"，被原农业部评为"中国优质小麦产业化示范县""全国小麦全产业链产销衔接试点县""国家优势制种基地县"，被河南省列为小麦供给侧结构性改革试点县。茅台集团在延津建设有机小麦基地2万亩，"国酒茅台"酿入了延津成分。

当然，延津只是河南的一个"点"，河南省的优质小麦发展也是中国农业一道亮丽的风景线。如今，河南优质专用小麦种植面积和产量均居全国首位。

小麦专家郭天财教授感慨地说："十几年前我就说过，河南的优质小麦发展，是被困境逼出来的。"

1997年，我国小麦总产量达到创纪录的1.233亿吨，出现了结构性过剩，小麦价格急转直下，农民收入受到较大影响，同时造成库存压力大，加重了财政负担。但优质专用小麦却供不应求，自产严重不足，每年需进口200多万吨。针对这一新形势，农业部提出要调整种植业结构和提高农产品质量，要求大力发展优质专用小麦，实现国内优质专用小麦的基本自给。国家还出台了小麦优质优价政策。

在以小麦为第一大优势粮食作物、播种面积一直稳定在7200万亩左右的河南，小麦市场疲软带来的负面影响更大。小麦库存费用成为河南财政的一个大包袱，粮食风险基金超额补贴一度占到省级财政预算的三分之一左右。效益低加上"卖粮难"，更是挫伤了农民种植小麦的积极性。

一边是国内小麦价低滞销，另一边却需要大量进口，有专家一语道破其根源所在：小麦生产与市场需求不对路。在市场的冲击下，一直以小麦为荣却固守传统模式的河南小麦生产走到了"十字路口"。河南农民也觉得不能这样下去了，如果光这样闷头生产，不问市场，不管质量，生产能力再强大，也只能填饱肚子，换不回"票子"。

河南决策者也非常清醒，河南小麦生产是时候超越之前重产量而不重品质的初级阶段，迈向追求品质、品牌的新台阶了。发展优质小麦，是河南农业和农村经济结构战略性调整、增加农民收入、迎接加入世贸组织挑战的现实需要和必然抉择。

自此，河南以"优质化、专用化、多样化"为方向，开始对小麦结构实施大规模调整，根据市场需求，尝试在不同生态区域种植不同类型的优质专用小麦。

河南具备优越的自然条件，是优质小麦的适宜种植区。农业部在全国种植业区划中明确提出，河南北部、西部是优质强筋小麦适宜种植区，豫南信阳等地是优质弱筋小麦适宜种植区。

20世纪末，河南省有2000多家面粉加工企业，总加工能力居全国第一。而这时，河南省优质小麦产量还存在严重不足，众多面粉加工企业要么从海外进口，要么从外省调入。仅郑州金苑面粉公司一家，每年优质小麦的加工量就达5万吨，其中1万吨要从加拿大进口。毋庸置疑，河南优质小麦市场潜力巨大。

1999年，在政府的引导下，河南省种植优质小麦284万亩。第二年收获上市后，优质小麦成了粮食市场上的"香饽饽"，不仅价格比普通小麦高10%以上，而且俏销不愁卖。

回忆起最初推广优质小麦的过程，郭天财教授说，虽然初步取得了不错的成效，但要一下子改变农民的种植传统习惯，很不容易。因为专用优质小麦必须统一种植时间，统一品种，集中连片生产，种植技术要求规范。生产责任制下的农村，要面对千家万户，农民种植的品种不一、种植时间不同，麦子长得高一块低一块，这边青那边黄，混种混放，极大影响着优质小麦的产量和质量。对优质小麦效益，农民也有怀疑，政府又不能强迫命令，难度还是很大的。

为了引导农民种植优质小麦新品种，河南各级政府可谓煞费苦心，不光对每亩优质专用小麦补贴10元，还组织大量科技人员对农民进行小麦栽培技术培训，并提供各项配套服务，以保证"好种子"长出"好麦子"。再者，为了让"好麦子"卖上"好价钱"，各级政府还积极组织引导粮食经营企业和中介组织，跑市场，找订单，促进产销衔接。比如，在新乡市，凡是种植优质小麦的农户，全部由村里造册登记，实施统一供种、播种、机收、储藏。再如滑县，采取县长领销、局长跑销、网上推销、专人促销等措施，将优质小麦销往全国各地。

到了2001年，河南省委、省政府结合国家政策，作出了"把我省建成全国重要的优质小麦生产和加工基地"的重大决策——《关于建设全国重要优质小麦生产和加工基地的实施方案》出台。河南优质小麦进入了快速发展阶段。

实施方案制订了具体的思路与规划。

指导思想：以优质化、专用化、多样化的市场需求为导向，以提高效益和增加农民收入为目的，以提高质量、优化品种品质结构和精深加工转化为重点，依靠科技进步，实施区域化种植，规模化生产，产业化经营，努力把河南省建设成为全国重要的优质小麦生产和加工基地。

发展目标：以加工带动种植业结构调整，逐步形成不同区域、各具特色的优质小麦生产和加工格局，根据市场需求和小麦生态区划，以新乡、安阳为重点，在豫北、豫西和黄河以南、沙河以北的黏土区发展优质强筋小麦；以驻马店、信阳等地为重点发展优质弱筋小麦，其他地区的中筋小麦要继续保持优势，提升等级，满足社会需求，培植一批具有明显市场竞争优势的名优产品和重点企业。

主要任务：在小麦生产方面，在当年推广优质强、弱筋小麦1500万亩的基础上，到2003年力争发展到2000万亩以上，到2005年发展到2500万亩左右，总产量达到90亿公斤左右，进而替代进口，满足市场需求。在小麦加工方面，通过实施一批重点技术改造项目，力争用3年左右时间，使这些企业完成技术改造投资21亿元，小麦加工转化能力达到90亿公斤以上，新增销售收入80亿元，实现利税11亿元，出口创汇660万美元。

优质小麦，就是品质优良、具有专门加工用途的小麦，而且经过规模化、区域化种植，种性纯正、品质稳定，达到国家优质小麦品种品质标准，能够加工成具有优良品质的专用食品。它必须具备优质、专用、稳定的基本特征。根据不同的指标，可分为强筋、中筋、弱筋小麦。强筋粉适合加工面包、挂面、方便面等，中筋粉可加工馒头、面条等，弱筋粉适合加工饼干、蛋糕等。而在过去，我国加工的高档食品多是利用进口的优质小麦粉与国产小麦粉混配而成。

尝到甜头之后，最初种植优质小麦的农民积极性更高了。在他们的示范带动下，各级政府进一步做好引导服务，河南优质小麦推广面积迅速扩大，从1999年的284万亩，攀升到2003年的2838万亩，增长了9倍。

连续几年的小麦结构调整，为河南带来了新的发展契机。2002年，延津县的优质小麦首次以食用小麦名义出口新西兰、印度尼西亚之后，唐河、邓州等17个县（市）的优质小麦均实现了出口创汇，远销印尼、越南、菲律宾、新西兰等国。

从此，河南优质小麦在全国叫响，并开始走向世界。

2002年，河南农民种植优质小麦比普通小麦每亩增收26.9元。以此推算，2001年至2003年，全省累计发展优质小麦6207万亩，促使农民增收近17亿元。

强筋"新乡小麦"

1998年，出任河南省省长不久的李克强同志，在着手去库存调结构的同时，要求全省农业科研单位要加强研发，引导农民种植质优价高、市场紧缺的小麦品种。彼时，河南省农科院小麦研究所恰好在延津县建有育种基地，小麦研究所受领了推广种植优质小麦良种的任务后，很快将刚刚经过国家审定的"豫麦34"优质强筋小麦在当地大面积推广。

地处豫北的延津，除了有适宜的气候，还有黄河故道冲积形成的50多万亩"蒙金地"。这种土地底层是黏土，上面是沙土、黏土的联合土壤，底层的黏土密实，保水保肥，而上层的土壤相对松软，适合小麦耕种、扎根和生长。

延津县的优质小麦产业，还得益于新乡市大力发展优质强筋小麦的大趋势。2000年、2001年，"全国优质专用小麦发展研讨暨产销衔接会"均在新乡召开。时任国务院副总理温家宝同志两次做出推广新乡发展强筋小麦经验的批示。彼时，"优质小麦在河南，强筋小麦看新乡"已成为社会各界的共识。

属于华北板块，地处黄河、海河两大流域的新乡市，是豫北地区重要的中心城市，新中国成立初期曾为平原省省会，经济实力与农业基础均比较雄厚。这里不仅有大面积的肥沃土地，还有河南科技学院、新乡市农科院等农业高校、科研单位，为农业发展提供强有力的科技支撑。在优质小麦生产中，新乡市解放思想，打破常规，转变观念，把工业思维"嫁接"到农业中去，实现内涵式发展，创新了一条独特之路，打造了以延津为主的"新乡小麦"品牌。

依据天然优势，借助新乡市的大力支持，延津县开始在小麦品质上下功夫，按照新乡市发展优质强筋小麦的方略，强力推进。

"工业化思维"就是通过标准化生产实现更高效率，对产品质量提出更高要求。把农田当成了"厂房"中的精良设备。以打造"田地平整肥沃、灌排设施完善、农机装备齐全、技术集成到位、优质高产高效、绿色生态安全"的高标准粮田为重要抓手，延津县共建成高标准粮田51.7万亩，亩均粮食生产能力达到1250公斤，建设小麦高产万亩示范方3个、千亩示范方8个、高产乡镇7个、超高产攻关田10个。

农民成了"流水线"上的产业工人。探索建立"公司+合作社+基地+农户"的运作模式，按区域以村为单位规划种植品种，实现一村一品、成方连片种植和单品种入库。依托龙头企业把农民组织起来，从种子选育、单品种集中连片统一播种、大田管理、技术推广到分品种统一收获和统一订单收购，全方位实现标准化、精细化生产。

农技人员成了"车间"里的技术员。全县将现有的百余名农技专业人员分配至12个区域农业技术服务站和农业信息服务站，形成了县有农技推广中心、乡（镇）有区域服务站、村有农业技术员的"三位一体"的农技推广服务体系，方便快捷地为农民提供农业技术服务。

延津县从打造小麦经济品牌化入手，深入探索研究农业的规模化、标准化、产业化、品牌化、集团化的发展之路，使"新乡小麦"这个具有地域性的品牌，以新乡特产的"名分"唱响天下。

2001年6月，延津县成立了金粒麦业公司，并于当年注册了"金粒"小麦原粮商标。

2002年，延津县以金粒麦业为平台，创立了全国第一家农民自我服务组织——河南金粒小麦协会，把以前的"公司+农户"模式完善为"公司+协会+农户"的"订单农业"运作模式，并逐渐形成了"公司+合作社+基地+农户"的产业合作新机制，从良种、种植、管理等方面给农民提供全方位的服务和指导，实行"统一供种、统一机播、统一管理、统一收割、统一收购"的五统一模式，解决了农民组织化程度低的问题，实现了千家万户的小农生产与千变万化大市场的有效对接。

紧接着，延津县在全国率先制订出《绿色小麦标准化生产技术规程》，并印制了100万份发放到农民手中。在此基础上又制订了《无公害优质强筋小麦生产技术规程》。此"技术规程"不仅成为新乡市发展优质小麦的指南，还被河南省作为地方标准推行，填补了我国小麦生产无标准可依的空白。

天时、地利、人和造就了延津强筋小麦的品质，产品一上市便受到食品企业的青睐，除了在国内市场一路走红，还走出国门。2002年11月，首批2.5万吨延津优质小麦以食用小麦名义出口到新西兰、印度尼西亚，一举实现了我国食用小麦出口零的突破，结束了长期以来中国小麦只能作为饲料粮出口的历史，圆了新中国几代人的梦，被业界誉为"破冰之旅"。

由于政府的引导协调，加上小麦协会的作用，金粒麦业与农民的"订单"一直保持着100%的履约率。这不仅使企业拥有持续的良好信誉，也是保证农民利益的根本举措，农民收入增加了，种植优质小麦的积极性自然高涨。这种良性循环，使延津优质小麦产业进入健康、有序、快速的发展轨道。延津小麦产业经过 5 年的发展，顺利完成了起步阶段，进入快速发展的第二阶段（2003—2009 年）。金粒麦业、新良粮油等一批当地农业龙头企业在政府的引导扶持下探索创新农业产业化经营模式，成为全国大宗农作物产业化发展的典型。

2003 年起，延津小麦实现了现货加期货的经营模式，"金粒"小麦在郑州商品交易所与美国、加拿大等主产的硬质小麦并列挂牌销售，影响着全国乃至世界的小麦价格。

这一年，延津县在北京举办了小麦经济高层论坛，参会的国家部委领导和权威学者对延津发展小麦经济的经验给予高度评价，并将其誉为发展小麦经济的"延津模式"。而该模式因为可以复制，不仅在河南全面推广，还被推广到粮食生产区的多个省份。

2004 年，位于延津县的新乡市新良粮油公司日处理强筋小麦能力达到 1000 吨，成为国内第一家使用小麦剥皮、重复清粉工艺的小麦加工企业，也成为河南省高档专用面粉产销量最大、品类最丰富的企业。

2008 年，农业部发布了《全国优势农产品区域布局规划（2008—2015 年）》，新乡市作为全国强筋小麦的主产区名列其中。根据新的要求，这一年新乡市提出了"品牌农业"的发展战略，率先在全省开始了"品牌农业"探索与实践。而延津县作为新乡市的排头兵，始终把"小麦经济"放在发展县域经济的战略位置，走"规模化、标准化、产业化、品牌化、集团化"的发展道路，为新乡市"小麦经济"品牌的塑造立下了头功。

2009 年至今，延津小麦产业进入稳步提升阶段。在培植产业龙头的基础上，延津立足优质小麦资源招商引资。湖南克明面业、香港麦丰食品、福建精益珍食品、河南云鹤食品等一批面制食品加工企业和湖南酒鬼酒等白酒企业先后入驻延津。

2010 年，延津县建成的 45 万亩小麦基地，通过了"绿色食品原料（小麦）标准化生产基地"认定和产品认证，填补了河南空白。

此时的延津，常年种植优质小麦 95 万亩，其中优质强筋小麦面积

28万亩，占新乡市优质强筋小麦的80%。同时，全县拥有繁育优质小麦种子基地20万亩，产量达1亿公斤以上，是河南省优质小麦种子繁育大县，种子辐射大半个中国。更令人瞩目的成绩，是延津县形成的"小麦经济"基础。

19家农业产业化龙头企业，其中国家级龙头企业2家、省级4家、市级13家。

185个各类农民专业合作经济组织，土地流转面积12万亩。

18家包括中储粮直属库在内的粮食收储企业，42个延伸收储库点，总仓储量达170万吨。

经过10多年的发展，延津县初步形成了以新良粮油、金粒麦业、克明面业、云鹤食品等为主体，从原粮生产、精深加工到餐桌食品的完整绿色产业链条。

2011年5月，新乡市又提出"整合资源，组建新乡小麦产业集团，将新乡小麦打造为'中国第一麦'"的战略目标。

此时，河南粮食、食品加工产业发展势头蒸蒸日上，"南有漯河肉类加工，北有新乡粮食加工"的大格局基本形成。

这一年，由河南省农业厅、新乡市农业局牵线，贵州茅台集团与延津县签订了全国首个合作共建有机小麦基地协议书，确定在延津县联合建设除贵州本地外国内唯一的占地2万亩的酿酒有机小麦基地，并计划3年内扩大9倍，总面积达到20万亩。

新乡市打造"中国第一麦"的思路，对延津县领导来说犹如醍醐灌顶，让他们豁然开朗，义无反顾地投入到实施之中。凭借坚实的基础条件，延津县成为新乡市打造"中国第一麦"的主力军，努力在"质"和"量"上做文章——"质"即品质，力争优质小麦各项检验指标在全国领先；"量"是指优质小麦的单产领先，小麦的就地转化量领先。

2011年8月上旬，新乡市委、市政府为打造"中国第一麦"作出战略部署：以新乡市种子管理站作为"新乡小麦"农产品地理标志的登记申请主体，全面启动申报工作。

2012年5月23日，新乡市政府和河南省农科院共同主办了"打造'中国第一麦'高层论坛"。中国工程院、农业部、河南省农业厅、河南省农科院及小麦研究中心、河南科技学院等单位的专家、领导100多人应邀出席论坛，各抒己见，建言献策。

中国工程院院士程顺和把脉延津小麦产业，他说："延津要加大'中国第一麦'的宣传力度，强化科技优势和品牌化发展，拉长产业链条，以市场定生产，培育龙头企业，让延津小麦在河南甚至全国形成产业优势，进入千家万户。"

2012年，延津县财政筹措资金3.7亿元对1.4万公顷土地进行开发整理，投入各类财政资金共5000余万元，兑现粮食补贴、农机具购置补贴、良种补贴等1.6亿元。这一年，延津县小麦单产达到494公斤，总产达到46.9万吨。

2013年5月16日，以"品质、品牌、品鉴，增产、增效、增收"为主题的第一届"新乡小麦产业博览会"在延津县举办，为新乡打造"中国第一麦"营造了浓厚的气氛。

伴随着小麦经济的持续发展，延津小麦越来越闻名。继克明面业、云鹤食品之后，达利园、盼盼、康师傅等10多家知名大型食品企业纷纷落户延津，酒鬼酒、郎酒、浏阳河、一饮相思等知名白酒企业也慕名而来。

至博览会召开前夕，以食品为主导的延津县产业集聚区南区，已入驻食品企业48家，食品产业总产值超过50亿元。延津食品产业集群已跻身全国产业集群竞争力100强，被原农业部评为"全国农业产业化示范基地"。

2013年7月，中国粮食行业协会授予新乡市"中国优质小麦产业化强市"称号，授予延津县"中国优质小麦产业化示范县"称号，这两个称号在全国均属首个。

当年10月，新乡市将长达88页的申请材料提交到河南省农产品质量安全检测中心审核，12月30日接受专家现场核查。

2014年6月12日,"河南省第一次农产品地理标志产品品质鉴评会"在郑州召开,品鉴专家通过实物观察、听取汇报、现场品尝和讨论答疑等环节,一致认为"新乡强筋小麦"具备"籽粒白色、饱满、透明、角质、色泽光亮"的典型特征,面粉蒸出的馒头独具"口感筋道、麦香浓郁、后味甘甜"的特点,"新乡小麦"符合申报要求,同意推荐上报农业部。

2014年8月28日,农业部召开"全国第三次农产品地理标志登记专家评审会","新乡小麦"顺利通过评审;11月18日,农业部发布公告,正式将"新乡小麦"列入"中华人民共和国农产品地理标志登记"名录。

"新乡小麦"成为中国第一个以强筋小麦为登记内容的小麦产品,也是中国第一个以地市为登记范围的小麦产品,更是开创了河南省之先河,其意义重大而深远。

"中国第一麦"瓜熟蒂落,成为新乡走向世界的一张崭新名片。

农业部发布的公告中,对"新乡小麦"划定的地域保护范围为新乡市所辖卫辉市、辉县市、新乡县、获嘉县、原阳县、延津县、封丘县、长垣县共8个县(市)的100个乡镇。生产总规模为25万公顷,年产量187.5万吨。

"新乡小麦"由此成为我国强筋小麦的代表。从质量上讲,品质完美;从产量上讲,遥遥领先;从规模发展上讲,稳居全国首位。

"新乡小麦"作为地理标志被国家层面认可,意味着新乡市所辖范围内生产的小麦"产量高、质量好"已被国内、国际公认,意味着"新乡小麦"与美国红硬小麦、加拿大强筋小麦具有同等的质量,意味着"新乡小麦"在全球农产品贸易中占有一席之地,可与美国、加拿大、欧盟等小麦出口大国同台竞技,形成全新的国际小麦竞价体系。

2016年,"新乡小麦"品牌荣登中国品牌价值评价榜单,评估价值达97亿元,"延津强筋小麦"区域品牌评估价值也达到17.55亿元。

市场旺销让农民尝到了甜头,政府再顺势推动,加强与科研院所合作,从"豫麦34"开始,到2017年的"郑麦366""新麦26",短短十几年间,延津县完成了4次大的品种10多个代系的更新换代,优质强筋小麦种植面积稳定在50万亩。同时，形成了以小麦为雁头，以面粉—面条—面点—速冻食品和白酒—包装—运输两条产业链为两翼的"雁阵"发展布局，构筑起从田间到车间再到餐桌的"全链条、全循环"的产业链。"延津模式"也在中原大地走红。

弱筋小麦的出路

2017年8月29日的《农民日报》一版头题刊发了《"专用"小麦绿色转型——河南小麦生产开辟新路径纪实》的通讯。文章开头这样写道：

"用淮滨弱筋小麦做出的酒曲像玉一样晶莹剔透，我酿酒20多年了还是头一次见。"钟莉任职于五粮液集团制曲车间，她22岁刚进入酿酒行业时听说过，好酒曲就像玉，但只在照片上看到，没想到自己有一天真做出了这样的酒曲。

在第一次试用600吨大获成功后，五粮液集团当即与河南信阳市政府、淮滨县政府签订协议，酿酒制曲所用弱筋小麦全部从淮滨收购，每年计划收购10万—12万吨。

这只是河南发展优质专用小麦的一个范例。在新的粮食供求形势下，素以"中原粮仓"闻名的河南省，粮食发展道路也在悄然发生变化。近年来，按照专种、专收、专储、专用的路径发展小麦生产，增加优质小麦市场供给，河南优质专用小麦发展到600万亩。

8月初，记者来到河南省驻马店、信阳等地区，在刚刚过去的新麦收获中，价格高开高走，明显高于上年，全省农民小麦种植每亩收益增幅达25.2%。

曾经，淮滨县种植的小麦，因为蒸不成馒头、做不成面条、包不了饺子而备受嫌弃，当地的面粉企业都拒收，低价都卖不出去。

2003年，淮滨县新上了一家面粉厂，产品一上市就备受人们青睐，实现了"开门红"。正当企业沉浸在初获成功的喜悦之中的时候，麻烦却接踵而至：看上去白花花的面粉，用来蒸馒头却成了"锅巴"，做成的面条一煮成了面汤，包饺子皮一碰就破，客户的投诉一起接着一起，批量的订单被取消，面粉厂很快由门庭若市变得"门前冷落鞍马稀"，走俏一时的面粉转眼间就成了"弃儿"。

究竟是什么原因，导致这种当地种植的"杂麦"出现这种状况？陷入困境的面粉厂疑惑重重。

农业科研部门为他们解开了谜团：原来，这是当地小麦胎里带的品质。淮滨县位于淮河中上游，属暖温带半湿润性季风气候，小麦灌浆期高温多雨、日照不足、湿害较重、昼夜温差小，不利于小麦籽粒中面筋质和蛋白质的形成积累。在这里，种植强筋小麦品种，收获的却是中筋小麦，而种植中筋品种，则会变成弱筋小麦。也就是说，淮滨小麦在强筋方面是"先天不足"。

找到了问题的症结，面粉厂却兴奋不起来。他们如果没有了本地小麦的资源优势，靠购买外地小麦加工，会加大生产成本，在激烈的市场竞争中，明显处于劣势。

自然环境无法改变，淮滨小麦难道就不能加工面粉吗？这种面粉是否还有别的出路呢？

经过调研，他们终于搞清楚，强筋小麦面筋强度强，更"筋道"，适宜做面包、面条等。弱筋小麦又称软麦，面筋含量低、强度弱，面团稳定时间短、延伸性好，适合做饼干、糕点等。

但当时人们不知道小麦有强筋、弱筋之分，粮食收购也不分类，各种小麦都收到一个仓库。粮食加工企业把这些混收的小麦叫作"花麦"。

在很长一段时间，小麦种类一直困扰着我国面粉行业。一方面，农民小麦丰收，却卖不出去；另一方面，加工企业所需要的强筋小麦和弱筋小麦等"专用麦"在国内市场上却买不到，只有靠高价进口。在河南建有生产基地的麦得隆公司，是福建省漳州市龙海区的一家食品加工企业，全市700多家食品加工企业65%的生产原料是面粉。过去因为在国内找不到专门的优质烘焙面粉，只能大家抱团从国外进口，特别麻烦。一些需要强筋小麦的加工企业派人到地里去寻找，看着差不多的，就收购回来。但有时候也混杂不清，比"花麦"稍强一点。

淮滨的那家面粉厂，为了提高市场竞争力，也为了给淮滨的弱筋小麦寻求出路，开始带着样品四处奔波，让各种类型的食品企业试用。经过4年的努力，终于有了重大突破——2007年，知名品牌"思朗饼干"的生产商东莞锦泰食品公司在试用淮滨面粉厂的产品时，发现用该产品制作饼干时用油少、成形好、烤制时间短，非常适合生产饼干。接下来，锦泰公司和这家面粉厂签订了固定供货合同，还帮助他们制定了生产标准。

与东莞锦泰的合作，不仅给这家面粉厂带来了稳定的产品销路，也为他们找到了发展方向：重新调整产品结构，专门研发生产饼干、糕点的专用粉。很快，这家面粉厂就把新产品卖到了"三全""思念"等国内大型食品加工企业，成为河南饼干专用粉的"龙头老大"。

2017年3月22日，淮滨县的弱筋小麦基地上空热闹非凡，8架直升机、230架植保无人机紧张作业，把30吨防治小麦条锈病的药物喷洒到了60.7万亩麦田。

这次防治小麦条锈病的600万元资金，是淮滨县政府以补贴的形式发放给粮农的。此前，为了提高农民种植弱筋小麦的积极性，县里还在半价供种的基础上发放了576万元的弱筋小麦种子补贴。这两项下来就是1176万元，对于淮滨这个财政小县来说，这可不是小数字。他们这么"舍本"，就是要把弱筋小麦产业做大做强。

直到2012年，淮滨县弱筋小麦的种植面积才有5万亩。那家面粉厂弱筋面粉的走俏，让县领导看到了弱筋小麦的价值。他们经过多方调研，了解到弱筋小麦只适合在豫、皖、苏三省淮河以南地区规模种植，面积不到全国小麦种植总面积的10%。而在国外，适合规模种植的也只有美国、澳大利亚的局部地区。再者，国内高档饼干、蛋糕和白酒等生产企业需要大量弱筋小麦，而供应量不足需求量的10%，只能大量从国外进口。

这两个10%，说明了弱筋小麦的紧俏——淮滨县领导得出了这样的结论。小麦种植有着天然短板的淮滨县，决定剑走偏锋，另辟蹊径，抓住弱筋小麦需求旺盛的契机，变"短板"为"长板"，打开一条小麦产业由"弱"变强的通道。

于是，淮滨县实施了一系列措施：专门成立弱筋小麦产业指挥部，加强统筹；连续5年出台了发展弱筋小麦生产指导意见，把弱筋小麦生产纳入目标管理，实施整村推进，实现连片种植；通过项目倾斜及资金整合，建设弱筋小麦生产基地，完善配套设施，推广机械设备和关键技术应用；实行政策贴息贷款，培育壮大龙头企业，对加工企业进行金融支持；采取统一半价供种、统一技术服务、统一病虫防治、统一保险和统一加价收购等"五统一"措施，扶持发展弱筋小麦种植……

"东风"劲吹，淮滨县弱筋小麦种植面积迅速扩张，名气也越来越大，吸引了食品行业的高度关注，很多企业与淮滨建立起长期的供求关系，还有的企业直接在淮滨投资建厂。

2014年，淮滨县与五粮液集团成功牵手，成立河南五谷春酒业有限公司，资产超过6.2亿元，年产曲酒达2万千升，年产值35亿元。

同年，福建漳州龙海区的著名食品企业麦得隆在淮滨成立了分公司，投资18亿元建起了以面粉、饼干、蛋糕、膨化食品等为主要产品的食品工业园，年产值达30亿元。企业测算，把工厂建在原料产地每吨产品可减少成本约200元，食品工业园全部投产后仅降低成本这一块，每年即可节约千万元以上。

到2015年，淮滨县弱筋小麦种植面积发展到50万亩，总产量达20万吨，而且全部实行了订单收购，产值突破4亿元，成为农业部"国家优质弱筋小麦生产示范县"。2016年，弱筋小麦种植面积突破了60万亩，占到全县小麦种植面积的75%以上。

2019年，淮滨县建成省市弱筋小麦种植加工研究中心4家，弱筋小麦种植面积达70万亩，产值12.6亿元。拥有规模以上专用面粉加工企业、食品加工企业12家，年加工小麦25万吨，年产销各类烘焙食品3万吨，销售收入13亿元，形成了完整的弱筋小麦—低筋面粉—烘焙食品—工业化主食精深加工的产业链。

小麦产业化的发展，反过来也促进了弱筋小麦在淮滨县的标准化种植。各个龙头企业均建立了种植基地，成立了合作社和技术团队，以"公司＋合作社＋农户"的订单种植模式，全程为农户提供产前、产中、产后服务，指导农民按照技术规程进行标准化生产管理，确保了弱筋小麦的产量和品质。

优质粮食工程

2016年，中央一号文件提出了"推进农业供给侧结构性改革"。这为如何适应消费需求变化，解决供需结构性矛盾，改善种粮农民效益差、市场竞争力弱等问题指明了方向。

河南省委、省政府围绕推进农业供给侧结构性改革，发展优质专用小麦，推动高效种养业转型升级，先后出台了《河南省推进种养业结构调整转型行动方案（2016—2018）》《河南省推进优质小麦发展工作方案（2016—2018）》《关于推进农村一二三产业融合发展的实施意见》等一系列文件。

2016年9月，在"三秋"生产暨农业供给侧结构性改革现场会上，河南省政府提出了"四优四化"，即重点发展"优质小麦、优质花生、优质草畜、优质林果"，大力调整农业结构，统筹推进"布局区域化、经营规模化、生产标准化、发展产业化"，加快改变全省农业存在的大而不优、多而不强，优质高端农产品供给不足，农业深层次矛盾凸显等现状。并以"四优四化"为抓手，河南省筛选出滑县、内黄、浚县、延津、濮阳、永城6个县（市）发展强筋小麦，连片成方种植面积165万亩。在豫南选择了淮滨、息县2个县发展优质弱筋小麦，连片成方种植面积65万亩。这8个试点县共建立示范基地230万亩，走先行先试之路。另外，永城市被确定为全国促进面粉产业健康发展试点，围绕种植、收储、加工、产业发展、政府服务等环节进行改革探索。

落实订单，推进优质专用小麦产销一体化，是发展优质专用小麦的关键。2017年3月2日，在郑州召开的河南省优质专用小麦产销对接推进会上，来自全省的粮食购销企业、粮食加工企业对优质小麦青睐有加，8个试点县230万亩优质小麦被抢购一空。

食品加工企业表示：只要达到标准，优质小麦有多少要多少。

按照河南省推进优质小麦发展工作方案，要推进优质专用小麦布局区域化，在适宜的生态区内发展优质专用小麦生产。从区域看，北部寒冷，适合种筋道的强筋麦；南部温润，适宜种松软的弱筋麦。据此，河南省划定了豫北强筋、豫中东强筋和豫南弱筋三个优质专用小麦生产区。豫北强筋麦区主要是黄河以北6个省辖市的30个县（市）区；豫中东强筋麦区主要是黄河以南、沙河以北，包括8个省辖市的36个县（市）区；豫南弱筋麦区主要涵盖信阳市全部和驻马店市的正阳县、南阳市的桐柏县，共12个县区。

郭天财教授说："发展优质专用小麦，必须克服混种问题，根据当地的气候土壤条件，开展单一品种的集中连片种植，提高区域内优质小麦产业和经营主体的规模化程度。"

2017年，河南继续按照规模化种植的路径，全部实行成方连片、规模化种植，且优先布局在基础设施较好、土壤肥力较高的高标准粮田内。全省优质专用小麦种植面积达到840万亩，比上年增加240万亩。生产中，采取专家指导组包县的方式，指导农民开展标准化生产；筛选出适宜各地生产的"新麦26"等6个主导优质专用小麦品种，种植面积679万亩，占全省种植总面积的80.8%。全省千亩以上单品种片区达1769个，面积756万亩，占全省的90%；万亩以上片区150个，面积306万亩，占36.4%，基本实现单品种规模连片种植。

此外，在优质专用小麦种植区内，还推广了节肥、节药等节本技术和病虫害绿色防控等生态绿色技术，提升优质专用小麦的品质。

2018年，河南省农科院与克明面业、农民合作社三方牵手合作，在遂平县共建设4个优质强筋小麦示范区，核心示范区面积1万亩。河南省农科院出技术，对土地实施深耕，适期晚播，秸秆还田快速腐解，配方施肥，使用生物菌剂等病虫害绿色防控技术，从而解决了优质小麦生产的技术瓶颈问题，实现了优质小麦从耕、种、管到收各个生产环节的技术标准化。

克明面业采取统一供种、统一技术、统一保险、统一收购、统一价格的"五统一"模式，种植户每亩地可少投资200多元，收购价格每斤比市场价高0.1元。

合作中，科研单位、面粉企业和合作社均获得了各自期望的收益。

在河南省优质小麦产业发展上，这是科技与资本合作的一个新探索，构建了"科研单位+企业+合作社"的新模式，也是"延津模式"的延展和开拓。

这种模式充分发挥了科研单位的技术支撑作用、合作社的组织纽带作用和企业的市场导向作用，为有效贯通小麦产业链条，促进河南省优质小麦专种、专收、专储、专用，为优质小麦的产业化发展提供了可推广、可复制的又一个模式。

这也是河南落实"藏粮于地、藏粮于技"的创新举措。

2019年初夏，行走在中原大地，目及之处几乎全是麦田。那一块块、一方方小麦，几乎一模一样，若不是内行，谁能辨认出哪一块是优质专用小麦、哪一块是普通小麦？

从豫东平原到豫西丘陵，从黄河之滨到淮河之畔，"强筋""弱筋"遥相呼应，形成了河南优质小麦种植的大格局。

随着优质专用小麦种植面积逐年增加，供给总量不断增大，专种、专收、专储、专用的态势已基本形成，提高了附加值。

如今，河南优质专用小麦种植面积达到了1204万亩，3年实现了翻一番，占全省小麦种植总面积的七分之一。全省各地已逐步建立起"订单农业"模式，有387家企业签订了订单，订单率达84%以上，形成了生产、加工、销售一体化的经营体系。

通过区域化种植、规模化生产、产业化经营，麦田生产与加工车间实现了紧密对接，全省构筑起一条优质小麦产业链，不断提高粮食核心竞争力，延伸粮食产业链，提升价值链，促使河南种植更多更好的优质小麦，在市场上争俏，在餐桌上飘香。

国家"优质粮食工程"于2017年启动，被列入2018年制订的《国家乡村振兴战略规划（2018—2022年）》，2019年又被列入中央一号文件，在促进农民增收、企业增效、消费者得实惠等方面取得了显著成效。

"优质粮食工程"包括粮食产后服务体系、粮食质量安全检验监测体系建设和"中国好粮油"行动计划三个子项。三个子项既自成体系，又互相支撑、整体推进、同向发力，强化集聚效应，实现粮油产品品种多、质量优、品牌强，让农民增收、企业增效、消费者有更多更好的选择。

2019年6月，财政部、国家粮食和物资储备局联合印发了《关于深入实施"优质粮食工程"的意见》，国家粮食和物资储备局印发了"优质粮食工程"三个子项实施指南，对进一步深入实施"优质粮食工程"作出全面部署，提出具体要求。

"种粮农民种好粮，收储企业收好粮，加工企业产好粮，消费者吃好粮"，成为我国未来粮食生产的新追求。

籼与粳

横亘在中华腹地的秦岭山脉和发源于河南桐柏山主峰太白顶一路向东的淮河，构成了我国南北的分界线。虽仅一山一河之隔，但南北两侧无论是气候、降水量，还是农作物、风俗民情，都有着不小的差别。粮食生产上，南方以种植水稻为主，北方以种植小麦、玉米为主。正因如此，南方人养成了一日三餐离不开大米的饮食习惯，而北方人则顿顿吃馒头、面条等面食。在豫南，地处淮河以南大别山北麓的信阳，正是亚热带向暖温带过渡地带，温和而四季分明的气候、丰沛的雨量，为种植水稻创造了优越条件，也成为我国籼型水稻分布的北沿。

河南的水稻种植，集中分布在淮河和黄河两岸，主要分为以信阳市为主的豫南稻区和北中部的沿黄稻区。两大稻区还可细分为淮南、淮北、南阳、颍沙河、伊洛河和沿黄6个稻作分区，总面积大约1000万亩，占河南秋粮总面积的10%上下，总产量排序居三大主粮之尾。

豫南稻区涵盖信阳市及南阳、驻马店部分县区，多在大型水库灌区周边及沿淮和低洼易涝地区。其中最知名、规模和产量最大的淮南稻区，主要集中在信阳，包含南阳市桐柏县和驻马店部分县区，水稻种植面积约800万亩，以种植中籼稻为主，是全国著名的商品粮基地之一，占到河南水稻总面积的80%，也是我国采用稻麦两熟制最早的区域。豫中北部的沿黄稻区，主要包括黄河两岸的洛阳、济源、焦作、新乡、郑州、开封、濮阳等7个省辖市的引黄种稻县区——这是上世纪60年代开发的新稻区，均种植粳稻。另外，在黄河与淮河之间的中部地区，伊河两岸也有零星分布，籼粳兼种。

我国栽培的水稻主要有籼稻和粳稻两大类型，二者在特征上存在明显区别。籼稻耐湿、耐热、耐强光，对稻瘟病抵抗性较强，但易落粒，耐肥性较弱。其米粒淀粉黏性较弱，胀性较大。籼稻比较适宜生长在高温、强光和多湿的热带及亚热带地区，在我国主要分布于华南热带和淮河以南的亚热带低地。

粳稻耐寒、耐弱光、耐肥性较强，不易落粒，但对稻瘟病抵抗性较弱。它的米粒淀粉黏性较强，胀性较小。粳稻比较适宜生长在气候暖和的温带、热带高地，在我国主要分布于南部亚热带的高地，华东太湖流域以及华北、西北、东北等温度较低的地区。

籼稻与粳稻的垂直分布也不同，同一热带地区，大体上籼稻在平地，粳稻分布在高地。

正是这些因素导致豫南种植的籼稻稻米不仅品质较差，而且大面积单产提升的空间也有限，还制约着水稻机械插秧和轻简栽培应用。

新中国成立之初到上世纪90年代，豫南水稻生产经历了两次重大变革：一次是上世纪60年代的"高改矮"，即由矮秆水稻品种替代高秆水稻品种，水稻单产水平由每亩300公斤上升到400公斤；再就是上世纪80年代末的"常改杂"，即由杂交水稻品种替代常规水稻品种，水稻单产又上了一个新台阶，每亩产量由400公斤上升到500公斤。

但是，这两次变革解决的都是产量问题，而籼稻的品质等问题一直是豫南水稻生产的短板。如何从根本上改善豫南稻米品质，优化豫南耕作制度，改变豫南水稻、小麦的生产方式，成为水稻科技工作者的新课题。于是，以"籼改粳"为突破口的豫南水稻生产的第三次重大变革被列入攻关日程。

实际上，为改变水稻品质，豫南的"籼改粳"从上世纪50年代就开始了。

1950年，信阳专区地方国营农场（信阳市农科院前身）在全区（含今驻马店市）组织发动广大农民开展水稻地方良种的评选、鉴定和利用工作。第二年，农场收集到水稻材料365份，其中粳稻28份，从中推广了九月寒、香稻丸、黑壳糯、猴儿背等良种。到1956年，信阳专区农业试验站（由信阳专区地方国营农场更名）开始双季稻研究，在全区示范推广头季早粳稻搭配二季中粳双季稻栽培法，当年全区试种移栽式双季稻2900多亩。1957年，信阳专区农业试验站引进50多个新品种。1958年全区发展双季粳稻38万亩。但由于减产幅度较大，1960年双季粳稻停止种植。

粳稻种植停止了，但对粳稻栽培种植的研究却一直持续。1966年，河南省农科院信阳水稻研究所（由信阳专区农业试验站更名）进行双季籼稻、双季粳稻、早籼晚粳的合理搭配和栽培技术研究。试验证明，以头季矮秆早籼，搭配二季中粳品种，其产量最高。次年，研究所就转向试验、示范、推广矮秆早籼搭配中粳栽培方法。

1971年，信阳地区农科所（由河南省农科院信阳水稻研究所更名）举办了160人参加的"大苗改小苗、单季改双季"水稻生产新技术学习班，全区第二次发展双季稻。全区1974年推广47万亩，1976年达到60万亩。

但到第二年双季稻就一下子下降到28.3万亩，2年之后，已不足8万亩。至1980年减少到万亩以下。

随着生产责任制的推广，豫南地区农业种植结构也发生了改变，稻（籼）、麦两熟逐渐兴起，粳稻因双季稻的下马基本也无农户再种。

尽管如此，信阳地区农科所依然没有放弃对粳稻种植的研究。彼时，他们开始了单季中粳稻试验。为了不浪费土地资源，能与小麦等作物接茬，他们开始示范推广"秀优57""黄金晴""花粳2号"等品种，信阳再次掀起"籼改粳"高潮。1983年全区试种1.8万亩，次年扩大到2.4万亩，1986年达到10万亩，1987年达到12万亩。当时他们非常注重品种选择和常规技术的改进，将粳稻与籼稻同期播种，结果粳稻在抽穗灌浆期总是遭遇高温、稻瘟病、纹枯病或三化螟三代的严重危害，导致大面积减产或绝收，平均单产不足300公斤，还赶不上同期籼稻的60%。就这样，"籼改粳"再次失败，豫南粳稻生产再次陷入困境。

1990年代，信阳地区农科所研究员宋世枝参与的豫南杂交水稻制种技术研究取得了重大突破，有力地推动了豫南杂交籼稻的大面积推广应用，单产每亩提高100公斤，彻底解决了豫南水稻的产量问题。

1990年，信阳地区农科所筛选出"CO12""豫粳6号"等适合豫南种植的粳稻品种。

1993年，信阳地区农科所开始杂交粳稻的选育。同年，在罗山县庙仙乡种植新品种郑稻5号300余亩，亩产达500公斤，1994年扩大到3个乡（镇），面积6000余亩。结果三化螟和稻瘟病造成水稻大幅度减产，经济损失惨重。从此，人们谈"粳"色变，信阳再次被有关专家认定为粳稻不适宜种植区，粳稻的研究开发也进入低谷。

1996年，"CO12"通过了河南省农作物品种审定委员会认定。尽管这个品种米质优良，但产量无法与杂交籼稻抗衡，大面积推广受到限制。

面对一次次的失败,面对"豫南真的不适宜种植粳稻"的声音与质疑，参与"籼改粳"的宋世枝陷入了沉思。但冥冥之中，他仿佛听到了另一个声音，信阳这块土地是可以种植粳稻的，因为之前不是没有成功过——他始终认为，失败是因为还没有找到最适宜种植它的时机或技术。

21世纪初，宋世枝带领团队再次立项对豫南"籼改粳"进行深入研究。

宋世枝团队几乎从头开始，认真梳理了"籼改粳"的所有相关资料，总结每次成功的经验，分析失败的原因，从中总结出存在的问题：一是籼、粳混淆，将粳稻当作籼稻种，这是不对的，籼是籼，粳是粳，不可混淆。二是照搬照抄，以为更换品种就可以解决一切问题，将"籼改粳"简单化了。三是没有找到正确的技术路线，把生产上出现问题的解决途径全寄希望于品种的更新，而忽视了对栽培技术的研究。

宋世枝团队重新审视粳稻的特征、特性和信阳的特殊生态环境，深入反思在发展粳稻上的技术策略和措施。经过几年的深入研究与探索，他们终于找到了限制信阳粳稻高产优质的三大障碍因素：一是抽穗灌浆期遇高温受到危害，造成结实率和千粒重降低，品质下降。二是抽穗灌浆期高温高湿诱发稻瘟病、纹枯病流行，造成严重减产或绝收。三是粳稻叶色深绿，三化螟的趋绿特性致使三化螟三代产生集中危害。

针对这些因素，宋世枝团队按照"推迟粳稻抽穗灌浆期"的技术路线，制订出信阳粳稻晚播高产优质栽培对策：将抽穗灌浆期由原来的8月上旬至9月上中旬推迟到8月下旬至10月上中旬。如此一来，就可以避过8月上中旬高温高湿天气和三化螟三代孵化高峰期。而根据灌浆期则可以按品种生育期计算出播种时间，把当地原来4月中下旬播种，推迟到5月下旬至6月上旬。

通过反复的实验，宋世枝团队终于实现了信阳粳稻栽培技术的重大突破。经过几代水稻专家60余年的探索，几度陷入"山穷水尽疑无路"境地的豫南稻区"籼改粳"栽培难题终于得以破解。而此时，时间已经进入21世纪。

人们怎么也没想到，被称作豫南水稻生产第三次革命的"籼改粳"技术中困扰水稻人半个多世纪的关隘，竟然像窗户纸一样被"推迟播种期"这个关键"利器"给捅破了。

2001年，信阳市罗山县部分粳稻达到亩产800公斤的高产，比当地一向高产的籼稻还多出100多公斤。

2003年，"籼改粳"研究成果通过河南省技术鉴定。有关专家认为，粳稻晚播技术不仅对豫南稻区有重要作用，而且对我国种植面积超过亿亩的广大一季中籼稻区的"籼改粳"也有重要的借鉴意义。各地根据当地气候特点，适当推迟粳稻播种期，调整耕作制度，对优质粳稻的发展必将产生巨大推动作用。

同期，信阳市农科所选育的粳稻新品种"两优培粳""信杂粳1号"分别通过国家和河南省农作物品种审定。

20世纪80年代至90年代，杂交籼稻以其强大的杂种优势，尤其是高产特征，被急需温饱的南方农民认可。然而，随着生活水平的提高，籼米因品质较差，越来越多的南方人也不愿食用，造成外销困难，籼稻大量积压。而粳米品质优，适口性好，更受城乡居民的欢迎，逐渐成为主食消费主流。

面对市场需求，国内水稻专家应势而动，2004年由袁隆平院士提议在三亚召开了"中国杂交粳稻科技创新研讨会"，提出了到2010年实现杂交粳稻年推广面积达200万公顷、每公顷增产稻谷1.5吨、年增稻谷30亿公斤，并使整体稻米品质上升一个新台阶的目标。

在这一年，宋世枝主持的"豫南粳稻高产优质障碍因子与栽培对策研究"获得了河南省科技进步二等奖。

随后，信阳市建立起粳稻高产优质晚播技术平台，以推迟粳稻播种期为核心技术，科研人员对信阳"籼改粳"技术进行全面深入研究，完善并建立起信阳粳稻高产栽培技术规程，筛选和构建了适应于信阳不同茬口的粳稻品种群，初步完善了信阳粳稻病虫害综合防治技术，建立了粳稻—小麦、西瓜—粳稻等高产高效耕作制度，并对粳稻机插秧、抛秧和直播等轻简技术进行了深入研究，制订了相应的栽培技术规程。

"籼改粳"中还存在一个问题，就是北方的粳稻品种南移后，生育期普遍缩短，不适应南方新的生态环境，植株营养体生长不足，会出现抗性减弱，病虫害显著加重，导致稻米品质变差，产量锐减。也就是说，豫南稻区迫切需要适宜本地种植的粳稻良种。

2006年，信阳市平桥区五里镇王水寨村董守权种植的7亩"郑稻18号"和"武粳15号"新品种粳稻，平均亩产630公斤，比当地杂交籼稻每亩增产100公斤左右，而且稻谷品质好，很受市场欢迎，7亩地多收入2000多元。董守权从2003年开始在信阳市农科所科技人员的帮助和指导下尝试改种粳稻，4年的收成都不错，为周边农户起到了示范作用。

这年9月，在信阳市召开了河南省"籼改粳"学术研讨会，研讨豫南"籼改粳"的发展前景、难题、解决途径、品种选育与利用、栽培生理生态、高产高效种植技术、病虫害发生规律与综合防治技术以及粳稻产业化开发等内容。

2007年1月，在"籼改粳"中表现不俗的粳稻品种"信杂粳1号"获河南省科技进步三等奖。

这期间，水稻育种专家尹海庆主持培育的高产、抗病新品种"郑稻18号"也脱颖而出。在区域试验和生产试验中，"郑稻18号"百亩示范方每亩产量达650公斤，高产攻关田每亩产量达780公斤。而在信阳市进行的高产示范，亩产则达到了650公斤。这个品种还具备品质优良，可抗水稻穗颈瘟、白叶枯病及条纹叶枯病等特性。

"郑稻18号"的问世意味着能够在沿黄粳稻区种植的优质大米，也能在信阳、驻马店、南阳大片生产，这无疑为豫南"籼改粳"的推进插上了翅膀。

豫南稻区的基本耕作制度是稻麦（或油菜）轮作。"籼改粳"之后，水稻播种期的后移，更有助于早春作物的茬口安排，提高土地利用率和经济效益。另外，豫南稻区约有100多万亩山丘谷地受冷水浸渍和湖区滩地受地下水浸渍形成的水浸田，更适宜种植较耐寒的粳稻。

"籼改粳"还有助于加快机械化收割普及进程。籼稻易脱粒，由于交通不便，有些农民仍采用人工收割脱粒办法，劳动生产率很低。而粳稻落粒性差，脱粒困难，必须采用机械脱粒，"籼改粳"后将会加快道路和农田改造，推进机械收割进程。

2009年，信阳市农科所选育的"信旱优26"通过国家农作物品种审定。同年，"两优培粳"获河南省科技进步二等奖。

到2010年，信阳市已初步建成豫南"籼改粳"理论和技术体系，逐渐进入健康稳步发展阶段，全市粳稻生产面积由2000年的零星种植扩大到了30万亩，优质水稻占到8.8%。

其间，宋世枝主持完成的发明专利技术"水稻抛植苗原床泥质露天育秧法"省时省力，操作简便，又安全增产，农民一看就会，一做就成，使抛秧技术重新焕发生机，把中国抛秧技术推进到一个新的发展时期。几年间，全国采用泥浆大田育秧、抛秧面积就达到7000万亩。信阳抛秧面积也猛增，由2000年的不到2万亩，到2010年超过100万亩，部分乡镇抛秧面积达到95%，让稻农们告别了昔日手工插秧的繁重劳动。抛秧技术不仅改变了豫南水稻传统的耕作方式，而且每亩还能增收节支220元，信阳市10年间累计增加经济效益超过5亿元。同时，"泥质露天育秧法"育秧技术原理也被应用到机插育秧中，推动信阳机械插秧由工厂育秧向大田露天育秧的模式转变，水稻插秧机械化率得到提高。

2012年，围绕进一步调整信阳市水稻品种结构，提高水稻产量和稻米品质，促进水稻产业可持续发展，促使粮食企业提高经济效益，河南省政府启动由宋世枝主持的豫南"籼改粳"重大科技专项。当年，粳稻种植面积即达到101万亩，优质水稻占比达到17.5%。

"籼改粳"项目是一项集品种示范、技术推广和产业化开发于一体的系统工程，目标为：到2015年项目完成后，信阳市粳稻推广面积达到500万亩以上，平均每亩比籼稻增产稻谷100公斤左右，种植经济效益达到13亿元。

2013年10月，中国工程院院士陈温福到信阳考察"籼改粳"情况。26年前陈温福院士曾在信阳从事过"籼改粳"，但失败了。看到今天"籼改粳"的成功，陈温福院士激动地对宋世枝说："你们很了不起！"

2014年，豫南粳稻面积超过200万亩，优质水稻比例超过了30%，豫南水稻品质结构得到了迅速改善，信阳粳稻首次被纳入国家托市收购和军粮采购。

豫南稻区是我国籼型水稻种植的北沿，更是北粳南移和"籼改粳"的桥头堡。豫南"籼改粳"的技术和方法取得的重大突破，对我国江淮流域"籼改粳"有借鉴和示范作用，人们看到了江淮流域"籼改粳"的希望。

在豫南水稻生产的第三次重大变革——"籼改粳"过程中，宋世枝成为攻占桥头堡的头号功臣。2015年6月，宋世枝成为河南省首批享受省政府特殊津贴人员。2016年2月，宋世枝被河南省委组织部评选为第九批优秀专家，成为信阳市农科院历史上第一位省管优秀专家。

超级稻

"籼改粳"的变革在豫南大地渐次铺开之时，另一场围绕实现"中国超级稻研究计划"目标的超级杂交水稻推广也在如火如荼地进行着。

信阳市的超级水稻种植是从2002年承担国家863重大科技攻关项目——"信阳大别山（江淮之间）超级杂交稻种试推广"开始的。项目实施后，信阳水稻产量大幅增长，从2004年起，信阳市超级稻示范区亩产一直稳定在650公斤以上。

2008年9月1日，袁隆平院士来到了信阳——他是来看他的"孩子"的。

说起袁隆平与信阳的渊源，可以追溯到1936年。那年，6岁的袁隆平跟随父母、哥哥和弟弟来到信阳鸡公山休假避暑，度过了一段美好的时光，美妙的山水给他留下了难忘的记忆。跨越72个春秋，袁隆平又一次踏上这片豫风楚韵兼具的大地。袁隆平这次故地重游，可不是为了度假，而是为了信阳水稻生产大计。

在商城县双椿铺镇金寨、鄢岗镇肖寨、金刚台乡朱裴店等村的"种三产四"示范基地，金灿灿的水稻长势喜人，收获在即。

袁隆平兴致勃勃地行走在山坳田埂，爬坡越岭，精力充沛，动作灵活，全然没有78岁老人的龙钟之态。

"真好啊！"袁隆平看着稻田，由衷地赞叹道。

上年，商城县超级杂交稻"Y两优1号"百亩示范片平均亩产达到859.4公斤，千亩示范片平均亩产达到758.2公斤。当全国著名水稻栽培专家、南京农业大学教授凌启鸿把这个消息告诉袁隆平的时候，袁隆平激动地说："全国现在还没有这么高的产量，我很高兴。这859公斤实在太令人鼓舞了，是超级杂交稻生产的重大突破。"

在一块稻田里，袁隆平蹲下来，像慈父抚爱孩子一样，轻轻地揽住一把金灿灿的稻穗，小心翼翼地抽出一穗放在掌心，仔细地数起稻粒。

数完了，袁隆平院士兴奋地说："这么大的穗子，有200多粒，只有几粒是瘪的，结实率达到98%啊，不错不错。"

信阳市农业部门负责人向袁隆平介绍，2008年信阳全市推广超级杂交稻505万亩，占水稻总面积的75%，均产可达650公斤以上。经过多点取样，26个百亩核心示范区单产均超过800公斤。

"原来认为河南不是个水稻主产省，哪知道信阳有这么大的面积，而且产量这么高。'种三产四'效果这么好，真是很意外啊！"袁隆平高兴地说，"从今年商城示范情况看，这个丰产工程是成功的，可以说提前实现了我的愿望。"

在金刚台乡千亩示范区，袁隆平对信阳市领导说，湖南全省的超级稻是1000万亩，你们一个市就有500万亩，这是全国第一的，不是前列，而是NO.1。信阳水稻大有希望。明年把亩产900公斤的核心攻关区就放在这里。

兴奋所致，袁隆平欣然为信阳水稻生产题词："金刚台上摆擂台，种三产四夺金牌。"

9月17日，在郑州召开的"第十届中国科协年会"上，袁隆平院士高兴地接受了信阳市政府的聘请，成为信阳市500万亩杂交水稻暨"种三产四"丰产工程科技总顾问。

从此，信阳成为袁隆平在全国最大的一块"高产示范田"，为他的杂交水稻攻关增添了信心和激情。袁隆平将亩产800公斤和亩产900公斤的第二期、第三期超级杂交水稻攻关项目先后放在信阳试验，给信阳水稻生产带来了新的活力。

信阳市从2006年开始在袁隆平的指导下实施超级杂交稻"种三产四"丰产工程，在各县区建立了万亩高产创建示范片和万亩高产攻关核心区。袁隆平团队针对不同品种特性，为信阳专门制订了栽培技术方案，指导育秧、施肥、灌溉、病虫害防治，还把"Y两优1号"等多个新培育的高产优质品种无偿提供给信阳做示范种植，并经常派助手来信阳指导。

在此之前，河南省没有引进超级水稻品种。信阳市委、市政府在2006年、2007年连续两年把超级杂交稻示范推广列入"十件实事"，在全市连片种植。

2009年2月，全国超级稻总结表彰会在湖南召开，袁隆平特别邀请信阳市参加，并安排信阳代表在会上发言，介绍推广信阳的经验。

2011年8月，袁隆平再次赴信阳考察指导。他不仅带着科研团队亲赴平桥、息县、罗山等县区田间地头看望他的"孩子"们，还为新成立的"国家杂交水稻工程技术研究中心信阳分中心"授牌。信阳分中心将承担品种选育、种植试验、集成配套技术研究和产业化开发等科技攻关任务。

在罗山县种植"两优1128"的国有农场，袁隆平仔细察看了稻田后说："'两优1128'，百亩片可能达到900公斤，这是超级杂交稻的第三期目标，是我梦寐以求的。"

"900公斤的目标既是追求也是压力，原计划在2015年实现，但是没想到，这个目标这么快就要在信阳实现。"袁隆平说。

平桥区凡高农机合作社种植的100亩袁隆平团队重点推广的高产品种"Y两优2号"超级杂交稻，按照技术小组的指导，表现良好，穗大粒饱，令袁隆平很是激动。

信阳市承担了袁隆平团队培养的多个新品种示范推广，息县种植的是"深两优5814""C两优608"。这两个品种是袁隆平主持培育的集抗病、抗倒、优质、广适、高产稳产于一体的超级稻组合,被农业部确定为"种三产四"丰产工程品种。

在息县"深两优5814"的大田种植现场,袁隆平通过测算,亩产可达到860公斤。每次走进稻田,袁隆平都会轻抚稻穗,那种对水稻发自内心的爱藏都藏不住。

这年的9月,信阳遭遇阴雨连绵天气,致使水稻后期的灌浆受到不利影响,最终没能达到亩产900公斤的三期目标。但测产结果成绩依然不俗:信阳罗山县国有农场百亩核心区种植的"两优1128"平均亩产为869.6公斤,创造了我国江淮流域一季中籼稻高产的新纪录。平桥区凡高农机合作社百亩核心区的"Y两优2号"平均亩产865.9公斤。这两个超级杂交稻品种均创造了河南水稻高产的新纪录。

袁隆平闻讯后高兴地说:"亩产900公斤是我梦寐以求的目标,869.6公斤已经很了不起了,是超级杂交稻生产的很大突破。"

2014年,由袁隆平院士主持,集中全国优势力量、组建协作团队共同实施的超级杂交稻"百千万"高产攻关示范工程启动,计划三年时间实现"百亩片亩产1000公斤、千亩片亩产900公斤和万亩片亩产800公斤"的高产攻关目标。

袁隆平对信阳厚爱有加,把光山县列为全国仅有的两个"百千万"工程高产攻关示范县之一。

当年9月3日,袁隆平第三次抵达信阳,率领科研团队考察光山县"百千万"高产攻关工程的实施情况,察看"Y两优900""Y两优2号""湘两优2号"超级杂交稻的长势。

当天,经专家现场测产和实打验收,项目区百亩示范片平均亩产910.6公斤,千亩示范片平均亩产815.5公斤,万亩示范片平均亩产733.8公斤。这样的产量,再次创造了河南水稻的新标杆。

袁隆平欣喜地说:"取得这样的成绩很不简单,这在全国都是少见的,积累的经验和技术对水稻大面积增产都具有很强的借鉴意义。"

2015年8月28日，袁隆平第四次走进大别山。在光山县超级杂交稻万亩示范稻田里，85岁高龄的袁隆平稳健地沿着狭窄的田埂边走边看，一会儿停下来把稻穗托在手里，看看成色，掂量一下分量，一会儿问一下生产中的细节。

察看了4个试验点后，抑制不住的喜悦在袁隆平脸上绽放，他朗声笑道："我非常高兴！百亩片过1000公斤有把握，千亩片过900公斤有希望。"

9月15日，中科院院士谢华安先生担纲的专家组对光山县超级杂交稻万亩示范片中的3个千亩片进行了现场考察和实收测产验收：千亩片亩产突破900公斤，最高达913.9公斤，刷新了全国千亩连片大面积高产纪录。信阳也提前完成了"百千万"高产攻关的既定目标，走在了全国水稻生产的前列。

袁隆平团队超级水稻在信阳市的示范推广，促使信阳市杂交水稻生产不断跨越新的高度，粮食产量也连创历史新高，成为全国18个粮食生产超百亿斤的省辖市之一。而光山县在组织生产和技术路线等方面闯出的新路子，为河南水稻特别是信阳杂交稻在高产上实现新突破发挥了引领作用。

原阳大米

2019年4月25日，在新乡市新乡宾馆的一个会议室，一字排开的桌子前坐满了人。几名服务员端着冒着热气的大米鱼贯而入，米饭的香气立即充满了屋内。一碗碗大米被送到大家面前，每个人都有好多碗。大家依次挑起碗里的大米，细细地品味之后，停下来回味一会儿，再换另一碗……

原来，这里正在进行"河南省首届粳稻品种优良食味品评会"，由河南省内水稻专家、河南省种子管理等相关部门人员、水稻种植大户代表等36人组成的评委分成两个组，对参评的22个品种大米，参照去年在首届全国优质稻品种食味品质鉴评上获得金奖的"水晶3号"的标准，分别从气味、外观、味道、黏度、硬度等方面进行品评打分。

显而易见，河南举办这样的品评会有着深远的积极意义：一是可以让各级农技推广和科研部门、稻米加工企业、水稻专业种植合作社对河南省优质粳稻品种有更深的了解，对优良食味大米的相关特性和评价标准有更全面的认识；二是加快推进河南水稻产业技术体系的科技创新步伐，引导河南省优质粳稻品种的结构调整；三是促进优质水稻供应产业链和价值链的延伸，不断提升河南大米的市场竞争力。

被业界誉为"沿黄水稻匠人"的尹海庆先生是这次品评会的首席评委。作为河南省水稻产业体系的首席专家，尹海庆对沿黄稻区有着自己独到的见解。他认为从洛阳到范县，黄河两岸大约150万亩可种植水稻的沿黄粳稻区，土壤、气候以及灌溉的黄河水等条件基本一致，同一个水稻品种生产的大米没有本质的差别。他还算了一笔账，按照每亩产大米1000斤、每斤3元的价格，沿黄稻区就孕育着数百亿的大产业。

黄河在河南境内的悬河段不仅没有支流汇入，也没有支流带来的污染。特殊的地理环境，天然的黄河滩盐碱地，加上以黄河水灌溉，这里生产的水稻形成了特有的品质：蛋白质、氨基酸、微量元素含量高，而脂肪含量低；蒸出来的饭粒油光亮丽，味道清淡微甜，绵软略黏，芳香爽口，成为米中上品。

这些年，尹海庆一直致力于沿黄水稻的推广和稻米品质的提高，并呼吁政府大力发展沿黄水稻产业。2018年，他们单位还把研发的新品种种子和上百吨复合肥免费送给原阳的合作农户，希望通过直播技术、优良品种来提升米农的种植效益和积极性。

当我们谈到原阳大米的时候，尹海庆语气中流露出无限的惋惜与无奈。他叹了口气说，我们黄河水灌溉的稻区，在全国是有一定地位的，特别是原阳大米，曾经是河南大米的标杆，上世纪八九十年代，在全国大米市场可以说独领风骚，以"中国第一米"的美誉风靡一时。

据《原阳县志》记载，东汉时期，原阳大米即是宫廷专用米，被形容为"晶莹剔透、软筋香甜"。

据史书记载,北宋神宗熙宁年间,王安石提倡放淤改土种稻,汴水、漳河地区大见成效,熙宁六年(1073),阳武县(今原阳县境)民邢晏等364户言:"田沙碱瘠薄,乞淤溉……以助兴修。"

但史料也记载,自946年至新中国成立前的千余年里,黄河在原阳县境内决口泛滥多达57次,为这片土地带来了洪涝灾害和盐碱侵扰。不知从何时起,曾为贡品的原阳大米销声匿迹。

直到1968年,原武公社南关大队试种的600亩水稻获得亩产450斤的巨大成功,原阳水稻复种才算真正开始。随后,以原武为中心,向全县辐射,逐渐形成原武、祝楼、太平镇3个乡镇主产区。原阳人"万亩碱区变良田,黄水引来稻花香"的梦想终于变成现实。

1973年8月22日,《人民日报》头版刊登了《引来黄河水 碱区稻花香》的报道,高度评价和赞扬原阳县除盐碱种水稻摆脱贫穷的做法,详细介绍了原阳县干部群众科学种田和自力更生的拼搏精神。由此,原阳大米一举成名。

1980年代中后期,改革开放的春风催生了市场经济的发展,原阳大米迎来了前所未有的辉煌时期——依托紧邻省会郑州和南北交通大动脉107国道穿过县境的区位优势,原阳县在当时号称"亚洲第一大公路桥"的郑州黄河公路大桥以北的桥北乡国道两侧建起了占地百亩、异常繁荣的大米市场,并逐渐发展为闻名全国、北方最大的大米专业市场,聚集了上千家来自全国各地的米商。原阳大米借助红火的大米市场远销全国各地,在天南海北的餐桌上飘香。

1990年,原阳大米被指定为北京第十一届亚运会专供大米。

1991年11月15日至22日,原阳县举办了首届大米节,还在北京人民大会堂召开了新闻发布会。大米节期间,贸易成交额达2.6亿元。一时间,原阳大米迅速走红。

1992年,在首届中国农业博览会上,原阳大米荣获了全国各地参赛的57个米品中唯一的金奖,"中国第一米"的美誉由此诞生。当年11

月 15 日，原阳县举办第二届大米节，提出"以米为媒、广交天下、联合开发、振兴经济"的口号。

1994 年，原阳桥北大米市场大米交易量达 6.6 万吨，成为北方第一米市。

1995 年，原阳大米获中国科技精品博览会金奖。

可以说，那时候原阳大米戴着"中国第一米"的桂冠驰骋天下。即使鼎盛时期原阳水稻面积扩大到 45 万亩、年产稻谷 2.2 亿公斤，但对于庞大的全国市场来说，这个量远远不够，有人称其为"熊猫大米"。

就在原阳大米如日中天的时候，一场意外不期而至，让飞翔在云端的原阳大米折翅坠落——2000 年 12 月，广东一些地方有人食用了假冒的原阳大米后，出现呕吐、腹泻、头晕等症状。当地卫生部门检测确认，该大米含白蜡油等有毒成分。广东警方立即立案侦查。

此事件一出，舆论哗然。事件经媒体曝光后持续发酵，国务院立即派出联合工作组奔赴河南展开调查。

通过调查得知，这批包装上标有原阳大米、掺了工业白蜡油的毒大米，是原阳大米市场不法商贩从山东购回，更换了包装后再贩卖到广东的，纯属假冒商品。调查结果为原阳大米正了名，不法商贩也被绳之以法。但这次事件却给原阳大米产业带来了致命的重创，一夜之间，原阳大米被消费者打入冷宫，从门庭若市变得无人问津。一颗老鼠屎坏了一锅汤，不法商贩一次见利忘义的交易，就这样把原阳人十几年塑造的品牌给葬送了。

原阳稻农欲哭无泪，水稻面积锐减，几年间全县水稻面积就降到不足 20 万亩，不及原来的一半。水稻种植面积的萎缩也导致引黄灌溉设备、品牌开拓等多方面受到不利影响。

近 20 年过去了，原阳大米生产如今怎么样了呢？

2018 年 6 月 12 日上午，在郑州市花园路某小区的一个办公室，笔者见到了为重振原阳大米雄风而"苦战" 18 年的赵建华先生。

赵建华出生在原阳县黄河滩区首次试种水稻成功的原武镇。"毒大米"事件发生的那一年,他27岁,在新乡市一家企业工作,收入丰厚,生活稳定。面对陷入绝境、有可能再无翻身之日的原阳大米,血气方刚的赵建华做出了一个令人匪夷所思的决定:辞职回乡。抱着拯救、复兴原阳大米的雄心与决心,他拿出自己的17万元积蓄,成立了一家原阳大米配送中心,把从原阳稻农手中收购的和自家种的水稻加工成大米,然后以零利润销售。当年,他的义举曾被诸多媒体报道,被很多人称作原阳大米的"捍卫者"和"复兴者"。但赵建华很清醒,媒体带来的热度是一时的,自己必须踏踏实实为原阳大米做点实事。

说起这件事,赵建华至今情绪依然激动,他说:"当时我想得很简单,不能让少数人的不法行为把咱原阳多年打造的品牌给砸了。如果原阳大米真的没出路了,最大的受害者就是原阳的几十万稻农。"

其实,这些年原阳县及有关方面都在为原阳大米产业的振兴而努力,从优化原阳大米品质、规范大米市场入手,采取了一系列有力措施。

赵建华从最初在本村(原武镇东合角村)的2000多亩水稻基地,逐渐向周边辐射,现在合作农户已达300家,水稻种植基地6000多亩。2010年,他组建了专业合作社,流转土地500亩,签订水稻种植合同1200亩。他加工的原阳大米,以"私人订制"的方式在郑州、洛阳、北京、上海、南京等地走俏。

从2011年至2014年,原阳县域土地整治重大项目总规模48.68万亩,占到全县耕地总面积的近一半。同时,先后投资3.3亿元,完善各项灌溉和排水设施,黄河水不需要任何动力和提灌设施就可以沿干渠顺流而下,依次流入支渠和更细小的陡渠、毛渠,滋润每一处粮田。

大面积连片的高标准基本农田建设使土地平整度大大提升,机械化收种成为现实,为规模化经营提供了条件,直接推动了土地向大户、家庭农场的流转,催生了农业合作社等新型农业经营方式的出现。恢复大小水渠的使用后,灌溉成本大幅降低,水田用水有了保证。

基础设施硬件的提升,倒逼着相关部门配套管理措施的到位。从2014年开始,原阳县政府每年出资200万元,补贴水资源使用费,旱作区每亩每年只需要10元钱，水田也只需要25元左右，纠结多年的原阳水稻灌溉问题得到了彻底解决。

正是有了这些保障，原阳县水稻种植面积稳步回升。至2014年，全县水稻种植面积已经约有26万亩，其中23万亩属于高标准基本农田。

2016年，原阳县水稻种植总面积达到32万亩，其中无公害稻米生产基地4200亩，绿色食品大米9万亩，有机大米7160亩。稻谷亩产量达600公斤以上，年产稻谷1.9亿公斤以上。全县拥有大米加工企业41家，年加工稻谷能力达1亿公斤以上。

这期间，原阳县还巧用"航天"育种，开发出原阳太空营养米。在依靠科技创新追求高品质的同时，原阳申请了"原产地证明商标"，通过了原产地域产品保护认证，为"原阳大米"穿上了防伪护身符。

2016年11月15日，在原阳县举办的第24届中国（原阳）稻米博览会上，原阳大米引来了伊利集团、联合利华、肯同集团等国内70多家客商，当天签订4485吨原阳大米销售协议。由此可见，"原阳大米"已经恢复其强大的人气和号召力。

立体种养

2018年10月24日，我们赴原阳县太平镇菜吴村采访。菜吴村村民、原阳县旺盛种植专业合作社理事长吴振邦热情地把我们领到了他的稻田。霜降已过，稻子早已收割，地里只剩下了稻茬，田野的色彩由金黄变成土黄，显得有些萧索。

吴振邦拿起一把铁锹，在稻田边掘起一块泥土，几条欢蹦乱跳的泥鳅从泥土里钻出来。他捧起几条泥鳅，小家伙们扭动着金黄透亮、又肥又圆的身体，在吴振邦的手里乱作一团，不大会儿就从他的指缝溜走，钻进泥里不见了。

如果不是事先知道，真想不到在这即将入冬的泥土下，居然还是一个生机勃勃的世界，养育着一群鲜活的生命。

"这是我们引进的'黄金鳅'。可别小看它们,它们是生态稻的好朋友和离不开的好伙伴。"

吴振邦告诉我们,稻田里有根线虫、水蚯蚓、蚊子幼虫等水生害虫,放入泥鳅后,这些害虫就成了泥鳅的美食,它的粪便还是很好的有机肥。泥鳅不仅可以为水稻除害虫,还能为稻田松土,促进水稻根系发育,促进水稻增产。

"黄金鳅好卖吗?价格怎么样?"笔者问。

"黄金鳅肉质鲜美,营养丰富,现在每年固定出口到韩国和日本,根本不用在市场上卖。"吴振邦说,"一亩稻田产120斤泥鳅,一斤卖30多元,光这一项每亩地就能增收3600元。"

"稻鳅生态共作"立体种养模式是吴振邦多年摸索、反复试验才成功的。前些年,农民种稻大量使用化肥、农药和除草剂,在杀死害虫和杂草的同时,也破坏了自然生态,昔日"稻花香里说丰年,听取蛙声一片"的"中原江南"风韵逐渐消失。相应的结果则是,种出来的水稻不环保、口感不好不说,化学物质残留还给人体健康带来隐患。

而这种立体种养,杜绝用化肥、农药、除草剂,使用有机农家肥,利用泥鳅抑制泥土虫害,以太阳能杀虫灯诱杀害虫,回归人工除草。生产的无公害大米和泥鳅不仅价格不菲,销路也非常好。

2012年,吴振邦带动乡亲们成立了种植专业合作社,流转土地1000余亩,投资200多万元建成了稻鳅生态共作生态基地600亩,让实验成果进入实际应用阶段。

几年的努力,使吴振邦经管的稻田恢复了"田中有蛙叫,水里有鱼游,空中有鸟飞"的好景致,采用生态种植法种植的水稻产量不减反增,水稻的身价也比原来增加了十几倍乃至几十倍。

"大米每斤卖到20—60元,每亩地最高产值超过1.3万元,种水稻的纯利润高的在5000元以上。"吴振邦说。

新的种养模式改变了农民的种植传统和习惯,把土得掉渣的"土货"变成了健康时尚的"鲜货",既改善了生态又增加了农民收入,可以说实现了社会效益、经济效益的双丰收。

2014年，吴振邦邀请到中国工程院院士罗锡文负责的水稻农业机械装备关键技术重点实验室的几位博士，他们带来了新一代水稻直播机具与技术，不仅能大大提高效率，消除传统人工插秧疏密不均、易倒伏、易患虫害的弊端，还能节约人工成本，明显提高产量。一人作业，每天一台机器可直播50—60亩，平均每亩地插秧成本仅十几元。

水稻直播技术为吴振邦流转更多的土地解决了后顾之忧。

七八年过去了，旺盛合作社通过"合作社+基地+农户"的生产经营模式，在原有的600亩稻鳅生态共作示范基地基础上，又创建了绿色食品生产基地1800亩、无公害高产示范基地2700亩，示范种植总面积达5100余亩。

吴振邦还在稻田边建起200多平方米的饭店，借助"稻鳅田"发展农业观光旅游，给周边群众增加更多的收入渠道。

谈到对未来的打算，吴振邦满怀憧憬，谋划着在现有的基础上进行创新，让泥鳅的亩产量增加到300公斤，这一项的亩产值达到2万元左右。同时，加强与农业科研部门合作，依靠优质水稻良种提高产量，使黄金鳅和原阳大米为农民带来更多的"真金白银"。

告别吴振邦，我们再次来到了离菜吴村不到一公里的水牛赵村原生合作社水稻种植基地。一年前的那次造访，虽然很仓促，但对合作社和赵俊海的情况了解并不少。此时，赵俊海有了更多的身份——除了之前的水牛赵村党支部书记，他自己创办的合作社理事长、公司董事长等职务，他还担任原阳县农民专业合作社联合会的会长。尤其值得一提的是，他在2018年初当选为河南省人大代表。

在当地稻农眼中，赵俊海是个大人物，他带领大家搞合作社，探索现代农业发展新模式，使传统农业由单一种植模式迈向了融生态种植、加工、旅游、观光、休闲、娱乐、居住、餐饮服务为一体的田园综合体发展模式。他不仅带领本村100多户村民脱贫致富，还以各种形式帮带太平镇46个村庄312户近千人增收。

粮食，粮食

根据水牛赵的谐音，赵俊海为自己种的水稻起了另外一个名号——"水牛稻"。他立足本村，发展了数万亩"水牛稻"，扛起了原阳大米的半壁江山。

上世纪80年代，水牛赵村因为人均耕地多，都种水稻，大米价格高，家家户户都是万元户，光景非常好。到了1990年代，水牛赵村家家户户有摩托，是全县第一个摩托村，全村70%以上的家庭都装上了电话。进入新世纪，进城务工的大潮席卷而来，而农产品附加值增长相对缓慢，种地效益大大降低，大批的农民去城市"淘金"，耕地成为他们"弃之可惜，食之无味"的"鸡肋"。本来靠水稻收入还不错的原阳稻农，偏偏又遭遇了"毒大米"之"滑铁卢"，稻农们心灰意冷，支撑原阳多年的水稻经济成为明日黄花。

彼时，赵俊海走马上任成为水牛赵村党支部书记。为了保住曾经为乡亲们带来富裕的水稻种植，也为了把富余的劳动力从土地中解放出来，在种地之外开辟更多的增收渠道，赵俊海便以承包转租的形式开启了他的"水牛稻"产业。2005年，他以每年每亩1200元的价格从农民手中将土地承租过来，进行统一管理、统一耕种、统一销售。他用6年时间完成土地流转近3000亩，创建了原阳原生种植农民专业合作社和新乡市第一家"家庭农场"，推出了原阳特色大米品牌"水牛稻"。

2013年，赵俊海开始在稻田里养蟹，每亩稻田里放养1000只蟹苗。河蟹养殖对水质的要求很高，稻田不能施化肥、农药。接着，他还在稻田里放养了泥鳅、鱼、小龙虾，它们在稻田里茁壮成长，引来了白鹭在这里定居。

当时，赵俊海看着掠过稻田的白鹭高兴地说："真是没想到，第一次看到白鹭在稻田上飞，心里高兴得没法说。水里是河蟹、泥鳅、小龙虾，天上有白鹭，在这样的生态环境下种出的稻米，谁见了不说好？"

在水牛稻的田边，竖着一块刻有"粮心"的大石块。赵俊海对这两个字的解释是：种粮食要有良心。

为了最大限度保证水稻的天然绿色，稻田统统施用有机肥，全都喷洒生物制剂。这样每亩地的成本比使用化肥、农药的稻田多投入80元左右，但赵俊海相信人们会更乐意为品质更优的大米多掏一点钱。

受游戏里种菜游戏的启发，赵俊海启动了"一亩三分地"项目：请城里人来稻田当"地主"、种稻子，除了一年都能吃上纯天然的绿色大米和秋季稻田的肥蟹，周末假期还可以带着全家老小来稻田观赏田园风光，插秧、除草、收割的季节让孩子来体验农耕的乐趣。

稻田里装了远程监控，他们在家里、办公室24小时都能看到自己稻田的情况。城里人亲眼见证这里白鹭飞、秋蟹肥的生态环境，自然会成为水牛稻口口相传的"活广告"，为水牛稻开拓市场起到不可估量的作用。

这个项目既可以让农民增收，还能顺便发展乡村旅游、社群经济。一亩地分成三份，每份收费3000元，这就相当于一亩地收入了9000块钱。除去流转费和维护费用之外，一亩地能赚三四千块钱。

从2013年推广至今，已经有郑州、新乡、洛阳等地的1000多个"地主"认领了自己的"一亩三分地"。

在中原地区，自己包地种植蔬菜、瓜果的模式已经遍地开花，但像"一亩三分地"这样以大田作物作为种植对象的模式，还是独一份儿。

现在，赵俊海种植水牛稻的规模已达到了3.5万亩。下一步，他计划购置更多的先进农机和大型烘干设备，力争大田水稻全程实现机械化。

玉米产业链

说起地处豫鄂两省交界地带的新野县，自然会想到三国时期为兴复汉室四处征战的刘皇叔。刘备一直命运不济，直到把新野作为根据地，三顾茅庐请来诸葛亮出山之后，才打开局面，一步一步壮大，最终成就蜀汉大业。享受着南阳盆地与秦岭褶皱带双重呵护的新野，境内白河、唐河、湍河等八河纵横，平原、岗地、洼地、坑塘连绵，风光秀美，水土宜人，物阜民丰。在新野县西北部有一个镇，汉时建村，村随岗势，歪过子午线呈东南、西北走向，故定名歪子。

2019年9月20日，在歪子镇的优质青贮玉米示范田内，一台大型青贮玉米收获机轰鸣着，随着它的行进，大片的整株玉米被它"吃"进去。转瞬间，被粉碎的玉米碎屑被"吐"在紧跟的大卡车车厢里。一群人在旁边观看，一会儿察看机械收获的效果，一会儿抓起被粉碎的秸秆碎屑……

原来，这是河南农大牵头组织的"河南省青贮和鲜食甜糯玉米全产业链协同创新示范观摩会"，来自全省玉米产业、肉牛产业和农机体系的专家、基层农技推广人员，以及玉米相关产品加工企业、种植大户的代表纷纷前来观看。大家要亲眼见证玉米全产业链协同创新带来的新奇变化。

农机专家主要对机器作业情况进行评估，玉米专家更多的是向大家介绍青贮玉米新品种特点和种植注意事项，企业代表则急于搞明白青贮玉米的特性、窖贮加工等技术问题，种植大户会更关心青贮玉米的产量和经济效益……在玉米这个大产业链中，育种、栽培、农机以及下游的养殖等，不同的环节有各自不同的关注点。

大卡车装满被粉碎的玉米，便直接送到近在地头的科尔沁牛业公司，并被迅疾窖贮。这些窖贮玉米营养成分高，而且一直保持着新鲜的香甜味道，是肉牛最爱的"美食"。

与青贮玉米相邻的另一块玉米地是甜糯玉米示范田。这里种植的水果玉米，甜度超过葡萄，口感脆爽鲜嫩，它们被玉米收获机摘穗后装在大卡车上，第一时间送往500米外的可喜食品加工厂。新鲜的玉米穗在这里经过保鲜处理，朴实的袍衣换成华丽的包装后，坐着汽车、火车或飞机，在全国各地的超市亮相，再被家庭主妇带回家变成餐桌上的"诱惑"。而加工那些鲜食玉米残余的废水、废渣也会变废为宝，被收集处理后成为肉牛喜欢的"高级营养品"，这些废料会使牛肉更加鲜美。

种植甜玉米可以获得两份收益：玉米棒被食品加工厂收购后，玉米秸秆则作为青储饲料卖给肉牛场。甜玉米在每年3月中旬至10月种植，每年可种植两茬。当地农户就以甜玉米为主，把原来的一年两熟（小麦玉米轮作）传统种植模式变为"两茬甜玉米+蔬菜或大麦"的一年三熟，每亩地净效益在5000元以上，既充分开发了土地潜力，保证了粮食生产，又获得了低廉优质的饲料，降低了养牛成本，增产又增收。

这次观摩会的主角——河南省玉米产业技术体系首席专家、河南农大教授李玉玲女士颇具成就感地说："这次我们玉米产业技术体系和肉牛产业技术体系的无缝对接，引入相关农业企业合作，构建了绿色、精准、高效的全产业链，这也是推动全省'粮改饲'工作的具体措施。"

在这条以玉米为核心的全产业链中，上下游参与者均是受益者。比如养牛企业，以前没有适合肉牛饲用的青贮玉米原料，参与玉米全链条协同创新工作之后，解决了青贮饲料来源的同时，优质专用青贮玉米也大大提升了牛肉的品质，增强了企业的核心竞争力。

玉米作为我国第一大粮食作物，具有饲料、工业原料、能源用料、油料和食用"五位一体"的多重功能，产业链条延伸最长，贯穿于一、二、三各个产业。我国玉米的消费占比是：饲料约占60%，深加工接近30%，口粮食用低于10%。玉米产量不断攀升，但需求增长有限。

面对玉米供大于求的困局，国家开始发力调控。2015年11月，农业部下发了《关于"镰刀弯"地区玉米结构调整的指导意见》，在中国地形版图中呈现由东北向华北、西南、西北镰刀弯状分布的生态环境脆弱、玉米产量低而不稳区域（包括东北冷凉区、北方农牧交错区、西北风沙干旱区、太行山沿线区以及西南石漠化区），实行玉米调减政策，重点任务是"力争到2020年，'镰刀弯'地区玉米种植面积稳定在1亿亩，比目前减少5000万亩以上，重点发展青贮玉米、大豆、优质饲草、杂粮杂豆、春小麦、经济林果和生态功能型植物等，推动农牧紧密结合、产业深度融合，促进农业效益提升和产业升级"。国家为此专门拿出35亿元资金，用于"镰刀弯"地区的"粮改饲"和粮豆轮作的补助。

"粮改饲"主要是立足种养结合循环发展，推动优化农业生产结构，实现粮食"去库存"、草食畜牧业"降成本，补短板"、优化畜禽养殖结构的目的。2015年，农业部会同财政部在黑龙江、内蒙古等10个省区选择30个县开展试点，以全株青贮玉米为重点，推进草畜配套，落实"粮改饲"面积286万亩，收储优质饲草料995万吨，超出预期目标近1倍，实现了种养双赢的良好效果。

河南多年来一直在围绕玉米产业做文章。

10年前，河南在启动省现代农业产业技术体系时，就把河南玉米产业技术体系纳入计划，由玉米育种家、河南农大教授李玉玲担纲首席科学家，构建了全省玉米全产业链条协同创新机制。他们以开放包容的姿态开拓创新，结合我国玉米品种类型、生产需求、生产现状、产业发展趋势等大背景，围绕优良籽粒机收全产业链、青贮玉米全产业链、鲜食甜糯玉米全产业链等三大产业链，实施贯穿整个产业链的协同创新与专业化应用，高标准建设示范基地。

以搭建平台为抓手，李玉玲团队为玉米全产业链进行了长远而多元的谋划：设计全产业链流程图，分类选定优良玉米新品种，在全省布局玉米新品种示范点，制定玉米种植栽培技术，开展技术培训和人员培养，考察玉米全产业链相关优势企业，与河南省肉牛产业技术体系等进行对接……他们几乎跑遍了所有的相关部门、单位、企业和示范基地，短时间内各个环节即运转起来，并开始发挥效应。

至2019年底，河南玉米产业技术体系利用建起的平台，聚集产业体系团队和玉米全产业链上关键环节优势企业合力，构建覆盖玉米全产业链的"政、产、学、研、推、用"六位一体的协同创新联盟，在南阳、驻马店、商丘、焦作设立4个农业技术综合试验站。在原有体系设置新品种选育、栽培、植保、土肥、农机、加工6位岗位专家。在与1个产业集群、18个农业技术推广区域站和110个农业经营主体对接的基础上，进一步加大与产业链上种子、植保、肥料、农机、饲料和工业加工等优势企业的融合，并与河南省肉牛产业技术体系牵手，抓住每条产业链关键环节的核心创新，打造集多学科、多层次、高水平的玉米全产业链协同创新队伍。探索河南省玉米全产业链协同创新体制和机制，实现三产有机融合，建设高标准示范区，打造引领河南省玉米产业高质量发展高地，对保障河南乃至全国玉米产业高质量发展发挥重要引领作用。

河南省玉米产业技术体系还组织多部门、多层次、跨学科、跨区域的科技人员，对粮饲兼用型玉米新品种在播种、管理、收获等环节进行联合攻关，取得了较大突破：一是找到了适宜河南本省种植的粮饲兼用型高产玉米品种。二是从播种、管理、收获到加工储藏各个环节都获得了很多技术数据和管理经验，可以为确保玉米种植户获得较高收益提供科技支撑。

2019年底，河南玉米产业技术体系已经形成了籽粒收获玉米、青贮玉米、鲜食甜糯玉米等三条全产业链，串起了玉米新品种选育、种植栽培、农技服务、农机服务、深加工综合利用等玉米产业的方方面面。在这个链条上，育种家、种粮大户、农业综合服务企业和玉米深加工企业结为一体，共同推动玉米产业实现升级换代。

需求猛增的大豆

2019年中央一号文件提出：实施大豆振兴计划，多途径扩大种植面积。3月15日，农业农村部印发了《大豆振兴计划实施方案》，"按照中央一号文件部署，从2019年起实施大豆振兴计划，扩大种植面积，提高单产水平，改善产品品质，努力增加大豆有效供给，提高我国大豆产业质量效益和竞争力"。

随着全球畜牧业、榨油业、加工业等的飞速发展，世界大豆的消费需求猛增。最近10年，全球大豆消费量几乎以每年1000万吨左右的绝对量增长。2007年世界大豆消费量是2.29亿吨，2017年达到3.44亿吨。

消费量持续增长的主要原因，一方面是亚洲对大豆的需求强劲，非洲需要以大豆补充食物，西方国家对大豆食品的需求不断增长。当前世界大豆的主要消费区集中在中国、美国、巴西、阿根廷和欧盟，这五个国家和地区的大豆消费量占世界大豆总消费量的80%。

我国大豆消费量 2017 年超过 1.1 亿吨，占当年全球大豆消费量的 32%，位居首位。而当年我国大豆的产量仅有 1530 万吨，还有 9553 万吨需要进口，在我国消费总量的份额中占比高达 86%。该年的大豆消费结构大致为：用于压榨的占 83%，食用消耗占 14%，饲用消耗占 2%。

我国的大豆消费在 1997 年以前增幅并不显著，常年消费总量在 1400 万吨左右，约占世界大豆消费总量的 11%。但其后的几年中，消费量快速提高。2001—2002 年度，我国大豆消费总量为 2831 万吨，占世界消费总量 18386 万吨的 15%。到 2008 年，我国大豆消费量已经超过美国，成为世界上大豆消费量最多的国家。2016 年，我国大豆消费量达到 1.028 亿吨，占世界消费总量 3.3 亿吨的 31%。十几年间，我国大豆消费量增长了 263%。

从 2013 年至 2017 年，我国大豆进口量增长了 3215 万吨，年均复合增长率达 10.8%。有专家对我国大豆需求猛增的原因做了分析，认为主要有四方面：一是人口结构的变化与经济的快速增长，二是人们收入增长与消费水平升级，三是生活水平改善与养殖业的发展，四是豆粕在养殖业中的地位提高。

世界主要的大豆生产国有美国、阿根廷、巴西等，这三个国家的产量占比达到 82%，其大豆生产情况会直接影响全球大豆产量预期及市场行情。

2016 年，为了缓解大豆产能与需求矛盾，农业部下发了《关于促进大豆生产发展的指导意见》，提出要扩大大豆生产面积，力争到 2020 年大豆种植面积比 2015 年增加 4000 万亩，达到 1.4 亿亩。该意见还明确了新时期我国大豆生产发展的定位：满足国内食用大豆需求，形成国产大豆与进口大豆错位竞争、相互补充的格局，进口大豆主要补充食用植物油和饲料蛋白的缺口，国产大豆则用于制作传统豆制品和调味品。

2018 年，我国大豆播种面积 1.26 亿亩，产量为 1600 万吨，居世界第四位。但国内大豆产能却难以满足国内需求，供给严重依赖进口。即使进口量比上年下降了 7.9%，本年度我国大豆进口量还有 8803 万吨。

这也是7年来我国的大豆进口量首次下降。

2019年，通过国家补贴等政策鼓励，我国大豆播种面积有所增加，产量达到了1810万吨，但仍然远低于当年进口的8551.1万吨。

而在20世纪初至1995年的近百年间，我国曾经是大豆出口大国。

我国大豆在1873年维也纳万国博览会上第一次亮相后，迅速在全球走红。彼时，大豆油主要用于制作肥皂，豆饼则是很好的牲畜配合饲料。20世纪初，随着我国东北地区对外贸易开放及铁路的广泛修建，大豆和豆饼开始大量出口，在我国出口贸易中地位非常重要。1907年，英国开始从中国大量进口大豆榨油，1911年美国也开始进口中国大豆榨油。

世界市场对大豆的需求刺激了我国大豆生产的发展，东北三省形成了集中的大豆产区。1921年东北大豆种植面积就有800万亩，产量达450万吨，占全国总产量的70%。1929年大豆出口总值达到3.3亿元，排在农产品出口首位。到1936年，我国大豆产量达到1210万吨，半数以上供出口，占世界出口总量的90%以上。

新中国成立后，我国大豆生产得以快速发展。到1957年，全国大豆种植面积接近2亿亩，总产在1000万吨以上。接下来开始进入下降时期，到1976年，全国大豆面积减少一半，降为1亿亩，产量降为664万吨。改革开放以后，我国大豆生产有所恢复，总产与单产呈增加趋势。到2004年，全国大豆播种面积由1978年的1.07亿亩增加到1.44亿亩，总产量由756万吨增加到1740万吨，仅次于小麦、玉米、水稻。

1996年，受多种因素影响，我国大豆生产已跟不上消费增长的速度，当年出口11.4万吨，进口19.3万吨，首次打破了我国大豆近百年的出口格局。

1994年，转基因大豆被美国食品与药品管理局批准，成为商业化大规模推广的转基因作物之一。美国转基因大豆的种植面积从1997年的7%，迅速扩大到2010年的93%。

目前，中国、印度是非转基因大豆的重要产区，也是全球所剩无几的总产超千万吨级的大豆产区。但我国较早取消了大豆进口配额限制，国外转基因大豆开始大量进入我国市场。转基因大豆价格低于国产非转基因大豆价格，差价约为1000元/吨。2015年，我国进口8000多万吨大豆，大豆进口量占世界的64%，比2014年增长38%，且大多数是转基因大豆。这种大豆脂肪含量高而蛋白质含量较低，只能用于饲料和榨油。

种豆在中原

作为全国的大豆主产区之一，河南的大豆生产曾有过辉煌的历史，直到2004年河南大豆种植面积还保持在1000万亩左右，居全国第一。1950年代，河南大豆种植面积很大，1953年达到2487万亩，总产131万吨。种植最多的是1956年，达到2581万亩，总产124万吨。总产最高的是1981年，达到154万吨，当年的种植面积为1791万亩。1998年至2004年，河南大豆面积减少到900万亩左右，总产量在110万吨以上。

从新中国成立至21世纪初，随着品种的更新和栽培技术的推广，河南的大豆单产不断上升。从最初的平均亩产40公斤，到上世纪60年代中期的超过50公斤，再到70年代的70公斤左右、80年代的84公斤，增产幅度一直不大。到了1990年代，河南大豆单产提升加快，从100公斤/亩提高到133公斤/亩，2000年达到137公斤/亩。

2019年5月，河南省下发《关于2019年秋粮生产技术的指导意见》，提出"稳步推进大豆生产。积极引导农民实行玉豆、麦豆等轮作倒茬，扩大大豆特别是高蛋白、高油大豆品种种植面积，落实大豆振兴计划和扩种30万亩大豆的任务"。

在调整秋粮结构过程中，河南省着力扩种优质大豆，引导农民朋友围绕土地、科技、市场，以高产、高效、优质、绿色、生态为目标，选用适宜种植的高产高蛋白优质大豆品种，推进良种良法配套、农机农艺融合，重点推广夏大豆免耕节本增效高产栽培技术，促进大豆种植效益。

河南在大豆品种培育上一直居全国领先地位，上世纪90年代至本世纪初，培育出一批高产优质大豆新品种。此期间审定的32个大豆品种中，有 19 个是蛋白质含量高于 45% 的高蛋白品种，最高的"豫豆 12"蛋白质含量达 50.3%。正常情况下，蛋白质含量与产量成反比，但因为河南日照较长、热量丰富等因素，河南大豆在蛋白质含量上有较大优势，加上育种专家的长期努力，很好地解决了高蛋白和高产之间的矛盾。审定的高蛋白大豆品种比对照品种都有增产，最低增产也在 6% 以上。

根据市场需求，河南还选育出"周豆 11"等脂肪含量在 22% 以上的高油大豆品种，"豫豆 22""豫豆 24"等蛋白质与脂肪含量合计超过 63% 的双高品种，为河南省大豆生产提供了丰富的品种资源。

周口市农科院在大豆育种方面也有不菲的成绩。从上世纪 70 年代至 2018 年，该院育成大豆新品种 15 个，其中高油品种"周豆 11""周豆 12""周豆 18""周豆 19"等脂肪含量均超过 22%，填补了河南省高油大豆品种的空白。高蛋白品种"周豆 25"蛋白质含量超过 45%，集高产、稳产、抗病等优良品质于一身，对促进黄淮海优质大豆发展有着积极意义。

目前，河南每年大豆种植面积大约有 860 万亩，虽然退居全国第四位，但地位依然重要。

2019 年 7 月中旬，河南农大与哈萨克斯坦赛福林农业技术大学就成立大豆研究联合实验室达成共识，联合开展品种选育、技术推广、教师互访、研究生培养等全方位的合作，力求在哈萨克斯坦找到推广大豆种植的科学途径，为我国解决大豆进口依存度较高的结构性矛盾寻求新的出路。

河南还有众多的大豆加工企业，在全国大豆产业中也占有一席之地。当前大豆加工行业产品，除了生豆芽、磨豆腐、榨油、做饲料等，河南省在利用现代技术对大豆的深加工方面也处在领先地位。

2017 年 10 月，由河南农业大学大豆深加工科研团队主持、拥有完全自主知识产权的"大豆加工及综合利用技术示范与推广"项目，在郑州和许昌地区的豆制品加工及装备企业进行了技术集成和示范推广，在传统豆制品生产技术、副产物综合利用技术、综合保鲜和质量安全控制技术等方面均有不俗表现。其中依托关键技术将原来作为饲料的豆渣进行高值化利用，生产饼干、面条、休闲豆渣制品的技术，每公斤附加值可增加120%以上，而且因为增加了膳食纤维含量，产品更健康。

2016年，河南省平顶山市规划建设了10平方公里的健康食品产业园区，把大豆精深加工产业园区确定为主要引领区。大豆产业是平顶山市建设国家农业可持续发展试验示范区（农业绿色发展试点先行区）的重点产业之一，平顶山市把大豆全产业链作为重点产业进行规划和培育，启动了100万亩大豆种植基地发展计划，为大豆精深加工企业提供优质原料基地。

在大豆精深加工方面，平顶山市走在了全省乃至全国的前列，他们开发的大豆多糖、大豆高档颗粒蛋白填补了国内产业空白，并已研发下游产品10多种，不仅延长了产业链，也让大豆的附加值大幅增长。

2019年，平顶山市用于大豆精深加工企业的总投资达4.5亿元，新上项目5个，新建榨油厂1座、总产能2万吨高档蛋白生产线2条、年产3000吨脱味大豆膳食纤维生产线1条、年产3000吨大豆多糖生产线1条，进口高档营养棒生产线1条和宠物食品生产线1条。

一般的大豆含有20%左右的油脂、40%左右的蛋白、30%左右的纤维，还有一些水分。大豆榨完油之后，剩下豆粕中还有55%左右的蛋白。但大部分豆粕却被当作"废料"加工成饲料了，附加值相对较低。位于叶县的天晶植物蛋白公司则以豆粕为原料，提取大豆蛋白、多糖和膳食纤维。

天晶植物蛋白公司的产品在瑞沣生物公司的生产线上，变成大豆蛋白颗粒，成为生产固体冲调专用保健蛋白粉、乳粉替代蛋白、素食专用蛋白、营养棒用蛋白、肉制品用蛋白等的原料。

目前，平顶山市已培育出金晶、天晶、瑞沣、味他等大豆精深加工高科技企业，形成了从大豆种植、榨油，到大豆蛋白生产、大豆多糖和纤维生产，再到蛋白膨化加工、生产营养棒的大豆全产业链，年产大豆分离蛋白8000吨、多糖2500吨、大豆膳食纤维3000吨、大豆颗粒蛋白 6000 吨，产品远销欧亚非 30 多个国家和地区。特别是豆粕的后期加工技术处于国际领先水平，像瑞洋生物公司加工蛋白颗粒的生产线，全世界只有 7 条，亚太地区则只有这一条。

为促进大豆产业发展，平顶山市大豆深加工企业与华东师范大学、江南大学等高校建立了长期合作关系，引进"海归"、博士后等高端人才，并开始筹建院士工作站。平顶山市政府还专门成立了大豆全产业链开发领导小组和办公室，规划了大豆精深加工产业园，目标为 5 年内产业园总产值突破 100 亿元。

正阳花生

据《正阳拾遗》记载，清咸丰年间进士丁宝桢曾任山东巡抚，后任四川总督，途经正阳时，在路边一酒馆品尝了一道名为"花拌鸡"的菜肴，感觉肉嫩味美，没齿难忘。其制作方法，是以正阳三黄鸡肉和珍珠花生米经爆炒而成。丁宝桢在任四川总督期间，每逢宴客都让家厨用花生米、干辣椒和鸡肉炒制鸡丁，这道美味佳肴便成了丁家的私房菜。丁宝桢治蜀 10 年，业绩颇丰，死于任上。清廷追认他为"太子太保"（宫保官衔之一），后来为了纪念丁宝桢，这道菜就被称作"宫保鸡丁"。正阳花生也由此声名远播。

花生十分耐贫瘠和沙质土壤，只要热量充足，便可以正常生长。在全球 40°N 至 40°S 之间的广大温带和亚热带地区，花生种植相当普遍，主要分布于亚洲、非洲和美洲。这些地区的产量占到世界总产量的 99% 以上。

近年来，花生除了油用，还成为更广泛的食品工业原料。在我国，目前花生用于食品加工和直接食用的比例占到总消费量的 35%，加工种类有 100 多种，但与发达国家花生食品 80% 的转化率、300 多种加工食品相比，还是有不小的差距。

根据《2019 年全球与中国花生行业市场现状分析》，从目前全球花生供需情况来看，供需基本保持平衡，产量与消费量呈同步上升趋势。2017年，全球花生产量达到顶峰的4491万吨，次年降为4195万吨。

中国是全球花生产量第一大国。2018年，我国花生产量1700万吨，占全球总产的40.51%。排在第二的是印度，470万吨，占比11.2%。其他国家按产量排序为：尼日利亚320万吨，占比7.62%；美国248万吨，占比5.91%；阿根廷107万吨，占比2.55%；印尼106万吨，占比2.46%；巴西53万吨，占比1.26%。

我国的花生消费量也为全球最大。2018年，我国花生国内消费量为1655万吨，占全球消费量的38.64%。其次是印度440万吨（占比10.27%），尼日利亚324.8万吨（占比7.58%），美国214万吨（占比5%），印尼141万吨（占比3.29%）。

而在1993年到2003年间，无论是花生种植面积、产量还是出口量，我国都是世界第一，年均花生出口量基本稳定在36万吨，占世界花生出口总量的29.05%。然后才是美国、阿根廷和印度，年均出口量分别是19.62万吨、17.05万吨和12万吨，分别占世界花生出口总量的15.84%、13.76%和9.65%。这4个国家的花生出口量占到了世界出口总量的68.3%。

随着优质食用花生品种的选育和加工技术的研究迅速发展，我国对花生越来越重视。2016年4月，农业部印发了《全国种植业结构调整规划（2016—2020年）》，针对花生生产提出：要稳定长江流域和黄淮海花生面积，因地制宜扩大东北农牧交错区花生面积。到2020年，全国花生面积稳定在7000万亩左右。

河南自2004年花生种植面积、2006年花生总产量超越山东之后，至今一直领跑全国。目前，河南与山东两省的花生产量占到全国花生总产量的49.34%。

在全国花生种植面积呈减少态势的背景下，河南的花生种植面积却不断增长，超过三分之一的县（市、区）种植面积超过10万亩，二分之一的县（市、区）花生成为主要农作物。

2017年河南省委1号文件明确提出，要大力发展优质花生，重点发展高油酸油用、食用花生品种，种植面积扩大到2000万亩。当年，河南花生种植总面积达到2062万亩，比上年增加424万亩，总产量为111.64亿斤，占到了全国的四分之一强。2018年，河南花生种植面积再上新台阶，达到2243万亩，总产量实现123.88亿斤。

世界花生看中国，中国花生看正阳。如今，正阳已成为名副其实的全国花生种植第一大县，建成了全国唯一一个以花生为主导的国家现代农业产业园，常年种植花生150万亩以上。2017年，正阳县种植花生达172万亩，连续20年稳居全国各县（市）之首，总产量超过50万吨，被授予"中国花生之都""中国富硒花生产业化基地县"，开设了"中国（国际）花生交易中心"。依托"中国（国际）花生交易中心"，正阳县每年都会举办"互联网+花生"产业高峰论坛，线上线下交易平台应运而生，为花生插上了腾飞的翅膀，辐射全国，走向世界。正是基于此，正阳县有了"国际范"的大气度。

坐落于淮汝之滨的正阳县，历史悠久，文化丰厚。西周时期，境内曾有江、沈、慎三个封国。战国时期归楚国，西汉置慎阳县，南北朝改为真阳县。至清代，为避雍正皇帝胤禛名讳，改为正阳县。到了现代，正阳县成为革命老区：1947年，刘邓大军挺进大别山，在正阳县抢渡汝河、血战雷岗，留下了诸多感人的战斗故事。

有史书称正阳为"膏粱丰腴之地"，拥有土地肥沃、平坦辽阔的良田，受淮河、汝河的滋养，不仅孕育了富饶的花生、小麦等物产，当地还有"一半米一半面，掏钱难买正阳县"的说法。64万多农民拥有233万亩耕地，正阳县成为河南省农民人均耕地最多的县（人均3.6亩），也确立了其农业大县的地位。

改革开放之后，凭借地理、水土与交通等优势，正阳县农业稳步发展，不光花生生产、深加工在全国独占鳌头，还拥有"河南省生猪调出第一大县""全国粮食生产百强县""全国油料第一县""全国首批种养结合整县推进试点县""国家级农业科技示范园区核心区"等涉农的亮丽名片，打造了"正阳花生""正阳三黄鸡""诸美种猪"等农产品品牌。

我国农业领域有一个非常闻名的贸易洽谈会——中国农产品加工业投资贸易洽谈会（简称"农洽会"），至2019年，农洽会已经连续举办了22届。农洽会的主办方是农业农村部与河南省人民政府，承办者则是农业农村部乡村产业发展司、河南省农业农村厅和驻马店人民政府，举办地则是一成不变的驻马店市。

农洽会是我国目前唯一一个以农产品加工为主题的5A级展会。1998年举办第一届的时候，会议名称叫全国乡镇企业东西合作经贸洽谈会，到2007年，改为全国东西合作会，2010年，改为全国农产品加工业投资贸易洽谈会，2013年，正式更名为中国农产品加工业投资贸易洽谈会。22年来，经济、科技迅猛发展，农洽会的主题却始终没有改变，围绕农产品加工业重点项目洽谈、签约，优质农产品展示和贸易，农产品加工业科研成果展示、发布和签约，特色农产品产销对接及采购项目签约，农产品加工业发展论坛，国际农产品加工业合作交流活动，参展产品评定及品牌培育等内容开展一系列活动，目前已发展成为中国农产品加工领域风向标性的国际会议和全国农产品加工业最高级别的展会，成为世界农产品加工业信息技术交流、项目投资洽谈、贸易对接合作的重要平台。

属于驻马店市的正阳县依靠地利优势，抓住农洽会一直在驻马店举行的机遇，以花生资源优势为抓手，围绕花生精深加工、延长产业链条，在深圳、上海、南京等地举办产业招商会，吸引客商到正阳投资兴业，逐渐形成花生系列产品加工产业链。

花生从秧到果全都是宝。不必说花生米是制作食品、食用油的上佳原料，花生秧则是加工牲畜饲料的好东西，连花生壳都可以当作种食用菌的发酵基料。在正阳，不光花生果交易、加工是大生意，收购花生秧、花生壳也是不小的买卖。当然，正阳的花生原料，无论是鲜亮的花生米，还是青绿的花生秧、金黄的花生壳，不仅可满足本地加工，还会外销到全国各地。

上世纪80年代，正阳县花生种植面积就达到了100多万亩，但机械化水平低、人工收获的效率低，加上土地容易板结，成为制约当地花生扩大面积、提质增效的桎梏。

提起靠人工种花生的年代，正阳县傅寨乡章寨村村民李合林感慨万分。他绘声绘色地说："花生从种到收就没有轻松的活，小麦快成熟时候，在麦垄里弯着腰点种，每一丛花生都要经过掘土、丢种、埋土的程序，一晌下来，累得腰都直不起来。收时候更麻烦，掘挖、晾晒，再拍打、摔抖让荚果与花生秧分离，真是又脏又累，年轻人连干两天都吃不消。"

现在可不一样了，播种铺膜机、收摘一体机、直线筛分机、花生脱壳机这些专门针对花生生产研制的机械，使花生从种植、收获、摘果到剥壳、花生米精选，实现了全程机械化。正阳县的花生收获时间，也由当初的一个半月缩短为一星期上下。目前全县拥有各类花生机械16万多台，不仅让花生种植变得轻松快捷，也降低了收种成本。

"光收花生，前些年请人干，一亩地得300块钱，现在用收获机一亩地30块就够了。"李合林说。

2013年，李合林成立了万帮农机专业合作社，为农民花生生产提供农机服务。2016年，他又成立万帮种植合作社，流转土地2000多亩，开始种植优质花生。这几年，合作社带领本村及周边村庄发展高油酸花生3200亩，不光免费提供种子，还签订高价收购合同，使每亩地增收1000元以上，同时帮带62户贫困户脱贫。如今，李合林种植花生更加省时省力，不仅有先进的农机做后盾，还用上了智慧农业设备，通过田间的设备，在办公室的电脑上就可以监测到2000多亩花生的生长情况，并根据信息进行田间管理。

为了使花生提质增效、增加附加值，正阳县为花生制订了详细的标准，从品种选择到田间管理、产品收购，在"统一品种、统一管理、统一技术、统一回收"的流程中，每一个程序都有具体而严格的标准。这是正阳花生身价高涨的基础。从初加工开始，分级销售使花生身价大增：脱壳后，1斤花生从2.8元涨到4元，再进行筛选，按大小分级，直径7—

8毫米的大花生售价每斤6.5元，3—4毫米的每斤4元出头。而破碎的花生米粒，则由加工厂做成花生碎，价格也不低于普通花生米。

前些年，三分之二的正阳花生是去壳分选后进入市场的，农民收入的六成也来源于花生。即使花生变成花生米，并通过了国家农产品地理标志认证，但还是停留在初级的原料阶段，花生丰收后供求过剩导致的价低卖难会时常发生。

在打下了资源优势与兴旺的初级加工业基础之后，正阳县引进了鲁花、君乐宝乳业、维维粮油、牧原集团、越凌油脂、洲际盈通等30多家以花生油、休闲食品、花生饮料、花生蛋白、花生保健食品为主的知名深加工企业，在现代农业产业园中逐渐形成了花生产业集群。

这些在正阳落户的企业中，鲁花、维维粮油以加工花生油为主；君乐宝乳业、牧原集团、天润农业等企业以花生秧为原料做成饲料，养殖奶牛、肉牛、湖羊等牲畜；绿源专业合作社则利用花生壳种植香菇等食用菌。而本土企业"正花"休闲食品加工越做越大，推出了烘烤、油炸、醋泡等风味的8大系列40多种花生小食品。还有企业利用花生红衣开发了红衣茶、红衣膏、红衣胶囊等保健品，用花生叶与海棠叶、枸杞子等搭配经低温研磨做成便捷茶包，等等。

君乐宝乳业的万头奶牛养殖项目总投资即达10亿元，首批引进澳大利亚奶牛6000头，年产鲜奶6.5万吨，产值3亿元。这个项目年消化花生秸秆约4万吨、青干草及花生壳8000吨，带动正阳县种植、饲料加工、运输等相关产业发展的同时，还提供了260多个就业岗位。

更具科技含量的是花生蛋白等精深加工产品，比如采用低温压榨后的花生粕，用来生产低残油、低变性花生蛋白粉，以及开发的健康食品。极度加工之后，附加值比花生粕提高近2倍，真正做到了把一颗花生从"头"到"脚""吃干榨尽"。

花生产业的快速发展，还催生了花生生产机械产业的崛起。目前，正阳县花生机械生产企业有38家，建起农业机械制造产业园区3个，企业研发的103项技术获得国家专利，年产花生生产机械6万多台，包括种植、收获、初加工等各个环节的机械产品，有 8 个种类 17 种花生机械进入河南省农机补贴目录。正阳县生产的花生机械，除了满足本县需求，还外销到河南省各地和湖北、安徽、新疆、海南等地。反过来，花生机械也为正阳县扩大花生种植面积、调整农业产业结构和提质增效提供了技术支撑。

除正阳县、汝南县外，河南花生种植比较集中的地方还有邓州、唐河、延津等县（市），这些县（市）种植面积基本都在 100 万亩左右。

河南之所以能成为第一花生大省，花生育种一直领先全国也是一个主要的因素。花生育种的高水平则与国家花生产业技术体系首席科学家、农业部黄淮海油料作物重点实验室主任、河南省农科院院长、中国工程院院士张新友的研究成果是分不开的，尤其是他培育的"远杂"系列种间杂交花生新品种，使我国花生远缘杂交育种跻身世界领先行列。

张新友团队培育的花生新品种曾经在高产示范田创下亩产 663.5 公斤的河南单产最高纪录。特别是"豫花 14 号""豫花 15 号"等品种不仅在兰考县和孟州市得到普及，而且迅速辐射到全省及周边省份，并成为安徽的主推品种，在河北、山东、北京、湖北也得到了大面积推广。

对河南省花生产业的发展，张新友院士有着独到的见解："政府应树立大食物安全观，站在保障国家食用植物油供给安全和农民增收的高度，合理做好粮经饲作物布局和油料作物内部布局，认真抓好花生生产。"

在花生产业发展的初级阶段，河南借助这种经济效益较高的大田作物，在花生主产区实现了农村经济发展和农民增收的双赢，但花生产业还存在大而不强、多而不优、产业链短和竞争力弱等问题。再者，河南不少花生品种专用特性不突出，规模化、标准化生产水平相对较低。与美国等发达国家以及国内先进地区相比，河南花生产业化发展仍需进一步加强。

2000 年以来，河南省审定了 91 个花生品种。其中，脂肪超过 55% 的品种只有 19 个，油酸、亚油酸比值超过 10 的品种只有 5 个。在花生的规范化种植和科学晾晒、储藏方面，与美国的标准化流程差距依然明显。在花生精深加工方面也比较薄弱，加工工艺、设备相对落后，副产物综合利用不充分，劳动生产率低，生产成本居高不下，综合竞争力不强。

针对存在的问题，一方面，河南省科技厅、农业厅、财政厅等部门与省农科院、河南农大等科研单位、高等院校联手加快花生产业技术体系建设，把全省花生产业做成"一盘棋"；另一方面，加强新品种选育与绿色高效轻简化栽培技术研究和推广，尤其是农机农艺融合技术研究，加强对影响加工品质的关键性状研究以及加工工艺与设备的研发，把这些科研项目纳入河南省重大科技专项，争取国家相关政策及科研经费支持。近年来，河南已成功选育出一批高油、高油酸花生新品种，并加速这些品种的推广和产业化，花生产业链逐步延长。同时，通过扶持花生种植专业合作社和收储、加工龙头企业的发展，牵引带动花生的规模化、集约化、标准化生产，推动花生产前、产中、产后各环节的有效衔接，实现了花生产业的持续健康发展和农业供给侧结构的不断优化。

2016年，河南省把重点发展优质花生列入推进全省农业供给侧结构性改革的"四优四化"之中。围绕这个目标，河南省花生产业技术创新战略联盟开展了重点工作，特别是在高油、高油酸花生的品种繁育、示范、推广和加工全产业链生产方面，取得了重大突破。

高油酸花生，即油酸含量超过75%或油酸、亚油酸比值不低于10的花生品种，此类花生及其制品均耐贮藏，其货架期可比普通花生长2倍。营养方面，高油酸花生的脂肪酸组成接近橄榄油，既有橄榄油的保健作用，又具备橄榄油所没有的特殊风味，价格也远低于橄榄油。它的推广和普及，对我国全民健康饮食将发挥突出作用。

美国是世界上最早开展高油酸花生育种的国家，高油酸花生种植面积约占其全国花生总面积的24%。阿根廷的高油酸品种种植面积已超过其全国花生面积的一半。澳大利亚也全面推广种植高油酸花生。近年来，我国的高油酸花生产业化势头发展迅猛，呈替代普通花生之势。

2017年7月，作为国家花生产业技术体系岗位科学家的张新友院士被聘为该技术体系的首席科学家——这意味着，他带领的团队在花生产业方面取得的成就，在全国乃至全球都处于领先地位。

目前，河南花生产业团队不断进行育种技术创新，以发展重要品质性状的无损、快速检测技术为重点，正在加快对品种性状遗传控制机理和重要品质性状的分子标记开发和基因克隆的研究。在花生品质改良上，以高油、高油酸为重点，并加强食用花生品种的选育。在花生优质高产的基础上，继续在产业链的延伸上下功夫，使花生蛋白、饼粕等得到更充分的利用，提升花生综合利用价值，促进花生产业的持续健康发展。

芝麻开门

河南芝麻与小麦在全国、世界的地位一样值得骄傲，同样有"世界芝麻看中国，中国芝麻看河南"的说法。2010年，河南芝麻种植面积达264万亩，总产量4.46亿斤，种植面积、总产量约占全国的三分之一、全球的十分之一，居全国第一。同时，河南省不仅芝麻科研能力处于国内、国际领先水平，加工贸易也非常突出，有多个在国内外具备影响力、综合实力强的龙头企业。

河南省芝麻主要种植区有驻马店市的平舆县、上蔡县、泌阳县、新蔡县，周口市的项城市、沈丘县，南阳市的社旗县等县（市），这也是我国重要的芝麻生产基地。这些地区芝麻种植历史悠久，有种植芝麻的悠久传统和丰富的种植经验。高峰时期，河南芝麻种植面积高达600万亩。仅驻马店市常年种植芝麻就达160万亩左右，总产约7万吨。

全球有60多个国家种植芝麻，种植面积排在前四位的依次是印度、苏丹、缅甸和中国。我国芝麻种植面积虽然排在第四位，但单产和总产均居世界第一。

世界芝麻年种植面积在700万—800万公顷，产量为450万吨左右。正常年份，我国芝麻的种植面积在70万公顷左右，约占世界芝麻种植面积的十分之一；产量在60万—65万吨，其中2014年产量为63万吨，约占世界芝麻总产量的七分之一。我国的芝麻主产区，除了河南还有安徽与湖北两省，这三个省的芝麻产量约占全国的四分之三。

南朝医学家陶弘景称芝麻"八谷之中，惟此为良"。《本草纲目》如此评价芝麻的功效："益气力，长肌肉，填髓脑，久服轻身不老，坚筋骨，明耳目，耐饥渴，延年。"中医认为，芝麻是滋阳强身食物，有补血、明目、祛风、润肠、生津、补肾、通乳等功效，我国已把黑芝麻和芝麻油列入药典，明确了其功能及使用范围。

千百年来，芝麻因为良好的口感与丰富的营养，被国人奉为上等美味与重要的油料作物，与花生、油菜籽一起被称作三大油料作物。

但由于芝麻种植机械化程度较低、费时费工，加上农民进城务工的兴起，以及芝麻品种抗灾能力差、品质不稳定、芝麻加工企业规模小且技术装备落后、芝麻深加工产品单一等原因，21世纪以来我国芝麻种植面积和总产量不断下降。2017年，我国芝麻种植面积由2000年的1176万亩萎缩到436万亩，产量则由2002年的89.52万吨（峰值）下降到2017年的36.65万吨。

而随着精深加工技术的不断发展，芝麻的多功能、多用途特点日益显现，对芝麻的需求量越来越大。2015年以来我国芝麻消费总量突破100万吨，2018年达到121.8万吨。国内产能不足，进口成为解决供需矛盾的重要渠道之一。目前，我国已成为世界上最大的芝麻净进口国。2010年我国芝麻进口量为39万吨，减去出口量4.9万吨，净进口为34.1万吨。到了2018年，我国芝麻进口总量达到82.82万吨，出口总量为4.17万吨，净进口为78.65万吨。

同期内，河南的芝麻种植也大幅减少。近几年受国家政策鼓励，加上机械化程度的提高和深加工产业的发展，河南芝麻种植面积逐渐回升。2016年，河南芝麻种植面积达到了280万亩，总产约20万吨，继续保持全国第一。

芝麻的产量一直很低，直到上世纪90年代中期，亩产还在80—100斤的水平。2002—2007年，亩产最高达到157.2斤。

而在河南省农科院的试验田里，2010年前后春播芝麻亩产已达到

251.8公斤，创下了全球芝麻种植史上的最高纪录。之后，河南省农科院培育的新品种"郑芝13号"又打破芝麻单产世界纪录，亩产高达268.8公斤。他们的高产秘诀，就是新品种和配套的先进种植技术。

在芝麻育种研究方面，河南多年来一直处于国际领先水平，这与河南省农科院拥有我国最强的芝麻科研队伍是分不开的。以国家芝麻产业技术体系首席科学家、河南省农科院芝麻研究中心主任张海洋为带头人的科研团队，约占全国芝麻科研人员的三分之一，在芝麻育种科研、生产经验、生产技术等方面都具备突出的优势。

驻马店被誉为"中州油库"，而芝麻产业的第一把交椅则非平舆县莫属。平舆芝麻种植面积稳定在40万亩以上，年产量约5万吨，占到全国芝麻总产的近八分之一，芝麻经营企业50多家，是名不虚传的"中国芝麻第一大县"。

平舆是闻名的"车舆文化之乡"——夏朝，智慧的平舆人利用本地木材造出了太平车，古时车称"舆"，又因为这里地势平坦，故以"平舆"冠名。

平舆县有着悠久的芝麻栽培历史，明清时期在杨埠镇就形成了芝麻集散地，"中原百谷首，平舆芝麻王"的美名便伴随着各地商贾的车马在神州大地传播。得天独厚的地理特性造就的"籽白皮薄、口感醇香、后味甘甜、出油率高"的平舆白芝麻成为撑起平舆县域经济的主要支柱之一，小芝麻成就了大产业。

2007年9月，国务院出台《关于促进油料生产发展的意见》，第二年初，农业部印发了《振兴油料生产计划工作方案》。平舆县以此为契机，大力实施高产创建活动和油料倍增计划，建立了一批芝麻"百、千、万"亩方高产示范田和高产创建样板田，全面推行白芝麻标准化生产，建立了5万亩白芝麻绿色生产基地和20万亩白芝麻无公害生产基地，制定了相应的栽培技术规范和病虫害防治技术规范，推行"龙头企业+农户""协会+标准+农户"等模式，使芝麻产业稳步推进。

围绕打造"平舆白芝麻原产地保护产品"品牌和延伸芝麻产业链条，

平舆县出台了《关于进一步加快白芝麻产业发展的意见》，为白芝麻产业发展提供强有力的政策保障和资金支持：设立财政专项扶持资金，不仅免费为种植户提供优良品种，对集中连片种植1000亩以上、2000亩以上的种植大户或合作社，县财政按每亩160元和210元的补贴标准分别给予补贴。贫困户自种白芝麻或加入专业合作社的，一律按每亩300元的标准给予补贴。为化解芝麻种植户的风险，平舆县采取政府补贴80%、农户出资20%的方式，在全县实行白芝麻种植保险。同时，成立农业标准化领导小组和专业技术委员会，制订了白芝麻产前、产中、产后标准体系，颁布了白芝麻标准化种植地方标准。

2017年，平舆率先推行了白芝麻机械化精播与收割技术，大大提高了生产效能。至2017年，全县成立白芝麻种植合作社200余家，建设了一批集中连片千亩以上的白芝麻生产基地。

在芝麻深加工方面，平舆县通过优惠政策和资金扶持，培养了一批芝麻深加工的龙头企业和骨干企业，促进加工企业由分散向集中、由单一向系列、由小作坊向现代企业快速发展转型。在传承传统小磨油品牌优势的基础上，努力提升品质、扩大产能、拉伸链条、培育品牌，逐渐建起"基地连片、特色成带、块状辐射、集群发展"的产业发展新模式。目前，平舆县白芝麻经营企业达50多家，有芝麻油、芝麻酱、芝麻丸、芝麻糖、芝麻焦馍、芝麻花茶、芝麻木酚素、芝麻精油、芝麻叶、炒芝麻等多种产品。

除芝麻粒外，芝麻叶、芝麻花、芝麻秆加工也是很可观的产业。芝麻叶经过加工，制成干芝麻叶，可长期保存，普通干芝麻叶1斤卖十几元，每亩地能为农户增收1000多元。芝麻花可入药，还可制成芝麻花茶。芝麻秆则可制成生物质燃料。

平舆县产业集聚区入驻企业康博汇鑫油脂公司自2005年创立，引进和采用国际先进的芝麻精选、水洗、脱皮、烘焙、压榨等生产工艺，现已形成4万吨芝麻及芝麻香油的精深加工年生产能力，主导产品芝麻香油、脱皮芝麻行销北京、天津、郑州、上海等全国大中城市，并出口到韩国、日本、新加坡、俄罗斯等 10 多个国家和地区。

康博汇鑫油脂公司把原料基地建设作为生产的第一车间，在平舆县流转土地 3000 亩，建立芝麻绿色食品基地 5 万亩，优质白芝麻基地 10 万亩，年生产优质白芝麻原料 1.5 万吨左右，带动农业和相关产业年增收 4000 万元，推动了芝麻产业化健康发展。

平舆蓝天芝麻小镇是平舆白芝麻产业结出的又一硕果。占地 8000 亩的芝麻小镇，是河南省的重点农业项目，如今已建成包括高标准农业示范园、白芝麻科技产业园、芝麻文化博物馆、农村电商运营中心等融一、二、三产业为一体的多功能现代化农业休闲旅游观光区。

在农业农村部、河南省的支持下，平舆县还建成了国家级芝麻产业科技创新中心。中心以政府支持为保障，以市场化机制推进科研攻关与产业化紧密衔接的科技经济一体化，发挥平舆白芝麻的区位、政策、产业等优势，促进科技、企业、金融、人才等资源的有效集聚。

种子的力量

2014年世界种子大会上，时任国务院副总理汪洋指出：种业是现代农业发展的"生命线"。当年农业部公布的资料显示：良种在中国农科贡献率中占比43%以上。

"杂交水稻之父"袁隆平

2019年12月9日，农业农村部在海南召开的全国现代种业发展暨南繁硅谷建设工作会议上透露，目前我国主要农作物良种基本实现全覆盖：节水小麦、优质水稻品种选育取得新突破，第三代杂交水稻亩产突破1000公斤，继续保持国际领先优势，玉米良种选育出一批可与国外抗衡的新品种，抗虫棉实现了国产化，国内种植的水稻、小麦、大豆、油菜等都是自主选育的品种；我国自主选育品种面积占比已由2010年的90%提高到当时的95%以上，实现了中国粮主要用中国种。

前来参加会议的水稻育种专家、中国工程院院士袁隆平先生在接受《经济日报》记者采访时说："我虽年近九十，仍心怀两个梦想。一个是禾下乘凉梦，就是不断追求高产，通过大家的共同努力，现在正逐步变成现实；另一个是杂交水稻覆盖全球梦，让杂交水稻造福世界人民。全球现有水稻1.6亿公顷，如有一半种上杂交稻，就可增产1.6亿吨粮食，多养活5亿人口。"

袁隆平先生正带领团队开展第三代杂交稻研究，而且取得了重大突破——"叁优1号"2019年在湖南衡阳作双季晚稻试种，30亩试验田平均亩产达到了1046.3公斤，远远超出我国晚稻平均亩产398公斤的水平。

作为中国研究与发展杂交水稻的开创者，被誉为"世界杂交水稻之父"的袁隆平先生，在我国可以说家喻户晓。袁隆平先生的贡献究竟有多大？求是网如此概括：

> 袁隆平一生致力于杂交水稻技术的研究、应用与推广，发明"三系法"籼型杂交水稻，成功研究出"两系法"杂交水稻，创建了超级杂交稻技术体系，为我国粮食安全、农业科学发展

和世界粮食供给作出杰出贡献，使我国杂交水稻研究始终居世界领先水平。

袁隆平，1930年9月生，江西德安人，国家杂交水稻工程技术研究中心、湖南杂交水稻研究中心原主任，湖南省政协原副主席，中国工程院院士，第五届全国人大代表，第六、七、八、九、十、十一、十二届全国政协委员。他不畏艰辛、执着追求、大胆创新，勇攀杂交水稻科学技术高峰，建立和完善了一整套杂交水稻理论和应用技术体系，创建了一门系统的新兴学科——杂交水稻学，实现了我国超级稻第一、二、三、四期大面积种植平均亩产700、800、900、1000公斤的目标。

发展杂交水稻，造福世界人民，是袁隆平毕生的追求。他积极推动杂交水稻走出国门，致力于将杂交水稻技术传授并应用到世界几十个国家，帮助提高水稻单产，缓解粮食短缺问题，为人类战胜饥饿作出了中国贡献，获得了世界粮食奖。

确保中国人的饭碗牢牢端在自己手中，是袁隆平为国家担负的责任。他对杂交水稻和它背后维系的国家粮食安全怀有的赤诚初心，从过去到现在，始终未变。他荣获国家最高科学技术奖、国家科学技术进步奖特等奖和"改革先锋"等称号。在新中国成立70周年前夕，党和人民授予他"共和国勋章"，习近平总书记亲自给他颁奖。

1953年，袁隆平从西南农学院（现西南大学）农学系毕业，被分配到湖南省怀化地区偏远的湘西雪峰山麓安江农校任教。1956年，为了响应国家"科学发展规划"，袁隆平开始带着学生做农学试验。

1960年7月，袁隆平在农校试验田里发现了一株特殊性状的水稻——就是这株"鹤立鸡群"的植株，使他产生了"杂交稻"的灵感。次年春天，袁隆平把这株变异株的种子播到试验田里，发现它的子代有不同性质，证明这就是"天然杂交稻"。随后，他把雌雄同蕊的水稻雄花人工去除，授以另一个品种的花粉，尝试培育杂交品种。1964年7月，袁隆平在试验稻田中找到一株"天然雄性不育株"，经人工授粉，结出了数百粒第一代雄性不育株种子。1965年7月，袁隆平又在14000多个稻穗中挑出6棵不育株。接下来，在两年的播种中，其中的4株成功繁殖了1—2代。经过几年的试验观察，袁隆平对水稻雄性不育材料有了较丰富的认识。他认为，水稻也有杂交优势，可以通过培育雄性不育系、雄性不育保持系和雄性不育恢复系的三系法途径来培育杂交水稻，大幅度提高水稻产量。

根据积累的科学数据，袁隆平撰写了第一篇论文《水稻的雄性不孕性》，发表在1966年第17卷第4期《科学通报》（中国科学院主办）上。论文发表后，引起巨大反响，国家科委九局致函湖南省科委与安江农校，支持袁隆平的水稻雄性不育研究活动，指出这项研究的意义重大，如果成功，将使水稻大幅度增产。袁隆平的论文彻底打破了传统经典理论的"无性杂交"学说，也由此拉开了我国杂交水稻研究的序幕。

1967年，袁隆平提出"安江农校水稻雄性不孕系选育计划"，呈报湖南省科委获得批复后，由袁隆平、李必湖、尹华奇等人组成的水稻雄性不育科研小组正式成立。1970年，袁隆平、李必湖、尹华奇来到海南岛崖县南江农场，进行三季水稻试验。在调查野生稻分布情况的时候，发现了一株花粉败育野生稻——袁隆平命名为"野败"。就是这株"野败"，让他们的杂交水稻研究打开了突破口。

1971年初，袁隆平调入湖南省农业科学院新成立的杂交稻研究协作组，成为一名专业研究水稻杂交的科技人员。1973年10月，在苏州召开的水稻科研会议上，袁隆平发表了论文《利用"野败"选育三系的进展》，正式宣告籼型杂交水稻三系配套成功，水稻杂交优势利用研究取得了重大突破。1975年，袁隆平团队摸索总结制种技术成功，为杂交水稻大面积推广提供了支撑。

1979年4月，袁隆平在菲律宾召开的国际水稻科研会议上宣读了用英文撰写的《中国杂交水稻育种》的论文，并现场对专家提出的问题进行了答辩，最后大家一致认为中国杂交水稻研究水平领先。1981年，以袁隆平为代表的全国籼型杂交水稻科研协作组被国务院授予"国家技术发明奖特等奖"。当时，世界上很多国家都在开展相关研究，但只有我国应用到了大面积生产中。

1984年，湖南省杂交水稻研究中心成立，大批优秀人才从基层进入中心。为了提高大家的专业理论水平，袁隆平争取经费把他们送到国外"充电"。1985年，袁隆平发表了《杂交水稻超高产育种探讨》，提出了选育强优势超高产组合的四个途径。1986年10月，在长沙召开的首届世界杂交水稻国际学术讨论会上，袁隆平作了《杂交水稻研究与发展现状》的专题学术报告，并提出了今后杂交水稻发展的战略设想，得到与会专家、学者的赞同。这一年，袁隆平成功培育出杂交早稻新组合"威优49"。1987年，两系法杂交水稻研究被列入国家"863"计划专题，袁隆平组建了两系法杂交水稻研究协作组，进行研究攻关。1995年，历经9年的艰苦努力，中国独创、领先世界的两系法杂交水稻终于获得成功，一般比同熟期的三系杂交稻增产5%—10%，而且米质也有明显改善。这一年，袁隆平当选为中国工程院院士。当年12月，以湖南省杂交水稻研究中心为依托，组建成立了国家杂交水稻工程技术研究中心，袁隆平担任主任。

1996年，被誉为水稻"第三次革命"的超级水稻研究被纳入国家计划——农业部牵头实施的"中国超级稻研究计划"启动。项目分三期进行，以长江流域中稻为例，第一期目标是到2000年育成大面积示范片亩产700公斤的水稻品种，第二期目标是到2005年育成大面积示范片亩产800公斤的水稻品种，第三期目标是到2010年实现大面积亩产900公斤。

2000年，"中国超级稻研究计划"第一期超级杂交稻推广面积达3000万亩，如期实现了第一期大面积示范亩产700公斤的目标，比当时高产杂交稻每亩增产50公斤左右。尤其是1999年在云南永胜，创造了亩产1137.5公斤的高产新纪录。2004年，袁隆平团队选育成大面积示范亩产800公斤、米质优良的第二代超级杂交稻，提前一年实现了第二期目标。2006年，二期超级杂交稻开始推广，到2011年种植面积达到800万亩。在大面积生产中，亩产比第一期超级稻高50公斤以上。

2006年，袁隆平提出"种三产四"丰产工程，即运用超级杂交稻的技术成果，力争用3亩地产出现有4亩地的粮食。按照"种三产四"，如果在全国推广6000万亩，产出8000万亩的粮食，等于增加了2000万亩耕地，可多养活3000多万人。2007年，"种三产四"丰产工程率先在湖南20个县启动实施，取得显著成效。截至2012年，累计示范推广面积2000多万亩，增产20多亿公斤。2008年，袁隆平团队培育的品种"科超3218"在湖南省隆回县、汝城县、溆浦县的3个百亩"超级杂交水稻高产攻关项目示范基地"，亩产超900公斤，"中国超级稻研究计划"项目三期目标在湖南提前实现。

2013年，袁隆平院士科研团队攻关的国家第四期超级稻百亩示范片"Y两优900"中稻，在湖南省隆回县羊古坳乡牛形村实现百亩平均亩产988.1公斤，创造了世界纪录。2016年，袁隆平团队"华南双季稻年亩产三千斤绿色高效模式"攻关项目经过测产验收，早稻平均亩产达到832.1公斤，晚稻平均亩产达到705.68公斤（干谷），双季超级稻年亩产1537.78公斤，创双季稻产量世界纪录。2018年，由袁隆平团队培育的超级杂交稻品种"湘两优900（超优千号）"再创新高，试验田亩产达到了1203.36公斤。

2017年，由袁隆平任主任，国家杂交水稻工程技术研究中心与青岛市政府、李沧区政府共同建设的青岛海水稻研究发展中心投入运营，抗盐抗碱性的"海水稻"研发成为袁隆平的主攻方向。2018年7月23日《中国日报》报道，袁隆平团队在迪拜试种"沙漠海水稻"成功，包括"海水稻"在内的80多个水稻品种经测产均超出了世界水稻302.6公斤/亩的平均产量。2019年11月，袁隆平团队在喀什地区岳普湖县巴依阿瓦提乡与沙漠相连的试验田里试种的300亩"海水稻"，经过测产平均亩产达到了546.74公斤。

在"2017年国家水稻新品种与新技术展示现场观摩会"上，袁隆平宣布了一项剔除水稻中重金属镉的新成果："近期我们在水稻育种上有了一个突破性技术，可以把亲本中的含镉或者吸镉的基因'敲掉'，亲本干净了，种子自然就干净了。"

据统计，杂交水稻的研究成功与推广，开辟了粮食大幅增长的新途径，比普通水稻增产20%左右，为我国水稻生产带来了一次飞跃。自1976年大面积推广至2016年，全国累计推广杂交水稻80亿亩，增产稻谷6000亿公斤以上。近几年，全国杂交水稻年种植面积2.3亿亩，每年增产的稻谷就能养活600万人。

袁隆平团队的杂交水稻已经种到了马达加斯加、尼日利亚等非洲国家，并在当地不断创造出高产纪录，原来每亩400公斤的产量，现在已经刷新到了1440公斤。截止到2019年，全球有40多个国家和地区实现了杂交水稻的大面积种植，每年种植面积达到了700万公顷，普遍比当地水稻增产20%以上。

别忘了他们

在我国，现在如果提起水稻专家，大家第一个说到的，几乎都是袁隆平先生——他就是水稻界的"太阳"，以至于很多著名的水稻专家都被人们忽略。当然，他在杂交水稻方面的贡献确实太大了，绝对是当今水稻育种界的"1号"。但在我国水稻生产史上，除了袁隆平先生，还有一大批水稻专家都做出了卓越贡献。

比如中国科学院学部委员，农业科学家，中国现代稻作科学主要奠基人，中国农科院第一任院长、研究员丁颖先生，1926年就在广州郊区发现了野生稻，随后进行通过野稻培育成栽培稻的试验，并获得了成功，证明了两者亲缘关系相近。1933年发表的《广东野生稻及由野生稻育成的新种》和1957年发表的《中国栽培稻种的起源及其演变》，均论证了我国是栽培稻的原产地，起源于华南，纠正了"中国栽培稻起源于印度"的说法。1989年，日本学者渡部武尊称丁颖为"中国稻作学之父"。

丁颖先生曾提出以我国栽培稻种系统发育过程为基础的五级分类法：第一级为籼粳亚种，第二级为晚季稻与早、中季稻的气候生态型，第三级为水、陆稻生态型，第四级为黏、糯稻的淀粉性质变异性，第五级为品种的栽培特性与形态特征。他还对收集到的6000多份栽培品种进行了分类研究，并把它们保存下来，为以后良种选育工作提供了丰富的原始材料。我国第一个矮秆良种"广场矮"的育成就是利用了保存下来的农家品种"矮仔黏"的矮秆基因。

1933年，丁颖先生在全球第一次进行用野生稻种质与栽培稻育种的尝试，成功选育出"中山1号"，并用野生稻与栽培稻杂交获得世界上第一个水稻"千粒穗"品系，当时在东亚稻作学界引起极大关注。

新中国成立后，丁颖先生从植物地理分布与环境条件相统一的生态学观点出发，以光、温、雨、湿等气候因素为基础，以品种类型为标志，结合土壤、耕作方式等人为原因，把全国划分为华南双季稻作带、华中单双季稻作带、华北单季稻作带、东北早熟稻作带、西北干燥稻作带、西南高原稻作带等6大稻作带。这为我国水稻生产和组织全国科学研究起到了指导性作用。

2017年4月，由袁隆平先生发起、以"南繁种世界源，中国稻世界粮"为主题的首届中国（三亚）国际水稻论坛在海南三亚召开，交流全球水稻育种新品种、新技术、新成果，助力中国水稻走向世界。这次论坛，可谓群贤会聚，把当前我国水稻界的精英专家"一网打尽"——在以袁隆平先生为主席的主席团中，领衔的10位农业领域的院士均是耀眼的业界明星。

水稻分子遗传与育种专家、中国工程院院士、中国农科院副院长万建民先生，长期从事水稻优异基因挖掘和分子育种研究，在国内较早提出和初步实践了作物分子设计育种。

中国工程院副院长、中国工程院院士刘旭先生，擅长植物细胞学、作物遗传学、生物化学及分子生物学，一直从事农作物种质资源的研究。

中国工程院院士、植物遗传育种专家、武汉大学博导朱英国先生，坚持育种材料源头创新，培育出新型不育系和选育杂交水稻新品种相结合，合作育成水稻红莲型、马协型两种新的细胞质雄性不育系及多个光敏核不育系，并实现了产业化，得到大面积推广。

中国科学院院士，美、德两国科学院院士李家洋先生，主要从事植物分子遗传学研究，他利用模式植物拟南芥与重要粮食作物水稻探索植物生长发育的调控机理。近年来，李家洋团队与浙江省嘉兴市农科院合作运用"分子模块设计"这一突破性技术育成的"嘉优中科系列"水稻新品种，是在中国科学院 A 类战略性先导科技专项"分子模块设计育种创新体系"项目支持下产生的重要成果，是颠覆了传统育种技术的大胆实践和成功探索，标志着我国科学家在现代育种理论研究方面走在了世界前列，对指导未来作物遗传改良具有重大战略意义。

中国工程院院士、沈阳农业大学稻作研究室主任陈温福先生，在籼粳稻杂交育种、水稻理想株型、水稻超高产育种及生产技术集成等方面做了大量开拓性工作，取得了多项研究成果并获奖。

中国科学院院士、福建省农科院研究员谢华安先生长期从事杂交水稻育种工作，培育的"汕优63"再生力特别强，实现了再生稻在我国农业生产上的突破，使再生稻在农业生产上大面积推广成为现实。

我国的水稻育种专家是一个庞大的队伍。端起碗吃饭的时候，我们要感谢袁隆平，但也别忘了他们。

河南的水稻专家

河南的水稻育种虽然与全国先进水平相比还有差距，但发展势头可喜，常规粳稻育种居黄淮地区先进水平，在高产育种、优质育种、抗旱育种等领域取得了较大进展。特别是近十几年来选育出的"豫粳6号""郑稻18号""水晶3号"等有代表意义的品种，都有不俗的表现。

河南省粳稻育种从20世纪50代的引种试验开始，不断丰富育种素材，进而开展了系统育种和杂交育种，并在理化诱变育种等方面进行了探索。

几十年来，河南在水稻优质育种、高产育种、抗旱育种等领域取得了较大进展，选育的不少品种在河南、山东、江苏、安徽、河北、陕西等地大面积示范推广种植，为我国水稻生产发挥了重要作用。像由河南省新乡市农科院育成、1998年通过国审的"豫粳6号"已成为当前黄淮稻区的主栽品种。由河南省农科院培育、2007年通过国审的"郑稻18号"，产量高、综合性状优良，在黄淮粳稻区有着巨大的推广应用价值。

从20世纪80年代起，河南在粳稻品种选育上开展了高产株型育种研究，广泛引进优良种质资源，改良现有品种材料，通过基因重组互补聚合优良特性，先后选育出"豫粳1号""郑稻18号"等品种。"豫粳1号"等高产品种在河南、山东、江苏等省累计推广应用面积1000多万亩。

河南还先后育成"新稻6811""水晶3号""方欣1号""花粳2号"和引进"黄金晴"等优质水稻品种。这些品种的推广应用为河南原阳大米赢得了"中国第一米"的荣誉。河南选育的"花粳2号"1985年被评为部颁优质米。河南稻区利用这些品种的稻米进行产业化开发，树立了河南稻米品牌，也展示了河南优质粳米的竞争实力，大大推动了河南优质稻米的发展。

河南还利用气候、地域等条件和丰富的稻种资源，在特种稻育种方面开展研究与应用推广，先后选育出"中牟糯稻""新香糯""香稻丸""黑帝""原香1号"等糯稻、香稻、有色稻品种。这些特种稻的开发应用为河南食品加工业的发展提供了有力的原料支撑。

2003年11月21日，由河南省原阳县提供的40克水稻种子搭载我国第18颗返回式科学与技术试验卫星，在太空遨游18天后顺利返回地面。河南省农科院和原阳县农科所共同承担起了太空水稻的选育工作，经数十位育种专家艰辛遴选、4年的定向培育，在2007年获得了一个富含硒、铁、钙等微量元素，外观饱满晶莹，口感良好的水稻新品种——黄蕊太空营养稻，为这次太空水稻育种圆满地画上了句号。

2011年1月20日，由著名水稻育种专家谢华安任组长的农业部咨询调研组来到河南师范大学生命科学学院，对该院姬生栋教授主持的水稻远缘分子杂交育种技术进行咨询调研。从上世纪90年代开始，姬生栋对水稻远缘杂交育种技术进行研究，探索现代育种技术，利用玉米裸露DNA片段进行水稻分子育种，获得了基本稳定并且拥有应用价值的种质资源176种，有的株型很像玉米，单株稻产量超过250克；有的粒型酷似小米，经检测营养成分是普通水稻的11倍。咨询调研组专家认为，姬生栋通过水稻远缘杂交和诱变育种技术创造了一批新的突变体及育种新材料，这些种质资源对培育水稻新品种是有价值的。2012年，河南师范大学生命科学学院与新乡市农业科学院合作利用远缘分子杂交育种技术育成的高产优质粳稻新品种"玉稻518"通过河南省审，2015年通过国审。

说起河南的水稻育种专家，第一个就是信阳市农科院副院长、研究员王青林。不夸张地说，他是河南水稻育种的"一哥"。

1982年从河南农大毕业后，王青林就来到了目前全国最大的中稻生产地级市信阳，这里也是全国中籼稻的优质高产区、全国优质中糯稻的集中产区，水稻生产占河南全省的七成以上。处在这样的区域，王青林算是有了用武之地。

在搞水稻育种的37年间，王青林和他的团队陆续培育出"豫籼3号""豫籼9号""特糯2072""特优2035""Ⅱ优688""珍珠糯""冈优5330""青两优916""信优糯5533"等20多个省审、国审水稻品种，其中有籼稻、粳稻常规品种、杂交品种和超级稻品种，以及备受瞩目的糯稻品种。这些品种不仅在河南推广，在南方稻区也大面积推广种植。

王青林和他的团队创造了多项纪录：河南省第一个国审二系杂交籼稻，第一个省审杂交籼稻、杂交糯稻，第一个优质籼稻、优质籼糯，第一个超级稻品种，等等。

高产多抗专用品种"豫籼9号"亩产一般在600公斤左右，高产田块可达700公斤以上,最高突破800公斤,比全国著名超高产水稻品种"浙优15"增产5%,达到了农业部"中国超级水稻新品种"的产量目标——这使河南省常规水稻育种跻身国内领先行列。

王青林的海南繁育之行是从2005年开始的。每年春节,当大多数人在享受节日的喜庆之时,王青林却离开家人,赶赴三亚市槟榔村的南繁基地,在高温烈日下的试验田里忙碌。

这几年,王青林先后主持承担了"江淮流域优质超级稻新品种培育研究与应用""优质稻特糯2072的中试及示范""高产多抗杂交稻新组合冈优5330中试与示范""高产优质杂交糯稻嘉糯Ⅰ优721试验与示范"等国家重大专项,以及"优质专用水稻新品种选育及产业化技术研究""水稻两用核不育系育性表达及应用研究""超级籼稻新品种选育与示范""高产抗病杂交稻新组合Ⅱ优688的中试及示范"等河南省重点项目,为河南稻区粮食生产和农业可持续发展做出了突出贡献。

2016年5月,以信阳市农科院为依托的国家稻米精深加工创新联盟糯稻育种研究中心正式挂牌,王青林被聘为首席育种科学家。

2019年8月,王青林在接受映象网记者采访时热情地说:"培育出更多、更优质的稻种,让粮食增产、农业增效、农民增收,是我们的本分和职责,也是我们育种人的成就和幸福。"

河南省粳稻工程技术研究中心主任、河南省作物学会水稻专业委员会副主任、河南农大水稻工程技术研究中心新乡分中心主任……从这些头衔可以看出,在河南水稻界,王书玉也是一个了不起的"角儿"。而他最实际的角色,是新乡市农科院水稻研究所所长。

王书玉先生给人的感觉是平和而淡定,犹如一株隐于深山的兰花,淡静雅致,超然脱俗。他35年的水稻育种生涯,一直谱写着"栉风沐雨事稼穑,千淘万淘始得金"的感人故事。

1964年出生的王书玉,毕业于河南农大农学专业,从1985年毕业分配到新乡市农科院,至今没有挪过"窝"。他从一个辨不清水稻育种材料的小青年，逐渐成长为黄淮稻区著名的水稻专家。

工作之初，仅辨别试验田里上万种水稻育种材料，就成了王书玉不小的"拦路虎"。他只能在每个品种、每个品系、每个育种材料的生长过程中，认真地记录、积累，才能慢慢地熟悉它们、了解它们。每年7月下旬到8月底的盛夏酷暑，正是水稻抽穗扬花的时间。多少年来，无论是烈日毒照，还是大雨倾盆，王书玉都泡在试验田里，观察秧苗和记录资料。水稻开花的时间一般在上午10时至14时30分，正是午饭、午休时间。而王书玉，要么在观察亲本开花习性，要么在选配组合，为杂交稻授粉。在这段打仗一样的日子里，王书玉每天的午饭都要等到下午3点试验田里的活干完之后。

除了新乡的试验田，新乡市农科院在海南省还有一块试验基地，王书玉常常奔波于新乡与海南两地。每年五一前后，海南的水稻要收获，这边一忙完又要马不停蹄地赶回新乡播种。自从踏上水稻育种这条路，王书玉就没有了"工作之余"，没有了周末和节假日，更没有"黄金周"。

当笔者问到如何承受这其中的艰辛时，王书玉淡淡地笑笑说，在人们看来艰辛而枯燥的育种试验，对育种专家来说就是日常功课，再平常不过了。育种专家如果不热爱自己的事业，根本就不可能在试验田待下去。

研究中，王书玉与他的团队建立起多品种复合杂交、理想株型塑造、稳定优势利用相结合的超级稻育种理论技术体系，不育系异交率高、亲本水平高、双亲配合力高的"三高"粳稻杂优利用理论技术体系。如今，新乡市农科院的水稻育种领先于黄淮地区，在全国处于先进水平。

王书玉与他的团队先后育成了"豫粳6号""新稻10号""新稻20号""新科稻21""玉稻518"等16个国审、省审品种，在河南、江苏、安徽、山东等省累计推广7700多万亩，增产稻谷近40亿公斤。

王书玉团队还创造了河南省第一个自育超级稻品种（"新稻18号"）、第一个国审粳稻品种（"豫粳6号"）、第一个沿黄纯自育杂交粳稻品种（"新粳优1号"）。多年来，这些水稻品种在沿黄乃至黄淮稻区水稻生产上发挥着主导作用。"新稻18号"填补了河南自育超级稻品种的空白，引领沿黄乃至黄淮超级粳稻育种技术进步，目前还是黄淮稻区的主导品种。超高产优质水稻新品种"豫粳6号"是我国北方常规粳稻育种的新突破，居该区同类研究领先水平，1997年被列为国家"九五"科技成果重点推广项目，1998年通过国审，1995—2007年，成为黄淮稻区的第一大品种，在山东济宁地区覆盖率曾高达90%，并长期作为河南、山东及我国北方粳稻区域试验、生产试验对照品种。

在河南200多万亩的粳稻中，王书玉团队培育的品种覆盖率占到了80%—85%；在鲁中南、苏北、皖北等粳稻区，"新乡水稻"品种也成为主流。

著名水稻育种理论家、中国水稻研究所原所长程式华先生曾对王书玉团队与河南粳稻如此评价：没想到新乡水稻育种搞得这么好，没想到沿黄优质粳稻种植这么有特色，没想到河南粳稻种植面积还不算小。

近几年，王书玉团队又推出了适合机械化种植、产量高、抗病强、口味好的"新科稻25""新科稻31"等新型品种。王书玉本人还参与编制水稻产业发展规划，推广"稻鳅、稻蟹、稻蛙"等立体生态种养栽培模式，以提高稻米品位、稻田产出和种养收益。

2018年5月2日，首届国家优质稻品种食味品质现场鉴评会在广州举行——这是农业农村部在广州召开的2018年国家优质稻品种攻关推进暨鉴评推介会的一项主要内容。30名水稻专家对来自全国各地的35个粳稻、40个籼稻品种进行了四轮鉴评，最终20个品种（10个粳稻品种、10个籼稻品种）获得金奖。"水晶3号"优质稻品种入选粳稻金奖。

听到这个消息，"水晶3号"育种人，河南省水稻产业技术体系首席专家，河南省农科院粮作所水稻学科带头人、水稻研究室主任尹海庆不禁泪流满面。尹海庆太激动了——从这个品种诞生，到获得食味品质鉴评推介会金奖，已经跨越了25年的时光。"水晶3号"经历了太多的波折，种植推广一直不温不火。

1989年，尹海庆从华中农业大学农学系毕业，回到家乡河南，成为河南省农科院粮作所水稻研究室的一名研究人员，从事水稻遗传育种与科技示范推广。1993年，28岁的尹海庆参与了中日合作项目"河南省黄河沿岸稻麦研究计划"（项目期为1993—1998年），主持水稻育种课题。1994年3月，尹海庆被派往日本农业研究中心，进行为期半年的水稻遗传育种技术研修和项目合作研究。

自从开始研究水稻，尹海庆就知道，日本人非常注重大米的品质和口感，在品质育种方面的研究成果也遥遥领先。日本1953年育成的"越光米"品种，在日本全国开始推广，1979年至今，连续维持日本播种面积首位的纪录。日本育种专家还以"越光米"为亲本材料，育成了更多优质的品种。日本对水稻品质和口感的高标准，对尹海庆触动很大。当时，我国大部分人还处于温饱阶段，根本谈不上吃好。一个念头从此在他心底生根发芽——一定要培育出既高产又好吃的优质大米，让中国人不光能吃饱，还要吃好。从那时起，尹海庆就有了国内超前的品质育种的理念。

按照优质高产的标准，尹海庆有了把两个品质好的水稻杂交、优良基因重组的育种思路。在诸多优质水稻中，他首先想到了"黄金晴"。

"黄金晴"是日本优质水稻品种，能在河南沿黄稻区引种成功，缘于"'黄金晴'水稻之父"杜冠华。1986年，河南省农业厅科教处干部杜冠华以研修生的身份赴日本学习，有机会接触到优质抗病高产水稻新品种"黄金晴"。"黄金晴"这个名字就带着高贵——黄金，即珍贵，表示它的优质；"晴"在日语里有好天气的意思，也形容心情好。"黄金晴"可以理解为让人愉悦的珍贵大米。杜冠华学习结束一回国，就想方设法把"黄金晴"引入河南，1987年在沿黄稻区种植获得成功。

从1990年至2012年，河南累计推广"黄金晴"2000万亩以上。2006年2月19日，河南省原阳县生产加工的第一批63吨"黄金晴"大米出口到对品质要求严格的加拿大——河南大米首次出口到亚洲以外的国家。而原阳"黄金晴"成为一个全国闻名的品牌。

但"黄金晴"存在产量相对较低的问题，也出现过"水土不服"。

在保留"黄金晴"优良品质的前提下,如何增强高产、抗病、广适性?经过对众多水稻品种的筛选,尹海庆最终选择了通过籼粳杂交育成的优质新品系"郑稻5号"。

1992年,尹海庆以"郑稻5号"为母本,与"黄金晴"杂交,当年冬季在海南加代繁育,经逐代单株选拔、鉴定选育,"水晶3号"呱呱坠地。1997年,"水晶3号"鉴定试验测产,亩产587.6公斤,较"黄金晴"增产28.8%;1998年大面积种植亩产达550公斤;2000年在河南省南北稻区及全国14个省区示范种植,表现适应性好,出米率高,品质好,很受稻农欢迎;2002年通过河南省品种审定;2003年、2004年连续获得全国优质稻米博览会"十大金奖大米"称号。

水稻专家及各方人士对"水晶3号"米的品鉴评语是:米饭光泽度好,有弹性,黏性适中,饭香浓郁,口感极好。在河南业界,"水晶3号"米一直是公认的目前食味最佳的高档大米,有人称之为"可以不就菜的大米"。

随着供给侧改革和消费结构升级,在水稻育种、生产、销售等环节中,"优质化"越来越被重视,"好吃"成为消费者选择稻米的首要标准。2017年,"重点发展优质稻"被写入中央一号文件。2018年,中央一号文件提出:深入推进农业绿色化、优质化、特色化、品牌化。借此"东风","水晶3号"无疑会迎来推广的春天,走上更多人的餐桌。

1998—2000年,尹海庆和他的同事又踏上了"郑稻18号"的艰辛育种之路,他们利用系谱法与集团法相结合的育种技术,分别在郑州试验田、海南试验基地进行加代繁育,多点鉴定,定向选拔,2001年进行品系鉴定试验……

"郑稻18号"的选育成功,是尹海庆团队取得的具有重要里程碑意义的研究成果,它集高产、优质与抗病性于一体,进一步提高了河南省粳稻育种的水平,也实现了河南省农科院水稻国审品种零的突破,尤其是在黄河流域和淮河流域试种的成功,解决了"高产不优质、优质不高产"的难题。2006年,"郑稻18号"通过河南省品种审定;2007年,通过国家品种审定。2010年，"郑稻18号"获农业部品种权授权，被认为适宜在河南沿黄及豫南稻区、山东南部、江苏北部、安徽沿淮及淮北地区种植。

许为钢的小麦育种突破

2017年10月中旬，霜降前几天，正是小麦播种的季节。中原辽阔的田野上，大地的本色替代了主宰一时的青纱帐。此时，大型、中型、小型拖拉机，搭载着犁、耙或播种机在田间穿梭。刚刚收获了秋庄稼的土地经过深耕、细耙、打畦，犹如一幅镶嵌着横竖条格的大毯子，空气中弥漫着滋养万物的土壤气息。

在临颍县颍河西10万亩高标准粮田示范方的地头，小麦国家工程实验室主任、河南省农科院研究员、小麦育种专家许为钢正在为参加培训的合作社、家庭农场等新型经营主体负责人现场讲解"郑麦7698"优质小麦生产中需要注意的技术问题：

> 适当缩小行距，以6寸左右为宜。要想保证小麦品质，就得在配方施肥基础上减施磷肥。在病虫害防治过程中，不宜使用粉锈宁，应采用戊唑醇等对品质不会造成影响的药剂。小麦收获前10—15天不能浇水……

许为钢的讲解通俗易懂，朴实无华。在群众看来，他说的话句句都是"金言"，是他们丰产增收的法宝。

秋风中已略带些许寒意，把许为钢的裤管吹得好似充满气的布袋，不停摆动，呼呼作响。他满头的白发，在阳光照耀下闪动着银光，给人的感觉这是一位老人——其实，他离60岁还差一年。是小麦粒吸尽了他发丝的营养，是实验室的荧光灯染白了他的头发！

对于许为钢来说，到田间地头调研或进行技术指导，根本算不上艰辛，甚至可以说是"放松"。在常人眼中，他的每一项工作都艰辛无比——无论是在实验室里看似波澜不惊的工作（马拉松似的实验一个接一个，永远也做不完),还是在试验田里风雨无阻的观察与记录,都需要付出心血和时间。他生活的常态,就是实验室—麦田,抑或在路上,简单而充实。

曾经有记者如此描绘许为钢与同为小麦专家的夫人胡琳博士的生活——

他们把青春献给了青青的麦田

看着它们发芽、生长、抽穗直至变成金黄

把汗水挥洒在这片养育着他们的土地

弯下腰去,拾捡十年前的梦想

把爱情和事业融进了农民眼中的每一粒阳光

他们是尘世上最幸福的人

他们高唱着无悔的曲子为我们掀开了新的篇章

生活因他们而灿烂,因他们而更美好

....

贯穿许为钢一个花甲人生的,最主要的是两个小麦品种:"郑麦9023"与"郑麦7698"。黄淮海平原乃至更大区域的广大农民与农业科技工作者可能不知道许为钢是谁,但决不会不知道"郑麦9023"与"郑麦7698"。

"郑麦9023"究竟有多牛?这么说吧,在新世纪之初,它就是"优质强筋早熟多抗高产广适性小麦新品种"的代名词,曾经傲居全国小麦魁首位置多年。资料显示,2001年,"郑麦9023"通过豫、鄂两省品种审定;2002年,通过苏、皖两省品种审定,并在2003年同时通过了黄淮麦区南片国家审定和长江中下游麦区国家审定;2004年,被农业部列入四大作物综合生产能力科技提升行动的主导品种,被评为河南省最有影响的十大科技成果之一,荣获国家科技进步一等奖,成为"十五"期间唯一获此奖项的小麦品种。至今,"郑麦9023"在生产上已使用了20个年头,在豫、鄂、皖、苏、陕等5省累计推广面积达2.74亿亩,连续6年收获面积位居全国及河南省小麦品种第一位,产生了巨大的社会效益和经济效益。

尤其值得一提的是，2002年，河南省西平县出口到新西兰、印尼的优质小麦，品种就是"郑麦9023"。这不仅实现了我国制粉小麦出口零的突破，其期货交割量在当时我国优质强筋小麦的份额高达六成，从而成为我国优质强筋小麦现货贸易、期货贸易和出口贸易的主导品种。

1998年，为解决小麦结构性过剩问题，国家以发展优质麦为重点，推进小麦品质结构调整。这一举措吸引了美国、澳大利亚等世界小麦出口大国的目光，他们开始加紧研究适合中国的优质麦。一些外国专家预言，中国小麦科研一直在高产上做文章，短期内很难培育出既高产又优质的品种。

在这个关键时期，许为钢的处女作"郑麦9023"问世。"郑麦9023"大面积推广的几年，正是我国加入世贸组织后粮食生产面临严峻考验的时期。业界人士普遍认为，以"郑麦9023"为代表的优质小麦的推广种植，使国产小麦抵抗住了国外优质小麦品种的侵袭。

"郑麦9023"的选育过程却是艰辛而漫长的——早在1990年，许为钢与胡琳在西北农大小麦研究室工作的时候就开始了对这个优质小麦品种的攻关。

起初，光在育种材料的创新和试验方法上，许为钢和他的团队就花费了大量的精力。为解决抗赤霉病这一世界性难题，许为钢和胡琳在西北农大小麦抗病育种专家宁毓华教授的帮助下，从建立病圃、繁殖菌种、探索接种方法，到形成大规模的后代接种选择程序，一干就是6个小麦生长周期，每年后代的单小花接种选择量达到2万单株以上。他们带着助手，晴天顶着烈日，雨天撑着伞，紧要关头还要夜以继日地干，不敢有半点懈怠，不敢有半点马虎。最终，他们成功将"苏麦3号"的赤霉病抗扩展特性通过杂交、单小花接种选择等技术方法转到"郑麦9023"之中。

1996年，许为钢与胡琳一起调入河南省农科院小麦研究所。跟随他们而来的，还有未成形的优质小麦新品种材料。在河南省农科院，他们继续着后来一鸣惊人的"郑麦9023"选育。

跨越了11个春秋,"郑麦9023"终于横空出世。它的名字序号中的"90",代表的即是许为钢开始攻关的年份——1990年。

这个为我国小麦打开出口创汇之门的优质小麦品种,在技术上,不仅实现了优质、高产、早熟、多抗、广适性在一个小麦品种上的聚合,而且还具备对条锈病、叶锈病、赤霉病、黄花叶病和雪霉病等多种小麦病的抗病性。

"郑麦9023"甫一出炉,西平县人和乡政府就找到许为钢,购买了10万公斤小麦种子,种植2万亩。由此,许为钢与西平县的合作正式启动。

"郑麦9023"的出色表现让西平县领导眼睛一亮:2001年以前,西平县小麦生产一直徘徊在中低产水平,最高的一年亩产是377公斤。而自从种植了"郑麦9023",产量节节攀升,2006年平均亩产达到444.8公斤,最高亩产达到580公斤,均创历史新高,推动了西平小麦生产由中低产水平向中高产水平的历史性跨越。

西平县领导认定"郑麦9023"是调整小麦品质结构和品种结构、带动农民增收的最佳品种。收获后,西平县农业部门把人和乡种植的2万亩"郑麦9023"按种子全部统一收购,进行推广种植。

第一个"郑麦9023"种植示范基地在西平县建成后,河南一位省领导到现场调研时深情地对许为钢说,这个品种为我省发展优质小麦生产提供了一项很好的技术支撑,在我省建设全国重要的优质小麦生产与加工基地这件大事上,你为政府提供了一把好拐杖,党和政府感谢你。

到2006年,"郑麦9023"在西平县的种植面积已经达到89.7万亩,占全县麦播总面积的93%。几年间,西平县就以"郑麦9023"为龙头,走出了一条引进、示范、推广同步进行,生产、贸易、加工同步发展的新路子。

"郑麦9023"在西平县的规模化种植、标准化生产经验,不仅辐射带动了周边县区的跟进,促使"郑麦9023"在驻马店市的推广,种植面积超过600万亩,成为全国重要的优质小麦生产基地,而且也引起了省内外农业专家的关注。

中国工程院卢良恕、董玉琛等4位院士连续两年到西平县"郑麦9023"种植基地观摩，断言河南省小麦高产区正逐步南移，打破了豫南地区不能种植优质麦的观点。

"郑麦9023"之后，许为钢团队开始了新的研发，即采用分子标记聚合育种技术选育优质强筋抗病超高产品种。与根据农艺性状的表现来进行选择的传统常规育种技术相比，分子标记聚合育种技术具有选择准确性高、不受环境干扰、易于实现多个优异基因的聚合等优点，是现代分子生物学技术在农作物遗传改良中的应用。

许为钢团队的研发课题得到了高度重视，被列入河南省重大专项"超级小麦新品种选育与示范"和国家"863"重大课题"小麦分子标记聚合育种"等科技项目。

又是十年磨一剑。2011年，优质强筋抗病高产小麦新品种"郑麦7698"通过河南省品种审定。许为钢和他的团队再次为小麦界带来惊喜——这是河南首个采用分子标记聚合育种技术育成的优质强筋小麦新品种，它的问世标志着河南育种技术的新突破。

这个优质面包、优质面条和优质馒头的"三料"强筋优质小麦品种，在2011年河南省科技厅组织的省重大专项"超级小麦新品种选育与示范"机收实打验收中，亩产超过700公斤。2014年，在河南省济源市梨林镇前荣村的千亩高产示范方，机收实产达到亩产752公斤。

2012年，"郑麦7698"通过国家品种审定和农业部小麦品质鉴评会鉴定，被科技部列为"国家农业科技成果转化资金重大项目"。

2015年，"郑麦7698"收获面积已上升到1000万亩，被农业部连续两年推荐为我国小麦生产的主导品种。2019年1月8日，"郑麦7698"荣获国家科学技术进步二等奖。

"郑麦9023"解决了优质强筋特性与其他农艺特性的良好结合，"郑麦7698"则实现了优质强筋特性与超高产特性的统一，具有综合性状优良、抗干热风能力强、耐密植、适合农民种植习惯等优势。从"郑麦

9023"到"郑麦7698",在两个十年中,许为钢完成了他育种事业的两次蝶变,也在我国小麦育种史上留下了浓墨重彩的一笔。

"北赵南颜"

2018年10月26日,笔者拨通许为钢先生电话的时候,他正在实验室重复着30多年来的工作。说心里话,占用太多的时间采访一位惜时如金的科学家,真有点不忍心。但没办法,他是河南小麦育种界的"首席",无论是小麦良种的培育还是种植推广,他都是河南屈指可数的权威专家。

许为钢先生很谦和,在电话里谈了小麦良种近年来的培育与推广情况后,答应让助手把相关的资料发给我。根据与许为钢先生的通话和相关资料,笔者基本了解了他走上育种之路与新中国成立以来小麦良种发展的脉络。

1978年,许为钢去四川农业大学报到的时候,心里还带着遗憾——生在城市长在城市的许为钢,从小的理想是航空航天,命运却把他的心从蓝天拉回到土地上,从此与小麦结下了不解之缘。

许为钢在四川农大读大学的4年,多次聆听过颜济先生的报告。对先生的敬仰之情,也成为他热爱专业并选择以此为终生事业的不竭动力。1982年,许为钢考取西北农大的硕士研究生,师从赵洪璋先生,1985年毕业后,留在小麦研究室给赵洪璋先生做助手。

颜济、赵洪璋就是上个世纪我国小麦育种界著名的"北赵南颜",我国小麦育种实践领域的泰山北斗。

赵洪璋先生是河南淇县人,1918年6月出生于一个农民家庭,1940年西北农学院(西北农大的前身)毕业后,被安排在陕西农业改进所大荔农事试验场工作,负责小麦、谷子、棉花等多项试验。两年后调回西北农学院任助教。从此,他便一边教学,一边搞小麦杂交育种实验。

1950年代,赵洪璋先生培育出具有较突出抗倒、抗病能力,综合性状全面,适应性广泛的"碧蚂1号""碧蚂4号""西农6028"等三个品种，亩产可达 150 — 200 公斤，比一般品种增产 15%—30%，增产显著。华北各地党政领导和广大农民都看好这几个品种，争先恐后地推广。至 1959 年，三个品种的最大种植面积达到 1.1 亿亩，其中"碧蚂 1 号"占 9000 余万亩，创中国一个品种年种植面积的最高纪录。"碧蚂 4 号"最大面积达到 1100 万亩。"西农 6028"抗吸浆虫，对恢复和发展关中、晋南、豫西、豫南、皖北、苏北等吸浆虫危害地区的小麦生产起到很大作用，最大面积达 460 余万亩。在那个年代，赵洪璋先生闻名全国，不仅被授予全国劳动模范称号，还被毛泽东同志接见过 8 次，1955 年被推荐为中国科学院生物学部委员（1993 年改为院士）。

1960 至 1990 年代，赵洪璋先生继"碧蚂 1 号"为代表的第一批小麦品种之后，又主持育成并推广了以"丰产 3 号""矮丰 3 号"和"西农 881"等为代表的三批优良品种，被誉为小麦育种学界的科学巨匠、农业科教战线的一代宗师。毛泽东同志称赞他是"一个小麦品种挽救了大半个新中国"。

1994 年 2 月 7 日，赵洪璋先生因病逝世。从进入西北农大起，许为钢跟随赵先生 12 年，试验田、实验室、办公室，以及外出的汽车上，都是先生向他传授小麦育种理论与技术的课堂，对他的影响非常深远。1995 年，许为钢完成了赵洪璋先生培育的最后一个小麦新品种"西农 881"的审定，了却了恩师的遗愿。

颜济先生 1924 年出生于四川成都市一个书香世家，1943 年考入成都华西协合大学牙医学院牙科。1944 年秋，日军攻陷贵州独山，他弃医从戎，考入空军军官学校。1945 年日本投降后，颜济先生重返华西大学，改学农学，毕业后一直从事农学教学与小麦育种。

1950 年代初期，四川小麦种植主要品种均是从意大利引进，单产每亩 150 — 200 公斤，条锈病与倒伏为害严重，绝收现象时常发生。颜济先生便开始以半矮秆育种来解决抗倒伏夺高产问题的研究——这个方向与国际玉米小麦改良中心不谋而合。

颜济先生一方面以地方品种为基础，进行矮秆抗倒、抗病系选，另一方面引进国外新的种质进行杂交育种，先后培育出"大头黄""雅安早""竹叶青"等品种，1962年开始在四川大面积推广，打破了意大利品种在四川一统天下的局面，使小麦亩产达到250—300公斤。到了20世纪七八十年代，颜济先生又培育出"繁6""繁7"等品种，把小麦亩产提高到350—400公斤的水平。

颜济先生还收集和保存了小麦族20个属184种的6100份种质资源，建立了一个新属，发现9个新种，研究了仲彬草属等7个属多数种的系统学关系；通过远缘杂交育成了抗穗发芽、多小穗等小麦新种质，发现小麦族物种生殖细胞间存在的接合管与接合孔连接是核物质在细胞间转移的通道，进而探讨了植物高倍体及非整倍体的起源机制。

"北蔡南吴"

上世纪我国小麦育种实践首推"北赵南颜"，而在小麦理论研究方面，则有"北蔡南吴"之说。"北蔡"，指北京农大的蔡旭教授（1980年当选为中国科学院学部委员）；"南吴"，指南京农大的吴兆苏先生，是许为钢的博士生导师。这两位专家是我国小麦育种理论研究界的权威。

蔡旭先生1911年出生在江苏省武进县农村，在江苏无锡读完中学考入南京中央大学农学院，1934年毕业后留校任教。蔡旭先生住在农事试验场，半天教学，半天从事小麦研究工作。他在40多亩田地上种植了国内外小麦品种数千份，开展了上万个穗行和整套纯系育种试验。在我国现代小麦科学主要奠基人、植物遗传育种学家金善宝先生的指导下，蔡旭先生选育和推广了"中大13—215"等品种——这是我国最早一批推广的小麦良种。1937年，抗日战争全面爆发，南京中央大学被迫内迁。到达重庆后，蔡旭先生栖身于沙坪坝的一间堆柴小屋。在敌机不时的侵扰下，由金善宝先生主持，以蔡旭先生为主的团队继续进行小麦育种研究。在一块山坡地里，他们培育出了具有早熟、抗条锈病、抗吸浆虫、秆强抗倒、穗大粒饱、适应性广和一般配合力好等优点的小麦良种"中大2419"（1949年新中国成立后中央大学改为南京大学，该品种遂改名为"南大2419"）。

1939年冬季，蔡旭先生陪同金善宝先生到川西北进行农业生产考察。成都平原无边无际的麦浪吸引了蔡旭先生。当时规模最大、条件最好的农业研究单位四川农业改进所也在这里。不久，蔡旭先生就请调到四川农业改进所工作。短短几年，蔡旭先生就把"南大2419"在四川省进行了大面积推广，同时还筛选了"矮粒多""中农28""川福麦"等品种，主编了《四川小麦之调查试验与研究》——这部书除了阐述四川省的小麦生产与科研成就外，还就国内外小麦品种在我国不同地区种植后的表现做了记述，并探讨了我国小麦的自然分区问题。书中提供的试验结果和论点基本构成了新中国成立后我国小麦生态区划的基础。这对小麦引种、品种区域试验和良种推广等都有着指导意义。此书的部分内容还被引用到60年代初出版的《中国小麦栽培学》一书中。

1950年之后，"南大2419"开始在长江中下游流域等南方冬麦区推广，推广种植长达40多年，创造了小麦推广史上时间最长、面积最大、范围最广等多项奇迹，面积最大时达7000多万亩。而它的衍生品种约有100个，在全国七大麦区均有分布。

蔡旭先生1945年赴美留学，先后在康奈尔大学、明尼苏达大学深造，深入了解了美国一些大学在小麦育种上的思路与实践经验，并逐步形成了回国后开展小麦育种工作的战略构思——以高产、抗病、稳产、优质为主要育种目标。与此同时，他还奔波于华盛顿州、堪萨斯州等美国几个产麦区进行广泛的调查研究，收集了大量农业资料和小麦品种资源。1946年夏天，蔡旭先生带着收集的3000余份小麦品种资源回国（这为新中国小麦育种事业奠定了基础），应邀到北京大学农学院任教。1949年，蔡旭先生发表了我国关于小麦条锈性遗传研究的第一篇论文——《小麦成株抗条锈病的遗传》。这项研究结果可以说是他后来北上开展冬小麦抗锈育种工作并取得突出成就的前奏。

1963年，蔡旭先生组建了北京市小麦科学技术顾问团，为北京百万亩小麦增产寻求方法。到70年代末，京郊小麦亩产从50多公斤上升到400公斤。

20世纪50年代初期至60年代中期，蔡旭先生主持育成了四批20多个小麦品种。特别值得称道的是，蔡旭先生将上千份原始材料及品种毫无保留地送给15个省、市小麦产地的农业科学工作者，指导和帮助他们开展研究。这对于我国小麦发展堪称是功德无量的贡献。

吴兆苏先生1919年生于福建省连江县，1938年考入中央大学农学院农艺系（重庆）。在大学三、四年级期间，参加过由金善宝教授指导的小麦和烟草科学试验活动。1947年，吴兆苏先生进入美国明尼苏达大学研究院及农艺和植物遗传系攻读博士学位。1950年10月，吴兆苏先生克服种种困难，与众多留美科学工作者一同回国，受聘为南京大学农学院农艺系主任，1979年后兼任小麦品种研究室主任。自上世纪40年代初，吴兆苏先生一直从事作物遗传育种教学和小麦研究，参与过"南大2419"的选育和推广。1951年，他用普通小麦（"南大2419"）与圆锥小麦（"华西分枝—Tg"）杂交，后经多代选择育成了中国较早的种间杂交品种"南农大黑芒"。上世纪60年代，他通过复合杂交育成了早熟品种"复穗黄"，利用智利品种欧柔育成了"钟山2号""钟山6号"等品种。除进行新品种选育外，他还在产量、品质、抗性等目标性状的遗传和机理，特别是在小麦品种分类、生态区划、休眠特性与穗发芽、抗赤霉病轮回选择和馒头蒸制品质等方面做了大量研究，先后发表论文80多篇。20世纪50年代，吴兆苏先生就率先在国内对小麦品种种子休眠特性及穗发芽进行研究。

20世纪80年代以前的小麦育种，重视产量、抗病性及早熟性，而忽视品质的选育。上世纪70年代中期，吴兆苏先生应中国农业科学院情报所邀请，组织翻译一些国外有关小麦品质方面的论文，并撰写成《国外小麦蛋白质遗传育种研究的进展》。上世纪80年代中期，他积极倡导开展小麦品质遗传改良研究。他还指导自己带的研究生就面粉品质、馒头蒸制品质、面包烘烤品质和高分子量麦谷蛋白亚基等进行深入研究，受到国内同行的重视。

杂交小麦的开拓者范濂

无论是在河南还是在全国的小麦遗传育种史上，范濂先生都是不能忽略的专家。出生于1919年的范先生，是我国小麦杂种优势利用研究的主要开拓者，即使做到副省级领导（河南省人大常委会副主任），他也没有离开过科研第一线。在90岁高龄之时，范先生还在麦收前冒着高温深入田间地头，察看优良小麦品种生产情况。

范先生1942年从浙江大学农经系毕业后，考取了浙江大学的研究生，1944年获硕士学位。1947年赴美国留学，1949年获硕士学位回国。1956年到河南农学院（河南农大前身）农学系任副教授、院学术委员会副主任、副院长。1979年任河南农学院农学系教授兼小麦育种研究室主任。1981—1998年任河南省人大常委会副主任，1992年被国务院授予"国家有突出贡献的专家"。

河南农大官网上一篇关于范濂先生的文章写道："半个多世纪以来，范濂主要从事生物统计教学和小麦遗传育种研究工作，是一位卓有成就的小麦育种专家和生物统计学家，是我校生物统计教研室和小麦育种研究室的创建人，是我国杂交小麦和小麦品质改良全国攻关研究的主要发起人之一。"

范濂先生在小麦杂种优势利用、高产多抗优质新品种选育、数量性状遗传规律、育种方法和试验统计等方面，都取得了创造性的研究成果，上世纪70年代末至80年代初，选育出抗倒伏、耐涝、抗病、抗干热风的大穗型"豫麦1号""豫麦3号""豫麦9号"等小麦品种，在黄河以南推广种植，成为当时优秀的小麦品种。

范濂先生的学生、小麦遗传育种专家、河南农大农学院教授詹克慧2004年选育出具有优质、多抗、广适、超高产等品质且综合表现优异的小麦新品种"豫农202"。这个品种被列入河南省超级麦重大科技专项、国家高科技发展"863"计划项目，范濂先生一直很关注，还给予了悉心指导。2007年，"豫农202"通过河南省审定后，范濂先生郑重地对河南农大领导说，"豫农202"的选育成功，是河南省超级小麦新品种选育的重大突破，实现了超高产潜力和优异的综合表现的完美结合，这是一个前景广阔的大品种，要好好推广。

长江后浪推前浪，在范濂先生的引领下，近年来河南农大小麦育种取得了突破性的进展。2000年至2008年，先后有"豫麦68""豫农9901""豫农201"等7个通过国家和省级审定的豫农系列小麦新品种，主持完成了国家转基因专项、国家科技成果转化、国家跨越计划、国家"863"计划、国家科技支撑计划、河南省超级麦育种重大科技攻关等十几项重大科技项目，每年发表学术论文20余篇，培养出一大批优秀的硕士、博士研究生。

2009年6月6日，范濂先生90寿诞当天，河南农大举行了设立"范濂奖学金"仪式，河南农大领导满怀激情地介绍了这位享誉海内外的小麦遗传育种专家、农业教育家50余载所做的贡献——范先生和他的学生们一直坚守在实验室、试验地和大田里，他们的心血和汗水最终化为中原大地上一望无际的金色的麦浪。

2016年5月1日，范濂先生因病医治无效于郑州逝世，享年97岁。5月6日《河南日报》刊登消息称：中共中央总书记、国家主席、中央军委主席习近平对范濂同志逝世表示悼念并对家属表示慰问。全国人大常委会副委员长、民盟中央主席张宝文表示悼念并对家属表示慰问。朱镕基同志表示悼念并对家属表示慰问。

麦田里的战狼

在小麦品种中，河南还有一个堪称与"郑麦9023"同样辉煌、在全国叫得响的当家品种——2005年通过国家审定的"百农矮抗58"（简称"矮抗58"）。它的产量一般每亩在550—600公斤，高产示范田突破700公斤，推广后很快成为全国小麦主导品种，多年来在黄淮南部麦区种植面积一直稳居第一。截止到 2016 年，"矮抗 58"种植面积累计达到 2.3 亿亩，实现增产 86.7 亿公斤，增加经济效益 170 多亿元。有人估算，全国每 8 个馒头中就有 1 个来自"矮抗 58"小麦。

中国工程院院士、著名小麦育种专家程顺和对这一优质中筋小麦品种如此评价："'矮抗 58'具有很好的丰产性和广泛的适应性，它的高产、稳产、抗倒、抗旱、抗病、抗冻等优良特性表现突出，是我国小麦品种改良的重要进展。"

凭借高产稳产、矮秆抗倒不早衰、抗逆抗病适应性广、稳定性好等品种优势，"矮抗 58"夺得了 2013 年度国家科技进步一等奖。

"矮抗 58"的研发团队领头人，是河南省小麦抗病虫育种首席专家、河南科技学院小麦研究所所长茹振钢。茹振钢与许为钢同岁，大学毕业后一直从事小麦育种的教学与科研工作，人称"麦田里的战狼"，被誉为"中国 BNS 型杂交小麦之父"，相继培育并推广了黄淮海地区堪称家喻户晓的"百农 62"（豫麦 32）、"百农 64"（豫麦 54）、"百农 160"、"百农矮抗 58"等百农系列小麦新品种。

茹振钢说，黄淮海地区的小麦，单产极限是每亩 1400 公斤，但由于品种、土地、科技等因素，我国小麦产量始终没有达到最理想的状态，更没有像袁隆平院士的"超级水稻"那样突出的产量。如何培育出产量高、品质好的"超级小麦"，一直是茹振钢的研究方向。

2016 年初夏，茹振钢团队培育的"BNS 型杂交小麦"品种在修武县试种收获的时候，他们已经潜心研究了 14 个年头。试种测产的结果令人振奋：亩产最高达到 898 公斤。

2017 年 6 月，被列入河南省重大科技专项的"强优势 BNS 型杂交小麦组配与规模化高效制种技术研究"顺利通过专家组验收。

何为"BNS 型"？茹振钢教授解释说，BN 指的是百农（即河南科技学院前身百泉农专的简称），S 指的是不育系，意思就是由百农系列培育出的低温敏感型不育系小麦新材料。

研究中，茹振钢团队利用人工气候室、日光智能温室和大田结合，选育新恢复系16个、不育系8个，发现黄淮类群小麦品种分别与西南类群和智利类群小麦品种间有较强的杂种优势，创制出3个BNS型杂交小麦强优势组合，可以满足不同麦区的亲本需求。

茹振钢团队的这项成果的意义，一是构建了BNS型杂交小麦防杂保纯体系，使杂交小麦制种纯度达到99.99%以上；二是构建了杂交小麦亲本指纹图谱，可用于检测杂交种纯度；三是该成果在国内居领先水平，会极大推进杂交小麦研发和产业化进程，有助于我国抢占世界小麦种业竞争的制高点。

"BNS型杂交小麦"在济源、新乡、安阳一带黄河滩区大面积推广种植的测产结果不同凡响：亩产稳定在830—850公斤，比常规品种亩产高出100公斤左右。

专家估算，"BNS型杂交小麦"在全国推广后，仅河南小麦就能增产10亿公斤，全国小麦增产部分则相当于新增加了一个河南麦区的产量。

河南省科技厅农村科技处一位负责人介绍，河南小麦平均单产从1949年的每亩42.5公斤，到2019年的436.6公斤，增加了9倍还多，这其中，小麦良种对小麦生产的科技贡献率占到了50%，居全国第一位。新中国成立以来，河南小麦经历了10余次更新换代，每一次品种更新都会有较大的增产，单产可增加10%以上。仅1998年至2010年，河南就先后培育出10多个优质小麦新品种，完成了小麦品种结构调整，优质小麦种植面积占到了七成。尤其是近十几年来，河南小麦育种一直走在全国前列，培育的优质小麦品种已成为黄淮海麦区的主导品种，全国种植面积最大的小麦品种基本上都出自河南。

"周麦之父"郑天存

在小麦品种中，"周麦"系列所占的份额足够大，18个品种覆盖黄淮南片5省200多个县（市、区），多年来在河南小麦种植面积中保持在四分之一左右，每年推广种植 3000 万亩以上。

"周麦"系列育种人是原河南省小麦育种首席专家，周口市农业科学院原院长、研究员，"周麦之父"郑天存。40 多年来，他先后培育出 20 多个小麦新品种，其中国审推广新品种 16 个，曾连续 10 年国审品种数量居全国第一。

1978—1984 年，郑天存利用小黑麦等与普通小麦杂交、辐射、回交育成了矮秆、大穗、抗病新种质——周 8425B，实现了优异种质资源的创新利用和突破。周 8425B 具有 4 个抗病新基因，能有效阻止小麦条锈病的大规模流行。黄淮海麦区利用该种质已育成 46 个审定品种，其中有 5 年河南新育成品种的 70% 都是它的后代，用其做亲本已育成衍生品种（系）80 多个，包括茹振钢先生的"矮抗 58"和"周麦 16"等主栽品种。

上世纪 80 年代前期，郑天存培育的首批 4 个小麦品种"周麦 8048""周麦 8088—46"（豫麦 15 号）、"周麦 8826"、"周麦 8833"，使当地小麦单产从每亩 150 公斤左右提高到三四百公斤，产量实现历史性突破。

在育种实际中，郑天存大胆进行平原当地冬小麦夏繁加代技术的探索，创造出"立体营养春化法"，加代成功率达到 98%—100%，把育种年限由 6—10 年缩短到 3—5 年，破解了多年来困扰小麦育种的瓶颈——缩短育种时间这一难题，堪称小麦育种史上的一次重大革命，在国内外引起强烈反响。

1980 年代末至 1990 年代，郑天存育成"周麦"系列第二批的 6 个品种，其中集高产、多抗于一体的"周麦 9 号"在黄淮流域三年区试和河南省两年生产试验中产量均名列第一，平均亩产 506.9 公斤，在全国新品种区试中首次创造了亩产超千斤的纪录，在豫、皖、苏等 8 个省份累计推广面积 1 亿多亩，1996 年、1997 年，成为全国小麦第一大品种及黄淮南片麦区国家区域试验对照品种，荣获国家科学技术进步二等奖。1995 年，在全国第九届发明展览会上，"周麦 9 号"斩获世界知识产权组织

（WIPO）杰出发明者金质奖（该金质奖迄今为止在我国农业科研领域只授予过两位科学家，另一位是"杂交水稻之父"袁隆平）。

到2006年3月郑天存退休，他共培育出五批小麦新品种，其中第四批中的"周麦18号"集中高产、抗灾、稳产等特优品种的全部特点，在2003年、2004年河南省、安徽省和国家级试验中，8组试验产量均创第一，以其巨大的社会效益和经济效益分别获得河南省科技进步一等奖、国家科技进步二等奖；第五批中的"周麦22号"对条锈病、叶锈病、白粉病等主要病害均表现出高抗病性，2013年种植面积即达1500多万亩。

退休之后，郑天存没有安享晚年，而是继续在育种一线拼搏。2008年，郑天存倾其所有，又把两个儿子、两个闺女家的积蓄全部"征集"过来，投资小麦育种，成为一个民间育种人。他选育的小麦新品种"丰德存麦1号"，集高产、强筋、多抗于一体，较好地解决了高产与优质统一的难题，2011年同时通过国家和河南省审定，成为极具推广潜力的好品种。

2016年8月15日，在全国小麦品种区试总结会上，郑天存选育的强筋优质小麦品种"丰德存麦5号"，品质评分96.97分，在全国排在榜首。"丰德存麦8号"比高产对照品种"周麦18"增产5%以上，破格进入生产试验。2014年8月18日，在全国小麦基因组及分子育种学术会上，郑天存做了题为《40年来小麦常规育种实践及对黄淮南片麦区今后育种方向的分析》的报告，再次引起强烈反响。

75岁的郑天存依然激情不减，他向笔者透露，在进行小麦育种的同时，他已经开始了玉米育种研究。如今，他过着一年5季的生活——小麦一年两熟，玉米一年三熟，在海南与河南之间来回"飞"，虽然辛苦点，但很快乐。他还为自己制订了一个"五年计划"：80岁之前，再育成3—5个玉米国审品种、5—8个小麦国审品种，争取小麦新品种亩产突破800公斤，为实现中国种业强国梦再献一份力。

玉米育种奠基人吴绍骙

吴绍骙先生是中国玉米育种奠基人之一，被誉为中国农业学术界泰斗、中国玉米育种事业的开拓者、中国玉米育种科学的一代宗师。

新中国成立以来，吴先生一直从事玉米杂种优势利用研究，为我国玉米育种发展"劈"出三斧：新中国成立初期，提出以发展玉米品种间杂交种作为杂种优势利用的先导；上世纪50年代中期，主张选育推广玉米综合品种，倡导利用异地培育方法加速自交系的选育进程。吴先生的这"三斧"与他的其他研究成果对我国玉米育种事业的发展起到了重要作用。

吴先生1905生于安徽省嘉山县一个书香世家，17岁考入金陵大学预科，一年后转入该校农学院农艺系主攻植物遗传育种学，师从著名小麦育种家沈宗瀚。1934年9月，吴绍骙先生考取安徽省留学欧美公费生，进入美国明尼苏达大学研究院，师从著名抗病育种学家H.K.海斯进行玉米育种研究。在美国求学的4年里，吴绍骙先生每到暑假就去参加实践，钻进闷热的玉米地里进行观察记录。1936年，他取得硕士学位。1938年冬，吴绍骙完成了在玉米育种界影响颇大的博士论文《玉米自交系血缘与其杂交组合之间的关系》。这篇论文对玉米杂交种的亲本选配尤其是选二环系有很大的参考价值，在1939年3月份的美国农艺学会杂志发表后，多次被国内外育种学书籍和论文引用。

1938年11月初，吴绍骙先生怀着拳拳报国之心回国，经他的恩师沈宗瀚推荐，到贵州省农业改进所工作，任技术专员，从事玉米遗传育种研究。1939年9月又应金陵大学校友周明牂之邀到广西大学农学院从事水稻育种研究。1942年8月，吴绍骙先生受聘到西迁成都的母校金陵大学农学院任教授，后又兼任该院农事试验场副场长及农艺研究部主任。抗战胜利后，1946年他随金陵大学回到南京，仍从事玉米育种工作。

1949年3月，吴绍骙先生应国立河南大学农学院院长王鸣岐之邀，赴南迁苏州的农学院任细胞遗传学及作物育种教授——这也是他后来留在河南的开始。

1949年冬，吴绍骙应农业部的邀请参加了全国农业工作会议。会上，他作了《利用杂种优势增进玉米产量》的发言，对我国开展玉米杂种优势利用的步骤提出了精辟的见解。

1950年1月7日，《人民日报》全文刊登了他的发言。他提出的适合我国当时玉米生产水平的利用品种间杂交种的主张，通过党报传布到全国。接着，农业部又召开了玉米专业会议，制订了全国玉米改良计划。吴绍骙和李竞雄等专家参加了玉米改良计划的起草工作，他的建议被吸收到了这个计划之中。

1950—1951年，吴绍骙受农业部的委派，到山东省指导玉米杂交种选育工作。两年暑假，他不辞劳苦，为山东省玉米育种科研奠定了基础。

这个阶段，吴先生还在开封河南大学农学院开展了玉米自交系间杂交种的选育研究。他把从广西柳州沙塘试验站引进的一批单交组合，分别在洛阳和开封两地进行产比试验，有相当数量的单交种比当地农家品种成倍增产。

1952年，因为我国开始对孟德尔和摩尔根遗传学说的批判，玉米自交系被视为异端，吴绍骙不得不停止卓有成效的研究。他担心育种材料一旦失去就再也找不回来，便顶着各种压力，悄悄地与洛阳农业试验站合作，将12个自交系组配成的包括27个正反交组合、65个单交种的越代种加以混合，最终配成了综合品种，取名"洛阳混选1号"。

"洛阳混选1号"在洛阳地区大面积种植的产量，普遍比当地品种增加30%—80%，最高亩产达到了550公斤。当地农民喜不自胜，互相串换，并很快被当地接受，仅在洛阳地区推广面积即达200多万亩。

1957年，吴先生在中国农业科学院成立大会上发表了《从一个玉米综合品种——洛阳混选1号的选育推广谈玉米杂种优势的利用和保持》的论文。

在我国玉米双交种尚未得到普及推广的过渡时期，吴先生提出选育与推广综合品种的主张，这与后来墨西哥国际玉米小麦改良中心在第三世界的一些国家推广综合品种的做法不谋而合，但在时间上比他们早走一步。同时，也正如他所预测的，一些育种单位以"洛阳混选1号"作为选育自交系的基本材料，从中分离出不少高配合力的自交系。如上世纪60年代末到70年代初期，我国推广面积最大的单交种"新单1号"的亲本自交系之一"混517"，以及"太183""太184""武102"等自交系，就是从这个综合品种中选出的。

1956年，我党提出了"百家争鸣"的方针，一度中断了的玉米自交系选育工作又得以恢复。吴绍骙先生为了加快我国玉米自交系的选育，依据遗传育种学原理，结合新中国成立初期河南与广西相互引种自交系和杂交种的实践经验，提出玉米自交系异地培育方法，即利用我国南方（主要是海南）冬季气候温暖的条件，进行加代选育，有效缩短了育种时间。

1957年，吴先生与广西柳州沙塘农业试验站、河南省农业科学院等单位合作，开始将玉米育种材料带到南方进行选育，一年种植两代。他与合作者发表的《异地培育对玉米自交系的影响及其在生产上利用可能性的研究》及他撰写的《对当前玉米杂交育种工作的三点建议》（此文发表在1962年第1期《中国农业科学》上）等论文，以翔实的数据论证了这一方法的可行性，可以普遍应用于育种实践。

吴先生的这一研究结果不仅批驳了主宰当时的"环境决定遗传"的外因论错误学说，还开创了我国"南繁育种"的先河，缩短了农作物品种更新的周期，对我国作物产量提高起到了重要的作用。

从1950年代末期起，全国各省（自治区）的农业科研单位纷纷到海南建立冬季育种基地。大批育种专家和种子生产工作者从全国各地会集到宝岛，利用这个天然的大温室从事育种和种子生产。最早只有玉米，后来逐渐扩大到高粱、水稻、小麦、棉花、大豆、甘薯、麻类、瓜果、蔬菜等数十种作物，"南繁"成为这些作物育种的常规过程。

1961年12月，"全国作物育种学术讨论会"在湖南省长沙市召开，吴绍骙先生在《对当前玉米杂交育种工作的三点建议》中正式提出"进行异地培育以丰富玉米自交系资源可行性"的建议。

据资料，1965年至1988年，仅在海南省的南繁育种面积，平均每年约7万亩，累计达164万亩，其规模之大，在世界上绝无仅有。

如今，"南繁"已成为我国育种的"加速器"，海南三亚国家南繁科研育种基地已成为中国农业科技和国家种业的"硅谷"，每年都有来自全国多个省（区、市）的多家育种单位的上千名科研工作者像候鸟一样来此从事农业基础研究、品种选育、种子鉴定和生产推广等活动，还吸引了非洲、东南亚、南美洲等地区的科学家前来选育品种。习近平总书记2018年4月12日在三亚国家南繁科研育种基地视察时指出："海南热带农业资源十分丰富、十分宝贵。国家南繁科研育种基地是国家宝贵的农业科研平台，一定要建成集科研、生产、销售、科技交流、成果转化为一体的服务全国的'南繁硅谷'。"

1962年春，吴先生应邀列席了全国政协会议，并十分荣幸地被邀请到中南海怀仁堂，与毛泽东主席、周恩来总理同桌进餐，总理含笑握着他的手说："大办农业，多为祖国培育良种。"

当年在山西太原举行的全国玉米研究工作会议上，吴先生发表了《关于多快好省培育玉米自交系配制杂交种方面的一些体会和意见》，提出利用国外引进的和国内育成的现有材料配制杂交组合，迅速投入生产应用以及自交系的早代利用等意见。吴先生的建议迅速在全国产生影响，河南省新乡农科所于1963年育成了单交种"新单1号"，推广面积达到1000多万亩。由于单交种子的生产程序简单，增产潜力大，各地纷纷以单交种代替双交种，这使我国成为最早普及推广单交种的国家之一。

1964年，吴先生创建了河南农学院玉米研究室（后来随着学校的更名和规模的扩大改为河南农大玉米研究所）。在他的主持下，杂种优势理论和应用研究都取得了显著成绩，先后育成了"豫农704""豫单5号""豫双5号"等优良杂交种，在河南省及黄淮海地区大面积推广，并获得全国科学大会重大科技成果奖。

1975年，吴绍骙先生向河南省科委建议，建立河南省高稳优低协作组，以加速河南省玉米杂交种的更新，促进玉米生产。吴先生虽然只是协作组的顾问，但玉米高产、稳产、优质、低成本的综合研究却由他主持。这项研究成果的推广，为提高河南玉米产量、解决人民温饱问题做出了积极的贡献，还获得了农牧渔科技改进一等奖。

吴绍骙先生一生桃李满天下，培养了诸如苏桢禄、陈伟程、任和平、汪茂华、罗福和、石敬元、刘宗华、陈彦惠等数十名在全国产生很大影响的玉米育种专家、学者。

多年来，河南农大玉米研究所的玉米育种研究一直处于全国领先地位。2012年4月20日，在吴绍骙先生逝世14年之后，河南农大挂牌成立了"吴绍骙玉米研究院"，目标是打造集玉米科学研究、人才培养、成果转化与推广为一体的多功能平台。

玉米杂交种的开创者李竞雄

李竞雄先生1913年生于江苏苏州，是著名的植物细胞遗传学家、玉米育种学家、农业教育家、中国科学院学部委员、中国农业科学院作物育种栽培研究所研究员。1936年毕业于浙江大学农学院，1944—1948年留学美国，先后获康奈尔大学硕士和博士学位。李竞雄先生长期致力于植物细胞遗传和玉米育种研究，是中国利用杂种优势理论选育玉米自交系间杂交种的开创者。

在美国留学期间的1945年6月，李竞雄先生应康奈尔大学遗传学家L.F.伦道夫教授的邀请，到加利福尼亚理工学院协助一项玉米研究——他在正式攻读学位之前，就结识了美国一些老一辈的著名遗传学家。

1946年秋，李竞雄先生再次接受指导教授的邀请，来到加州理工学院实验农场，参与了由美国农业部主持的比基尼岛原子弹爆炸试验对玉米细胞遗传效应的研究。1948年6月，李竞雄先生在完成博士论文答辩后，第三次来到加州理工学院实验农场，进行他所发现的玉米第9染色体臂间倒位的细胞遗传学研究，并取得了不少第一手可贵资料。1948年11月，李竞雄先生回国，被聘为国立清华大学农学院副教授兼农学系主任。1949年至1970年，李竞雄先生调到北京农业大学任教，1956年被评为二级教授。1956年，李竞雄先生育成了首批"农大号"玉米双交种，发放各地试种、示范。该玉米双交种表现良好，因其抗倒抗旱和显著增产，许多省（市）要求种植。

这个阶段，李竞雄多次到山西、山东、河北和北京郊区，深入生产一线讲解、传授玉米杂交种的繁育和栽培技术，组织农民开展技术培训，和地方政府一起研究解决疑难问题，为我国选育和利用玉米自交系间杂交种奠定了基础。以山西省为例，从1960年试种玉米双交种起，5年内发展到500万亩，占当时山西省玉米总面积的一半以上。而1965年，全国的玉米杂交种面积仅占玉米总面积的4%，平均亩产只有100.5公斤。到了1987年，我国玉米杂交种面积已占到80%，平均亩产增加到263公斤，而且用的杂交种都是我国自己选育的。

1970年12月，李竞雄先生调至中国农业科学院从事玉米育种研究工作。

1970年代，为了不断提高中国玉米育种材料的性状水平，李竞雄先生在自己主持的课题内率先开展玉米群体改良研究，组成了"中综Ⅰ号"和"中综Ⅱ号"群体。此间，李先生与广西壮族自治区玉米研究所协作，在北京和南宁两地进行试验，并从墨西哥国际玉米小麦改良中心为广西引来南美著名的改良群体"Tuxpeno 1号"（后来取名为"墨白1号"），在广西种植面积最大时达到230万亩，大大促进了广西玉米生产的发展。

1973年，李竞雄先生亲手选配出一个玉米品种，经过两年的试验鉴定，表现非常突出，不仅实现了高抗玉米大小斑病、玉米丝黑穗病等多抗目标，而且具有广泛的适应性——这就是11年后获得国家发明一等奖的"中单2号"玉米杂交品种。从1976年起，"中单2号"在全国迅速推广，至1982年全国种植面积达2403万亩，成为当时中国推广面积最大的玉米杂交种。1983年，"中单2号"种植面积上升到2629万亩，此后逐年扩大，1989年创下了3434万亩的辉煌纪录。从1977年到1989年，"中单2号"累计推广26975万亩，增产玉米134.8亿公斤，成为中国玉米生产史上的一大奇迹。

1978年起，李竞雄先生任中国农科院作物育种栽培研究所副所长兼玉米育种室主任、博士生导师。1980年，他当选为中国科学院学部委员。

1982年，李竞雄先生在农业部召开的第四次全国作物育种会议上，提出了提高玉米营养品质、开展玉米品质育种的建议，并被纳入国家计划。在李竞雄先生的主持下，1988年育成并大面积示范推广了赖氨酸和色氨酸含量比普通玉米高1倍以上的杂交种——"中单206"。无论是青嫩玉米穗还是玉米粉，"中单206"的适口性都很好，营养价值也远高于普通玉米。这一育种成果已达到当时国际上同类研究水平。

1983年，李竞雄先生主持了"六五"国家重点科技攻关项目——玉米新品种选育技术研究课题论证报告的起草和计划的实施。到1985年，在25个参加单位的共同努力下，育成品种32个，新品种推广面积达到5613万亩。

1986年，李竞雄先生承担"七五"国家重点攻关项目。在他的带领下，高产、优质、多抗玉米杂交种选育专题共育成杂交种46个，推广面积达6712万亩。

1988年，李竞雄先生主持育成了半加强甜玉米新品种"甜玉4号"，经各地试种和示范，表现出抗病、高产和适应性广等优点，南北方均可种植，果穗长大、均匀，籽粒黄色，品质优良，风味好，适于制罐头、鲜食和速冻加工。

2003年10月19日，在李竞雄先生逝世6年之后，中国农业大学举行了"中国杂交玉米之父李竞雄诞辰九十周年纪念暨塑像揭幕仪式"。从此，李竞雄先生的塑像在中国农业大学国家玉米改良中心大楼的西侧落定。

"西部种子生产基地开拓者"陈伟程

2018年9月9日上午,虽然已经过了白露,绿城郑州的气温却依然居高不下,阳光中还透着夏的热烈。天鹅城国际饭店热闹非凡,"2018年国家玉米品种试验培训交流暨黄淮海区玉米新品种核心展示观摩活动"在这里隆重举行。来自农业农村部、全国农技推广中心以及全国29个省市自治区农业等部门的领导、专家会聚一堂,为黄淮海区玉米种子的更新换代探讨新机遇,寻求新发展。

活动中,笔者见到了河南省玉米育种领域的三位"80后"泰斗:风靡全国的"郑单958"玉米品种育种人堵纯信先生,培育出"豫玉22""豫农704"玉米品种的陈伟程先生,选育出"浚单20"等玉米新品种的程相文先生。

他们均已进入耄耋之年,本应安享晚年,却因为对玉米的痴迷,至今依然无怨无悔地在黄土地里挥洒汗水。

三位专家中,年龄最长的是陈伟程先生,已经84岁,堵纯信先生与程相文先生同龄,82岁。他们的头发均变成了花白,也都有些稀疏——他们曾经浓密、乌黑的头发,都奉献给了金黄或银白的玉米。

出生于广东南海的陈伟程,先后培育出20余个玉米优良新品种,2005年荣获农业部颁发的"中华农业英才奖"。陈伟程完成了具有独创性的玉米自交系异地培育研究,突破了玉米雄性不育安全生产难题,推动并实现了我国玉米双交种到单交种的转变。

1956年,陈伟程从河南农学院(河南农大的前身)毕业,留校为著名玉米育种学家吴绍骙教授做专职科研助手。

陈伟程第一次去见吴绍骙教授,吴老问他:"搞玉米科研,在最热的天气要下地授粉,做田间工作很辛苦,而且没有暑假,你愿意干吗?"

"我能吃苦,也有兴趣搞科研。"

陈伟程的回答没有一丝一毫的犹豫——他的玉米育种生涯便从这句话开始了,至今,已经走过了60多个春秋。

陈伟程做的第一项科研课题，就是1956年吴绍骙先生倡导的"异地培育玉米自交系"的研究——吴先生主持的"玉米自交系异地培育及其在生产上利用可能性的研究"，该项成果1990年获得河南省科技进步一等奖。

1963年，陈伟程研究生毕业后回到河南农大，从事遗传学教学和玉米遗传育种研究。

1969年，陈伟程主持育成了"豫农704"玉米杂交品种。从问世到1970年代中后期，"豫农704"年种植面积均在1000万亩以上，1978年获得全国科学大会奖。

陈伟程在国内外首次发现了C型不育恢复受两对重叠基因控制，界定了"C小种"的侵染范围，解决了雄性不育安全生产的关键问题，并育成国内推广面积最大的"三系"杂交种"豫玉22"。该品种在1997年通过河南省审定，2000年通过国家审定。在2001—2003年间，该品种成为全国第二、黄淮海地区第一推广品种，年种植面积2000万亩以上，累计推广1.5亿亩。

陈伟程还利用遗传改良的理论和技术，育成Mo17自交系的姊妹种和两个改良单交，解决了一些单交种因制种产量低而不稳、不能大面积推广的难题。此研究成果获国家科技进步三等奖。

"西部种子生产基地开拓者"——这是甘肃省张掖市人民政府特授予陈伟程的荣誉称号。是他，引领我国玉米制种基地从东北向西部（张掖）的大转移。历经30多年的发展，玉米制种也已成为张掖市的支柱产业，张掖成为国家级的杂交玉米种子生产基地，对提高我国玉米制种产量和质量起到了重要作用。

1989年，陈伟程的改良单交技术推广需要一个繁殖亲本的基地。当时，玉米制种基地主要在辽宁西部、河北北部、内蒙古和宁夏等地。陈伟程考察了东北的育种基地后，发现那里气候干旱、灌溉困难等不利条件，不太满意，于是就辗转来到河西走廊腹地张掖。

张掖镶嵌在河西走廊的中部，北侧是走廊北山——马鬃山、合黎山、龙首山，把北边广阔的沙海隔开；南侧是雪峰连绵的祁连山，截住了携带水汽的东南季风，让山区的降水量是平原地区的3倍，成为西北干旱区的一座庞大湿岛。山上海拔4000米以上白雪皑皑，融雪汇入了蜿蜒穿过的黑河，中间是狭长的平原。在这里，汇聚了冰川、雪山、沙漠、戈壁、湿地、草原、森林、峡谷等极致风光，江南风韵和塞上风情自然交融，令人禁不住想起"不望祁连山顶雪，错把张掖当江南"的诗句。

陈伟程对张掖市高台县考察之后发现，这里光照充足，灌溉水源充足，是玉米制种的好地方。随后，陈伟程在这里建起科研与制种基地，拉开了张掖市制种产业的大幕。

今天，张掖市因种子而崛起，已成为我国乃至全球瞩目的高产优质玉米制种基地，规模之大在全国第一，常年制种面积约100万亩，年产玉米种子4.5亿公斤，占全国大田玉米年用种量的50%以上。

2003年，陈伟程在张掖的"豫玉22"不育化制种面积就达1.3万亩，为250万亩大田提供了玉米种子——这是我国自1960年代开展玉米雄性不育利用研究以来，制种面积最大的不育胞质杂交种，为我国大规模的推广应用起到了示范性作用。2004年，"豫玉22"项目获得国家科技进步二等奖。

陈伟程从河南农大玉米研究所所长的岗位上退休，但他"退而不休"，继续奋斗在玉米育种一线。2010年，他创办了自己的育种科研企业。近几年，他先后又选育出了"伟科702""伟科966"等国审品种。

2015年12月12日，陈伟程获得中国种业风云榜"终身成就奖"，在颁奖典礼上他豪情不减，表示："我希望为祖国的育种事业奉献余热，只要还能走动，我决不会离开田地。"

2018年，集矮秆抗倒、耐高温、抗锈病等优点的"美玉22"玉米新品种通过国家审定。该品种于2016年、2017年参加了华北中晚熟春玉米组区域试验，两年平均亩产达814.3公斤。这是陈伟程继"豫玉22"之后培育出的又一个当家品种。

玉米"一号种子"

8月中旬的甘肃省张掖市,已经过了薅缨的季节,平原堡乡大片的玉米地里几乎看不到农民。寂静当中,一位老人正弯着腰,拿着米尺,测量一棵玉米秆的高度。

他就是堵纯信,河南省农科院粮食作物研究所原副研究员。自2000年开始,由他主持完成的"高产稳产广适紧凑型玉米单交种'郑单958'",引领我国玉米育种进入高密度育种时代,先后通过了国家和8省区审定,已累计推广5.5亿亩,增产152亿公斤,带动农民增收281亿元,至今连续9年居全国玉米种植面积第一位,获得国家科技进步一等奖。

这是2013年9月2日《农民日报》6版《中国种业人物风采录》栏目刊登的《跟着太阳转的人——记"郑单958"主要选育者堵纯信》的开头。这篇文章告诉我们,时年77岁的堵纯信还在玉米地里劳作。

1996年退休前,堵纯信先生在河南省农科院粮食作物研究所工作。而他最得意的杰作——玉米杂交品种"郑单958",是在他退休之后育成的。

作为我国紧凑型玉米育种的重要里程碑,"郑单958"具有非常出色的性状,成功解决了品种耐密能力低、综合抗性差等技术难题,开创了我国玉米高密度种植的新纪元。

2001年,"郑单958"通过了山东、河南、河北三省和国家审定,并被农业部定为重点推广品种,成为我国种业界一匹惊艳的黑马,种植面积一路飙升:2002年1325万亩,排全国第三名;2003年2135万亩,排全国第二名;从2004年起(4300万亩)跃为全国第一,2005年5400万亩,2006年5895万亩,2007年、2008年连续两年超过6000万亩,占全国当年玉米播种面积的近三成,一直到2016年,连续13年居全国玉米种植面积第一位,被种业界誉为"一号种子"。

2008年1月,"郑单958"斩获2007年度国家科技进步一等奖。

仅2013年，"郑单958"的种植面积就达6479亩，增产37亿公斤，增加经济效益44.6亿元。这一年，堵纯信入选中国种业功勋人物候选人。截至2016年，"郑单958"累计推广7.7亿多亩，创造了新中国成立以来单个玉米品种种植面积的最高纪录。

从1960年代初玉米单交种育种开始至今，我国玉米品种经历了6次变革：

1960年代初至1970年代初，以"新单1号""白单1号"等为代表的第一代；

1970年代初至1980年代初，以"中单2号""郑单2号""丹玉6号"等为代表的第二代；

1980年代初至1990年代初，以"丹玉13""烟单14""掖单2号""郑单8号"等为代表的第三代；

1990年代初至1990年代末，以"掖单13号""掖单12号""豫玉22"等为代表的第四代；

1990年代末至本世纪初，以"农大108""鲁单50""浚单20"等为代表的第五代；

21世纪初至今，以"郑单958""先玉335"等为代表的第六代。

玉米品种的6次更新换代，每一代优秀品种代表都有河南的品种。河南的玉米育种从1950年代至今，除了1980年代有一个徘徊期，一直都处于全国领先地位。而"郑单958"在本世纪初成为玉米"万种之首"的"霸主"后，独引风骚近20年。目前种植面积虽然呈缓慢下降趋势，但它依然卓尔不凡，能超越者寥寥无几，近几年继续排在全国优秀品种行列。

"玉米人"程相文

"一粒种子可以改变一个世界，一个品种可以造福一个民族。"这是世界著名生物学家达尔文的名言。这句话被著名玉米育种专家程相文写在自己笔记本的扉页上。

可以毫不夸张地说，程相文把自己的一生都献给了这粒种子——玉米育种事业。河南省作家协会副主席刘先琴专门为程相文写了一部报告文学《玉米人》。

中专毕业的程相文，自1963年毕业，一直到退休，都在豫北一个小县的乡镇——坐落在浚县钜桥镇（现属鹤壁市淇滨区）的县农科所（2009年升格为鹤壁市农科院）工作。"天天干的是玉米，想的是玉米，看的是玉米，一天也离不开玉米"的程先生，把毕生的精力都献给了玉米，直到2014年4月，78岁的程先生才卸任鹤壁市农科院院长，改任为名誉院长。退休后，在当地政府支持下，程相文成立了育种工作室，带着几个研究生继续在育种一线耕耘。

程相文刚到浚县的时候，玉米产量普遍很低，亩产只有一二百斤。1964年，在浚县原种场工作的程相文向县农业局提出了一个"惊天动地"的申请：去海南育种。当时，玉米南繁育种虽然已经开展了好几年，但"南繁"的科研单位都是省级和地市级的，还没有一家县级育种单位。浚县农业局领导班子对程相文的提议开始是惊诧，讨论研究后变成了赞赏，最后给予批复。于是，程相文带着50斤玉米种踏上了十几天的长途跋涉之路。

早期的南繁育种非常艰苦，更没有椰风海韵。当时的海南还很落后，农村更是一片荒凉。不通电，不通自来水。程相文一直租住在老乡家里，在第一户人家住了17年，在第二户住了22年，现在租住的人家也住有好多年了。他白天下地劳作，晚上就着煤油灯查找、阅读科技资料，统计育种数据。当地人对他的称呼，也从"小程"变成了"老程"，当年风华正茂的小伙子，渐渐成为鬓发染霜的老人。从开始南繁育种，程相文每年有半年时间都在海南工作，连续50余个春节在海南的玉米田里度过。

几十年间，程相文先生带领团队引进和选育出浚单系列等39个玉米新品种，累计推广3亿多亩，增加经济效益270多亿元。他培育的"浚单20"，2004 年被农业部确定为全国玉米主导品种推广种植，成为黄淮海夏玉米区种植面积第一、全国种植面积第二的大品种；2005 年，浚县钜桥 15 亩连片夏玉米超高产攻关田单产达到每亩 1006.85 公斤，创造了世界夏玉米高产纪录；在全国种植面积连续 4 年（2007 年至 2010 年）排第二名，连续 5 年（2011 年至 2015 年）排第三名；2010 年 3 月通过河南省科技成果鉴定，著名玉米专家、中国工程院院士戴景瑞先生对"浚单 20"如此评价："为我国玉米生产作出了重大贡献，成果整体达国际先进水平"；2011 年，"浚单 20"获得国家科技进步一等奖。

2014 年 5 月，"长期扎根基层，淡泊名利，忘我奉献，潜心科研，刻苦攻关"的程相文先生，与种业界泰斗袁隆平、李振声等人被评为改革开放以来"中国种业十大功勋人物"。

至今，已经 85 岁高龄的程相文，仍然要坚持下田——尽管如今分子育种技术很发达，但与许多优秀育种专家一样，程相文要去大田里验证。

花生专家张新友

幸福的生活，不一定是天天海参鲍鱼。一盘花生米、一壶老酒，也足以让很多人体会到生活的惬意。

但这样的幸福我们的先人却体验不到。花生原产于美洲，传入中国大约是在明代后期，至清乾隆朝，花生还是贡品，寻常百姓难得一见。作为一种重要的油料作物和日常食物，花生种植研究也是一门重要的学问。

以张新友院士为带头人的河南花生科研团队已有 40 多年研究历史，一直是我国花生研究领域的骨干单位，先后承担过国家"863"重大专项、重点攻关项目、自然科学基金、农业科技跨越计划、农业科技成果转化基金和省重大攻关项目、自然科学基金等项目，选育出一大批优质高产早熟系列花生新品种，其中"豫花 1 号""豫花 7 号"分别获得国家科技进步二等奖，"豫花14号""豫花15号""远杂9102"分别被列入国家农业科技跨越计划和农业科技成果转化基金项目。

张新友长期从事花生遗传育种研究，在多年的研究中，建立起花生远缘杂交育种技术体系，创制一批聚合了野生花生优异性状的新种质，开辟了花生野生种质利用的有效途径，在花生重要经济性状遗传与分子标记开发等育种理论与前沿技术研究上取得重要进展，培育出"豫花""远杂"系列早熟、高产、优质花生品种30余个，成功克服了花生种间杂交不亲和障碍。

1984年，21岁的张新友从百泉农业专科学校（河南科技学院前身）毕业，被分配到河南省农科院花生课题组，从事花生育种工作。那时候，在河南，花生属于小作物，全省种植面积约500万亩，亩产200斤左右。当时的花生课题组比较缺人，最小的同事也有40岁，其他同事都在60岁上下，张新友成为花生课题组的新鲜"血液"。

1986年，张新友考取了著名花生育种专家、河南省农科院经济作物研究所研究员刘恩生的研究生，攻读作物遗传育种专业硕士学位。1988年，在导师刘恩生的推荐下，张新友前往"西天"印度世界著名花生研究中心——国际半干旱热带作物研究所学习。在导师的带领下，他主要开展"野生种细胞遗传及远缘杂交技术研究"，即让野生花生和栽培品种"联姻"，将野生花生的抗病、耐旱等优良性状转育到栽培品种中去，以达到改良栽培品种的目的。

国际半干旱热带作物研究所的花生专家对这个课题研究了多年，但始终没有实质性的进展。张新友一心扑到实验中，每一个环节都细心处理，经过一年多的研究和实验，成功筛选出了高抗叶斑病和锈病的花生种子。

张新友的成果引起了外籍导师的注意，外籍导师以丰厚待遇极力挽留他留在印度攻读博士学位，他婉言拒绝，于1989年底学成归国，继续留在河南省农科院，先后承担了国家"八五""九五"花生育种攻关项目，主持国家"863"重大项目等。

张新友的研究,是伴随着我国花生产业发展的不同时期存在的问题展开的。

第一个问题是解决小麦、花生一年两熟难题。由于花生的生育期长,一般在130天至150多天,所以一年内种花生就不能种小麦,种小麦就不能花生。过去,包括豫、冀、鲁、皖等省份在内的黄淮海地区,种花生只能一年一熟。

但小麦是第一大作物,不可动摇。花生主要种在种不成小麦的地方,因此发展迟缓。

怎么办?改变不了小麦,只能改变花生,让花生变得早熟,提早花生的成熟期,但又不能降低产量。既要早熟,又要高产,还得做到小麦、花生一年两熟,解决小麦和花生争地的矛盾,攻克这个课题,可谓难上加难。

张新友和他的团队攻难克艰,终于培育出早熟的花生品种。而且,他培育出的所有品种,都在125天以内成熟。同时,在河南、安徽、山东、河北等省份,均可以实现一年两熟,破解了困扰黄淮海地区多年的小麦、花生争地的矛盾——这个贡献堪称巨大。

30多年过去了,张新友带领的团队先后育成"豫花""远杂"系列早熟、高产、高油、抗病等33个花生新品种,分别通过了河南、安徽、湖北、辽宁、北京等省市的审定,其中14个品种通过了国家审(鉴)定,9个为含油量超过55%的高油品种,育成品种数量之多、质量之高,在全国花生育种团队中名列前茅,研究成果曾3次获得国家科技进步二等奖;"豫花7号""豫花15号"等品种成为中国北方花生产区不同时期的主导品种;"远杂9102"在黄淮海地区推广年度最大面积达500万亩左右,占该地区小果花生面积的25%以上,不仅是黄淮海地区推广面积最大的小果型品种,也是世界上推广面积最大的远缘杂交品种。

2011年,张新友在农家花生里发现了一个像穿着花衣服的彩色皮壳品种,虽然品质很差、产量很低,但他觉得这个材料的种皮颜色非常独特。于是他把它带到了实验室,由此开启了他对花生种皮颜色遗传的杂交研究。如今，张新友已经培育出粉红色、紫色、黑色及花皮等色彩斑斓的花生品种。

张新友的研究成果，获得了 5 项发明专利、6 项植物新品种权。2015 年，他当选为中国工程院院士；2016 年，当选农业部第五届农业转基因生物安全委员会委员。

2000 年前后，张新友开始关注新疆花生种植，每年都至少去新疆一次，察看花生生长情况。2011 年 5 月，新疆启动了科技援疆计划项目"适宜新疆林果业基地林间套种花生品种的引进筛选和栽培技术研究"，取得初步成果，当年花生在新疆创造了第一个高产纪录。之后，张新友去新疆的次数更加频繁。他认为，花生在新疆待挖掘和利用的潜力很大，仅南疆喀什和阿克苏地区就种植有 550 多万亩冬小麦，如果其中 300 万亩冬小麦收割后复播花生，加上林间套种和部分单作春播花生，新疆完全有可能增加 1000 万亩的花生种植面积，有可能成为我国又一个花生产业新区。

花生的产油率相当高，1 亩地的花生产油量相当于 2 亩油菜、4 亩大豆。而我国食用植物油对外依存度很高，65% 以上需要进口。从保障食用植物油供应安全的角度来说，在新疆发展 1000 万亩以上的花生，意义重大。

2016 年 10 月，已是国家花生产业技术体系岗位科学家的张新友带领团队骨干人员再赴新疆，在阿克苏地区新和县察看花生生长情况。新和县在新疆天鹰科技公司品种和技术的支持下，推广冬小麦收割后复播花生 7200 亩，取得成功。同年，新疆天鹰科技公司与阿克苏地区签约了 50 万亩花生种植示范基地项目。如今，花生已在南疆"扎根"，种植面积不断扩大。

小芝麻大学问

1993 年，30 岁的张海洋拿到了南京农业大学遗传育种专业的博士学位，开始在河南省农科院从事芝麻遗传育种研究。素来被人"小"看的芝麻，在张海洋的心中却是"天"大的事情，他对这粒小小的芝麻，已痴心奉献了 26 年之久。

自"八五"以来，张海洋一直是全国芝麻学科带头人。他在全球率先建立了芝麻远缘杂交技术体系，创造出一批高度抗病耐渍、高油、高蛋白芝麻新种质，同时还探索出芝麻核雄性不育化学保持技术，建立一套芝麻核雄性不育化学保持二系制种技术体系，提高了制种效率，保证了制种纯度，降低了制种成本，为核不育二系制种提供了新途径。另外，他主持开展的世界芝麻种质资源收集与鉴定研究工作，收集了国内外芝麻种质资源 1473 份，构建了世界芝麻核心种质群，对芝麻野生种和栽培种染色体核型及近似系数进行分析，明确了芝麻起源与进化的方向，并建立完善了芝麻重要性状鉴定与评价技术体系，创制出一批高油、高蛋白、抗病、耐渍、适于机械化种植的新种质，推动了我国芝麻育种整体技术的发展。

1999 年，张海洋应邀到美国农业部南方作物中心开展棉花和芝麻合作研究，次年研究结束回国后，带领团队围绕国家粮油供给安全的重大需求，潜心开展科研攻关。

2009 年，国家芝麻产业技术研发中心落户河南省农科院，国家现代农业芝麻产业技术体系建设项目在郑州启动，张海洋成为国家芝麻产业技术体系首席科学家。当年，他当选为中原学者。就在这一年，他完成了世界上第一张芝麻分子遗传图谱，为人类揭示油料作物进化、油脂合成与积累提供了重要的遗传信息。同年，张海洋科研团队先后主持国家、河南省重大攻关课题 10 余项，率先通过种间远缘杂交将野生芝麻抗病耐渍基因转入栽培种。

2014 年，张海洋主持完成了芝麻基因组计划，建立了芝麻基因组精细图库，发掘出芝麻产量、品质、抗病、耐渍等相关的基因位点，为世界芝麻遗传解析提供了重要信息。这也是继水稻之后世界上完成的第 12 个主要农作物基因组。他还利用芝麻基因组与转录组数据开发了 SSR、

SNP、InDel标记引物，建立了芝麻下胚轴愈伤组织诱导与植株再生技术体系、芝麻转基因技术体系、转基因拷贝数定量检测技术体系，为芝麻功能基因分析奠定了基础。

张海洋科研团队先后选育出"豫芝8号""豫芝9号""豫芝11号""郑芝97C01""郑杂芝H03""郑芝98N09""郑芝13号"等18个芝麻新品种。其中"豫芝8号""豫芝11号"分别获得2003年和2005年国家科技进步二等奖。"豫芝11号"集优质、高产、多抗、早熟于一体，较好地解决了高产与优质、抗病、早熟之间的矛盾，实现了多个优良性状的聚合，在芝麻品质及综合优良性状育种上获得了较大突破。"郑芝15号""郑芝16号""郑芝17号""豫芝21号"等4个高油芝麻新品种含油量均超过58%，大面积应用后，使我国主产区芝麻含油量提高了2—3个百分点，不但增强了我国芝麻在国际市场上的竞争力和出口创汇能力，还对调整种植业结构、农民增收、企业增效起到了积极的推动作用。从2012年至2016年的5年间，张海洋团队使我国芝麻平均单产提高了22.7%，取得了显著的社会效益和经济效益，引领了世界芝麻育种技术的发展方向。

在栽培方面，张海洋团队建立了我国芝麻麦茬免耕直播、起垄栽培、地膜覆盖、间作套种等高产高效规范化栽培模式。同时，张海洋团队还与国内外科研、生产、贸易部门合作建立起优质芝麻商品生产基地，走出了一条"科、农、贸""产、供、销"一体化的路子。

"十二五"以来，张海洋率先建立了芝麻全程机械化种植模式，在我国首次实现了芝麻机械化收获，也为世界芝麻高产栽培提供了典范。同时，张海洋团队加强与国内外科研基础研究领域的合作与交流，先后与美国、墨西哥、韩国、日本、印度、越南、古巴、肯尼亚、苏丹、坦桑尼亚等20余个芝麻主产国和消费国建立了科研合作关系。此外，张海洋团队还积极开展芝麻新品种新技术对外输出。2014年以来，张海洋团队在苏丹建立了国际芝麻科研与生产基地，选育出了适于苏丹种植的芝麻新品种"苏丹1号""苏丹2号"，建立了苏丹芝麻主产区高产稳产规范化种植技术体系，为推进我国"一带一路"农业发展建设发挥了积极作用。

2016年，张海洋主持完成的"芝麻优异种质创制与新品种选育技术及应用"荣获国家技术发明奖二等奖——这是河南省农业领域时隔8年再次在技术发明奖上实现突破，也是自1978年以来我国油料作物领域获得的第三个国家技术发明奖二等奖以上的奖项。

农业的"芯片"

2018年4月至8月，笔者基本都是在采访河南的育种家。采访之前，笔者的想法是单独做一章"育种家列传"。但随着采访的深入，这个想法就变了——新中国成立以来河南的优秀育种家太多了，除了上边写到的，还有一大批。而且，他们每个人都有动人的故事，别说都写，即使选择改革开放之后的杰出代表，也不少于30个人，完全可以写成一本厚书。因此，限于篇幅与本书的主旨，只能忍痛割爱。

采访育种家给我的最大感受，一是他们真忙。搞研究，做实验，还要跑推广，哪有闲暇，很多时候都是约几次才能见面。二是他们是真辛苦。听起来"高大上"的育种家，其实就是"高级农民"，既需要扎实的理论支撑，还要具备熟练的实际操作经验。而整个育种过程，既是复杂的脑力劳动，又是繁重的体力劳动。他们几乎每天都在与土地打交道、与种子打交道、与庄稼打交道。可以说，他们与土地的亲密程度，远远超过真正的农民。风吹、日晒、雨淋，让很多育种家皮肤粗糙、面容沧桑——那不仅仅是时光的印记，还记载着种子的秘密。

种子是农业最基本的生产资料，是粮食增产诸要素中最重要、最活跃的因素。大量事实证明，良种在农业生产中的巨大作用是其他任何因素都无可取代的，因而种业被称为农业的"芯片"产业。一个国家的农业是否强大，种业在其中发挥了非常重要的作用。当前，我国正从种子大国迈向种业强国。良种作为农业高质量发展的重要抓手，也是提高我国农业国际竞争力的关键所在。

河南的粮食作物育种水平，在全国长期保持着领先地位。

20世纪80年代以前，河南作为农业大省，五花八门的外来作物种子由于"水土不服"，产量一直上不去。直到80年代后期，河南粮食生产还是以引进品种为主。针对这种情况，河南开始重视农作物良种的培育与推广，加大了资金投入和政策扶持力度，很快在全省形成了独特的"河南育种家群体"，展开农作物品种育种科研攻关，为河南粮食生产提供了强有力的专家队伍保障。

依靠广大农业科研工作者辛勤钻研、刻苦攻关，河南粮食作物育种突飞猛进，自主创新品种越来越多，取得了全国一流的成果。仅2001—2008年间，河南就选育出一大批产量高、品质好的农作物新品种：共有414个农作物新品种通过省品种审定委员会审（认）定，111个农作物新品种通过了国家审定，有9个品种获得国家科技进步奖，其中，小麦"郑麦9023"和玉米"郑单958"均为国内年种植面积最大的品种。这些新品种的推广应用使河南主要农产品的质量和市场竞争能力得到了显著提高，为河南粮食产量持续稳定增长提供了重要保障。

2019年5月22日，由河南省科技厅、财政厅等相关部门组成的观摩组来到了位于新郑市北的河南省科学院高新技术试验基地。试验田内是由上百个小麦新品种形成的种质资源"宝库"。此时，正处于灌浆期的麦田，随着微风泛起一波波麦浪。

这里培育的新品种，大部分都是"太空麦"的后代。为了打破基因连锁、提高变异率，培育出更多的高产、优质、多抗新品种，河南省科学院同位素研究所将辐射、航天诱变与常规杂交、分子育种、生物技术等相结合，创制了一批优异小麦育种种质资源，摸索出一套行之有效的育种技术。目前，基地已累计培育新品种7个，推广面积达5000多万亩，增产小麦20多亿斤。

河南省科学院小麦航天与辐射育种关键技术团队首席专家张建伟向观摩组介绍："2017年国家出台了优质麦新国标，当年参加测评的近

400个小麦新品种仅有两个达标，其中一个就是我们通过航天辐射育种方式培育出的'郑品优9号'。"

"郑品优9号"属于优质强筋品种，新出台的优质麦新国标，增加了最大拉伸面积、拉伸阻力、吸水率等理化指标，"郑品优9号"能顺利达标，展示了其优异的食品加工品质。

据了解，同位素研究所培育出的另一个优质中强筋国审小麦新品种"豫丰11"不仅品质好，而且产量高、适应性广，在2019年的持续春旱条件下表现突出，实现了高产与优质的良好结合，这标志着河南小麦航天辐射育种已走在全国前列。

科技之光

习近平指出，中国现代化离不开农业现代化，农业现代化关键在科技、在人才。要把发展农业科技放在更加突出的位置，大力推进农业机械化、智能化，给农业现代化插上科技的翅膀。

新"管家"

2019年8月26日,中国网发布了《无人驾驶、APP监测农作物 河南农业科技贡献率居全国第一方阵》的报道:

> 8月26日,中共河南省委书记、河南省人大常委会主任王国生在国新办新闻发布会上介绍,河南的一些产粮大县将高新技术融入农业生产,实现了无人驾驶、旋耕播种,使用手机即可实时监测农作物。
>
> 王国生表示,河南省持续提升粮食生产能力,藏粮于地,加快中低产田改造,建成高标准农田6163万亩,变"望天田"为"吨粮田";藏粮于技,农业科技贡献率居全国第一方阵,主要农作物良种覆盖率达到97%以上,综合机械化水平达到82%。
>
> 他举例说,河南产粮大县安阳滑县打造了50万亩集中连片的高标准粮田,把北斗卫星导航技术融入农机作业,实现无人驾驶、旋耕播种等,大大降低了劳动强度和劳动成本。一年两季,粮食平均亩产达到2500斤。鹤壁浚县建成了30万亩示范方,用上了物联网,农民打开手机里的APP,可以对农作物进行实时监测,"什么时候浇水、什么时候打药,一目了然、一清二楚"。

2019年6月在滑县焕永合作社采访时,杜焕永告诉我们:"流转土地两三年之后,我就逐渐意识到搞农业没有先进的科学技术和装备支撑是不行的。这几年不光我自己经常参加县农业技术推广中心举办的技术培训班,还聘请了一名农艺师和六名经过专业培训的技术员任生产队队长。"

在焕永合作社的农机库，杜焕永指着各种各样的农机设备说："耕地、整地、种植、植保、收获、烘干、秸秆处理等等，全靠这些铁家伙。我们不仅实现了种收全程机械化，经济效益也明显提高。"

杜焕永说这话的时候，以宠爱的目光注视着他的"宝贝"们，充满了自豪感。他指着一台黑色的装置介绍道："这是北斗卫星平地系统的一个接收信号基站，用它指挥平地仪的高低。"

笔者非常惊讶，问："连平整土地都用上这么高科技的仪器了？"

"以前春耕最头痛的就是平整土地，需要测量、定线，将地块划分若干个作业区，然后用推土机、拖式铲运机来平整，人工用量大，作业效率低，平地精度也低。北斗卫星平地系统很好地解决了这个难题，大大提高了效率，节省了成本和时间，效果也远远超出预期。"杜焕永说，"这些年，我的体会是，发展现代农业，就得靠先进的现代农业机械。"

一位村民走过来听了一会儿我们与杜焕永的谈话，插话道："焕永让我们知道了农业机械化的好处，改变了我们传统的种植模式，效率、效益都提高了不少，比如他推广的花生全程机械化种植技术，每亩能增收1000多块钱。"

杜焕永领我们见了合作社的农机手陈国恒，他今年23岁，是月收入超5000元的"蓝领"。在陈国恒家，我们看见他正在改装一台自走式打药机。

"为啥要改装呢？"

"前几天，专家来给我们上过课，我的农机技术提高了不少。根据机械原理，这台打药机改装后，就会喷洒得更均匀、更稳定。"陈国恒说。

"现在，干农活就需要这样脑子活、肯钻研的年轻人。有了这些后备力量，乡村振兴才有可持续的人才支撑。"杜焕永说。

见到滑县赵营镇中新庄村村民倪来喜，是在2019年6月12日下午。他把我们领到了刚刚浇过水的花生田边。

倪来喜五十来岁，是三里五村有名的种田能手、种田大户。每次县里举办农技培训班，他都会积极报名参加。通过培训，倪来喜掌握了更多、更新的农业科技知识，知道了怎么种、种什么、怎么管理效益更好。他丰收的秘诀就是及时运用在培训班上学到的高产技术。

"农民要种好地，必须掌握科技知识。今年的小麦，我按照县农技推广中心的指导，科学管理，产量1亩地比一般的人家高出百十来斤。"倪来喜说。

一直以来，滑县农业部门把农业技术推广作为粮食生产的法宝，一方面定期组织技术培训班，使更多的农民尤其是种粮大户掌握科学管理技术，另一方面，积极配合河南省"万名科技人员包万村行动"和"粮食科技特派员行动"，选派技术人员深入田间地头，通过讲解、发放技术资料等形式，把农业科技及时传授给农户。同时，因时、因地、因苗制定农田管理技术措施，指导农民科学管理，做到要领培训到人、措施落实到田。

"现在种地真是太方便了，遇到啥问题，病虫害防治，打药施肥，管理收种，在手机上一点就能解决。"倪来喜拿出手机让我们看。

原来，滑县农业技术推广中心充分利用信息技术，发挥"互联网+"优势，开发出一款服务农业生产的手机软件——"滑县农管家"信息服务平台。这款软件把传统的农技服务与移动网络结合起来，主要有"农技专家""农技指导""小麦服务""玉米服务""花生服务""种子服务""化肥服务""农药服务""农特产品"等9个模块，其中"农技专家"一栏包含了全县30位农技专家。农户点开某个专家，就可以一键通话，咨询农田管理的相关问题。这个平台还根据农时、农情，及时发布病虫草害预报、农业技术指导等信息，在"农技指导"模块推送，指导农民管理农田。

真是没想到，如今手机成了农业生产的新"农具"，农技服务变得"触手可及"。

"'滑县农管家'真是贴心，为咱农民提供了产前、产中、产后技术信息全程'保姆式'服务。"倪来喜说。

离开倪来喜，为了验证"滑县农管家"的普及程度，我们在回县城的途中，从主公路拐到一条乡村公路，在一片花生地边停下来，询问正在为花生浇水的中年男子赵记策。

"你知不知道'滑县农管家'？"

"知道啊，俺这儿都用'滑县农管家'，方便得很。"赵记策说着从裤袋里掏出手机为我们演示——打开"滑县农管家"界面，点开"小麦服务"，页面中出现了播种、犁地、旋耕、浇水、打药等服务项目。

赵记策边比画边说："需要什么服务，就点击购买其中的项目，平台就会通知附近的服务队按时来服务。今年3月，我发现小麦叶片有黄斑，就点开'农技专家'，平台很快就派来了技术员，察看后马上开出药方，药到病除。"

我们还从滑县农业部门了解到，为了畅通农民信息渠道、提供便捷服务，"滑县农管家"平台在全县招聘了村级农技推广联络员，以此实现服务网点的全覆盖。

滑县农业技术推广中心主任李勇介绍，村级农技推广联络员是服务网点的负责人，是从农业乡土专家、农业种养能手、农村致富带头人、新型经营主体技术骨干中产生的。第一批全县招了430名，2019年又招了615名，服务已涵盖全县所有村庄，真正做到了农技推广"零距离"。

在焦虎镇屯集村春芽种植农民专业合作社，村委会主任、合作社负责人魏成显正在给客户介绍货架上的农产品。

"我们的农作物有黑绿豆、黑花生等几十个品种，都是特色有机产品。我们去年销了100多吨，今年的销量预计在1万吨到3万吨之间。"魏成显说。

春芽种植农民专业合作社成立之初，魏成显就思考如何带领乡亲们利用现代科技在土地上有所作为。他先后流转土地1000余亩，引进了有机肥加工设备，配备了水肥一体化灌溉系统，聘请河南省农科院专家，统一生产种植管理规程。他们还利用"公司+农户"模式，与500余户农民签了4000余亩的订单，由他给农户提供种子、技术等，成熟后再高价回收，农户每亩可增加收入400元至500元。

"这些农产品的包装上都有一个二维码，货架上方有视频监控系统，用手机扫一下二维码，就知道是几月份种、几月份施肥、几月份收的。这个屏幕安有自动报警系统，缺水、缺肥了就会报警。"魏成显说。

魏成显还带我们参观了他新建的农耕体验馆。体验馆内展示着犁、耧、锄、耙、木锨、石磙、石磨、石碾子等，还有古朴的灶台、风箱，这些老物件让人仿佛穿越时空，回到全靠人畜耕作的时代。

"我的初衷，就是把过去落后的农耕生活与现代先进的农业科技对比，更能体现科技进步为农村带来的翻天覆地的变化。"魏成显自豪地说。

信息高速公路

2019年9月9日，为期三天的中国卫星导航与位置服务第八届年会暨中国北斗应用大会开幕，以8位院士为代表的业界顶尖专家会聚郑州，带来了卫星导航与位置服务领域的前沿科技、创新应用、政策解读、产业发展趋势分析等最新研究成果，还作了《北斗导航在现代农业中的应用与发展》《我国大地坐标系的回顾与北斗坐标系》等专题前沿报告；北斗应用领域的近150家企业携带最新技术和产品集中亮相，为人们呈现了一场北斗科技应用的盛宴。

如今，北斗系统已广泛应用于测绘、电信、农业、水利、渔业、交通运输、森林防火、减灾救灾和公共安全等诸多领域。短短的20年间，我国在卫星导航领域核心技术和重大关键产品方面实现了重大突破，越来越多的北斗应用产品正在融入百姓生活的方方面面。

在展厅内，点开河南省农业遥感信息三维展示系统，各种作物的种植面积及结构图清晰明了。2018年郸城县冬小麦赤霉病分布图、2018年滑县冬小麦冻害遥感监测图……一张张河南省农作物的灾情监测图在屏幕上闪现。河南省农科院农经信息所农业遥感研究室主任王来刚一边向观众展示一边介绍："这是我省秋季作物种植分布情况，这是示范区茶叶和大蒜种植分布情况……"

农业遥感监测技术已成为指导农业种植、保障粮食安全的"千里眼",及时发现农业灾情的"火眼金睛",对农作物长势动态监测及产量进行预估的"未来眼",不仅可为政府决策提供参考,还可提前预测市场供给、指引相关商家在农产品收购上合理布置人力物力。

王来刚说,以旱灾监测为例,过去需要大量人员带着土壤墒情检测仪一个点一个点地采集数据,再层层上报,效率低、成本高,各种人为因素也会影响数据的客观性。农业遥感监测技术效率高、范围大,实现了灾情监测数据的精准客观,可供农业决策部门及时作出反应,为制定抗旱救灾措施提供信息支持。同时,将遥感监测技术应用到农业保险中,可提高农业承保和理赔精度与效率,为农民尽快获得保险定损赔偿提供帮助。

农业遥感监测通过分析农作物遥感影像数据,可精准客观获取农作物种植面积、分布情况、农业灾害情况,预测作物产量等,如同为农业生产装上了一双"科技眼"。河南省由农业厅牵头,成立了河南省农业遥感监测中心,每年在农作物关键生育期内定期开展小麦、玉米长势遥感监测,及时掌握农业生产情况。同时,融合气象数据,构建了河南省小麦产量预测模型,在收获前可以预测产量,为指导全省农业生产提供数据支撑。

2017年,依托河南省科学院应用物理研究所,河南成立了省农业大数据应用产业技术研究院,围绕农业农村领域的重大需求,以农业大数据、云计算为支撑,以互联网、物联网为载体,以地理信息技术、遥感技术、人工智能技术为主要手段,建设国际先进、国内一流的农业大数据技术开发应用平台,构建多维、多种、多形式的基础数据库。该研究院通过与美国加州大学、麻省理工学院等国内外科研机构的合作,研发多光谱遥感卫星获取高空遥感数据,设计机载航空遥感设备,实现低空数据的便捷采集(弥补卫星遥感数据周期长、获取条件复杂等不足),开发设计车载采集装备,实现土壤CT、单类作物的定点高精度采集等。目前,研究院利用高光谱遥感图像识别作物系统,可完成27种农作物种植面积、生长状态、病虫状况的自动识别、自动研判，识别准确率达94.7%。

数十年来，信息技术飞速发展，对农业科技和生产方式也产生了巨大影响。专家评价，在农业科技创新和发展中，信息技术和生物技术将一起成为两大核心支撑技术，对现代与未来农业产业发展发挥不可估量的重要作用。

信息技术，即获取、处理、存储、传递、使用信息的技术。农业信息技术则是信息技术与农业科学相互交叉渗透而产生的新兴应用学科，通过自然、经济、社会等农业相关信息的采集、存储、处理、分析、传播和利用，从而对农业宏观战略决策、农业生产、经营等过程进行指导和管理。农业信息技术实现了农业生产过程的精准管理，让传统农业信息服务和生产方式产生了重大变革。

从18世纪70年代发明蒸汽机开始至今，在200多年的时间内，人类共经历了三次产业革命，即蒸汽时代、电气时代和电子时代。每一次产业革命都给人类社会带来了巨大的变化。20世纪50年代以来，计算机、通信、互联网等技术让人类进入了信息社会，信息技术给人们的思维、生活、工作等方式带来了巨大的变化，也促进了世界农业科技和产业的飞速发展。20世纪90年代以来，在美国、日本、西欧等发达国家，信息产业的发展极大促进了农业科技的发展和应用，带动农业生产率大幅提高。

从世界范围看，农业信息技术的发展经历了三个阶段：第一阶段是20世纪50—60年代的科学计算阶段，即以计算机计算农业科技问题，如饲料的配比，并以广播、电话、电视等通信形式予以传播；第二阶段是20世纪70—80年代的数据与知识处理阶段，此阶段开始农业数据库建设，进行作物生长模型、农业专家系统和自动化等方面的研究；第三阶段是20世纪90年代以来的互联网阶段，此阶段是"3S"（地理信息系统、遥感、全球定位系统）和精准农业产生和发展、智能化农业机械系统集成和应用的阶段，美国、日本、西欧等发达国家的农业信息技术发展很快，并得到了广泛应用，成效非常显著。目前，以美国、德国、法国和日本为代表的发达国家在完成了农业工业化和机械化后，信息技术已进入产业化阶段，农业进入信息化时代。

我国农业信息技术的研究和应用起步较晚，主要经历了以下几个阶段：一是起步阶段（1979—1985），主要解决了农业领域中的科学计算和数学规划问题。1981年，我国建立了第一个计算机农业应用研究机构——中国农业科学院计算中心。二是普及阶段（1986—1990），主要以农业数据处理和农业信息管理为主，农业专家系统成为热点，农业模拟研究相继开始。三是发展阶段（1991—1995），农业专家系统等农业信息技术被列入"863"计划的重点课题，开展了智能化农业专家系统、农业系统模拟模型及实用农业信息管理系统等方面的研究与推广应用工作。四是提高与综合应用阶段（1996年以后），1997年，中国农业科技信息网络中心建成，开始组建农业信息网络"金农工程"。2001年国家农业信息化工程技术研究中心挂牌成立。同时，我国一批科研院所和大专院校相继成立有关农业信息技术研究机构，开展农业信息技术的科研与教育、示范与推广工作，在北京、杨凌等地建设了20多个农业信息技术应用示范区，实现了技术与实践的结合。

目前，数据库技术、多媒体技术、遥感技术、专家系统、精准农业与"3S"技术、农业虚拟技术等领域的研究和推广都取得了显著成绩。

2006年7月10日，农业部下发了《关于开通"12316"全国农业系统公益服务统一专用号码的通知》，按照"四电一站"的要求，与电信部门充分合作，开通了全国统一的"12316"咨询电话，设置了种植业、植保、水产、畜牧、林业、农机、行政执法等7个专家座席。从此，拉开了全国农业综合信息服务平台建设的大幕，为提高农业信息服务水平、推进农业信息服务进村入户、方便农民群众投诉举报以及获取"三农"信息服务等提供了基础保障。

2014年中央一号文件《中共中央国务院关于全面深化农村改革加快推进农业现代化的若干意见》提出"加快农村互联网基础设施建设，推进信息进村入户"。6月，农业部办公厅印发《信息进村入户试点工作指南》，以"12316"服务基础为依托，以村级信息服务能力建设为着力点，启动"信息进村入户"试点工程。其目的是：以满足农民生产生活信息需求为落脚点，"12316"村级信息服务站切实提高农民信息获取能力、增收致富能力、社会参与能力和自我发展能力。村级信息服务站统一使用"益农信息社"品牌。

2016年11月，农业部印发《关于全面推进信息进村入户工程的实施意见》。次年起，农业部在河南、辽宁、吉林、黑龙江、江苏、浙江、江西、重庆、四川和贵州等10个省市开展整省推进示范。推进示范的内容，包括加大创新力度，高标准建设益农信息社，严格选聘培训村级信息员，集聚接入农业公益性和农村社会化服务资源，不断探索"政府+运营商+服务商"模式；坚持把信息进村入户作为推进"互联网+"现代农业发展的重要抓手，加快信息基础设施建设，依托益农信息社，强化互联网与农业生产、经营、管理、服务和创业创新的深度融合。

河南省信息进村入户工程进展顺利。2017年，按照"有场所、有人员、有设备、有宽带、有网页、有持续运营能力"的"六有"标准，遵循"确保网络全覆盖、服务无盲区、运营可持续，实现普通农户不出村、新型农业经营主体不出户就可享受便捷、高效的信息服务"的要求，河南建成益农信息社37600个。

2018年6月10日，河南18个地市所建的38725个益农信息社通过验收，全省益农信息社建设任务全部完成。

如今，"12316"已成为服务"三农"的新型载体，正在朝着全媒体云服务平台、智慧农业服务入口的方向发展。它已不仅是一个语音台，更是一个网络广播台、网络电视台，允许任意智能终端座席化，公共服务过程、服务案例、服务数据可通过"语音+WEB+WAP"双向传播等。同时，伴随移动互联的"端"，"12316"将复杂的公共服务以简洁的人机互动带给广大农民，建立政府部门及农技推广、市场服务等机构与农民的直接联系，帮服务者找到农户，一部手机就能将上万的专家智慧、农业技能攥在农民手中随时调用，农民还可通过各种端口获得政策、医疗、法律等方面的服务。

到 2020 年，益农信息社将基本覆盖全国所有行政村，修通修好农村信息高速公路。

"农业的根本出路在于机械化"

伴随着人类文明的进步，从刀耕火种到铁犁牛耕，再到机械化生产，农业耕作方式经过了漫长的演变历程。这中间，作业工具的升级无疑是历史性的推动力量。

新中国成立以来，我国农机发展经历了如下几个阶段：

1949 —1978 年的起步基础阶段。这 30 年，我国兴建了拖拉机、联合收割机、农业机械制造和农机修造等一系列工厂，建成了从科研、鉴定、生产到供销、管理、修理和使用维护等功能齐全的完整农机体系。

1949 年，我国农业机械总动力只有 8.1 万千瓦，其中排灌动力约占 89%，仅有拖拉机 200 多台、联合收割机 13 台，农业生产几乎全是人力手工传统生产方式，全社会 90% 以上的人搞农业，农机作业量很少，农业生产力低下，粮食总产量仅 1.1 亿多吨，人均粮食 209 公斤。

我国第一个五年计划的 156 个重点项目中，洛阳第一拖拉机厂（后来的中国一拖）就名列其中，并于 1955 年动工，1958 年生产出我国第一台东方红 –54 型履带式拖拉机。其间，我国还先后在天津、上海、沈阳、长春、新疆、江西、江苏、浙江、湖北、山东、河北等地建起近 20 个拖拉机制造厂。这些厂家可以生产 10 —80 马力各种功率段的履带式、轮式和手扶式等各种型号的拖拉机。同时，全国还建成了多家为拖拉机配套的动力机械制造厂。

我国的联合收割机起步稍晚于拖拉机。1958 年，北京农业机械厂研制成功我国第一台牵引式联合收割机。上世纪 60 年代至 70 年代，我国先后建成投产开封联合收割机厂、四平联合收割机厂、佳木斯联合收割机厂、新疆联合收割机厂、依兰联合收割机厂、北京联合收割机厂、桂林联合收割机厂等，产品覆盖牵引式、自走式和背负式等多种型号的联合收割机。

1959年，在毛泽东同志"农业的根本出路在于机械化"著名论断的背景下，全国统一规划，各省、地区、县先后建起了农业机械制造厂和农机修造厂，基本实现了全覆盖。这些农机厂一方面为拖拉机生产配套机具，另一方面为拖拉机和配套机具提供修理服务。

在发展农机产业的同时，国家开始布局农机科研、管理体系和产品供销体系。至1970年代末，我国建成了中国农业机械化科学研究院，大部分省份和部分地区建有农机研究所，省、地区、县三级设有农机管理机构。同时成立中国农业机械总公司，各省、地区、县均有农机分公司，各人民公社几乎都成立了农机站。

从1979年至1999年，我国进入以小型农机为主的发展阶段。农村实行家庭联产承包责任制之后，农业经营规模变小，大型农机渐渐失去优势，小型农机开始走俏。这一时期，小型拖拉机（包括手扶和小四轮拖拉机）生产厂家得到快速发展。据中国农机工业协会统计，1978年，我国小四轮拖拉机产量44万台，1986年达到78万台，年均增长12.7%。1987年，我国包括轮式、履带式和手扶式拖拉机在内，产销量跨上了100万台，而9年之后的1996年，产销量又翻了一番，达到了200万台。

1980年代初，在国家主导下，拖拉机行业开始了第二轮国外先进技术的引进。这期间，出现了两种发展模式：一是坚持"引进、消化、吸收、再创新"，形成具有自主知识产权的技术平台，以"东方红"大轮拖为代表产生的技术溢出效应，有力地推动了行业产品技术升级。二是寻求合资合作，加快国际先进技术的应用。

1980年代中后期，在计划经济向市场经济转变的过程中，农机首先被推向市场。民营小型农机生产企业如雨后春笋般遍布全国各地，一些国有农机厂家开始被民营企业家承包或领办。自1990年代起，在市场需求旺盛的大气候下，形成了国有企业、民营企业、外资企业并立的多元化产业结构，为我国拖拉机行业的快速发展积累了经验，创造了积极条件。至1999年，我国小四轮拖拉机、手扶拖拉机年产量各突破100万台，农用车年产达到300万辆，上述农机与农用车社会保有量超过1500万台（辆）。

新世纪以来的20年，我国进入以大型农机为主的发展阶段。2000年前后，我国大型农机企业的产品准备基本完成。

1990年代中期，小麦机收逐渐推广，全国兴起跨区作业，由此拉动了联合收割机市场的大幅升温，进而促进背负式联合收割机的快速发展，而背负式联合收割机的发展又促使大型拖拉机需求增长。

新世纪交替期间，背负式玉米收获机、花生收获机、秸秆粉碎还田机等大型农机问世，水稻插秧机、谷物烘干机、摘棉机、牧草打捆机等农机具都不同程度地得到发展。2008年，自走式玉米收获机批量生产，并逐步取代背负式收获机。

不过，在2000年前后，国内主要的联合收割机、收获机、摘棉机等高端农机市场还是以国外进口品牌为主。国内不少企业在高端农机上都下大功夫仿制和开发研制，但最终未能真正占领市场。

经过数十年的发展，我国农机制造业循序渐进，2012年，跃升为世界第一农机制造大国，农机产品达4000多种，可以满足国内90%以上的需求，并在国际市场上不断提高份额。全国第一产业从业人员中农机从业人员已占四分之一强，达到5100多万人。

到2018年底，我国拖拉机发展到2300多万台，播种、种植机械730多万台，收获机械430多万台，排灌机械2530多万台，农产品初加工机械1500多万台，畜牧机械780多万台，水产机械450多万台，农用飞机230多架，植保无人机2.3万多架，现代农业装备在农业生产中发挥的作用越来越大。

农作物耕种收综合机械化水平不断提高，2010年超过50%，2018年达到69.1%，2019年突破了70%大关。农业机械化使农业综合生产能力不断提高。

从 2007 年至 2018 年，我国农村农业机械总动力从 5.9 亿千瓦增加到 10.04 亿千瓦。第一产业从业人员从 3.07 亿人减少到 2.02 亿人，11 年减少了 1.05 亿人，年均减少 950 多万人，预计 2019 年第一产业人员将减到 2 亿以下，第一产业从业人员占全社会就业人员比重从 40.8% 降到 26.1%，距离全面建成小康社会后降到 20% 以下的目标越来越近。人减机增，这说明现代农业装备水平、农业综合生产能力和农业劳动生产率在不断提高，工业化、城镇化发展也在稳步前进。

作为农机中的主要角色，我国拖拉机行业发展迅速，国内大中拖的产销量从 2004 年的 10 万台猛增到 2013 年的 37 万台，产品经历了以机械化为特征的第一代产品、以自动化为特征的第二代产品，当前兴起的是以智能化为特征的第三代产品。换句话说，我国已进入重型农机与智能农机的发展阶段。根据农业农村部农机化管理司公布的资料，2018 年全国农机深松补贴面积 90% 以上实现了远程智能化检测，加装自动导航技术、实现无人驾驶的农用拖拉机达 4000—5000 台，总量突破 1 万台。

国家农业智能装备工程技术研究中心从 2010 年 4 月成立到 2018 年底，研制开发的智能化农机监控终端设备在 21 个省市区的 378 个县市、120 多个农场推广应用，累计装机量超过 3 万台，覆盖 6000 多万亩耕地；研发的自动导航系统在新疆等地安装近 2000 台（套）。

在全球范围内，自动化程度更高，并通过运用物联网、大数据、云计算和新技术新材料等高新技术，具有学习功能和纠错能力的智能农机已成为新的发展趋势。它们的普及，将会极大改善农业劳动环境和作业条件。

未来，智能农业设备会使农耕变得更富有智慧，更多的智慧农耕技术将不断被运用到农业生产中去。比如，机电控制器实现对温室阳光、风速、温度等的控制，通过边缘计算与控制技术实现远程智能调节与控制；叶绿素仪作为作物生长过程中的检测仪器，与机器人结合实现对作物生长过程中的采样，达到水肥控制的目的；三要素气象站针对室内的风速、温度、空气等进行实时监测，为作物生长提供稳定温度和湿度的环境；水肥一体机通过水肥监测传感器集成与远端流量传感器集成，实现对远端的植物定量施肥和浇水；在巡检设备中集中病虫害远端自动识别系统，实现对各种病虫害的自动识别与专家诊断。

有专家称，随着人口老龄化加剧和农业人口减少，我国农业生产必将经历"农机换农民"的过程。

"东方红"

中国拖拉机工业的起点以东方红拖拉机的诞生为标志。1958年，新中国第一台东方红大功率履带拖拉机诞生在位于洛阳的中国第一拖拉机厂。从此，"东方红"成为中国农机的标志。

2018年10月23日上午，古都洛阳，"超级拖拉机Ⅰ号"产品发布会正在进行。

这是一款什么样的拖拉机，居然敢如此命名？在现场，笔者亲眼目睹了它的"芳容"和了解了它的"秘密"之后，不得不承认，这款拖拉机的确很"超级"：

从外观上看，蘑菇头GPS天线、鲨式呼吸信号灯、隐形式不锈钢外壳、毫米波雷达，加上采用流线型仿生设计，使它颇有"科幻感"的高"颜值"。而最引人注目的是它没有驾驶室。也就是说，这是一台拥有无人驾驶"黑科技"的拖拉机。另外，它还是国内第一款没有驾驶室的纯电动拖拉机，也是我国自主创新研发的真正意义上的第三代农机。

现场专家介绍，"超级拖拉机Ⅰ号"是一款具有超前设计理念的中马力拖拉机，由无人驾驶系统、动力电池系统、智能控制系统、中置电机及驱动系统、智能网联系统等五大核心系统构成，它基于高精度农业地图的路径规划和ROS（机器人操作系统）的农机无人驾驶操作系统，可实现车身360度障碍物检测与避障、路径跟踪以及农具操作等智能识别与控制功能，可以在耕地、平地、覆膜、播种等作业过程中实现全程自动作业，通过卫星定位导航，拖拉机可按预设路径自动巡航、匀速前进、精准播种。

2016年，中国一拖推出我国首台真正意义上的无人驾驶拖拉机——"东方红LF954-C"。2018年9月，这款无人驾驶拖拉机在陕西咸阳秸秆机械化综合利用现场演示会上，首次演示了田间实地无人化播种作业，远程启动、放下免耕播种机、笔直行驶、地头抬起免耕播种机、倒车调头、对齐第二垄、绕行草垛、播种结束远程熄火一系列动作一气呵成，播种误差不超过2厘米，让现场观众看得目瞪口呆。

中国一拖，这个由毛泽东亲自敲定厂址、周恩来亲自任命厂长，曾生产出中国第一台拖拉机、第一台压路机和第一台军用越野汽车的老牌企业，再次成为领跑我国第三代农机的龙头企业。

2017年12月，由中国一拖牵头，联合清华大学、中科院、中国农业大学、西北农林科技大学、河南科技大学、机械工业第六设计研究院等科研机构共同组建的河南省智能农机创新中心，成为全国第一家获得认定、面向农机行业的省级制造业创新中心和河南省首个制造业创新中心，在农机装备核心元器件、核心零部件、农业机器人、农机大数据平台等多个领域取得阶段性成就，完成了新能源动力拖拉机、农机控制芯片、农机大数据平台等一批科技创新成果。

2019年6月12日，国家工信部正式批复，同意中国一拖旗下的洛阳智能农业装备研究院组建国家农机装备创新中心，河南省首个国家级制造业创新中心落户洛阳。这无疑会为河南和全国农机科研创造良性创新创业生态，为推进农机装备产业链完整协同发展带来不可估量的利好。

李志平是洛阳市一个新型农业经营主体的负责人，智能农机为他流转的数万亩土地带来了新的经济增长点。前几年，李志平虽然拥有不少大型农机，但也需要很多人工，每到农忙季节就为雇工发愁，人工费也居高不下。再加上租金和种子、农药、化肥等投入，种地效益一直上不去。如今，李志平正在实施的万亩级智能农机示范基地，将数字与现实并行的虚拟指挥空间建到离他生产基地10公里处，远程监控，只需要三四个人指挥将近20台智能农机，就能完成全部的耕地、播种、洒水、打药等作业，省去了几十个农机操作手的工费不说，也让他不再为雇工发愁，同时还节省了种子、化肥、农药、浇水等费用，经济效益大大提高。李志平说，只要设定好时间和路线，即使在夜间也能叫它们"加班"，作业可以24小时连轴转。

2018年，中科院计算技术研究所洛阳分所把李志平流转的1万多亩丘陵地作为智慧农耕示范基地试点，探索利用智能农机实现新一代无人化农业生产模式，在丘陵农耕示范基地做"宜机化"改造。

我国地形地貌复杂，丘陵山区耕地面积约占全国耕地总面积的63.2%。大力开发丘陵地区耕种意义非凡。万亩丘陵示范基地"宜机化"改造完成后，中科院计算技术研究所洛阳分所将首先在河南推广该模式，然后再复制到全国，让难种难收的丘陵地成为国家提高耕地综合生产力的主要途径之一。

"飞手"郭永肖

想采访滑县闻名的"飞手"郭永肖，几次都没有约到——因为她经常跟随当地的飞防队到全国各地参与飞防作业，是个大忙人。直到2019年6月15日，我们准备离开滑县的时候，徐副部长却给了我们一个意外的惊喜：郭永肖回来了。

飞手，也称为飞控手，就是无人驾驶飞机操控员的简称，在我国属于稀缺人才。近十几年来，无人机开始涉足农业，用它喷洒药剂、粉剂等，进行病虫害防治。无人机作业效率高，操作方便，喷洒均匀，还能提高农药喷洒的安全性，并能通过搭载视频器件，对农业病虫害进行实时监控。操控植保无人机的飞手，成为当下农村颇受青睐的新兴职业，他们的工作简称"飞防"。

一个农家女是如何成为稀缺的"高大上"飞手的？飞手好做吗？收入高吗？做飞手的都是什么人？……带着诸多问题，我们驱车去找郭永肖释疑解惑。

几次在滑县采访，只要说到无人机，几乎都会提起郭永肖，说她三十岁出头，是滑县飞防队的副队长，上过两次央视，从2018年春季正式做飞手，飞防足迹遍布河南、安徽、黑龙江、新疆等地。

小轿车在锦和街道办事处寺庄村一个贴着枣红色瓷片、安着灰色铁大门的院落前停下来。

"这就是郭永肖的家。"徐副部长指着门楼说，"她还是村里的妇女主任，能干，有思路。"

"没有思路的人肯定不敢玩飞机。"笔者说。

我们刚下车，还没敲门，郭永肖就热情地迎了出来，把我们领进院。主房是一座两层小楼，院内栽着几株油绿旺盛的果树。郭永肖把我们让进一楼宽敞的客厅，为我们每人递上一瓶冰镇的矿泉水。

我们看过郭永肖在央视两次出镜的视频，一次是2019年1月10日央视二套的《生财有道》，一次是5月1日央视一套的五一特别节目《美好生活 共同创造》。电视上的郭永肖，看上去清秀漂亮，开朗豁达，稳重大气。尤其是她攀上面包车顶，手执操控盘不慌不忙、手法娴熟地操作的时候，处变不惊，稳健干练，真有一种大将风度。用河南的说法来形容她就是：一看就是"吃过大盘荆芥"的人——见过世面，见多识广。

眼前的郭永肖，穿着一套淡紫色的连衣裙，玉白色高跟凉鞋，比电视上穿着浅蓝色工作服的形象更漂亮，显得更稳重、更理性。

说起自己当上飞手的经历，她的话立即多了起来。

"你们是不是觉得这件事很简单啊？这事真是太难了。要知道，无人机喷农药，以前在农村连听说过都没有。我一个结了婚生过孩子的农村女人，连高中都没上完，家里老人反对，丈夫反对，去搞飞防，那是不可能的事。要不是我自己性格犟，铁了心要干，稍微放松那么一点，这事就黄了。"

郭永肖说起这件事，虽然有点轻描淡写，但可以觉察到她的情绪还是有点波动。这件事的实质，表面上是她与老人的矛盾，而实际上，则是新风尚与旧思想的对立，也是新技术在逐渐取代传统耕作方式过程中理念的冲突。

滑县自 2011 年被确定为新一轮国家扶贫开发工作重点县，直到 2017 年 11 月 1 日才正式宣布"摘帽"。就在这一天，郭永肖走进了"全丰自由鹰百万飞手培训计划"的培训教室。

郭永肖报名参加飞手培训，缘于一次新兴职业农民培训——她听了益农信息社一名资深的社员绘声绘色地讲植保无人机的便捷与好处和他自己参加培训的感受后，便开始对这个可以代替人工喷洒农药的飞行器产生了兴趣。无巧不成书，随后她就看到了免费培训飞手的通知。于是，她没有与家人商量，就自作主张报了名。

培训的第三天，郭永肖的公公给她打电话，问她去干啥了，她说在学习无人机。公公又问她，无人机是干啥的？她说，就是喷洒农药。公公说，怎么喷洒啊，那个机器怎么弄啊，那不是卖机器、卖飞机的嘛。

郭永肖明白了，公公反对她学这个。他肯定是听说什么了，以免费培训是为了卖飞机获取利润为由来阻止她学习。郭永肖却铁了心，坚决要学下去。

她对电话那头的公公说："爸，我了解过了，无人机确实是好东西，也是农村未来的发展趋势。学会这门技术，我不光可以帮助乡亲们喷洒农药，还可以增加收入。"

公公说："可不是好东西，一架飞机七八万，人家肯定是为了赚你的钱。"

郭永肖耐心地说："爸，我有我的想法，您就放心吧，我又不是小孩子，不会轻易上当受骗。"

公公恼火地说："买飞机，你这想法可不得了，你还买飞机，你，你……"

公公没说完就把电话挂了。郭永肖知道，公公没说出来的后半句，肯定是"你咋不上天呢"。她苦笑了一下，无可奈何地摇摇头，心里却更加坚定，抱定了要学好、要做好的信念，一定要让公公那个年代的老人看到现代科技的神奇。

经过 10 天的培训，郭永肖各项考核全部合格，与其他 20 名学员一起拿到了由安阳太行低空空间应用职业培训学校颁发的合格证书。但学成之后，离做一名职业飞手还是有不小距离的——七八万元买一架植保无人机，对一个普通农村家庭，真不是一件轻松的事。何况，郭永肖的家人看不到这个行业的潜力，根本不支持她。她心里急，却又说不通家人，就这样一直僵持着。

到了 2018 年 3 月，正是小麦春季统防统治的重要时期。与郭永肖同期培训的飞手，一部分人因为培训前手里拥有服务的耕地，已经买了植保无人机，开始在田野上空搞飞防。而另一部分人则在观望，毕竟买架飞机不是小事情，他们还看不清飞防作业市场前景。于是，这些人中有人呼吁：无人机如果能像共享单车那样可以共享，就可以解决拥有飞防技能的飞手的"工具"问题，满足他们大显身手的愿望。

而此时，嗨飞科技有限公司携手植保无人机生产企业、药剂生产厂商、飞防服务组织、种植大户、行业协会、高等院校等共建共享的国内首家农机共享平台闪亮登场。这个植保大平台，以用户为中心，以开放、共享的姿态，组建了新型社会化组织模式，以低额押金的形式提供无人机等共享农机服务。

正在为买飞机发愁的郭永肖了解到嗨飞平台的消息后，耐心说服了丈夫、公婆，在嗨飞科技 APP 上缴纳了 6000 元的押金，很快领到了一架无人机。就这样，郭永肖利用嗨飞平台，与当地飞防组织联手接单，全国各地四处作业。

以共享无人机起步、训练成熟之后，郭永肖决定自购一架自己心仪的无人机，一方面提高作业质量，另一方面也可以增加收入。这时候，亲眼目睹过郭永肖熟练为麦田进行飞防的丈夫与公婆，都从"反对派"变成了"力挺派"。她一说出想法，家人立即为她筹到了购机的 7.5 万元钱。从 2018 年春季到年底，郭永肖飞防作业面积即达到了 1.5 万亩，挣到了 10 万多元的工资。如今，郭永肖已成为飞防队伍中顶尖的女飞手。

"做飞手的，都是年轻人吧？"笔者问道。

"年轻人占多数，不过四十多岁的大叔大婶也不少。从二十来岁，到五十多岁，各个年龄段的都有。"郭永肖爽朗地笑笑说。

郭永肖还向我们说起滑县的另一个飞手，就是与她一起上央视《生财有道》的张振兴。他家里种植了50亩的桃园，父亲管理起来非常辛苦，用人工喷洒农药，每年光人工费就得1万多块钱，十几个人每天每人要喷30桶的农药，连续干三四天才能全部喷完。后来用了无人机，工费虽然差不多，但用药量会比人工少二至三成，节省了农药，作业时间也缩短到一个上午，这更利于控制病虫害的蔓延。于是，张振兴的父亲就支持他去学飞手。张振兴是1992年出生的人，比郭永肖小几岁，却是她维修无人机的师傅。现在，张振兴不光是滑县飞防大队的队长，还考取了教练资格证，可以培训飞手了。

"做飞手辛苦吗？"

"要说不辛苦，可能有人不理解，你想想吧，一个女人，天天到处跑，在田野里作业，风刮日晒的，皮肤变得又黑又粗糙。这还不算，赶上任务紧的时候，真是跟打仗一样，不是一天吃不上饭，而是连续几天都吃不上饭。但我不觉得苦，操作盘一上手，无人机一启动，看着它在自己的操控下飞翔喷药，真是享受啊！"郭永肖说着，开始手舞足蹈，言语、手势中流露的，全是对飞手的热爱。

"你们的收入挺高的吧，是怎么算的？"

"收入是按作业面积算的，一亩地七块到二十块，除去路费、生活费等成本，平均一亩地会有六七块的净利润，一个人一年能干两万多亩，大概就是十几万的收入。"

如今，郭永肖是滑县飞防大队的副队长，经常与张振兴一起带着三四十名飞手和几十架无人机外出作业。她的工作也从以飞手为主转为以维修、后勤为主。下一步，她也要取得教练资格，成为集操作、维修、培训学员等技能于一身的"全能"飞手。

郭永肖还告诉我们，因为这几年安阳市一家植保无人机生产服务商在本地开展大规模的飞手培训，安阳市管辖的滑县、汤阴、林州等县市植保飞防发展很快。

以殷墟、甲骨文著称的我国八大古都之一的安阳，因为大力发展航空运动，被誉为"航空运动之都"，是一座"会飞的城市"。近年来，安阳市以服务商为依托，大力发展航空植保，推进农业新技术产业改造升级，打造了一条相对成熟的从无人机研发、生产、销售到农业植保服务的行业产业链，成为全国植保无人机的"龙头老大"。

科技正在改变着我国传统的农耕方式，智能化、机械化逐渐成为我国农耕现场的主力军。而植保无人机则是主力军的"先锋"。根据资料，目前全国航空植保产业正处在大发展时期，全国飞防面积已达3亿亩，从业人员有三四万人，无人机保有量近3万架。有专家预计，到2020年，中国植保无人机需求量为10万架，从业人员需求量超过40万人。

中国工程院院士、全国人大代表、农药学国家重点学科负责人、贵州大学校长宋宝安先生在2019年全国"两会"期间接受中央电视台采访时，以安阳市为例列举了一组数字：安阳市完成200万亩小麦的"一喷三防"工作，用1000名飞手，操作1000架无人机，8天时间完成；如果用肩背的传统喷雾器，1000个人要打完200万亩小麦，得133天。8天比133天，这组悬殊的数字直观地体现了无人机进行农作物管理的高效率。宋宝安先生还说，无人机喷洒农药不光可以提高效率，还可以减少农药使用次数和使用量，提高农药利用率。

一般的植保无人机可以装10升药液，在距离作物1.5—2米的高度飞行作业，50秒左右就可喷完1亩地，一天能喷洒300—400亩地。尤其是对玉米等高秆作物，由于下压风场的作用，能把药液细密均匀地喷洒在作物的叶片与茎秆上。无人机都装有毫米波雷达和导航系统，可以精准定位，根据地形和作物的高度，随时调整飞行高度。即使夜晚，也能进行作业。目前，部分生产厂家日作业量超千亩的植保无人机也陆续上市。这是我国航空植保的又一次质量大提升。

短短的十几年，我国植保无人机在智能化、精准化方面就攀升到了世界先进水平。我国生产的植保无人机已经能够实现仿地飞行、自主飞行、断点返航、自动避障等功能，并开始走出国门，在异国的田野上飞翔。

化肥的力量

1949年，河南粮食平均亩产为92.38斤。2018年，河南粮食亩产达到812.86斤，增长了7.8倍。不可否认，在粮食增产的诸多因素中，化肥所占的份额相当重。

肥料的应用历史不能说不久远。史料记载，4000多年前的夏朝，我们的先祖已经学会使用绿肥、粪肥等有机肥料。战国时期的《荀子·富国篇》称"多粪肥田"，北魏时期的《齐民要术》中有"踏粪法"的记述，明代的《宝坻劝农书》则全面讲述了蒸粪法、煨粪法、酿粪法、窖粪法等有机肥料制造方式。

化肥是化学肥料的简称，从发明至今还不足200年。

1828年，堪称氮肥之王的尿素被德国化学家维勒在世界上首次用人工方法合成。但当时人们并没有发现尿素的肥料用途。直到50多年后，尿素才被"重用"，成为相当长时期内走俏的化肥品种之一。

1838年，英国乡绅劳斯用硫酸处理磷矿石制成磷肥。这应该是世界上最早被运用的化学肥料。

1840年，德国化学家李比希出版了《化学在农业和生理学上的应用》，创立了植物矿物质营养学说和归还学说，认为只有矿物质才是绿色植物唯一的养料，而有机质只有分解释放出矿物质时才对植物有营养作用。这一学说为化肥的发明与应用奠定了理论基础。1842年，李比希在英国建立了工厂——世界上第一个化肥厂由此诞生。后来，李比希又发明了钾肥，确认光卤石钾矿可作为钾肥使用。

到了19世纪末期，开始从煤气中回收氨，制成硫酸铵或氨水作为氮肥施用。

1903年，挪威用电弧法固定空气中的氮，加工成硝酸，再用石灰中和制成硝酸钙氮肥，并在两年后开始了工业化生产。1909年，德国化学家哈伯与博施合作创立了"哈伯－博施"氨合成法，解决了氮肥大规模生产的技术问题。

1913年，用氢气和氮气合成氨的哈伯法在德国第一次建成氮肥厂，这为氮肥工业的发展开拓了道路。但是，在20世纪50年代之前，这种生产技术还不够完善，价格比较昂贵，多数用在工业方面，只有少量用来制造氮肥。

二战期间，因为制造炸药，硝酸铵得到了发展。1922年，用氨和二氧化碳为原料合成尿素的第一个工厂在德国投入生产。

20世纪50年代之后，化肥得到了大规模应用。据统计，在各种农业增产措施中，化肥的作用大约占了三成。

化肥在20世纪初进入我国，但用量非常少。直到1950年代，我国才开始批量引进化肥，进行肥效试验，并引导、鼓励农民施用化肥。真正开始推广，已经到了1963年。最初主要是氮肥，品种有硫酸铵和尿素。而此时中国并不具备大批量工业化生产硫酸铵和尿素的能力，只能进口。其间，我国也在尝试生产硫酸铵、碳酸铵、尿素等。

新中国成立之后，国家高度重视化肥工业，但我国氮肥工业底子薄，起初全国只有5个氮肥生产厂，氮肥年产量只有6000吨左右。为了满足需求，我国在恢复扩建老氮肥厂的同时，兴建了大批新厂。

1947年6月，满洲化学工业株式会社被我国政府收回，更名为大连化学厂，1951年6月开工生产合成氨，并不断扩建。1957年、1958年和1961年，我国还从苏联引进了成套氮肥装置，分别建成投产规模均为5万吨/年合成氨的吉林、兰州和太原等3个化肥厂。

在相当长的时期内，我国化工部门一直都把发展化肥工业放在首位。在1952年至1982年的31年中，全国化肥投资占化学工业总投资的一半以上，氮肥工业的建设投资又占到了化肥工业总投资的80%以上。

在改革开放的40年间，我国氮肥产量取得多次跨越式发展，尤其是近十几年，实现了从依赖进口到供求平衡、自给有余的历史性转变——1991年我国成为世界最大氮肥生产国，2003年成为净出口国，2007年成为世界最大出口国。至2018年底，全国合成氨产能合计达6689万吨/年，全国尿素产能合计6954万吨/年。

20世纪80年代以来，化肥在我国得到普遍使用。而十一届三中全会以来，粮食产量大幅增长，广大农村解决了长期困扰人们的温饱问题，这其中化肥功不可没。

笔者在滑县采访时，焦虎镇焦东村70多岁的祁水田老汉告诉我们，上世纪六七十年代，因为化肥短缺，生产队只能按国家指标购买，大部分土地只能用很少的化肥，甚至一点也不用，庄稼都是叶黄秆细、穗小籽瘪，产量自然上不去，好地块小麦亩产能上150斤，差的地块只有百十斤左右。有一年春季，一个生产队托关系从县里搞到了一批氨水，全队的小麦都施足了这种"洋"肥料，麦苗眼看着油绿苗壮，麦穗比不施氨水的地块大了不少，当年小麦亩产创了历史纪录，达到了300斤。从那以后，其他生产队也开始想方设法搞氨水、搞碳酸氢铵等氮肥，全村的粮食产量上了一个大台阶。

河南农业职业学院副教授、高级农艺师、著名创意农业专家张传伟先生认为，上世纪70年代至80年代化肥的普遍使用，是改革开放40年来河南省农作物大幅度增产的一次重大"革命"，使河南这个缺粮大省真正实现了粮食自给，全省8000万农民彻底摆脱了饥饿。

随着化肥工业的飞速发展，人们渐渐发现了氮肥、磷肥、钾肥、复合肥等常用化肥效果不能持久、易损失营养元素等缺点。为了适应现代农业发展，满足农产品的优质高产需求，市场对化肥产业提出了新的要求：改进提升尿素、磷铵、氯化钾和硫酸钾（镁）等基础肥料，适度发展硝基肥料、熔融磷钾肥料、液体肥料等多元肥料，鼓励发展符合配方施肥要求的复混肥和专用肥，重视发展中微量元素肥料、缓控释肥料等。多元化、长效化、微肥化、奇特化成为当前及未来化肥工业发展的新特点。目前，在长效方面，已生产出长效碳铵、涂层尿素、长效尿素（可达9年见效）；在多元化上，已有复合肥、复混肥、生物钾肥、磷细菌肥、非豆科植物固氮菌肥等；在微肥化方面，铁微肥、硼微肥、稀土微肥、络合微肥等先后上市,还开发了硅钙肥、沸石肥、麦饭石肥、蛭石肥等矿物肥料;一些奇特肥料,如气肥、光合肥、色彩肥、磁化肥、激素肥、叶面肥、碳基高效多元复合肥等相继问世。在施肥方法上,也发生了变化,如配方施肥、植物定域施肥等。

测土配方施肥

在农民看来,化肥是神奇的,比传统的农家肥威力大得多,被当作庄稼的"细粮"。这也让农民们在认识上步入了一个误区:只要增加化肥用量,就能提高庄稼产量。于是,农民们就不断加大化肥投入,以此作为增产的主要手段,超量施用与盲目施用现象随处可见,而且愈演愈烈。

但实际上,近年来化肥对粮食增产的效果遇到了瓶颈。以河南省为例,1978年化肥使用总量为52.54万吨,2016年达到715万吨,38年间增长了约12.6倍,年均增长率约为7.1%;粮食产量从1978年的1900万吨增加到2016年的5946.6万吨,38年间增长了约2.1倍,年均增长率约为3.1%。专家对河南1978年至2016年化肥使用量与粮食增产关系进行分析后发现,化肥使用量、使用强度不断上升,但单位土地面积化肥增产率却波动下降,2000年以后,单位土地面积化肥增产率已趋近于0。

化肥的一些副作用也逐渐显现:生态环境遭到破坏、造成巨大的资源浪费、增加了农业生产成本等。根据有关资料,多年来我国化肥的平均利用率仅为30%左右,七成的有效成分如氮和磷,都流失到大气、水体和土壤中,造成了严重的环境污染。再者,超量施用化肥不仅不利于庄稼增产,还会降低农产品品质,影响食品质量,危害人体健康,同时,也导致土壤理化性状变劣,如土壤酸化、土壤肥力下降,从而进一步产生追施化肥的恶性循环。

2010年发布的《第一次全国污染源普查公报》显示,农业面源污染已成为我国水环境污染的主要因素,而化肥的大量施用正是诱发农业面源污染的重要因素之一。安徽农业大学硕士研究生杨家曼等发表在《山西农业大学学报》上的论文《判断我国主要化肥污染区及其对策建议》中，对2011年我国31个省（市、自治区）的化肥施用情况进行了分析，发现大部分粮食产区都存在氮、磷、钾肥施用比例失衡、化肥污染较严重的问题。另外，化肥在制造过程中的能耗和产生的工业污染也相当惊人。以氮肥为例，我国氮肥生产年均能源消耗量约为1亿吨标准煤，而且在2018年调减产能前以每年近1000万吨标准煤的速度增长。

为了减少不合理施肥，保护耕地地力，提高土地生产能力，实现农产品优质高产，促进农业节约增效，我国大力推广有机肥，通过调整施肥方式、优化施肥结构、对传统化肥进行增效改性等措施，改善农田土壤质量和肥力，以提高肥料的增产效果。测土配方施肥就是其中一项多年来推广的作物科学施肥管理技术。

测土配方施肥也叫平衡施肥，是根据不同土壤的养分状况、不同作物的需肥规律与农业生产要求，进行科学合理施肥，将有机肥与化肥、氮肥与磷钾肥、中微量元素肥料等适量配比，平衡施用。

20世纪30年代末，德国米切里希就开始尝试测土配方施肥。但这项技术的奠基性研究则是美国的勃莱等人在40年代中期完成的。由此，测土配方施肥形成了既有理论又有方法学的完整技术体系，并在欧美大面积推广。到了上世纪70年代，这项技术发展成为土壤肥力学。

我国从1979年开始进行为期10年的全国第二次土壤普查，各级土肥站利用所掌握的测试数据和图文资料，按土壤基层分类单元和不同作物，定点连续布置大田科学施肥试验，积累了大量的土壤养分动态变化资料。同时，应用土壤肥力差减法、多水平试验选优法、养分丰缺指标法等技术，制订了因土壤、因作物不同的施肥技术方案。

1992年6月，我国与联合国开发计划署签订了平衡施肥项目合作协议，这让我国土肥工作者接触到国际上最先进的科学施肥技术、设备和操作管理模式，国内科学施肥水平得到大幅度提高。该项目在33个土壤类型上完成田间试验651个，获得科学数据15414个；开展了多点、多种形式的示范推广，设立对比示范田块2696块，示范面积达到59.9公顷，为指导科学施肥起到了重要作用，也为我国测土配方施肥技术的应用与推广提供了理论和实践依据。到1993年，我国已在1800多个县（市）开展了测土配方施肥等的试验与推广。

20世纪90年代以来，各种形式的测土施肥工作在我国得到推行，并初步形成了适应我国农业现状的土壤测试推荐施肥体系。

2004年12月31日，2005年的中央一号文件《中共中央国务院关于进一步加强农村工作提高农业综合生产能力若干政策的意见》出台，专门就土壤肥力、配方施肥提出：

> 搞好"沃土工程"建设，增加投入，加大土壤肥力调查和监测工作力度，尽快建立全国耕地质量动态监测和预警系统，为农民科学种田提供指导和服务。改革传统耕作方法，发展保护性耕作。
>
> 推广测土配方施肥，推行有机肥综合利用与无害化处理，引导农民多施农家肥，增加土壤有机质。

2005年，农业部召开了全国测土配方施肥春季行动和秋季行动卫星视频动员大会，下发了《关于开展测土配方施肥春季行动的紧急通知》，制订了《测土配方施肥春季行动方案》和《测土配方施肥秋季行动方案》。各地迅速行动，通过宣传发动、创办示范样板，大大促进了农民施肥观念的转变，探索出一些推广测土配方施肥技术的好模式。

通过测土配方施肥行动，全国共建立测土配方施肥示范县1200多个，示范面积8000万亩，带动面积2.5亿亩；进村入户技术服务30多万人次，培训农民6000多万人，发放施肥建议卡8800万份，每亩增收节支25元。仅春季行动中就测试土壤样品34.2万个，为农民免费速测土样31.9万个，布置田间肥效试验2659个。

2005年下半年，农业部与财政部联合启动"测土配方施肥试点补贴资金项目"，当年投入资金5.4亿元（其中中央投入2亿元，地方投入3.4亿元），在全国选择了200个县作为测土配方施肥试点。这一年，农业部组织专家制订了《全国测土配方施肥项目规划》《测土配方施肥技术规范（试行）》，与财政部联合颁发了《测土配方施肥补贴试点资金管理暂行办法》。通过项目实施，减少不合理施肥240多万吨，提高了肥料利用率，平均每亩增收节支25元以上，并建立起规范的测土配方施肥数据库和县域土壤资源空间数据库、属性数据库，对县域耕地地力状况进行评价，建立县域施肥指标体系，开发县域施肥决策专家系统。

2006年，中央安排测土配方施肥项目补贴资金5亿元，新增项目试点县400个，总数达到600个。之后，从2007年至2009年，农业部每年扩大"测土配方施肥试点补贴资金项目"的支持力度，每年的资金资助规模增加到9亿元，新增项目县600个，总数达到1200个，项目应用范围几乎扩大到全国的每一个农业县级单位。

从2010年开始，测土配方施肥工作已经进入常态化，中央财政每年安排一定数额的转移支付资金继续支持测土配方施肥工作。据农业部资料，2005—2012年，中央财政累计投入到测土配方施肥项目的资金达64亿元，项目县（场、单位）达到2498个，基本覆盖到全国县级农业行政区，初步摸清了1857个项目县（场）14亿亩耕地的土壤养分状况，免费为1.8亿农户提供测土配方施肥服务，推广面积达到13亿亩以上，推广使用配方肥560多万吨（折纯），初步建立了主要农作物的施肥指标体系，加快了科学施肥技术推广应用。

2012年，农业部启动实施了全国农企合作推广配方肥试点工作，强化配方肥应用和施肥方式改进。选择100个县（场）、1000个乡镇、10000个村实施测土配方施肥整县、整乡、整村推进，通过农企合作、产销对接，扩大配方肥推广应用。其中，农企对接的100家全国试点企业当年生产配方肥2278万多吨，全国销售配方肥1706万多吨。通过一年的实践，搭建了农企合作平台，探索了配方肥推广模式，建立了推广工作机制。

2013年7月，农业部发布《小麦、玉米、水稻三大粮食作物大配方与施肥建议（2013）》，提出了三大粮食作物的14个大配方。9月，农业部与全国农业计算推广服务中心在吉林长春召开"全国测土配方施肥手机信息服务现场会",推进测土配方施肥手机信息服务系统建设。农民只需用手机拨打12582,就可根据语音提示,得到施肥技术指导信息。

当年,全国测土配方施肥技术推广面积达到14亿亩,为1.9亿农户提供了指导服务,配方肥施用面积达到25%,配方肥施用量700万吨。区域大配方对全国三大粮食作物覆盖率分别达到96%、99.3%和98.6%。

2015年,我国打响了农业面源污染治理攻坚战,提出到2020年实现农业用水总量控制、化肥农药使用量减少、畜禽粪便秸秆地膜基本资源化利用的"一控两减三基本"的目标任务。

2017年,全国启动实施了畜禽粪污资源化利用、果菜茶有机肥替代化肥、东北地区秸秆处理等农业绿色发展五大行动。9月,中共中央办公厅、国务院办公厅印发、实施了《关于创新体制机制推进农业绿色发展的意见》。当年底,农药使用量连续三年减少,化肥使用量连续两年减少,化肥农药的利用率也有所提高。

2018年7月2日,农业农村部印发了《农业绿色发展技术导则(2018—2030年)》,围绕提高农业质量效益竞争力,破解当前农业资源趋紧、环境问题突出、生态系统退化等重大瓶颈问题,实现农业生产生活生态协调统一、永续发展,形成节约资源和保护环境的空间格局、产业结构、生产方式、生活方式,构建支撑农业绿色发展的技术体系。

2018年,全国有机肥施用面积超过5亿亩次,有机肥用量增加近700万吨,病虫害绿色防控覆盖率达到29.4%,比2015年提高了6.3个百分点。

2019年,中央一号文件专门就加强农村污染治理和生态环境保护提出方略:统筹推进山水林田湖草系统治理,推动农业农村绿色发展。加大农业面源污染治理力度,开展农业节肥节药行动,实现化肥农药使用量负增长。

河南的测土配方施肥一直走在全国前列。1998年,河南开始组建测配站，普遍推广配方施肥，按照"以产定测，测土定磷钾，因缺补微"施肥技术，努力提高肥料利用率，促进农作物稳产增产。

2005—2008年，河南累计投入资金2.44亿元，覆盖了全省所有农业生产单位，累计推广测土配方施肥面积1.56亿亩，投入资金数、实施项目县数均居全国首位。仅2008年，就推广测土配方施肥5606万亩，其中粮食作物5011万亩，平均亩增产30.1公斤，平均亩节本增效50.1元；经济作物595万亩，平均亩节本增效70元；总增产粮食151.1万吨，总节肥6.31万吨，总节本增效29.27亿元。

2015年，河南仅小麦测土配方施肥就达5000多万亩，为农民节支增效1亿多元。2005—2015年，河南累计推广配方施肥8.3亿亩，节本增效总额达353.02亿元。

2016年，河南组织开展"测土配方施肥普及行动"，测土配方施肥面积超过了1亿亩，并免费为1200万农户提供技术服务。

2017年，在继续坚持测土配方施肥的基础上，河南开展化肥使用量零增长行动、果菜茶有机肥替代化肥行动等，不断调"绿"农业生产方式。全省测土配方施肥推广技术入户率达到82%，亩均增产24.4公斤，亩节本增效45.2元，年节本增效45.4亿元。在粮食、经济作物上示范喷灌、滴灌等水肥一体化技术模式，辐射带动10多万亩。

2018年4月，河南省农业厅下发了《河南省2018—2020年化肥使用量零增长行动方案》，提出围绕大宗粮食与经济作物、蔬菜与果树，集中推广一批化肥减量、增效技术新模式，通过测土配方施肥减量等五大行动，推动实现化肥使用量零增长目标。该方案提出，到2020年，全省测土配方施肥技术覆盖率要达到90%以上，畜禽粪便养分还田率60%以上，农作物秸秆养分还田率达60%，主要农作物氮、磷、钾肥利用率分别达到40%、25%、45%。

在河南，说到减肥增效提质，就不能不说党永富。2019年4月20日，在西华县10万亩小麦对比田边，笔者见到了全国人大代表、河南远东生物工程有限公司技术部部长党永富先生。上世纪80年代，农业化学化方兴未艾的时期，化肥、农药、除草剂等化学产品在农业生产中呈猛增趋势。这时候，党永富成为一名农民技术员。带着对化肥和化学除草剂会不会有副作用的疑问，他开始致力于土壤污染防治技术研究，最终成为一名土壤污染防治研究的"土专家"，被誉为"中国农田土壤污染防治第一人"，成为我国推动农业节肥节药行动的先行者。

"乡亲们都说，地吃馋了，化肥越上越多，投入越来越大，粮食产量却上不去。"党永富说，"最要命的是，农产品品质下降，给人们的健康带来威胁，土壤酸化板结，海绵土变成了'千层饼'，根扎不下去，水肥吸收不够，苗弱养分差，动不动就闹旱。"

党永富谈到，耕地有机质含量、生物多样性、基础地力等普遍下降，是全国各地都存在的问题。这些年，世界上对"化学农业"的反思多起来，提出了纯有机种植等思路，要回归传统农业。而有机肥量大价高，产量也不稳，还触碰到重金属污染等隐患。人们还存在着一个误区，即有机才代表着品质，与高产是一对矛盾，二者不能兼得。

党永富不懈的钻研与长期的实践积累，终于"开花结果"。2009年，他研制出了微蜜新材料化肥减量治理土壤酸化板结的技术。按照此项技术，每亩地底肥80斤，追肥10斤，与原来底肥100斤、追肥30斤的保守量计算，化肥用量减少了30%以上。

2010年，党永富先在西华县搞起了"节肥"技术试点，从百亩方到千亩方，再到万亩方，覆盖面越来越大。多年的试验，使西华县创造了化肥减量、粮食增产提质的"西华经验"，探索出一条以化肥减量、农业增效为前提，以土壤污染防治与农业供给侧结构性改革为引领，实现精准脱贫和防治污染攻坚战有机结合的绿色健康农业发展之路。

2019年，西华县大力支持节肥节药工作，实施面积扩大到10万亩，并计划2020年扩大到50万亩。

党永富向我们讲述了一个细节：2019年3月11日，来西华观摩的巴基斯坦农业专家齐乌拉·马利克，从减肥试验田和未减肥的麦田各拔一株麦苗进行对比，试验田的那棵带出大把的根须，比另一棵的根多出

1倍有余。他说:"土地从高肥中解脱,土壤也在悄然发生变化。"

西华县种粮大户曹自堂流转了1000多亩地,政府倡导"减肥减药",村干部也动员他参与,他却不敢试——心里没底,担心失败。后来,县领导亲自找到曹自堂,承诺如果减产,县里包赔损失,他这才拿出10亩玉米田做试验。没想到,在当年高温灾害的情况下,他的试验田实现了亩产1400斤的高产。

2012年至2013年,全国农技推广中心组织专家,在全国12个省、自治区和新疆生产建设兵团64块总计1000多万亩试验田推广党永富的节肥技术。各地的试验结果均表明,在化肥减量30%情况下,可实现增产8%以上,被业界总结为"一减一增一提一治",即减少化肥使用,增加粮食产量,提高农产品品质,防治环境污染,解决了土壤环境防治和粮食产量增加的两难问题。

目前,西华县在全县22个乡镇(办事处)力推节肥技术。对有可能遇到的新技术风险,县政府按每亩地30元的成本划拨出300多万元的专项资金,对农民为该项技术的投资进行补贴。另外,通过种肥同播方式,直接减掉20%的底肥,每亩地大约可节省50元钱。

2019年,在西华县的辐射下,周口市其他各县区均已开展节肥技术试点。下一步,周口市的每个县区都要打造10万—20万亩的节肥试验田。

转基因的影响

对转基因食品,"反转派"与"挺转派"的争论一直都没有消停过。

2012年10月,云南财经大学社会与经济行为研究中心特聘教授顾秀林女士与北京大学生命科学学院院长饶毅先生,两个专业背景"八竿子打不着"的高级知识分子,因为转基因问题在网上进行了一场隔空论战。

顾秀林女士的态度是:对转基因食品决不妥协、决不容忍,"坚决彻底反对转基因农业技术应用,一个也不行!决不能给人吃,也不能给动物吃！所有的转基因，决不许再种，决不许再卖，我的态度是：永远决不！"

饶毅先生则在公开发表的《扒铁路保龙脉与反转基因保龙种——愚昧岂能延续百年》文章中表明自己的立场："转基因是科学和技术问题，不是政治问题。""少数华人偏执者通过造谣、传谣，将科学技术问题变成政治问题，影响和蒙蔽了一些不明真相的人，在二十一世纪的中国重新上演了反科学的闹剧。""转基因是一百五十年来生物学发展的最重要技术之一，是现代生物产业的支柱之一。""在反对转基因的积极分子中，没有一位是分子生物学家。"饶毅先生特别提道，"2012年令人担忧，它可能成为一百多年来科学技术在中国遇到重大危机的一年"，因为"在一小批人不断坚持造谣、传谣多年后，2012年，主流媒体终于偏向反对转基因，对转基因进行负面报道"。

2013年1月1日，《中国科学报》发表了记者张林对饶毅先生的专访文章《饶毅：转基因期待理性》。此处特摘录一部分：

> 饶毅是支持转基因研究的科学家之一，也是少有的公然应战"反转"人士的学者。正如他在博客中反复阐述的，一般人对转基因安全的关心是应该的，不能简单分为反对和支持转基因，而应兼顾粮食需求和食物安全两方面的讨论。
>
> 饶毅认为由不懂分子生物学的外行不断挑起的转基因论战，经常陷入极端化的情绪表达，并让阴谋论、谣言论等甚嚣尘上，这导致无法进行理性讨论。
>
> 而且，每有争论，转基因农作物专家必受"戕害"，很容易就成为公众泄愤的对象。但转基因科学家们觉得，其中充满了误解。"转基因的专家应该多介绍转基因工作及其安全性。科普作家经常讲解可能会使大众更容易理解。负责任的记者应该搞清楚后进行深度报道。"饶毅在一篇博文中写道。
>
> 围绕转基因的激烈争论、持续的敏感与普遍的不解，饶毅认为，这与中国的国民素质与理智社会的建设有关。未来，如

果科学素养不继续提升，理性而非低智的社会文化没有显著改善，则转基因在中国可能陷入死胡同。

"如果转基因在中国死掉了，这将成为一个笑话，也是一个悲剧。"他在接受《中国科学报》记者采访时说。

"如果舆论继续目前的趋势，中国科学家在转基因研究方面将很难超过美国。其结果是中国将继续大量进口美国的转基因产品。"他在转述部分农业专家的上述担忧时仍不忘强调，很多中国人已经在吃美国的转基因产品，农民会想办法获得好的转基因种子，区别只在于使用哪个国家研发的而已。

此后，我国政府与官方媒体在转基因问题上开始正确引导。

2013年12月23日，习近平总书记在中央农村工作会议上的讲话中说道："讲到农产品质量和食品安全，还有一个问题不得不提，就是转基因问题。转基因是一项新技术，也是一个新产业，具有广阔发展前景。作为一个新生事物，社会对转基因技术有争论、有疑虑，这是正常的。对这个问题，我强调两点：一是要确保安全，二是要自主创新。也就是说，在研究上要大胆，在推广上要慎重。转基因农作物产业化、商业化推广，要严格按照国家制定的技术规程规范进行，稳扎稳打，确保不出闪失，涉及安全的因素都要考虑到。要大胆研究创新，占领转基因技术制高点，不能把转基因农产品市场都让外国大公司占领了。"

农业部连年将转基因科普列入常规工作安排。2013年，农业部农业转基因生物安全管理办公室组织编写了一套"转基因科普系列丛书"。2014年，农业部在《贯彻落实党中央国务院有关"三农"重点工作实施方案》中，参与落实的13项重点工作之"加快科技体制改革"中，就包括了"加强转基因科普宣传"。这年6月，由国家农业转基因生物安全管理部际联席会议办公室和中国科协科普部联合编印的《理性看待转基因》科普读本发行。9月，农业部在全国开展转基因科普知识集中宣传培训工作。

2013年7月11日下午，中国科协在第29期科学家与媒体面对面活动中，以"转基因技术的未来发展"为主题，邀请了中国科学院院士、华中农业大学生命科学技术学院院长张启发，中国科学院院士、中国科学院上海生命科学研究院院长陈晓亚，中国农业科学院生物技术研究所原所长黄大昉，中国疾病预防控制中心营养与食品安全所研究员卓勤女士等4位专家，为《人民日报》《科技日报》等媒体记者就转基因问题进行了解答释疑。

2013年8月26日，央视《焦点访谈》以《转基因食品安全吗？》为题做了一期节目，以客观事实和对专家的采访，澄清了一些关于转基因的谣言，最终告诉广大民众："论年龄，转基因不过是个'70后'，我们对它的了解并不多，所以，国家才对它实施了最严格的监管，只允许绝对安全的产品进入我们的生活。这些经过国家批准的转基因产品，给生活带来了很多改变。比如因为抗病虫害转基因物种的出现，农药的使用量大大降低了，对环境的危害小了；因为高产转基因农作物的出现，亩产大大提高了，缓解了粮食短缺问题；等等。未来转基因技术会给生活带来怎样的变化，科学家们还在不断研究探索之中，我们则该用科学、客观、开放的态度来对待它。"

2014年3月，农业部部长韩长赋在接受记者采访时说，现在全球转基因技术研发势头强劲，许多国家都在抢占这个技术的制高点。我国是农业大国，也是农产品消费大国。为了保障粮食安全和重要农产品有效供给，必须走科技创新之路，包括我们要在转基因技术上占有一席之地，不能让我们的技术和市场都被别人垄断了。因此，2008年国务院批准设立转基因重大专项，整体水平跟发达国家还有差距，但在有些领域达到了国际领先水平。

2014年5月26日，在北京大学金光生命科学大楼邓祐才报告厅举行了转基因育种与食品安全专题讲座，黄大昉作了《农业生物育种创新与产业发展》的报告，中国疾病预防控制中心营养与食品安全所研究员杨晓光作了《转基因食品的安全性》的报告。

2014年10月，中国科学院与美国科学院联合举办了"全球转基因农作物发展现状和未来展望国际研讨会"，科学家们在报告中表示，目前所有的争议都不是基于科学评价和理性的；在转基因产业化的问题上，政府的犹豫会带来困惑和混乱，并丧失发展机会。在此次会议上，农业部回应，转基因食品的安全性是有定论的，发放的安全证书、经过安全评价的转基因食品跟非转基因食品具有同样的安全性；再者，转基因生物的安全性问题，应该是专业的权威机构说了算。我们国家的转基因安全管理，包括由12个部委成立的联席会、转基因安全管理安委会、评价委员会、技术标准委员会及目前40个双认证有资质机构。转基因的安全性应该用科学实验来证明，而不是通过辩论来解决，"隔壁王大妈说了不算"。

"针对转基因食品影响生育能力"等问题，2014年12月3日新华网刊登文章指出：

> 由中国科协科普部、农业转基因生物安全管理部际联席会议办公室组织专家编写的《科学解读公众关注热点》以"小贴士"回答公众关注的转基因、ＰＸ项目、食品安全、核科学与技术、垃圾焚烧发电等热点问题。

> 转基因食品影响生育能力吗？《科学解读公众关注热点》是这样回答的。

> 自2010年2月起，一篇题为《广西抽检男生一半精液异常，传言早已种植转基因玉米》的帖子在网络上传播，引发公众对转基因产品的恐慌。文章称："多年食用转基因玉米导致广西大学生男性精子活力下降，影响生育能力。""迪卡007／008"玉米为传统的常规杂交玉米，而不是转基因玉米。对此，孟山都公司、广西种子管理站、农业部分别从不同角度予以证实。

> 2010年2月9日，孟山都公司在官方网站公布了《关于"迪卡007／008"玉米传言的说明》。说明指出，"迪卡007"玉米是孟山都研发的传统常规杂交玉米，2000年通过广西壮

族自治区的品种认定，2001年开始在广西推广种植；"迪卡008"是"迪卡007"玉米的升级品种杂交玉米，2008年通过审定，同年开始在广西地区推广。广西种子管理站确认了这一说法。农业部农业转基因生物安全管理办公室表示，农业部从未批准任何一种转基因粮食种子进口到境内种植，国内也没有转基因粮食作物种植。

广西大学生精液异常现象，出自广西医科大学第一附属医院在调查研究基础上所提出的《广西在校大学生性健康调查报告》，研究者根本没有提出精液异常与转基因有关的观点，而是列出了环境污染、长时间上网等不健康的生活习惯等因素。发帖者试图将广西大学生精液异常与转基因玉米联系起来，这才是导致公众恐慌的根本原因。

2015年，中央一号文件第六次提到转基因：要加强农业转基因生物技术研究、安全管理、科学普及。而在此前的中央一号文件中，转基因已被提及五次：2007年，首次提出严格执行转基因食品标识制度；2008年强调启动转基因生物新品种培育科技重大专项；2009年和2010年提出要加快推进转基因科技重大专项，培育新品种产业化；2012年则强调进一步实施重大专项，提出了"分子育种"这一与转基因相近的说法。

2015年2月6日，《人民日报》发表文章《"转基因共识"如何形成》，其中两段如此写道：

> 时至今日，检索转基因方面的虚假报道，还会发现很多。国内有"转基因玉米致老鼠减少、母猪流产"等；国外有"转基因马铃薯试验大鼠中毒""转基因玉米致癌"等。虽然这些消息已被科学界和有关国家生物安全管理机构否定并证伪，但还是有不少人相信就是真的。这也说明转基因科普还需形成合力，科学机构、管理机构、媒体和社会，都还有很多工作可做。
>
> 说到底，老百姓怕的不是转基因，而是致病的、危害生态的转基因。任何事物都有两面性，转基因技术也不例外。铁路

带来便利，也有事故；核元素的发现，既能带来原子弹，也能带来核电站。这就说明，在技术层面应该加强研究占领制高点，国家层面应该加强管理确保安全，公众层面应该加强科普，保证人们知情权和选择权。兴其利、除其弊、防其风险，循序渐进地向前走，总会到达理想的境地。

2016年4月13日上午，农业部就农业转基因有关情况举行发布会，明确表示：发展转基因是党中央、国务院做出的重大战略决策，我国对转基因政策没有调整，将继续坚持自主创新、确保安全、依法管理。中国作为农业生产大国，必须在转基因技术上占有一席之地。中央对转基因工作要求是明确的，也是一贯的，即研究上要大胆，坚持自主创新；推广上要慎重，做到确保安全；管理上要严格，坚持依法监管。

这次发布会对"欧盟、日本都不吃转基因食品"的谣传也作了说明：欧盟1998年批准了转基因玉米在欧洲种植和上市，获得授权的转基因玉米就有23种、油菜3种、土豆1种、大豆3种、甜菜1种，除了极少数是做饲料或工业用途，绝大部分都是用于食品。2010年共有10种转基因作物拿到了许可（欧盟网站）。2012年，西班牙、葡萄牙、捷克、斯洛伐克、罗马尼亚5个国家批准种植转基因作物。日本则连续多年都是全球最大的玉米进口国、第三大豆进口国，2010年日本进口了1434.3万吨美国玉米、234.7万吨美国大豆，其中大部分是转基因品种。

同年，美国国家科学院、美国国家工程院、美国国家医学院召集50多位专家组成的专家委员会，联合发布了历时2年、回顾超过900项研究、总结转基因作物诞生20年以来的数据后形成的长达数百页研究报告，结论是："没有发现确凿证据表明目前商业种植的转基因作物，与传统方法培育的作物在健康风险方面存在差异。没有任何疾病与食用转基因食品之间存在关联。与普通食品相比，转基因食品并未增加人体健康风险。"

这一年，还有110位诺贝尔奖得主联名发表公开信，为转基因发声，呼吁绿色和平组织（国际非政府组织）放弃"反转"的立场。

从 DNA 重组技术诞生的 1972 年算起，转基因的发展历史还不足 50 年，但其发展速度惊人，如今已成为现代农业生物技术的核心组成部分。

转基因技术的应用，首先在全球范围内使农作物产量大幅提高，解决了大部分国家和地区的粮食短缺问题，减少了环境污染。其次是延长了果蔬产品的保鲜期。第三，改善了食品的口味和品质。第四，利用转基因技术可生产有利于健康和抗疾病食品。

根据资料，到 2009 年底，全球已有 25 个国家批准了 24 种转基因作物的商业化应用。以转基因大豆、棉花、玉米、油菜为代表的转基因作物种植面积，由 1996 年的 2550 万亩发展到 2009 年的 20 亿亩，14 年间增长了 77 倍。

美国仍然是最大的转基因作物种植国，2009 年种植面积 9.6 亿亩；其次是巴西，3.21 亿亩；阿根廷，3.195 亿亩；印度，1.26 亿亩；加拿大，1.23 亿亩；中国，5550 万亩；巴拉圭，3300 万亩；南非，3150 万亩。

从 2000 年至 2009 年，美国先后批准了 6 个抗除草剂和药用转基因水稻、伊朗批准了 1 个转基因抗虫水稻商业化种植，加拿大、墨西哥、澳大利亚、哥伦比亚 4 国批准了转基因水稻进口，允许食用。

我国于 2000 年 8 月 8 日签署了《国际生物多样性公约》下的《卡塔赫纳生物安全议定书》，议定书的目标是保证转基因生物及其产品的安全性，尽量减少其潜在的对生物多样性和人体健康可能造成的损害。

2001 年 5 月 23 日，中华人民共和国第 304 号国务院令发布了《农业转基因生物安全管理条例》。

2005 年 4 月 27 日，国务院批准了《卡塔赫纳生物安全议定书》，我国正式成为缔约方。

2009 年 11 月 27 日，农业部批准了"华恢 1 号""Bt 汕优 63"两种转基因水稻、一种 BVLA430101 转基因玉米的安全证书，两个产品分别限在湖北省和山东省生产应用。获得两个转基因水稻安全证书的是华中农业大学张启发教授及其同事。这是我国首次为转基因水稻颁发安全证书，也是全球首次为转基因主粮发放安全证书。

2011年1月8日，根据《国务院令关于废止和修改部分行政法规的决定》，对《农业转基因生物安全管理条例》进行了第一次修订。

到了2014年，国际农业生物技术应用服务组织发布数据：全球有28个国家的1800万农民种植了1.815亿公顷的转基因作物，比2013年的1.752亿公顷增加了630万公顷，转基因作物种植面积连续19年持续增加。

美国是转基因食品消费大国，美国农民普遍接受转基因技术，90%以上的玉米和大豆为转基因作物。2013年的数据显示，这些玉米20%用于出口，80%用于国内消费；大豆则有40%用于出口，60%用于国内消费。据不完全统计，美国国内生产和销售的转基因食品超过3000个种类和品牌，加上凝乳酶等转基因微生物来源的食品，含转基因成分的食品超过5000种。

我国2014年种植转基因作物390万公顷，主要有棉花、番木瓜、番茄、甜椒等。转基因棉花的采用率从90%提高到93%，而转基因番木瓜的种植面积增加了大约50%。

自2008年国务院批准设立转基因重大专项，支持农业转基因技术研发，至2016年我国科研人员克隆了100多个重要基因，获得1000多项专利，取得了抗虫棉、抗虫玉米、耐除草剂大豆等一批重大成果，我国自主基因、自主技术、自主品种的研发能力显著提升。

2017年10月7日，根据《国务院关于修改部分行政法规的决定》，对《农业转基因生物安全管理条例》进行了第二次修订。

据专家解释，现在市面上能够见到的转基因产品并不多，在超市里，也就是大豆油、菜籽油大部分是用进口的转基因大豆、油菜籽加工的，还有番木瓜、甜椒等。

目前，我国共批准发放了7种转基因作物安全证书，分别是耐储存番茄、抗虫棉花、改变花色矮牵牛、抗病辣椒、抗病毒番木瓜、转植酸酶玉米和抗虫水稻。但实现大规模商业化生产的，只有抗虫棉和抗病毒番木瓜。

番木瓜是近些年越来越被人们喜欢的水果，但种植过程中病虫害特别严重，可致减产90%以上乃至绝收，而且木瓜树两三年就会枯死。专家们就研发出转基因抗病毒番木瓜，现在市面上的番木瓜95%以上都是转基因的。

抗病辣椒和耐储存番茄在生产上没有被消费者接受，故未实现商业化种植，而抗虫水稻和转植酸酶玉米没完成后续的品种审定，也没有进行商业化种植。

应该说大家还没有接触到更多的转基因食品，社会上传闻的很多"转基因"食品，实际上都不是。比如樱桃番茄，事实上，番茄的老祖宗是小的，是像食指那么大的小番茄，野生的番茄也只有那么大，是后来人们把它培育得越来越大，大的是人为改良的，小的才是正常状况。

1998年，国家从安全性的角度，曾经对耐储存和抗病毒的转基因番茄进行了审批，认为安全后颁发了证书。但批准后还有一个和育种专家合作进行品种推广的过程。转基因番茄的这些后续工作没有跟上，没有形成产业化，自然就没有进一步转化应用，也就没有进入市场。从批准的时间来说，这个安全证书也过了有效期。

如今，美国、加拿大两国的消费者大部分已接受了转基因食品，但仍有27%的消费者认为食用转基因食品可能会对健康造成危害。在我国，仅有11.7%的人支持转基因食品，41.4%的人反对转基因食品，剩下的则是中立派。

相关农业专家实验证明，转基因作物平均增产22%，降低农药使用量37%，降低农药费用39%，增加生产成本3%，增加利润68%，发展中国家得益比发达国家更明显。

2017年8月17日，在上海科学会堂举行的上海科协大讲坛暨科技前沿大师谈"暑期院士专家系列科普讲坛"首期讲座上，中科院院士、北京大学原校长许智宏先生针对转基因安全解释说，转基因生物安全具有非常严格的管理和审批标准，包括安全评价、品种审定、种子生产许可、种子经营许可、生产加工许可等。转基因农作物评定是有史以来最严格的对农作物品种的评定，不仅要通过食品安全评价，还有环境安全评价等。经过科学评估、依法审批的转基因作物是安全的，风险是可预防的。

2015年以来，农业部每年年初都会制定《农业转基因生物监管工作方案》，以保障农业转基因生物技术研究与应用的健康有序开展。

种地的学问

2014年5月9日，新华社发布的习近平总书记在河南省尉氏县张市镇田间考察的照片中，有一张画面，是一位中等身材、满头银发的老人正手执几株麦子认真地向总书记汇报——这位老人就是享誉全国的小麦专家、中原学者郭天财先生。这一年，他61岁。

长期从事教学和小麦高产优质栽培研究与农业技术推广的郭天财，肩负着诸多与粮食有关的重任："国家2011计划"河南粮食作物协同创新中心主任，全国小麦专家指导组副组长，国家小麦产业技术体系岗位科学家，国家一级重点学科小麦栽培方向学术带头人，国家小麦工程技术研究中心副主任，河南省小麦专家指导组组长，等等。

郭天财的工作单位在河南农大，但他的皮鞋经常沾满了泥土——这是他在田间行走的印记。

"经常下地，哪能天天擦鞋子，没那工夫，擦了也白擦，干脆不擦算了。"这是他对鞋上有泥土的解释。

他还常常对学生说："如果身上不带点土、脚上不沾点泥，就很难成为一名合格的农作物栽培科研工作者。"

郭天财认为，搞育种不下田不行，搞栽培不下田更不行。他搞小麦研究这么多年，没有发现哪两年的气候条件完全一样。同一块地，水肥条件不一样，同一个品种，在不同的气候和水肥条件下，表现也千差万别。还有各种各样的病虫害等，这都是栽培学家要面对的难题。而要解决难题，就必须到田间去，根据实际情况开"药方"。

郭天财的学生从他的现场工作日志里发现，在小麦240多天的生长期，连续三年他平均在田间的时间达 186 天。

"搞小麦栽培研究，就是要因地、因种制宜，扬长避短，趋利避害，把良种的潜在遗传优势发挥出来。"这是郭天财的"真经"。

1977 年，郭天财从河南农大毕业后留校任教，并师从著名小麦专家胡廷积先生，加入了小麦科研团队。

胡廷积先生不仅是著名的小麦栽培专家，也是卓有建树的农业经济学家，被誉为河南现代小麦栽培学科主要奠基人、河南农业科研与生产领域优秀领导人。1954 年，23 岁的胡廷积从华中农业大学毕业，来到河南农学院工作，一直致力于小麦栽培、小麦生态、农业技术经济学等学科的研究。

1974 年，积累了 20 年工作经验的胡廷积注意到，河南小麦科技力量薄弱，存在着"三散"（人、财、物分散）、"三多"（小课题多、重复课题多、只管研究不管应用的课题多）、"三少"（出成果少、出人才少、解决生产实际问题少），严重制约了河南小麦事业的健康发展。针对这些问题，在胡廷积的倡导与积极努力下，组建了由河南省科委牵头，河南农大、河南省农科院和河南省农业厅共同主持，胡廷积任组长的"河南小麦高产稳产优质低成本（简称'高稳优低'）研究推广协作组"。协作组采用"教学、科研、生产""研究、示范、推广"和"行政领导、科技人员、农民群众"三个"三结合"的有效形式，围绕河南小麦不同发展历史阶段存在的主要技术问题，组织和带领多学科、多部门、多层次科技人员进行协作攻关，先后取得了十多项重大科研成果，解决了小麦生产中诸多关键性技术问题，将小麦科研和生产提高到一个崭新的水平。1976 年，胡廷积、吴绍骙等专家又开始玉米高稳优低的研究。这两项研究首创教学、科研、生产"三结合"以及研究、示范、推广"三结合"的成功经验，研究成果多次获得全国科学大会奖、农业部技术改进一等奖和国家科学技术进步二等奖等奖项，经推广普及，促进了小麦、玉米的大面积增产，对解决全国特别是人口大省河南的粮食问题做出了历史性贡献。

1983年2月11日，离春节只有两天时间了，胡廷积与四五位同事正集中在河南宾馆加班写科研总结，河南省委主要领导派车来接他。这时候，他主持的课题研究已结束了第一阶段"小麦生产模式的研究"（1974—1980年），进入第二阶段"小麦生态类型划分研究"（1981—1984年）。胡廷积被接到省委13号院，省委领导开门见山地告诉他：中央组织部已批准你担任河南省副省长。

　　不久前，中组部的领导曾秘密找他谈过话，河南省委主要领导也找他谈过话，都是询问河南的农业状况与他主持的课题情况及他对河南农业的想法与建议。但他对组织的这个决定还是感到非常意外。一向专注于学术研究的胡廷积曾颇为感慨地说："我从来没有想到自己能当副省长，我梦寐以求的只是如何促进小麦生产的发展，为改善人民生活做些实事。"

　　但大家都清楚，胡廷积能担任省级领导职务，与他的出色成就是分不开的。

　　担任省领导以后，虽然政务繁忙，但胡廷积仍然坚持领导课题组完成了第二阶段的任务，在全省11个重点县进行了优质小麦的示范推广，小麦单产由1980年的150.75公斤提高到1984年的275.5公斤，增长82.75%。

　　1985—1989年，课题组主要研究了小麦栽培的五大技术系列；1990—1994年，课题组进行了高产小麦提高穗粒重的研究；1995年之后，课题组进入了小麦大面积和优质专用小麦产业化的研究阶段，还承担了国家"九五"重中之重的科技攻关项目"小麦大面积高产综合配套技术研究开发与示范"。1996年，经国家科技部批准，河南依托河南农大组建了由省科技厅主管的国家小麦工程技术研究中心，胡廷积任主任，郭天财任副主任。

　　其间，胡廷积通过观察和研究河南农业发展的历史、特点、优势和问题，提出许多有针对性、前瞻性的科学见解，尤其在小麦高产、稳产、优质、低成本理论与技术研究方面，成就卓著，首次提出了河南小麦生长发育三大规律和"两长一短"理论及实现小麦高产五项技术经济指标、十大生态类型麦区的栽培技术规程等。

在恩师胡廷积任副省长之后，郭天财接过了河南省小麦"高稳优低"研究推广协作组组长这一重担，成为河南小麦栽培领域的中坚力量，继续带领小麦栽培创新团队，以每一个五年计划亩增产小麦100斤为目标，在河南全省开展综合性、超前性的小麦高产与超高产攻关研究。

小麦生产中，如果没有科学合理的配套栽培技术，良种的优势就难以得到充分发挥。只有把良种的潜力和当地的水、肥、气、温等资源优势结合起来，才能实现高产高效。

上世纪五六十年代，在焦裕禄战斗过的兰考县，小麦亩产只有三四十斤。但就在这片灾害肆虐的沙窝地上，农民育种专家沈天民培育出了亩产750公斤的"超级小麦"。

沈天民说："没有郭老师完整的栽培技术，'超级小麦'不可能在实际生产中有那么完美的表现。"

小麦产量大幅提高，郭天财功不可没。这是许为钢、茹振钢、郑天存、吕平安、徐才智等一大批育种专家的共识。他们认为，是郭天财的"良种配良法"配套栽培技术，使良种获得了优异的生产效果。

可以说，在黄淮麦区近几十年来更新换代的上百个小麦品种中，包括获得国家科技进步大奖的"豫麦9号""豫麦49""矮抗58"等，几乎每一个品种的推广种植都浸透着郭天财的汗水和心血。

郭天财不是搞育种的，但他对每一个小麦品种就像对自己的孩子一样熟悉，从习性到发育规律，以及产量构成特点、形态生理指标等，他都了如指掌。他带领课题组，从筛选利用品种入手，系统地研究高产小麦品种，制定出一系列针对不同品种的配套高产栽培技术。

作物栽培技术研究，在业界历来被看作为育种者"做嫁衣"，既无名利，还辛苦劳累，而且立项难、争取经费难、出成果难。有的栽培技术科研人员受不住，不少转行搞起了育种。

郭天财却为之着迷。对他来说，能让河南乃至全国的小麦增产，就是最大的"利"。郭天财带领他的团队在小麦栽培这块阵地上坚守了43年，无怨无悔。

省城的专家郭天财，却经常出现在乡间的麦田里，与农民亲如兄弟。很多农民知道他的手机号码，把他当作良师益友，直接打他的手机咨询、带着麦苗麦穗找上门请教成了家常便饭，日久天长，郭天财被农民兄弟亲切地称为"郭小麦"。

河南许多老百姓都知道："要想创高产，咋种？咋管？咋收？问郭教授没错。"

郭天财无论走到哪儿，随身携带的提包里都离不开小铲子和钢卷尺这两样"宝贝"——小铲子是用来挖土看墒情和小麦根系生长情况的，钢卷尺则是测量小麦株高等生长状况的。凭借一双眼睛和两样工具，郭天财就能发现小麦生产存在的问题，及时为各级政府和农民兄弟提供麦田管理决策建议。

无论是产量还是质量，河南小麦一直排在全国首位，牵动着中央领导的心。每年小麦生产和收获的关键时刻，党和国家领导人几乎都会来河南考察。郭天财因为学术水平高，实践经验丰富，对农民的需求、党的政策理解透彻，又对小麦品种、栽培技术烂熟于心，加上讲解生动，敢于直言，所以每次党和国家领导人、国家部委领导来河南考察小麦，几乎都会让他去汇报。他总结的经验和提出的建议，屡次受到各级领导的称赞。

习近平总书记2014年在尉氏县张市镇考察那次，郭天财在座谈会上说，为了满足群众对小麦优质化、营养化、多样化的需求，河南正在全面提升小麦的质量效益和市场竞争力，让小麦成为河南粮食生产这张王牌的优质名片。总书记听了，高兴地表示："河南把粮食、小麦抓手里，全国粮食丰收就有了基础。"

研究中，郭天财采用了"边研究、边示范、边推广"的有效形式，取得一系列重大技术理论创新的同时也具有重大应用价值。在小麦栽培领域，郭天财创造了一系列前所未有的业绩：指导温县、博爱县成为全国首批小麦千斤县,焦作市成为首个小麦千斤市;"九五"期间,他主持在偃师市创造万亩连片连续两年亩产超600公斤高产典型;"十五"期间,在河南省3个基点连续15个点次实现15亩以上连片亩产超650公斤;"十一五"期间,在浚县创造百亩连片亩产751.9公斤、万亩连片亩产690.1公斤的国内相同生态类型区同期同面积高产纪录;2014年,在修武县创造小麦平均亩产821.7公斤的全国冬麦区最高产量纪录,为河南小麦实现"十二连增"、中国小麦实现"十一连增"发挥了重要引领和支撑作用。

郭天财还根据小麦品质生态探索提出"龙头企业+科研单位+基地+农户"和"订单种植、合同收购、优质优价"的优质小麦产业化开发模式,解决了农民卖粮难和企业优质小麦原料不足、质量不稳的难题,促进了河南小麦生产由数量型向质量效益型转变,实现了国产食用小麦首次出口、"郑州小麦"首次列入路透社报价单、优质强筋小麦首次挂牌上市交易。国务院将该模式批转全国推广。同时,郭天财以国家小麦工程技术研究中心为平台,培养出一支团结协作、务实创新的小麦栽培创新团队,及时为各级政府小麦生产决策提供技术咨询,切实解决了小麦生产中时常发生的重大、突发性技术问题。

在河南,像胡廷积、郭天财这样的农业科技专家数百上千,他们默默地在生产一线奋战着,奉献着,使我们的粮食生产跨越了一个又一个新台阶。

随着科技革命和产业变革的不断深入,技术进步对提高土地产出率、劳动生产率和资源利用率的驱动作用更加直接,正在引领现代农业发展方式发生深刻变革。绿色发展日益成为全球的共识,优质营养日益成为重要方向和社会关切,大数据、云计算、区块链、人工智能给农业带来了颠覆性变革,农业功能的拓展成为农村经济新的增长点。

1999年,全国从试点开始推广"科技特派员"制度,通过选派有科技专业理论、技术、工作经验、指导方法、管理能力且年富力强的专家、教授、研究员、博士等中青年知识分子,深入到农村一线,围绕解决"三农"问题和农民看病难问题，按照市场需求和农民实际需要，从事科技成果转化、优势特色产业开发、农业科技园区和产业化基地建设以及医疗卫生服务。他们长年累月地与农民在一起，把自己的一腔热血和聪明才智奉献给"三农"。至2016年3月，我国科技特派员达72.9万人，是2010年的5倍，与农民形成利益共同体5.14万个，创立企业1.59万家，建立科技特派员服务站1.6万个，直接服务农户1250万户，受益农民6000万人，选派了一大批科技特派员到"三区"开展创新创业服务，涌现了一大批优秀科技特派员。

按照全国统一部署，河南在实行"科技特派员"制度的同时，还在2009年实施了"万名科技人员包万村行动"，组织省、市、县、乡四级农业技术推广、科研教学等部门的1.03万名农业科技人员，分包全省4.8万个行政村，实行技术承包责任制，深入到田间地头指导农民对麦田进行科学管理。2012年，河南启动了"粮食科技特派员"专项行动，做出了在粮食丰产工程项目的核心区、示范区设立3—5个科技特派员工作站，在粮食丰产工程项目的辐射区和30个粮食生产大县设立5—10个科技特派员工作站的规划，并如期完成。2018年，河南省在推进"科技特派员"制度的进程中，开始实施"科技特派员助力脱贫攻坚'十百千'工程"，以实施科技项目为引导，每年落实100个科技扶贫项目；以优秀科技人才为支撑，每年从全省各级科研单位、高等院校等部门选派1000名左右的科技人员赴基层一线提供专业技术服务；等等。

从"吃得饱"到"吃得好"

2021年,中国共产党建立整整100年,中国全面进入小康社会,开启了全面建设社会主义现代化国家的新征程。在"吃得饱"的问题解决以后,还要更多地考虑如何让人民"吃得好",以更好地满足人民群众日益增长的美好生活的愿望。

面粉业

进入21世纪，我国小麦制粉业无论是生产工艺还是制造设备都发生了极大的变化，已接近国际先进水平，部分龙头企业更是可以与国际先进水平比肩。

我国最早以臼捣碎小麦来生产面粉，臼的材料也经历了木头、石头、金属的变迁。战国时期发明的石磨，不仅在人们后来几千年的生活中成为非常重要的工具，还逐渐改变了祖先们小麦粒食的历史，小麦面粉一举成为食品中的翘楚。大概在公元前200年至公元前150年，开始用畜力驱动石磨制作面粉，有力地推动了磨粉业的进步。

世界范围内，18世纪末期，美国面粉加工厂开始实现部分机械化，小麦清理设备也有所革新，但磨粉的主要工具仍是石磨。19世纪，欧洲开始使用辊式磨粉机器，波兰在1823年率先建成了第一座应用辊式磨粉机的面粉厂。到了20世纪20年代初，美国堪萨斯州已建成拥有7台爱立斯辊式磨粉机的面粉厂，每天（24小时）可生产面粉36吨。

我国在19世纪40年代仍普遍使用石磨制粉，与欧美相比明显落后。

1863年，英国商人在上海开办了一家得利火轮磨坊。1878年，中国第一家机械加工面粉的"贻来牟"机器磨坊在天津诞生。1897年，英国商人在上海创办了近代机器面粉厂增裕面粉厂，这是中国第一个机制面粉厂。

1900年，我国民族资本家安徽孙氏兄弟从美国引进了成套先进设备辊式磨粉机生产线，真正实现了机械化、连续化面粉生产，为我国面粉工业奠定了基础。

因为最初面粉厂由外商开办并采用外国机器磨制面粉，清末至民国时人们称之为"洋面"。

新中国成立后，我国面粉加工已基本使用国产设备。

但在上世纪四五十年代，我国农村主要还是以石磨加工面粉。直到上世纪 70 年代，机动磨面机出现之后，石磨才渐渐退出历史舞台。

我国面粉业真正的大发展是在改革开放之后。小麦的丰收为面粉加工提供了丰富的粮源。1997 年，我国小麦总产创历史新高，达到 12329 万吨，此后虽然连续 6 年下滑，但从 2004 年起我国小麦逐年增产，2006 年总产再次突破亿吨大关，之后基本保持稳产增产。

"十五"初，面粉加工厂在全国遍地开花。彼时，很多小麦面粉企业规模小，加上不少企业盲目扩张，导致整个行业产能过剩，开工率低，效益低下，乃至亏损。在技术、经营上，产品未定型、市场未定型，产业结构和企业结构也不定型。少数发展较好的企业虽然规模上去了，但与其他行业、国际企业相比差距还很大。

据中国粮食行业协会的统计，2004 年我国规模以上面粉企业达 1990 家，其中日处理 1000 吨以上的企业有 15 家，年生产能力达 6508 万吨；未入统计的小企业不下数千家。但当年面粉总产只有 2938 万吨，还不及产能的一半。

经过"十五"期间的改革，全国面粉企业中脱颖而出了一批管理成熟、设备技术先进、有竞争实力的骨干企业。

此时，我国面粉加工市场发生了新的变化：一些跨国公司在我国大面积占领植物油和精炼油市场之后，又开始大举向水稻、小麦、玉米三大主粮进军。它们在全国各地收购、新建了一批大型面粉厂。这意味着，在"十一五"期间，我国面粉企业将与跨国公司展开同台竞争。跨国公司的进入为我国面粉业注入了新的动力，逼迫国内企业不断提升综合竞争力，全面提升产品质量。

在 2010 年前后，我国面粉业中有经营自主权的大型外资、合资企业占我国小麦粉加工企业的 5% 左右。它们大力开发新产品，在高档小麦粉和专用小麦粉方面统领市场，产品覆盖小麦制粉行业的各个层次，追求规模效益。

主要由粮食系统和农垦（农场）系统的面粉企业组成的国有股份制企业占我国面粉加工企业总数的25%左右。这部分企业一般占有国家和地方的粮源优势，占据了我国大部分中档面粉市场。

占到我国面粉企业70%左右的"大队伍"，是民营和乡镇面粉企业。它们使用中小型加工机组，设备、工艺相对落后，主要生产低端产品。这部分企业集中在小麦主产区，占有小麦原料和价格上的优势。它们以低价位抢占乡镇及城市中小型面制食品加工点，基本占领了乡镇及城市低收入阶层市场。

"十一五"规划后期，我国面粉业开始觉醒，通过兼并、技术改造，规模越来越大，由以前日加工200吨小麦的规模，向日加工500吨、1000吨的规模发展。据不完全统计，彼时生产规模超过日加工1000吨小麦面粉企业已达到21家，基本实现了高效、节能、降耗、综合利用、降低成本、提高企业竞争能力的目标，也代表了我国面粉业的发展方向。

而新建的面粉企业开始向小麦产区进行战略转移。特别是大中型面粉企业，几乎都建在小麦产区。这样不仅能降低小麦采购成本，提高小麦粉的市场竞争力，而且还能推动当地小麦产业的发展，特别是优质强筋麦、优质中筋麦、优质弱筋麦的发展，逐步形成新的小麦产业链，但同时也形成了各面粉企业争控小麦原料的格局。

2010年，我国面粉产能过剩问题再次凸现，当年全国面粉企业平均开工率不足35%。无序竞争、盲目建厂、争夺小麦粮源等原因，造成面粉企业利润微乎其微。再者，面粉产品存在结构单一、同质化严重等问题，已经不能满足多样化食品制造的需求。

在政府的宏观调控和优胜劣汰的市场规律作用下，企业整合成为面粉业发展的新趋势，而且由具备实力的企业来主导完成。

最近10年，我国面粉业向规模化、集团化方向转变，全国面粉企业从10年前的1万多家减少到2018年底的不足7000家。未来几年，面粉业仍呈规模化与集团化趋势，竞争会更加剧烈，产能将向有实力的企业集中，使强者更强，弱者更弱直至出局。

根据《中国粮食行业研究报告》数据，我国年人均面粉消费量由 2012 年的约 140 斤下降到 2018 年的 120 斤。加之食品的丰富与人们健康意识的增强，蔬菜、肉蛋奶、水果等副食的占比越来越大，小麦面粉消费量仍呈下降趋势。也就是说，面粉需求还会减少，这对面粉企业来说也是不利因素。

面对国际、国内白热化竞争的严峻挑战，河南面粉业因为占尽了天时地利人和之优势，在"十一五"期间基本保持着平稳的发展势头。

2012 年，全国规模以上面粉加工企业面粉产量达 12330 万吨，河南面粉产量达到 4584.1 万吨，占到全国总产量的 37.2%。2010 年，河南全省面粉加工企业就已达 3000 余家，从业人数近 6 万人，规模以上面粉加工企业近 700 家，总产量达 4282 万吨，占到全国的 36.67%。

这个时期，河南面粉业在产量上明显处于全国领先水平，在全省经济发展中有着十分重要的地位。

随着面粉业结构的不断变化，国内一些大型面粉企业迅速壮大，一些跨国面粉企业进入我国市场，拥有丰富小麦原粮的河南，自然成了面粉业争夺粮源的重点区域。这对河南面粉业带来了不小的冲击。

虽然拥有"近水楼台先得月"的先天优势，但在全国争夺粮源的大气候下，河南面粉企业同样面临成本不断上升、资金日益紧张的局面，加之科技创新能力不足等因素制约，河南面粉行业遇到了前所未有的挑战。尤其是小企业，一方面在剧烈的争抢原粮过程中，因实力不足造成原粮不足，导致开工不足。另一方面，多数小企业还处在传统的生产阶段，技术落后，产品单一，规模、管理也上不去。

面粉业的发展困境，引起了河南的高度重视，省委、省政府要求有关部门迅速行动，省农业厅组织调研组，先后对郑州、新乡等地多家大型食品加工企业进行了专题调研，为建立河南小麦产品加工预警系统、促进全省小麦加工产业健康快速发展提供依据。

彼时，河南缺少特大型加工集团，全省日处理小麦超过 1000 吨的企业仅有 30 多家，小麦产业集聚发展能力较差，资源浪费较大。没有一家面粉企业进入"全国500强",更没有一个面粉品牌成为全球叫得响的知名品牌——这与河南作为全国第一粮食加工大省的地位极不相称。

通过调研,河南决策层在全面了解了省内大中型面制食品(速冻)企业对于生产所需面粉原料的基本需求后,结合全国面粉业及面制食品业发展状况,理出了发展思路:

以小麦产业发展的全链条为主线,加强统一部署,以市场需求为导向,协调发展河南小麦产业。

省级主管部门统一部署,建立起以市场需求为导向的小麦生产和小麦加工产业新体系,品种选育、小麦种植、原粮收储、小麦加工等各个环节都要紧紧围绕面制食品产品的质量需求这一焦点,全方位促进河南省小麦产业化迅速发展。

强化科技支撑,以市场为导向,充分发挥小麦制粉企业在自主创新中的主体作用,推动小麦加工企业、面制食品生产企业与高等院校、科研院所开展多层次全方位的科研合作,加大科研投入,拓宽小麦生产产品、小麦加工产品结构,积极推进主食品产业化发展。

政府部门加大科研投入,研发适应主要面粉加工、面制食品生产需求的小麦品种,建立河南省小麦质量数据库,大力发展小麦专用粉生产技术,构建优质小麦—专用面粉—面制食品及其深加工的产业链,满足市场需求。

在政府引导下,河南面粉业在"十二五"期间得以稳步发展,实现了转型升级的跨越。

如今,创新发展、提质增效已成为河南面粉业新时期最鲜明的主题。一方面,实现了由各环节分散经营向"产购储加销"一体化转变,发挥粮食加工转化引擎作用,接一连三、协同联动、融合发展,形成"大粮食、大产业、大市场、大流通"的格局;另一方面,实现了由注重规模扩张向注重质量效益提高的转变,进一步集约集聚、降本增效、改善服务,增加绿色优质粮食产品供给,加快了产业迈向中高端水平的步伐。

2018年12月，中国粮食行业协会、中国粮油学会、中国粮食经济学会联合发布《2017年度粮油加工企业"50强""10强"名单》，其中小麦粉加工企业"50强"中，河南有8家上榜，是全国数量最多的省份，占比16%。2018年，河南面粉产量达到2692.5万吨，占全国面粉产量的30.34%，居全国第一。

中原面食遍世界

2019年7月12日，在遂平县产业集聚区今麦郎食品工业园车间一条智能生产线上，成包的方便面流水一样"流"向终端。工作人员介绍说，一条袋装生产线每分钟能产300包，一条桶装生产线每分钟可产360桶，这个生产基地每天产出的方便面有8.4万箱，年产新一代方便面10亿包（桶）、挂面18万吨，另外还生产方便米线等多种方便食品。

今麦郎集团是国家级农业产业化重点龙头企业，总部在河北邢台市，其前身为创建于1994年3月的河北华龙面业集团。在做大农村市场中低端产品的基础上，华龙开始了向城市市场的进军：2002年，华龙全新的今麦郎弹面在北京、上海等样板市场一上市即迅速走红，一年时间销售额就突破1亿元，成为与康师傅、统一等名牌方便面齐名的新产品。近年来，今麦郎集团已跻身世界制面业三强，并不断开拓国际市场，产品出口美国、加拿大、澳大利亚、韩国、日本等36个国家和地区。

好面需要好小麦。为了从源头上提高产品质量，今麦郎提出"把第一车间建在农田"的理念，并开始在全国各地建设生产基地。优质专用小麦种植面积和产量均居全国首位的河南，自然成了今麦郎的最佳选择：

2003年10月，日加工小麦500吨的今麦郎面粉（安阳）公司在汤阴投产运营。当年11月，日加工小麦500吨的今麦郎面粉（许昌）公司在许昌市投产运营。

2009年12月，今麦郎（郑州）公司在巩义市投产运营。

2013年11月，今麦郎（漯河）公司在漯河市经济技术开发区投产运营。

今麦郎成功牵手遂平，是在2015年9月举办的第十八届"中国农加工洽谈会"上。在决定建设遂平生产基地之前，今麦郎集团对遂平县进行了多次考察，最终被遂平发展食品加工主导产业的清晰定位和区位、资源、集群优势及完备的基础设施所吸引，双方顺利签约，今麦郎食品工业园项目进入实施阶段。

2016年3月，投资4.8亿元的今麦郎食品工业园一期开工建设。一年后，6条全自动方便面生产线、4条挂面生产线建成投产，年产方便面6亿份、挂面4万吨。2017年，在一期项目的基础上，今麦郎与遂平又签订新的合作协议：年产18万吨挂面与年产100万吨纯净水项目。2019年1月，今麦郎与遂平县合作再次升级：年产10亿包（桶）新一代方便面生产项目正式签约。

短短4年，今麦郎在遂平形成了巨大的面食加工"航母"，以方便面为主的方便食品和挂面，从这里走向世界各地。

从今麦郎食品工业园出来，走进徐福记食品生产区，烘烤食品特有的香味四处弥漫。落户遂平12年之久的徐福记，在这里建成了蛋糕、卷煎、米果、包馅酥、冬瓜酱等7个生产车间11条生产线，日产成品95吨。

进入益康面粉车间需要全副武装——更衣、戴口罩、帽子、穿鞋套，一点都不能马虎。车间内，想象不到的干净与整洁，居然没有粉尘飞扬，也没有机器轰鸣，用一尘不染形容也不为过。精密的设备虽然封闭很好，但依然锁不住面粉的麦香——这里出产的面粉，专供康师傅、统一等方便面厂家。也就是说，人们常吃的康师傅、统一方便面，大部分用的都是这里的面粉。

二楼对着楼梯是监控室，工作人员可通过工序流程监控系统监控一至六楼整个生产线。二楼的加工区，17台机器一字排开，送料、初磨到楼上楼下工序间的输送，全部自动完成。

从制粉车间出来，去挂面生产车间。进去之前，我们被要求洗手和消毒。从这一点可以看出，这里对卫生要求是非常严格的。

偌大的车间内，工人们坐在不锈钢工作台上，熟练、麻利地为挂面称重、包装，然后装箱入库。

工作人员介绍，挂面车间有500多平方米，100余名工人。益康面粉总部在武汉，遂平分公司是2002年东西合作会上的招商项目，现有两条面粉生产线，日处理小麦1000吨。

而这里的另一家企业、国内最大的挂面（面条）生产企业克明面业，在遂平的生产规模是日处理小麦3000吨，仅挂面年产量就达3.6万吨。遂平县克明面业于2005年12月落地，在当地流转土地1.6万亩作为公司的优质强筋小麦基地，同时公司还与种植大户签订了5万亩优质强筋小麦的订单。

经过十几年的发展，遂平已成为豫南名企名牌集聚最多和产量最大的食品产业基地之一，被中国食品工业协会评为2016—2017年度"全国食品工业强县"。

除了今麦郎、徐福记、益康面粉、克明面业，这里还会聚了世界第一小麦制粉企业五得利、中国速冻行业最具竞争力品牌思念食品、中国最大的肉类加工企业双汇集团等20余家国内外知名食品企业。

遂平的食品工业集群，从原料基地、面制品加工、休闲食品生产，到休闲食品研发、检测、包装、营销、物流集于一体的完善产业链条，形成了面制品加工、糕点类烘焙食品、啤酒饮料制造、肉类加工、油脂加工、玉米制品6大主导行业，产品覆盖面粉、面条、糕点、糖果、食用油、肉制品、奶制品、速冻食品、饮料等领域，每年小麦加工能力达到120万吨，年产挂面20万吨，年产糕点、饼干、速冻食品等20万吨，年产啤酒、饮料20万吨，年产饲料60万吨。遂平本县每年生产的小麦，只够当地面粉加工企业用半年。

豫北最大的食品加工基地延津县食品加工产业园也是以食品加工产业为主导的产业集聚区，在规模上与遂平不相上下，产品种类又有所不同。这个产业园依靠"新乡小麦"这个优势，围绕小麦精深加工，以小麦专用粉、高档挂面、速冻食品、健康休闲食品、食用油、白酒饮品等为主导产品，打造了从精深加工到世人餐桌的产业链条，被列入河南"百千万"亿级优势产业集群培育工程行动计划，成为中原经济区重要的食品加工基地，被评为全国农业产业化示范基地、国家农业科技园区食品加工产业基地，跻身"中国县域产业集群竞争力100强"。目前共入驻食品、饮品企业128家，其中规模以上企业20余家。小麦年加工能力70万吨，仅小麦专用粉产品就达40多个，年产高档挂面40万吨、速冻食品25万吨。

在延津县食品加工产业园，面制食品企业除了克明面业系外省企业招商入驻外，大部分为河南本省或本地企业。比如国家级农业产业化重点龙头企业、全国农产品加工示范企业新良粮油公司即为延津县本土企业，竞争力综合指数居全国第五位，其中小麦专用粉网上销售近期在同行业中排第一位，跻身全国谷物磨制行业50强。

再如总部在郑州的云鹤食品，是河南省农业产业化重点龙头企业、省农业科技型龙头企业、省速冻食品加工行业龙头骨干企业，它们生产的速冻熟面及微波面属国内首创，还有千丝手抓饼、馅饼、熟皮熟馅春卷、水饺、汤圆、粽子、面点等速冻系列产品，在国内、国际市场上颇受欢迎。

还有以生产速冻米面制品为主的笑脸食品，也是河南省速冻食品重点企业、农业产业化经营重点龙头企业，有水饺系列、汤圆系列、馄饨系列、面点系列等产品，实力在国内同行业中位居前三名。而麦丰食品与精益珍食品则在我国糕点、面包制造业界享有盛名，占有相当大的市场份额。

豫西南的镇平县，面食品加工产业已成为一大特色。位于该县产业集聚区的麦香源食品，是创立不足5年的本土企业，它们瞄准国内、国际市场，专注于速冻熟面的研发生产，自主研发了全自动化、日产50吨速冻熟面的生产设备，填补了国内速冻熟面生产线空白，产品涵盖了河南烩面、炸酱面、卤肉面、云宽面、食材面、香菇面、火锅面、家常面等"中华十大名面"系列，不仅在国内市场占有一席之地，还出口美国、加拿大、英国等国家。

想念食品产业园，是南阳市本土企业在镇平县投资兴建的食品加工企业，最初主要生产挂面。发展中它们紧盯市场，充分利用互联网，精准分析消费人群及其需求，在多元化、个性化产品上下功夫，不断推出私人定制面、小龙虾面、月子面等定制产品，还开发了杂粮飘香、麦胚、有机等9大系列400多个单品。在2015年、2017年、2018年三年的"双11"当天，想念挂面成为天猫同类产品的销量冠军。2018年，想念食品实现营业收入13亿元，其中电商营收占到了10%。

方便面

早在2002年，方便面业界"二哥"统一集团就落子新郑，筹建方便面生产基地，并于2004年顺利建成投产。2005年，业界老大康师傅也布局中原，投资4500万美元，在郑州市马寨工业区建设全方位的食品加工基地。

在康师傅、统一、今麦郎三大品牌方便面先后进驻河南之后，河南本土方便面发展态势如何？它们盘中的"蛋糕"是否会被蚕食？

据专家分析，全国方便面市场竞争已形成基本的格局，河南本土方便面知名品牌白象、天方、南街村、斯美特等都分别占有各自的份额。换句话说，在交通物流发达的当今，生产基地的布局并不是占领市场的关键因素。当然，河南招商引资的优惠政策、优质原料的保障与企业运输费用的大幅降低等因素，无疑会提升这些企业的运营效益与竞争力。对于河南本土的同类企业来说，知名品牌企业的入驻肯定会带来更大的压力，但压力并不一定是坏事。实践证明，竞争是发展的动力，会反过来激励企业加速发展。

对于河南来说，无论什么品牌，只要落户河南就算是本省企业，理应尽快融入全省的大局之中，提升河南食品加工产业的生产力。

一直在全国同行业占据重要地位的河南方便面产业，在新时期的竞争格局中，继续保持强劲势头，为河南整个食品加工业撑起了鼎立之一足。

在上世纪80年代至90年代，伴随着"脆酥香，数天方；食天方，味真香"的广告词，天方牌方便面红遍大河南北。可以说，那个年代的孩子，很多人都有对天方方便面的美好记忆：天方方便面是孩子们上好的零食，因此是舍不得煮着吃的，而是先把方便面就包弄碎，或以拳头捶之，或折来折去，再加上一阵揉搓，然后才撕开包装，把料包打开撒在碎面上，最后一点一点地捏着吃，嚼起来脆脆的，咸的、麻的、辣的、香的等味道便在嘴里弥散开来——这种享受，非亲自品尝不能体会。

天方方便面是1986年由郑州市回族利民食品厂研发生产的。产品上市之初，天方那条堪称经典的广告便以高密度的频率在各大电视台轮番轰炸，很快在国人大脑中留下了深刻的印记，一想到方便面就是天方牌，堪称方便面的第一品牌。尤其是中小学生，书包里装的零食，很多时候就是一包天方方便面。

后来，天方又推出了单块包装的麻辣快食面，成为逢年过节农村很多人走亲访友的礼品。现在，在河南很多农村，结婚、生子给客人的"回礼"，依然是一箱天方方便面。

90年代之后，随着市场经济的深化，全国各地的方便面厂如雨后春笋般冒出来，康师傅、统一等各种品牌，袋装、桶装、杯装等各样包装的方便面占领了各大商场货架，从大型零售超市到街头的小商铺，都会把它们摆在显眼的位置。

在激烈的竞争中，一些基础薄弱或应对不积极的方便面厂被市场淘汰，而天方于不变中求变，在守住自身市场定位的基础上，不断推出新品种，尝试新领域，拓展产业链，几十年来一直立于不败之地。

2009年，天方已拥有16条国内先进的方便面生产线和1条业界最大、班产25万包方便面的生产线。凭借设备技术优势，天方立足河南，坚持一贯的"脆酥香"独特风格，围绕市场需求开发新产品，陆续推出五合一家庭经济型、精装大众型、桶装高档型三个系列，高、中、低三个档次。为了满足不同消费者不同口味的需要，它们在产品上做足了功课，推出国色天椒、鸡蛋拉面、天方小王子、天方童乐系列、绿豆面等几十种口味的产品。

如今，天方方便面占领了以河南为中心，东至山东、江苏，西至山西、陕西、甘肃、宁夏，南至湖北、安徽，北至辽宁、内蒙古等全国20多个省区100多个城市和地区的市场，并出口俄罗斯等国家，成为清真方便食品中的佼佼者。

根据河南统计数据，天方方便面2017年在河南市场的份额达19.9%，排名第一，在国内同类产品中的地位也名列前茅。除了方便面，天方还是速冻水饺、汤圆、丸子、调味酱、纯净水的国家定点清真企业，拥有国际先进的双螺旋速冻生产线1条，年生产能力18万吨。

上世纪90年代火爆天下的北京方便面，并不产自北京，而是距北京千里之外的河南漯河临颍县城关镇南街村，是地地道道的河南本土方便面。在改革开放之后全国农村都实行家庭联产承包责任制的大气候下，南街村于1984年重返集体化经济，发展村办企业，并以此闻名全国。

南街村方便面厂因为最早与北京劲松糕点厂合作，为了表示与对方长期合作的意愿和尊重，就以"北京"冠名，并成为彼时区别于其他方便面的特定的文化符号。

1993年起步的南街村方便面厂是南街村的支柱企业，如今已成为日产方便面220多吨、全国主要的方便面生产基地之一，产品有麻辣、鸡汁、牛肉、红烧、骨香等30多个品种、100多个口味，在全国30多个省（自治区、直辖市）均有市场，并出口东南亚各国及俄罗斯等国家，市场占有率在全国同行业中稳居前列。

在河南方便面的军团里，白象方便面一直是"大哥大"，是规模最大、产值最高、销量最大、企业综合实力最强的大型食品集团。2004年，白象方便面产量达50亿包，市场占有率在全国方便面行业稍逊于康师傅、统一，排名第三，此后多年保持全国业界前三的位置，成为全国叫得响的名牌。

白象集团是全国农业产业化国家重点龙头企业，除了生产方便面，还有面粉、挂面、粉丝、面点、饮料等产品。2000年，白象集团已成长为全国粮食系统最大的制造企业。

2011年4月12日，白象方便面总产量突破500亿包。这意味着白象已跻身世界方便面第一阵营，成为中国最大的民族方便面生产企业。当年9月，白象投资15亿元，白象食品工业园项目正式落户河北省高碑店市。

2012年，白象集团又站到了一个新的起点——正式成为世界方便面协会理事单位。

白象集团一直围绕面粉上下游产业运营，近年来又开始从产业源头抓起，在商丘、新郑等地建设了100万亩的绿色优质小麦种植基地。同时，还在新郑、湖南岳阳、山西晋中、山东兖州、河北高碑店、江苏南京、吉林四平、陕西三原、四川成都等地建起了9个方便面生产基地，拥有国内一流的方便面生产线90条，年产方便面60亿包左右。另外还有1个面粉厂、1个挂面厂和2个调味料公司等，平均每天消化小麦3000吨，相当于一个专列的装载量、5个行政村一年的产量，折合成方便面就是2000万包。

白象集团建在商丘市梁园区的面粉生产企业，日处理小麦达1000吨，产品有面条粉、饺子粉、油条粉、特一粉、标准粉、高筋粉和系列方便面专用粉等不同系列数十个品种。

河南本土的方便面品牌还有很多，影响较大的有思圆（郑州斯美特）、科迪（商丘市科迪集团）、国华（郑州国华食品）、韩道（新乡亚特兰食品）、豫竹（焦作方便面厂）等。

河南方便面起步之时，中高端市场大多已被康师傅、统一等品牌占据。在这个阶段，河南方便面主要是低档产品，市场定位也以农村为主。但河南方便面的发展势头一直很好，在相当长的时期内，河南方便面在本省的市场份额占有率高达80%以上。随着不断地发展壮大，河南方便面在全国的地位越来越重要，中高档产品也不断抢占国内、国际市场。

根据中商产业研究院数据，2017年河南方便面产量达421.97万吨，占全国总量的38%以上，在全国各省排名第一。2013—2017年，我国方便面产量已连续5年保持在1000万吨以上，2017年全国总产达到1103.2万吨。

永城的"白色经济"

2019年8月10日，我们来到了位于豫、鲁、苏、皖四省交界处的永城市。去之前了解到，他们正在筹备10天之后在这里召开的"中国小麦粉品牌强农论坛暨品牌集群成立大会"。这个大会将联合全国著名面粉企业成立中国小麦粉品牌集群，也为永城推动面粉食品产业高质量发展吹响"集结号"。

永城市委宣传部张副部长带我们走进经济技术开发区的食品产业园，参观走访了几家面粉、食品加工企业。

在河南华星粉业自动化生产包装车间，我们看到整个一层楼只有一个人在操控。在操控台前，工作人员告诉我们，这里不仅可以控制车间的生产设备、还原产品全生命周期质量溯源体系，还可以采集小麦从种植到加工每一个环节的数据信息及影像资料，记录全部生产过程。

张副部长说，华星粉业拥有优质强筋小麦和富硒小麦试验种植基地3万亩，优质小麦种植基地3万亩，优质小麦订单20多万亩。基地以高出市场10%以上的价格收购订单小麦，不光能保证优质面粉原粮的品质，还能让种植户每亩地增收120元。

我们走进麦客多食品生产车间的时候，烤制面包、蛋糕、薯片等食品混合着面粉、奶油、红薯的香甜扑面而来，让人禁不住产生食欲，满口生津。

工作人员介绍，这是国内一流的标准化生产车间，采用世界顶级的意大利COMAS公司的设备，整个生产全程自动化、透明化、万级空气净化和无菌化。

麦客多食品是汇丰集团的全资子公司，目前完成了投资1700万元的智能化改造，用工由原来的 110 人减到了 50 人，不仅缓解了劳动力短缺的压力，还减少了用工成本，提高了效益。

张副部长则形象地为我们介绍了汇丰集团如何把一粒强筋小麦"吃干榨净"、提高加工附加值的程序：第一道，提取 8% 生产高档速冻饺子粉；第二道，提取 51% 生产手撕面包专用粉；第三道，提取 5% 的沙琪玛专用粉；第四道，提取麦胚，用于生产蛋糕干。剩下的麸皮用来生产杂粮饼干。

经过这样精细化的分解加工，小麦附加值要比常规生产普通面粉增加数十倍。麦客多食品自 2013 年创建以来，一直致力于产品的研发和技术创新，不断优化产品结构，目前每月消耗自产面粉 4000 多吨，占集团月面粉产量的 7%，产品毛利率在 37% 以上，2018 年实现销售收入 1.8 亿元。它们的几款主要产品已成为同行业的知名品牌，在市场上很走俏。

张副部长说，汇丰集团就是永城从"中国面粉城"向"中国食品城"转变的一个缩影。通过政策引导与扶持，永城市一大批面粉企业已经完成了"从面到食"的跨越，实现了产业转型升级，避免了行业同质化、产能过剩的局面，不断做大做强。

真是不看不知道，一看吓一跳。以前只知道永城是商丘市代管的一个县级市，以"黑白经济"（"黑"是煤炭，"白"是面粉加工）而闻名，真想不到这里的面粉产业在全国有着如此重要的地位，不仅带动了食品加工业的比翼齐飞，还拉长了小麦深加工上下游的产业链条，目前拥有规模以上食品企业 83 家，占全市规模以上企业总数的 40%，从业人员 2 万余人。

事前搜集了一些永城的资料，但张副部长的介绍还是远远超出了我们掌握的情况。比如，2005 年，国家质检总局审批的全国第一家"面粉质量检测中心"就落户永城，确立了永城面粉在全国的权威地位。再如，2009 年永城即进入全国县域经济基本竞争力百强县（市），成为河南省当年上榜的 8 个县（市）之一；永城是全国县域内规模最大的面粉生产加工基地，小麦年加工能力达 87.2 亿斤，产品畅销全国 31 个省（自治区、直辖市），并进入东南亚市场；等等。

张副部长是20多年的"老新闻"，国家、省、市媒体上很多关于永城的新闻稿件都是他撰写的。他对永城各行各业的情况可以说了如指掌。他说，永城面粉、食品产业的崛起，与当地的粮食生产分不开。

长期以来，粮食生产就是永城的一张"王牌"，在河南乃至全国占有举足轻重的地位，连续多年荣获"全国粮食生产先进县（市）"，后来又成为全国主要的优质小麦生产基地，小麦种植面积常年稳定在170万亩左右，年产小麦达18亿斤。尤其是近年来推广优质小麦种植，永城市实施"3030"工程，即建立30万亩强筋优质专用小麦生产基地、30万亩富硒优质小麦生产基地，并以政策奖励和补贴、优质优价等形式，鼓励农民种植优质小麦，逐步实现优质小麦种植全覆盖。

根据张副部长的介绍，永城的面粉产业经历了几个发展阶段：

一是上世纪改革开放之初萌芽阶段。当时，各乡镇出现了众多仅有1台电机、1台磨面机的小型作坊式面粉厂。除了这些小作坊，规模最大的就是县面粉厂，还有城关镇的10多个小型面粉厂。

二是1986—1995年的自给阶段。此时，永城面粉主要满足本地自给，产品档次也不高。在这一阶段，呈现优胜劣汰的态势：一些懂经营、会管理的面粉厂雪球越滚越大，而小打小闹的"小作坊"逐渐退出市场。

三是1996—2005年的发展壮大阶段。1996年，永城撤县设市，经济建设进入跨越式发展时期，不少具有相当规模的面粉加工企业开始向全国同行先进企业学习，引进了一批全国乃至世界一流的先进生产设备与专业人才，涌现出日处理小麦100吨以上的面粉企业20多家，并开始生产、研发精粉、专用粉等新产品，面粉质量和档次也大大提升，实现了既有总量又有精品、既有规模又有"龙头"的大跨越发展。面粉加工也成为永城经济发展的重要支柱产业。此阶段，永城面粉大量销往省外，为打造品牌做好了准备。

2005年之后，永城面粉加工产业驶入发展的"高速路"，进入塑造品牌、抢占市场高地的阶段。这年10月，永城市获得了中国食品工业协会授予的"中国面粉城"称号，确立了永城面粉在全国的重要地位。2005—2018年，永城市连续举办了九届中国（永城）面粉食品博览会，使其成为永城在国内外扩大知名度和影响力的"黄金名片"。同时，经国家相关部门批准，永城建成了"中国面粉质量检测研发中心""中国现代谷物研究院"，这使永城面粉食品行业在全国的权威地位更加稳固。

"当然，永城面粉产业也遭遇过'寒冬'期，经历过艰难的'生死涅槃'。"张副部长大概是觉得一直说永城取得的成就有点平淡，突然话锋一转，聊起了永城面粉产业历经的"磨难"。

2012年前后，产品与市场脱节导致的产品过剩、效益低下，使全国面粉加工企业陷入困局。永城也不例外，产品滞销带来的效益、资金等问题成为永城市100多家面粉企业共同的魔咒。

永城面粉业崛起的过程中，河南、全国的面粉产业也在迅猛发展，竞争日益加剧，尤其是面粉企业争夺粮源的局势愈演愈烈。

永城面粉产业自然也受到了强烈的冲击。永城绝大多数面粉企业规模都比较小，在这场拼资金、拼技术、拼综合实力的竞争中根本无法取胜。

如何破解困局？永城市在深入调研、分析论证后，与企业一起寻求蝶变之路。最终，政府与企业达成共识：走"兼并重组"的发展之路，鼓励实力强的企业兼并重组生产规模小、竞争力弱的小型面粉加工企业，集中力量壮大发展具有抗拒市场风险能力的龙头企业。

在这个炼狱般的整合过程中，永城面粉产业完成了从"小规模"到"大龙头"的嬗变，河南华星、河南三顺、河南汇丰、河南远征、河南金源等永城五大面粉集团应运而生，并很快实现转型升级、技术改造，步入了面粉、食品产业规模化、集约化、品牌化的发展快车道。

在实现"产粮不卖粮"的基础上，永城开始朝着"产面不卖面"的目标努力。经过多年的发展，"中国面粉城"已完成了向"中国食品城"的转变，食品产业已经形成了四大优势产业群：以汇丰面粉、华星面粉、华冠面粉、金源面粉、鑫麦园粉业等企业为主的小麦加工优势产业群，以华星宫川、麦客多、鑫鼎、卢师傅、蕾薇等企业为主的挂面、鲜湿面、馒头、休闲食品、功能食品、烘焙食品等中高端食品加工优势产业群，以众品食业、台湾正源食品等企业为龙头的屠宰、肉制品加工、熟肉制品优势产业群，以皇沟集团、鹿鸣生物科技为龙头的酒类制品优势产业群。

2015年，永城市面粉加工企业五大集团年产面粉300万吨，当年获得"中国食品工业强市"称号。

2016年3月，永城五大面粉集团迎来了面粉食品产业发展新的"春天"，国务院在永城市启动促进面粉食品产业健康发展试点。这对永城来说，又是一个千载难逢的历史机遇。

这一年，永城面粉年产量达515万吨，同比增长12.9%。

2018年，永城市食品工业企业完成总产值264亿元，增长14.5%；完成增加值47.5亿元，增长14%。2018年，永城市荣获"中国好粮油行动计划河南省示范市"。

速冻食品的三全热

1989年，我国改革开放走过10余年的历程，市场经济的大潮已成汹涌之势，早期人们"试水"式的小心翼翼被涤清荡尽，经商的热情史无前例地在社会流行。而当时"脑体倒挂"现象非常突出，在商品经济复苏的背景下，不少体制内的精英不甘于现状，大胆跳出体制"下海"一展身手。于是，"下海"成为一股不可阻挡的历史洪流。

这一年，46岁的外科医生陈泽民在郑州市第二人民医院副院长的任上已经有5个年头，因为妻子没工作，靠他一个人的工资已不能满足家庭的支出。为了贴补家用，颇具经济头脑的他帮助妻子在郑州中州商场开了一家冷饮部。没有资金，找朋友借来1.5万元。现成的设备太贵，自己动手制造。成功修好过X光机、仿制过洗衣机的陈泽民发挥机械维修制造特长，借来工具，买来材料，利用一个多月的业余时间紧赶慢赶，使陈氏软质冰淇淋机终于完美竣工，总造价1.2万元。剩下的3000元就是流动资金了。郑州市第一家利用自制设备制作、批发夹心冰淇淋的冷饮部就如此悄然诞生了。彼时，边上班边经营的陈泽民当然不会想到这个屈居商场一隅的冷饮店，日后会成为闻名全国、出口创汇的全国速冻食品界一号巨头。

冷饮部的名称，陈泽民是做了深入思考的。这时候，距开启历史新时期的十一届三中全会已超过 10 年，他觉得国家允许个体经营、鼓励人民致富，依然是改革开放带来的福祉。于是，他的冷饮部便以三中全会的简称"三全"冠名——这就是三全食品股份有限公司的前身。

毕业于豫北医专（今新乡医学院）的陈泽民曾在四川工作过十几年，他和妻子在那里学会了做汤圆这种南方特色食品。陈泽民调回郑州后，每逢年节夫妻俩都会做些汤圆送给亲戚朋友。他们的冷饮部第一年经营得风生水起，还清外债后还有了一些积蓄，但过了 10 月，冷饮进入淡季，几十号工人便没活干了，设备也闲置在那里。

一天，满心思都在为冷饮部工人冬季寻找出路的陈泽民突然来了灵感：受东北人冬天把吃不完的饺子放到室外冻藏的启发，他产生了利用现有设备把汤圆冷冻后售卖的想法。这个得来毫不费功夫的创意，让他兴奋得夜不能寐。

一向行动力超强的陈泽民，从原料配方、制作工艺、单粒重量、包装设计到营养卫生和生产搬运等各个方面，拿出了一整套流程方案，并立即投入到试验之中——3 个月后，中国第一颗速冻汤圆在三全冷饮部面世。同时，他还申报了速冻汤圆生产发明专利和外形包装专利。

陈泽民何曾想到，这颗小小的汤圆，日后不仅为他带来了数以亿计的财富，还使郑州发展成为全国最大的速冻食品生产基地，更为我国开创了一个上百亿的产业。而速冻食品的兴起，也为国人餐桌带来了前所未有的"革命"。

陈泽民很清楚，速冻汤圆是一种对传统饮食的创新，不仅可以解决食材保鲜、保质期的问题，还可以让汤圆卖到更远的地方。冥冥之中，他感觉到这个对国人来说的新领域，将是改变他命运的一项长期事业。

1990年下半年，陈泽民看了中央电视台热播的8集电视剧《凌汤圆》，再次灵光闪现，立即想到了把自己刚刚研制的速冻汤圆取名为"三全凌汤圆"，并在第一时间申请注册了"凌""三全凌""三全"等3个商标。

这时候，陈泽民还没有专门的速冻汤圆生产线，也就是说规模生产还没有着落。买一套德国制造的速冻双螺旋隧道，需要上千万资金。1000万，对当时的陈泽民来说无疑是个天文数字，他根本筹不到这么多钱。怎么办？跟上次一样，自己动手制造。

陈泽民经过仔细测算，花了30万元，买来无缝钢管、涡轮风机、铁皮等材料，组装成一个速冻冷库，然后在速冻冷库里装上传送带，日产30吨的生产线就这样做成了——陈泽民再开先河，发明了我国第一条速冻汤圆生产线。这也标志着"三全凌汤圆"正式走上工业化生产的轨道。

对速冻汤圆这个独一无二的产品，市场最初的反应是淡定的，因为营销跟不上，它还"藏在深闺无人识"。

年近半百的陈泽民，下了班不得不蹬着三轮车，拉着燃气灶和锅碗瓢盆推销产品，一家一家副食品商店地跑，现场煮汤圆让人家品尝，但效果甚微。

1989年5月，郑州市二七塔周边的商业区因为亚细亚的进驻，一夜之间打破了以往华联、商城、人民、德化等四大国有商场"同在一屋檐下"的和平共处格局，二七区域商业竞争进入战国时代，一场持续近10年、闻名全国的"郑州商战"由此打响。竞争的洪流"洗劫"了旧的商业体制，也催生了新一代商业模式，形成了郑州现代商业第一个中心——二七商圈。

1990年12月底，陈泽民拉着速冻汤圆来到二七商圈一家很有名气的副食品商场，负责人在品尝了"三全凌汤圆"后，漫不经心地答应他送两箱试试。接下来，他连续走进附近几家大商场，均得到了愿意试销的回应。

陈泽民喜出望外，立即安排送货。不管怎么样，速冻汤圆摆在商场了，下边就看郑州市民愿不愿意掏腰包了。夜里，他彻夜难眠，为自己产品不确定的命运而不安。一会儿他信心百倍，断定市民们会喜欢，甚至想象着一箱箱速冻汤圆被抢买一空的场面，脸上不禁有了一丝笑意。可很快他脸上的笑意又凝固了，郑州北方人居多，而汤圆是南方的甜食，一贯以面食为主的人们会喜欢这颗包着甜香馅料的糯米团吗？如此一想，惆怅如无边的黑夜在心中蔓延……

次日，他在办公室忙于工作，暂时把销售汤圆的事情置于脑后。未到下班，传来消息，放在几家商场的速冻汤圆均被卖空，让赶快补货，并希望他能长期供货。

出乎意料地顺利，速冻汤圆在郑州迅速打开市场。这也让陈泽民发现了家用冰箱普及后所蕴藏的巨大速冻食品商机。

这年春节前，陈泽民去北京开会。他带着速冻汤圆模型去了西单副食商场，负责人听了介绍，当即同意进2吨试销。结果会还没开完，商场就电话通知他货已售完，再以最快的速度送来5吨。速冻汤圆成功进入北京市民厨房。

随后，三全速冻汤圆迅速在西安、太原、沈阳、济南、上海等城市建立起销售网络，以甜美的香气强势登上餐桌，引领城市饮食新时尚。

1992年1月，邓小平同志视察南方并发表讲话，随后召开了党的十四大，确立了社会主义市场经济体制的改革目标。这一年5月，陈泽民终于卸下思想包袱，正式辞职下海，专心经营速冻汤圆。

1993年，郑州市三全食品厂正式成立，知天命之年的陈泽民任厂长。"三全凌汤圆"走出小作坊，三全新建车间投入使用，速冻汤圆开始了规模化生产，日产超过30吨。不足一年，"三全凌汤圆"品牌就叫响全国。我国速冻食品产业的新纪元由此开启。

这一年，三全开始试产速冻水饺。

1994年，三全速冻汤圆俏销全国，开始进入寻常人家的厨房，产品供不应求。陈泽民果断决策：食品厂进行扩建，斥巨资引进当时国内最早的汤圆机械化生产设备。

1995年前后，因市场走俏，三全速冻汤圆在全国各地被很多企业大量仿制。彼时，陈泽民以包容大度的胸怀，放弃了对同行侵权行为的追究。他认为，我国的速冻食品业正处于起步阶段，仅靠一个三全根本无法满足巨大的市场需求。海外的速冻食品工业比我国先进得多，你挡住了国内的同行，却挡不住外国巨头登陆上岸，与其让海外企业进驻，倒不如和本土同行齐心协力，把市场迅速做大，在较短的时间内，形成有一定抵抗力的民族速冻产业。再者，打官司太耗费时间和精力了，得不偿失，不如把精力放在提高产品质量和新产品研发上。

就在这一年，我国第一粒速冻粽子在三全诞生，并逐渐成为继汤圆之后速冻食品业又一支柱性产品。

在创业之初三四年中，三全只有汤圆这一种产品，虽然品种开发了十几个，三全人也努力把这个"节日食品"做成"日常食品"，但每年春节和元宵节销售高峰过后，汤圆便进入淡季。这种由高峰到淡季的转变速度太快，造成了设备闲置浪费。因此，河南速冻企业一直在寻找能与汤圆有互补性的拳头产品来填补这一阶段性销售空白。

粽子是一种传统食品，主要在端午节前后销售，与汤圆的销售旺季正好互补，而且粽子消费正由端午节向日常波及。因此，粽子具有成为速冻产品中一个独立品种的要素。

1998年，三全经过搬迁扩建，成为全国最大的速冻食品生产基地，三全速冻水饺跨入规模化生产阶段。

1999年，三全引进200余台速冻汤圆生产机械，这标志着河南乃至全国速冻汤圆进入大规模的机械化、自动化生产时期。

2002年，三全公司建成了国内最大的速冻水饺生产车间，并在同行业中率先走出国门，出口到加拿大，河南冷冻食品开始抢占外国人的餐桌。

这年9月，郑州市食品工程技术研究中心在三全成立，成为郑州冷冻行业标准的制订者。至年底，三全公司被中国食品工业协会评为"全国食品工业优秀龙头食品企业"。

2004年，三全引进国标最先进的常温食品生产线，当年实现销售收入15亿元人民币。

2005年4月，三全被农业部、财政部等九部委联合认定为"农业产业化国家重点龙头企业"。

2006年6月，三全通过国家审核批准设立博士后科研工作站，也是本行业唯一一家拥有博士后科研工作站的企业。

2007年5月，三全生产的速冻"常温微波方便米饭"首次向英国出口。当年，三全全年总产能达14.6万吨（含外协厂商产能4.7万吨）。

2008年，是三全发展的里程碑：2月20日，三全股份在深圳证券交易所上市；9月，胡锦涛同志视察三全公司；10月，全国米面食品标准化技术委员会速冻米面食品分技术委员会秘书处落地三全，三全主持起草的速冻饺子国家标准通过专家审定成为全国行业国标。

这一年，三全生产的状元水饺还被端上了"神七"团队餐桌，"常温方便米饭系列产品"获得年度"中国食品科学技术学会科技创新奖"新产品创新一等奖。

2009年，66岁的陈泽民卸任董事长，交棒此前任总裁的长子陈南，次子陈希接任总裁。

2010年，走过20年的三全，对多样性的市场变化重新进行研究分析，把原来"中国速冻食品专家"定位改为"做餐桌美食供应商的领导者"，开始了从制作企业向制造服务型企业的转型。

2012年，三全实现销售收入26.8亿元，国内市场占有率超过27%。

2013年，三全收购了老对手、台湾第一大速冻巨头龙凤食品的全部股权，市场占有率直逼整体市场的三分之一。这年10月，三全市值超过100亿元，在福布斯中国富豪榜上，陈泽民登上了河南首富的宝座。

近几年，三全开始牵手百胜餐饮、海底捞、巴奴、呷哺呷哺、永和大王、真功夫、华住酒店、康帕斯、索迪斯等国际、国内一线餐饮品牌连锁商，合作开拓餐饮业务板块，并得以快速发展。2018年，三全餐饮板块收入增长达44%。

如今，三全依托产品、品牌、渠道等优势，逐步形成了产、学、研为一体的新产品研发体系和强大的生产能力，拥有行业内唯一一家国家级企业技术中心，在全国设有35个分公司、办事处及分厂，员工超过2万人，产品出口北美洲、欧洲、澳洲和亚洲的10多个国家和地区，销量多年排名国内行业第一，成为名副其实的冷冻食品行业领航者。2018年，三全营收达到55.39亿元。

河南速冻食品产业在三全的引领下传奇般崛起，目前已成长起来思念、科迪、云鹤、四季胖哥、名珍、蒲北等多家知名代表企业，形成了60多家规模企业联手的产销集群，产品种类400多种，国内市场占有率不低于六成，多家企业都实现了产品出口，真正实现了遍布世界。2018年，河南省速冻食品销售收入达到408.84亿元，占到全国速冻食品业总收入的36%。

人们也许不会把平时在肯德基吃的油条，在必胜客吃的披萨、在味千吃的拉面、在呷哺呷哺吃的牛肉等与速冻食品联系在一起。而事实上，其中有相当一部分都是来自河南的速冻食品。早餐店的手抓饼、包子、芝麻球、菜角和糖糕，也有不少是产自河南的卫生、方便、快捷的速冻食品。

"思念"

2019年10月11日，新华网发布消息：思念食品获美国开市客"入场券"——思念食品建在美国的工厂再次顺利通过SQF食品安全与质量认证年审，并通过新版食品安全品质标准8.0认证，正式拿到全球仓储式商业巨头、美国最大的连锁会员制仓储量贩店开市客的入场券。

SQF（Safe Quality Food）认证标准是国际公认的独立食品安全标准，新版食品安全品质标准8.0是食品供应商升级版安全及品质要求标准。美方审核人员根据SQF管理体系政策法规、GMP管理、卫生SSOP管理、食品安全管理责任等有关要求，对思念产品质量进行了严格细致的审查，历时45天。思念能顺利通过认证，标志着思念食品今后在美国市场将会更加活跃，也是继在美国本土建厂后，思念食品对其主流市场的进一步渗透。

经过对国际市场十几年的耕耘，思念食品已占据了出口速冻米面类制品品牌市场份额第一，成为远销海外的中华文化名片。

思念创始人李伟在三全创始人陈泽民面前是地地道道的晚辈，但他走上速冻食品这个行业的路子，几乎与陈泽民的轨迹一样：1996年，李伟拿到了和路雪冰淇淋河南总代理，并成功获得了创业的第一桶金。但他与三全冷饮部最初面临的问题一样，天凉之后进入淡季，不仅工人无事可做，和路雪为他配备的5辆冷冻车、建成的1000多立方米冷库等资源全被闲置。

1997年，三全已成为闻名全国的速冻食品大鳄，产值突破亿元大关，还带动了一批速冻食品产业上下游企业的发展。记者出身的李伟曾关注过三全的生产经营，也多次听说过陈泽民传奇的创业故事，对这位前辈敬重有加，而他与陈泽民的长子陈南又是好朋友，生产速冻汤圆可谓是水到渠成的事情。

这一年6月，在同一条街上、三全食品厂的斜对面，李伟"复制"的速冻食品厂建成挂牌。此时的三全，新厂区的扩建正在如火如荼地进行。

汤圆、水饺、粽子等食品均是中华民族传统节日、家人团圆等文化的情感寄托，又时逢香港回归，充满文化情怀的李伟，经过反复思考提炼，最后为自己的企业取名"思念"，并以此作为产品商标。在几年之后，思念成为一度挑战三全行业地位的主要竞争对手，郑州速冻行业进入"双雄"并存时代。

1998年元宵节前，正是汤圆销售的黄金季节，思念的汤圆却无人问津，冷库的汤圆存量已经达到数百吨——因为没有名气，产品根本卖不动。马路斜对面的三全大门口，等候拉货的车队排了一两公里。李伟得知，客户不仅要现款提货,还要排队等货。即使三全加班加点,开足马力生产,仍然有不少客户提不到货。

既然三全的产品供不应求,那就想办法把那些在三全拿不到货的客户拉过来吧。李伟经过一番思量,与管理团队合计之后,决定"虎口夺食":思念销售人员到客户住的宾馆去游说,告诉客户思念有货,价格便宜,还可以赊账。既然三全供不了货,不如去思念拉点试试,总不能空车而归吧?

李伟清楚,仅靠三全的生产能力,根本填补不了市场缺口。正是基于这一点,只要能说动一些客户,他们一旦接受思念的产品,后面自然就有"戏"了。

果不其然,有些客户早就等不及了,心急如焚又不甘心空手而归,正在犯愁,思念的来访很有点雪中送炭的意味。有的客户很痛快地同意进点货试试,也有的客户担心不是名牌产品卖不动,还担心产品质量。但经过耐心"动员",即使这次没有拉思念的货,也为日后的合作做了铺垫。

这场靠游说拉客户的销售之战大获全胜,之后顺风顺水,思念很快成为与三全不相上下的品牌企业。

1998年5月,思念在《大河报》刊登了一个整版的"寻人启事":

谁是最会做汤圆的人,我们给他50万元!

这则招聘启事引起了很多人关注,当然也吸引了很多业内人士加盟思念,包括郑荣速冻食品厂厂长李晋洲等一批业内精英。

李伟策划的这次不同寻常的招聘之举,不仅让思念收获了高层专业管理人才,也在业界引起轰动,思念的名声不胫而走。包括陈泽民在内的速冻业企业家,开始对思念刮目相看,其"江湖地位"也日益见涨。

李晋洲等人的引进,为思念带来了勃勃生机:他们开始对思念产品结构进行调整,在国内率先推出了重仅10克的玉珍珠、黑珍珠系列小汤圆,打破了多年来30克大汤圆一统天下的局面。思念"由大变小、改粗为细"的新产品在全国迅速走红,出现了他们曾经羡慕的像三全大门口排长队拉货的良好销售势头。

1999年，思念销售额达到8000多万元，实现利润2000余万元，思念真正站稳了脚跟。

随后，思念继续在新产品开发上下功夫，把汤圆做得更小，比豌豆粒还小、重量只有3.5克的小小珍珠系列汤圆甫一上市，就受到了消费者的热捧，很多城市刮起了"抢购风"。紧接着，思念又根据北宋东京名吃——开封"第一楼"灌汤包的特色工艺，研发出全国首创的灌汤水饺。新产品一亮相，便被人们喜爱，迅速占领全国各地餐桌，为思念赢得了"中国速冻饺子大王"美誉。

到2001年，仅仅4年的时间里，思念的产品已超过200个品种，在国内占据了20%以上的市场份额，成了速冻食品界脱颖而出的一匹黑马，登上了河南速冻食品的第二把交椅。

此时，33岁的李伟雄心勃勃，提出"三年之内赶超三全"的豪言。占据多种优势的三全并未把迅猛追赶的思念当成"敌人"，而是稳扎稳打，开发出更多人们喜欢的新产品。

于是，三全、思念在产品创新上你追我赶，新产品又催生新的市场领域，实现了有序竞争、互相促进的双赢局面，彼此之间也赢得了对方发自内心的尊重——上千年"同行是冤家"的老规矩被打破，双方掌门人成为好朋友。而且，三全、思念多方位合作，组成采购联盟降低采购成本，形成合力博弈商超，共同进退。2001年，为打入一直被龙凤、海霸王占领的上海市场，三全、思念联手在上海市场推出散装速冻食品，一起采取降价策略，成功登陆上海市场。

2002年4月，思念食品与世界500强中排名第一的全球零售业巨头沃尔玛签订贴牌生产全球供货协议，吹响了向海外市场进军的号角，陆续打开了美国、加拿大、英国、日本等40多个国家和地区的市场大门。

2003年3月，思念控股笑脸食品，实现了产业规模的扩张。就在这一年，思念成立了独立的上市办公室。2006年8月21日，思念在新加坡证券交易所挂牌上市。

2007年4月，思念被国家八部委评定为"农业产业化国家重点龙头企业"。

2008年，思念成为北京奥运会速冻包馅食品独家供应商。

2017年，思念进军美国速冻市场首战告捷，在洛杉矶的工厂建成投产，并依次拿到美国食品药品监督管理局（FDA）"绿名单"、全品类产品英国零售商协会（BRC）认证、SQF（食品安全质量）高等级认证，并通过了FDA飞行检查。

2018年12月24日，"千味央厨获京东、绝味食品战略投资"说明会透露，此轮融资完成后，有"河南后厨"之称的千味央厨将揭下思念的标签独立运营。而思念也将完成"去李伟"化——李伟彻底脱离思念，成为千味央厨的第一大股东（持股62.5%）。

有人将千味央厨比作餐饮界的富士康，是因为它不仅以代加工半成品与国内外知名企业合作，而且走过了与富士康基本一样的振兴之路。

成立于1990年的真功夫餐饮，一直致力于中式快餐标准化生产的运作，2000年建起了可容纳400间餐厅运作的大型后勤中心，开创了国内餐饮界中央厨房应用的先河。伴随着以冷藏车配送菜品、全部直营店实行统一采购和配送的中央厨房兴起，我国餐饮业迎来了一场既能大大降低成本又能保障餐桌安全的大变革。尤其是面临人工、房租等成本提升及国家对食品安全监督处罚力度的加大，向速冻食品企业采购成品、半成品成为餐饮企业的最佳选择。

基于这种市场变化，思念于2003年就针对餐饮市场专门成立了研发此类产品的部门，提前布局，抢占先机。

2008年，思念油条在肯德基闪亮登场，以火爆之势引燃国内市场。而后，思念产品餐饮渠道的销售额猛增，为企业谋求了新的经济增长点。

2012年，思念专供餐饮渠道的产品年销售额突破1亿元，千味央厨瓜熟蒂落。

成立之初，千味央厨便独立运营。作为专门服务于餐饮企业的速冻食材生产企业，因为市场空间巨大，千味央厨很快成为行业的领头羊。

2013年以后，使用速冻成品和半成品的餐饮企业越来越多，需求量越来越大。

千味央厨的合作伙伴，包括肯德基、必胜客、麦当劳、真功夫、德克士等连锁餐饮企业，锦江之星、如家酒店、莫泰168等连锁酒店，富士康、航空餐、高速公路服务区等大型企业团膳食堂，还有服务全国区域性餐饮酒店的配送商等。

千味央厨的产品包括为宾馆、饭店供应的芝麻球、春卷、油条、云吞、汤圆、水饺等在内，已有100多个单品。这样的定位已超越了中央厨房的概念，更接近于餐企的中央工厂。

工厂的特点是标准化，千味央厨实现的就是中式传统食品的标准化，这样的"超级后厨"在庞大的餐饮市场中占据的地位无疑会越来越重要。

千味央厨2017年销售额达6.1亿元，2018年实现营收7.26亿元。

与千味央厨"分家"后的思念，发展依然呈上升态势，2018年实现营业收入69.4亿元。2019年，思念食品通过英国零售商协会复审升为A级，再次被沃尔玛评为当年度中国最佳战略伙伴。

"六畜"之首

从以采集野果和狩猎获取食物的原始社会起，人类获取动物性食物的能力就远低于获取植物性食物的能力。即使人们在生产活动中逐步学会了种植作物和驯养动物，猪、鸡、马、牛、羊、犬等"六畜"开始被豢养，在人类的食物中肉类仍然少于植物类。随着人类由生食向熟食过渡，炊具和制作食物手段日益多样化，无论是口感还是营养，肉类都要比谷类、蔬菜、水果等主要食物高一等。在古代至20世纪前半叶的数千年，肉类都被认为是更高级的食物，有着特殊的地位，始终被当作珍贵的"副食"。尤其是对于因贫穷、缺粮而处在饥饿状态的人们来说，吃肉几乎成为遥不可及的奢望。

在我国漫长的历史中，肉曾经是王孙贵族的专用品，平民百姓的餐桌上很难见到。吃肉成为身份的象征，成为美好生活的代名词。

我国对猪和猪肉的重视程度，是世界上其他国家不可比拟的。从"家"字的组合来看，"宀"代表房子，"豕"就是猪，"豕居之圈曰家"。这说明最初猪是养在室内的，而且人们认为没有猪就不成家。河南安阳殷墟出土的甲骨文中，就有"豕"的象形字，而且还有阉猪的记载。

《诗经》中不乏写到猪的诗句。《大雅·公刘》中写道："执豕于牢，酌之用匏。"（从圈里把猪捉到宰杀了做佳肴，再用匏爵酌满美酒）《豳风·七月》中则有"言私其豵，献豜于公"的句子，豵即一岁的小猪，豜是三岁的大猪，意思是小猪自己留下，把大猪献给王公。可见猪肉在当时是上乘的美食。

我们的祖先开始定居生活之后，能够猎到的野生动物越来越少，养猪无疑能为人们提供更多的肉食。所以人们驯养猪的主要目的是吃肉，不像驯养牛、马等动物主要是为了役力。专家推测，中原地区从距今1万年到7000年的这段时间中，猪肉的贡献率从10%增加到70%左右。

因为养猪历史悠久，我国也是世界上家猪品种最丰富的国家。在汉代，我国的优良品种华南小耳型猪就出口到古罗马帝国，罗马人用来改良本地猪进而育成了罗马猪。最闻名的种猪出口案例，是1770年前后英国人引进广东猪种，通过英国本土猪、暹罗猪杂交培育成新品种巴克夏猪，而世界分布最广的约克夏猪也是英国当地猪和含有中国血统的白色莱塞斯特猪杂交育成。我们可以自豪地说，全世界的家养猪，基本都来自中国。

新中国成立后，国家采取多种政策、措施提高人民生活水平，大力发展畜牧业，让人们的食物中有更多的肉。但那时可以用于饲料转化的粮食非常有限，全国生猪年存栏量只有6500万头左右，年出栏也就5000万头左右，全年猪肉产量400万吨左右，3项指标都不及现在河南一个省。在我国养猪事业大事记上，记录着国家为了让人民能吃上猪肉而做的努力。

1953年，我国第一座新型肉类联合加工厂——武汉肉联厂诞生。

1956年，由周泰冲等科研工作者研制成功并推广使用的猪瘟兔化弱毒疫苗，对控制我国猪瘟的流行起到了决定性作用，并在国外广泛应用。

1959年10月31日，毛泽东同志发表《关于养猪业发展的一封信》，信中写道："我建议，共产党的省委（市委、自治区党委）、地委、县委、公社党委，以及管理区、生产队、生产小队的党组织，将养猪业、养牛养羊养驴养马养鸡养鸭养鹅养兔等项事业，认真地考虑、研究、计划和采取具体措施，并且组织一个畜牧业家禽业的委员会或者小组，以三人、五人至九人组成，以一位对于此事有干劲、有脑筋而又善于办事的同志充当委员会或小组的领导责任。"毛泽东同志还在信中提出，"有人建议把猪升到六畜之首，不是'马、牛、羊、鸡、犬、豕（豕即猪）'，而是'猪、牛、羊、马、鸡、犬'。我举双手赞成，猪占首要地位，实在天公地道。"

1972，许振英教授开始主持培育中国第一个瘦肉型猪种"三江白猪"。

1975年9月16日，《国务院关于大力发展养猪业的通知》下发，对全国养猪业起到了积极作用，促使当年生猪存栏上升到2.8亿头，比1974年增加2000万头，增长7.7%。

1983年，"三江白猪"培育成功。

1986年，"三江白猪"成为农业部瘦肉型猪的饲养标准。

这之后，我国猪肉紧缺的状况逐渐得以改变，养猪业进入快速发展时期。

2018年，全球猪肉产量1.13亿吨，其中欧盟2000多万吨，美国约1200万吨，我国产量为5404万吨，占比达47.8%。

在我国，无论是消费还是生产，猪肉占比都远高于牛羊与禽类。按照2017年的数据，我国肉类消费中猪肉占比达66%，禽类（鸡鸭）占21%，牛肉、羊肉分别为8%、5%。这与美国、欧盟的消费结构迥异：美国是以禽类为主，占49%；牛肉占26%；猪肉最少，仅占24%。而欧洲猪肉的占比较高，为47%；禽类占35%；牛肉、羊肉分别占16%和2%。2018年，全球仅猪肉消费量即达1.12亿吨，而我国消费量占到了近一半，达 5400 万吨，居世界第一。

目前我国的饮食结构正朝着高蛋白的方向转变，肉类消费不断增加。肉类消费结构也在发生变化，1960 年代之后，我国的猪肉消费占比一直呈下降趋势，而牛肉人均消费占比则呈上升趋势，从 4.79% 增至 11.91%。2018 年，我国进口牛肉 103.9 万吨，超过美国成为全球第一大进口国。

但有一个总的趋势短期内还无法改变，即我国肉类生产能力的快速增长，跟不上与日俱增的消费，目前每年还有大约 100 万吨的缺口。

在现代历史上，全球肉类贸易从未像现在这样集中在一个国家，其中猪肉、羊肉、家禽、牛肉消费量分别占全球的 46%、33%、15%、11%。近年来，我国肉类市场一直供不应求，成为世界上最大的牛肉、羊肉、猪肉、家禽及其内脏的销售地，占到国际市场肉类贸易总量的近四分之一。但从肉类人均年消费量来看，我国并不高，2009—2018 年我国人均肉类消费量在 60 公斤上下波动，2019 年受非洲猪瘟影响降至 54.6 公斤。而美国、欧盟常年人均肉类消费量分别是 98.6 公斤和 69.6 公斤。

另外，我国虽然肉类生产量大，但其中肉类加工产品产量偏低，80% 以上肉类消费是以生鲜肉的形式，产品附加值较低，这也是我国肉类生产企业的短板。未来，肉类企业应该在提升肉制品等利润更高产品的比重上开拓思路。

随着消费观念的变化，人们更加讲究食品的安全、卫生、营养及风味，消费需求从便宜的低档产品开始转向信誉好、质量高的品牌产品，"绿色安全食品""放心肉""无公害猪肉"等一系列安全、健康、口感好的品牌肉类产品逐渐成为市场消费主流。

那个养猪的

我国最早的家猪骸骨，出现在距今 9000 —7500 年的河南舞阳贾湖遗址中。这说明，我国的养猪历史不仅可以追溯到远古时期，而且还是从河南开始的。跨越数千年的时间，养猪已成为河南的传统优势产业，也是河南农业主要的支柱产业之一，尤其是改革开放之后，成为河南省畜牧业经济增长中最具活力、发展速度最快的产业，一直排在全国第一梯队，生猪饲养量连年增加，在2016年之前，出栏量仅次于四川与湖南，是全国养猪业整体布局中具有举足轻重地位的省份。在1996—2005年的9年时间，河南省生猪出栏量从2751.6万头增加到5254.36万头，年均增幅9%。同时，河南还是全国生猪外调的主要省份，外销量接近出栏量的一半。

2006年，我国养猪业遭遇效率低、收益低、饲养成本高、食品安全及环保压力等问题，中小养殖户开始退出，导致第二年河南生猪出栏量大幅减少。在2007—2014年期间，由于出现猪疫情、政府补贴、瘦肉精事件、宏观经济下滑等情况，生猪行情大幅波动，造成生猪养殖进入下滑期，直到2015年才开始回升。

2017年，河南生猪出栏达到6220万头，增长3.6%；生猪存栏4390万头，增长2.5%。生猪出栏增速最快，居全国第一，出栏量稍逊于四川省，居全国第二位，但在品种、管理、技术、规模化程度上，一直领跑全国，全省畜牧大县有70个，在各省（区、市）排名第一，占到全国的11%。

2018年，河南生猪饲养量达到1.1亿头，全年猪肉产量达479.04万吨，增长了2.6%。常年外调活猪及产品近3000万头，出栏量达到6402.38万头，跃居全国第一。而且，河南生猪养殖的规模化程度在全国最高，5万头以上猪场109家，万头以上的猪场有894个，占全国的14.08%，年出栏500头以上的比重已占到62%以上。

河南2018年出栏的生猪中，有1100万头出自牧原集团，占比达17%。以养猪为主业的牧原集团是我国北方最大的养猪企业，其创始人秦英林、钱瑛夫妇2014年靠养猪第一次在"胡润全球富豪榜"登顶河南首富。此后至2020年，秦英林夫妇在"胡润全球富豪榜"上除2016

年屈居河南第二外，其余年份均为河南第一。

秦英林的养猪梦，是在父亲的一次养猪惨败事件中萌芽的：1982年，父亲为了脱贫致富，投资800多元钱建了一个养猪场，进了20头猪崽。猪崽在父亲的精心喂养下健康成长，为全家人带来了希望。然而，一场猪疫从天而降，猪崽一头一头倒下，到最后只保住一头。如此的经济损失足以让一个普通农户元气大伤，全家人为此好多天都没有露出过笑脸，家庭经济状况更加紧张。

这次失败，对已经上高中的秦英林震动很大，他认识到养猪需要技术，尤其是防疫。学养猪的念头在他心底理下了种子。当学校把保送上大学的名额给秦英林的时候，他毫不犹豫地放弃了——他要报考农业类大学，选择畜牧专业。最终，他如愿以偿，1985年考取了河南农大畜牧专业。

秦英林1989年大学毕业，被分到了南阳地区食品公司，在机关办公室做一名职员。说起来有点滑稽，一个学畜牧专业的大学生，在一个以屠宰为主的单位工作，岂止是专业不对口？在计划经济时代，食品公司可不是生产食品的企业，而是一个专用名词，特指政府为保障居民肉类供应而设立的商业部门，最主要的一项业务就是生猪收购、屠宰和猪肉销售。曾经河南大部分地区乡镇（原来为人民公社）一级设的食品站，几乎只干收猪、杀猪、卖猪肉的活，在相当长的时期都主宰着人们吃肉的事情。

秦英林在大学期间就开始为养猪做准备，一心想养猪，觉得这份工作不仅没意思，简直是浪费生命。1992年1月，邓小平同志先后到武昌、深圳、珠海、上海等地视察，演绎了一场"春天的故事"。邓小平南方谈话把我国的改革带入新的阶段。

"天地间荡起滚滚春潮，征途上扬起浩浩风帆。"改革的春风吹醒了秦英林，1992年11月，他义无反顾地与妻子一起辞去公职，回到家乡河南内乡县，在马山脚下、默河岸边，建起了猪场，正式开始了他的养猪生涯。

秦英林夫妇从最初的22头猪，快速扩大：1994年增加到2000头；1997年，出栏商品猪突破1万头；2000年，牧原年出栏8万头的水田第二分场建成投产……

经过28年的发展，牧原已形成了集科研、饲料加工、生猪育种、种猪扩繁、商品猪饲养于一体的完整封闭式生猪产业链。在2014—2018年，牧原生猪出栏量从185.9万头猛增到1101.2万头，增幅达492.4%。而这几年间，全国生猪存栏量一直处于小幅下滑的状态。

受非洲猪瘟疫情的冲击、"猪周期"下行和一些地方不当禁养限养等因素影响，2019年我国养猪业结束了连续4年的小幅递减趋势，出现大幅下滑，全年生猪出栏量比上年下降了21.6%，减少到54419万头；存栏量为31041万头，比上年下降了27.5%。随之而来的是猪肉价格一路飙升，曾一度与牛羊肉"平起平坐"。在此大气候下，牧原仍然保持良好发展态势，全年出栏生猪1025.33万头（含仔猪与种猪），基本与上年持平，实现销售收入196.61亿元。

秦英林能把猪养到全国驰名、全球第四（按2018年生猪出栏量排名），靠的是科技创新和"智能养猪"。比如猪舍，秦英林创业之初就设计出双曲砖拱结构猪舍，目前牧原的猪舍已经更新到第12代，有专业团队专门设计猪舍，像设计汽车一样。再者，秦英林1998年就把猪场环保列入公司重大日程，猪舍里安装空气过滤系统，前端过滤为的是防疫病，后端过滤除臭、分解大分子物质，把空气中的颗粒物降下来，对降低PM2.5、PM10都有良好效果。

在智能化方面，牧原充分利用云技术，通过"智能养猪"平台，对公司上千个场区实时发布天气信息、猪生长速度、健康状况等信息，给每个饲养员和技术员及时推送相关信息与技术。如今，牧原已成为畜牧养殖业的创新IP，"智能养猪"也成为牧原下一步的创新焦点。

像牧原这样的大型养猪企业，在河南还有不少，比如以种猪育种为主、全国首批国家生猪核心育种场之一的诸美种猪育种集团，以养殖商品猪为主的新大牧业、鑫欣牧业、雏鹰农牧、万东牧业、双汇牧业等，它们以规模化、绿色化养殖共同创造了河南养猪业的辉煌。

2014年以来,国家相继出台了《畜禽规模养殖污染防治条例》《畜禽养殖禁养区划定技术指南》等加强环境保护力度的法律法规,对畜禽养殖业提出了更高的环保要求。河南以创新养殖模式促进转型升级,大力发展循环经济绿色养猪模式,研发饲料、能源等高效利用以及粪便、废水等循环再利用技术,通过合理的规划,解决了生猪养殖造成的粪便、废水等污染问题,同时也节约了资源,实现了养猪业和环境的可持续发展。

2019年,河南还迎来了新希望、唐人神、温氏等3家省外养猪巨头。

8月,新希望在台前县新建年出栏50万头生猪产业项目启动,并于11月14日公告收购三全食品旗下的全生农牧。

11月22日,国内另一家养猪上市企业唐人神在卢氏县投建年出栏100万头生猪绿色养殖全产业链项目拍板,总投资约22.6亿元。

11月27日,我国南方最大养猪企业温氏集团注资河南养猪企业,以3.5亿元购买河南新大牧业41.22%的股份,同时对新大牧业增资人民币4.6亿元,合计获得新大牧业61.86%的股权。

此前,正大、正邦、龙大肉食等省外养猪企业已进入河南市场。

针对生猪养殖下滑和猪肉价格暴涨,河南于2019年3月出台《关于促进生猪产业转型升级的意见》,提出到2020年,全省生猪标准化规模养殖比重由目前的68%提高到72%,出栏率由146%提高到160%。10月,河南又出台13条措施加快稳定生猪生产,对2020年内新建、改扩建种猪场、规模养猪场(户)和禁养区内规模养猪场(户)异地重建给予一次性补助。

业内人士认为,积极的政策支持,加上外省养猪企业的进驻,将对河南生猪企业产能恢复起到关键作用,也有利于河南生猪行业的良性发展及猪肉价格的稳定,推动河南由生猪养殖大省向生猪产业强省跨越。当然,外省养猪企业落户河南会在一定程度上为本地养殖企业带来竞争压力。

养殖在中原

大多数国人可能都会认为，我们吃的牛羊肉，有不少来自新疆、内蒙古等牧区。实际上，这些传统牧区的牛羊肉根本不够当地人吃，每年反而要从河南调出大量的牛羊肉去支援他们。在2014年，河南畜牧业产值即达2505亿元，居全国第一位。其中蛋、肉、奶产量分别排全国第一、第二、第四位，肉产量和蛋产量超过新疆、内蒙古、青海、西藏、宁夏和甘肃六大牧区的总和。同时，河南重点规模以上企业年屠宰加工生猪、肉牛、肉禽能力分别达到3000万头、70万头、7亿只，年加工乳制品能力突破200万吨。

从远古的养猪开始，畜牧业就在中原萌芽。经历了古代、近代的发展，畜牧业在现代成为河南经济版图中重要的基础性产业，焕发出勃勃生机。

这里先讲一个肉牛育种人的故事。

1982年毕业于豫南农专牧医系的祁兴磊，放弃了留校任教的机会，回到故乡泌阳县，在县畜牧兽医站成为一名技术员。凭着对专业的热爱，祁兴磊白天和同事深入乡村了解畜牧业生产情况，为养殖户提供现场指导，传授肉牛养殖和疫病防治技术；夜晚，他潜心学习，钻研专业技术。

隶属于驻马店市的泌阳县，是南阳黄牛的主要产区，几乎家家户户都养牛。南阳黄牛从古到今均以役用为主。20世纪80年代以来，随着老百姓生活水平的提高，牛肉的需求量越来越大。但南阳黄牛体格小、生长发育慢、出肉率低等缺点非常明显。这时候，我国还没有一个专用肉牛品种，国内肉牛养殖全是清一色的洋品种，改良提高牛肉品质成为我国育牛人的心愿。

1986年初，26岁的祁兴磊带领科研团队利用南阳黄牛为母本，导入法国夏洛来牛的血统，进行杂交试验。他当时的想法很简单：把南阳黄牛改造成一个肉牛新品系。

1988年泌阳县被农业部、河南省畜牧局指定为"南阳牛导入西方'夏洛来'肉牛品种，培育肉用新品种"导血育种项目县，祁兴磊主动承担起项目实施的主持人职责。

祁兴磊怎么也没想到，这个项目成了马拉松式的科研长跑。当2007年5月15日"夏南牛"通过国家畜禽遗传资源委员会审定，6月16日农业部发布公告，宣布我国第一个肉牛品种——夏南牛诞生的时候，时间已经过去了整整20年，祁兴磊也从风华正茂的青年熬成了满头白发的"小老头"。

作为全世界第73个牛品种，夏南牛填补了我国没有肉牛品种的空白，开创了我国培育肉牛品种的先河，成为我国肉牛发展史上的一个重要里程碑。

夏南牛饲养周期短、生长发育快、易育肥、出肉率高，而且肉质纤维细、脂肪少、色泽纯、口感好，适宜生产优质牛肉和高档牛肉，成牛体重达1吨多，因此被老百姓称作"吨牛"。

夏南牛育成之后，祁兴磊又开始了品种推广和技术服务。到2019年上半年，祁兴磊团队已向全国推广了100多万头活体夏南牛、800多万剂夏南牛冻精。祁兴磊也走遍了16个省市的200多个牛场。

祁兴磊依托国家肉牛产业技术体系，主动与西北农林科技大学等7个科研院所的专家、教授紧密合作，开展"夏南牛选育提高""夏南牛无角新品系培育"等16个方面的生产技术研究，总结出6项夏南牛生产技术集成，为夏南牛高效、快速发展提供了技术支撑。

夏南牛为泌阳县肉牛产业带来了重大发展机遇：2012年7月，北京一家公司与泌阳县签署了投资21亿元的协议，确定在泌阳县建4个存栏2万头的肉牛育肥场，年出栏量达到12万头，同时建一个年屠宰15万头的肉牛屠宰场和牛肉深加工项目。

这家公司的计划很高大上：建成世界最大的肉牛育肥基地，全力将夏南牛打造成一个肉牛品牌。

泌阳县以这次合作为契机，逐渐把肉牛产业做强做大。至2017年，全县夏南牛存栏37万头，能繁母牛23万头，其中肉牛存栏35万头，全年出栏牛20.3万头，其中夏南牛出栏19万头。肉牛养殖已成为县域经济的主导产业。

目前，泌阳县依托龙头企业恒都公司建设的肉牛产业集群，集技术研发、种群扩繁、良种供应、规模养殖、肉牛屠宰、产品加工、市场营销、物流配送为一体的产业链条已基本完成，一期工程已建成15万头夏南牛屠宰分割生产线1条、2万头肉牛育肥场2个、10万吨肉牛饲料加工厂1个、年产30万吨生物有机肥加工厂1个。总计投资45亿元的夏南牛产业园、夏南牛研发城、夏南牛高档肉牛育肥中心、物流配送中心等二期工程项目正在建设中。

肉牛已成为畜牧业中最具潜在竞争力的产业，国家明确提出大力支持草食畜牧业发展。作为全国肉牛主产省的河南，高度重视牛产业的发展，将其作为一、二、三产业融合发展的重要抓手着力推进。在2014年，河南就拥有年出栏100头以上肉牛养殖场2350个，肉牛年出栏546万头、存栏918万头，分别居全国第一位和第二位；牛肉产量82万吨，居全国第一。全省拥有恒都、科尔沁、伊赛等年屠宰肉牛5万头以上企业10家，肉牛屠宰加工能力位居全国前列，全省10个肉牛产业化集群实现年产值230亿元。

其实不只是肉牛养殖，河南的肉鸡、肉鸭及肉羊养殖和加工，无论是规模、产量，还是管理、技术，均排在全国前列。

以肉鸡产业为主的大用集团，产业链从家禽育种、饲料加工，延伸到家禽饲养、肉鸡屠宰分割初级加工、速冻调理熟食肉制品深加工，涵盖了从"农田到餐桌"的全过程。大用的肉鸡养殖集约化小区已遍布鹤壁、安阳、濮阳、周口、焦作、开封等全省各地。大用产品主要有鲜鸡系列、冻鸡系列、快餐系列、速食系列等，是德克士和肯德基的长期原料供应商，在国内外均占据一定的市场份额。

以肉鸭孵化、养殖、屠宰加工为核心产业的全国农业产业化重点龙头企业华英集团，全年生产鸭苗约2亿羽，屠宰肉鸭1.2亿只、肉鸡8000万只，年生产熟食6万吨、羽绒2万吨，产品国内占有率超过30%，出口东南亚、欧美的40多个国家和地区，从"中国鸭王"走向"世界鸭王"的巅峰。

2018年，河南畜牧业产值达到2424亿元，居全国第二位；家禽、肉羊饲养量分别达到15.9亿只和3942万只，均居全国前列；全省肉产量479.04万吨，占到全国的8.8%。

养禽吃蛋

有一个著名的哲学问题，即先有鸡还是先有蛋。这个令古希腊哲学家亚里士多德都感到困惑的古老谜题，到现在仍然没有标准答案。不过，这个问题本身已经不重要，其重大意义在于它激起了古代哲学家们去探索、讨论生命与宇宙起源的热情。

1974年，在江苏省句容县南20多公里的浮山果园里，发现了10多座平民墓葬，在出土的众多陶器等物品中，一只陶罐里装了满满的一罐鸡蛋。专家研究的结果是，这些鸡蛋距今已经有2800多年了——这也是我国发现年代最早的鸡蛋实物。

殷墟的甲骨文中有鸡的象形字。这说明，3000多年前鸡已被驯养。到了春秋战国时代，关于鸡的记载开始多了起来，比如老子《道德经》中有"邻国相望，鸡犬之声相闻"之句。可见，鸡在春秋时候家养已经很普遍，已成为普通人家亲密的伙伴。鸡还被人们列为六畜之首，关于它为什么能占据榜首，汉朝民间资料《农家杂事》中如此解释：一是按照人类驯服六畜的顺序排列，鸡是人类最早驯服的动物；二是按照六畜的体格从小到大排列，鸡的体格最小；三是按照六畜和人的关系远近排列，鸡和人类的关系最亲密。

到了秦汉时期，养鸡技术有了很大进步，特别是孵化成活率大大提高，为大批养鸡提供了鸡苗保障。西汉史学家刘向所著《列仙传》中，就记载了一个著名养鸡家的故事："祝鸡翁者，洛人也，居尸乡（即西亳，今河南偃师西）北山下，养鸡百余年，鸡有千余，头皆立名字，暮栖树上，昼放散之，欲引呼名即依呼而至，卖鸡及子得千余万。"

这位靠卖鸡和鸡蛋赚了上千万钱的故事，还被收录在《河南通志》。可见，2000多年前就有人靠大批养鸡产蛋发家致富，而且还是河南人。有意思的是，这位祝鸡翁养的上千只鸡，都有名字，他一叫名字，那只鸡就会飞到他面前——他不光养得好，还把鸡调教得很听话。

在南朝梁代，我国的古文献中就出现过《相鸡经》，对优良鸡的标准有了详细描述。同时，官府鼓励百姓养鸡，出现了万只以上的养鸡大户，还引进了长尾鸡和长鸣鸡等品种。

到了明代，养鸡技术更上一层楼，徐光启的《农政全书》中不仅有鸡的育肥和产蛋技术，还详细介绍鸡疫病的预防方法："或设一大园，四围筑垣。中筑垣分为两所。凡两园墙下，东西南北，各置四大鸡栖，以为休息。每一旬，拨粥于园之左地，覆以草，二日尽化为虫。园右亦然。俟左尽，即驱之右。如此代易，则鸡自肥而生卵不绝。若遇瘟疫传染，即须以蓝盛鸡，又口悬挂。或移于楼阁上，则免矣。"

明朝永乐六年（1408），养鸡专家已经总结出利用增加饲料喂食次数、限制鸡运动和夜间光照，对鸡进行强制育肥的技术。

至清代，人工孵化技术已经相当成熟，雏鸡生产进入专业化时代，设有专门孵育雏鸡的作坊——哺坊。大约在清康熙元年（1662），看胎施温等技术被广泛用于家禽人工孵化。这个时期，日本还派人到我国学习孵化技术。19世纪70年代，日本以重礼聘请了我国两名孵化技师到日本传授技术。在17世纪至19世纪的二三百年间，我国还选育出很多优良鸡种，比如著名的九斤黄、油鸡、狼山鸡、萧山鸡、竹丝鸡和三黄鸡等。

民国时期，成立了专门的养鸡学术组织"中国养鸡学术研究会"。1936年，这个研究会为了"讨论养鸡与蛋业的学理，改进养鸡和蛋业的经营方法"，创刊了《鸡与蛋》杂志。这时，人们已经开始关注养鸡、产蛋等提高人们生活水平的食品工程。

我国养鸡业虽然历经数千年的发展，技术上也有了一定的进步，但一直以庭院散养、农家副业为主，发展非常缓慢，长期以来生产效率低下，鸡蛋产量也很低，加之经济落后，鸡蛋还属于奢侈品，仅供上层社会享用。新中国成立前夕，全国养鸡量仅有2.5亿只。

新中国成立之后，养鸡业有了长足发展，但生产水平依然处在较低水平。

在上世纪60—70年代，农村几乎家家户户都养鸡，但鸡蛋绝大部分都卖给了供销社，再供应给城镇居民。农民很少舍得吃鸡蛋，偶然生病了才舍得吃个鸡蛋。家里的油盐酱醋、孩子的作业本和笔，基本都是靠鸡蛋换钱解决。很多地方都流行"红薯当主粮，鸡屁股当银行"之类的民谣。

直到现在，中原地区农村还有这样的风俗：谁家生了孩子，本门自家、关系好的街坊邻居都会送去二三十个鸡蛋。摆喜宴的当天，来庆贺的娘家人带的礼物主要也是鸡蛋。这些鸡蛋基本可以保证产妇月子期间的需要——中原地区坐月子，产妇一日三餐都是面汤、鸡蛋（主要是煮鸡蛋或荷包蛋），一般家庭都可以保障产妇敞开吃，饭量大的产妇一顿能吃十几个。

那个年代，鸡蛋更是农村孩子眼中的稀罕物，只有在过生日的时候，孩子才有机会吃到一个煮鸡蛋——吃这个鸡蛋极具仪式感，因为是小寿星的特权，在兄弟姐妹艳羡的注视下吃鸡蛋，他（她）会特别有满足感和幸福感，甚至是自豪感。

进入20世纪80年代，我国养鸡业迅猛发展。到2008年，全国鸡蛋总产量达到2296.87万吨，约占全球的40%，分别是1949年与1978年的84.65倍和8.7倍。蛋鸡产业产值在2003年突破千亿元大关后，到2010年就已形成种鸡、蛋鸡、鸡蛋零售、饲料、兽药疫苗相关产业年产值超过3500亿元的庞大产业链。

2018年，全国蛋鸡总存栏量10亿只左右，鸡蛋年产量达2600万吨左右，市场规模3000亿元。

在全世界，中国人应该是最爱吃鸡蛋的，人均年消费鸡蛋290个，大部分人都是"一天一蛋"，比美国人均年消费鸡蛋还多30个。

我国鸡蛋消费以鲜蛋为主，占到我国鸡蛋总产量的90%，而鸡蛋加工产品还不到4%。但随着科技的发展和人们观念的变化，鸡蛋产品结构也在不断优化，鸡蛋的"花样"也越来越多，比如高碘鸡蛋、富硒鸡蛋、高能鸡蛋、低胆固醇鸡蛋，鸡蛋的营养更加丰富。再如无公害、绿色鸡蛋和有机鸡蛋，满足了人们对鲜蛋安全性的要求。鸡蛋制品种类也不断增加，有液全蛋、液蛋黄和液蛋白等液蛋制品，冰全蛋、冰蛋黄、冰蛋白等冰蛋制品，普通及加糖全蛋、蛋白及蛋黄粉等干燥蛋制品，以及溶菌酶、卵转铁蛋白、蛋清多肽、卵黄抗体、卵磷脂和卵高磷蛋白等鸡蛋深加工产品。

史料证明，我国除很早就开始驯养鸡之外，还驯养鸭、鹅、鸽等家禽，而且积累和总结了丰富的饲养、繁育技术与经验，为我国和世界家禽业的发展做出了巨大贡献。目前，我国蛋鸡养殖占到全球的近50%，蛋鸡存栏13亿—14亿只，基本人均1只。我国的鸭、鹅饲养量占比更高，鸭占全球的70%以上，鹅占到全球的近90%。2018年，我国禽蛋产量3128万吨，居世界第一，占全球总产量的39.6%，超过第二位美国产量的5倍多。

在我国禽蛋产品中，鸡蛋是绝对的主流，产量占到禽蛋总产量的85%，其他禽蛋产量稳定在15%，其中鸭蛋占12%，鹅蛋和鹌鹑蛋等其他禽蛋产量稳定在3%。

我国是全球第一鸭蛋生产大国和消费大国，也是第一出口大国，2018年产量达306.9万吨，出口量约5万吨。国内消费中，40%被加工成皮蛋，还有40%被加工成咸鸭蛋，余下的20%则以糟蛋、卤蛋、烤蛋、盐焗和鲜蛋的方式流向市场。

鹌鹑蛋是后来居上的产业，目前按产量已成为仅次于鸡蛋、鸭蛋的第三禽蛋。我国鹌鹑饲养量为6亿羽，占到全球饲养量30亿羽的约20%，主要是蛋鹌鹑。我国鹌鹑蛋产量每天达6000吨，除部分内销外，还出口到韩国、日本、俄罗斯等国。

鹌鹑较大规模的驯化和饲养起源于日本，16世纪末至18世纪后期，日本已经开始笼养鹌鹑。20世纪初，日本便有人专门从事鹌鹑繁殖改良方面的研究，培育了具有实用价值的日本鹌鹑。第二次世界大战之后的30年间，日本的鹌鹑养殖业渐渐发展，在养禽业中已跃居第二位，其饲养量曾经长时间居世界之首。朝鲜的鹌鹑饲养业在禽类养殖中也仅次于养鸡。

我国驯养鹌鹑的历史悠久，但早期的驯养不是为了食用和产蛋，而是为了赛斗、赛鸣。唐宋时期，赛鹌鹑不仅在皇宫官府盛行，民间也非常普遍。战国时期，鹌鹑曾被列为六禽之一，也是餐桌上的珍肴。唐、宋以后，开始有了对鹌鹑生态和生活习性的描述记载。到了明代，人们逐步发现鹌鹑的药用价值。清代康熙年间有个叫陈石麟的贡生，专门写了一本《鹌鹑谱》，除了详细记述44个优良品种鹌鹑的特征、特性，还对鹌鹑养法、洗法、饲法、斗法、调法、笼法、杀法以及37种宜忌等做了介绍。

上世纪30年代，我国开始引进鹌鹑养殖，改革开放后有了较大发展，之后突飞猛进，目前已成为世界第一鹌鹑蛋产量大国。

有着悠久家禽饲养历史的河南，如今已成为禽蛋产量大省，进入21世纪连续十几年产量均稳定在全国的12%以上。2014年禽蛋产量达到400万吨，成为全国第一。而河南的禽蛋有八成是鸡蛋，占到全国鸡蛋的八分之一。而且，河南鸡蛋一半以上都销到了省外，走进全国各大城市的商场。

多年来，河南蛋鸡存栏一直稳定在1.1亿只以上，蛋鸡饲养群体庞大，养殖5000—20000只的规模蛋鸡场就有24万个，规模养殖达到68.8%。

蛋鸡产蛋前叫青年鸡，河南有160家青年鸡育成公司，占全国440家的1/3还多。

近年来，河南大力发展生态养鸡，那些来自深山老林或野外的鸡蛋，在各大城市的超市亮相，成为人们餐桌上的新宠。

河南省也是全国蛋鸭养殖量最大、最集中的省份之一，为全国各地源源不断地输送着鸭蛋。最为闻名的是与淇河鲫鱼、无核枣并列为"淇河三珍"的缠丝鸭蛋,只产于淇县境内淇河中游不到 2.5 公里长的河段。因为特殊的地理环境,此段河水中含有多种微量元素,水温常年在 19 摄氏度左右,所产鸭蛋煮熟后蛋黄横切面有一圈圈红黄相间的色环,一直绕到核心,故称缠丝鸭蛋。这种鸭蛋在全球独一无二,产量很低,从商代至清朝一直作为皇家贡品。当然,缠丝鸭蛋早已成为寻常百姓买得起吃得上的美食。

乳业兴旺

佛教经典《大般涅槃经·圣行品》中有这样一段文字:"譬如从牛出乳,从乳出酪,从酪出生酥,从生酥出熟酥,从熟酥出醍醐。醍醐最上。"此段经文,以反复提炼而成醍醐的过程,比喻对佛性修行逐步提升的境界。还有一个成语"醍醐灌顶",最早出现在《敦煌变文集·维摩诘经讲经文》:"令问维摩,闻名之如露入心,共语似醍醐灌顶。"百度百科的释义是:"即将牛奶中精炼出来的乳酪浇到头上。佛家以此比喻灌输智慧,使人得到启发,彻底醒悟,也比喻听了高明的意见使人受到很大启发。""灌顶"是古代印度策立君王或太子时主持人向其头上喷洒清水的一种仪式,密教招收新教徒时也采用这种仪式。但以生活常识推测,向头上喷洒醍醐的可能性不大,这种说法,更多的应该是象征意义上的。

我们现在知道了醍醐是一种乳制品,但在今天,醍醐对大多数人来说是陌生的,也没有被称作醍醐的乳产品。那么,醍醐究竟是什么呢?

我国药典《唐本草》说:"此酥之精液也。好酥一石,有三四升醍醐,熟抨炼,贮器中,待凝,穿中至底,便津出得之。"

北宋中医典籍《本草衍义》记载:"醍醐作酪时,上一重凝者为酪,而酪面上其色如油者为醍醐。熬之即出,不可多得,极甘美。虽如此取之,用处亦少。惟润食疮痂最相宜。"

《魏书·西域传》中则记载，西域悦般国有"剪发齐眉，以醍醐涂之，昱昱然光泽，日三澡漱，然后饮食"的风俗，这里的醍醐是当化妆品用的。

有专家认为，在宋元时代人们才真正掌握了提取醍醐的技术，元朝时蒙古人还把醍醐作为"行厨八珍"之首。

我国科技史学者、生物化学家黄兴宗所著《中国科学技术史·发酵与食品科学卷》中认为：酪是酸乳（即酸奶），酥是黄油，醍醐则是澄清的黄油脂肪。

据史料，公元前 4000 年左右，欧洲人已经逐步掌握了用牛奶制作奶酪的技术。

在我国，公元前 5 世纪北方以牧业为主的匈奴人就拥有了各种奶制品制作技术并传播到国内外，包括从奶中炼制黄油——匈奴是世界上最早加工食用黄油的民族。

西汉时，我国就有关于加工奶酒的记录。到了魏晋时期，奶酪已传入中原，但只在上层社会被当作滋补品食用，平民极少能吃到。而此时的古罗马士兵，已经每天可以领到奶酪——奶酪被古罗马军队当作食品配给的一部分。奶酪的制作技术便随着古罗马人征伐区域的扩大同步传播。在唐朝，食用乳制品已经比较普遍，《新唐书·地理志》记述各地向皇宫进贡的礼品中就有干酪。意大利旅行家马可·波罗在《马可·波罗游记》中记述了蒙古骑兵长途行军携带的一种牛奶食品——元朝大将慧元把牛奶制成粉末当作军粮，食用时取一些放入皮囊中，加入水挂在马背上，在马奔跑的震动中溶解成粥状，行军作战时在马背上随时饮用，能迅速补充体力。这也是蒙古骑兵剽悍、战斗力强的主要原因。元朝部队靠这种方法，在长途行军和沙漠作战缺少粮草的情况下能生存数月而且保持良好战斗力。迄今为止，世界上公认这是人类最早食用奶粉的文字记载。

在《马克思印度史编年稿》一书中，马克思在写成吉思汗统一蒙古的过程时，也提到了元朝的奶粉："依靠这支军队携带着慧元发明的奶粉征服了东蒙与华北，然后征服了阿姆河以北的地方与呼罗珊，还征服了突厥族地区，即不花剌、花剌子模和波斯，并且还侵入印度。"

1999年6月，韩国总统金大中曾说过："有人认为，由于有了蒙古人，人类才第一次拥有了世界史，有了慧元发明的奶粉和牛奶，人类才那样强壮……"

1856年，法国微生物学家、化学家路易·巴斯德发明了一种低温消毒法，既能杀死牛奶中的有害细菌，又能保持牛奶的有益成分和味道，且延长了牛奶保质期。这种方法后来被人们称作巴氏灭菌法，至今仍在全世界广泛应用。之后，世界各地随着工艺的不断改进和技术革新，奶业不断发展，牛奶及奶制品在人们饮食中变得越来越重要。

人类食用牛奶的历史则更早。考古学家推测，1.2万年前，人类在驯养牛作为家畜的同时就把牛奶作为重要的食物来源。考古学家还在古巴比伦一座神庙的壁画上发现了迄今为止人类获取和饮用牛奶的最早证据。还有史料记载，公元前4000年左右，古埃及人已经开始使用牛奶作为祭品。

在我国，北方和南方地区的少数民族利用黄牛、牦牛挤奶食用，有据可查的时间在5000年以上。古籍中关于畜乳的记载屡见不鲜，秦汉时期即有关于牛乳的记述。《史记·匈奴列传》中写道，匈奴族"人食畜肉，饮其汁"，这个汁就是牛、马的奶汁。唐朝，牛奶已经是和尚的日常食物。到了明代，人们对乳品有了更充分的认识，畜乳及其制品不仅是日常食物，还被当作药品广泛应用。《本草纲目》中对各种乳的特性与医药效果有详细的阐述。

而德国和英国科学家刊登在美国《国家科学院学报》上的最新研究结果证明，在距今7000年前的新石器时代，人类祖先还不能消化牛奶，如果饮用牛奶就会生病。

科学家对公元前5000年的人类遗骸经过遗传学研究分析，发现他们身上缺乏能够消化牛奶而不产生任何副作用的基因。由此得出结论，人类是在饲养家畜后才逐渐适应喝牛奶的。

如今，欧美90%以上的人都能消化牛奶，大部分亚洲、非洲人也能消化牛奶，但在全球其他地区，还有很多人未能获得消化乳糖的能力。因乳糖酶缺乏，饮用牛奶后乳糖不能完全被分解吸收，就会产生腹胀、腹泻等不消化症状。当然，无法消化牛奶的人群，还可以食用其他奶制品，享用乳业为人类带来的美味与营养。

有专家说，在人类漫长的发展史中，牛奶是陪伴人类时间最长、与日常生活最密不可分的一种饮品，重要性仅次于水。

使用牛乳或羊乳等及其加工制品为主要原料，加入或不加入维生素、矿物质和其他辅料加工制作的液体乳、乳粉及其他乳制品等三大类产品，伴随着人类流动、世界文化交流在全球迅速传播，并逐渐成为人们食谱中的主要角色。

但乳制品能在人类餐桌上占有一席之地，也是几经沉浮、历经曲折的。实际上，奶制品一直是游牧民族的主要食品之一，在科学技术、交通条件、容器包装、消毒和贮存等各方面都落后的时代，进入人口密度大的农耕安居区域和城市，并不是件容易的事情。即使在生产区，很多新鲜牛奶因为无法长时间储存也会变质。特别是夏季，牛奶几个小时就会坏掉。所以牛奶曾一度沦落为价格低廉的贫民食物，富人反而不买牛奶喝。

人类从未停止过对牛奶加工和贮存技术的探索，发酵奶酪应该是最古老的牛奶保存技术。13 世纪，元朝人将牛奶干燥处理制成粉末使牛奶长途运输和保存更加方便。19 世纪的巴氏消毒法成为全球乳制品发展史上的第一次产业革命，影响了整个近现代食品工业和全球贸易。

发酵、干燥、消毒、贮存以及运输等技术的不断发展，不光让乳制品的品类变得丰富多样，也为其成为全球贸易商品提供了可能。

1956 年，英国首创的超高温（UHT）灭菌技术拉开了第二次全球乳制品产业革命的序幕。这种技术以 132—140℃、保持 2—4 秒的方式杀菌，使牛奶常温下保质期达到 1—6 个月，打破了巴氏杀菌技术的"短保质期""冷链运输"等限制，延长了保存时间，扩大了乳制品的运输半径，让更多远离奶源的消费者享受到美味，加快了乳制品在全球范围内普及的步伐。尤其是 20 世纪 60 年代，无菌灌装技术与超高温灭菌相结合的应用，在保证产品无菌、保留食物营养的同时，还大大提高了安全性，灭菌乳工艺得以快速发展，在世界各国广泛推广。

在最近的数十年，全世界的农业科技进步和经济腾飞为全球乳业注入了快速发展的活力，牛奶和乳制品生产能力猛增，乳品加工技术不断改进，奶和奶制品的消费不断攀升。发达国家的牛奶生产已由过去依靠扩大奶牛养殖规模逐渐转向减少养殖数量而提高单产水平，同时注重环境保护。

整体上，全球乳业正在迈入合作一体化、消费多极化、生产智能化的新时代，发展格局呈现出发达国家发展平稳、发展中国家发展迅速、亚洲国家增长较快的势头。

2018年，全球奶牛存栏量14175.9万头，主要集中在印度、欧盟、巴西、阿根廷、澳大利亚等国家或地区；牛奶产量50520万吨，奶酪产量2053.8万吨，黄油产量1049.4万吨，脱脂奶粉产量476.5万吨，全脂奶粉产量478.8万吨，干乳制品总产量4058.5万吨。

新西兰多年来一直是全脂奶粉最大的生产国，2018年全脂奶粉产量为142万吨；美国是最大的脱脂奶粉生产国，2018年脱脂奶粉产量达105万吨；欧盟一直以来都是全球奶酪主产区，2018年奶酪产量达1016万吨。

全球2018年牛奶消费量达17679.4万吨，奶酪消费量为1967.6万吨，黄油消费量为989万吨，脱脂奶粉消费量为397.4万吨，全脂奶粉消费量为381.6万吨。

荷兰合作银行发布的2018年"全球乳业20强"榜单中，进入榜单前五的是雀巢（瑞士）、兰特黎斯（法国）、达能（法国）、美国奶农（美国）、恒天然（新西兰）。我国上榜的两家企业是伊利与蒙牛，伊利为第9名，蒙牛为第10名。

我国的乳业从真正形成到快速发展，仅仅有百余年的历史。新中国成立以来，经过从业人员半个多世纪的努力，我国乳业发生了翻天覆地的变化，国内大型企业在奶源指标、工艺技术、产品品质等方面均达到国际先进水平，尤其是国产奶粉质量安全实现了跨越和反超，迎来了全面振兴时代。

改革开放以来，我国乳业迅猛崛起，"九五"期间进入最快发展时期，奶源基地建设、技术装备水平和产品质量显著提高，产品产量和消费量大幅增长。1995年全国奶粉等乳制品产量为52.6万吨，2000年达到82.9万吨，年均增长接近10%。1996年市场销售的液体奶产量为51.9万吨，2000年达到150万吨，年均增长超过30%。在此期间，我国大规模引进了具有世界先进水平的技术和设备，使乳品行业技术落后、设备陈旧的状况得到了根本改变。

2000年，以"改善国民营养状况，增强人民体质"为主题，中国乳制品工业协会向联合国粮农组织建议，并征求其他国家意见，联合国粮农组织倡导，将每年的6月1日定为"世界牛奶日"。

进入"十五"之后，我国奶业发展势头持续强劲。到2006年，全国奶牛存栏为1330万头，规模以上液体乳及乳制品企业乳制品总产量为1459.5万吨。

1978—2018年，我国年人均乳品消费量从1公斤增长至36.9公斤；乳类年产量从不足100吨升至3176.8万吨，跃居世界第三位，约占全球产量的4.5%；乳制品产量2935万吨，规模以上乳制品制造企业主营业务收入达3590亿元；全国荷斯坦奶牛平均单产7吨；存栏100头以上奶牛规模养殖比重达到58.3%；规模牧场100%实现机械化挤奶，90%以上配备全混合日粮搅拌车；奶农专业合作社达到16181个；伊利、蒙牛、光明等多家企业运用现代高科技围绕乳品质量安全，实现智能工厂管控和全球产业链全景化与透明性。

在乳业质量、产量快速提高的同时，我国在乳产品消费方面却相对较低，而且以液态奶消费为主。以2018年全国人均乳制品消费量为标准，仅是亚洲平均水平的1/2、世界平均水平的1/3、发达国家平均水平的1/10，比发展中国家平均水平还低约40公斤。毋庸讳言，除了大中城市，我国的大部分小城市与广大农村的众多普通家庭，还没有把牛奶及乳制品列入饮食中——这也是未来乳制品潜在的庞大市场。

我国近年来进口乳制品增长较快，2017年进口乳制品达247.1万吨，同比增长13.5%，折合生鲜乳1484.7万吨。前四种进口数量最大的乳制品是大包乳粉、液态奶、乳清粉、婴幼儿配方乳粉，分别占到总量的29%、28.4%、21.4%和12%。

乳业已成为我国畜牧业中最具活力和潜力的产业，目前已进入黄金发展期，从奶源基地建设到市场终端网络，已经形成了一条完整的产业链，传统乳业已成为名副其实的"朝阳产业"。目前，中国乳制品生产企业达到743家，婴幼儿配方乳粉生产企业115家，乳制品的生产设施设备、管理技术等达到甚至超过世界发达国家的水平。

河南是世纪之初新兴的乳业大省，被划为全国十大乳业主产省行列，近年来开始向奶业强省跨越。目前，河南百头以上奶牛规模养殖场350家，奶牛规模养殖比重达85%，奶类年产量209万吨，居全国第五位。全省乳品加工企业33家，年加工能力350多万吨，居全国第三位，年产值超亿元的乳品企业10家。全国知名品牌伊利、蒙牛、光明、君乐宝、三元等乳业企业先后在河南布局，本省的花花牛、科迪、三色鸽、三剑客、博农等企业快速扩张，形成了本土十大奶业产业化集群。

河南也是一个巨大的乳制品消费市场，城镇居民中年青一代已基本形成饮食乳类制品的习惯，每年大约有300亿元的消费量。随着城乡差别的缩小与农村物质文明的进步，乳制品将在乡村掀起新的消费热潮。

无鱼不成席

在古人的副食中，肉是主体，主要是家畜，其次是野兽、禽类及鱼类等。牛、马、驴、骡等大型牲畜主要用于土地耕作、交通运输等役使，所以人们并不常吃它们的肉。而猪、羊、鸡、狗等才是那时候的主要肉类畜禽。再就是鱼，古人常把"鱼肉"并列，可见鱼的重要性。中原地区向有"无鱼不成席"的说法，说明鱼一向是中国人看重的副食品。

在原始社会，有些部落就发明了结绳织网捕鱼，《周易·系辞下》记述"作结绳而为网罟，以佃以渔"，那时人们已经在种田的同时以捕鱼为业了。

《诗经》中还多次写到许多鱼种，如鲤鱼、鲲鱼、鲢鱼、鲂等十几种。《尔雅》中记载了33个鱼种。而《本草纲目》中介绍的鱼就有60种。

我国周代就有了"鱼脍"这个菜，即生吃鱼片，也被叫作"鱼生"或"生鱼脍"等，《诗经·小雅·六月》里出现了"脍鲤"，也就是以鲤鱼做成的鱼脍。到了明代，食生鱼片的风气依然盛行。《本草纲目》中提出了生食鱼片的危害："鱼脍肉生，损人尤甚……"到了清代，吃"鱼脍"的人就渐渐少了，但沿海地区还保留着这样的习惯，特别是在广州一带，鱼贝类切片蘸料生食还很普遍。据说，日本料理三文鱼刺身就是从我国传过去的，现在又传回来成为我国的饮食时尚。

从海洋、江河、湖泊里出产的动物或藻类等可以食用的水产品中，鱼只是一个门类，仅我国海洋鱼类就超过2000种，淡水鱼类在1000种以上。鱼按生长环境可分为两大类，即咸水鱼和淡水鱼。其他水产品如虾、蟹、贝类、海带、石花菜等，自古以来为人类提供了丰富的食物资源。现代餐桌上水产品的地位更是无可替代。

大约在商代，我国就开始人工养鱼了。《齐民要术》中就收录了我国最早的养鱼专著《养鱼经》的部分内容。传说《养鱼经》是春秋时期越国大夫范蠡所著，但一般认为是后人托名之作，实际上成书于西汉时期。

我国水产品极其丰富，2018年水产品产量达6458万吨，比新中国成立初期增长了70倍还多，连续30年产量世界第一，从曾经的"吃鱼难"实现了如今的"年年有鱼"。

我国水产品产区高度集中，排名前五的全部是沿海省份，依次为山东、广东、福建、浙江、辽宁，这5个省份的产量占全国总产量的58%。淡水产品产量排名前五的是湖北、广东、江苏、湖南、安徽，前10名的产量占到全国淡水产品总量的82.8%。

地处"水少沙多，水沙异源"之黄河下游的河南，属于水资源短缺省份，水产品产量在全国排第 15 位。但河南水产业却是超常规发展，2005 年全省水产品产量 51.68 万吨，比 2004 年增长 21%，增幅全国排名第一，比 2000 年增长 60.6%，5 年年均递增 12.12%，比全国年均增速高出 2 倍。"黄河鲤鱼""南湾鱼""薄山湖鱼""丹江鱼"等知名品牌在全国叫响。

菜篮子

说起"菜篮子工程"，大家应该都很熟悉，知道是国家为全国人民解决吃菜问题搞的系列工程。但在闲谈中，我们发现不少人都认为这个工程只包括蔬菜。实际上，我们国家为缓解副食品供应偏紧的矛盾，由农业部牵头于 1988 年开始实施的"菜篮子工程"是包括肉、蛋、奶、水产和蔬菜、水果生产基地及良种繁育、饲料加工等服务体系的系统工程。到了 20 世纪 90 年代中期，"菜篮子工程"重点解决了市场供应短缺问题，从根本上扭转了我国副食品供应长期短缺的局面，除奶类和水果外，其余"菜篮子"产品的人均占有量均已达到或超过世界人均水平。

"菜篮子工程"就是副食品工程，范围几乎囊括了主粮之外的所有食物——这与我国古代先民副食基本一致，主要有两大类，一是肉类，再就是蔬菜水果类。

进入 21 世纪之后，以建立健全流通领域和畜禽屠宰加工行业食品安全保障体系为目的，以严格市场准入制度为核心，以"提倡绿色消费、培育绿色市场、开辟绿色通道"为主要内容的系统工程——"三绿工程"开始实施，加强食品卫生质量安全检测，防止有害食品流入市场等措施成为新时期全国"菜篮子"的关注点。全国城乡居民不仅一年四季都能吃到新鲜的时令蔬菜水果，长途运输或温室大棚种植的反季节蔬菜、水果也屡见不鲜，品种繁多，供应充足，质量、口味也不断提升，而且价格合理，普通家庭都能买得起。

现代蔬菜种类繁多，人们按食用部分将它们分为根菜类、茎菜类、叶菜类、花菜类、瓜菜类、果菜类、菌藻类及杂菜类。据不完全统计，我国栽培的蔬菜就有上百种。

据考古资料，新石器时代人们就开始采食野菜，在七八千年前开始栽培蔬菜，到了周代蔬菜种植已经非常普遍。有人统计，《诗经》中写到的植物有132种，其中蔬菜有荇菜、水芹、莼菜、韭菜、葵菜、荠菜、芥菜、竹笋、莲藕等20余种。随着时代的变迁，古代曾经很重要的一些蔬菜品种逐渐退出人们的菜园，成为野生植物，如荇菜、葵菜等。

《黄帝内经》中将葵、韭、藿、薤、葱合称为"五菜"，也就是说，那个时代最主要的蔬菜就是这5种，而且，它们在当时的地位都非常高。像葵，按植物分类学叫冬葵（与现在的秋葵可不是一种东西），曾有"百菜之王"的美誉，但因为它的口感不好，营养也谈不上丰富，从唐代就开始减少种植，到明代就很少有人种植了，之后葵菜逐渐从蔬菜中隐退。藿是豆类植物的嫩叶，在先秦时期是主要的蔬菜，但如今很少有人以豆叶为菜，也几乎隐退江湖了。薤与蒜、姜、辣椒并称"四辣"，就是现在的藠头，与野蒜（也叫野葱）长得很像，中医上把这两种植物的地下鳞茎都叫薤白，入药的功效相同。也有的地方把野蒜叫作野藠头或苦藠头，但两者的差别还是很大的：野蒜是长期自然进化的纯野生物种，藠头则是人为驯化培育的植物。如今，藠头因营养丰富和药效继续被人们食用、药用，还常被制成酸甜可口的罐头，具有消食、除腻、防癌等功效，成为名副其实的保健食品。韭菜、大葱在现代蔬菜中依然风头不减，常常以调味品的身份与各种蔬菜百搭，创造了蔬菜界同领风骚数千年的奇迹。

"五菜"之外，古代主要栽培的蔬菜还有菘、姜、大蒜、蒻菲、莲藕、竹笋、莼菜等。但这些蔬菜真正走进百姓生活的时代并不相同。

菘就是白菜，在我国已有六七千年的栽培史，西安半坡新石器时代遗址中就发现了白菜籽。西汉时代，白菜开始进入高产时代。白菜品种有很多，比如上海青、娃娃菜、圆白菜、黄芽菜等。大白菜千百年来都是我国人民喜欢的冬季时令菜，如今已打破了季节限制，一年四季都能吃上白菜。

粮食，粮食

姜现在还是厨房的热门调味品，也可制作成酱菜，比如把嫩姜制成泡菜，清脆可口。

大蒜原产于我国新疆，栽培历史有数千年，汉代张骞出使西域时把它带回了内地。因为它比内地的野蒜个儿大，故称大蒜。大蒜既是不可或缺的调味品，也是上乘的蔬菜，蒜苗、蒜薹、蒜黄在蔬菜中的占比也非常大。

蔚菲即是芜菁，俗称蔓菁，在汉代之后与萝卜同时成为重要蔬菜，直至唐代还作为平民冬季替补粮食的重要食物。芜菁因为有辣味，鲜食口感不好，现在种植逐渐减少。

历史上，我国也引进推广了不少域外蔬菜品种。比如原产于印度的黄瓜（当时叫胡瓜），西汉时传入，魏晋以后开始普遍种植；原产于伊朗的菠菜、原产于地中海沿岸的莴笋在东晋末年传入我国；南北朝时期，原产于亚热带的茄子由印度传入我国；在元代，原产于北欧的胡萝卜传入我国云南，并逐渐向全国辐射。

15—17世纪，辣椒、番茄（西红柿）传入我国。辣椒在清初便迅速推广，而番茄最初仅作观赏用，晚清才作为蔬菜食用。这不禁令人想起番茄最初那个恐怖的名字——狼桃。色泽鲜红、艳丽诱人的狼桃果，最初生长在秘鲁的森林里。16世纪时，英国公爵俄罗达格里到秘鲁见到狼桃非常喜欢，便带回几棵狼桃苗献给了他的情人英国女皇伊丽莎白。狼桃从此便在欧洲落户，但它仍然作为观赏植物，没有人敢吃。英国医生当时告诉人们，食用狼桃会带来生命危险。大约17世纪，法国一位画家决心冒死尝尝狼桃的滋味——他在享受酸甜可口的果实的同时，内心充满了恐惧，他穿好衣服躺在床上等死。但十几个小时过去了，画家安然无恙。从此，狼桃开始成为人们的美食，不但可以当水果吃，还可以做菜肴。

目前，番茄已成为世界人民喜爱的蔬菜（水果），是消费量最大的蔬菜之一，全球番茄年产量达到1.3亿吨，我国以4000万吨居于首位。

我国常年种植番茄165万亩，番茄出口到蒙古、俄罗斯、越南、哈萨克斯坦等国，年出口量占番茄全球总出口量的三分之一。我国还是番茄酱的出口大国。

芥菜好像在现代生活中并不常见,但它的变种雪里蕻(也叫雪里红或雪菜)、榨菜、大头菜却遍及大江南北,以它的种子做的调料——芥末,也常常出现在凉拌菜或海鲜蘸料里。

《尔雅注疏》认为:"则葑也,须也,芜菁也,蔓菁也,蒊芜也,荛也,芥也,七者一物也。"也就是说,芥菜与蔓菁是一种植物。2009年出版的《辞海》中称:"葑,即芜菁。"这说明,在公元前7至前5世纪,在今河南、陕西、河北、山东及湖北一带的广大区域内已有芥菜的种植和利用。

当然,古人们吃蔬菜的方法还很简单,主要是生食,即使以水煮熟,也得到陶器发明之后。能吃上炒菜,则是在南北朝时期有了锅之后。《齐民要术》中曾经记录了我国第一次明确记载的古人炒鸡蛋做法,用的锅是平底的铜铛,油则是芝麻油。无论是鸡蛋、芝麻油,还是铜制的炊具,都是贵族专用的奢侈品,平民百姓断然是用不起的。

一直到今天,人们仍然保留着吃野菜的习惯。历经数千年的试吃,人们发现有300多种野菜可以食用,常见的有离子草(水萝卜棵)、面条菜、荠菜、灰灰菜(古称藜)、马齿苋、野蒜、蕨菜、蒲公英、紫苏、苦菜、鱼腥草、白蒿、车前草等,千百年来它们点缀着我们的菜碗。

人们还常把树木的叶、花、果拿来做菜。华北平原上,很多树木都可以为我们提供口味独特的菜品。春天,柳树发芽,嫩嫩的柳絮经过焯水、冷浸、捞出来滤水后,以蒜汁、香油拌之,便成了一道色、香、味俱佳的风味小菜。在上世纪六七十年代,这略带苦味的凉拌柳絮曾填充过无数人饥肠辘辘的肚子。榆钱儿的味道是很纯正的,没有怪味,可以直接生吃。榆钱儿的吃法主要是做蒸菜,即拌了面蒸熟,再以蒜汁、香油拌匀即成。槐花有浓郁的甜香,槐花蜜是蜂蜜中的上品,养蜂人一般都将其单独存放、出售,价格也高于其他花蜜。槐花半开不开的时候采摘下来,做蒸菜或配鸡蛋、肉等爆炒,均是佳肴。香椿树的芳香气味更独特,春季采摘嫩芽,炒熟、焯水凉拌、油炸、干制和腌渍均可,香椿炒鸡蛋、香椿拌豆腐、炸香椿鱼（香椿叶拌面油炸）等均是很多地区流行的名菜。

更多的蔬菜，还是出自菜园子。蔬菜已成为我国人均消费量最大的食品，还是我国仅次于粮食的第二大类农作物。蔬菜种植是对农村居民人均可支配收入增长贡献最大的产业，也是全国从业人员最多的产业。目前，我国蔬菜种植面积突破3亿亩，产量在7亿吨以上，居世界第一，占全球总产量的50.9%，人均占有量500公斤，总产值超2万亿元。

我国蔬菜出口近年来一直呈上升趋势，主要优势品种有蘑菇、大蒜、木耳、番茄、辣椒、生姜、洋葱、萝卜等，2018年全国出口蔬菜1124.64万吨，比上年增长2.69%。

健康专家认为，蔬菜与水果均是平衡膳食的重要组成部分，具有能量低，富含维生素、矿物质、膳食纤维和植物化合物等营养特点。富含蔬菜、水果的膳食不仅能降低脑中风和冠心病的风险以及心血管疾病的死亡风险，还可以降低食道癌和结肠癌的发病风险，并有助于保持健康体重，被作为优先推荐的食物种类。

自1982年起，随着国人健康意识的增强，我国蔬菜消费增长迅猛，目前已成为全球消费第一大国，2018年全国蔬菜消费量达69271万吨，人均493公斤。除国产蔬菜，我国也少量进口蔬菜。进口量较大的主要是蔬菜种子，其次是马铃薯、辣椒、甜玉米、胡椒和豌豆等，整体规模不大，主要用作特色品种调节和加工。2018年，我国蔬菜进口量49.1万吨，同比增幅达99.11%。

蔬菜中有一个特殊的种类——食用菌，它的蛋白质和氨基酸的含量是一般蔬菜、水果的几倍至几十倍。世界上已被描述的真菌达12万余种，能形成大型子实体或菌核组织的达6000余种，可供食用的有2000余种，可以大面积人工栽培的只有四五十种，现形成一定生产规模的有20多种。

我国食用菌资源丰富，发现的有900余种。我国是最早的对食用菌进行人工栽培和利用的国家之一。在1100多年前的五代十国时期，我国就有人工栽培木耳的记载。浙江西南部栽培香菇的历史至少可以追溯到800多年前。200多年前闽粤一带开始栽培草菇。

食用菌产业已成为我国种植业中一个潜力巨大的新兴产业。改革开放至今的 40 余年间，我国食用菌产业快速成长，年产量增长了 600 倍，从不到 6 万吨增加到 3800 万吨，占到全球总产量的 70% 以上，产值达到 2937.37 亿元，成为全球食用菌第一大生产和消费国。随着食用菌工厂化生产能力的大幅提升，我国食用菌产值 2011 年就超过棉花，成为粮油果菜之后的第五大农作物。到 2015 年，我国食用菌产量达到 3476 万吨，产值 2516 亿元。

我国市场上食用菌的种类也越来越丰富，除了常见的香菇、平菇、黑木耳、银耳、双孢菇、猴头、金针菇、草菇、茶树菇、竹荪、灵芝、冬虫夏草等传统菌种，近年来牛肝菌、红菇、松口蘑、鸡腿菇、杏鲍菇、蟹味菇、海鲜菇、秀珍菇、白灵菇等稀有菌种成为菜市新宠，为我们的菜盘子增色不少。

我国的食用菌也走出国门，丰富了世界人民的餐桌。2018 年，我国出口各类食（药）用菌产品 70.31 万吨，进口则不足 0.5 万吨。

我国食用菌产业虽然增速很快，但人均消费水平并不高。全国食用菌人年均消费量约为 23.29 公斤，日人均消费只有 63.82 克，与营养专家建议的每人日摄入 250 克菌类的标准相差很远，还需要国人调大食用菌的摄入量。

河南省蔬菜产业发展迅速，多年来种植面积、产量都排在全国前三，2017 年种植面积 2658.75 万亩（其中设施栽培面积占到蔬菜种植总面积的 20%），产量达 7808 万吨，分别占全国的 8.09% 和 9.71%，排全国第二。

河南对食用菌产业发展非常重视，产量从 2003 年跃居全国第一后，一直独占鳌头。按照地域，全省食用菌产业规划布局了八大集中产区：豫西香菇、黑木耳集中产区，豫南香菇、黑木耳集中产区，豫中毛木耳集中产区，豫东双孢蘑菇集中产区，豫南双孢蘑菇集中产区，豫北白灵菇集中产区，豫中平菇集中产区，豫北白色金针菇集中产区。2018 年，河南食用菌总产量达到 520 多万吨，产值 380 多亿元，出口 10.2 亿美元。仅香菇一个品种，河南年产量即超过 280 万吨，是全国最大的香菇生产基地，年出口额近10亿美元，占全省出口食用菌总量的90%以上。

果盘子

"一骑红尘妃子笑，无人知是荔枝来"——跨越上千年的时空，晚唐诗人杜牧脍炙人口的诗句，让唐玄宗不惜劳民伤财为杨贵妃千里送荔枝的奢侈之为留下千古骂名，也告诉我们，唐朝已经能吃上荔枝这种鲜美无比的水果了。

荔枝主要分布于我国西南、南部和东南部，广东种植最多，福建和广西次之，四川、云南、贵州、海南及台湾等省也有少量种植。亚洲东南部也有栽培，非洲、美洲和大洋洲有引种的记录。

更早组织过驿马昼夜兼程运送荔枝的还有汉武帝、汉和帝。汉武帝还专门为荔枝修建了一座扶荔宫。《三辅黄图》记载："扶荔宫在上林苑中，汉武帝元鼎六年破南越，起扶荔宫，以植所得奇草异木……"汉武帝在秦代的旧苑址上修建了一个规模宏大、富丽堂皇的上林苑。这一年汉武帝因为收复南越国，吃到了荔枝，极其喜欢，便在上林苑里修建了一座大温室，用来引种荔枝。扶荔宫是世界上最早有文字记载的温室，引种了荔枝、菖蒲、山姜、甘蕉、留求子、桂、蜜香、指甲花、龙眼、槟榔、橄榄、千岁子、柑橘等2000余种奇花异木。不过不少南方植物气候、水土不服，引种均以失败告终。据《三辅黄图》记述，汉武帝为此事还杀了几十名守吏。但这对于我国的植物学积累和植物新种驯化水平的提高产生了巨大影响。

荔枝与香蕉、菠萝、龙眼并称"南国四大果品"，随着交通运输的发达，全国大多数地方吃上新鲜荔枝已不再是奢望。

龙眼、红毛丹不仅与荔枝"形似"，味道也接近，它们是什么关系呢？从植物学的分类上看，荔枝、龙眼、红毛丹的门、纲、目、科都相同，却分别归荔枝属、龙眼属、韶子属。再者，它们的药用功效也有差别：荔枝味甘、酸，性温，具有健脾生津、理气止痛之功效，可止呃逆，止腹泻；龙眼味甘，性温，具有补益心脾、养血安神的功能；红毛丹的药用价值相对较小。

扶荔宫引种的"甘蕉"，即是现代的香蕉。晋人嵇含如是描述香蕉："剥其子上皮，色黄白，味似葡萄，甜而脆，亦疗饥。"

埃及考古学家在出土文物中发现，4000年前的埃及陶器上就有香蕉的图案。据说希腊人在4000多年前就开始食用香蕉。古印度和波斯民间认为，金色的香蕉果实是"上苍赐予人类的保健佳果"。还有传说，佛教始祖释迦牟尼因为吃了香蕉而获得智慧，香蕉因此被誉为"智慧之果"。公元前4世纪时，马其顿国王亚历山大远征印度发现香蕉，此后香蕉传向世界各地。

最早驯化的香蕉，果肉中间有很多硬的籽粒，口感与现代香蕉差得很远。15世纪末到16世纪初，葡萄牙商人把香蕉从东南亚带到中美洲，经过不断的选育，终于育成籽少肉多的品种，开始大规模种植。20世纪50年代以前，全球种植最普遍的香蕉品种一直是"大麦克"。这种香蕉香味浓郁，而且皮厚耐储运。但一场"巴拿马病"灾害几乎使整个香蕉品种灭绝。

"巴拿马病"是一种叫尖孢镰刀菌的真菌感染，人称"香蕉癌症"，香蕉树一染上，很快就枯萎，而且传染性极强，眼看着整个香蕉园全部枯死却束手无策。"巴拿马病"的蔓延让很多香蕉园绝收。物以稀为贵，香蕉成了价格昂贵的奢侈品。

后来，农业科学家培育出多种抗病的香蕉品种，并从这些品种中选出了适合大规模种植的香芽蕉，1947年前后开始推广。

如今，超市、水果店售卖的香蕉，绝大部分都是香芽蕉。曾经风靡一时的"大麦克"虽然没有完全灭绝，但只能在东南亚一些零星的小规模香蕉园栽培，很难再大规模推广了。

在原始社会人类依靠采集、狩猎生存的时期，野果在食物中的占比是很大的。因为生产力水平低下，那时候也不分主食、副食，能吃饱就是件不容易的事情。所以，在农业形成初期粮食少而且以粒食为主的阶段，野果应该是供应最多、口感最佳的食物。

大约在公元前10000年，人类开始种植红枣、橄榄和葡萄等水果。在土耳其西部安那托利亚发现的苹果碳化物与在瑞士的史前遗址发现的苹果、胡桃、野生李、甜樱桃及欧洲葡萄，均在公元前6500年前。考古学家在大不列颠冰期后的沉积物里发现了现代与核桃、杏仁、腰果并称世界四大干果的榛子的花粉、木材及果实。榛子遍布全欧洲、西亚、北非和高加索地区（俄罗斯南部），曾经是人们主要的食物资源，后来随着谷物的丰收逐渐被取而代之，"晋升"为"坚果之王"。

在先秦时期，我国中原地区已经普遍种植樱桃、桃、杏、梨、柰（类似于花红的水果）、李、枣、栗、山楂、柿子。樱桃因为成熟得早，被用于祭献宗庙。桃、杏、李、柿产于我国，或是仅在我国作为果树栽培，后来逐渐走向全世界。

板栗和枣主要分布在北方，被当作重要的补充粮食。战国时期，燕国"北有枣栗之利，民虽不佃作而足于枣栗矣"，足见枣与板栗之分量。尤其是板栗，目前我国年产量居世界首位，而且是我国传统大宗出口商品之一，主要出口至日本、韩国、菲律宾、新加坡等国，出口至日本的产量最大，每年在2万吨以上。

到两汉三国时期，我国培育的梨就已经"大如拳，甘如蜜，脆如菱"，而且还有靠经营梨园致富的人家，一个栽种1000棵梨树的园子，收入就相当于千户侯。

葡萄是张骞出使西域带来的水果，到了中原大地与本土的野葡萄杂交，形成了新的品种，广泛种植。到了南北朝，长安城已是"园种户植，接荫连架"。同时传入中原的还有核桃和石榴，它们在汉代末年已进入寻常百姓家。北魏时，洛阳白马寺种植的石榴极为名贵，有"白马甜榴，一实值牛"的说法。

四五世纪时，西瓜由西域传入内地，所以称西瓜。曾经，蒙古人吃了西瓜之后惊叹"醍醐灌顶，甘露洒心"。我国各地均有西瓜栽培，果皮、果肉及种子形式多样，品种繁多。我国是目前世界上最大的西瓜产地，2018年我国种植西瓜达2276.89万亩，占全国瓜类作物总种植面积的71.7%；全国西瓜产量达6153.69万吨，占全球总产量的近70%。我国的西瓜消费量也大得惊人，每年人均消费西瓜100斤以上，几乎消化掉本国生产的所有西瓜，而出口量不足1%。

西瓜之外，瓜类水果还有品类繁多的甜瓜。园艺学上按果实形状、色泽、大小和味道的不同，甜瓜可以分为普通香瓜、哈密瓜、白兰瓜等数十个品系。甜瓜也是盛夏季节的重要水果。

明朝末年，菠萝、火龙果、草莓等美洲水果传入我国。这些水果今天已不再是稀罕物，早已进入寻常百姓家。

晚清时，欧美苹果传入我国，取代了我国传统的柰、林檎果（绵苹果），并不断发展。如今，我国苹果种植面积和产量均排世界第一，产量占到世界总产量的一半以上，对世界苹果发展的贡献率超过84%。2017年，我国苹果栽培面积达到3799.5万亩，产量达4139万吨。我国也是苹果出口、消费大国，2017年我国鲜苹果出口量达133万吨，占全球的20%左右；中国浓缩苹果汁出口量达61万吨，占世界的60%以上；我国消费量为2000余万吨，占全球6458万吨的30%左右，人均消费量为14公斤左右。全球苹果深加工消费量1125万吨，占总消费量的17.4%；我国鲜果消费占到总消费量的90%左右，加工品仅占10%左右。

我国著名植物学家俞德浚编著的《中国果树分类学》附录"中国原产及引种果树分科名录"中列举了59科694种果树，其中盛产的栽培果树300多种，共有1万多个品种，而世界各国栽培的品种，我国绝大多数都有。

河南的水果产量在全国名列前茅，2018年为2602.44万吨，占全国总产的10.31%。其中西瓜居全国第一位，占比22%；苹果、梨排全国第四位，占比分别为10.5%、6.23%。另外，河南的猕猴桃、桃、李种植业也走在全国前列。

在大粮食的框架中，无论是肉、蛋、奶，还是蔬菜、水果、干果，都是我们饮食的重要补充，可以让我们享受到更多的美食，使生活变得丰富多彩。

后　记

　　己亥与庚子之交，蝗灾、新冠肺炎疫情等在世界多个地区相继蔓延，一下子把粮食问题再次推到了风口浪尖。

　　2019年11月至2020年2月，非洲东部多个国家遭遇了70年来最严重的沙漠蝗虫灾害，蝗灾迅速蔓延。在肯尼亚东北部，一个蝗虫群就长60公里、宽40公里。按推算，埃塞俄比亚、肯尼亚和索马里三个国家境内的蝗虫已超过3600亿只。据悉，1平方公里的蝗虫群，一天就可吃掉3.5万人的口粮。2月25日，联合国粮食和农业组织（以下简称"联合国粮农组织"）再次发出警告称：东非地区的蝗灾仍处于极其令人担忧的状态，蝗灾将对埃塞俄比亚、索马里和肯尼亚等国的粮食安全构成严重威胁。

　　这次蝗灾从1月份开始越过红海进入西亚地区，波及也门、阿曼、沙特等国。至2月中旬，蝗群已经穿过波斯湾，从阿拉伯半岛进入伊朗、阿富汗、巴基斯坦和印度等国，所过之处农田被吞噬，农业、工业以及人们的生活都受到严重影响，也为全球粮食安全带来严峻挑战。

　　根据联合国粮农组织发布的报告，至2月底蝗灾已席卷了从西非到东非、从西亚至南亚20多个国家，受灾面积总计达1600多万平方公里，其中非洲之角最为严重。

　　更令人担忧的是，4月以来，部分东非国家面临第二波蝗灾侵袭，规模是上一次的 20 倍。这对非洲本来就贫困的上千万民众来说无疑是雪上加霜。4 月 10 日，联合国粮农组织发表声明称，如果不能有效遏制蝗灾，到 6 月份，整个东非面临粮食安全问题的民众，将在 2000 万人的基础上再增加 5000 万，而且还会为当地带来前所未有的生计威胁，可能导致很多人流离失所、地区紧张加剧。联合国粮农组织为应对沙漠蝗灾呼吁募款 1.53 亿美元，包括中国在内的 11 个国家政府以及联合国中央应急基金等多个国际捐款方均积极伸出援助之手。

目前，全世界常年发生蝗灾的面积依然高达 4680 万平方公里，全球有八分之一的人口经常受到蝗灾的袭扰；危害最严重的是沙漠蝗，其次是飞蝗。沙漠蝗的最大扩散面积可达 2800 万平方公里，包括 66 个国家和地区，约占全世界陆地面积的 19%，受灾人口约占全球人口的 10% 以上。

我国对蝗灾治理高度重视，将其纳入了国务院《国家突发公共事件总体应急预案》的管理范围，确保发生蝗灾后能够有效防控，加上蝗虫防控技术不断进步，我国蝗灾治理取得显著成效，粮食生产基本不受影响。即使如此，蝗灾还会时有发生。2000 年 5 月，新疆北部就曾发生过一次特大蝗灾，受灾总面积达 3005 万亩，其中重度灾害 1600 万亩。在灭蝗战役中，除采取化学药物外，还动用了 50 万只鸡和 10 万只鸭参与灭蝗战斗，将损失减少到最小。我们要充分认识到蝗灾治理的复杂性、长期性和艰巨性，保持高度警惕。

几乎是在蝗灾肆虐的同时，一场新型冠状病毒引发的病毒性肺炎疫情在全球暴发。

疫情期间，国内曾一度因疫情导致的恐慌而出现抢购粮油等食品现象，虽然确实有部分超市因疫情防控造成了暂时的粮油短缺，但随着国家为保证粮油供应采取的强有力措施相继出台，国内抢购风很快平复。

但随着疫情的蔓延，全球粮食供应受到了很大影响，越来越多的国家开始对未来的粮食安全问题感到担忧，并开始限制粮食出口。

3 月 25 日，越南最先宣布禁止大米出口：除履行已签署的合同之外，不再签署新的大米出口合同。随后，哈萨克斯坦、柬埔寨、乌克兰等国也加入了禁止或限制粮食出口的行列。至3月30日，已有越南、哈萨克斯坦、柬埔寨、乌克兰、俄罗斯、埃及、印度、塞尔维亚、泰国等9个国家宣布或启动部分粮食出口限制法令。

3月31日，世界贸易组织、联合国粮农组织和世界卫生组织联合发布声明，呼吁各方努力确保粮食贸易的自由流通，以确保新冠肺炎疫情下全球粮食安全。当天，由俄罗斯、哈萨克斯坦、白俄罗斯、吉尔吉斯斯坦和亚美尼亚五国组成的欧亚经济联盟执行机构宣布，在6月30日前禁止从欧亚经济联盟地区出口荞麦、黑麦、大米、洋葱、大蒜、葵花籽等一系列粮食作物。这意味着，又有3个国家步上述9国之后尘，限制出口粮食的队伍扩大到12个国家。

4月10日，罗马尼亚根据一项紧急通过的法令中规定的"紧急状态下禁止向欧盟以外的国家出售谷物"，从即日起不再向欧盟以外的国家出售谷物，并持续到5月中旬。这一做法让罗马尼亚成了在疫情期间第一个禁止谷物出口的国家，也使全球对粮食供应的担忧进一步加剧。

另外，孟加拉国因为国内大米在恐慌性采购下价格飙升至两年来的最高水平，也做出了暂停出口普通大米的决定。

4月4日下午，国务院联防联控机制举行新闻发布会，介绍做好疫情期间粮食供给和保障工作情况。

农业农村部官员在答记者问时，以4组数据说明了当时我国粮食产量丰、库存足及疫情对我国粮食影响有限的情况：第一组数据，粮食产量，我国粮食已连续五年稳定在1.3万亿斤以上，2019年粮食产量是13277亿斤，创历史新高；第二组数据，人均粮食占有量，2019年，我国人均粮食占有量超过470公斤，高于人均400公斤的国际粮食安全的标准线；第三组数据，粮食库存量，原粮储备充足，稻谷、小麦的库存量能够满足1年以上的市场消费需求，成品粮储备适度，不少城市的成品粮（面粉和大米）市场供应能力都在30天以上；第四组数据，我国谷物进口量，2019年净进口1468万吨，相当于不到300亿斤，仅占我国谷物消费量的 2% 左右。总的来看，我国粮食是产量丰、库存足，即使在前一阶段国内疫情比较严重的时候，市场上的粮食以及各类副食品都是货足价稳，老百姓家里都是米面无忧，现在更没有必要去抢购囤积。

农业农村部官员还透露，国家今年采取了超常规措施来稳住粮食生产：一是中央应对疫情领导小组及时下发了《当前春耕生产工作指南》，指导各地分区分级恢复农业生产秩序，确保不误农时春耕备耕，稳住春播粮食面积。二是在春播大面积展开前，经国务院同意，农业农村部及时将今年粮食生产目标下达到各省人民政府，把稳定粮食面积作为约束性指标，层层压实责任，确保今年全年粮食面积的稳定。三是在农民选种备肥的关键时候，国家出台了一系列扶持政策，来释放重农抓粮的强烈信号。农业农村部官员用 4 句话概括我国当前形势：粮食多年丰收，库存较为充裕；夏粮丰收有望，春播进展顺利；口粮完全自给，国际影响有限；米面随买随有，不必囤积抢购。

农业农村部官员还通报了 2020 年优化粮食结构和粮食生产方面的情况：今年稻谷、小麦两大口粮品种种植面积要继续稳定在 8 亿亩，同时根据市场需求调优品质结构，发展强筋弱筋小麦、优质稻、高蛋白大豆，满足市场多样化需求。在国家相关政策支持和各地工作推动下，今年早稻恢复势头比较明显。截至 4 月 3 日，全国早稻育秧已过八成，早稻栽插已过四成，进度都明显快于去年同期。

国家粮食和物资储备局官员则以"四个有"概括了我国粮食应急保障体系在应对新冠肺炎疫情中发挥的积极作用：保障体系有支撑、市场波动有监测、应对变化有预案、保供稳市有责任。

但毋庸讳言，粮价持续低迷、售粮难、种田成本逐年增加，以及传统农户和种植大户的种植热情不高等因素，也为我国粮食安全带来了不容忽视的隐忧。

4 月 20 日，第七届"2020 中国农业展望大会"以视频直播方式在北京召开，联合国粮农组织总干事屈冬玉在大会致辞中表示，2018 年全球还有 8.2 亿人每日遭受饥饿，全球人口预计到 2050 年将达到 100 亿，这就意味着我们需要提高农业生产率，推动可持续生产，来养活不断增加的人口。这对每个国家的粮食安全都将是严峻的挑战。

一个时期以来，随着国力的增强，人民的生活水平不断提高，粮食浪费问题也日益严重。面对当前的形势，中共中央总书记、国家主席、中央军委主席习近平对制止餐饮浪费行为作出重要指示。他指出，餐饮浪费现象，触目惊心、令人痛心！"谁知盘中餐，粒粒皆辛苦。"尽管我国粮食生产连年丰收，对粮食安全还是始终要有危机意识，今年全球新冠肺炎疫情所带来的影响更是给我们敲响了警钟。习近平强调，要加强立法，强化监管，采取有效措施，建立长效机制，坚决制止餐饮浪费行为。要进一步加强宣传教育，切实培养节约习惯，在全社会营造浪费可耻、节约为荣的氛围。

对于一个超14亿人口的大国，吃饭就是天。只有保证人民吃饱吃好，全面建成小康社会才能落地。因此，无论是当前还是未来，保障国家粮食安全是一个永恒的课题，任何时候这根弦都不能松。

参考资料

一、著作

梁子谦：《中国粮食综合生产能力与安全研究》，中国财政经济出版社 2007 年版。

马晓河、蓝海涛等：《中国粮食综合生产能力与粮食安全》，经济科学出版社 2008 年版。

聂永红：《中国粮食之路》，经济管理出版社 2009 年版。

茅于轼、赵农：《中国粮食安全靠什么——计划还是市场》，知识产权出版社 2011 年版。

张慧新、刘旭桦、孙佑琴、张冉译：《世界粮食和农业领域土地及水资源状况——濒危系统的管理》，中国农业出版社、地球瞭望出版社 2012 年版。

中华人民共和国国务院新闻办公室：《新疆生产建设兵团的历史与发展》白皮书，2014 年。

吴海峰、陈明星、生秀东：《河南蓝皮书·河南农业农村发展报告（2015）：推进现代农业大省建设》，社会科学文献出版社 2015 年版。

巴忠倓、糜振玉：《中国粮食安全》，时事出版社 2015 年版。

威廉·恩道尔：《粮食危机：利用转基因粮食谋取世界霸权》，中国民主法制出版社 2016 年版。

陈绪章、陈芳路：《北大荒记忆》，海天出版社 2017 年版。

拉吉·帕特尔著，郭国玺译：《粮食：时代的大矛盾》，东方出版社 2017 年版。

汪涛：《即将来临的粮食世界大战》，东方出版社 2018 年版。

二、论文

张占东：《河南粮食加工企业如何走出困境》，《决策探索》1998年第8期。

刘志强、张平宇、刘居东、潘相文：《农业资源环境评价方法与我国粮食主产区的确定》，《应用生态学报》2003年12月第14卷第12期。

曾雄生：《论小麦在古代中国之扩张》，《中国饮食文化》2005年第1期。

叶优良、杨素勤、黄玉芳、刘芳：《河南省小麦生产发展与展望》，《中国农学通报》2007年第1期。

刘凤、米文义：《粮食生产区域优化布局的探讨》，《民营科技》2009年第1期。

刘玉杰、杨艳昭、封志明：《中国粮食生产的区域格局变化及其可能影响》，《资源科学》2007年第3期。

赵志军：《小麦东传与欧亚草原通道——"中原与北方早期青铜文化的互动"》，中国考古网，2009年10月。

顾莉丽、郭庆海：《中国粮食主产区的演变与发展研究》，《农业经济问题》2011年第8期。

朱统泉、吴大付：《河南小麦生产现状分析》，《陕西农业科学》2014年第1期。

河南省委农办调研组：《全省农产品加工业发展的调查与思考》，《大河报》2015年6月16日。

宋孟起、何琴慧、张相如、关浩杰：《河南省粮食加工产业发展的SWOT分析》，《乡村科技》2018年第29期。